Em Busca do Tempo Perdido

Volume 1

Relógio D'Água Editores
Rua Sylvio Rebelo, n.º 15
1000-282 Lisboa
tel.: 218 474 450
fax: 218 470 775
relogiodagua@relogiodagua.pt
www.relogiodagua.pt

Título: Em Busca do Tempo Perdido — Do Lado de Swann
Título original: *À la recherche du temps perdu — Du côté de chez Swann* (1913)
Autor: Marcel Proust
Tradução: Pedro Tamen
Revisão de texto: Diogo Paiva
Capa: Carlos César Vasconcelos (www.cvasconcelos.com)
sobre fragmento de *The Crimson Rambler* (1908), de Philip Leslie Hale

Encomende os seus livros em:
www.relogiodagua.pt

ISBN 978-989-641-541-9

Composição e paginação: Relógio D'Água Editores
Impressão: ACD Print
Depósito Legal n.º: 408957/16

Marcel Proust

Do Lado de Swann

Tradução de
Pedro Tamen

Clássicos para Leitores de Hoje

Manuscrito de *Albertine Desaparecida*

Ao senhor Gaston Calmette,
como testemunho de profundo e afectuoso
reconhecimento.

Marcel Proust

PRIMEIRA PARTE

Combray

I

Durante muito tempo fui para a cama cedo. Por vezes, mal apagava a vela, os olhos fechavam-se-me tão depressa que não tinha tempo de pensar: «Vou adormecer.» E, meia hora depois, era acordado pela ideia de que era tempo de conciliar o sono; queria poisar o volume que julgava ter nas mãos e soprar a chama de luz; dormira, e não parara de reflectir sobre o que acabara de ler, mas tais reflexões haviam tomado um aspecto um tanto especial; parecia-me que era de mim mesmo que a obra falava: uma igreja, um quarteto, a rivalidade entre Francisco I e Carlos V. Esta crença sobrevivia alguns segundos ao despertar; não me chocava a razão, mas pesava-me nos olhos como escamas, e impedia-os de verificar que a palmatória já não estava acesa. Depois começava a tornar-se-me ininteligível, tal como, após a metempsicose, os pensamentos de uma existência anterior; o assunto do livro soltava-se de mim, e ficava livre de me adaptar ou não a ele; logo recuperava a vista, e ficava muito admirado de encontrar em meu redor uma obscuridade, doce e repousante para os olhos, mas talvez ainda mais para o espírito, ao qual se revelava como coisa sem causa, incompreensível, como coisa verdadeiramente obscura. A mim mesmo perguntava que horas poderiam ser; ouvia o apito dos comboios que, mais ou menos afastado, como o cantar de um pássaro numa floresta, acentuando as distâncias, me descrevia a extensão dos campos desertos onde o viajante se apressa para a próxima paragem; e o estreito caminho por onde segue vai ficar-lhe gravado na memória pela excitação que deve a lugares novos, a actos inusitados, à conversa recente e às despedidas à luz do candeeiro alheio, que o acompanham ainda no silêncio da noite, à doçura próxima do regresso.

Encostava ternamente as minhas faces às belas faces do travesseiro, que, cheias e frescas, são como que as faces da nossa infância.

Riscava um fósforo para olhar para o relógio. Não tardaria a ser meia--noite. É o momento em que o doente que foi obrigado a partir de viagem e teve de dormir num hotel desconhecido, despertado por uma crise, rejubila ao distinguir debaixo da porta uma tira de luz. Que alegria, já é manhã! Daqui a pouco os criados estarão a pé. Poderá tocar a campainha, alguém virá socorrê-lo. A esperança de ser aliviado dá-lhe coragem para sofrer. Precisamente, julgou ouvir passos; os passos aproximam-se e depois afastam-se. E a tira de luz que havia debaixo da porta desapareceu. É meia-noite; acabam de apagar o gás; foi-se embora o último criado e terá que ficar toda a noite a sofrer sem remédio.

Readormecia, e por vezes tinha apenas curtos instantes despertos, apenas o tempo de ouvir os estalidos orgânicos das madeiras, de abrir os olhos para fitar o caleidoscópio da obscuridade, de saborear, graças a um momentâneo clarão de consciência, o sono que submergia os móveis, o quarto, o todo do qual eu não passava de uma pequena parte e a cuja insensibilidade depressa tornava a juntar-me. Ou então, dormindo, fora sem esforço ao encontro de uma idade para sempre passada da minha vida primitiva, deparara com um dos meus terrores infantis, como aquele de o meu tio-avô me puxar pelos caracóis do cabelo e que se dissipara no dia — que para mim marcava uma nova era — em que mos haviam cortado. Esquecera-me do acontecimento durante o sono e recuperara essa recordação mal conseguira acordar para escapar às mãos do meu tio-avô, mas por medida de precaução cingia completamente a cabeça com o travesseiro antes de volver ao mundo dos sonhos.

Por vezes, tal como Eva nasceu de uma costela de Adão, durante o sono nascia-me uma mulher de uma falsa posição da coxa. Formada do prazer que estava prestes a saborear, imaginava que era ela que mo oferecia. O meu corpo, que sentia no seu o meu próprio calor, queria juntar-se-lhe, e acordava. Os restantes humanos revelavam-se-me bem distantes, comparados com aquela mulher que havia deixado apenas alguns momentos antes; tinha ainda a face quente do seu beijo, o corpo lasso do peso do seu corpo. Se, como às vezes acontecia, ela tinha as feições de uma mulher que eu conhecera na vida real, ia entregar-me inteiramente a este objectivo: reencontrá-la, como os que partem de viagem para ver com os próprios olhos uma cidade desejada e imaginam que se pode saborear numa certa realidade o encanto da fantasia. A pouco e pouco, a memória dela desvanecia-se, e tinha esquecido a rapariga do meu sonho.

Um homem que dorme tem em círculo à sua volta o fio das horas, a ordem dos anos e dos mundos. Consulta-os instintivamente ao acordar, e neles lê num segundo o ponto da terra que ocupa, o tempo que decorreu até ao seu despertar; mas as respectivas linhas podem misturar-se, quebrar-se. Basta que, já de manhã, depois de uma insónia qualquer, o sono o invada enquanto lê, numa posição muito diferente daquela em que habitualmente dorme, basta que tenha o braço levantado para deter e fazer recuar o sol, e ao primeiro minuto depois de acordar já não saberá que horas são, julgará que mal acaba de se deitar. Se se deixar dormir numa posição ainda mais deslocada e divergente, por exemplo, sentado num cadeirão depois do jantar, então a perturbação será completa nos mundos desorbitados, o cadeirão mágico fá-lo-á viajar a toda a velocidade no tempo e no espaço e, no momento de abrir as pálpebras, irá julgar-se deitado alguns meses antes noutro país. Mas bastava que, na minha própria cama, o meu sono fosse profundo e me distendesse completamente o espírito; então, este deixava escapar o mapa do lugar onde adormecera e, quando acordava a meio da noite, como não sabia onde estava, ignorava até, no primeiro instante, quem era; tinha apenas, na sua simplicidade primitiva, a sensação da existência como ela pode fremir no fundo de um animal; estava mais carecido que o homem das cavernas; mas então a lembrança — não ainda do lugar onde estava, mas de alguns outros que habitara ou onde poderia estar — ocorria-me como um auxílio vindo do alto para me tirar do nada donde não poderia sair sozinho; passava num segundo por cima de séculos de civilização, e a imagem confusamente entrevista de candeeiros a petróleo, e, depois, de camisas de colarinho revirado, recompunha a pouco e pouco as feições originais do meu eu.

Talvez a imobilidade das coisas à nossa volta lhes seja imposta pela nossa certeza de que são elas e não outras, pela imobilidade do nosso pensamento diante delas. Mas a verdade é que, quando acordava assim, com o espírito a agitar-se para procurar saber onde estava sem o conseguir, tudo girava em redor de mim na escuridão, as coisas, as terras, os anos. O meu corpo, por demais entorpecido para se mexer, procurava, consoante a forma da sua fadiga, determinar a posição dos seus membros para deles induzir a direcção da parede, o lugar dos móveis, para reconstruir e dar nome ao lugar onde se achava. A sua memória, a memória das suas costelas, dos seus joelhos, dos seus ombros, apresentava-lhe sucessivamente diversos quartos onde dormira, enquanto em seu redor as paredes invisíveis, mudando de lugar consoante a forma do quarto imaginado, rodopiavam nas trevas. E antes até de o meu pensamento, que hesitava no limiar dos tempos e das formas, ter identificado a casa reunindo as circunstâncias, ele — o meu corpo — recordava-se para cada um do género de cama, da localização das portas, da entrada de luz das janelas, da existência de um corredor, juntamente com a ideia que tinha ao adormecer ali e que reencontrava ao acordar. O lado do meu corpo ancilosado, procurando adivinhar a sua orientação, imaginava-se, por exemplo, estendido diante da parede numa grande cama de baldaquino, e eu pensava imediatamente: «Olha, acabei por adormecer, apesar de a minha mãe não me ter vindo dar as boas-noites»; estava no campo em casa do meu avô, que morrera muitos anos antes; e o meu corpo e o lado sobre o qual me apoiava, guardiães fiéis de um passado que o meu espírito nunca deveria ter esquecido, recordavam-me a chama da lamparina de cristal da Boémia, em forma de urna, suspensa do tecto por umas correntinhas, a chaminé de mármore de Siena, no meu quarto de dormir de Combray, em casa dos meus avós, em dias distantes que nesse momento se me afiguravam actuais sem os imaginar com exactidão, e que melhor tornaria a ver daí a pouco, quando estivesse totalmente desperto.

Depois renascia a recordação de uma nova atitude; a parede fugia noutra direcção: estava no meu quarto em casa da senhora de Saint-Loup, no campo; meu Deus! São pelo menos dez horas, devem ter acabado de jantar! Devo ter prolongado excessivamente a sesta que faço todas as tardes ao regressar do meu passeio com a senhora de Saint-Loup, antes de vestir a casaca. É que passaram muitos anos depois de Combray, onde, nos nossos regressos mais tardios, eram os reflexos vermelhos do poente que eu via nos vidros da janela. É outro género de vida o que se leva em Tansonville, em casa da senhora de Saint-Loup, é outro género de prazer o que sinto em só sair à noite, em seguir à luz do luar por aqueles caminhos em que outrora brincava ao sol; e o quarto onde devo ter adormecido em vez de me vestir para jantar, avisto-o de longe, quando regressamos, atravessado pelos lampejos do candeeiro, único farol na noite.

Estas evocações rodopiantes e confusas nunca duravam mais que alguns segundos; muitas vezes, a minha breve incerteza do lugar onde me encontrava não distinguia umas das outras as diversas suposições de que era feita, tal como não somos capazes de isolar, ao ver um cavalo a correr, as posições sucessivas que o cinetoscópio nos mostra. Mas eu revira ora um, ora outro dos quartos que habitara na minha vida, e acabava por me recordar de todos eles nos longos devaneios que se seguiam ao despertar: quartos de Inverno onde, quando estamos deitados, aconchegamos a cabeça num ninho que tecemos com as coisas mais diversas — o canto de um travesseiro, a dobra das cobertas, a ponta de um xaile, a beira da cama e um número dos *Débats Roses*, que acabamos por amassar juntos segundo a técnica das aves, calcando indefinidamente; ou, num tempo glacial, o prazer que se saboreia é o de nos sentirmos separados do exterior (como a andorinha-do-mar que tem o seu ninho ao fundo de um subterrâneo no calor da terra) e onde, com o fogo mantido toda a noite na chaminé, dormimos num grande manto de ar quente e fumoso, atravessado pelos clarões das brasas que se reacendem, uma espécie de impalpável alcova, de quente caverna cavada no seio do próprio quarto, zona ardente e móvel nos seus contornos térmicos, arejada de sopros que nos refrescam a cara e vêm dos cantos, das partes próximas da janela ou afastadas da lareira e que arrefeceram; quartos de Verão, onde gostamos de estar unidos à noite morna, onde o luar encostado às portadas entreabertas lança até aos pés da cama a sua escada encantada, onde dormimos quase ao ar livre, como o melharuco baloiçado pela brisa na extremidade de um raio de luz; às vezes o quarto Luís XVI, tão alegre que nem sequer na primeira noite me sentira lá muito infeliz, e onde as colunetas que sustentavam airosamente o tecto se afastavam com tanta graciosidade para apontar e reservar o lugar da cama; às vezes, pelo contrário, o outro, pequeno e de tecto tão alto, cavado em forma de pirâmide na altura de dois andares e parcialmente revestido de mogno, onde desde o primeiro segundo fora moralmente intoxicado pelo aroma desconhecido do vetiver, convencido da hostilidade das cortinas roxas e da insolente indiferença do relógio que pairava alto como se eu não estivesse ali; onde um estranho e impiedoso espelho de pé, de forma quadrangular, barrando obliquamente um dos cantos da sala, ocupava nítido na doce plenitude do meu usual campo de visão uma localização que nele não estava prevista; onde o meu pensamento, esforçando-se durante horas por se desconjuntar, por se estender em altura para assumir exactamente a forma do quarto e conseguir encher até acima o seu gigantesco funil, suportara noites bem duras, comigo estirado na cama, de olhos erguidos, ouvidos ansiosos, narinas indóceis, coração aos pulos: até que o hábito alterou a cor das cortinas, calou o relógio, ensinou a compaixão ao espelho oblíquo e cruel, dissimulou, se é que não expulsou por completo, o cheiro do vetiver e diminuiu notavelmente a altura aparente do tecto. O hábito! Acomodador hábil mas muito lento, e que começa por deixar que o nosso espírito sofra durante semanas numa instalação provisória; mas que, apesar de tudo, o nosso espírito fica feliz por encontrar, porque, se não fosse o hábito, e reduzido exclusivamente aos seus próprios meios, seria impotente para nos oferecer uma casa habitável.

É claro que estava agora bem acordado, o meu corpo virara-se pela última vez e o anjo bom da certeza parara tudo em redor de mim, deitara-me debaixo das cobertas, no meu quarto, e colocara nos seus lugares aproximados, na escuridão, a cómoda, a secretária, a chaminé, a janela para a rua e as duas portas. Mas, apesar de saber que não me achava nas moradas cuja imagem distinta a ignorância do despertar me apresentara num instante, ou, pelo menos, em cuja presença possível me levara a acreditar, a minha memória sofria um abalo; geralmente não procurava adormecer de novo logo de seguida; passava a maior parte da noite a recordar a nossa vida de outros tempos, em Combray, em casa da minha tia-avó, em Balbec, em Paris, em Doncières, em Veneza, noutras partes ainda, a recordar os lugares, as pessoas que havia conhecido, o que delas vira, o que delas me haviam contado.

Em Combray, todos os dias ao fim da tarde, muito tempo antes do momento em que teria de ir para a cama e ficar, sem dormir, longe da minha mãe e da minha avó, o quarto de dormir tornava a ser o ponto fixo e doloroso das minhas preocupações. Bem tinham tido a ideia, para me distraírem nas tardes em que me achavam com um aspecto por demais infeliz, de me darem uma lanterna mágica com que cobriam o meu candeeiro até à hora do jantar; e, tal como os primeiros arquitectos e mestres vidreiros da época gótica, ela substituía a opacidade das paredes por impalpáveis irisações, por sobrenaturais aparições multicoloridas, onde havia lendas pintadas como num vitral vacilante e momentâneo. Mas ainda aumentava mais a minha tristeza, porque bastava a mudança de iluminação para destruir o hábito do meu quarto, graças ao qual, salvo o suplício do deitar, este se me havia tornado suportável. Agora já não o reconhecia, e ficava inquieto lá dentro, como num quarto de hotel ou de casa de campo aonde tivesse chegado pela primeira vez vindo de comboio.

No passo sacudido do seu cavalo, Golo, habitado por um pavoroso desígnio, saía da pequena floresta triangular que aveludava de verde sombrio a encosta de uma colina, e avançava aos solavancos para o castelo da pobre Genoveva de Brabante. Esse castelo recortava-se segundo uma linha curva, que não era senão o limite de uma das ovais de vidro colocadas no caixilho que deslizava entre as ranhuras da lanterna. Era apenas uma das paredes do castelo, e tinha em frente uma charneca onde Genoveva, que usava um cinto azul, sonhava. O castelo e a charneca eram amarelos, e eu não esperara por vê-los para saber de que cor eram, porque, antes dos vidros do caixilho, a sonoridade quente do nome Brabante mo mostrara à evidência. Golo detinha-se por um instante para ouvir com tristeza a proclamação lida em voz alta pela minha tia-avó, e que parecia compreender perfeitamente, adequando a sua atitude, com uma docilidade que não excluía uma certa majestade, às indicações do texto; depois afastava-se no mesmo passo sacudido. E nada podia deter a sua lenta cavalgada. Mexendo na lanterna, eu distinguia o cavalo de Golo, que continuava a avançar sobre os cortinados da janela, abaulando-se nas pregas, descendo pelas aberturas. O corpo do próprio Golo, de uma essência tão sobrenatural como a da sua montada, acomodava-se a qualquer obstáculo material, a qualquer objecto incómodo que encontrasse, tomando-o como ossatura e tornando-o interior a si mesmo, ainda que fosse o punho da porta, ao qual se adaptava de imediato e onde sobrenadava invencivelmente a sua veste vermelha ou o seu rosto pálido, sempre tão nobre e tão melancólico, mas que não deixava transparecer qualquer embaraço dessa transverberação.

É claro que eu me encantava com essas brilhantes projecções que pareciam emanar de um passado merovíngio e que passeavam à minha volta reflexos de história tão antigos. Mas não sou capaz de dizer que mal-estar me causava, porém, aquela intrusão do mistério e da beleza num quarto que eu acabara por encher do meu eu, a ponto de prestar tanta atenção a um como a outro. Depois de ter cessado a influência anestesiante do hábito, punha-me a pensar, a sentir, coisas bem tristes. Aquele punho da porta do meu quarto, que para mim era diferente de todos os outros punhos de porta deste mundo, pelo facto de parecer que abria sozinho sem que eu tivesse necessidade de o girar, de tal modo o seu manejo se me tinha tornado inconsciente, ei-lo que servia agora de corpo astral a Golo. E logo que tocava para o jantar, apressava-me a correr para a sala da refeição, onde o grande candeeiro de tecto, que nada sabia de Golo e do Barba-Azul, e que conhecia os meus parentes e a carne na caçarola, dava a sua luz de todas as tardes; e logo caía nos braços da minha mãe, que as infelicidades de Genoveva de Brabante me tornavam mais cara, ao passo que os crimes de Golo me faziam examinar mais escrupulosamente a minha própria consciência.

Depois do jantar, infelizmente, não tardava a ser obrigado a deixar a minha mãe, que ficava a conversar com os outros, no jardim, se estava bom tempo, ou na saleta, para onde toda a gente se retirava se o tempo era mau. Toda a gente, excepto a minha avó, que achava que «é uma pena estar no campo e ficar fechado em casa» e que tinha constantes discussões com o meu pai, nos dias em que chovia muito, porque ele me mandava ler para o quarto em lugar de ficar lá fora. «Não é assim que o torna robusto e enérgico», dizia ela tristemente, «sobretudo este pequeno que tanto precisa de ganhar forças e vontade.» O meu pai encolhia os ombros e examinava o barómetro, porque gostava de meteorologia, enquanto a minha mãe, evitando fazer barulho para não o perturbar, o olhava com um respeito enternecido, mas não muito fixamente para não procurar devassar o mistério das suas superioridades. Mas a minha avó, essa, fosse qual fosse o tempo, mesmo quando a chuva era violenta e a Françoise tinha metido precipitadamente para dentro os preciosos cadeirões de verga para não se molharem, ia para o jardim vazio e chicoteado pelo aguaceiro, puxando para cima os cabelos cinzentos e em desordem para que melhor se lhe embebesse a testa da salubridade do vento e da chuva. Dizia ela: «Até que enfim, respira-se!», e percorria as alamedas encharcadas — alinhadas com excessiva simetria, segundo o seu gosto, pelo novo jardineiro, desprovido do sentido da natureza e a quem o meu pai perguntara logo de manhã se o tempo se comporia — com os seus passinhos entusiásticos e sacudidos, regulados pelos diversos movimentos despertados na sua alma pela embriaguez do temporal, pelo poder da vida saudável, pela estupidez da minha educação e pela simetria dos jardins, mais que pelo desejo, que desconhecia, de evitar à sua saia cor de ameixa as manchas de lama, sob as quais a dita desaparecia até uma altura que para a sua criada de quarto constituía sempre um desespero e um problema.

Quando estas voltas da minha avó pelo jardim tinham lugar depois do jantar, havia uma coisa com o poder de a fazer regressar: era, num dos momentos em que o giro do seu passeio a fazia passar periodicamente, como um insecto, diante das luzes da saleta onde eram servidos os licores na mesa de jogo, quando a minha tia-avó lhe gritava: «Bathilde! Vê lá se vens impedir o teu marido de beber conhaque!» Com efeito, para a arreliar (ela trouxera para a família do meu pai um espírito tão diferente que toda a gente brincava com ela e a apoquentava), como os licores estavam proibidos ao meu avô, a minha tia-avó dava-lhe a beber algumas gotas. A minha pobre avó entrava e rogava ardentemente ao marido que não tocasse no conhaque; ele zangava-se, bebia mesmo assim a sua golada, e a avó ia-se embora triste, desanimada, mas apesar de tudo sorridente, porque era tão humilde de coração, e tão doce, que a sua ternura pelos outros e o pouco caso que fazia da sua própria pessoa e dos seus sofrimentos se lhe conciliavam no olhar, num sorriso onde, ao contrário do que se vê no rosto de muitos humanos, só para ela própria havia ironia, enquanto para nós todos havia como que um beijo dos olhos, que não podiam ver aqueles que amava sem os afagar apaixonadamente com o olhar. Aquele suplício que a minha tia-avó lhe infligia, o espectáculo das súplicas vãs da minha avó e da sua fraqueza, antecipadamente vencida, ao tentar em vão tirar ao meu avô o copo de licor, era daquelas coisas a cuja visão nos habituamos mais tarde até ao ponto de as levarmos a rir e de tomarmos o partido do perseguidor com desenvoltura e jocosidade bastantes para a nós mesmos nos persuadirmos de que não se trata de perseguição; tais coisas causavam-me então tal horror que me apetecia bater na minha tia-avó. Mas logo que ouvia: «Bathilde! Vê lá se vens impedir o teu marido de beber conhaque!», já homem pela cobardia, fazia o que fazemos todos, quando somos grandes, quando à nossa frente há mortificações e injustiças: não as queria ver; subia a soluçar para o andar mais alto da casa, ao lado da sala de estudo, no sótão, num quartinho que cheirava a lírios, e também perfumado por uma groselheira-brava que crescia lá fora entre as pedras do muro e que introduzia um ramo de flores na janela entreaberta. Destinado a um uso mais especial e mais rasteiro, aquele quarto, donde durante o dia se tinha uma vista que ia até ao torreão de Roussainville-le-Pin, serviu-me durante muito tempo de refúgio, sem dúvida porque era o único que me era permitido fechar à chave, em todas as minhas ocupações que exigiam uma inviolável solidão: a leitura, o devaneio, as lágrimas e a volúpia. Mas, ai, mal sabia eu que, muito mais tristemente que os pequenos desvios de dieta do seu marido, a minha falta de vontade, a minha saúde delicada e a incerteza que me projectavam para o futuro, preocupavam a minha avó durante as suas incessantes deambulações, à tarde e à noitinha, nas quais víamos passar e tornar a passar, obliquamente erguido para o céu, o seu belo rosto de faces morenas e enrugadas, que com a idade se haviam tornado quase rosa-malva, como as lavras no Outono, faces ocultas, quando saía, por um veuzinho semilevantado, e nas quais, ali levado pelo frio ou por algum triste pensamento, estava sempre secando um pranto involuntário.

O meu único consolo, quando subia para me deitar, era que a minha mãe viria dar-me um beijo à cama. Mas aquela boa-noite durava tão pouco, ela tornava a descer tão depressa, que o momento em que a ouvia subir, e depois quando passava no corredor de porta dupla o leve ruído do seu vestido de jardim de musselina azul, donde pendiam uns cordões de palha entrançada, era para mim um momento doloroso. Anunciava o que se lhe iria seguir, aquele em que já me teria deixado, em que já teria descido. E, assim, chegava a desejar que viesse o mais tarde possível aquela boa-noite de que eu tanto gostava, que se prolongasse o tempo de espera de quando a minha mãe não aparecera ainda. Às vezes, quando, depois de me ter beijado, abria a porta para se ir embora, eu queria chamá-la, dizer-lhe «Dá-me mais um beijo», mas sabia que ela ficaria logo de cara zangada, porque a concessão que fazia à minha tristeza e à minha agitação ao subir para me dar um beijo, ao trazer-me esse beijo de paz, irritava o meu pai, que considerava absurdos aqueles ritos, e ela bem gostaria de tentar que eu perdesse tal necessidade, tal hábito, em vez de me deixar adquirir o de lhe pedir, quando estava já de saída, um beijo mais. Ora, vê-la zangada destruía toda a calma que momentos antes ela me trouxera, quando debruçara sobre a minha cama o seu rosto de amor, e mo estendera como uma hóstia para uma comunhão de paz onde os meus lábios sorveriam a sua presença real e a possibilidade de adormecer. Mas essas noites, em que a minha mãe ficava tão pouco tempo no meu quarto, eram ainda doces em comparação com aquelas em que havia convidados a jantar e em que, por causa disso, ela não subia para me dar as boas-noites. Os convidados limitavam-se geralmente ao senhor Swann, que, para além de alguns estranhos de passagem, era quase a única pessoa que vinha a nossa casa em Combray, às vezes para jantar como vizinho (mais raramente desde que fizera aquele mau casamento, porque os meus parentes não queriam receber a mulher), outras vezes depois do jantar, de surpresa. Nos fins de tarde em que, sentados em frente da casa debaixo do grande castanheiro, em redor da mesa de ferro, ouvíamos na extremidade do jardim, não o guizo copioso e agudo que inundava, que atordoava com o seu ruído ferruginoso, inesgotável e gelado, qualquer pessoa da casa que à sua passagem o desencadeasse entrando «sem tocar», mas o duplo tilintar tímido, oval e dourado, da sineta para os estranhos, logo toda a gente perguntava: «Uma visita, quem poderá ser?», mas bem sabíamos que não podia deixar de ser o senhor Swann; a minha tia-avó, falando em voz alta, para dar o exemplo, num tom que se esforçava por tornar natural, dizia que não se devia segredar daquela maneira; que nada é mais descortês para uma pessoa que chega, e a quem isso leva a acreditar que estamos a dizer coisas que não deve ouvir; e mandava-se como batedor a minha avó, sempre feliz por ter um pretexto para dar mais uma volta pelo jardim, e que aproveitava para de passagem arrancar sub-repticiamente algumas estacas de roseiras para dar às rosas alguma naturalidade, tal como uma mãe que, para os tufar, passa a mão pelos cabelos do filho, que o barbeiro achatou de mais.

Ficávamos todos em suspenso das notícias que a minha avó iria trazer-nos do inimigo, como se pudéssemos hesitar entre um grande número de possíveis assaltantes, e logo a seguir o meu avô dizia: «Reconheço a voz de Swann.» Com efeito, só o reconhecíamos pela voz, distinguíamos mal o seu rosto de nariz curvo, de olhos verdes, debaixo de uma testa alta rodeada de cabelo loiro quase ruivo, penteado como o do actor Bressant[1], porque mantínhamos o mínimo de luz possível no jardim para não atrair os mosquitos; e eu ia, disfarçadamente, dizer que trouxessem os xaropes; a minha avó achava mais agradável e dava muita importância a que eles não parecessem estar ali excepcionalmente e apenas para as visitas. O senhor Swann, embora muito mais novo que ele, tinha muito boas relações com o meu avô, que fora um dos melhores amigos do pai, um homem excelente mas peculiar, em quem, ao que parece, um quase nada bastava às vezes para interromper os impulsos do coração, para alterar o curso do pensamento. Eu ouvia várias vezes por ano o meu avô contar à mesa anedotas, sempre as mesmas, sobre a atitude que o senhor Swann pai tivera por ocasião da morte da mulher, que velara dia e noite. O meu avô, que não o via há muito tempo, juntara-se-lhe sem demora na propriedade que os Swann possuíam nos arredores de Combray e conseguira, para que ele não assistisse ao fechar do caixão, obrigá-lo a sair por momentos, lavado em lágrimas, da câmara mortuária. Deram alguns passos pelo parque, onde havia algum sol. De repente, o senhor Swann, travando o meu avô pelo braço, exclamara: «Ah, meu velho amigo, que felicidade é passearmos juntos «com este tempo magnífico! Não acha isto lindo, todas estas árvores, estes espinheiros, e este meu tanque pelo qual nunca me felicitou? Você está com uma cara de enterro!... Está a sentir este ventinho? Ah, bem se pode dizer que apesar de tudo a vida tem coisas boas, meu caro Amédée!» De repente, voltou-lhe a lembrança da mulher morta, e achando por certo muito complicado apurar como pudera, numa ocasião como aquela, deixar-se arrastar por um impulso de alegria, limitou-se, com um gesto que nele era habitual sempre que se lhe apresentava ao espírito uma questão árdua, a passar a mão pela testa, a enxugar os olhos e limpar as lentes do lornhão. Todavia, não conseguiu consolar-se da morte da mulher, mas, durante os dois anos que lhe sobreviveu, dizia ao meu avô: «Tem graça, penso muitas vezes na minha pobre mulher, mas não posso pensar nela muito de cada vez.» «Muitas vezes mas pouco de cada vez, como o pobre pai Swann», tornara-se uma das frases favoritas do meu avô, que a pronunciava a propósito das coisas mais diversas. Eu seria tentado a achar que o pai de Swann era um monstro, se o meu avô, que eu considerava melhor juiz, e cujas sentenças, que constituíam jurisprudência para mim, muitas vezes me serviram mais tarde para absolver faltas que estaria inclinado a condenar, não tivesse protestado: «Qual quê! Era um coração de ouro!»

Durante muitos anos, e apesar de, sobretudo antes do seu casamento, o senhor Swann filho vir muitas vezes vê-los em Combray, a minha tia-avó e os meus avós não suspeitaram de que ele já não vivia no meio que a sua família frequentara e que, sob a espécie de incógnito que em nossa casa lhe atribuía aquele nome de Swann, recebiam — com a perfeita inocência de honestos hospedeiros que acolhem, sem o saberem, um célebre bandido — um dos membros mais elegantes do Jockey-Club, amigo preferido do conde de Paris e do príncipe de Gales, um dos homens mais requestados da alta sociedade do *faubourg* Saint-Germain.

A ignorância em que estávamos daquela brilhante vida mundana que Swann levava tinha que ver em parte com a reserva e com a discrição do seu carácter, mas também com o facto de os burgueses de então fazerem da sociedade uma ideia um pouco hindu, de a considerarem composta de castas fechadas em que cada um se achava colocado, desde o seu nascimento, no nível que os respectivos pais ocupavam, e donde nada, salvo os acasos de uma carreira excepcional ou de um casamento inesperado, o podia tirar para o fazer entrar numa casta superior. O senhor Swann pai era agente de câmbios; e acontecia que o «filho Swann» fazia parte para toda a vida de uma casta em que as fortunas, como numa categoria de contribuintes, variavam entre este e aquele rendimento. Sabia-se quais tinham sido as relações do pai, e sabia-se, por conseguinte, quais eram as dele, com que pessoas estava «em situação» de se dar. Se conhecia outras, eram relações de rapaz, às quais os amigos antigos da família, como era o caso dos meus parentes, fechavam os olhos com tanta mais benevolência quanto ele continuava, depois de órfão, a vir visitar-nos fielmente; mas bem se podia apostar que aquelas pessoas que nos eram desconhecidas e com quem ele se dava eram das que não se atreveria a cumprimentar se, estando connosco, as encontrasse. Se por força quiséssemos aplicar a Swann um coeficiente social que fosse pessoalmente seu, entre os outros filhos de agentes de câmbios com situação igual à dos pais, esse coeficiente seria para ele um pouco inferior, porque, sendo muito simples de maneiras e tendo tido sempre uma «tineta» para objectos antigos e pintura, vivia agora numa velha moradia onde amontoava as suas colecções e que a minha avó sonhava visitar, mas que se situava no Cais de Orleães, bairro esse onde a minha tia-avó achava infamante morar-se. «O senhor é apenas um conhecedor? Pergunto-lhe isto no seu interesse, porque deve ser atacado com mamarrachos por parte dos negociantes de arte», dizia-lhe a minha tia-avó; com efeito, ela não lhe imaginava qualquer competência, e não tinha até uma ideia muito elevada do ponto de vista intelectual de um homem que, nas conversas, evitava os assuntos sérios e demonstrava uma precisão muito prosaica, não apenas quando nos dava, entrando nos mínimos pormenores, receitas de cozinha, mas mesmo quando as irmãs da minha avó falavam de assuntos artísticos. Provocado por elas a dar a sua opinião, a exprimir a sua admiração por um quadro, ficava-se num silêncio quase descortês, e desforrava-se, em contrapartida, se podia fornecer qualquer informação material sobre o museu onde se encontrava ou sobre a data em que fora pintado. Mas habitualmente limitava-se a procurar divertir-nos, contando sempre uma história nova que acabava de lhe acontecer, com pessoas escolhidas entre as que nós conhecíamos, com o farmacêutico de Combray, com a nossa cozinheira, com o nosso cocheiro. É certo que estas historietas faziam rir a minha tia-avó, mas ela não distinguia bem se ria por causa do ridículo a que Swann se expunha sempre, se do espírito com que as contava: «Pode dizer-se que o senhor é mesmo um original, Swann!» Como ela era a única pessoa um pouco trivial da nossa família, tinha a preocupação de fazer notar aos estranhos, quando se falava de Swann, que ele, se quisesse, poderia morar no Bulevar Haussmann ou na Avenida da Ópera, que era filho do senhor Swann, que lhe devia ter deixado uns quatro ou cinco milhões, mas que era um homem sem fantasia. Fantasia que ela, aliás, considerava dever ser tão divertida para os outros que, em Paris, quando o senhor Swann vinha no primeiro de Janeiro trazer-lhe o seu saco de *marrons glacés*, não deixava de lhe dizer, se havia pessoas presentes: «Então, senhor Swann, continua a morar perto do Entreposto do Vinho, para ter a certeza de não perder o comboio quando vai a Lião?» E espreitava pelo canto do olho, por cima do lornhão, as outras visitas.

Mas se tivessem dito à minha tia-avó que aquele Swann, que, como Swann filho, era perfeitamente «qualificado» para ser recebido por toda a «bela burguesia», pelos notários e advogados mais estimados de Paris (privilégio que ele parecia deixar um pouco para as mulheres), tinha, como que às escondidas, uma vida completamente diferente; que, ao sair de nossa casa, em Paris, depois de nos ter dito que ia deitar-se, arrepiava caminho mal virava a esquina e se dirigia a um determinado salão que nunca os olhos de qualquer agente de câmbios ou seu sócio haviam contemplado, tal teria parecido tão extraordinário à minha tia como para uma dama mais letrada seria a ideia de estar pessoalmente relacionada com Aristeu, de quem soubesse que, depois de ter conversado com ela, iria mergulhar no seio dos reinos de Tétis, num império subtraído aos olhos dos mortais, e onde Virgílio no-lo mostra recebido de olhos abertos[2]; ou — para nos limitarmos a uma imagem com mais possibilidades de lhe ocorrer, porque a vira pintada nos nossos pratos de bolinhos de chá de Combray — a de ter tido para jantar Ali-Babá, que, ao saber-se a sós, irá penetrar na caverna deslumbrante de insuspeitados tesouros.

Um dia em que viera visitar-nos em Paris depois do jantar, desculpando-se por estar de casaca, quando a Françoise, depois da sua partida, disse ter sabido pelo cocheiro que ele jantara «em casa de uma princesa» — «sim, em casa de uma princesa do mundo dos maus costumes!», respondera a tia, encolhendo os ombros sem levantar os olhos do tricô e com serena ironia.

E assim, a minha tia-avó tratava-o com poucas deferências. Como achava que ele devia sentir-se lisonjeado pelos nossos convites, considerava muito natural que não nos viesse visitar no Verão sem trazer na mão um cesto de pêssegos ou de framboesas da sua horta, e que de cada uma das suas viagens de Itália me trouxesse fotografias de obras-primas.

Pouco se lhes dava de o mandar chamar quando havia necessidade de uma receita de molho *gribiche* ou de salada de ananás para grandes jantares para os quais não era convidado, não se lhe achando prestígio suficiente para o poderem mostrar a estranhos que vinham pela primeira vez. Se a conversa recaía nos príncipes da Casa de França: «Pessoas que nunca conheceremos, nem o senhor nem nós, e passamos bem sem elas, não é», dizia a minha tia-avó a Swann, que talvez tivesse no bolso uma carta de Twickenham[3]; punha-o a empurrar o piano e a virar as páginas nas tardes em que a irmã da minha avó cantava, usando para tratar com aquela pessoa noutros lugares tão apreciada a ingénua rudeza de uma criança que brinca com um bibelô de colecção com tantas precauções como com um objecto barato. Sem dúvida que o Swann que nessa mesma época tantos sócios de clubes conheceu era muito diferente do que a minha tia-avó criava, quando, à tarde, no jardinzinho de Combray, depois de terem retinido os dois toques hesitantes da sineta, ela injectava e vivificava com tudo o que sabia sobre a família Swann a obscura e incerta personagem que se destacava, seguido da minha avó, sobre um fundo de trevas, e que se reconhecia pela voz. Mas, mesmo do ponto de vista das coisas mais insignificantes da vida, nós não somos um todo materialmente constituído, idêntico para toda a gente e de quem cada um apenas tenha de tomar conhecimento, como de um caderno de encargos ou de um testamento; a nossa personalidade social é uma criação do pensamento dos outros. Mesmo o acto tão simples a que chamamos «ver uma pessoa conhecida» é em parte um acto intelectual. Preenchemos a aparência física do ser que vemos com todas as noções que temos sobre ele e, na figura total que imaginamos, essas noções possuem certamente um importante papel. Elas acabam por inchar as faces tão perfeitamente, por acompanhar numa aderência de tal modo exacta a linha do nariz, tratam tão bem de graduar a sonoridade da voz como se esta não passasse de um transparente invólucro, que, de cada vez que vemos este rosto e que ouvimos esta voz, são essas noções que reencontramos, são elas que escutamos. Por certo, no Swann que tinham fabricado, os meus parentes haviam omitido por ignorância a entrada de inúmeras particularidades da sua vida mundana que faziam com que outras pessoas, quando estavam na sua presença, vissem as elegâncias reinarem no seu rosto e deterem-se no seu nariz curvo como sua fronteira natural; mas haviam podido também amontoar naquele rosto desviado do seu prestígio, desocupado e espaçoso, no fundo daqueles olhos depreciados, o vago e doce resíduo — meio memória, meio olvido — das horas ociosas passadas na sua companhia depois dos nossos jantares semanais, em redor da mesa de jogo ou no jardim, durante a nossa vida de boa vizinhança campesina. O invólucro corporal do nosso amigo tinha sido tão bem atestado de tudo isso, assim como de algumas recordações relativas aos seus pais, que aquele Swann se tornara um ser completo e vivo, e tenho a impressão de abandonar uma pessoa para ir para outra dela distinta quando, na minha memória, do Swann que conheci mais tarde com exactidão passo àquele primeiro Swann — àquele primeiro Swann em quem reencontro os encantadores erros da minha juventude, e que aliás se assemelha menos ao outro que às pessoas que conheci pela mesma época, como se a nossa vida fosse como um museu, onde todos os retratos de um mesmo tempo possuem um ar de família, uma mesma tonalidade —, àquele primeiro Swann cheio de vagares, perfumado pelo aroma do grande castanheiro, dos cestos de framboesas e de um raminho de estragão.

No entanto, um dia em que a minha avó fora pedir um favor a uma senhora que conhecera no Sacré-Cœur (e com quem, devido à nossa concepção das castas, não quisera manter relações, apesar de existir uma simpatia recíproca), a marquesa de Villeparisis, da célebre família de Bouillon, esta dissera-lhe: «Creio que conhece bem o senhor Swann, que é um grande amigo dos meus sobrinhos Des Leaumes.»

A minha avó regressara da sua visita entusiasmada com a casa, que dava para uns jardins, e que a senhora de Villeparisis lhe aconselhava a alugar, e também com um costureiro e a respectiva filha, que tinham a sua loja no pátio e onde entrara para pedir que lhe dessem um ponto na saia que rasgara na escada. A minha avó tinha achado aquela gente perfeita, declarava que a pequena era uma pérola e que o costureiro era o homem mais distinto, o melhor que jamais vira. E que para ela a distinção era qualquer coisa de absolutamente independente da classe social. Extasiava-se com uma resposta que o costureiro lhe dera, contando à minha mãe: «A Sévigné não diria melhor!», e, em compensação, dizia de um sobrinho da senhora de Villeparisis que encontrara lá em casa: «Ah, minha filha, que insignificante!»

Ora a frase relativa a Swann tivera como efeito não fazê-lo subir no espírito da minha tia-avó, mas fazer descer a senhora de Villeparisis. Parecia que a consideração que, fiados na minha avó, tínhamos pela senhora de Villeparisis lhe criava o dever de nada fazer que a tornasse menos digna dela, e que faltara a esse dever ao saber da existência de Swann e ao permitir que parentes seus se dessem com ele. «Como? Então ela conhece Swann? Para uma pessoa que tu pretendias ser parente do marechal de Mac-Mahon!» Esta opinião dos meus parentes sobre as relações de Swann pareceu-lhes ser depois confirmada pelo seu casamento com uma mulher da pior sociedade, quase uma *cocotte*, que, aliás, ele nunca procurou apresentar, continuando a vir a nossa casa sozinho, embora cada vez menos, mas a partir da qual julgaram poder avaliar — supondo que era onde ele a tinha arranjado — o meio, deles desconhecido, que habitualmente frequentava.

Mas uma vez o meu avô leu num jornal que o senhor Swann era um dos mais fiéis frequentadores dos almoços de domingo em casa do duque de X..., cujos pai e tio haviam sido os homens de Estado mais falados do reinado de Luís Filipe. Ora o meu avô tinha curiosidade por todos os pequenos factos que o pudessem ajudar a entrar pelo pensamento na vida privada de homens como Molé, como o duque Pasquier, como o duque de Broglie. Ficou encantado por saber que Swann frequentava pessoas que os haviam conhecido. A minha tia-avó, pelo contrário, interpretou esta notícia num sentido desfavorável a Swann: alguém que escolhia as suas relações fora da casta onde nascera, fora da sua «classe» social, sofria a seus olhos uma deplorável desclassificação. Parecia-lhe que essa gente renunciava desde logo ao fruto de todas as belas relações com pessoas bem colocadas que as famílias previdentes tinham decentemente mantido e enceleirado para os filhos (a minha tia-avó deixara até de se dar com o filho de um notário nosso amigo porque ele casara com uma alteza, e assim descera, por causa dela, do nível respeitado de filho de notário ao de um daqueles aventureiros, antigos criados de quarto ou moços de estrebaria, aos quais se diz que as rainhas às vezes prestavam os seus favores). Censurou o projecto do meu avô de interrogar Swann, na próxima noite em que ele viesse jantar, acerca dos seus amigos que estávamos a descobrir-lhe. Por outro lado, as duas irmãs da minha avó, umas velhas senhoras que tinham a sua nobre natureza, mas não o seu espírito, declararam não compreender que prazer podia ter o cunhado em falar de tais patetices. Eram pessoas de aspirações elevadas e que por isso mesmo eram incapazes de se interessar por aquilo a que se chama um mexerico, ainda que tivesse interesse histórico, e de uma forma geral por tudo o que estivesse directamente ligado a um objecto estético ou virtuoso. O desinteresse do seu pensamento era tal, relativamente a tudo o que de perto ou de longe parecesse estar relacionado com a vida mundana, que o seu sentido auditivo — tendo acabado por compreender a sua inutilidade momentânea logo que ao jantar a conversa tomava um tom frívolo ou simplesmente terra-a-terra sem que as duas velhas solteironas a tivessem podido encaminhar para os temas que lhes eram caros — punha então em repouso os seus órgãos receptores e deixava que sofressem um verdadeiro começo de atrofia. Se o meu avô precisava então de chamar a atenção das duas irmãs, tinha de recorrer àquelas advertências físicas utilizadas pelos médicos alienistas com certos maníacos da distracção: golpes vibrados diversas vezes num copo com a lâmina de uma faca, coincidindo com uma brusca interpelação da voz e do olhar, meios violentos esses que os tais psiquiatras transportam com frequência para as relações correntes com pessoas de boa saúde, ou por hábito profissional, ou por considerarem que toda a gente é um pouco louca.

Ficaram elas mais interessadas quando, na véspera do dia em que Swann vinha jantar, e lhes havia pessoalmente enviado uma caixa de vinho de Asti, a minha tia, segurando na mão um número do *Figaro* onde, ao lado do nome de um quadro que estava numa exposição de Corot, havia estas palavras: «Da colecção do senhor Charles Swann», nos disse: «Já viram que Swann tem "as honras" do *Figaro*?» «Mas eu sempre vos disse que ele tinha muito bom gosto», observou a minha avó. «Naturalmente, desde que se trate de ter uma opinião diferente de nós», respondeu a minha tia-avó, que, sabendo que a minha avó nunca tinha a mesma opinião que ela, e não estando bem segura de que fosse a si própria que nós dávamos sempre razão, pretendia arrancar-

-nos uma condenação em bloco das opiniões da minha avó, contra as quais tentava à força solidarizar-nos com as suas. Mas nós ficámos em silêncio. Como as irmãs da minha avó manifestaram a intenção de falar a Swann daquela referência do *Figaro*, a minha tia-avó desaconselhou--as a fazê-lo. De cada vez que via nos outros uma vantagem, por pequena que fosse, que ela não possuísse, persuadia-se de que se tratava, não de uma vantagem, mas de um mal, e lamentava-as para não ter que as invejar. «Acho que não lhes iriam dar qualquer prazer; eu sei bem que para mim seria desagradável ver o meu nome impresso assim preto no branco no jornal, e não ficaria de modo algum lisonjeada se me falassem do assunto.» Aliás, não teimou em persuadir as irmãs da minha avó; porque estas, por horror à vulgaridade, levavam tão longe a arte de dissimular sob engenhosas perífrases uma alusão pessoal, que esta passava muitas vezes despercebida do próprio a quem se dirigia. Quanto à minha mãe, só pensava em tentar obter do meu pai que aceitasse falar a Swann, não da mulher, mas da filha, que adorava, e por causa de quem se dizia que acabara por fazer aquele casamento. «Podias dizer-lhe apenas uma palavra, perguntar-lhe como vai ela. Deve ser tão cruel para ele.» O meu pai zangava-se: «Nada disso! Tu tens ideias absurdas. Seria ridículo.»

O único de nós para quem a vinda de Swann se tornou objecto de preocupação dolorosa, fui eu. É que nas noites em que havia estranhos, ou apenas o senhor Swann, a minha mãe não subia ao meu quarto. Eu jantava antes de toda a gente e vinha depois sentar-me à mesa, até às oito horas, hora a que estava assente que tinha de subir; aquele beijo precioso e frágil que habitualmente a minha mãe me confiava na cama na hora de adormecer, tinha eu de o transportar da sala de jantar para o quarto e de o guardar todo o tempo que demorava a despir-me sem que se lhe quebrasse a doçura, sem que se lhe evolasse e evaporasse a sua virtude volátil, e, justamente nessas noites em que mais precisaria de o receber com maiores cautelas, tinha de o receber, de o furtar bruscamente, publicamente, sem sequer dispor do tempo e da liberdade necessárias para prestar ao que fazia aquela atenção própria dos maníacos que se esforçam por não pensar noutra coisa enquanto fecham uma porta para, quando a incerteza doentia lhes regressa, lhe poderem opor vitoriosamente a recordação do momento em que a fecharam.

Estávamos todos no jardim quando retiniram os dois toques hesitantes da sineta. Sabia-se que era Swann; contudo, todos olharam uns para os outros com um ar interrogador e mandaram a minha avó fazer o reconhecimento. «Pensem em agradecer-lhe inteligivelmente o vinho, bem sabem que é delicioso, e a caixa é enorme», recomendou o meu avô às duas cunhadas. «Não comecem a cochichar», disse a minha tia--avó. «Que confortável que é chegar a uma casa onde toda a gente está a falar baixinho...» «Ah! aí está o senhor Swann. Vamos perguntar-lhe se acha que amanhã está bom tempo», disse o meu pai. A minha mãe achava que uma palavra sua poderia apagar toda a mágoa que na nossa família teríamos causado a Swann desde o seu casamento. Achou maneira de o puxar um pouco de parte. Mas eu segui-a; não era capaz de me decidir a afastar-me dela um passo, pensando que daí a pouco teria que a deixar na sala de jantar e que subir para o meu quarto sem ter como nas outras noites a consolação de ela me vir beijar. «Ora vá, senhor Swann», disse-lhe ela, «fale-me lá um bocadinho da sua filha; tenho a certeza de que ela tem já gosto pelas coisas belas como o pai.» «Então, venham sentar-se todos connosco debaixo da varanda», disse o meu avô aproximando-se. A minha mãe foi obrigada a interromper-se, mas até desse incómodo retirou mais um pensamento delicado, como os bons poetas forçados pela tirania da rima a encontrar as suas maiores belezas: «Tornaremos a falar dela quando estivermos os dois», disse ela a meia-voz a Swann. «Só uma mãe é digna de o compreender. Tenho a certeza de que a dela seria da minha opinião.» Sentámo-nos todos em redor da mesa de ferro. Bem gostaria eu de não pensar nas horas de angústia que iria passar nessa noite sozinho no meu quarto sem conseguir adormecer; tentava persuadir-me de que elas não tinham qualquer importância, visto que amanhã de manhã já as teria esquecido, agarrar--me a ideias de futuro que haveriam de me conduzir como que sobre uma ponte para além do abismo próximo que me assustava. Mas o meu espírito, tenso pela preocupação, tornado convexo como o olhar que dardejava sobre a minha mãe, não se deixava penetrar por qualquer impressão alheia. É certo que os pensamentos entravam nele, mas desde que deixassem cá fora qualquer elemento de beleza ou simplesmente de graça que me tocasse ou distraísse. Tal como um doente, graças a um anestésico, assiste com plena lucidez à operação que nele praticam, mas sem nada sentir, eu podia recitar para mim próprio versos de que gostava ou observar os esforços que o meu avô fazia para falar a Swann do duque de Audiffret-Pasquier, sem que os primeiros me fizessem sentir qualquer emoção e os segundos qualquer jovialidade. Aqueles esforços foram infrutíferos. Mal o meu avô colocou a Swann uma questão relativa àquele orador, logo uma das irmãs da minha avó, a cujos ouvidos esta pergunta ressoou como um silêncio profundo mas intempestivo, e que era delicado interromper, interpelou a outra: «Imagina, Céline, que conheci uma jovem professora primária sueca que me deu sobre as cooperativas nos países escandinavos pormenores interessantíssimos. Tem de vir cá jantar uma noite destas.» «Acho que sim!», respondeu a irmã Flora, «mas eu também não perdi o meu tempo. Encontrei em casa do senhor Vinteuil um velho sábio que conhece bem o actor Maubant e a quem Maubant explicou com todo o pormenor como faz para compor o papel de uma personagem. É o que há de mais interessante. É um vizinho do senhor Vinteuil, eu não sabia; é muito amável.» «Não é só o senhor Vinteuil que tem vizinhos amáveis!», exclamou a minha tia Céline numa voz tornada forte pela timidez e artificial pela premeditação, e entretanto lançava a Swann aquilo a que chamava um olhar significativo. Ao mesmo tempo, a tia Flora, que compreendera que aquela frase era o agradecimento de Céline pelo vinho de Asti, olhava igualmente para Swann com um ar tingido de congratulação e ironia, ou simplesmente para sublinhar o dito de espírito da irmã, ou porque invejava Swann por tê-lo inspirado, ou ainda porque não podia deixar de troçar dele porque achava que ele estava na berlinda. «Acho que poderemos conseguir ter esse senhor para jantar», continuou Flora; «quando o pomos a falar de Maubant ou da cantora Materna fala horas a fio sem parar.» «Deve ser delicioso», suspirou o meu avô, em cujo espírito a natureza infelizmente omitira por completo a inclusão da possibilidade de se interessar com paixão pelas cooperativas agrícolas suecas ou pela composição dos papéis de Maubant, tanto como se esquecera de fornecer o das irmãs da minha avó com o grãozinho de sal que cada um deve acrescentar, para lhe encontrar algum sabor, a uma história sobre a vida íntima de Molé ou do conde de Paris. «Olhe», disse Swann ao meu avô, «o que lhe vou dizer relaciona-se mais do que parece com o que me estava a perguntar, porque em certos pontos as coisas não mudaram por aí além. Esta manhã estava eu a reler em Saint-Simon algo que o teria divertido. É no volume sobre a sua embaixada de Espanha; não é um dos melhores, não passa de um diário, mas pelo menos é um diário maravilhosamente bem escrito, o que constitui já uma primeira diferença comparado com os enfadonhos diários que nos julgamos obrigados a ler de manhã à noite.» «Não sou da sua opinião, há dias em que a leitura dos diários me parece muito agradável...», interrompeu a tia Flora, para mostrar que lera a frase sobre o Corot de Swann no *Figaro*. «Quando falam de coisas ou de pessoas que nos interessam!», licitou a tia Céline. «Não digo que não», respondeu Swann admirado. «O que eu censuro nos jornais é obrigarem-nos todos os dias a dar atenção a coisas insignificantes, ao passo que lemos três ou quatro vezes na vida os livros em que há coisas essenciais. Já que rasgamos febrilmente todas as manhãs a cinta do jornal, então devíamos mudar as coisas e pôr no jornal, sei lá, os... os *Pensamentos* de Pascal (destacou esta palavra num tom de ênfase irónica para não ter um ar pedante). E seria no volume de cortes dourados, que só abrimos uma vez de dez em dez anos», acrescentou ele, demonstrando pelas coisas mundanas aquele desdém que certos homens da sociedade costumam fingir, «que leríamos que a rainha da Grécia foi a Cannes ou que a princesa de Léon deu um baile de máscaras. Ficaria assim restabelecida a justa proporção.» Mas, lamentando ter-se deixado levar a falar, ainda que ligeiramente, de coisas sérias, acrescentou: «Estamos a ter uma belíssima conversa, não sei porque é que abordamos estes "cumes"», e, virando-se para o meu avô: «Conta então Saint-Simon que Maulévrier tivera a audácia de estender a mão aos seus filhos. Como sabem, é deste Maulévrier que ele diz: "Nunca vi nessa espessa garrafa mais que mau humor, grosseria e tolices."» «Espessa ou não, sei de garrafas onde há coisas muito diferentes», disse vivamente Flora, que insistia em agradecer também a Swann, porque o presente de vinho de Asti era para as duas. Céline pôs-se a rir. Swann, atrapalhado, continuou: «"Não sei se foi ignorância ou astúcia", escreve Saint-Simon, "mas quis dar a mão aos meus filhos. Dei por isso a tempo de o impedir."» O meu avô extasiava-se já com aquela da «ignorância ou astúcia», mas Céline, em quem o nome de Saint-Simon — um literato — impedira a anestesia completa das faculdades auditivas, já se indignava: «Como? Tem admiração por isso? Muito bem, lindo! Mas que é que uma coisas dessas pode querer dizer? Então um homem não vale tanto como outro qualquer? Que interessa que seja duque ou cocheiro se tiver inteligência e coração? Tinha uma bela maneira de educar os filhos esse seu Saint-Simon, se não lhes dizia para darem a mão a todas as pessoas decentes. É muito simplesmente abominável. E atreve-se a citar isso?» E o meu avô, consternado, sentindo a impossibilidade, perante aquela obstrução, de procurar levar Swann a contar as histórias que o iriam divertir, dizia em voz baixa à minha mãe: «Relembra-me lá o verso que me ensinaste e que me alivia tanto em ocasiões destas. Ah! sim: "Senhor, quantas virtudes tu nos fazes odiar!" Ah, que verdade!»

Eu não tirava os olhos da minha mãe; sabia que, quando se sentassem à mesa, não me autorizariam a ficar durante todo o jantar e que, para não contrariar o meu pai, a minha mãe não me deixaria beijá-la várias vezes diante das pessoas, como no meu quarto. Por isso, prometia a mim mesmo que, na sala de jantar, quando começassem a comer e eu sentisse que a hora se aproximava, faria antecipadamente daquele beijo, que seria curto e furtivo, tudo o que eu podia fazer sozinho, escolher com o meu olhar o local da face que iria beijar, preparar o meu pensamento para poder, graças a esse começo mental de beijo, consagrar todo o minuto que a minha mãe iria conceder-me a sentir a sua face encostada aos meus lábios, tal como um pintor que só pode obter curtas sessões de pose prepara a paleta e fez antecipadamente de memória, a partir dos seus apontamentos, tudo aquilo para que, em rigor, podia dispensar a presença do modelo. Mas eis que, antes de tocar para o jantar, o meu avô teve a ferocidade inconsciente de dizer: «O pequeno está com um ar cansado, devia subir para se deitar. De resto, vamos jantar tarde esta noite.» E o meu pai, que não era tão escrupulosamente fiel aos tratados como a minha avó e a minha mãe, disse: «Sim, anda, vai deitar-te.» Eu quis beijar a minha mãe, e nesse instante ouviu-se a sineta do jantar. «Não, vá lá, deixa lá a tua mãe, já basta de boas-noites dessas, são manifestações ridículas. Vamos, sobe!» E tive de partir sem viático; tive de subir cada degrau da escada, como diz a expressão popular, «a contragosto», subindo contra a minha vontade, que queria regressar para junto da minha mãe porque ela não lhe havia dado, com um beijo, licença para ir comigo. Aquela escada detestável que eu percorria sempre tão tristemente exalava um cheiro a verniz que de algum modo absorvera, fixara, aquela espécie singular de mágoa que eu sentia todas as noites e que porventura a tornava mais cruel ainda para a minha sensibilidade, porque sob essa forma olfactiva a minha inteligência já não podia intervir. Quando estamos a dormir e ainda não demos por uma dor de dentes, a não ser como uma garota que tentamos duzentas vezes seguidas retirar da água ou como um verso de Molière que repetimos interiormente sem parar, é um grande alívio acordarmos e a nossa inteligência poder desembaraçar a ideia de dor de dentes de qualquer disfarce heróico ou ritmado. Era o contrário desse alívio que eu sentia quando o meu desgosto de subir para o quarto entrava em mim de uma forma infinitamente mais rápida, quase instantânea, ao mesmo tempo insidiosa e brusca, pela inalação — muito mais tóxica que a penetração moral — do cheiro de verniz próprio daquela escada. Uma vez chegado ao quarto, foi preciso tapar todas as saídas, fechar as portadas, cavar a minha própria sepultura desfazendo as cobertas da cama, envergar o sudário da camisa de dormir. Mas, antes de me amortalhar na cama de ferro, que haviam acrescentado ao quarto porque eu tinha muito calor no Verão sob as cortinas de repes da cama grande, tive um movimento de revolta, quis tentar uma astúcia de condenado. Escrevi à minha mãe suplicando-lhe que subisse por uma razão grave que não lhe podia dizer na carta. O meu pavor era que a Françoise, a cozinheira da minha tia, que se encarregava de tratar de mim quando eu estava em Combray, se recusasse a levar o bilhete. Não duvidava de que, para ela, levar um recado à minha mãe quando estava gente de fora lhe iria parecer tão impossível como ao porteiro de um teatro entregar uma carta a um actor com ele no palco. Ela tinha acerca das coisas que podem e não podem fazer-se um código imperioso, abundante, subtil e intransigente, assente em distinções inapreensíveis ou supérfluas (o que lhe conferia as aparências daquelas leis antigas que, ao lado de prescrições ferozes, como a de massacrar as crianças de peito, proíbem com exagerada delicadeza que se ferva o cabrito no leite da mãe ou que se coma num animal o nervo da coxa). Tal código, a julgar pela obstinação súbita que ela punha em não querer fazer certos recados de que a encarregávamos, parecia ter previsto complexidades sociais e refinamentos mundanos, tais como nada, no meio da Françoise e na sua vida doméstica de aldeia, poderia ter-lhe sugerido; e éramos obrigados a pensar que existia nela um passado francês muito antigo, nobre e mal compreendido, como naquelas cidades fabris, onde velhas mansões atestam que houve outrora uma vida de corte e onde os operários de uma fábrica de produtos químicos trabalham no meio de delicadas esculturas que representam o milagre de São Teófilo ou os quatro filhos de Aimão. Neste caso particular, o artigo do código devido ao qual era pouco provável que, salvo o caso de incêndio, a Françoise fosse incomodar a minha mãe na presença do senhor Swann por causa de uma personagem tão insignificante como eu, exprimia simplesmente o respeito que ela professava, não apenas pelos pais — assim como pelos mortos, pelos padres e pelos reis —, mas ainda pelo estranho a quem se dá hospitalidade, respeito esse a que porventura eu seria sensível num livro mas que sempre me irritava na sua boca devido ao tom grave e enternecido que assumia para falar dele, e mais ainda naquela noite em que o carácter sagrado que ela conferia ao jantar tinha como efeito recusar-se a perturbar a respectiva cerimónia. Mas, para invocar uma possibilidade em meu favor, não hesitei em mentir e em dizer-lhe que não fora eu de modo algum que quisera escrever à minha mãe, antes fora a minha mãe que, ao deixar-me, me recomendara que não me esquecesse de lhe enviar uma resposta relativamente a um objecto que me tinha pedido que procurasse; e ficaria por certo muito zangada se não lhe fosse entregue aquele bilhete. Acho que a Françoise não acreditou em mim, porque, como os homens primitivos cujos sentidos eram mais poderosos que os nossos, discernia imediatamente por sinais, para nós inapreensíveis, toda a verdade que lhe queríamos ocultar; olhou durante cinco minutos para o sobrescrito, como se o exame do papel e o aspecto da letra houvessem de informá-la acerca da natureza do conteúdo ou dizer-lhe a que artigo do seu código ia referir-se. Depois saiu com um ar resignado que parecia significar: «Então não é uma infelicidade para os pais terem um filho assim?» Regressou passados uns instantes para me dizer que ainda iam no gelado, que era impossível ao mordomo entregar a carta naquele momento diante de toda a gente, mas que, quando chegassem aos copos de água morna depois de comer, achariam maneira de a passar à minha mãe. Imediatamente a minha ansiedade declinou; agora não era como ainda há pouco, que deixara a minha mãe até amanhã, visto que o meu bilhetinho ia, por certo irritando-a (e duplamente porque esta manobra me tornaria ridículo aos olhos de Swann), pelo menos fazer-me entrar invisível e extasiado na mesma sala onde ela estava, ia falar-lhe de mim ao ouvido; visto que aquela sala de jantar interdita, hostil, onde, ainda momentos antes, o próprio gelado — o *granité* — e os copos de água morna me pareciam conter prazeres maléficos e mortalmente tristes, já que a minha mãe os sorvia longe de mim e, como um fruto que se tornou doce e rompe o invólucro, ia fazer brotar, projectar até ao meu coração inebriado a atenção da minha mãe enquanto lesse as minhas linhas. Agora já não estava separado dela; as barreiras haviam caído, estávamos unidos por um fio delicioso. E, além disso, não era tudo: a minha mãe vinha cá acima de certeza!

Muita troça teria feito Swann da angústia por que acabava de passar, pensava eu, se tivesse lido a carta e adivinhasse o seu objectivo; ora, pelo contrário, como vim a saber mais tarde, angústia semelhante foi o tormento de longos anos da sua vida, e talvez ninguém como ele pudesse compreender-me; a ele, essa angústia que existe em sentir o ser que se ama num lugar de prazer onde não estamos, onde não podemos estar com ele, foi o amor que lha fez conhecer, o amor, ao qual essa angústia está de algum modo predestinada, pelo qual será monopolizada, singularizada; mas quando, como comigo aconteceu, ela entrou em nós antes ainda de ele ter aparecido na nossa vida, ela flutua à sua espera, vaga e livre, sem afectação determinada, um dia ao serviço de um sentimento, amanhã de outro, ora da ternura filial, ora da amizade por um colega. E a alegria com que fiz a minha primeira aprendizagem quando a Françoise voltou a dizer-me que a minha carta seria entregue, bem a conhecera Swann igualmente, essa alegria enganadora que nos é dada por um amigo ou por um parente da mulher que amamos, quando, ao chegarmos à residência ou ao teatro onde ela se encontra, para um baile, para uma festa ou para uma estreia onde vamos vê-la, esse amigo nos descobre a vaguear no exterior, aguardando desesperadamente uma qualquer ocasião de comunicar com ela. Ele reconhece-nos, aborda-nos familiarmente, pergunta-nos que estamos ali a fazer. E quando inventamos que temos alguma coisa urgente a dizer à sua parente ou amiga, ele garante-nos que não há nada mais simples, faz-nos entrar para o vestíbulo e promete-nos mandá-la vir ter connosco dentro de cinco minutos. Como nós amamos — como naquele momento eu amava a Françoise — o intermediário bem-intencionado que, com uma só palavra, acaba de nos tornar suportável, humana e quase propícia a festa inconcebível, infernal, no seio da qual imaginávamos turbilhões inimigos, perversos e deliciosos que arrastavam para longe de nós, fazendo-a rir de nós, aquela que amamos! A avaliar por este parente que nos abordou e que é também um dos convidados dos cruéis mistérios, os outros convidados da festa nada devem ter de acentuadamente demoníaco. Eis que, por uma brecha inesperada, penetramos naquelas horas inacessíveis e supliciantes em que ela ia saborear prazeres desconhecidos; eis que um dos momentos cuja sucessão iria formar essas horas, um momento tão real como os outros, talvez até mais importante para nós, porque a nossa amada lhe está ligada, o representamos, o possuímos, intervimos nele, quase o criámos: o momento em que lhe vão dizer que estamos ali, lá em baixo. E, sem dúvida, os outros momentos da festa não haviam de ser de essência muito diferente daquele, não haviam de ter nada mais delicioso e que tanto nos devesse fazer sofrer, visto que o benévolo amigo nos disse: «Ela ficará encantada por descer! Terá muito mais prazer em conversar consigo que em entediar-se lá em cima.» Infelizmente, Swann fizera essa experiência, as boas intenções de um terceiro são impotentes perante uma mulher que se irrita por se sentir perseguida, até numa festa, por alguém que não ama. Muitas vezes o amigo torna a descer sozinho.

A minha mãe não veio e, sem contemplações pelo meu amor-próprio (empenhado em que não fosse desmentida a fábula da busca cujo resultado supostamente me pedira para lhe relatar), mandou-me dizer pela Françoise estas palavras: «Não tem resposta», palavras que depois tantas vezes ouvi da boca de porteiros de *palaces* ou de criados de casas de jogo dirigidas a uma pobre rapariga qualquer que fica admirada: «Como? Ele não disse nada? É impossível! Entregou de certeza a minha carta?... Está bem, vou continuar à espera.» E — do mesmo modo que ela garante invariavelmente que não precisa do bico de gás suplementar que o porteiro lhe quer acender, e fica ali, ouvindo apenas as raras palavras sobre o tempo trocadas entre um criado agaloado e o porteiro, que de repente o manda, ao dar pelas horas, pôr a refrescar no gelo a bebida de um cliente —, declinando o oferecimento da Françoise para me preparar uma tisana ou para ficar ao pé de mim, deixei-a regressar à copa, deitei-me e fechei os olhos, tentando não ouvir a voz dos meus parentes, que tomavam café no jardim. Mas, passados alguns segundos, senti que, ao escrever aquele bilhete à minha mãe, ao chegar-me tão perto que, correndo o risco de a irritar, julgara roçar o momento de tornar a vê-la, tinha obstruído a possibilidade de adormecer sem tornar a vê-la, e o pulsar do coração tornava-se-me de minuto a minuto mais doloroso porque eu aumentava de agitação recomendando a mim mesmo uma calma que era a aceitação do meu infortúnio. De súbito, a minha ansiedade decaiu, invadiu-me o contentamento que se sente quando um medicamento poderoso começa a produzir efeito e nos tira uma dor: acabava de tomar a resolução de desistir de tentar adormecer sem tornar a ver a minha mãe, de lhe dar um beijo custasse o que custasse, ainda que com a certeza de que se seguiria uma longa zanga com ela, quando subisse para se deitar. A calma que resultava das minhas angústias terminadas punha-me numa satisfação extraordinária, não menos que a espera, e que a sede e o medo do perigo. Abri a janela sem ruído e sentei-me aos pés da cama; quase não fazia qualquer movimento para que não me ouvissem lá de baixo. Também lá fora as coisas pareciam imobilizadas numa muda preocupação de não perturbarem a luz do luar, a qual, duplicando e recuando cada coisa pela extensão diante dela do seu reflexo, mais denso e concreto que a própria coisa, ao mesmo tempo adelgaçara e dilatara a paisagem, como um mapa que estava dobrado e que se desdobra. O que tinha necessidade de mover-se, como umas folhas de castanheiro, movia-se. Mas o seu tremor minucioso, total, executado quase nas suas mínimas tonalidades e nas suas últimas delicadezas, não gotejava sobre o resto, não se fundia com ele, permanecia circunscrito. Expostos sobre este silêncio que nada absorvia deles, os ruídos mais distantes, os que deviam vir de jardins situados na outra ponta da cidade, ouviam-se pormenorizados com tal «remate» que pareciam dever esse efeito de distância apenas ao seu pianíssimo, tal como aqueles motivos em surdina tão bem executados pela orquestra do Conservatório que, embora não percamos uma nota, julgamos ouvi-los longe da sala do concerto, e todos os velhos assinantes — e as irmãs da minha avó também, quando Swann lhes dera os seus lugares — apuravam o ouvido como se tivessem escutado a progressão longínqua de um exército em marcha que ainda não tivesse virado a esquina da Rua de Trévise.

Eu sabia que o caso em que me metia era, entre todos, aquele que, da parte dos meus pais, podia ter para mim as mais graves consequências, bem mais graves na verdade do que um estranho poderia supor, daquelas consequências que se julgaria poderem ser provocadas apenas por faltas verdadeiramente vergonhosas. Mas, na educação que me davam, a ordem das faltas não era a mesma da educação dada às outras crianças, e haviam-me habituado a colocar antes de todas as outras (porque por certo outras não haveria contra as quais precisasse de ser mais cuidadosamente guardado), as que hoje compreendo que tinham como característica comum o cair-se nelas cedendo a um impulso nervoso. Mas não se pronunciava então esta palavra, não se declarava essa origem, que poderia levar-me a crer que era em mim desculpável sucumbir-lhes, ou que porventura era até incapaz de lhes resistir. Mas reconhecia-as bem, tanto pela angústia que as antecedia como pelo rigor do castigo que se lhes seguia; e sabia que a que acabava de cometer era da mesma família de outras pelas quais fora severamente punido, embora muitíssimo mais grave. Quando fosse sair ao caminho da minha mãe na altura em que ela subisse para se deitar, e visse que eu ficara a pé para tornar a dar-lhe as boas-noites no corredor, não me deixariam mais ficar em casa, logo no dia seguinte iriam meter-me no colégio, era certo e sabido. Pois bem, mesmo que viesse a atirar-me da janela abaixo cinco minutos depois, ainda mais gostava daquilo. O que queria agora era a minha mãe, era dizer-lhe boa noite, fora longe de mais no caminho que levava à realização daquele desejo para poder voltar para trás.

Ouvi os passos da família que acompanhava Swann à porta; e quando o guizo da porta me avisou de que ele acabava de partir, fui à janela. A minha mãe perguntava ao meu pai se achara que a lagosta estava boa e se o senhor Swann repetira o gelado de café e pistácio. «Achei-o vulgar», disse a minha mãe; «acho que da próxima vez será preciso tentar outro sabor.» «Eu nem sei dizer como acho que Swann está a mudar», disse a minha tia-avó, «está tão velho!» A minha tia-avó tinha de tal modo o hábito de ver sempre em Swann o mesmo adolescente que se admirava de o achar de repente menos jovem que a idade que continuava a atribuir-lhe. E os meus parentes, aliás, começavam a encontrar nele aquela velhice anormal, excessiva, vergonhosa e merecida dos solteiros, de todos aqueles para quem parece que o grande dia sem amanhã é mais longo que para os outros, porque para eles é vazio e os momentos se somam desde manhã sem se dividirem depois pelos filhos. «Acho que ele tem muitas preocupações com a velhaca da mulher, que com o conhecimento de Combray inteira vive com um tal senhor de Charlus. É o assunto das conversas da cidade.» A minha mãe fez notar que, no entanto, ele tinha um ar bem menos triste nos últimos tempos. «E também faz menos vezes aquele gesto que herdou precisamente do pai, de enxugar os olhos e de passar a mão pela testa. Eu, por mim, acho que ele no fundo já não ama aquela mulher.» «Mas é evidente que já não a ama», respondeu o meu avô. «Recebi dele já há muito tempo uma carta sobre esse assunto, da qual não hesitei em discordar, e que não deixa quaisquer dúvidas sobre os seus sentimentos, pelo menos de amor, pela mulher. Ora bem, como viram, não lhe agradeceram o vinho de Asti», acrescentou o meu avô virando-se para as duas cunhadas. «Ora essa, não lhe agradecemos? Aqui entre nós, até acho que lhe dei uma volta com bastante delicadeza», respondeu a tia Flora. «Sim, arranjaste bem a coisa; admirei-te», disse a tia Céline. «Mas tu também estiveste muito bem.» «Sim, orgulhei-me bastante da minha frase sobre os vizinhos amáveis.» «Então é a isso que chamam agradecer!», exclamou o meu avô. «Bem ouvi isso, mas diabos me levem se achei que era para o Swann. Podem ter a certeza de que ele não percebeu nada.» «Ora vejamos, o Swann não é estúpido, tenho a certeza de que apreciou. Mas não podia dizer-lhe o numero de garrafas e o preço do vinho!» O meu pai e a minha mãe ficaram a sós e sentaram-se uns momentos; depois o meu pai disse: «Bem, se quiseres, subimos e vamos para a cama.» «Como queiras, querido, embora eu esteja sem sombras de sono; e no entanto não deve ter sido aquele anódino gelado com cafe que me pôs tão desperta; mas estou a ver luz na copa e, visto que a pobre Françoise esperou por mim, vou pedir-lhe para me desapertar o corpete enquanto tu te despes.» E a minha mãe abriu a porta gradeada de madeira do vestíbulo que dava para a escada. Não tardei a ouvi-la subir para fechar a sua janela. Fui sem ruído para o corredor; o coração batia-me com tanta força que tinha dificuldade em caminhar, mas pelo menos já não batia de ansiedade, antes de susto e de alegria. Vi no vão da escada a luz projectada pela vela da minha mãe. Depois vi-a a ela em pessoa, e fui a correr. No primeiro segundo ela olhou para mim com espanto, não compreendendo o que acontecera. Depois o seu rosto tomou uma expressão de cólera, nem sequer me dizia uma palavra, e efectivamente, por muito menos que aquilo, deixavam de me dirigir a palavra durante vários dias. Se a minha mãe me tivesse dito uma palavra, seria admitir que podiam tornar a falar comigo, e aliás isso ter-me-ia talvez parecido mais terrível ainda, como um sinal de que, perante a gravidade do castigo em preparação, o silêncio, a briga seriam pueris. Uma palavra teria sido a calma com que se responde a um criado quando acaba de se tomar a decisão de o despedir; seria o beijo que se dá a um filho que se manda para a tropa, beijo que lhe recusariam se houvessem de limitar-se a uma zanga de dois dias com ele. Mas ela ouviu o meu pai que subia da casa de banho onde fora despir-se e, para evitar a cena que ele iria fazer-me, disse-me numa voz entrecortada pela cólera: «Desaparece, desaparece, ao menos que o teu pai te não tenha visto assim à espera, como um tolo!» Mas eu repetia-lhe: «Vem dizer-me boa noite», aterrorizado ao ver que o reflexo da vela do meu pai subia já pela parede, mas também utilizando a sua aproximação como um meio de chantagem e esperando que a minha mãe, para evitar que o meu pai me encontrasse ainda ali se ela continuasse a recusar, me fosse dizer: «Vai para o teu quarto que eu já lá vou.» Era tarde de mais, o meu pai estava diante de nós. Sem querer, murmurei estas palavras que ninguém ouviu: «Estou perdido!»

Mas não foi assim. O meu pai recusava-me constantemente autorizações que me haviam sido concedidas nos pactos mais amplos outorgados pela minha mãe e pela minha avó, porque ele não se preocupava com os «princípios», e para ele não havia «direito das gentes». Por uma razão em absoluto contingente, ou até sem razão alguma, suprimia-me à última hora um determinado passeio tão habitual, tão consagrado, que não podiam sem perjúrio privar-me dele, ou então, como ainda nessa noite fizera, muito tempo antes da hora ritual, dizia-me: «Vamos, sobe, vai-te deitar, não há explicações!» Mas também, porque não tinha princípios (no sentido da minha avó), não tinha intransigência propriamente dita. Olhou para mim por um instante com um ar espantado e zangado, e depois, quando a minha mãe lhe explicou em algumas palavras embaraçadas o que acontecera, disse-lhe: «Então vai lá com ele, já que estavas justamente a dizer que não te apetece dormir, fica um bocado no quarto dele, eu não preciso de nada.» «Mas, meu querido», respondeu timidamente a minha mãe, «quer me apeteça ou não dormir, isso não altera as coisas em nada, não podemos habituar esta criança...» «Mas não se trata de habituar», disse o meu pai encolhendo os ombros, bem vês que o pequeno está desgostoso, tem um ar desolado, esta criança; vamos, nós não somos carrascos! Quando fizeres com que ele adoeça, hás-de adiantar grande coisa! Como há duas camas no quarto dele, diz à Françoise que te prepare a cama grande e dorme esta noite ao pé dele. Vamos, boa noite, eu, como não sou nervoso como vocês, vou-me deitar.»

Não se podia agradecer ao meu pai; ficaria irritado com aquilo a que chamava pieguices. Deixei-me ficar, sem me atrever a fazer um movimento; ele estava ainda à nossa frente, alto, no seu roupão branco debaixo do pano violeta e rosa de caxemira da Índia em que embrulhava a cabeça desde que tinha nevralgias, com o gesto de Abraão na gravura tirada de Benozzo Gozzoli que o senhor Swann me dera, dizendo a Sara que tem de se afastar de Isaac. Foi há muitos anos. A parede da escada onde eu vi subir o reflexo da sua vela já não existe há muito. Também em mim muitas coisas foram destruídas que eu julgava que iriam durar sempre e outras novas foram edificadas dando lugar a dores e alegrias novas que então não podia prever, tal como as antigas se me tornaram difíceis de compreender. Também há muito que o meu pai deixou de poder dizer à minha mãe: «Vai com o pequeno.» A possibilidade de horas dessas nunca mais irá renascer para mim. Mas de há pouco tempo para cá recomeço, se lhes dou ouvidos, a distinguir muito bem os soluços que tive forças para conter diante do meu pai e que só estalaram quando tornei a ficar a sós com a minha mãe. Na realidade, esses soluços nunca cessaram; e só porque a vida está agora mais calada à minha volta é que os ouço outra vez, como os sinos de conventos que são tão bem cobertos pelos ruídos da cidade durante o dia que parecem ter parado, mas que recomeçam a tocar no silêncio da noite.

A minha mãe passou aquela noite no meu quarto; no momento em que eu acabava de cometer uma falta de tal monta que julgava ir ver-me obrigado a deixar a casa, os meus pais concediam-me mais que o que jamais obtivera deles como recompensa de uma bela acção. Na mesma altura em que se manifestava através dessa mercê, o comportamento do meu pai para comigo mantinha aquele quê de arbitrário e de imerecido que o caracterizava, e que tinha a ver com o facto de geralmente resultar mais de conveniências fortuitas que de um plano premeditado. Pode ser até que aquilo a que eu chamava a sua severidade, quando me mandava para a cama, não merecesse tanto esse nome como o comportamento da minha mãe ou da minha avó, porque a sua natureza, em certos pontos mais diferente da minha que a delas, não adivinhara provavelmente até então quanto eu era infeliz todas as noites, o que a minha mãe e a minha avó bem sabiam; mas elas gostavam de mim o suficiente para não aceitarem poupar-me ao sofrimento, elas pretendiam ensinar-me a dominá-lo para diminuir a minha sensibilidade nervosa e fortalecer a minha vontade. Quanto ao meu pai, cujo afecto por mim era de outra espécie, não sei se teria tido tal coragem: da única vez em que acabava de compreender que eu estava triste, dissera à minha mãe: «Vai lá consolá-lo.» A minha mãe ficou essa noite no meu quarto e, como que para não estragar com qualquer remorso aquelas horas tão diferentes do que eu legitimamente podia esperar, quando a Françoise, percebendo que se passava qualquer coisa de extraordinário ao ver a minha mãe sentada ao pé de mim, segurando-me na mão e deixando-me chorar sem me ralhar, lhe perguntou: «Mas, minha senhora, porque é que o senhor está a chorar assim?», a minha mãe respondeu-lhe: «Nem ele sabe, Françoise, está enervado; prepare-me depressa a cama grande e depois suba e vá deitar-se.» Assim, pela primeira vez, a minha tristeza já não era considerada como uma falta punível, mas como um mal involuntário que acabavam de reconhecer oficialmente como um estado nervoso pelo qual não era responsável; tinha o alívio de já não ter que misturar escrúpulos com a amargura das minhas lágrimas, podia chorar sem pecado. Também não era pouco o meu orgulho perante a Françoise por aquele regresso das coisas humanas, perante ela que, uma hora depois de a minha mãe se ter recusado a subir ao meu quarto e desdenhosamente me ter mandado responder que eu devia dormir, me elevava à dignidade de pessoa grande e me fizera atingir de repente uma espécie de puberdade da tristeza, de emancipação das lágrimas. Devia estar feliz; mas não estava. Parecia-me que a minha mãe acabava de me fazer uma primeira concessão que lhe devia ser dolorosa, que era uma primeira abdicação da sua parte perante o ideal que para mim concebera, e que, pela primeira vez, ela, tão corajosa, se confessava vencida. Parecia-me que, se acabava de obter uma vitória, a obtivera contra ela, que conseguira, como poderia ter acontecido com a doença, os desgostos ou a idade, desarmar a sua vontade, fazer flectir a sua razão, e que aquela noite dava início a uma era, permaneceria como uma triste data. Se então o tivesse ousado, teria dito à minha mãe: «Não, não quero, não durma aqui.» Mas eu conhecia a sabedoria prática, realista como hoje se diria, que nela temperava a natureza ardentemente idealista da minha avó, e sabia que, agora que o mal estava feito, ela preferia deixar-me ao menos saborear o seu prazer calmante e não incomodar o meu pai. É certo que o belo rosto da minha mãe brilhava ainda de juventude nessa noite em que que segurava as mãos com tanta doçura e me procurava deter as lágrimas; mas, justamente, parecia-me que não devia ser assim, que a sua cólera teria sido menos triste para mim que aquela suavidade nova que a minha infância não conhecera; parecia-me que, com mão ímpia e secreta, eu acabava de traçar na sua alma uma primeira ruga e de nela fazer surgir um primeiro cabelo branco. Esta ideia redobrou-me os soluços, e vi então a minha mãe, que nunca se deixava levar por qualquer enternecimento comigo, ser de repente invadida pelo meu, e tentar reter a vontade de chorar. Como sentiu que eu tinha dado por isso, disse-me a rir: «Aqui está a minha moedinha de oiro, o meu canarinho, que vai fazer da mãe uma palerminha tão grande como ele, se isto continua assim. Ora vamos lá a ver, se não tens sono e a tua mãe também não, não fiquemos para aqui a enervar-nos, vamos fazer qualquer coisa, pegar num dos teus livros.» Mas não os tinha ali. «Terias menos prazer se eu te mostrasse já os livros que a tua avó te vai dar no dia da tua festa? Pensa bem: não ficarás desconsolado por não teres nada depois de amanhã?» Eu, pelo contrário, estava encantado, e a minha mãe foi buscar um pacote de livros, nos quais apenas consegui adivinhar, através do papel do embrulho, o tamanho alongado, mas que, sob este primeiro aspecto, apesar de sumário e velado, já eclipsavam a caixa de tintas do dia de Ano Novo e os bichos-da-seda do ano anterior. Eram *La Mare au Diable*, *François le Champi, La Petite Fadette* e *Les Maîtres Sonneurs*. A minha avó, soube-o depois, começara por escolher as poesias de Musset, um volume de Rousseau e *Indiana*; porque, se é certo que considerava as leituras fúteis tão malsãs como os bombons e os bolos, não pensava que os grandes sopros de génio tivessem sobre o próprio espírito de uma criança influência mais perigosa e menos vivificadora que sobre o seu corpo o ar livre e o vento do largo. Mas como o meu pai quase lhe chamou louca ao saber dos livros que ela pretendia dar-me, voltara pessoalmente a Jouy-le-Vicomte, à livraria, para que eu não corresse o risco de não ter o meu presente (era um dia quentíssimo, e regressara tão indisposta que o médico avisara a minha mãe para não a deixar fatigar-se daquele modo) e mudara para os quatro romances campestres de George Sand. «Minha filha», dizia ela à minha mãe, «eu não era capaz de me decidir a dar a esta criança qualquer coisa mal escrita.»

A verdade é que ela nunca se resignava a comprar fosse o que fosse de que não se pudesse retirar algum proveito intelectual, e sobretudo aquele que nos é proporcionado pelas coisas belas ao ensinar-nos a procurar o nosso prazer fora das satisfações do bem-estar e da vaidade. Mesmo quando tinha que dar um presente chamado útil, quando tinha que dar um cadeirão, talheres, uma bengala, procurava que fossem «antigos», como se, apagado pelo seu longo desuso o carácter de utilidade, parecessem mais preparados para nos contarem a vida dos homens de antigamente que para servirem as necessidades da nossa. Ela bem gostaria de que eu tivesse no meu quarto fotografias dos mais belos monumentos ou paisagens. Mas no momento de fazer a compra, e ainda que a coisa representada possuísse um valor estético, achava que a vulgaridade, a utilidade, vinham muito depressa à superfície no modo mecânico de representação, a fotografia. Procurava um subterfúgio e, se não eliminar completamente a banalidade comercial, ao menos reduzi-la, substituindo-a na sua maior parte por arte ainda, introduzindo-lhe como que várias «espessuras» de arte: em lugar de fotografias da Catedral de Chartres, das Grandes Fontes de Saint-Cloud, do Vesúvio, informava-se junto de Swann sobre se algum grande pintor os não teria representado, e preferia dar-me fotografias da Catedral de Chartres pintada por Corot, das Grandes Fontes de Saint-Cloud por Hubert Robert, do Vesúvio por Turner, o que lhes acrescentava um grau de arte. Mas embora o fotógrafo tivesse sido afastado da representação da obra-prima ou da natureza e tivesse sido substituído por um grande artista, recuperava os seus direitos para reproduzir essa mesma representação. Atingido o limite da vulgaridade, a minha avó procurava fazê-lo recuar ainda mais. Perguntava a Swann se a obra não havia sido gravada, preferindo, quando era possível, gravuras antigas e que tivessem também interesse para além de si mesmas, como, por exemplo, as que representam uma obra-prima num estado em que já não podemos vê-la hoje em dia (caso da *Ceia* de Leonardo antes da sua degradação, gravada por Morghen). Deve dizer-se que os resultados desta maneira de compreender a arte de dar um presente nem sempre foram muito brilhantes. A ideia com que fiquei de Veneza a partir de um desenho de Ticiano que se supõe ter a laguna como fundo era por certo muito menos exacta que a que simples fotografias me teriam dado. Lá em casa, quando a minha tia-avó pretendia levantar uma acusação contra a avó, já não tinham conta os cadeirões por ela oferecidos a jovens noivos ou a velhos casais que, à primeira tentativa feita para se servirem deles, se haviam desmoronado imediatamente sob o peso de um dos destinatários. Mas a minha avó acharia excessivamente mesquinho preocupar-se por aí além com a solidez de um trabalho de madeira onde se distinguiam ainda uma florinha, um sorriso, por vezes uma bela imaginação do passado. Como tal aparecia de uma forma a que já não estamos habituados, ficava até encantada com o que nesses móveis correspondia a uma necessidade, tanto como com as velhas maneiras de dizer em que vemos uma metáfora, agora apagada, na nossa linguagem moderna, pelo desgaste do hábito. Ora, justamente, os romances campestres de George Sand que ela me ia dar na minha festa estavam cheios, como se fossem uma peça de mobiliário antigo, de expressões caídas em desuso e de novo carregadas de imagens, como já apenas no campo se encontram. E a minha avó comprara-os e preferira-os a outros, tal como teria louvado vivamente uma propriedade onde tivesse existido um pombal gótico ou uma dessas coisas velhas que exercem sobre o espírito uma feliz influência, conferindo-lhe a nostalgia de impossíveis viagens no tempo.

A minha mãe sentou-se ao lado da minha cama; pegara em *François le Champi*, livro ao qual, para mim, a capa encarniçada e o título incompreensível emprestavam uma personalidade distinta e uma atracção misteriosa. Nunca lera verdadeiros romances. Tinha ouvido dizer que George Sand era tipicamente uma romancista. Isso já me predispunha a imaginar em *François le Champi* algo de indefinível e delicioso. Os processos de narração destinados a despertar a curiosidade ou o enternecimento, certas maneiras de dizer que provocam a inquietação e a melancolia, e que um leitor minimamente instruído reconhece como sendo comuns a muitos romances, pareciam-me simplesmente — a mim, que considerava um livro novo, não como uma coisa semelhante a muitas outras, mas como uma pessoa única que só em si mesma tem a sua razão de existir — uma perturbadora emanação da essência específica de *François le Champi*. Sob aqueles acontecimentos tão quotidianos, sob aquelas coisas tão comuns, aquelas palavras tão correntes, sentia como que uma entoação, uma tonalidade estranha. A acção enredou-se; pareceu-me tanto mais obscura quanto naquele tempo, quando lia, costumava devanear durante páginas inteiras pensando noutra coisa. E às lacunas que essa distracção deixava na história, juntava-se, quando era a minha mãe a ler para mim em voz alta, o facto de ela passar por cima de todas as cenas de amor. Assim, todas as alterações estranhas que surgem nas atitudes respectivas da moleira e do rapazinho, e que só encontram explicação nos progressos de um amor nascente, me pareciam marcados por um profundo mistério cuja origem facilmente imaginava que devia estar naquele nome desconhecido e tão doce de «Champi», que lançava sobre o garoto que o usava sem que eu soubesse porquê a sua cor viva, purpúrea e encantadora. A minha mãe era uma leitora infiel, mas era também, nas obras onde encontrava o tom de um sentimento verdadeiro, uma leitora admirável, pelo respeito e pela simplicidade da interpretação, e pela beleza e suavidade do som. Mesma na vida, quando eram seres e não obras de arte que assim despertavam a sua ternura ou a sua admiração, era tocante ver com que deferência ela afastava da sua voz, do seu gesto, das suas palavras, qualquer traço de jovialidade que pudesse amargurar a mãe que em tempos houvesse perdido um filho, qualquer lembrança de festa, de aniversário, que pudesse levar o velhinho a pensar na sua avançada idade, qualquer palavra caseira que pudesse parecer fastidiosa ao jovem sábio. Do mesmo modo, quando lia a prosa de George Sand, que sempre respira aquela bondade, aquela distinção moral que a minha mãe aprendera com a minha avó a considerar superiores a tudo na vida, e que só muito mais tarde eu lhe iria ensinar a não considerar também superiores a tudo nos livros, preocupada com banir da sua voz toda a pequenez, toda a afectação que pudesse impedir a poderosa onda de nela se acolher, fornecia a essas frases, que pareciam escritas para a sua voz e que por assim dizer cabiam inteiras no registo da sua sensibilidade, toda a ternura natural, toda a ampla doçura que elas exigiam. Encontrava, para as atacar no tom necessário, o tom cordial que lhes preexistia e que as ditou, mas que as palavras não indicam; graças a ele, amortecia de passagem toda a crueza nos tempos dos verbos, dava ao imperfeito e ao pretérito perfeito simples a doçura que exista na bondade, a melancolia que existe na ternura, dirigia a frase que terminava para a que ia começar ora apressando, ora afrouxando a marcha das sílabas para as fazer entrar, embora as respectivas quantidades fossem diferentes, num ritmo uniforme, insuflava naquela prosa tão comum uma espécie de vida sentimental e contínua.

Os meus remorsos tinham acalmado, deixava-me deslizar para a doçura daquela noite em que tinha a minha mãe ao pé de mim. Sabia que uma noite assim não poderia tornar a acontecer; que a maior aspiração que eu tivesse neste mundo, a de conservar a minha mãe no meu quarto durante aquelas tristes horas nocturnas, era por de mais contrária às necessidades da vida e aos desejos de todos para que a satisfação que lhe haviam concedido naquela noite pudesse deixar de ser artificiosa e excepcional. Amanhã as minhas angústias recomeçariam, e a minha mãe não ficaria ali. Mas, quando as angústias se me acalmavam, eu deixava de as compreender; além disso, amanhã à noite era ainda distante; dizia de mim para mim que teria tempo para pensar, embora esse tempo não pudesse trazer-me qualquer maior poder, já que se tratava de coisas que não dependiam da minha vontade e que só o intervalo que ainda as separava de mim me fazia parecer mais evitáveis.

E assim foi que, por muito tempo, quando, acordado durante a noite, tornava a recordar-me de Combray, nunca revi dela mais que aquela espécie de superfície luminosa, recortada no meio de indistintas trevas, semelhante às que a ardente claridade de um fogo-de-artifício ou de uma qualquer projecção eléctrica iluminam e seccionam num edifício em que as outras partes se mantêm mergulhadas na noite: na base bastante larga, a saleta, a sala de jantar, o início da alameda escura por onde ia chegar o senhor Swann, autor inconsciente das minhas tristezas, o vestíbulo por onde eu me encaminhava para o primeiro degrau da escada, tão cruel de subir, que constituía por si só o tronco muito estreito daquela pirâmide irregular; e, no vértice, o meu quarto de dormir, com o pequeno corredor de porta envidraçada para a entrada da minha mãe; numa palavra, sempre visto à mesma hora, isolado de tudo o que pudesse haver à sua volta, destacando-se a sós na escuridão, o cenário estritamente necessário (como o que vemos indicado à cabeça das peças antigas para as representações na província) ao drama de me despir; como se Combray não tivesse consistido em mais que dois andares ligados por uma escassa escada e como se sempre tivessem sido sete da noite. A bem dizer, poderia responder a quem me interrogasse que Combray compreendia ainda outra coisa e existia a outras horas. Mas como aquilo de que me lembrasse me seria fornecido apenas pela memória voluntária, a memória da inteligência, e como as informações que ela me dá sobre o passado nada conservam dele, nunca me apeteceria pensar nesse resto de Combray. Tudo isso estava na realidade morto para mim.

Morto para sempre? Era possível.

Há muito de acaso em tudo isto, e um segundo acaso, o da nossa morte, não nos permite muitas vezes esperar muito tempo pelos favores do primeiro.

Acho muito razoável a crença céltica de que as almas daqueles que perdemos estão cativas em algum ser inferior, num animal, num vegetal, numa coisa inanimada, efectivamente perdidas para nós até ao dia, que para muitos não chega nunca, em que acontece passarmos junto da árvore, ou entrar na posse do objecto que é sua prisão. Então elas estremecem, chamam por nós e, mal as reconhecemos, quebra-se o encanto. Libertadas para nós, venceram a morte e tornam a viver connosco.

O mesmo acontece com o nosso passado. E trabalho baldado procurarmos evocá-lo, todos os esforços da nossa inteligência são inúteis. Ele está escondido, fora do seu domínio e do seu alcance, em algum objecto material (na sensação que esse objecto material nos daria) de que não suspeitamos. Depende do acaso encontrarmos esse objecto antes de morrermos, ou não o encontrarmos.

Havia já muitos anos que, de Combray, não existia para mim tudo o que não fosse o teatro e o drama do meu deitar, quando, num dia de

Inverno, ao regressar a casa, a minha mãe, vendo-me com frio, me propôs que, contra o meu hábito, tomasse um chá. Comecei por recusar e, não sei porquê, mudei de opinião. Ela mandou buscar um daqueles bolos pequenos e roliços chamados «madalenas», que parecem ter sido moldados na concha estriada de uma vieira. E não tardou que, maquinalmente, abatido pelo dia taciturno e pela perspectiva de um triste dia seguinte, levei à boca uma colher de chá onde deixara amolecer um pedaço de madalena. Mas no preciso instante em que o gole com migalhas de bolo misturadas me tocou no céu da boca, estremeci, atento ao que de extraordinário estava a passar-se em mim. Fora invadido por um prazer delicioso, um prazer isolado, sem a noção da sua causa. Tornara-me imediatamente indiferentes as vicissitudes da vida, inofensivos os seus desastres, ilusória a sua brevidade, do mesmo modo que o amor opera, enchendo-me de uma essência preciosa: ou, antes, tal essência não estava em mim, era eu mesmo. Deixara de me sentir medíocre, contingente, mortal. Donde poderia ter vindo aquela poderosa alegria? Sentia-a ligada ao gosto do chá e do bolo, mas ultrapassava-o infinitamente, não devia ser da mesma natureza. Donde vinha? Que significava? Onde agarrá-la? Bebo um segundo gole, no qual nada encontro a mais que no primeiro, e um terceiro que me traz um pouco menos que o segundo. É tempo de parar, a virtude da bebida parece estar a diminuir. É evidente que a verdade que procuro não está nela, mas em mim. Ela despertou-a, mas não a conhece, e não pode mais que repetir indefinidamente, cada vez com menos força, aquele mesmo testemunho que não sei interpretar e que, pelo menos, quero poder tornar a pedir-lhe e reencontrar intacto, à minha disposição, daqui a pouco, para um decisivo esclarecimento. Poiso a xícara e volto-me para o meu espírito. A ele cabe encontrar a verdade. Mas como? Grave incerteza, sempre que o espírito se sente ultrapassado por si mesmo; quando ele, o explorador, é todo ele o país escuro que tem a explorar e onde lhe não servirá de nada toda a sua bagagem. Explorar? Não só: criar. Está diante de algo que não é ainda e que só ele pode tornar real e depois fazer entrar na sua luz.

E recomeço a perguntar a mim mesmo qual poderia ser esse estado desconhecido, que não trazia consigo qualquer prova lógica, mas sim a evidência da sua felicidade, da sua realidade, diante da qual as outras se esfumavam. Pretendo tentar fazê-lo reaparecer. Retrocedo pelo pensamento ao momento em que tomei a primeira colher de chá. Reencontro o mesmo estado, sem uma clareza nova. Peço ao meu espírito mais um esforço, que me traga mais uma vez a sensação que se escapa. E para que nada quebre o impulso com que vai tentar reagarrá-la, afasto todos os obstáculos, todas as ideias alheias, protejo os meus ouvidos e a minha atenção contra os ruídos do quarto contíguo. Mas, sentindo que o meu espírito se fatiga sem o conseguir, forço-o, pelo contrário, a tomar essa distracção que eu lhe recusava, a pensar noutra coisa, a restabelecer-se antes de uma suprema tentativa. Depois, pela segunda vez, faço o vazio à frente dele, torno a pôr diante dele o sabor ainda recente daquele primeiro gole, e sinto estremecer em mim qualquer coisa que se desloca, que queria erguer-se, qualquer coisa que terão desancorado, a uma grande profundidade; não sei que é, mas sobe lentamente; sinto a resistência e oiço o rumor das distâncias atravessadas.

Não há dúvidas de que o que assim palpita no fundo de mim deve ser a imagem, a recordação visual, que, ligada a este sabor, tenta segui-lo até mim. Mas debate-se muito longe, muito confusamente; mal posso discernir o reflexo neutro onde se confunde o inapreensível turbilhão das cores agitadas; mas não posso distinguir a forma, pedir-lhe, como único intérprete possível, que me traduza o testemunho do seu contemporâneo, do seu inseparável companheiro, o sabor, pedir-lhe que me diga de que especial circunstância, de que época do passado se trata.

Será que irá atingir a superfície da minha clara consciência essa recordação, o instante antigo que a atracção de um instante idêntico veio de tão longe solicitar, comover, erguer no mais fundo de mim? Não sei. Agora já não sei nada, parou, talvez tenha descido de novo; quem sabe se alguma vez tornará a subir da sua noite? Dez vezes terei de recomeçar, de me debruçar sobre ele. E de todas as vezes a cobardia que nos afasta de todas as tarefas difíceis, de todas as obras importantes, me aconselhou a pôr aquilo de lado, a beber o meu chá pensando simplesmente nos meus aborrecimentos de hoje, nos meus desejos de amanhã, que se deixam ruminar sem custo.

E de repente a recordação surgiu-me. Aquele gosto era o do pedacinho de madalena que em Combray, ao domingo de manhã (porque nesse dia não saía antes da hora da missa), a minha tia Léonie, quando lhe ia dar os bons-dias ao quarto, me oferecia, depois de o ter ensopado na sua infusão de chá ou de tília. A visão da minúscula madalena nada me fizera lembrar até a ter provado; talvez porque, tendo-as visto muitas vezes depois disso, sem as comer, nas prateleiras das pastelarias, a sua imagem deixara aqueles dias de Combray para se ligar a outras mais recentes; talvez porque dessas recordações abandonadas durante tanto tempo nada sobrevivia fora da memória, tudo se havia desagregado; as formas — e também a da conchinha de pastelaria, tão gordurosamente sensual no seu pregueado severo e devoto — tinham sido abolidas, ou, ensonadas, haviam perdido a força de expansão que lhes permitiria chegar à consciência. Mas, quando nada subsiste de um passado antigo, após a morte dos seres, após a destruição das coisas, apenas o cheiro e o sabor, mais frágeis mas mais vivazes, mais imateriais, mais persistentes, mais fiéis, permanecem ainda por muito tempo, como almas, a fazer-se lembrados, à espera sobre a ruína de tudo o resto, a carregar sem vacilações sobre a sua gotinha quase impalpável o edifício imenso da memória.

E mal reconheci o gosto do pedaço de madalena ensopado na tília que a minha tia me dava (se bem que então ainda não soubesse e tivesse de deixar para muito mais tarde a descoberta de porque é que aquela recordação me fazia tão feliz), logo a velha casa cinzenta sobre a rua, onde ficava o seu quarto, veio, como um cenário de teatro, juntar-se ao pequeno pavilhão que dava para o jardim, que havia sido construído para os meus pais nas traseiras (aquela superfície truncada, a única que até então tinha tornado a ver); e com a casa, a cidade, desde manhã até à noite e com toda a espécie de tempo, a praça para onde me mandavam antes do almoço, as ruas onde ia fazer compras, os caminhos que se tomavam quando estava bom tempo. E, tal como naquele jogo em que os Japoneses se divertem a molhar numa tigela de porcelana cheia de água pedacinhos de papel até então indistintos e que, logo depois de ensopados, se estendem, torcem, tomam cor, se diferenciam, se transformam em flores, em casas, em personagens consistentes e reconhecíveis, assim também, agora, todas as flores do nosso jardim e as do parque do senhor Swann, e os nenúfares do Vivonne, e a boa gente da aldeia, e as suas casinhas, e a igreja, e Combray inteira mais os arredores, tudo isso que toma forma e solidez, saiu, cidade e jardins, da minha xícara de chá.

II

Combray, de longe, dez léguas em redor, vista do caminho-de-ferro quando lá chegávamos na última semana antes da Páscoa, não passava de uma igreja que resumia a cidade, que a representava, que falava dela e por ela aos longes e que, quando nos aproximávamos, mantinha apertados em redor do seu alto manto escuro, em pleno campo, contra o vento, como uma pastorinha às suas ovelhas, os dorsos lanosos e cinzentos das casas reunidas, que um resto de muralhas medievais cercava aqui e além numa linha tão perfeitamente circular como uma cidadezinha num quadro de primitivo. Para viver, Combray era um pouco triste, assim como as suas ruas, cujas casas construídas com as pedras enegrecidas da região, precedidas de degraus exteriores, encimadas por frontões que faziam descer a sombra à frente delas, eram tão escuras que era preciso, mal o dia começava a declinar, erguer as cortinas nas «salas»; ruas com graves nomes de santos (muitos dos quais ligados à história dos primeiros senhores de Combray): Rua de Santo Hilário, Rua de Santiago, onde era a casa da minha tia, Rua de Santa Hildegarda, para onde dava o gradeamento, e Rua do Espírito Santo, para a qual abria a portinha lateral do seu jardim; e essas ruas de Combray existem numa parte tão recuada da minha memória, pintada de cores tão diferentes das que ora para mim revestem o mundo, que na verdade me parecem todas, e a igreja que as dominava na praça, mais irreais ainda que as projecções da lanterna mágica; e que, em certos momentos, me parece que poder ainda atravessar a Rua do Espírito Santo, poder alugar um quarto na Rua do Pássaro — na velha Hospedaria do Pássaro Frechado, de cujos respiradouros emanava um cheiro a cozinha que ainda por instantes sobe em mim tão intermitente e tão caloroso — seria uma entrada em contacto com o Além mais maravilhosamente sobrenatural que conhecer Golo e conversar com Genoveva de Brabante.

A prima do meu avô — a minha tia-avó — em casa de quem morávamos, era a mãe daquela tia Léonie que, desde a morte do marido, o tio Octave, não mais quisera sair, primeiro de Combray, depois da sua casa em Combray, depois do seu quarto, e depois da sua cama, e que já não «descia», sempre deitada num incerto estado de desgosto, de debilidade física, de doença, de ideia fixa e de devoção. Os seus aposentos particulares davam para a Rua de Santiago, que mais adiante terminava no Grande Prado (por oposição ao Pequeno Prado, verdejante no meio da cidade, entre três ruas) e que, singela, acinzentada, com os três degraus altos diante de quase todas as portas, parecia como que um desfiladeiro praticado por um entalhador de imagens góticas que tivesse esculpido directamente na pedra um presépio ou um calvário. A minha tia na realidade já só habitava dois quartos contíguos, ficando num à tarde enquanto arejavam o outro. Eram daqueles quartos de província que — tal como em certas regiões há partes inteiras do ar ou do mar iluminadas ou perfumadas por miríades de protozoários que não vemos — nos encantam com os mil odores que neles emanam das virtudes, da sabedoria, dos hábitos, de toda uma vida secreta, invisível, moral e superabundante, que a atmosfera lá mantém em suspensão; odores ainda naturais, por certo, e da cor do tempo como os do campo próximo, mas já caseiros, humanos e circunscritos, geleia refinada, industriosa e límpida, de todos os frutos do ano que saíram do pomar para o armário; fragrâncias variáveis com as estações, mas móveis e domésticas, corrigindo o picante da geleia branca com a suavidade do pão quente, ociosas e pontuais como um relógio de aldeia, vagueantes e ordeiras, despreocupadas e previdentes, lavadeiras, matinais, devotas, felizes com uma paz que apenas acarreta um acréscimo de ansiedade e de um prosaísmo que serve de grande reservatório de poesia para aquele que as atravessa sem nelas ter vivido. Ali, o ar estava saturado da fina-flor de um silêncio tão alimentício, tão suculento, que eu só lá entrava com uma espécie de gulodice, sobretudo nessas primeiras manhãs ainda frias da semana da Páscoa, onde o saboreava melhor porque mal acabava de chegar a Combray: antes de entrar para dar os bons-dias à minha tia faziam-me esperar um momento, na primeira sala, onde o sol, ainda de Inverno, viera aquecer-se ao pé do fogo, já aceso entre os dois tijolos e que polvilhava todo o quarto de um cheiro a fuligem, que fazia dele como que uma daquelas grandes «frontarias de fogão» do campo, ou daqueles panos de chaminé dos palácios, debaixo dos quais desejamos que se declarem lá fora a chuva, a neve, ou até alguma catástrofe diluviana, para acrescentar ao conforto da reclusão a poesia da invernagem; eu dava alguns passos entre o genuflexório e os cadeirões de veludo forte, sempre revestidos de um resguardo para a cabeça de renda, e o fogo, cozendo como uma massa os apetitosos odores que enchiam de grumos o ar do quarto, e que a frescura húmida e ensolarada da manhã já fizera trabalhar e «levedar», folhava-os, dourava-os, enfolava-os, enturgecia-os, fazendo um invisível e palpável bolo de província, uma imensa torta de maçãs, à qual, logo depois de saborear os aromas mais estaladiços, mais finos, mais reputados, mas também mais secos, do armário, da cómoda, do papel de ramagens, eu regressava sempre, com uma inconfessada cobiça, deixando-me prender no odor medíocre, viscoso, insosso, indigesto e frutado da colcha de flores.

No quarto ao lado ouvia a minha tia a conversar sozinha a meia-voz. Falava sempre bastante baixo porque achava que tinha na cabeça alguma coisa quebrada e flutuante que deslocaria se falasse alto de mais, mas, mesmo só, nunca ficava muito tempo sem dizer qualquer coisa, porque o considerava salutar para a garganta e, impedindo o sangue de ficar lá parado, tornaria menos frequentes as sufocações e as angústias de que sofria; depois, na inércia absoluta em que vivia, atribuía às suas mínimas sensações uma importância extraordinária; dotava-as de uma mobilidade que lhe tornava difícil guardá-las só para ela, e, à falta de confidente a quem as comunicar, anunciava-as a si mesma, num perpétuo monólogo que era a sua única forma de actividade. Infelizmente, como se tinha habituado a pensar em voz alta, nem sempre prestava atenção ao facto de haver alguém no quarto ao lado, e muitas vezes a ouvia dizer para consigo mesma: «Tenho de me lembrar bem de que não dormi» (porque a sua grande pretensão era não dormir nunca, marca e respeito que se conservava na nossa linguagem comum: de manhã a Françoise não vinha «acordá-la», mas simplesmente «entrava» no quarto; quando a minha tia queria dormir um sono durante o dia dizia-se que queria «reflectir» ou «repousar»; e quando lhe acontecia esquecer-se a conversar ao ponto de dizer: «O que me acordou» ou «Sonhei que», corava e corrigia-se o mais depressa possível).

Passado um momento entrava eu para lhe dar um beijo; a Françoise fazia a infusão do seu chá; ou, se a tia se sentia agitada, pedia em vez dele a sua tisana, e era eu que estava encarregado de verter do saco da farmácia para um prato a quantidade de tília que era depois preciso introduzir na água a ferver. A secura das hastes da tília tinha-as recurvado numa caprichosa grade em cujo entrelaçado se abriam as flores pálidas, como se um pintor as tivesse arranjado, as tivesse feito posar da maneira mais ornamental. As folhas, depois de perdido ou alterado o seu aspecto, pareciam-se com as coisas mais diversas, uma transparente asa de mosca, o avesso branco de um rótulo, uma pétala de rosa, mas que tivessem sido empilhadas, trituradas ou entrançadas, como na confecção de um ninho. Mil e um pequenos pormenores inúteis — encantadora prodigalidade do farmacêutico —, que se teriam suprimido numa preparação artificial, davam-me, como um livro onde nos maravilhamos por encontrar o nome de uma pessoa nossa conhecida, o prazer de compreender que eram realmente hastes de verdadeiras tílias, como as que eu via na Avenida da Estação, modificadas, precisamente porque eram, não duplicadas, mas elas mesmas, e tinham envelhecido. E como cada haste nova não passava da metamorfose de uma haste antiga, reconhecia nas pequenas bolas cinzentas os botões verdes que não chegaram ao seu termo; mas sobretudo o brilho róseo, lunar e suave que destacava as flores na floresta frágil dos caules donde estavam suspensas como rosinhas de oiro — sinal, como o clarão que revela ainda numa parede o lugar de um fresco esbatido, da diferença entre as partes da árvore que tinham sido «a cores» e as que não o tinham sido — mostrava-me que aquelas pétalas eram efectivamente as que, antes de florirem o saco da farmácia, haviam perfumado as tardes da Primavera. Aquela rosada chama de círio era ainda a sua cor, mas meio extinta e adormecida nesta vida diminuída que era agora a dela e que é como que o crepúsculo das flores. Depressa a minha tia iria poder mergulhar na infusão a ferver, cujo gosto a folha morta ou a flor fanada saboreava, uma madalena, da qual me estendia um pedacinho quando estava suficientemente amolecido.

De um dos lados da cama havia uma grande cómoda amarela de madeira de limoeiro e uma mesa que tinha ao mesmo tempo algo a ver com oficina e altar-mor, onde, por baixo de uma estatueta da Virgem e de uma garrafa de Vichy-Célestins, se encontravam livros de missa e receitas de medicamentos, tudo o que era preciso para seguir da cama os ofícios e o regime, para não se atrasar nem na hora da pepsina, nem na das vésperas. Do outro lado, a cama ladeava a janela; tinha a rua debaixo dos olhos e lia de manhã à noite, por desfastio, à maneira dos príncipes persas, a crónica quotidiana mas imemorial de Combray, que depois comentava com a Françoise.

Estava com a minha tia cinco minutos e já ela me mandava embora com receio de que a fatigasse. Estendia para os meus lábios a sua triste testa pálida e insípida, sobre a qual, àquela hora matinal, não tinha ainda arrumado os cabelos postiços, onde as vértebras transpareciam como pontas de uma coroa de espinhos ou contas de um rosário, e dizia-me: «Vamos, meu pobre filho, vai-te embora, vai preparar-te para a missa; e se encontrares lá em baixo a Françoise, diz-lhe que não se distraia muito tempo contigo, que não tarde a subir a ver se preciso de alguma coisa.»

Efectivamente, a Françoise, que estava havia anos ao seu serviço, e que mal sabia então que viria um dia a servir-nos a nós, abandonava um pouco a minha tia durante os meses em que estávamos lá. Houvera na minha infância, antes de irmos para Combray, quando a tia Léonie ainda passava o Inverno em Paris em casa da minha mãe, um tempo em que eu conhecia a Françoise tão mal que, no primeiro de Janeiro, antes de entrar em casa da minha tia-avó, a minha mãe me metia na mão uma moeda de cinco francos e me dizia: «Vê lá se não te enganas na pessoa. Antes de a dares, espera até me ouvires dizer: "Bom dia, Françoise", e ao mesmo tempo dou-te um toque ao de leve no braço.» Mal chegávamos à escura antecâmara da minha tia distinguíamos na sombra, sob os folhos de uma touca resplandecente, hirta e frágil como se de açúcar pilé, os movimentos concêntricos de um sorriso de antecipado reconhecimento. Era a Françoise, imóvel e de pé no enquadramento da portinha do corredor, como uma estátua de santa no seu nicho. Depois de um pouco habituados àquelas trevas de capela, distinguíamos-lhe no rosto o amor desinteressado pela humanidade, o respeito enternecido pelas altas classes que a esperança das boas-festas exaltava nas melhores regiões do seu coração. A minha mãe beliscava-me o braço com violência e dizia em voz forte: «Bom dia, Françoise.» A este sinal, os meus dedos abriam-se e largava a moeda, que encontrava para a receber uma mão confusa, mas estendida. Mas desde que íamos para Combray não conhecia melhor pessoa que a Françoise; éramos os seus preferidos, ela tinha por nós, ao menos durante os primeiros anos, tanta consideração como tinha pela minha tia, e um gosto mais vivo, porque juntávamos ao prestígio de fazermos parte da família (ela tinha pelos laços invisíveis que a circulação de um mesmo sangue tece entre os membros de uma família tanto respeito como um trágico grego) o encanto de não sermos os seus patrões habituais. Assim, lamentando-nos por não termos ainda um tempo melhor, com que alegria nos recebia no dia da nossa chegada, em vésperas da Páscoa, época em que era frequente fazer um vento glacial, quando a minha mãe lhe pedia notícias da filha e dos sobrinhos, lhe perguntava se o neto se portava bem, o que contavam fazer dele, se se parecia com a avó.

E, quando já não estava ninguém presente, a minha mãe, que sabia que a Françoise chorava ainda os pais que haviam morrido anos antes, falava-lhe deles com doçura, pedia-lhe inúmeros pormenores sobre a sua vida passada.

Adivinhara que a Françoise não gostava do genro e que este lhe estragava o prazer que tinha em estar com a filha, com quem não falava com tanta liberdade quando ele estava presente. Por isso, quando a Françoise os ia ver, a algumas léguas de Combray, a minha mãe dizia-lhe a sorrir: «Françoise, se o Julien tiver sido obrigado a ausentar-se e se tiver a Marguerite toda para si durante todo o dia, vai ficar desolada, mas resigna-se, não é verdade?» E a Françoise dizia a rir: «A senhora sabe tudo; a senhora é pior que os raios X (ela dizia xis com uma dificuldade afectada e um sorriso com que troçava de si mesma por, sendo uma ignorante, usar este termo erudito), que se mandaram vir para a senhora Octave e que vêem o que uma pessoa tem no coração», e desaparecia, confusa por perderem tempo com ela, talvez para que não a vissem chorar; a minha mãe era a primeira pessoa que lhe dava aquela suave emoção de sentir que a sua vida, as suas venturas e os seus desgostos de camponesa podiam ter algum interesse, ser motivo de alegria ou de tristeza para outrem que não ela. A minha tia resignava-se a privar-se um pouco dela durante a nossa estada, sabendo como a minha mãe apreciava o serviço daquela criada tão inteligente e activa, que se apresentava tão bem arranjada logo às cinco da manhã na sua cozinha, com a sua touca de folhos resplandecentes e rígidos que pareciam de porcelana, como para ir à missa solene; que fazia tudo bem, trabalhando como um cavalo, estivesse ou não bem de saúde, mas sem ruído, parecendo que não fazia nada, a única das criadas da minha tia que, quando a minha mãe pedia água quente ou café, os trazia verdadeiramente a ferver; ela era um daqueles servidores que, numa casa, são ao mesmo tempo os que mais desagradam à primeira vista a um estranho, talvez por não se darem ao trabalho de o conquistar e por não terem especiais atenções para com ele, sabendo muito bem que nada precisam dele, que é mais provável que deixem de o receber a ele do que os despeçam; e que, em contrapartida, são aqueles a quem os patrões mais querem, porque puseram à prova as suas capacidades reais e não se preocupam com aqueles atractivos superficiais, com aquela tagarelice servil que causa impressões favoráveis num visitante, mas que muitas vezes encobre uma irremediável nulidade.

Quando a Françoise, depois de ter tratado de que os meus pais tivessem tudo aquilo de que precisavam, subia pela primeira vez ao quarto da minha tia para lhe dar a sua pepsina e lhe perguntar o que queria para o almoço, era muito raro que esta não tivesse já a sua opinião a dar ou explicações a fornecer acerca de um acontecimento importante:

— Françoise, imagine que a senhora Goupil passou com mais de um quarto de hora de atraso para ir buscar a irmã; mesmo que se demore pouco no caminho, não me espanta que chegue depois da elevação.

— Pois, não me espantava nada — respondia a Françoise.

— Françoise, se tivesse vindo cinco minutos antes, tinha visto passar a senhora Imbert, que levava uns espargos duas vezes mais grossos que os da senhora Callot; veja se sabe pela criada dela onde é que os arranjou. Você que este ano nos mete espargos em todos os molhos, podia arranjar uns assim para os nossos hóspedes.

— Ah, não me espantava que viessem da casa do senhor prior — dizia a Françoise.

— Ah, posso lá acreditar, minha pobre Françoise — respondia a minha tia encolhendo os ombros —, da casa do senhor prior! Bem sabe que ele só produz uns espargozinhos de nada. Digo-lhe que aqueles eram da grossura de um braço. Não do seu, bem entendido, mas do meu pobre braço, que tornou a emagrecer tanto este ano... Françoise, não ouviu aquele toque dos sinos que me deu cabo da cabeça?

— Não, senhora Octave.

— Ah, minha pobre filha, deve ter uma cabeça sólida, bem pode agradecer a Deus. Era a Maguelone, que tinha vindo buscar o médico Piperaud. Ele tornou a sair imediatamente com ela e viraram para a Rua do Pássaro. Deve estar qualquer criança doente.

— Ah, meu Deus — suspirava a Françoise, que não podia ouvir falar de uma desgraça acontecida a um desconhecido, ainda que numa parte distante do mundo, sem começar a gemer.

— Françoise, mas então por quem é que dobraram os sinos? Ah, meu Deus, deve ter sido pela senhora Rousseau. Então não me tinha esquecido de que ela se foi na noite passada... Ah, é tempo que Deus me dê memória, já não sei que é feito da minha cabeça desde a morte do meu pobre Octave. Mas estou a fazer-lhe perder tempo, minha filha.

— Não, senhora Octave, o meu tempo não é assim tão caro; quem o fez não no-lo vendeu. Vou só ver se o meu lume não se apaga.

E assim a Françoise e a minha tia apreciavam em conjunto, no decurso daquela sessão matinal, os primeiros acontecimentos do dia. Mas às vezes esses acontecimentos possuíam um carácter tão misterioso e tão sério que a tia sentia que não era capaz de esperar pelo momento da chegada da Françoise, e quatro formidáveis toques de campainha retiniam pela casa.

— Ora, senhora Octave, ainda não são horas da pepsina — dizia a Françoise. — Sentiu alguma fraqueza?

— Não, Françoise — dizia a minha tia —, ou melhor, sim, bem sabe que são agora muito raras as ocasiões em que não tenho fraqueza; um dia vou-me, como a senhora Rousseau, sem ter tempo de dar por mim; mas não é por isso que eu toco. Imagine que acabo de ver, como estou a vê-la a si, a senhora Goupil com uma garotinha que eu não conheço! Vá comprar dois soldos de sal ao Camus. Será muito estranho que o Théodore não seja capaz de lhe dizer quem é.

— Mas deve ser a filha do senhor Pupin — dizia a Françoise, que preferia agarrar-se a uma explicação imediata, uma vez que nessa manhã já tinha ido duas vezes ao Camus.

— A filha do senhor Pupin! Ora, posso lá acreditar, minha pobre Françoise! Então eu não havia de a reconhecer?

— Mas eu não quero dizer a mais velha, senhora Octave, quero dizer a garota, a que está internada em Jouy. Parece-me que já a vi esta manhã.

— Ah, a não ser que seja isso — dizia a minha tia. — Deve ter vindo para as festas. É isso! Não é preciso procurar mais, deve ter vindo para as festas. Mas então havíamos de ver daqui a pouco a senhora Sazerat vir tocar à porta da irmã para o almoço. Deve ser isso! Vi o pequeno do Galopin a passar com uma tarte! Vai ver que a tarte ia para casa da senhora Goupil.

— Visto que a senhora Goupil tem uma visita, senhora Octave, não vai tardar a ver toda a sua gente entrar para o almoço, porque já começa a não ser cedo — dizia a Françoise, que, com pressa de descer para tratar do almoço, não desgostava de deixar à minha tia esta distracção em perspectiva.

— Ah, não antes do meio-dia — respondia a minha tia num tom resignado, ao mesmo tempo que deitava ao relógio um olhar inquieto, mas furtivo, para não deixar que se visse que ela, que havia renunciado a tudo, sentia porém um prazer tão vivo em saber que a senhora Goupil tinha pessoas para almoçar, prazer que infelizmente se faria esperar ainda um pouco mais que uma hora. — E ainda por cima irá cair durante o meu almoço! — acrescentou a meia-voz para si mesma. O almoço era para ela distracção bastante para não desejar outra ao mesmo tempo. — Ao menos não se vai esquecer de me dar os meus ovos com natas num prato raso? — Esses pratos eram os únicos enfeitados com motivos, e a minha tia divertia-se em cada refeição a ler a legenda do que lhe serviam nesse dia. Punha os óculos e decifrava: *Ali-Babá e os Quarenta Ladrões*, *História de Aladino e a Lâmpada Mágica*, e dizia a sorrir: — Muito bem, muito bem.

— Eu era bem capaz de ir ao Camus... — dizia a Françoise vendo que a minha tia já não a mandaria lá.

— Não, já não vale a pena, é de certeza a menina Pupin. Minha pobre Françoise, desculpe tê-la feito subir por nada.

Mas a minha tia sabia muito bem que não fora por nada que havia chamado a Françoise, porque, em Combray, uma pessoa «que a gente não conhece» era um ser tão pouco crível como um deus da mitologia, e na prática ninguém se lembrava de que, de cada vez que surgira, na Rua do Espírito Santo ou na praça, uma dessas aparições assombrosas, a fabulosa personagem não tivesse acabado por ser, graças a investigações bem dirigidas, reduzida às proporções de uma «pessoa conhecida» quer pessoalmente, quer em abstracto, no seu estado civil, enquanto possuidora de um grau de parentesco com pessoas de Combray. Era o filho da senhora Sauton que regressava do serviço militar, a sobrinha do padre Perdreau que saía do convento, o irmão do prior, cobrador de impostos em Châteaudun, que acabava de se reformar ou que viera passar as festas. Ao vê-los, as pessoas tinham sentido a emoção de acreditar que havia em Combray gente que não conheciam, simplesmente porque não a tinham reconhecido ou identificado de imediato. E no entanto, com muito tempo de antecipação, a senhora Sauton e o prior haviam prevenido que estavam à espera dos seus «hóspedes». Quando à tarde, ao regressar, eu subia a contar à minha tia o nosso passeio, se cometia a imprudência de lhe dizer que tínhamos encontrado perto da Ponte Velha um homem que o meu avô não conhecia, exclamava: «Um homem que o avô não conhece! Ah, não posso acreditar!» Um pouco emocionada, porém, com esta notícia, queria saber o que se passava, e o meu avô era convocado. «Então, tio, quem é que encontrou perto da Ponte Velha? Um homem que não conhecia?» «Não», respondia o meu avô, «era o Prosper, o irmão do jardineiro da senhora Bouillebœuf.» «Ah, está bem», dizia a minha tia, tranquilizada e um pouco ruborizada; encolhendo os ombros com um sorriso irónico, acrescentava: «E ele a dizer-me que tinham encontrado um homem que o tio não conhecia!» E recomendavam-me que para a próxima fosse mais cauteloso e que não tornasse a agitar assim a tia com palavras irreflectidas. Em Combray conhecia-se tão bem toda a gente, animais e pessoas, que, se a minha tia tivesse visto por acaso passar um cão «que ela não conhecia», não parava de pensar nisso e de consagrar a esse facto incompreensível os seus talentos de indução e as suas horas de liberdade.

— Deve ser o cão da senhora Sazerat — dizia a Françoise, sem grande convicção, mas com intenções de acalmia e para que a minha tia não «desse cabo da cabeça».

— Como se eu não conhecesse o cão da senhora Sazerat! — respondia a minha tia, cujo espírito crítico não admitia um facto com tanta facilidade.

— Ah! É capaz de ser o novo cão que o senhor Galopin trouxe de Lisieux.

— Ah, a não ser que seja isso.

— Parece que é um animal muito afável — acrescentava a Françoise, que recolhera essa informação do Théodore —, esperto que parece uma pessoa, sempre de bom humor, sempre amável, sempre uma coisinha graciosa. É raro um animal só com aquela idade ser já tão galante. Senhora Octave, tenho de a deixar, não tenho tempo para me divertir, não tarda são dez horas, o meu forno ainda nem sequer está aceso e ainda tenho de pelar os espargos.

— Como, Françoise, outra vez espargos! Você este ano tem uma verdadeira doença dos espargos, vai acabar por cansar os nossos parisienses!

— Não, senhora Octave, eles gostam muito. Vão voltar da igreja com apetite e vai ver que não vão apenas fingir que comem.

— Mas na igreja já eles devem estar; o melhor é você não perder tempo. Vá lá vigiar o seu almoço.

Enquanto a minha tia assim tagarelava com a Françoise, eu acompanhava os meus pais à missa. Como eu gostava da nossa igreja, como a revejo bem! O seu velho pórtico, por onde entrávamos, negro, esburacado como uma escumadeira, estava deslocado e profundamente escavado nas arestas (tal como a pia de água benta para onde nos encaminhava), como se o suave aflorar das mantilhas das camponesas quando entravam na igreja e dos seus dedos tímidos tomando água benta pudesse, repetido durante séculos, adquirir uma força destrutiva, inflectir a pedra e entalhá-la de sulcos como o traçado pela roda das carroças na barreira contra a qual esbarra todos os dias. As suas pedras tumulares, sob as quais as nobres cinzas dos párocos de Combray, ali enterrados, eram para o coro como que um pavimento espiritual, já não eram também de matéria inerte e dura, porque o tempo as tornara brandas e fizera escorrer uma espécie de mel para fora dos limites da sua esquadria, que aqui tinham transbordado numa onda loira, arrastando à deriva uma maiúscula gótica de flores e afogando as violetas brancas do mármore; e para aquém das quais, noutro ponto, se tinham fundido, contraindo ainda mais a elíptica inscrição latina, e introduzindo um novo capricho na disposição daqueles caracteres abreviados, aproximando duas letras de uma palavra em que as outras se haviam desmesuradamente distendido. Os vitrais nunca mudavam de cores, de tal forma que, nos dias em que o sol se mostrava pouco, e lá fora o dia estava cinzento, podíamos estar certos de que dentro da igreja estava bom tempo; um deles era ocupado em toda a sua dimensão por uma só personagem, semelhante a um rei de baralho de cartas, que vivia lá em cima, debaixo de um dossel arquitectónico, entre céu e terra (e em cujo reflexo oblíquo e azul, às vezes, nos dias de semana, ao meio-dia, quando não há ofício — num dos raros momentos em que a igreja arejada, vazia, mais humana, luxuosa, com sol sobre o seu rico mobiliário, parecia quase habitável, como o vestíbulo de pedra esculpida e vidro pintado de uma mansão de estilo medieval —, se via por um instante ajoelhar a senhora Sazerat, poisando no genuflexório ao seu lado um pacote bem atado com cordel de uns bolinhos que acabava de comprar na pastelaria em frente e que ia levar para o almoço); noutro, uma montanha de neve rosada, na base da qual se travava um combate, parecia ter coberto de geada a própria vidraça, que inchava com o seu turvo granizo como um vidro onde tivessem permanecido flocos, mas flocos iluminados por uma aurora qualquer (sem dúvida pela mesma que purpureava o retábulo do altar de tons tão frescos que mais pareciam ali poisados momentaneamente por um clarão exterior prestes a desfalecer que por cores para sempre ligadas à pedra); e eram todos tão antigos que se via aqui e além a sua velhice prateada faiscar com a poeira dos séculos e mostrar, brilhante e gasta até ao fio, a teia da sua suave tapeçaria de vidro. Um havia que era um alto compartimento dividido numa centena de pequenos vitrais rectangulares onde predominava o azul, como um grande baralho de cartas semelhante aos que deviam distrair o rei Carlos VI; mas, ou porque havia brilhado um raio de sol ou porque o meu olhar em movimento tivesse passeado pelo vitral, alternadamente apagado e reacendido, um movediço e precioso incêndio, no instante seguinte este tomara o esplendor variável de uma cauda de pavão e depois tremia e ondulava numa chuva flamejante e fantástica que gotejava do alto da abóbada escura e rochosa, ao longo das paredes húmidas, como se eu estivesse acompanhando os meus pais, que levavam consigo o seu paroquiano, na nave de uma qualquer gruta irisada de sinuosas estalactites; um momento depois, os pequenos vitrais em losango haviam tomado a transparência profunda, a infrangível dureza de safiras que houvessem sido justapostas em algum imenso peitoral, mas atrás das quais se sentia, mais amado que todas as riquezas, um sorriso momentâneo de sol; era tão reconhecível na onda azul e branda com que banhava as pedrarias como no chão da praça ou na palha do mercado; e, mesmo nos primeiros domingos depois da nossa chegada antes da Páscoa, consolava-me de que a terra fosse ainda nua e negra, fazendo desabrochar, como numa Primavera histórica e que datava dos sucessores de São Luís, aquele tapete deslumbrante e dourado de miosótis de vidro.

Duas tapeçarias de alto liço representavam a coroação de Ester (pretendia a tradição que tinham dado a Assuero as feições de um rei de França e a Ester as de uma dama de Guermantes por quem estava apaixonado), às quais as cores, misturando-se, haviam acrescentado uma expressão, um relevo, uma luz: um pouco de cor-de-rosa flutuava nos lábios de Ester para além do desenho do seu contorno; o amarelo do vestido estendia-se tão untuosamente, tão gordurosamente, que ele ganhava com a cor uma espécie de consistência e se elevava, vivo, sobre a atmosfera obrigada a recuar; e a verdura das árvores, que permanecera viva nas partes baixas do painel de seda e lã, mas que tinha «passado» nas partes altas, fazia com que se destacassem em mais pálido, por cima dos troncos escuros, os altos ramos amarelentos, dourados e como que meio apagados pela brusca e oblíqua iluminação de um sol invisível. Tudo isso, e mais ainda os objectos preciosos trazidos para a igreja por personagens que eram para mim personagens quase lendárias (a cruz de ouro lavrada, ao que se dizia, por Santo Elói e oferecida por Dagoberto, o túmulo dos filhos de Luís, *o Germânico*, de pórfiro e cobre esmaltado), razão pela qual eu avançava pela igreja, quando nos dirigíamos para as nossas cadeiras, como num vale visitado pelas fadas, onde o camponês se maravilha por ver num rochedo, numa árvore, num charco, o vestígio palpável da sua passagem sobrenatural, tudo isso fazia dela, para mim, algo inteiramente diferente do resto da cidade: um edifício que ocupava, se tal se pode dizer, um espaço de quatro dimensões — sendo que a quarta era a do Tempo —, estendendo através dos séculos a sua nave, a qual, de tramo em tramo, de capela em capela, parecia vencer e transpor, não apenas alguns metros, mas épocas sucessivas de que saía vitoriosa; ocultando o rude e selvagem século XI na espessura das suas paredes, donde, com os seus pesados arcos entaipados e cegos por grosseiras alvenarias, apenas surgia pelo profundo entalhe cavado junto do portal pela escada do campanário, e, mesmo aí, dissimulado pelas graciosas arcadas góticas que se apertavam galantemente à sua frente, tal como irmãs mais velhas, para o esconder dos estranhos, se colocam sorrindo em frente de um jovem irmão rústico, rezingão e mal vestido; erguendo para o céu por cima da praça a sua torre que contemplara São Luís e parecia vê-lo ainda; e mergulhando com a sua cripta numa noite merovíngia onde, guiando-nos às apalpadelas sob a abóbada escura e poderosamente marcada de nervuras como a membrana de um imenso morcego de pedra, Théodore e a irmã nos iluminavam com uma vela o túmulo da neta de Sigeberto, sobre o qual — como a marca de um fóssil — fora escavada uma profunda valva, dizia-se que por «uma lâmpada de cristal que, na noite do assassínio da princesa franca, se soltara sozinha das correntes onde estava pendurada no local da actual abside, e, sem que o cristal se quebrasse, sem que a chama se extinguisse, mergulhara na pedra e a fizera ceder molemente sob ela».

Da abside da igreja de Combray, poderá verdadeiramente falar-se? Era tão grosseira, tão desprovida de beleza artística e até de calor religioso... Do exterior, como o cruzamento de ruas com que confinava estava num nível inferior, a sua parede grosseira subia de uma base de alvenaria sem acabamento, eriçada de pedregulhos, e que nada tinha de particularmente eclesiástico; os vitrais pareciam abertos a uma altura excessiva e o conjunto mais parecia de um muro de prisão que de uma igreja. E é claro que mais tarde, quando me lembrava de todas as gloriosas absides que vi, nunca me viria à ideia associar-lhes a abside de Combray. Simplesmente, um dia, num recanto de uma ruazinha de província, avistei, diante do cruzamento de três ruelas, uma parede rude e sobreelevada, com vitrais abertos no alto e que apresentava o mesmo aspecto assimétrico da abside de Combray. Então não me interroguei, como em Chartres ou em Reims, sobre a força com que se exprimia ali o sentimento religioso, antes exclamei involuntariamente: «A Igreja!»

A igreja! Familiar; situada, na Rua de Santo Hilário, onde ficava a porta norte, paredes meias com a farmácia do senhor Rapin e a casa da senhora Loiseau, com que confinava sem qualquer separação; simples cidadã de Combray, que poderia ter o seu número na rua se as ruas de Combray tivessem tido números, e onde parece que o distribuidor do correio haveria de deter-se de manhã, ao fazer a distribuição, antes de ir a casa da senhora Loiseau e depois de sair do senhor Rapin; contudo, entre ela e tudo o que não era ela existia uma demarcação que o meu espírito nunca conseguiu ultrapassar. Ainda que a senhora Loiseau tivesse à janela umas fúcsias com o mau hábito de deixar que os seus ramos corressem às cegas por toda a parte, e cujas flores nada mais tinham que fazer, quando já bastante grandes, que ir refrescar as faces violáceas e congestionadas contra a escura fachada da igreja, nem por isso as fúcsias se tornavam sagradas para mim; entre as flores e a pedra enegrecida em que se apoiavam, embora os olhos não distinguissem qualquer intervalo, o meu espírito estabelecia o espaço de um abismo.

Reconhecia-se o campanário de Santo Hilário de muito longe, inscrevendo a sua imagem inesquecível no horizonte onde Combray ainda não aparecia; quando, do comboio que na semana da Páscoa nos trazia de Paris, o meu pai o avistava, esgueirando-se alternadamente sobre todos os sulcos do céu, fazendo correr em todos os sentidos o seu pequeno galo de ferro, dizia-nos: «Vamos, peguem nos cobertores, chegámos.» E num dos maiores passeios que dávamos em Combray havia um lugar onde o caminho apertado desembocava de repente num imenso planalto fechado no horizonte por florestas desconjuntadas apenas ultrapassadas pela fina agulha do campanário de Santo Hilário, mas tão delgada, tão rosada, que apenas parecia riscada no céu por uma unha que tivesse querido dar a esta paisagem, a este quadro só de natureza, aquela pequenina marca de arte, aquela única indicação humana. Quando nos aproximávamos e podíamos distinguir o resto da torre quadrada e meio destruída que, menos alta, subsistia ao lado dele, o que impressionava era sobretudo o tom avermelhado e escuro das pedras; e, numa manhã brumosa de Outono, dir-se-ia que era, erguendo-se acima do violeta tempestuoso dos vinhedos, uma ruína de púrpura, quase da cor da vinha-virgem.

Muitas vezes, na praça, quando regressávamos a casa, a minha avó fazia-me parar para olhar para ele. Das janelas da torre, situadas duas a duas, umas por cima das outras, com aquela justa e original proporção nas distâncias que só aos rostos humanos confere beleza e dignidade, ele soltava, deixava cair a intervalos regulares, bandos de corvos que, por momentos, redemoinhavam aos gritos, como se as velhas pedras que os deixavam divertir-se sem parecer vê-los, de repente tornadas inabitáveis e exalando um princípio de agitação infinita, lhes tivessem batido ou os tivessem rechaçado. Depois, tendo riscado em todos os sentidos o veludo violeta do ar da tarde, voltavam, bruscamente acalmados, a deixar-se absorver na torre, que de nefasta se tornava propícia, alguns, aqui e além, parecendo imóveis mas abocando porventura algum insecto, na ponta de um coruchéu, como uma gaivota parada com a imobilidade de um pescador na crista de uma onda. Sem saber muito bem porquê, a minha avó atribuía ao campanário de Santo Hilário aquela ausência de vulgaridade, de pretensões, de mesquinhez, que a levava a amar, e a julgar ricos de benéfica influência, a natureza, quando a mão do homem não a havia minguado, como fazia o jardineiro da minha tia-avó, e as obras de génio. E era evidente que qualquer parte da igreja que observávamos a distinguia de qualquer outro edifício por uma espécie de pensamento que lhe era infuso, mas era no campanário que parecia tomar consciência de si mesma, afirmar uma existência individual e responsável. Era ele que falava por ela. Creio sobretudo que, confusamente, a minha avó encontrava no campanário de Combray o que para ela era de maior preço neste mundo, um ar natural e um ar distinto. Ignorante de arquitectura, dizia: «Meus filhos, façam pouco de mim se quiserem, talvez não seja belo segundo as regras, mas a sua velha imagem extravagante agrada-me. Tenho a certeza de que, se ele tocasse piano, não tocava *secco*.» E, olhando para ele, acompanhando com os olhos a suave tensão, a inclinação fervorosa dos seus declives de pedra, que se juntavam, erguendo-se como mãos postas em oração, ela unia-se tão bem à efusão da flecha que o seu olhar parecia arremessar-se para o alto tanto como ela; e, ao mesmo tempo, sorria amigavelmente para as velhas pedras gastas, iluminadas pelo poente apenas no topo, e que, a partir do momento em que entravam nessa zona ensolarada, adoçadas pela luz, pareciam de repente elevadas a maior altura, distantes, como um canto retomado «em falsete» uma oitava acima.

Era o campanário de Santo Hilário que conferia a todas as ocupações, a todas as horas, em todos os pontos de vista da cidade, a sua imagem, o seu coroamento, a sua consagração. Do meu quarto, apenas podia avistar-lhe a base, que fora coberta de ardósias; mas quando, ao domingo, eu as via, numa quente manhã de Verão, flamejar como um sol negro, dizia cá para mim: «Meu Deus! Nove horas! Tenho de me preparar para ir à missa solene, se quiser ter tempo para ir, antes disso, dar um beijo à tia Léonie», e sabia exactamente a cor que o sol tinha na praça, o calor e a poeira do mercado, a sombra do estore da loja onde a minha mãe talvez entrasse antes da missa, num cheiro a pano cru, para comprar um lenço qualquer que lhe seria mostrado, dobrando-se várias vezes pela cintura, pelo patrão, o qual, preparando-se para fechar, acabava de ir aos fundos da loja enfiar o casaco dos domingos e ensaboar as mãos que, de cinco em cinco minutos, e mesmo nas ocasiões mais melancólicas, tinha o hábito de esfregar uma contra a outra com um ar de acanhamento, de conclusão de negócio e de triunfo.

Quando, depois da missa, entrávamos no Théodore para lhe dizer que levasse um bolo maior que habitualmente porque os nossos primos tinham aproveitado o bom tempo para virem de Thiberzy almoçar connosco, tínhamos diante de nós o campanário que, também dourado e cozido como um brioche maior benzido, com escamas e um gotejar gomoso de sol, espetava a sua ponta aguçada no céu azul. E à tarde, quando regressava do passeio e pensava no momento em que daí a nada teria que ir dizer boa noite à minha mãe e não tornar a vê-la, era, pelo contrário, tão doce, no dia que findava, que parecia estar pousado e mergulhado como uma almofada de veludo castanho sobre o céu empalidecido, que cedera sob a sua pressão, se escavara levemente para lhe ceder lugar e refluía para as margens; e os gritos dos pássaros que rodavam à sua volta pareciam aumentar o seu silêncio, dar novo ímpeto à sua flecha e atribuir-lhe algo de inefável.

Mesmo nas compras que tínhamos a fazer atrás da igreja, donde não a víamos, tudo parecia orientado para o campanário, que surgia aqui e além entre as casas, porventura mais impressionante ainda quando aparecia assim sem a igreja. Como é evidente, há muitos outros mais belos vistos desta maneira, e guardo na minha lembrança vinhetas de campanários acima dos telhados com outra qualidade de arte que não as compostas pelas tristes ruas de Combray. Nunca esquecerei numa curiosa cidade da Normandia, próxima de Balbec, duas encantadoras mansões do século XVIII, para mim caras e veneráveis de muitos pontos de vista, e entre as quais, vista do belo jardim que desce dos portões para o rio, se ergue a flecha gótica de uma igreja escondida atrás delas, com o ar de completar, de encimar as respectivas fachadas, mas de uma maneira tão diferente, tão preciosa, tão encaracolada, tão rósea, tão polida, que bem se vê que tanto faz parte delas como de dois belos seixos juntos, entre os quais é presa na praia, uma flecha purpúrea e ameada de algum bivalve afusado em torrinha e acetinado de esmalte. Mesmo em Paris, num dos bairros mais feios da cidade, sei de uma janela donde se vê, depois de um primeiro, de um segundo e mesmo de um terceiro plano feitos de telhados amontoados de várias ruas, um sino de cor violeta, às vezes encarniçado, e às vezes também, nas mais nobres «experiências» que dele faz a atmosfera, de um negro decantado de cinzas, que não é outro senão o zimbório de Saint-Augustin e que confere a esta vista de Paris o carácter de certas paisagens de Roma devidas a Piranesi. Mas como em nenhuma dessas gravurinhas, seja qual for o gosto com que a minha memória as tenha executado, ela não conseguiu pôr o que eu perdera havia muito, o sentimento que nos faz, não considerar uma coisa como um espectáculo, mas acreditar nela como num ser sem equivalente, nenhuma delas domina toda uma parte profunda da minha vida, como a memória faz com estes aspectos do campanário de Combray nas ruas situadas atrás da igreja. Quer o víssemos às cinco da tarde, quando íamos buscar as cartas ao correio, a algumas casas de distância da nossa, à esquerda, levantando de repente, de um cimo isolado, a linha de cumeada dos telhados; quer, se, pelo contrário, queríamos entrar a saber notícias da senhora Sazerat, acompanhássemos com os olhos aquela linha de novo baixa após o declive da sua outra vertente, sabendo que haveria que virar na segunda rua depois do campanário; ou ainda, indo mais longe, quando, a caminho da estação, o víamos obliquamente, mostrando de perfil arestas e superfícies novas como um sólido surpreendido num momento desconhecido da sua revolução; ou se, das margens do Vivonne, a abside musculadamente concentrada e alçada pela perspectiva parecia jorrar do esforço que o campanário fazia para lançar a sua flecha ao coração do céu; era sempre a ele que tínhamos de voltar, era sempre ele que dominava tudo, intimando as casas com um pináculo inesperado, erguido à minha frente como o dedo de Deus cujo corpo tivesse sido escondido na multidão dos humanos sem que por isso eu o confundisse com ela. E ainda hoje, se, numa grande cidade de província ou num bairro de Paris que conheço mal, um transeunte que me «ensinou o caminho» me mostra ao longe, como ponto de referência, uma determinada torre sineira de um hospital, um determinado campanário de convento erguendo a ponta da sua touca eclesiástica ao canto de uma rua por onde devo seguir, ainda que a minha memória lhe possa encontrar obscuramente algum traço de semelhança com a imagem cara e desaparecida, o transeunte, se se virar para ter a certeza de que não vou enganado, pode, para seu espanto, ver-me, esquecido do passeio começado ou da compra necessária, ficar ali, diante do campanário, durante horas, imóvel, tentando recordar-me, sentindo no fundo de mim terras reconquistadas ao olvido que secam e se reconstroem; e por certo, então, e mais ansiosamente que há pouco, quando eu lhe pedia informações, procuro ainda o meu caminho, viro numa rua... mas... dentro do meu coração...

Quando voltávamos da missa encontrávamos muitas vezes o senhor Legrandin, que, retido em Paris pela sua profissão de engenheiro, não podia, fora das férias grandes, vir à sua propriedade de Combray, a não ser de sábado à tarde até segunda de manhã. Era um daqueles homens que, para além de uma carreira científica onde aliás triunfaram brilhantemente, possuem uma cultura muito diferente, literária, artística, que a sua especialização profissional não utiliza e de que a sua conversa beneficia. Mais letrados que muitos literatos (não sabíamos nessa época que o senhor Legrandin teve uma certa reputação como escritor e ficámos muito admirados por ver que um músico célebre havia composto uma melodia sobre versos dele), dotados de maior «facilidade» que muitos pintores, imaginam que a vida que levam não é a que lhes seria adequada, e levam para as suas ocupações positivas, ou uma negligência tingida de fantasia, ou uma aplicação constante e altiva, desdenhosa, amarga e conscienciosa. Alto, com uma bela figura, rosto pensativo e fino de longos bigodes loiros, de olhar azul e desencantado, de uma delicadeza refinada, um conversador como nunca tínhamos ouvido, era aos olhos da minha família, que o citava sempre como exemplo, o tipo de homem de escol, que encarava a vida da maneira mais nobre e mais delicada. A minha avó só lhe censurava o falar um pouco bem de mais, um pouco como um livro, o não ter na sua linguagem a naturalidade que existia nos seus laços *lavallière* sempre flutuantes, no seu jaquetão direito, quase de estudante. Também se espantava com as tiradas inflamadas em que ele muitas vezes se lançava contra a aristocracia, a vida mundana, o snobismo, «certamente o pecado em que São Paulo está a pensar quando fala do pecado para o qual não há remissão».

A ambição mundana era um sentimento que a minha avó era tão incapaz de sentir e quase de compreender que lhe parecia bem inútil pôr tanto ardor em aviltá-la. Para mais, não achava de muito bom gosto que o senhor Legrandin, cuja irmã estava casada perto de Balbec com um fidalgo da Baixa Normandia, se entregasse a ataques tão violentos contra os nobres, indo ao ponto de censurar a Revolução por não os ter guilhotinado a todos.

— Salve, amigos! — dizia-nos ele vindo ao nosso encontro. — Tendes a felicidade de viver muito tempo aqui; eu amanhã tenho de regressar a Paris, ao meu nicho. Ah — acrescentava com aquele sorriso docemente irónico e desapontado, um pouco distraído, que lhe era muito próprio —, é certo que na minha casa há todas as coisas inúteis. Só lá falta o necessário, um grande pedaço de céu como aqui. Meu rapazinho, trate de conservar sempre um pedaço de céu por cima da sua vida — acrescentava ainda virando-se para mim. — Tem uma linda alma, de uma qualidade rara, uma natureza de artista, não deixe que lhe falte aquilo de que precisa.

Quando, no regresso, a minha tia não deixava de nos perguntar se a senhora Goupil chegara atrasada à missa, éramos incapazes de lhe prestar a informação. Em compensação, aumentávamos a sua perplexidade dizendo-lhe que estava um pintor a trabalhar na igreja copiando o vitral de Gilberto, *o Malvado*. A Françoise, logo enviada à mercearia, regressara de mãos a abanar, devido à ausência do Théodore, a quem a sua dupla profissão de coralista com intervenção na manutenção da igreja e de marçano atribuía, juntamente com relações em todos os mundos, uma sabedoria universal.

— Ah — suspirava a minha tia —, bem gostava que fosse já a hora da Eulalie. Realmente, só ela é que me pode contar isso.

A Eulalie era uma rapariga coxa, activa e surda, que se tinha «retirado» após a morte da senhora de La Bretonnerie, para quem trabalhara desde a infância e que alugara ao lado da igreja um quarto donde descia a toda a hora quer para ir aos ofícios, quer, fora dos ofícios, para dizer uma oraçãozita ou para dar uma mãozinha ao Théodore; no resto do tempo, ia visitar pessoas doentes como a tia Léonie, a quem contava o que se passara na missa ou nas vésperas. Não se importava de juntar algum ganho eventual à pequena pensão que lhe era paga pela família dos seus antigos patrões, indo de vez em quando inspeccionar a roupa branca do prior ou de qualquer outra personalidade marcante do mundo clerical de Combray. Usava por cima de uma capa de pano negro uma touquinha branca, quase de religiosa, e uma doença de pele conferia-lhe a uma parte das faces e ao nariz adunco os tons rosa-vivos da balsamina. As suas visitas eram a grande distracção da tia Léonie, que já quase não recebia mais ninguém, para além do senhor prior. A minha tia havia a pouco e pouco afastado todos os outros visitantes porque a seus olhos tinham o defeito de caber todos numa ou noutra das duas categorias de pessoas que ela detestava. Uns, os piores, e de quem se havia desembaraçado em primeiro lugar, eram os que a aconselhavam a não «dar ouvidos» e defendiam, ainda que negativamente e manifestando-a apenas através de certos silêncios de desaprovação ou de alguns sorrisos de dúvida, a doutrina subversiva de que um passeiozinho ao sol ou um bom bife em sangue (isto quando ela conservava catorze horas no estômago duas malditas goladas de água de Vichy!) lhe fariam melhor que a cama e os médicos. A outra categoria era composta de pessoas que pareciam acreditar que ela estava mais gravemente doente do que dizia. Por isso, aqueles que deixara subir depois de algumas hesitações e a instâncias oficiosas da Françoise, e que, durante a visita, haviam demonstrado até que ponto eram indignos da mercê que lhes era feita arriscando timidamente um: «Não acha que, se se mexesse um pouco quando fizer bom tempo...», ou que, pelo contrário, quando ela lhes dissera: «Estou muito em baixo, muito em baixo, é o fim, meus pobres amigos», lhe haviam respondido: «Ah, sim, quando se não tem saúde! Mas ainda pode durar muito tempo assim», esses, tanto uns como os outros, podiam ter a certeza de nunca mais ser recebidos. E se a Françoise se divertia com o ar assustado da minha tia quando da cama avistava na Rua do Espírito Santo uma daquelas pessoas que tinham ar de quem ia lá a casa ou quando ouvia um toque de campainha, ria-se ainda muito mais, e como se fosse uma boa partida, das manhas sempre vitoriosas da minha tia para as conseguir mandar embora e do aspecto confuso delas ao voltarem para trás sem a ter visto, e, no fundo, admirava a patroa, que considerava superior a todas aquelas pessoas, visto que não as queria receber. Em suma, a minha tia exigia ao mesmo tempo que a aprovassem no seu regime, que a lamentassem pelos seus sofrimentos e que a tranquilizassem quanto ao seu futuro.

Era nisso que a Eulalie era excelente. A minha tia podia dizer-lhe vinte vezes por minuto: «É o fim, minha pobre Eulalie», que vinte vezes a Eulalie respondia: «Conhecendo a sua doença como conhece, senhora Octave, há-de chegar aos cem anos, como ainda ontem me dizia a senhora Sazerin.» (Uma das mais firmes crenças da Eulalie, e que o imponente número de desmentidos oferecidos pela experiência não bastara para abalar, era a de que a senhora Sazerat se chamava senhora Sazerin.)

— Não peço para chegar aos cem anos — respondia a minha tia, que preferia não ver atribuído aos seus dias um termo concreto.

E como a Eulalie sabia assim, como ninguém, distrair a minha tia sem a fatigar, as suas visitas, que tinham lugar regularmente todos os domingos, salvo impedimento inopinado, eram para a minha tia um prazer cuja perspectiva a mantinha nesses dias num estado inicialmente agradável, e bem depressa doloroso como uma fome excessiva, por pouco que a Eulalie estivesse atrasada. Se excessivamente prolongada, esta volúpia de esperar pela Eulalie tornava-se um suplício, e a minha tia não parava de olhar para o relógio, bocejava, sentia fraquezas. O toque de campainha da Eulalie, se soava mesmo ao fim do dia, quando já não o esperava, quase a fazia sentir-se mal. Na realidade, ao domingo não pensava senão naquela visita, e mal acabava o almoço a Françoise tinha pressa de que saíssemos da sala de jantar para que ela pudesse subir para «ocupar» a minha tia. Mas (sobretudo a partir da altura em que os dias bonitos se instalavam em Combray) havia muito que soara em redor da nossa mesa a hora altaneira do meio-dia, descida da torre de Santo Hilário, por ela brasonada com os doze florões momentâneos da sua coroa sonora, junto do pão bento também ele trazido familiarmente à saída da igreja, quando estávamos ainda sentados diante dos pratos das Mil e Uma Noites, já mais pesados devido ao calor, e sobretudo à refeição. É que, ao fundo permanente de ovos, de costeletas, de batatas, de compotas, de bolachas, que ela já nem sequer nos anunciava, a Françoise acrescentava — em conformidade com os trabalhos dos campos e dos pomares, com o fruto da maré, com os acasos do comércio, com as gentilezas dos vizinhos e com o seu próprio génio, e tão bem que a nossa ementa, como aqueles quadrifólios que se esculpiam no século XIII nos pórticos das catedrais, reflectia um pouco o ritmo das estações e dos episódios da vida — um rodovalho, porque a vendedora lhe garantira a frescura, um peru, porque tinha visto um bonito no mercado de Roussainville-le-Pin, carnudas alcachofras da horta, porque ainda não no-las tinha preparado daquela maneira, uma perna de carneiro assada porque o ar livre faz um buraco no estômago e ia passar muito tempo até descermos às sete horas, espinafres para variar, alperces porque eram ainda uma raridade, groselhas porque daí a quinze dias já não as haveria, framboesas que o senhor Swann trouxera de propósito, cerejas, as primeiras da cerejeira do jardim depois de dois anos em que não produzira nenhumas, queijo cremoso de que eu dantes gostava muito, um bolo de amêndoas porque o encomendara na véspera, um brioche porque era a nossa vez de o oferecer. Quando aquilo tudo acabava, era-

-nos proposto, preparado expressamente para nós, mas dedicado em especial ao meu pai, que era amador, um creme de chocolate, uma inspiração, uma atenção pessoal da Françoise, fugidia e leve como uma obra de circunstância, na qual ela pusera todo o seu talento. Quem se recusasse a prová-lo dizendo: «Acabei, já não tenho fome», seria imediatamente humilhado ao nível daqueles brutamontes que, até no presente que um artista lhes oferece de uma das suas obras, olham para o peso e para a matéria, quando o que vale é a intenção e a assinatura. Até deixar uma gota no prato seria uma prova da mesma indelicadeza que levantar-se antes do fim da peça nas barbas do compositor.

Por fim, a minha mãe dizia-me: «Anda, não fiques aqui parado, sobe para o teu quarto se tens muito calor lá fora, mas primeiro vai apanhar ar por um instante para não te pores a ler logo ao levantar da mesa.» Ia sentar-me ao pé da bomba e da respectiva pia, muitas vezes enfeitada, como uma fonte gótica, com uma salamandra, que esculpia sobre a pedra rude o relevo móvel do seu corpo alegórico e fusiforme, no banco sem encosto sombreado por um lilás, naquele cantinho do jardim que dava para a Rua do Espírito Santo por uma porta de serviço e de cujo chão pouco tratado subiam dois degraus para a dependência dos fundos da cozinha, numa saliência da casa, e como se se tratasse de uma construção independente. Distinguia-se-lhe o lajedo vermelho e reluzente como pórfiro. Parecia menos o antro da Françoise que um pequeno templo de Vénus. Regurgitava das ofertas dos donos da queijaria e da frutaria e da vendedora de legumes, às vezes vindos de lugarejos bastante longínquos para lhe dedicar as primícias dos seus campos. E o seu topo tinha sempre a coroá-lo o arrulhar de uma pomba.

Dantes eu não me demorava no bosque sagrado que a rodeava porque, antes de subir para ler, entrava no pequeno gabinete de descanso que o tio Adolphe, um irmão do meu avô, antigo militar que se reformara em major, ocupava no rés-do-chão, e que, mesmo quando as janelas abertas deixavam entrar o calor, se não os raios de sol que raramente chegavam até lá, emanava inesgotavelmente aquele cheiro obscuro e fresco, ao mesmo tempo florestal e velho, que põe as narinas a sonhar longamente quando penetramos em certos pavilhões de caça abandonados. Mas havia muitos anos já que eu não entrava no gabinete do meu tio Adolphe, porque este já não vinha a Combray por causa de uma desavença que surgira entre ele e a minha família, por minha causa, nas circunstâncias seguintes:

Uma ou duas vezes por mês, em Paris, mandavam-me fazer-lhe uma visita, quando ele estava a acabar de almoçar, vestido simplesmente com um blusão, servido pelo criado com um casaco de trabalho de cotim com riscas roxas e brancas. Ele queixava-se, resmungando, de que eu já não ia lá havia muito tempo, que estava a ser abandonado; oferecia-me um maçapão ou uma tangerina, atravessávamos um salão onde nunca nos detínhamos, onde nunca se acendia a lareira, de paredes enfeitadas de molduras douradas, tectos pintados de um azul que pretendia imitar o céu e móveis acolchoados a cetim, como em casa dos meus avós, mas amarelo; depois passávamos para aquilo a que ele chamava o seu «gabinete de trabalho», em cujas paredes estavam penduradas gravuras que representavam sobre fundo negro uma deusa carnuda e rosada conduzindo um carro, ou montada num globo, ou com uma estrela na testa, apreciadas no Segundo Império porque lhes achavam um ar de Pompeia, que depois foram detestadas e que hoje recomeçam a ser apreciadas por uma única e mesma razão, apesar das outras que se invocam, e que é o de terem um ar de Segundo Império. E eu ficava com o meu tio até que o criado de quarto viesse perguntar-lhe, da parte do cocheiro, a que hora devia atrelar. O meu tio mergulhava então numa meditação que o criado de quarto, maravilhado, recearia perturbar com um só movimento, esperando o resultado, sempre idêntico. Por fim, depois de uma hesitação suprema, o meu tio pronunciava infalivelmente estas palavras: «Duas e um quarto», que o criado de quarto repetia com surpresa, mas sem discutir: «Duas e um quarto? Bem... vou dizer-lhe...»

Nessa época eu tinha a paixão pelo teatro, paixão platónica, porque os meus pais ainda não me haviam autorizado a ir lá, e eu imaginava de uma forma tão pouco exacta os prazeres que por lá se saboreavam que não estava longe de acreditar que cada espectador contemplava como num estereoscópio um cenário só para ele, embora semelhante ao milhar de outros cenários contemplados, individualmente, pelos restantes espectadores.

Todas as manhãs corria à coluna Morris para ver os espectáculos nela anunciados. Nada era mais desinteressado e mais feliz que os sonhos que cada peça anunciada oferecia à minha imaginação, condicionados ao mesmo tempo pelas imagens inseparáveis das palavras que compunham o respectivo título e também pela cor dos cartazes ainda húmidos e inchados de cola onde o título se destacava. A não ser uma daquelas obras estranhas como *Le Testament de César Girodot* e *Édipo-Rei*, as quais se inscreviam, não no cartaz verde da Opéra-Comique, mas no cartaz cor de vinho da Comédie-Française, nada me parecia mais diferente do penacho faiscante e branco dos *Diamants de la Couronne* que o cetim liso e misterioso do *Domino Noir*, e como os meus pais me haviam dito que, quando fosse pela primeira vez ao teatro, teria de escolher entre essas duas peças, procurando aprofundar sucessivamente o título de uma e o título da outra, já que era tudo o que delas conhecia, para tentar apreender em cada uma o prazer que me prometia e compará-lo com o que a outra continha, chegava a imaginar com tanta força, de um lado uma peça deslumbrante e altiva, e do outro uma peça suave e aveludada, que era tão incapaz de decidir qual delas iria ter a minha preferência como se para a sobremesa me dessem a optar entre arroz à imperatriz e creme de chocolate.

Todas as minhas conversas com os meus colegas tratavam daqueles actores cuja arte, embora ainda me fosse desconhecida, era a primeira das formas, entre todas aquelas de que se reveste, sob as quais a Arte se deixava pressentir por mim. Entre a maneira que um ou outro tinha de debitar, de matizar uma tirada, as mais mínimas diferenças pareciam-me de importância incalculável. E, partindo do que deles me haviam contado, eu classificava-os por ordem de talento, em listas que recitava para mim mesmo durante todo o dia, e que tinham acabado por endurecer no meu cérebro e por constrangê-lo na sua inamovibilidade.

Mais tarde, quando estava no colégio, de cada vez que durante as aulas, mal o professor virava a cara, eu me correspondia com um novo amigo, a minha primeira pergunta era sempre a de saber se ele já fora ao teatro e se achava que o maior actor era efectivamente Got, o segundo Delaunay, etc. E se, na opinião dele, Febvre só vinha depois de Thiron, ou Delaunay depois de Coquelin, a súbita mobilidade que Coquelin, perdendo a rigidez da pedra, adquiria no meu espírito para passar para a segunda fila, e a agilidade miraculosa, a fecunda animação de que se via dotado Delaunay para recuar para a quarta, davam ao meu cérebro aplacado e fertilizado a sensação do florescimento e da vida.

Mas se os actores me preocupavam assim, se o ter visto Maubant uma tarde à saída do Théâtre-Français me causara a emoção e os sofrimentos do amor, até que ponto o nome de uma estrela flamejando à porta de um teatro, até que ponto, no espelho de um *coupé* que passava na rua com os seus cavalos floridos de rosas na testeira, a visão do rosto de uma mulher que eu pensava ser talvez uma actriz deixavam em mim uma perturbação mais prolongada, um esforço impotente e doloroso para imaginar as suas vidas! Classificava por ordem de talento as mais ilustres: Sarah Bernhardt, a Berma, Bartet, Madeleine Brohan, Jeanne Samary, mas todas me interessavam. Ora o meu tio conhecia muitas, e também *cocottes*, que eu não distinguia nitidamente das actrizes. Recebia-as em casa. E se só íamos visitá-lo em certos dias, era porque nos outros dias iam lá mulheres com quem a família não poderia encontrar-se, pelo menos na opinião dela, porque, para o meu tio, pelo contrário, a sua excessiva facilidade em ter a gentileza de apresentar à minha avó lindas viúvas que possivelmente nunca tinham sido casadas e condessas de nome soante que por certo não passava de um nome de guerra, ou até em dar-lhes jóias de família, já mais de uma vez o tinha posto de mal com o meu avô. Com frequência, perante um nome de actriz que ocorria na conversa, ouvia o meu pai dizer à minha mãe, sorrindo: «Uma amiga do teu tio», e eu pensava que desse estágio que talvez durante anos homens importantes faziam inutilmente à porta de uma determinada mulher, que não respondia às suas cartas e os mandava pôr na rua pelo porteiro da sua residência, bem podia o meu tio dispensar um garoto como eu, apresentando-o em sua casa à actriz, inabordável para tantos outros, que era para ele uma amiga íntima.

Por isso — a pretexto de que uma lição que mudara de horário caía agora tão mal que várias vezes me impedira e me impediria no futuro de visitar o meu tio —, um dia, num dia diferente do que estava reservado às visitas que lhe fazíamos, aproveitando o facto de os meus pais terem almoçado cedo, saí e, em vez de ir consultar a coluna dos cartazes, a que me deixavam ir sozinho, corri a casa dele. Notei diante da porta um carro puxado a dois cavalos, os quais tinham nos antolhos, assim como o cocheiro na botoeira, um cravo vermelho. Vindos da escada, ouvi um riso e uma voz de mulher e, logo que toquei, um silêncio, a que se seguiu o ruído de portas que se fechavam. O criado de quarto veio abrir e, ao ver-me, pareceu embaraçado, disse-me que o tio estava muito ocupado e que por certo não me poderia receber, e, enquanto apesar disso ia preveni-lo, a mesma voz que já tinha ouvido dizia: «Ah! sim, deixa-o entrar; só um minuto, divertia-me tanto. Na fotografia que está no teu escritório parece-se tanto com a mãe, a tua sobrinha, que tem uma fotografia ao lado da dele, não é? Gostava de ver esse garoto, nem que fosse por um instante.»

Ouvi o meu tio resmungar, zangar-se, e por fim o criado de quarto mandou-me entrar.

Em cima da mesa estava o habitual prato de maçapães; o meu tio tinha o seu blusão de todos os dias, mas diante dele, num vestido de seda cor-de-rosa e com um grande colar de pérolas ao pescoço, estava sentada uma mulher jovem que acabava de comer uma tangerina. A incerteza em que eu estava de se devia tratá-la por senhora ou menina fez-me corar e, não me atrevendo a dirigir os olhos para o seu lado com medo de ter de lhe falar, fui dar um beijo ao meu tio. Ela olhava para mim a sorrir, e o meu tio disse-lhe: «O meu sobrinho», sem lhe dizer o meu nome, nem a mim me dizer o dela, sem dúvida porque, depois das dificuldades que tivera com o meu avô, tentava evitar tanto quanto possível qualquer ligação entre a sua família e aquele género de relações.

— Como ele se parece com a mãe — disse ela.

— Mas você nunca viu a minha sobrinha, a não ser em fotografia — disse vivamente o meu tio num tom desabrido.

— Peço-lhe desculpa, meu caro amigo, cruzei-me na escada com ela no ano passado, quando você esteve tão doente. É verdade que a vi apenas o tempo de um relâmpago, e que a sua escada é muito escura, mas bastou-me para a admirar. Este rapazinho tem os mesmos lindos olhos e também aquilo — disse ela, traçando com o dedo uma linha na parte de baixo da testa. — A senhora sua sobrinha usa o mesmo nome que você, meu amigo? — perguntou ela ao meu tio.

— Ele parece-se sobretudo com o pai — resmungou o meu tio, que se preocupava tanto com fazer apresentações à distância dizendo o nome da minha mãe como com fazê-las de perto. — É a perfeita imagem do pai, e também da minha pobre mãe.

— Não conheço o pai — disse a dama de cor-de-rosa com uma leve inclinação da cabeça —, e nunca conheci a sua pobre mãe, meu amigo. Como se deve recordar, foi pouco depois do seu grande desgosto que nós nos conhecemos.

Eu sentia uma pequena decepção, porque aquela jovem dama não era diferente das outra bonitas mulheres que vira às vezes na minha família, nomeadamente da filha de um dos nossos primos, a casa de quem ia todos os anos no primeiro de Janeiro. Apenas mais bem vestida, a amiga do meu tio tinha o mesmo olhar vivo e bom, tinha um ar igualmente franco e afectuoso. Não lhe encontrava nada do aspecto teatral que admirava nas fotografias de actrizes, nem da expressão diabólica que por certo estaria relacionada com a vida que devia levar. Custava-me a acreditar que fosse uma *cocotte*, e sobretudo não acreditaria que fosse uma *cocotte* elegante se não tivesse visto o carro de dois cavalos, o vestido cor-de-rosa, o colar de pérolas, se não soubesse que o meu tio só conhecia as de mais alta categoria. Mas perguntava a mim mesmo como é que o milionário que lhe dava o carro de cavalos e a moradia e as jóias podia ter prazer em gastar a sua fortuna com uma pessoa que tinha um ar tão simples e tão como deve ser. E, no entanto, pensando no que devia ser a sua vida, a sua imoralidade perturbava-me talvez mais do que se se concretizasse à minha frente numa aparência especial — por ser assim invisível como o segredo de um romance qualquer, de algum escândalo que a fizera sair de casa dos pais burgueses e a entregara a toda a gente, que fizera desabrochar em beleza e levado para o mundo dos costumes duvidosos e para a notoriedade esta cujos jogos fisionómicos ou tons de voz, semelhantes a tantos outros que eu já conhecia, me faziam apesar de tudo considerar uma menina de boa família, e que já não era de família nenhuma.

Tínhamos passado para o «gabinete de trabalho», e o meu tio, com um ar um pouco embaraçado pela minha presença, ofereceu-lhe cigarros.

— Não — disse ela —, meu caro, sabe que estou habituada aos que o grão-duque me manda. Disse-lhe a ele que você tinha ciúmes disso. — E puxou de uma caixa de cigarros cobertos de inscrições estrangeiras e douradas. — Mas, afinal, sim — continuou ela de repente —, eu devo ter encontrado em sua casa o pai deste rapaz. Não é o seu sobrinho? Como é que havia de me esquecer? Ele foi tão bom, tão requintado comigo — disse ela com um ar modesto e sensível. Mas, pensando no que teria sido a recepção rude, que ela dizia ter achado requintada, do meu pai, eu que conhecia a sua reserva e a sua frieza, estava incomodado, como que por uma indelicadeza que ele tivesse cometido, por aquela desigualdade entre o reconhecimento excessivo que lhe era concedido e a sua amabilidade insuficiente. Pareceu-me mais tarde que era um dos lados tocantes do papel daquelas mulheres ociosas aquele de consagrarem a sua generosidade, o seu talento, um sonho disponível de beleza sentimental — porque, como todos os artistas, elas não o realizam, não o fazem entrar nos quadros da existência comum — e um ouro que lhes custa pouco, a enriquecer com um precioso e fino engaste a vida fruste e mal desbastada dos homens. Assim como esta, na sala de fumo onde o meu tio estava de blusão a recebê-la, derramava o seu corpo tão suave, o seu vestido cor-de-rosa, as suas pérolas, a elegância que emana da amizade de um grão-duque, do mesmo modo apanhara uma qualquer frase insignificante do meu pai, trabalhara-a com delicadeza, dera-lhe uma feição, uma denominação preciosa e, nela embutindo um dos seus olhares de tão bela água, matizado de humildade e de gratidão, devolvia-a transformada numa jóia de artista, em algo de «absolutamente requintado».

— Bem, vamos, são horas de te ires embora — disse-me o meu tio.

Levantei-me com uma vontade irresistível de beijar a mão da dama de cor-de-rosa, mas parecia-me que seria um tanto audacioso, como um rapto. O coração batia-me enquanto dizia de mim para mim: «Devo, não devo», e depois deixei de me perguntar o que devia fazer para poder fazer qualquer coisa. E, num gesto cego e insensato, despojado de todas as razões que momentos antes achava em seu favor, levei aos lábios a mão que ela me estendia.

— Como ele é amável! Já é muito galante, tem olho para as mulheres: sai ao tio. Vai ser um perfeito *gentleman* — acrescentou, apertando os dentes para dar à frase uma entoação ligeiramente britânica. — Não poderá ele vir uma vez tomar *a cup of tea*, como dizem os nossos vizinhos ingleses? Bastava que me mandasse um «azul» pela manhã.

Eu não sabia o que era um «azul» Não compreendia metade das palavras que a dama dizia, mas o receio de que ocultassem alguma pergunta a que fosse indelicado não responder impedia-me de deixar de as ouvir com atenção, e isso cansava-me muito.

— Não, é impossível — disse o meu tio, encolhendo os ombros —, ele está muito ocupado, trabalha muito. Tem todos os prémios do seu curso — acrescentou em voz baixa para eu não ouvir esta mentira e não a contradizer. — Quem sabe? Talvez seja um pequeno Victor Hugo, sabe, uma espécie de Vaulabelle.

— Eu adoro os artistas — respondeu a dama de cor-de-rosa —, só eles é que compreendem as mulheres... Só eles e os seres de escol como você. Desculpe a minha ignorância, meu amigo. Quem é Vaulabelle? Serão os volumes dourados que estão na pequena estante envidraçada do seu toucador? Sabe que prometeu emprestar-mos, e hei-de ter todo o cuidado com eles.

O meu tio, que detestava emprestar os seus livros, não respondeu e levou-me até à antecâmara. Perdido de amor pela dama de cor-de-rosa, cobri de beijos loucos as faces cheias de tabaco do meu velho tio e, enquanto com bastante embaraço ele me dava a entender, sem se atrever a dizer-mo abertamente, que apreciaria muito que não falasse desta visita aos meus pais, eu dizia-lhe, de lágrimas nos olhos, que a recordação da sua bondade era em mim tão forte que havia de encontrar um dia maneira de lhe demonstrar o meu reconhecimento. Essa recordação era efectivamente tão forte que, duas horas mais tarde, depois de algumas frases misteriosas e que me pareceram não dar aos meus pais uma ideia bastante nítida da nova importância de que estava dotado, achei mais explícito contar-lhes nos mínimos pormenores a visita que acabava de fazer. Acreditava que não causaria com isso dissabores ao meu tio. Como é que não havia de acreditar, se não o desejava? E não podia supor que os meus pais veriam mal numa visita onde eu não o via. Então não acontece todos os dias um amigo pedir-nos que não deixemos de o desculpar junto de uma mulher a quem foi impedido de escrever, e deixarmos de o fazer por considerarmos que essa pessoa não pode ligar importância a um silêncio que para nós não a tem? Imaginava, como toda a gente, que o cérebro dos outros era um receptáculo inerte e dócil, sem poder de reacção específico sobre o que lá introduzíamos; e não duvidava de que, depositando nos dos meus pais a notícia do conhecimento que o meu tio me fizera travar, lhes transmitia ao mesmo tempo, como desejava, o juízo benevolente que fazia daquela apresentação. Infelizmente os meus pais apegaram-se a princípios inteiramente diferentes dos que eu lhes sugeria que adoptassem quando quiseram apreciar a acção do meu tio. O meu pai e o meu avô tiveram com ele explicações violentas, de que fui indirectamente informado. Alguns dias depois, cruzando-me na rua com o meu tio, que passava num carro descoberto, senti a dor, a gratidão, o remorso que teria gostado de lhe exprimir. Ao lado da sua imensidade, achei que um gesto do chapéu seria mesquinho e poderia levar o meu tio a supor que eu não me sentia obrigado para com ele a mais que uma banal delicadeza. Resolvi abster-me desse gesto insuficiente e virei a cabeça. O meu tio pensou que eu cumpria assim as ordens dos meus pais, não lhes perdoou, e morreu muitos anos depois sem que nenhum de nós tivesse tornado a vê-lo.

Por isto, eu já não entrava no gabinete de repouso, agora fechado, do meu tio Adolphe, e depois de me demorar nas imediações dos fundos da cozinha, quando a Françoise, aparecendo no átrio, me dizia: «Vou deixar a moça de cozinha servir o café e vou mandar para cima a água quente, tenho de ir para a senhora Octave», decidia-me a regressar e subia directamente para o meu quarto, para ler. A moça de cozinha era uma pessoa moral, uma instituição permanente a quem invariáveis atribuições garantiam uma espécie de continuidade e identidade, através da sucessão das formas passageiras em que incarnava, porque nunca tivemos a mesma dois anos seguidos. No ano em que comemos tantos espargos, a moça de cozinha, habitualmente encarregada de os «pelar», era uma pobre criatura doente, num estado de gravidez já muito avançado quando chegámos na Páscoa, e até nos admirávamos de que a Françoise a deixasse fazer tantas compras e tarefas, porque ela começava a carregar com dificuldade o misterioso cabaz à sua frente, cada vez mais cheio, cuja forma magnífica se adivinhava sob os seus vastos capotes. Estes faziam lembrar os mantéus que cobrem algumas das figuras simbólicas de Giotto de que o senhor Swann me dera fotografias. Até tinha sido ele que no-lo fizera notar, e quando nos pedia notícias da moça de cozinha dizia-nos: «Como vai a Caridade de Giotto?» De resto, ela própria, a pobre moça, engordada até à cara pela sua gravidez, até às faces que lhe caíam direitas e quadradas, se parecia bastante, efectivamente, com aquelas virgens fortes e varonis, melhor, aquelas matronas, nas quais as virtudes são personificadas na Arena. E verifico agora que aquelas Virtudes e aqueles Vícios de Pádua se pareciam com ela ainda de outra maneira. Tal como a imagem daquela rapariga era aumentada pelo símbolo acrescentado que carregava diante da barriga, sem parecer que entendesse o respectivo significado, sem que nada no seu rosto traduzisse a sua beleza e o seu espírito, como um simples e pesado fardo, assim é que, sem parecer suspeitar de tal, a poderosa dona de casa que está representada na Arena por baixo do nome «Caritas», e cuja reprodução estava pendurada na parede da minha sala de estudo, em Combray, incarna essa virtude, sem que qualquer ideia de caridade pareça alguma vez ter sido expressa pelo seu rosto enérgico e comum. Graças a uma bela invenção do pintor, ela calca aos pés os tesouros da terra, mas em absoluto como se estivesse a pisar uvas para delas extrair o sumo, ou antes como se se tivesse empoleirado em sacos para se içar; e oferece a Deus o seu coração inflamado, melhor dizendo, ela «passa-lho», tal como uma cozinheira passa um saca-rolhas pelo respiradouro da cave a alguém que lho pede à janela do rés-do-chão. A Inveja, essa, poderia ter mais uma certa expressão de inveja. Mas também nesse fresco o símbolo ocupa tanto espaço e é representado como tão real, a serpente que silva nos lábios da Inveja é tão grossa, enche-lhe tão completamente a grande boca toda aberta, que os músculos da cara estão distendidos para poderem contê-la, como os de uma criança que enche um balão soprando, e toda a atenção da Inveja — e ao mesmo tempo a nossa —, concentrada na acção dos seus lábios, pouco tempo tem para prestar a invejosos pensamentos.

Apesar de toda a admiração que o senhor Swann professava por estas figuras de Giotto, durante muito tempo não tive qualquer prazer em encarar na nossa sala de estudos, onde se tinham pendurado as cópias que ele me havia trazido, aquela Caridade sem caridade, aquela Inveja que parecia uma estampa de um livro de medicina para exemplificar a compressão da glote ou da úvula por um tumor da língua ou pela introdução do instrumento do operador, uma Justiça cujo rosto acinzentado e mesquinhamente regular era igual àquele que, em Combray, caracterizava certas lindas burguesas piedosas e secas que eu via na missa, e muitas das quais estavam antecipadamente alistadas nas milícias reservistas da Injustiça. Mas compreendi mais tarde que a estranheza impressionante, a beleza especial daqueles frescos tinha origem no lugar importante que o símbolo neles ocupava, e que o facto de ser representado, não como um símbolo, visto que o pensamento simbolizado não era expresso, mas como real, como efectivamente suportado ou materialmente manejado, concedia ao significado da obra algo de mais literal e de mais definido, ao seu ensinamento algo de mais concreto e de mais tocante. Na pobre moça de cozinha, também nela, a atenção não estava constantemente centrada no seu ventre pelo peso que o repuxava; e também muitas vezes o pensamento dos agonizantes está virado para o lado efectivo, doloroso, obscuro, visceral, para aquele avesso da morte que é precisamente o lado que ela lhes oferece, que ela lhes faz rudemente sentir e que se parece muito mais com um fardo que os esmaga, com uma dificuldade de respirar, com uma necessidade de beber, do que com aquilo a que chamamos a ideia da morte.

Aquelas Virtudes e aqueles Vícios de Pádua tinham de ter dentro de si muita realidade, pois que me surgiam como tão vivos como a criada grávida, e ela própria me não parecia muito menos alegórica que eles. E talvez aquela não-participação (pelo menos aparente) da alma de um ser na virtude que actua por ele, tenha também, para além do seu valor estético, uma realidade, se não psicológica, pelo menos, como se costuma dizer, fisiognomónica. Quando mais tarde, no decurso da vida, tive ocasião de encontrar, nos conventos, por exemplo, incarnações verdadeiramente santas da caridade activa, essas tinham por via de regra um ar jovial, positivo, indiferente e brusco como o de um cirurgião apressado, aquele rosto onde não se lê qualquer comiseração, nenhum enternecimento perante o sofrimento humano, nenhum receio de o chocar, e que é o rosto sem doçura, o rosto antipático e sublime da verdadeira bondade.

Enquanto a moça de cozinha — fazendo involuntariamente brilhar a superioridade da Françoise tal como o Erro, por contraste, torna mais reluzente o triunfo da Verdade — servia um café que, segundo a minha mãe, não passava de água quente, e seguidamente mandava para cima, para os nossos quartos, uma água quente que estava apenas morna, eu tinha-me estendido em cima da cama, com um livro na mão, no meu quarto que protegia tremente a sua frescura transparente e frágil contra o sol da tarde atrás das portadas quase fechadas, onde porém um reflexo luminoso achara meio de fazer passar as suas asas amarelas, e ficava imóvel entre a madeira e os vidros, num canto, como uma borboleta poisada. Havia apenas a claridade suficiente para ler, e a sensação do esplendor da luz apenas me era dada pelos golpes vibrados na Rua do Passal pelo Camus (avisado pela Françoise de que a minha tia «não estava a descansar» e de que podia fazer-se barulho) contra caixas poeirentas, mas que, ressoando na atmosfera sonora, especial em tempo quente, pareciam fazer voar ao longe astros escarlates; e também pelas moscas que executavam à minha frente, no seu pequeno concerto, como que a música de câmara do Verão: não a faz lembrar à maneira de uma ária de música humana, que, ouvida por acaso na estação do bom tempo, no-la recorda depois; antes está ligada ao Verão por um laço mais necessário: nascida dos dias de bom tempo, apenas renascendo com eles, contendo um pouco da sua essência, não apenas desperta a sua imagem na nossa memória como certifica o seu retorno, a sua presença efectiva, ambiente, imediatamente acessível.

Aquela sombria frescura do meu quarto era para o sol de chapa da rua o que a sombra é para o raio de luz, isto é, tão luminosa como ele, e oferecia à minha imaginação o espectáculo total do Verão que os meus sentidos, se tivesse ido passear, só teriam podido gozar por fragmentos; e assim se harmonizava bem com o meu repouso, que (graças às aventuras contadas pelos livros, e que o vinham agitar) suportava, tal como o repouso de uma mão imóvel no meio de uma água corrente, o choque e a animação de uma torrente de actividade.

Mas a minha avó, mesmo quando o tempo quentíssimo se deteriorava, se surgia uma trovoada ou somente um aguaceiro, vinha suplicar-me que saísse. E não querendo renunciar à minha leitura, ia pelo menos continuá-la no jardim, debaixo do castanheiro, numa pequena guarita de esparto e lona, ao fundo da qual ficava sentado e me julgava oculto aos olhos das pessoas que pudessem vir visitar os meus pais.

E não era também o meu pensamento como que outro presépio, ao fundo do qual sentia que permanecia enterrado, mesmo para olhar o que se passava lá fora? Quando via um objecto exterior, a consciência de que o via ficava entre mim e ele, bordejava-o de uma estreita orla espiritual que me impedia de tocar alguma vez directamente na sua matéria; de algum modo, esta volatilizava-se antes de eu tomar contacto com ela, como um corpo incandescente que aproximamos de um objecto molhado não toca a sua humidade porque se faz sempre preceder de uma zona de evaporação. Na espécie de barreira matizada de estados diferentes que, enquanto lia, a minha consciência ia erguendo em simultâneo, e que iam das aspirações mais profundamente ocultas dentro de mim mesmo até à visão toda exterior do horizonte que, no extremo do jardim, tinha diante dos meus olhos, o que em primeiro lugar havia em mim de mais íntimo, o punho em constante movimento que governava o resto, era a minha crença na riqueza filosófica, na beleza do livro que lia, e o meu desejo de tomar posse delas, fosse qual fosse o livro. Porque, mesmo que o tivesse comprado em Combray, vendo-o na Mercearia Borange, que era demasiado longe da casa para que a Françoise pudesse ir lá abastecer-se como se abastecia no Camus, mas mais afreguesada como papelaria e livraria, preso por cordéis no mosaico das brochuras e dos fascículos que cobriam os dois batentes da sua porta mais misteriosa e mais semeada de pensamentos que uma porta de catedral, era porque o reconhecera por me ter sido citado como uma obra notável pelo professor ou pelo colega que nessa época me parecia deter o segredo da verdade e da beleza meio pressentidas, meio incompreensíveis, cujo conhecimento era o vago mas permanente objectivo do meu pensamento.

Depois dessa crença central que, durante a minha leitura, executava incessantes movimentos de dentro para fora, para a descoberta da verdade, vinham as emoções que me eram dadas pela acção em que tomava parte, porque aquelas tardes eram mais cheias de acontecimentos dramáticos do que muitas vezes uma vida inteira. Eram os acontecimentos que surgiam no livro que estava a ler; é verdade que as personagens por eles afectadas não eram «reais», como dizia a Françoise. Mas todos os sentimentos que a alegria ou o infortúnio de uma personagem real nos fazem experimentar só acontecem em nós por intermédio de uma imagem dessa alegria ou desse infortúnio; o engenho do primeiro romancista consistiu em compreender que no aparelho das nossas emoções, como a imagem é o único elemento essencial, a simplificação que consistiria em suprimir pura e simplesmente as personagens reais seria um aperfeiçoamento decisivo. Um ser real, por muito profundamente que simpatizemos com ele, é em grande parte apreendido pelos nossos sentidos, o que quer dizer que permanece para nós opaco, que apresenta um peso morto que a nossa sensibilidade não pode levantar. Se é atingido por uma infelicidade, só numa pequena parte da noção total que dele temos é que poderemos comover-nos com isso; muito mais ainda, só numa pequena parte da noção total que ele tem de si é que ele mesmo poderá comover-se. O achado do romancista foi ter a ideia de substituir essas partes impenetráveis à alma por uma quantidade igual de partes imateriais, isto é, que a nossa alma pode assimilar a si mesma. Que importa então que as acções, que as emoções desses seres de uma nova espécie, nos surjam como verdadeiras, visto que as tornámos nossas, visto que é em nós que acontecem, que mantêm sob o seu domínio, enquanto viramos febrilmente as páginas do livro, a rapidez da nossa respiração e a intensidade do nosso olhar? E uma vez que o romancista nos pôs nesse estado, no qual, como em todos os estados puramente interiores, toda a emoção é decuplicada, estado em que o seu livro nos vai perturbar à maneira de um sonho, mas de um sonho mais claro que os que temos a dormir, e cuja lembrança irá durar mais tempo, então, eis que ele desencadeia em nós durante uma hora todas as felicidades e todas as infelicidades possíveis, algumas das quais levaríamos anos de vida a conhecer, e as mais intensas das quais nunca nos seriam reveladas, Porque a lentidão com que se produzem nos retira a percepção delas (assim, na vida, o nosso coração muda, e essa é a pior dor; mas só na leitura, em imaginação, a conhecemos: na realidade ele muda, como certos fenómenos da natureza se produzem, com suficiente lentidão para que, se pudermos detectar sucessivamente cada um dos seus estados diferentes, em contrapartida nos seja poupada a própria sensação da mudança).

Já menos interior ao meu corpo que essa vida das personagens, vinha seguidamente, meio projectada à minha frente, a paisagem onde se desenrolava a acção e que exercia sobre o meu pensamento uma influência bem maior que a outra, que a que tinha diante dos olhos quando os erguia do livro. Foi assim que, durante dois Verões, no calor do jardim de Combray, tive, devido ao livro que então lia, a nostalgia de um país montanhoso e fluvial, onde veria muitas serrações e onde, no fundo da água clara, apodreciam pedaços de madeira sob tufos de agrião: não longe dali cresciam ao longo das paredes cachos de flores violáceas e encarniçadas. E como o sonho de uma mulher que haveria de amar-me estava sempre presente no meu pensamento, nesses Verões aquele sonho foi impregnado da frescura das águas correntes; e fosse qual fosse a mulher imaginada, imediatamente se erguiam cachos de flores violáceas e encarniçadas de cada lado dela, como cores complementares. Não era apenas porque uma imagem com que sonhamos permanece marcada para sempre, e se embeleza e beneficia com o reflexo das cores alheias que por acaso a rodeiam no nosso devaneio; é que essas paisagens dos livros que lia não eram para mim senão paisagens mais vivamente representadas na minha imaginação que as que Combray me punha diante dos olhos, mas que seriam análogas. Pela escolha que delas o autor fizera, pela fé com que o meu pensamento seguia adiante da sua palavra como de uma revelação, elas pareciam-me ser — impressão que a terra onde estava não me causava muito, e sobretudo o nosso jardim, produto sem prestígio da correcta fantasia do jardineiro que a minha avó desprezava — uma parte verdadeira da própria Natureza, digna de ser estudada e aprofundada.

Se os meus pais me tivessem permitido que, quando eu estava a ler um livro, fosse visitar a região por ele descrita, teria julgado dar um passo inestimável na conquista da verdade. É que, se temos a sensação de estar sempre rodeados da nossa alma, não é como se ela fosse uma prisão imóvel: antes somos como que arrastados com ela num perpétuo impulso para a transpor, para chegar ao exterior, com uma espécie de desânimo, ouvindo sempre à nossa volta aquela sonoridade idêntica que não é um eco do exterior, mas a ressonância de uma vibração interna. Procuramos encontrar nas coisas, por isso mesmo tornadas mais preciosas, o reflexo que a nossa alma nelas projectou; ficamos desiludidos ao verificar que elas parecem desprovidas na natureza do encanto que, no nosso pensamento, deviam à proximidade de certas ideias; às vezes convertemos todas as forças dessa alma em destreza, em esplendor, para actuarmos sobre seres que bem sentimos estarem situados fora de nós e que nunca atingiremos. Por isso, se imaginava sempre em torno da mulher que amava os lugares que então mais desejava, se é certo que gostaria que fosse ela a levar-me a visitá-los, que me abrisse o acesso a um mundo desconhecido, tal não se devia ao acaso de uma simples associação de pensamentos; não, é que os meus sonhos de viagem e de amor não passavam de momentos — que hoje separo artificialmente como se praticasse cortes a alturas diferentes de um jacto de água irisado e aparentemente imóvel — num mesmo e indesviável jorrar de todas as forças da minha vida.

Por fim, continuando, a seguir de dentro para fora os estados simultaneamente justapostos na minha consciência, e antes de chegar ao horizonte real que os envolvia, encontro prazeres de outro género, o de estar bem sentado, o de sentir o cheiro bom do ar, o de não ser importunado por uma visita; e quando soavam horas na torre de Santo Hilário, o de ver cair pedaço a pedaço o que da tarde estava já consumido, até ouvir a última badalada que me permitia perfazer o total, e depois da qual o longo silêncio que se lhe seguia parecia ser o início no céu azul de toda a parte que me era ainda concedida para ler até ao bom jantar que a Françoise preparava e que me reconfortaria das fadigas sofridas, durante a leitura do livro, na peugada do seu herói. E de cada vez que davam horas parecia-me que fora apenas alguns momentos antes que as anteriores haviam soado; as mais recentes vinham inscrever-se muito junto das outras no céu, e não podia acreditar que sessenta minutos tivessem cabido naquele pequeno arco azul compreendido entre as suas duas marcas douradas. Às vezes, até, aquelas horas prematuras faziam soar duas badaladas mais que as últimas; havia portanto umas que eu não tinha ouvido, algo que tivera lugar não tivera lugar para mim; o interesse da leitura, mágico como um sono profundo, tinha iludido os meus ouvidos alucinados e apagado o sino de ouro na superfície azul do silêncio. Ah, belas tardes de domingo debaixo do castanheiro do jardim de Combray, cuidadosamente esvaziadas por mim dos incidentes medíocres da minha existência pessoal, que ali tinha substituído por uma vida de aventuras e de aspirações estranhas no seio de um país irrigado de águas vivas, fazeis-me ainda recordar essa vida quando penso em vós e vós efectivamente a contendes, porque a pouco e pouco a contornastes e cercastes — enquanto eu progredia na minha leitura e caía o calor da tarde — no cristal sucessivo, lentamente variável e atravessado de folhagem, das vossas horas silenciosas, sonoras, odoríferas e límpidas.

Às vezes era arrancado à minha leitura, a meio da tarde, pela filha do jardineiro, que corria como uma louca, derrubando à sua passagem uma laranjeira, cortando-se num dedo, partindo um dente e gritando: «Lá vêm eles, lá vêm eles!», para que a Françoise e eu viéssemos a correr e não perdêssemos nada do espectáculo. Era nos dias em que, para manobras de guarnição, a tropa atravessava Combray, seguindo normalmente pela Rua de Santa Hildegarda. Enquanto os nossos criados, sentados em fila em cadeiras fora do gradeamento, contemplavam os passeantes dominicais de Combray e se lhes mostravam, a filha do jardineiro, pela fresta aberta entre duas casas distantes da Avenida da Estação, distinguira o brilho dos capacetes. Os criados tinham recolhido precipitadamente as cadeiras, porque, quando os soldados de cavalaria desfilavam pela Rua de Santa Hildegarda, enchiam-na a toda a largura, e o galope dos cavalos seguia rente às casas, cobrindo os passeios submersos como arribas que oferecem um leito demasiado estreito para uma torrente desenfreada.

— Pobres rapazes — dizia a Françoise mal chegava ao gradeamento e já em lágrimas. — Pobre juventude que será ceifada como um prado. Só de pensar nisso fico chocada — acrescentava ela, pondo a mão no coração, no lugar onde recebera o tal *choque*.

— É belo, não é, senhora Françoise, ver uns jovens que não dão valor à vida? — dizia o jardineiro para a arreliar.

Não falara em vão:

— Não dar valor à vida? Mas então a que é que se deve dar valor, senão à vida, o único presente que Deus Nosso Senhor nunca dá duas vezes? Ai, meu Deus! Mas a verdade é que eles não lhe dão valor! Eu vi-os em setenta; já nem têm medo da morte nessas miseráveis guerras;

são loucos, nem mais nem menos; e depois já nem valem a corda que os enforque, não são homens, são leões. (Para a Françoise a comparação entre um homem e um leão, que ela pronunciava li-ão, nada tinha de lisonjeiro.)

A Rua de Santa Hildegarda mudava tão de repente de direcção que não se podia vê-los vir de longe, e era por aquela fresta entre as duas casas da Avenida da Estação que se iam avistando sempre novos capacetes correndo e brilhando ao sol. O jardineiro quisera saber se ainda havia muitos para passar, e tinha sede porque o sol batia em cheio. Então de repente a filha desatava a fugir como de uma praça cercada, fazia uma surtida, chegava à esquina da rua, e depois de ter desafiado a morte mil vezes, vinha relatar-nos, com uma garrafa de leite de coco, a notícia de que eram bem uns mil que vinham sem parar dos lados de Thiberzy e de Méséglise. A Françoise e o jardineiro, reconciliados, discutiam acerca do comportamento a seguir em caso de guerra:

— Está a ver, Françoise — dizia o jardineiro —, mais valia a revolução, porque quando é declarada só os que querem ir é que vão.

— Ah, sim, pelo menos isso eu compreendo, é mais franco.

O jardineiro julgava que quando havia uma declaração de guerra paravam todos os caminhos-de-ferro.

— Pois claro, para que ninguém se escape — dizia a Françoise.

E o jardineiro: «Ah, eles são espertos», porque não admitia que a guerra não fosse uma espécie de partida que o Estado tentava pregar ao povo e achava que, se tivesse possibilidade de o fazer, nem uma só pessoa deixaria de se escapulir.

Mas a Françoise apressava-se a ir para ao pé da minha tia, eu regressava ao meu livro, os criados reinstalavam-se diante da porta a ver cair a poeira e a emoção que os soldados haviam levantado. Muito tempo depois de regressada a acalmia, uma onda inabitual de transeuntes a passear enegrecia ainda as ruas de Combray. E, diante de cada casa, mesmo daquelas onde não era esse o hábito, os criados, ou até os patrões, sentados a olhar, engrinaldavam a linha de uma orla caprichosa e sombria, como a das algas e das conchas cujo friso e bordado são deixados na praia por uma forte maré, quando esta se afasta.

Excepto nesses dias, eu podia habitualmente, pelo contrário, ler com tranquilidade. Mas a interrupção e o comentário que uma vez uma visita de Swann introduziu na leitura que eu estava a fazer do livro de um autor inteiramente novo para mim, Bergotte, teve como consequência que, durante muito tempo, deixou de ser sobre uma parede enfeitada de flores violáceas em colunas, mas sobre um fundo completamente diverso, diante do pórtico de uma catedral gótica, que daí em diante passou a destacar-se a imagem de uma das mulheres com que sonhava.

Eu ouvira falar de Bergotte pela primeira vez a um dos meus colegas, mais velho que eu e por quem tinha uma grande admiração, o Bloch. Ao ouvir-me confessar-lhe a minha admiração por *La Nuit d'Octobre*, desatara numa gargalhada ruidosa como uma trombeta e dissera-me: «Desconfia da tua predilecção bastante rasteira pelo senhor de Musset. É um tipo muito maléfico e um brutamontes bastante sinistro. Devo confessar, aliás, que ele, e até o dito Racine, fizeram, cada um na vida deles, um verso bem ritmado e que tem a seu favor, o que a meu ver é o mérito supremo, não significar absolutamente nada. É: "A branca Oloósson e a branca Camiro" e "A filha de Minos e de Pasífae". Foram-me apontados em abono destes dois malandrins por um artigo do meu caríssimo mestre, o tio Leconte, agradável aos deuses imortais. A propósito, aí está um livro que não tenho tempo de ler neste momento e que é recomendado, ao que parece, por esse imenso homenzinho. Disseram-me que o autor considera o senhor Bergotte como um tipo altamente subtil; e embora às vezes tenha mansidões bastante mal explicadas, a sua palavra é para mim o oráculo délfico. Lê então essas prosas líricas, e se o gigantesco montador de ritmos que escreveu *Bhagavat* e *Le Lévrier de Magnus* falou verdade, por Apolo, hás-de saborear, caro mestre, as nectáreas alegrias do Olimpo.» Fora neste tom sarcástico que ele me pedira que o tratasse por «caro mestre», e ele próprio me tratava assim. Mas a verdade é que sentíamos um certo prazer neste jogo, pois que estávamos ainda próximos da idade em que se acredita que criamos aquilo que nomeamos.

Infelizmente, falando com Bloch e pedindo-lhe explicações, não consegui amainar a perturbação em que me lançara quando me dissera que os versos belos (a mim, que deles esperava nada menos que a revelação da verdade) eram tanto mais belos quanto não significavam absolutamente nada. Com efeito, Bloch não tornou a ser convidado lá para casa. Inicialmente fora bem recebido. É certo que o meu avô pretendia que, de cada vez que eu travava relações com um dos meus colegas mais intensamente que com os outros e que o trazia lá a casa, se tratava sempre de um judeu, o que em princípio não lhe desagradaria — o seu amigo Swann era até de origem judaica — se não achasse que habitualmente eu não o escolhia entre os melhores. Por isso, quando trazia um novo amigo era muito raro que ele não cantarolasse: «Ó Deus dos nossos Pais» de *A Judia,* ou então «Israel, quebra as tuas cadeias», cantando apenas a ária sem a letra (Ti la lam ta lam, talim), mas eu tinha medo de que o meu colega a conhecesse e lhe pusesse as palavras.

Antes de os ver, apenas ao ouvir-lhes os nomes, que muitas vezes nada tinham de particularmente israelita, não só adivinhava a origem judaica dos meus amigos que efectivamente o eram, como até, às vezes, o que havia de desagradável nas suas famílias.

— E como se chama esse teu amigo que vem cá esta tarde?

— Dumont, avô.

— Dumont! Oh, desconfio.

E cantava:

Montai, archeiros, boa guarda!
Velai sem tréguas nem ruído!

E, depois de nos ter feito habilmente algumas perguntas mais concretas, exclamava: «Ó da guarda! Ó da guarda!», ou então, se fora o próprio paciente, entretanto já chegado, que ele, com um interrogatório dissimulado, e sem o dito dar por isso, forçara a confessar as suas origens, então, para mostrar que já não tinha quaisquer dúvidas, limitava-se a olhar para nós cantarolando imperceptivelmente:

Deste tímido israelita,
Sim, eis que lhe guiais os passos!

ou:

Campos pátrios, Hébron, ó doce vale!

ou ainda:

Sim, eu sou da raça eleita!

Estas pequenas manias do meu avô não implicavam qualquer sentimento malevolente para com os meus colegas. Mas Bloch desagradara aos meus pais por outras razões. Começara por irritar o meu pai que, vendo-o molhado, lhe dissera com interesse:

— Então, senhor Bloch, como está o tempo? Choveu? Não percebo nada, o barómetro estava excelente.

Só conseguira esta resposta:

— Senhor, não posso de modo algum dizer-lhe se choveu ou não. Vivo tão resolutamente fora das contingências físicas que os meus sentidos não se dão ao trabalho de mas comunicar.

— Ah, meu pobre filho, esse teu amigo é idiota — dissera-me o meu pai quando Bloch se foi embora. — Então ele nem sequer me pode dizer o tempo que faz! Quando não há nada mais interessante! É um imbecil.

Além disso, Bloch desagradara à minha avó porque, depois do almoço, quando ela estava a dizer que se sentia um pouco adoentada, ele sufocara um soluço e enxugara as lágrimas.

— Como queres tu que aquilo seja sincero — disse-me ela — se ele não me conhece? Ou então é louco.

E, finalmente, tinha descontentado toda a gente porque, chegando para almoçar com hora e meia de atraso e coberto de lama, em vez de pedir desculpas, dissera:

— Nunca me deixo influenciar pelas perturbações da atmosfera nem pelas divisões convencionais do tempo. De bom grado reabilitaria o uso do cachimbo de ópio e do *kriss* malaio, mas ignoro esses instrumentos infinitamente mais perniciosos e aliás chatamente burgueses, que são o relógio e o guarda-chuva.

Teria, apesar disso, regressado a Combray. Mas não era o amigo que os meus pais desejavam para mim; tinham acabado por pensar que as lágrimas que a indisposição da minha avó lhe haviam feito derramar não eram fingidas; mas sabiam por instinto ou por experiência que os impulsos da nossa sensibilidade pouco poder têm sobre a sequência dos nossos actos e sobre a orientação da nossa vida, e que o respeito pelas obrigações morais, a fidelidade aos amigos, a execução de uma obra, a observância de um regime, possuem um fundamento mais seguro em hábitos cegos do que nesses momentâneos entusiasmos, ardentes e estéreis. Teriam preferido para mim, em vez de Bloch, companheiros que não me dessem mais que o que está convencionado dar-se aos amigos, em conformidade com as regras da moral burguesa; que não me enviassem inopinadamente um cesto de fruta por terem pensado em mim com ternura nesse dia, mas que, não sendo capazes de fazer pender em meu favor a balança dos deveres e das exigências da amizade por um simples impulso da sua imaginação e da sua sensibilidade, também não a desafinassem em meu prejuízo. Até os nossos erros dificilmente afastam do que nos devem essas naturezas cujo modelo era a minha tia-avó, ela que, de mal havia anos com uma sobrinha a quem não falava nunca, nem por isso modificou o testamento em que lhe deixava toda a sua fortuna, porque era a sua parente mais próxima e era assim que «devia ser».

Mas eu gostava de Bloch, os meus pais queriam ser-me agradáveis, os problemas insolúveis que se me punham a propósito da beleza desprovida de significado da filha de Minos e de Pasífae cansavam-me mais e tornavam-me mais sofredor que quaisquer novas conversas com ele, embora a minha mãe as considerasse perniciosas. E seria ainda recebido em Combray se, depois desse jantar, quando acabava de me dizer — notícia que mais tarde teve muita influência na minha vida e a tornou mais feliz, e depois mais infeliz — que as mulheres, todas elas, só pensavam no amor e que nenhumas há a quem não possamos vencer as resistências, me não tivesse garantido que tinha ouvido dizer de fonte muitíssimo segura que a minha tia-avó tivera uma juventude tempestuosa e estivera publicamente «por conta». Não consegui deixar de repetir estas afirmações aos meus pais, ele foi corrido quando lá voltou, e, quando mais tarde o abordei na rua, foi extremamente frio comigo.

Mas acerca de Bergotte falara verdade.

Nos primeiros dias, como uma ária musical pela qual havemos de nos apaixonar, mas que não distinguimos ainda, o que eu iria amar tanto no seu estilo não se me revelou. Não era capaz de pôr de lado o romance dele que estava a ler, mas julgava-me apenas interessado no tema, como naqueles primeiros momentos do amor em que vamos todos os dias a uma reunião ou a um divertimento qualquer para ver uma mulher por cujos encantos nos julgamos atraídos. Notei depois as expressões raras, quase arcaicas, que ele gostava de utilizar em certos momentos em que uma vaga oculta de harmonia, um prelúdio interior, lhe levantava o estilo; e era também nesses momentos que se punha a falar do «sonho vão da vida», da «inesgotável torrente das belas aparências», do «tormento estéril e delicioso de compreender e de amar», das «comoventes efígies que para sempre enobrecem a fachada venerável e encantadora das catedrais», era então que exprimia toda uma filosofia, nova para mim, através de maravilhosas imagens que se poderia dizer terem sido elas a despertar aquele cântico de harpas que então se erguia e a cujo acompanhamento conferiam algo de sublime. Uma dessas passagens de Bergotte, a terceira ou a quarta que isolei do resto, deu-me uma alegria incomparável com a que me proporcionara a primeira, uma alegria que senti que experimentava numa região mais profunda de mim mesmo, mais simples, mais vasta, da qual pareciam ter sido retirados os obstáculos e as separações. E que, reconhecendo então aquele mesmo gosto pelas expressões raras, aquela mesma efusão musical, aquela mesma filosofia idealista que já das outras vezes, e sem que de tal me desse conta, estivera na origem do meu prazer, já não tive a impressão de estar na presença de um trecho especial de um determinado livro de Bergotte, traçando à superfície do meu pensamento uma figura puramente literária, mas antes do «trecho ideal» de Bergotte, comum a todos os seus livros, e ao qual todas as passagens análogas que com ele vinham confundir-se teriam dado uma espécie de espessura, de volume, com que o meu espírito parecia engrandecido.

Eu não era em absoluto o único admirador de Bergotte; ele era também o escritor preferido de uma amiga da minha mãe muito dada às letras; e, até, para ler o seu último livro publicado, o médico Du Boulbon fazia esperar os seus doentes; foi do seu consultório, e de um parque próximo de Combray, que levantaram voo algumas das primeiras sementes dessa predilecção por Bergotte, essa espécie então tão rara, e hoje universalmente difundida, da qual se encontra por toda a parte na Europa, na América, até na mínima aldeia, a flor ideal e comum. O que a amiga da minha mãe e, ao que parece, o doutor Du Boulbon amavam» sobretudo nos livros de Bergotte era, como no meu caso, aquele mesmo fluxo melódico, aquelas expressões antigas, e algumas outras muito simples e conhecidas, mas pelas quais o lugar onde as punha em evidência parecia revelar da sua parte um gosto especial; e, enfim, nas passagens tristes, uma certa rudeza, uma tonalidade quase rouca. E, por certo, ele próprio devia sentir que ali residiam os seus grandes encantos. Porque nos livros que se seguiram, se encontrava alguma grande verdade, ou o nome de uma célebre catedral, interrompia a narração e, numa invocação, numa apóstrofe, numa longa oração, dava livre curso àqueles eflúvios que nas suas primeiras obras permaneciam ínsitos na sua prosa, então apenas denunciados pelas ondulações da superfície, porventura mais suaves ainda, mais harmoniosos quando eram assim velados, e cujo murmúrio ninguém poderia indicar precisamente onde nascia e onde expirava. Esses trechos em que se comprazia eram os nossos trechos preferidos. No que me dizia respeito, sabia-os de cor. Ficava desiludido quando ele retomava o fio da narração. De cada vez que falava de alguma coisa cuja beleza me permanecera até aí oculta, das florestas de pinheiros, do granizo, de Nossa Senhora de Paris, da *Atalia* ou da *Fedra*, fazia numa só imagem explodir essa beleza até mim. E assim, sentindo quantas partes havia do universo que a minha percepção deficiente não distinguiria se não fosse ele a aproximá-las de mim, gostaria de possuir uma opinião dele, uma metáfora dele, acerca de todas as coisas, sobretudo acerca das que eu próprio teria ocasião de ver, e, entre essas, particularmente sobre antigos monumentos franceses e certas paisagens marítimas, porque a insistência com que as citava nos seus livros provava que as considerava ricas de significado e de beleza. Infelizmente, ignorava a sua opinião sobre quase todas as coisas. Não duvidava de que fosse inteiramente diferente das minhas, visto que ele descia de um mundo desconhecido ao qual eu procurava elevar-me: persuadido de que os meus pensamentos pareceriam pura inépcia àquele espírito perfeito, de tal modo fizera tábua rasa de todos eles que, quando por acaso me aconteceu encontrar, num certo livro seu, um pensamento que eu próprio já tivera, o meu coração inchava como se um deus, na sua bondade, mo tivesse oferecido, o tivesse declarado legítimo e belo. Acontecia por vezes uma página sua dizer as mesmas coisas que frequentemente eu escrevia à noite à minha avó e à minha mãe, quando não conseguia dormir, de tal modo que essa página de Bergotte parecia uma colectânea de epígrafes para serem colocadas à cabeça das minhas cartas. Mesmo mais tarde, quando comecei a compor um livro, certas frases cuja qualidade não bastou para me decidir a continuá-lo, encontrei-as eu, equivalentes, em Bergotte. Mas só então, quando as lia na sua obra, é que podia apreciá-las; quando era eu que as compunha, preocupado com que reflectissem exactamente o que apreendia no meu pensamento, receando não «fazer parecido», tinha todo o tempo para reflectir sobre se o que escrevia era agradável! Mas efectivamente havia apenas esse género de frases, esse género de ideias de que eu gostava de verdade. Os meus esforços inquietos e insatisfeitos eram eles próprios um sinal de amor, de amor sem prazer, mas profundo. Por isso, quando de repente encontrava tais frases na obra de outro, isto é, já sem escrúpulos ou severidade, sem ter com que me atormentar, deixava-me enfim embalar deliciado pelo gosto que por elas tinha, como um cozinheiro que numa vez em que não tem que cozinhar encontra enfim tempo para ser glutão. Um dia em que encontrei num livro de Bergotte, a propósito de uma velha criada, uma brincadeira que a magnífica e solene linguagem do escritor tornava ainda mais irónica, mas que era a mesma que eu muitas vezes dissera à minha avó a propósito da Françoise, e uma outra vez em que vi que ele não considerava indigna de figurar num desses espelhos da verdade que eram as suas obras uma observação análoga à que eu tivera ocasião de fazer acerca do nosso amigo senhor Legrandin (observações sobre a Françoise e sobre o senhor Legrandin que eram sem dúvida das que eu mais deliberadamente sacrificaria a Bergotte, persuadido de que as acharia de nenhum interesse), pareceu-me de repente que a minha humilde vida e os reinos da verdade não estavam tão separados como eu julgara, que coincidiam até em certos pontos, e, de confiança e alegria, chorei sobre as páginas do escritor como nos braços de um pai reencontrado.

A partir dos seus livros imaginava Bergotte como um velho fraco e desiludido, que perdera filhos e nunca se consolara. Por isso lia, cantava interiormente a sua prosa, mais *dolce*, mais *lento* talvez do que o modo como estava escrita, e a frase mais simples dirigia-se a mim com uma entoação enternecida. Mais que tudo, amava a sua filosofia, entregara-me a ela para sempre. Ela tornava-me impaciente por chegar à idade em que entraria no colégio, na aula chamada de Filosofia. Mas não queria que lá se fizesse outra coisa além de viver unicamente pelo pensamento de Bergotte, e se me tivessem dito que os metafísicos a que então me apegaria em nada se pareceriam com ele, teria sentido o desespero de um apaixonado que pretende amar para toda a vida e a quem falam das outras amantes que terá mais tarde.

Um domingo, durante a minha leitura no jardim, fui interrompido por Swann, que vinha visitar os meus pais.

— Que é que está a ler, pode-se ver? Olha... Bergotte? Quem é que lhe indicou as obras dele?

Eu disse-lhe que fora o Bloch.

— Ah, sim, aquele rapaz que eu encontrei uma vez aqui, que se parecia tanto com o retrato de Maomé II de Bellini. Oh, impressionante, tem as mesmas sobrancelhas circunflexas, o mesmo nariz adunco, as mesmas faces salientes. Quando tiver uma barbicha será a mesma pessoa. Seja como for, tem gosto, porque Bergotte é um espírito encantador.

E vendo como eu parecia admirar Bergotte, Swann, que nunca falava das pessoas que conhecia, abriu, por bondade, uma excepção e disse-me:

— Eu conheço-o bem, se lhe der prazer que ele escreva umas palavrinhas no rosto do seu exemplar, posso pedir-lho.

Não me atrevi a aceitar, mas fiz a Swann perguntas acerca de Bergotte.

— Pode dizer-me qual é o actor que ele prefere?

— O actor, não sei. Mas sei que ele não põe nenhum artista homem ao lado da Berma, que ele coloca acima de tudo. Já a viu?

— Não, senhor, os meus pais não me autorizam a ir ao teatro.

— É pena. Devia pedir-lhes. A Berma na *Fedra*, no *Cid*, não passa de uma actriz, se quiser, mas, sabe, eu não acredito muito na *hierarquia* das artes. (E reparei, como muitas vezes notara nas suas conversas com as irmãs da minha avó, que, quando falava de coisas sérias, quando utilizava uma expressão que parecia implicar uma opinião acerca de um assunto importante, tinha a preocupação de a isolar numa entoação especial, maquinal e irónica, como se a tivesse posto entre aspas, parecendo não querer assumi-la, e dizer «a *hierarquia*, sabe, como dizem as pessoas ridículas». Mas então, se era ridículo, porque é que dizia a hierarquia?) Um momento depois acrescentou: «Dar-lhe-á uma visão tão nobre como qualquer obra-prima, sei lá... como (desatou a rir) "As Rainhas de Chartres!"» Até aí, aquele horror a exprimir a sério a sua opinião havia-me parecido algo que devia ser elegante e parisiense e que se opunha ao dogmatismo provinciano das irmãs da minha avó; e suspeitava também de que era uma das formas do espírito no meio onde Swann vivia e onde, por reacção ao lirismo das gerações anteriores, se reabilitavam até ao excesso os pequenos factos concretos, dantes considerados vulgares, e se proibiam as «frases». Mas agora achava que havia algo de chocante nesta atitude de Swann perante as coisas. Parecia que não se atrevia a ter uma opinião e só descansava quando podia dar meticulosamente informações exactas. Mas não tinha plena consciência de que, ao postular que a exactidão desses pormenores tinha importância, estava a professar uma opinião. Tornei então a pensar naquele jantar em que eu estava tão triste porque a minha mãe não ia subir ao meu quarto e em que ele dissera que os bailes em casa da princesa de Léon não tinham qualquer importância. Mas, no entanto, era nesse género de prazeres que ele passava a sua vida. Eu achava tudo aquilo contraditório. Para que outra vida reservava ele o dizer enfim a sério o que pensava das coisas, formular juízos que pudesse deixar de pôr entre aspas, e nunca mais se entregar com minuciosa polidez a ocupações que ao mesmo tempo considerava ridículas? Notei também, na forma como Swann me falou de Bergotte, algo que, em contrapartida, não era próprio dele, antes, pelo contrário, era naquele tempo comum a todos os admiradores do escritor, à amiga da minha mãe, ao doutor Du Boulbon. Tal como Swann, eles diziam de Bergotte: «É um espírito encantador, muito especial, tem uma maneira própria de dizer as coisas, um pouco afectada mas muito agradável. Não precisamos de ver a assinatura, reconhecemos imediatamente que é dele.» Mas nenhum deles iria ao ponto de dizer: «É um grande escritor, tem um grande talento.» Não diziam sequer que ele tinha talento. Não o diziam porque não sabiam. Demoramos muito tempo a reconhecer na fisionomia própria de um novo escritor o modelo que tem o nome de «grande talento» no nosso museu das ideias gerais. Justamente por se tratar de uma fisionomia nova, não achamos que se assemelhe inteiramente àquilo a que chamamos talento. Falamos antes de originalidade, encanto, delicadeza, força; e depois um dia verificamos que tudo isso é precisamente o talento.

— Há obras de Bergotte onde ele tenha falado da Berma? — perguntei eu ao senhor Swann.

— Acho que sim, no livrinho sobre Racine, mas esse deve estar esgotado. Talvez tenha havido entretanto uma reimpressão. Vou informar-me. Aliás, posso perguntar a Bergotte tudo o que quiser, não há semana do ano em que ele não jante lá em casa. É o grande amigo da minha filha. Vão juntos visitar as cidades antigas, as catedrais, os palácios.

Como eu não tinha qualquer noção da hierarquia social, a impossibilidade que há muito o meu pai decidira de que frequentássemos a senhora e a menina Swann, ao fazer-me imaginar entre elas e nós grandes distâncias, tivera antes o efeito de lhes atribuir prestígio a meus olhos. Lamentava que a minha mãe não tingisse o cabelo nem pintasse os lábios, como eu ouvira dizer à nossa vizinha, a senhora Sazerat, que a senhora Swann fazia para agradar, não ao marido, mas ao senhor de Charlus, e pensava que devíamos ser para ela objecto de desprezo, o que me desgostava, sobretudo por causa da menina Swann, que me haviam dito ser uma menina tão bonita e com quem eu sonhava muitas vezes atribuindo-lhe sempre um mesmo rosto arbitrário e encantador. Mas, quando soube nesse dia que a menina Swann era um ser de uma condição tão rara, mergulhada como no seu elemento natural em tantos privilégios que, quando perguntava aos pais se vinha alguém jantar, lhe respondiam com estas sílabas cheias de luz, com o nome desse conviva de oiro que para ela não passava de um velho amigo da família: Bergotte; que, para ela, a conversa íntima à mesa, o que para mim correspondia à conversa da minha tia-avó, eram palavras de Bergotte acerca de todos aqueles assuntos que não pudera abordar nos seus livros, e sobre os quais eu bem gostaria de o ouvir emitir os seus oráculos; e que, por fim, quando ia visitar cidades, ia com ele ao seu lado, desconhecido e glorioso, como os deuses que desciam ao meio dos mortais — então senti, ao mesmo tempo que o valor de um ser como a menina Swann, como eu havia de lhe parecer grosseiro e ignorante, e experimentei tão vivamente a suavidade e a impossibilidade que para mim existiria em ser seu amigo que me enchi ao mesmo tempo de desejo e de desespero. Agora, a maioria das vezes, quando pensava nela, via-a diante do pórtico de uma catedral, explicando-me o significado das estátuas, e, com um sorriso que me lisonjeava, apresentando-me a Bergotte como seu amigo. E sempre o encanto de todas as ideias que as catedrais em mim faziam nascer, o encanto das encostas da Ilha de França e das planícies da Normandia, faziam refluir os seus efeitos sobre a imagem que formava da menina Swann; era estar pronto para amá-la. Acreditarmos que um ser participa de uma vida desconhecida onde o seu amor nos faria penetrar é, de tudo o que o amor exige para nascer, aquilo a que ele está mais apegado, e que o leva a não ligar importância a tudo o resto. Até as mulheres que dizem que ajuízam de um homem apenas pelo seu físico vêem nesse físico a emanação de uma vida especial. Por isso é que amam os militares, ou os bombeiros; o uniforme torna-as menos exigentes quanto ao rosto; elas julgam beijar debaixo da couraça um coração diferente, aventuroso e doce; e um jovem soberano, um príncipe herdeiro, para fazer as conquistas mais lisonjeiras, nos países estrangeiros que visita, não precisa dos ganhos regulares que porventura seriam indispensáveis a um corretor da Bolsa.

Enquanto eu lia no jardim, coisa que a minha tia-avó não compreenderia que eu fizesse a não ser ao domingo, dia em que é proibido ocuparmo-nos de coisas sérias e em que ela não cosia (num dia de semana ela ter-me-ia dito «Como é que tu ainda te *divertes* a ler, olha que não é domingo», dando à palavra «divertimento» o sentido de infantilidade e de perda de tempo), a tia Léonie tagarelava com a Françoise à espera da hora da Eulalie. Anunciava-lhe que acabava de ver passar a senhora Goupil «sem guarda-chuva e com o vestido de seda que mandou fazer em Châteaudun. Se for longe antes das vésperas, pode muito bem ficar com ele encharcado».

— Talvez, talvez (o que talvez quisesse dizer não) — dizia a Françoise para não afastar definitivamente a possibilidade de uma alternativa mais favorável.

— Olha — dizia a minha tia batendo na testa —, isto faz-me pensar que acabei por não saber se ela chegou à igreja depois da elevação. Tenho de pensar em perguntar isso à Eulalie... Françoise, ora veja aquela nuvem negra atrás do campanário e aquele pouco sol a dar nas ardósias, tenho a certeza de que o dia não acaba sem chuva. Não era possível que tudo continuasse assim, fazia calor de mais. E quanto mais cedo, melhor, porque enquanto a trovoada não estalar a minha água de Vichy não desce — acrescentava a minha tia, em cujo espírito o desejo de apressar a descida da água de Vichy era infinitamente mais importante que o receio de ver a senhora Goupil estragar o vestido.

— Talvez, talvez.

— É que, quando chove na praça, não há grande abrigo. Como, três horas? — exclamava de repente a minha tia empalidecendo. Mas então já começaram as vésperas, esqueci-me da minha pepsina! Agora percebo porque é que a água de Vichy me continuava no estômago.

E, precipitando-se para um livro de missa encadernado a veludo roxo, com aplicações a oiro, e do qual, com a pressa, deixava cair daquelas imagens, orladas de uma tira rendilhada de papel a amarelecer, que marcam as páginas das festas, a tia, ao mesmo tempo que engolia as suas gotas, começava a ler a toda a velocidade os textos sagrados cuja inteligência lhe era levemente obscurecida pela incerteza de saber se, tomada tanto tempo depois da água de Vichy, a pepsina seria ainda capaz de a agarrar e de a fazer descer. «Três horas, é incrível como o tempo passa!»

Uma pancadinha no lajedo, como se alguma coisa ali tivesse esbarrado, seguida de uma vasta queda leve, como que de grãos de areia que alguém deixasse cair de uma janela lá de cima, e depois a queda alargada, regulada, rítmica, agora fluida, sonora, musical, inumerável, universal: era a chuva.

— Ora bem! Françoise, que te dizia eu? Como ela cai! Mas acho que ouvi o guizo da porta do jardim, ora vá ver quem poderá estar lá fora com um tempo destes.

A Françoise regressava.

— Era a senhora Amédée (a minha avó), que disse que ia dar uma volta. Apesar de estar a chover com força.

— Não me espanta — dizia a tia erguendo os olhos ao céu. — Sempre disse que ela tinha uma maneira de ser diferente de toda a gente. Ainda bem que é ela e não eu que está lá fora neste momento.

— A senhora Amédée é sempre ao contrário dos outros — dizia a Françoise com brandura, reservando para quando estivesse sozinha com os outros criados o dizer que achava a minha avó um pouco «liru».

— Já acabou o ofício! A Eulalie já não vem — suspirava a minha tia. — Deve ter sido o tempo que lhe meteu medo.

— Mas ainda não são cinco horas, senhora Octave, são quatro e meia.

— Que quatro e meia? E fui eu obrigada a levantar as cortinas para ter uma mísera réstia de luz. Às quatro e meia! Oito dias antes das rogações! Ah, minha pobre Françoise, Deus Nosso Senhor deve estar muito zangado connosco. Também o mundo de hoje fá-las das boas! Como dizia o meu pobre Octave, esquecemo-nos de mais de Nosso Senhor e ele vinga-se.

Um vivo rubor animava as faces da minha tia, era a Eulalie. Infelizmente, mal lhe tinha sido dada entrada, entrava a Françoise e, com um sorriso que tinha o objectivo de se pôr também em concordância com a alegria que, não duvidava, as suas palavras iriam provocar na minha tia, articulando as sílabas para mostrar que, apesar do uso do discurso indirecto, estava a relatar, como boa criada, as palavras exactas de que o visitante se dignara servir-se, disse:

— O senhor prior ficaria encantado, feliz, se a senhora Octave não estivesse a descansar e pudesse recebê-lo. O senhor prior não quer incomodar. O senhor prior está lá em baixo, disse-lhe para entrar para a sala.

A verdade é que as visitas do prior não davam tão grande prazer à minha tia como a Françoise supunha, e o ar de júbilo com que esta julgava dever embandeirar o rosto sempre que tinha de o anunciar não correspondia inteiramente ao sentimento da doente. O prior (excelente homem, com quem lamento não ter conversado mais, porque, se é certo que não entendia nada de artes, sabia muito de etimologias), habituado a dar aos visitantes ilustres informações sobre a igreja (tinha até a intenção de escrever um livro sobre a paróquia de Combray), cansava-a com explicações infinitas, e aliás sempre as mesmas. Mas quando chegava assim ao mesmo tempo da Eulalie, a sua visita tornava-se francamente desagradável para a minha tia. Ela teria preferido aproveitar a Eulalie e não ter toda a gente ao mesmo tempo. Mas não se atrevia a não receber o prior, e apenas fazia sinal à Eulalie para não se ir embora ao mesmo tempo que ele, para ficar um pouco a sós com ela depois de ele partir.

— Senhor prior, vieram dizer-me que há um artista que instalou o seu cavalete dentro da sua igreja para copiar um vitral. Posso dizer que cheguei a esta idade sem nunca ter ouvido falar numa coisa assim! Que é que o mundo de hoje há-de querer mais? E logo o que há de mais feio na igreja!

— Não irei ao ponto de dizer que é o que há de mais feio, porque há em Santo Hilário partes que merecem ser visitadas, mas outras há que estão bem velhas, na minha pobre basílica, a única de toda a diocese que nem sequer foi restaurada. Meu Deus, o pórtico está sujo e velho, mas enfim, tem um carácter majestoso; e o mesmo se diga das tapeçarias de Ester, pelas quais pessoalmente eu não daria um tostão, mas que os conhecedores classificam logo a seguir às de Sens. Reconheço, aliás, que, ao lado de certos pormenores um pouco realistas, elas apresentam outros que atestam um verdadeiro espírito de observação. Mas não me venham falar dos vitrais! Haverá algum bom senso em deixar janelas que não dão luz e até iludem a vista com aqueles reflexos de uma cor que não sou capaz de definir, numa igreja onde não há duas lajes que estejam ao mesmo nível e que se recusam a substituir-me, a pretexto de que se trata dos túmulos dos párocos de Combray e dos senhores de Guermantes, os antigos condes de Brabante? Os antepassados directos do duque de Guermantes de hoje, e também da duquesa, porque ela é uma donzela de Guermantes que casou com o primo. (A minha avó, que, de tanto se desinteressar das pessoas acabava por confundir todos os nomes, de cada vez que se pronunciava o da duquesa de Guermantes defendia que devia ser uma parente da senhora de Villeparisis. Toda a gente se punha a rir, e ela tentava defender-se alegando uma certa carta de participação: «Julgo lembrar-me de que se falava em Guermantes.» E excepcionalmente eu estava com os outros contra ela, não podendo admitir que houvesse uma ligação entre a sua amiga do internato e a descendente de Genoveva de Brabante.) Ora vejam Roussainville: hoje não passa de uma paróquia de agricultores, embora antigamente essa localidade tenha ficado a dever um grande desenvolvimento ao comércio dos chapéus de feltro e dos relógios. (Não tenho a certeza da etimologia de Roussainville. Inclino-me a pensar que o nome primitivo era Rouville (*Radulfi villa*), como Châteauroux (*Castrum Radulfi*), mas de outra vez vos falarei disso.) Ora bem: a igreja tem vitrais soberbos, quase todos modernos, e aquela imponente *Entrada de Luís Filipe em Combray*, que melhor ficaria situada na própria Combray, e que vale tanto, diz-se, como o famoso conjunto de vitrais de Chartres. Ontem, até, encontrei o irmão do doutor Percepied, que é amador e que a considera melhor trabalho.

«Mas, como eu dizia ao tal artista, que aliás parece muito bem-educado, e que é, segundo se diz, um verdadeiro ás do pincel, então que é que acha de extraordinário neste vitral, que é ainda um pouco mais escuro que os outros?»

— Estou certa de que, se pedisse ao senhor bispo — disse molemente a minha tia, que começava a pensar que ia ficar cansada —, ele não lhe recusaria um vitral novo.

— Conte com isso, senhora Octave — respondia o prior. — Mas foi justamente o senhor bispo o primeiro a defender aquele infeliz vitral ao provar que ele representa Gilberto, *o Malvado*, senhor de Guermantes, descendente directo de Genoveva de Brabante, que era uma donzela de Guermantes, recebendo a absolvição de Santo Hilário.

— Mas não vejo onde está Santo Hilário…

— Sim, sim, está no canto do vitral, nunca reparou numa dama de vestido amarelo? Ora bem, é Santo Hilário, a quem chamam também, como sabe, em certas províncias, Santo Illiers, Santo Hélier, e até, no

Jura, Santo Ylie. Estas diversas corruptelas de *Sanctus Hilarius* nem sequer são, aliás, as mais curiosas que aconteceram nos nomes dos bem-aventurados. Assim, a sua padroeira, minha boa Eulalie, *Sancta Eulalia*, sabe no que é que deu na Borgonha? Santo Elói, muito simplesmente, transformou-se num santo. Está a ver, Eulalie, e se depois da sua morte fazem de si um homem?

— O senhor prior encontra sempre uma palavra para brincar.

— O irmão de Gilberto, Carlos, *o Gago*, um príncipe piedoso mas que, tendo perdido muito cedo o pai, Pepino, *o Tolo*, morto em consequência da sua doença mental, exercia o poder supremo com toda a presunção de uma juventude a quem faltou disciplina, logo que a cara de uma pessoa qualquer não lhe agradava numa cidade, massacrava toda a gente até ao último habitante. Gilberto, querendo vingar-se de Carlos, mandou incendiar a igreja de Combray, então a primitiva igreja, aquela que Teodeberto, ao sair com a sua corte da casa de campo que tinha aqui perto, em Thiberzy (*Theodeberciacus*), para ir combater os Burgúndios, prometera construir por cima do túmulo de Santo Hilário, se o Bem-Aventurado lhe proporcionasse a vitória. Daí só resta a cripta aonde o Théodore a deve ter levado a descer, visto que Gilberto queimou o resto. Seguidamente, desfez o infeliz Carlos com a ajuda de Guilherme, *o Conquistador* (o prior pronunciava Guilerme), o que faz com que muitos ingleses venham cá em visita. Mas parece que não soube atrair as simpatias dos habitantes de Combray, porque estes se atiraram a ele à saída da missa e lhe cortaram a cabeça. De resto, o Théodore empresta um livrinho que dá as explicações.

«Mas o que é incontestavelmente mais curioso na nossa igreja é a vista que se tem do campanário, e que é grandiosa. É claro que à senhora, que não é muito forte, eu não lhe aconselharia a subir os nossos noventa e sete degraus, precisamente metade dos do célebre zimbório de Milão. É de estafar uma pessoa de boa saúde, tanto mais que subimos curvados, se não quisermos partir a cabeça, e apanhamos nas nossas roupas todas as teias de aranha da escada. Fosse como fosse, teria de se agasalhar — acrescentava ele (sem dar pela indignação que à minha tia causava a ideia de ser capaz de subir ao campanário) —, porque faz uma destas correntes de ar quando se chega lá acima! Há pessoas que afirmam ter sentido lá o frio da morte. Seja como for, ao domingo há sempre grupos que vêm, mesmo de muito longe, para admirar a beleza do panorama e que voltam encantados. Olhe, no próximo domingo, se o tempo se mantiver, de certeza que havia de encontrar gente, já que são as rogações. De resto, deve dizer-se que dali se desfruta de uma vista feérica, com tipos de perspectivas sobre a planície com um cunho muito especial. Quando o tempo está claro, podemos ter vista até Verneuil. Sobretudo, abarcam-se de uma só vez coisas que habitualmente só se podem ver separadas, como o traçado do Vivonne e as trincheiras de Saint-Assise-lès-Combray, das quais estamos separados por uma cortina de grandes árvores, ou ainda como os diversos canais de Jouy-le-Vicomte (*Gaudiacus vice comitis*, como sabe). De todas as vezes que fui a Jouy-le-Vicomte vi efectivamente um pedaço de canal, mas depois de virar a esquina de uma rua já via outro, mas já sem ver o anterior. Por mais que os juntasse em pensamento, não me produzia grande efeito. Do campanário de Santo Hilário é outra coisa, é toda uma rede onde a localidade está inscrita. Simplesmente, não se avista água, dir-se-iam grandes fendas que recortam tão bem a cidade em bairros, que ela é como que um brioche cujos pedaços se mantêm juntos mas já estão cortados. O ideal seria estar ao mesmo tempo no campanário de Santo Hilário e em Jouy-le-Vicomte.

O prior cansava tanto a minha tia que, mal ele saía, era obrigada a mandar a Eulalie embora.

— Olhe, minha pobre Eulalie — dizia ela em voz débil, puxando de uma moeda de uma bolsinha que tinha ao alcance da mão —, aqui tem para que não se esqueça de mim nas suas orações.

— Ah, senhora Octave, mas eu não sei se devo, bem sabe que não é para isso que cá venho! — dizia a Eulalie com a mesma hesitação e o mesmo embaraço de todas as vezes, como se fosse a primeira, e com um aparente descontentamento que divertia a minha tia mas não lhe desagradava, porque se, um dia, a Eulalie, ao pegar na moeda, fazia um ar menos contrariado que de costume, a minha tia dizia:

— Não sei que tinha a Eulalie; apesar de eu lhe ter dado a mesma coisa do costume, não pareceu ficar contente.

— No entanto, acho que ela não tem de que se queixar — suspirava a Françoise, que tinha tendência para considerar uns trocos tudo o que a minha tia lhe dava para ela ou para os filhos, e como tesouros loucamente desperdiçados numa ingrata as moeditas todos os domingos metidas na mão da Eulalie, mas tão discretamente que a Françoise nunca conseguia vê-las. Não que a Françoise quisesse para si o dinheiro que a minha tia dava à Eulalie. Ela gozava suficientemente do que a minha tia possuía, sabendo que as riquezas da patroa elevam e embelezam ao mesmo tempo aos olhos de todos a sua criada, e que ela, Françoise, era insigne e glorificada em Combray, Jouy-le-Vicomte e outros lugares, devido às numerosas quintas da minha tia, às visitas frequentes e prolongadas do prior, ao número singular das garrafas de água de Vichy consumidas. Só para a minha tia era avara; se fosse ela a gerir a sua fortuna, o que seria o seu sonho, tê-la-ia preservado das maquinações dos outros com uma ferocidade maternal. Contudo, não veria grande mal em que a minha tia, que ela sabia incuravelmente generosa, se dispusesse a dar, pelo menos se fosse a ricos. Pensava talvez que esses, como não precisavam dos presentes da tia, não podiam ser suspeitos de gostar dela por causa deles. De resto, oferecidos a pessoas de grande posição de fortuna, à senhora Sazerat, ao senhor Swann, ao senhor Legrandin, à senhora Goupil, a pessoas «do mesmo nível» da minha tia e que «combinavam bem», esses presentes surgiam-lhe como fazendo parte dos usos daquela vida estranha e brilhante das pessoas ricas, que caçam, oferecem bailes, se visitam umas às outras, e que ela admirava a sorrir. Mas já o mesmo não se passava se os beneficiários da generosidade da minha tia eram daqueles a quem a Françoise chamava «pessoas como eu, pessoas que não são mais que eu» e que eram os que ela desprezava mais, a não ser que lhe chamassem «senhora Françoise» e se considerassem «menos que ela». E quando viu que, apesar dos seus conselhos, a minha tia só fazia o que lhe dava na cabeça e desperdiçava dinheiro — pelo menos era o que a Françoise achava — com criaturas indignas, começou a considerar bastante pequenos os dons que a minha tia lhe fazia, em comparação com as somas imaginárias esbanjadas com a Eulalie. Não havia nos arredores de Combray quinta tão importante que a Françoise não supusesse poder ser facilmente comprada pela Eulalie com tudo o que as suas visitas lhe rendiam. É verdade que a Eulalie fazia o mesmo cálculo das riquezas imensas e ocultas da Françoise. Habitualmente, depois de a Eulalie se ir embora, a Françoise profetizava sem benevolência a seu respeito. Odiava-a mas temia-a, e julgava-se obrigada, quando ela lá estava, a fazer-lhe «boa cara». Desforrava-se depois de ela sair, a bem dizer sem nunca a nomear, mas proferindo oráculos sibilinos ou sentenças de carácter geral como as do Eclesiastes, mas cuja aplicação não podia escapar à minha tia. Depois de ter visto pelo canto da cortina se a Eulalie tinha fechado a porta, dizia: «As pessoas aduladoras sabem bem fazer-se rogadas e arrecadar a massa; mas, paciência, Deus Nosso Senhor um belo dia castiga-as»; isto com o olhar lateral e a insinuação de Joás a pensar exclusivamente em Atalia, quando diz:

A felicidade dos maus como torrente corre.

Mas quando o prior vinha também, e a sua visita interminável esgotara as forças da minha tia, a Françoise saía do quarto atrás da Eulalie e dizia:

— Senhora Octave, deixo-a descansar, tem um ar muito fatigado.

E a minha tia nem sequer respondia, exalando um suspiro que parecia que iria ser o último, de olhos fechados, como morta. Mas, mal a Françoise descia, quatro pancadas vibradas com a maior violência ressoavam pela casa, e a tia, soerguida na cama, gritava:

— A Eulalie já se foi embora? Imagine que me esqueci de lhe perguntar se a senhora Goupil chegou à missa depois da elevação! Vá depressa atrás dela!

Mas a Françoise regressava sem ter podido alcançar a Eulalie.

— Que contrariedade — dizia a minha tia abanando a cabeça. — A única coisa importante que tinha para lhe perguntar!

Assim corria a vida para a tia Léonie, sempre idêntica, na branda uniformidade daquilo a que ela, com fingido desdém e profunda ternura, chamava o seu «pequeno ramerrão». Preservado por toda a gente, não apenas da casa, onde, como todos tinham experimentado a inutilidade de lhe aconselhar vida mais saudável, se haviam a pouco e pouco resignado a respeitá-lo, mas até da aldeia, onde, a três ruas da nossa casa, o enfardador, antes de pregar os seus caixotes, mandava perguntar à Françoise se a minha tia «não estava a descansar» — esse ramerrão foi porém perturbado uma vez naquele ano. Como um fruto escondido que chegasse à maturidade sem se dar por isso e se soltasse espontaneamente, chegou uma noite o bom sucesso da moça de cozinha. Mas as suas dores eram intoleráveis, e como não havia parteira em Combray, a Françoise teve de ir antes do nascer do dia buscar uma a Thiberzy. A minha tia, devido aos gritos da moça de cozinha, não conseguiu descansar e, como a Françoise, apesar da curta distância, só voltou muito tarde, fez-lhe muita falta. Por isso a minha mãe me disse nessa manhã: «Vai lá acima ver se a tua tia não precisa de nada.» Entrei na primeira sala e, pela porta aberta, vi a tia, deitada de lado, a dormir; ouvi-a ressonar ligeiramente. Ia sair devagarinho, mas de certeza o barulho que fizera intrometera-se no seu sono e «mudara-lhe a velocidade», como se diz para os automóveis, porque a música do ressonar se interrompeu por um segundo e recomeçou um tom mais abaixo, e depois acordou e virou um pouco a cara, que eu pude ver então; exprimia uma espécie de terror; acabava evidentemente de ter um sonho pavoroso; não me podia ver da forma como estava situada, e eu fiquei ali sem saber se devia avançar ou retirar-me; mas parecia já regressada à consciência da realidade e reconhecera a mentira das visões que a tinham assustado; um sorriso de alegria, de piedoso reconhecimento para com Deus, que permite que a vida seja menos cruel que os sonhos, iluminou-lhe debilmente o rosto, e com aquele hábito que adquirira de falar a meia-voz consigo mesma quando se julgava só, murmurou: «Deus seja louvado! De barafunda só temos a moça de cozinha que está a dar à luz. E eis que eu sonhava que o meu pobre Octave tinha ressuscitado e me queria obrigar a dar um passeio todos os dias!» A mão estendeu-se para o terço que estava na mesinha, mas o sono que recomeçava não lhe deixou forças para chegar até lá; readormeceu, tranquilizada, e saí pé ante pé do quarto sem que ela nem ninguém tivesse alguma vez sabido o que eu ouvira.

Quando digo que, para além de acontecimentos raríssimos, como aquele parto, o ramerrão da minha tia nunca sofria qualquer variação, não estou a falar das que, repetindo-se sempre idênticas a intervalos regulares, apenas introduziam no seio da uniformidade uma espécie de uniformidade secundária. Era assim que todos os sábados, como a Françoise ia à tarde ao mercado de Roussainville-le-Pin, o almoço era para toda a gente servido uma hora mais cedo. E de tal modo a minha tia tinha ganho o hábito desta derrogação hebdomadária aos seus hábitos, que estava apegada a esse hábito tanto como aos outros. Estava tão bem «rotinada» nele, como dizia a Françoise, que, se num sábado tivesse que esperar pela hora habitual, isso tê-la-ia «perturbado» tanto como se, noutro dia, tivesse que adiantar o seu almoço para a hora do sábado. Essa antecipação da hora do almoço conferia, aliás, para nós todos, um tom especial ao sábado, indulgente e bastante simpático. Na altura em que habitualmente temos ainda uma hora a viver antes da descompressão da refeição, sabíamos que, daí a alguns segundos, íamos ver aparecer endívias precoces, uma omeleta excepcional, um bife imerecido. O retorno desse sábado assimétrico era um daqueles pequenos acontecimentos internos, locais, quase cívicos, que, nas vidas tranquilas e nas sociedades fechadas, criam uma espécie de ligação nacional e se tornam tema favorito das conversas, das brincadeiras, das histórias exageradas em pura invenção: seria o núcleo já preparado para um ciclo lendário se um de nós tivesse bossa épica. Logo de manhã, antes de nos vestirmos, sem qualquer razão pelo prazer de experimentar a força da solidariedade, dizíamos uns aos outros de bom humor, com cordialidade, com patriotismo: «Não há tempo a perder, não nos esqueçamos de que é sábado!», enquanto a minha tia, conferenciando com a Françoise e pensando que o dia ia ser mais comprido que habitualmente, dizia: «Se lhes fizesse uma bela peça de vitela, como é sábado...» Se às dez e meia alguém distraído puxasse do relógio dizendo: «Vá lá, hora e meia ainda até ao almoço», todos ficavam encantados por terem que lhe dizer: «Ora essa, onde é que tem a cabeça, está a esquecer-se de que é sábado!»; um quarto de hora depois ainda estavam a rir, e prometiam a si mesmos ir lá acima contar o esquecimento à minha tia para a divertir. Até o aspecto do céu parecia mudado. Depois do almoço, o Sol, consciente de que era sábado, vagueava mais uma hora no alto do céu, e quando alguém, pensando que estavam atrasados para o passeio, dizia: «Como, só duas horas?» ao ouvir tocar as duas badaladas de Santo Hilário (que habitualmente não encontram ainda ninguém nos caminhos desertos por causa da refeição da tarde ou da sesta, ao longo do rio vivo e branco que até o pescador abandonou, e passam solitárias pelo céu vazio, onde apenas permanecem algumas nuvens preguiçosas), então toda a gente em coro lhe respondia: «O que o está a enganar é que almoçámos uma hora mais cedo, bem sabe que hoje é sábado!» A surpresa de um bárbaro (chamávamos assim a todas as pessoas que não sabiam o que o sábado tinha de especial), que, ao chegar às onze horas para falar com o meu pai, nos encontrara à mesa, era uma das coisas que, na sua vida, mais tinham divertido a Françoise. Mas, se achava divertido que o visitante embaraçado não soubesse que almoçávamos mais cedo ao sábado, achava mais cómico ainda (sem deixar de simpatizar do fundo do coração com este chauvinismo estreito) que ao meu pai, a ele, não lhe tivesse passado pela ideia que aquele bárbaro pudesse ignorá-lo e tivesse respondido, sem outra explicação para o espanto dele ao ver-nos já na sala de jantar: «Pois então, é sábado!» Quando chegava a este ponto da sua narrativa, ela enxugava as lágrimas de hilaridade e, para aumentar o prazer que sentia, prolongava o diálogo, inventava a resposta do visitante, a quem este «sábado» nada explicava. E, bem longe de nos queixarmos dos acrescentos dela, eles não nos bastavam ainda e dizíamos: «Mas a mim parecia-me que ele tinha dito outra coisa. Da primeira vez que contou era mais comprido.» Até a minha tia-avó largava o seu trabalho, erguia a cabeça e olhava por cima do lornhão.

O sábado tinha ainda de especial o facto de, nesse dia, durante o mês de Maio, sairmos depois do jantar para ir ao «mês de Maria».

Como às vezes encontrávamos lá o senhor Vinteuil, muito severo para o «género deplorável dos jovens desleixados, nas ideias da época actual», a minha mãe cuidava de que nada claudicasse na minha apresentação, e depois saíamos para a igreja. Foi no mês de Maria que me recordo de ter começado a gostar dos espinheiros. Na igreja, tão santa, mas onde tínhamos o direito de entrar, não estavam apenas colocados em cima do próprio altar, inseparáveis dos mistérios em cuja celebração tomavam parte, mas ainda faziam correr pelo meio das tochas e dos vasos sagrados os seus ramos amarrados horizontalmente uns aos outros num apresto de festa, e que os festões ainda mais embelezavam com a sua folhagem, sobre a qual estavam semeados profusamente, como uma cauda de vestido de noiva, ramalhetes de flores em botão de uma brancura reluzente. Mas, sem me atrever a olhar para eles a não ser às furtadelas, sentia que aqueles adornos pomposos estavam vivos e que era a própria natureza que, cavando aqueles recortes nas folhas, acrescentando o ornamento supremo daqueles brancos botões, tornara aquela decoração digna do que era ao mesmo tempo um festejo popular e uma solenidade mística. Mais acima, abriam-se as suas corolas, aqui e além com uma graça descuidosa, retendo tão negligentemente, como um último e vaporoso atavio, o feixe de estames, finos como se fossem fios de teias de aranha, que as enevoava por inteiro, de tal modo que abandonando-me, que tentando mimar no fundo de mim mesmo o gesto da sua florescência, o imaginava como se fora um movimento de cabeça estouvado e rápido, de olhar galante, de pupilas diminuídas, de uma branca menina, distraída e viva. O senhor Vinteuil viera com a filha colocar-se ao nosso lado. De boa família, fora professor de piano das irmãs da minha avó e quando, depois da morte da mulher e de uma herança que recebera, se retirara para as imediações de Combray, recebiam-no muitas vezes lá em casa. Mas, de uma pudicícia excessiva, deixou de vir para não se encontrar com Swann, que fizera aquilo a que ele chamava «um casamento deslocado, ao gosto dos tempos de hoje». A minha mãe, quando soube que ele compunha, dissera-lhe por amabilidade que, quando o fosse visitar, ele tinha de lhe fazer ouvir alguma coisa por si composta. O senhor Vinteuil teria muita alegria nisso, mas levava a delicadeza e a bondade a tais escrúpulos que, colocando-se sempre no lugar dos outros, receava aborrecê-los e parecer-lhes egoísta, se seguisse ou simplesmente deixasse adivinhar o seu desejo. No dia em que os meus pais tinham ido a sua casa visitá-lo, eu acompanhara-os, mas eles tinham-me dado autorização para ficar cá fora e, como a casa do senhor Vinteuil, Montjouvain, se situava na base de um montículo brenhoso onde me escondera, dera comigo ao mesmo nível do salão do segundo andar, a cinquenta centímetros da janela. Quando vieram anunciar-lhe os meus pais, vira o senhor Vinteuil apressar-se a pôr em evidência em cima do piano uma peça de música. Mas, mal os meus pais entraram, tirara-a dali e pusera-a num canto. Receara certamente que eles supusessem que só tinha alegria em vê-los para lhes tocar as suas composições. E sempre que a minha mãe voltara à carga durante a visita, várias vezes repetira: «Nem sei quem é que pôs aquilo em cima do piano, não é ali o seu lugar», e desviara a conversa para outros assuntos, justamente porque lhe interessavam menos. A sua única paixão era a filha, e esta, que tinha um aspecto de rapaz, parecia tão robusta que não podíamos deixar de sorrir ao ver as precauções que o pai tomava com ela, sempre a lançar-lhe sobre os ombros xailes suplementares. A minha avó chamava-nos a atenção para a expressão doce, delicada, quase tímida, que perpassava com frequência nos olhares daquela criança tão rude, de rosto semeado de sardas. Quando acabava de pronunciar uma palavra, ouvia-a com o espírito daqueles a quem a dissera, alarmava-se com os mal-entendidos possíveis e víamos iluminar-se, recortar-se como que à transparência, sob o aspecto arrapazado da «boa pessoa», os traços mais finos de uma jovem lacrimosa.

Quando, ao sair da igreja, me ajoelhei diante do altar, senti de repente, ao levantar-me, escapar-se dos espinheiros um aroma amargo e doce a amêndoas, e notei então sobre as flores pequenos pontos mais loiros, sob os quais imaginei que devia estar oculto aquele aroma, como sob as partes gratinadas o gosto de uma frangipana ou sob as suas sardas o das faces da menina de Vinteuil. Apesar da silenciosa imobilidade dos espinheiros, este aroma intermitente era como que o murmúrio da sua vida intensa, com que o altar vibrava como uma sebe agreste visitada por vivas antenas, em que se pensava ao ver certos estames quase ruivos, que pareciam ter conservado a virulência primaveril, o poder irritante de insectos hoje metamorfoseados em flores.

Conversávamos uns momentos com o senhor Vinteuil diante do pórtico, à saída da igreja. Ele interpunha-se entre os garotos que brigavam na praça, tomava a defesa dos pequenos, fazia sermões aos grandes. Se a filha nos dizia com a sua voz grossa como ficara contente por nos ver, parecia logo que dentro de si mesma uma irmã mais sensível corava dessa frase de bom rapaz irreflectido que talvez nos tivesse feito crer que ela estava a pedir para ser convidada para nossa casa. O pai lançava-lhe uma capa pelos ombros, subiam para um pequeno *buggy* que ela própria conduzia, e ambos regressavam a Montjouvain. Quanto a nós, como no dia seguinte era domingo e só nos levantaríamos para ir à missa solene, se havia luar e a brisa era quente, em vez de nos trazer para casa directamente, o meu pai, por amor à glória, levava-nos a fazer um longo passeio pelo calvário, que a pouca aptidão da minha mãe para se orientar e se referenciar no caminho lhe fazia considerar a proeza de um génio estratégico. Às vezes íamos até ao viaduto, cujas pernas de pedra começavam na estação e me davam a imagem do exílio e da aflição fora do mundo civilizado, porque todos os anos, ao virmos de Paris, nos recomendavam que tomássemos muito cuidado para vermos quando chegávamos a Combray, para não deixarmos passar a estação, para estarmos prontos com antecedência, porque o comboio tornava a partir passados dois minutos e enfiava pelo viaduto para além das terras cristãs, cujo extremo limite era para mim marcado por Combray. Regressávamos pela Avenida da Estação, onde se situavam as vivendas mais agradáveis da comuna. Em cada jardim, o luar, como numa pintura de Hubert Robert, semeava os seus degraus quebrados de mármore branco, os seus repuxos, os seus gradeamentos entreabertos. A sua luz destruíra a repartição do Telégrafo. Dela, já apenas subsistia uma coluna meio quebrada, mas que conservava a beleza de uma ruína imortal. Eu arrastava as pernas, caía de sono, o aroma das tílias que perfumava o ar surgia-me como uma recompensa que só se podia obter à custa das maiores fadigas e que não valia a pena. De gradeamentos muito afastados uns dos outros, cães despertados pelos nossos passos solitários trocavam uivos alternados, como às vezes me acontece ainda ouvir ao cair da tarde, e entre os quais deve ter vindo refugiar-se (quando no local se criou o jardim público de Combray) a Avenida da Estação, porque, onde quer que me encontre, mal eles começam a ressoar e a responder uns aos outros, logo a avisto, com as suas tílias e o seu passeio iluminado pela Lua.

De repente, o meu pai detinha-nos e perguntava à minha mãe: «Onde estamos nós?» Esgotada pela caminhada mas orgulhosa dela, a minha mãe confessava-lhe ternamente que não fazia a mínima ideia. Ele erguia os ombros e ria-se. Então, como se a tivesse tirado do bolso do casaco juntamente com a chave, mostrava-nos, de pé à nossa frente, a portinha das traseiras do nosso jardim, que viera esperar-nos com a esquina da Rua do Espírito Santo no fim daqueles caminhos desconhecidos. A minha mãe dizia-lhe com admiração: «Tu és extraordinário!» E a partir daquele instante eu já não tinha um único passo a dar, o chão caminhava por mim naquele jardim onde havia tanto tempo os meus actos tinham deixado de ser acompanhados de atenção voluntária: o Hábito acabava de me tomar nos seus braços e levava-me para a cama como a um menino pequeno.

Apesar de o dia de sábado, que começava uma hora mais cedo e em que estava privada da Françoise, passar mais devagar que qualquer outro para a minha tia, ela, porém, esperava a sua chegada com impaciência desde o começo da semana, porque continha toda a novidade e distracção que o seu corpo enfraquecido e maníaco era ainda capaz de suportar. E, contudo, isto não queria dizer que não aspirasse por vezes a qualquer mudança maior, que não tivesse daquelas horas de excepção em que se tem sede de qualquer coisa diferente do que existe, e em que aqueles a quem a falta de energia ou de imaginação impede de extraírem de si mesmos um princípio de renovação pedem ao minuto que se segue, ao distribuidor do correio que toca à porta, que lhes traga algo de novo, ainda que do pior, uma emoção, uma dor; em que a sensibilidade, que a felicidade calou como a uma harpa ociosa, quer ressoar sob uma mão, ainda que brutal, e ainda que esta a quebre; em que a vontade, que tão dificilmente conquistou o direito de ser entregue sem obstáculo aos seus desejos, às suas penas, gostaria de pôr as rédeas nas mãos de acontecimentos imperiosos, ainda que cruéis. É claro que, como as forças da minha tia, esgotadas ao mínimo cansaço, só lhe voltavam gota a gota graças ao repouso, o reservatório demorava a encher, e passavam-se meses antes que ela tivesse aquela ligeira superabundância que outros encaminham para a actividade e que ela era incapaz de saber e decidir como usar. Não duvido de que então — como o desejo de o substituir por batatas com molho branco acabava, ao fim de algum tempo, por nascer do próprio prazer que lhe causava o retorno quotidiano do puré, de que se não «cansava» — ela não retirasse da acumulação daqueles dias monótonos a que tanto estava apegada a expectativa de um cataclismo doméstico limitado ao tempo de um instante mas que a forçaria a realizar de uma vez para sempre uma dessas mudanças que reconhecia que lhe seriam salutares e a que por si mesma não era capaz de se decidir. Gostava de nós verdadeiramente, teria prazer em lamentar-nos; caso chegasse numa ocasião em que se sentisse bem e não estivesse em suores, a notícia de que a casa era pasto de um incêndio em que nós todos já tínhamos perecido e que não tardaria a não deixar que subsistisse pedra sobre pedra, incêndio esse a que ela tivesse todo o tempo para fugir sem pressas, desde que se levantasse imediatamente da cama, deve ter muitas vezes habitado as suas esperanças, pois juntava às vantagens secundárias de a fazer saborear numa longa lamentação toda a sua ternura por nós e de ser a estupefacção da aldeia seguindo à frente do cortejo fúnebre, corajosa e vencida, moribunda de pé, outra vantagem, bem mais preciosa, a de a forçar no melhor momento, sem tempo a perder, sem possibilidade de hesitação enervante, a ir passar o Verão na sua linda quinta de Mirougrain, onde havia uma queda-

-d'água. Como nunca se dera qualquer acontecimento desse género, em cujo êxito certamente meditava quando estava sozinha, absorvida nos seus inúmeros jogos de paciência (e que a poria desesperada ao primeiro começo de realização, ao primeiro daqueles pequenos factos imprevistos, daquela palavra anunciando uma má notícia, e cujo tom nunca mais se pode esquecer, de tudo o que traz a marca da morte real, muito diferente da sua possibilidade lógica e abstracta), ela reduzia as suas pretensões, para tornar de tempos a tempos a sua vida mais interessante, a introduzir-lhe peripécias imaginárias que acompanhava com paixão. Comprazia-se em supor de repente que a Françoise a roubava, que recorria à astúcia para ter a certeza disso, que a apanhava em flagrante; habituada, quando jogava sozinha uma partida de cartas, a jogar ao mesmo tempo o seu jogo e o do adversário, apresentava a si própria as desculpas embaraçadas da Françoise e respondia-lhes com tanto fogo e indignação que um de nós que entrasse nessas ocasiões a encontraria banhada em suor, de olhos faiscantes, com a cabeleira postiça deslocada deixando à mostra a fronte calva. Talvez a Françoise tenha às vezes ouvido no quarto contíguo sarcasmos mordentes a si dirigidos e cuja invenção não teria aliviado suficientemente a minha tia se tivessem permanecido num estado puramente imaterial e se, ao murmurá-los a meia-voz, lhes não tivesse conferido mais realidade. Por vezes, nem este «espectáculo numa cama» bastava à minha tia, ela queria pôr em jogo as suas peças. Então, um domingo, com todas as portas misteriosamente fechadas, confiava à Eulalie as suas dúvidas sobre a probidade da Françoise, a sua intenção de se desfazer dela, e, de outra vez, à Françoise, as suas suspeitas da infidelidade da Eulalie, a quem não tardara a fechar a porta; alguns dias depois estava aborrecida com a sua confidente anterior e de novo mancomunada com a traidora, as quais, aliás, uma e outra, mudariam de papéis na próxima representação. Mas as suspeitas que a Eulalie lhe inspirava às vezes não passavam de um fogo de palha, e depressa esmoreciam, por falta de alimento, porque a Eulalie não morava lá em casa. O mesmo não se passava com as que diziam respeito à Françoise, que a minha tia sentia permanentemente debaixo do mesmo tecto, apesar de, com receio de apanhar frio se saísse da cama, não se atrever a descer à cozinha para verificar se tinham fundamento. A pouco e pouco, o seu espírito deixou de ter qualquer outra ocupação além da de procurar adivinhar o que a cada momento poderia a Françoise estar a fazer e a procurar esconder-lhe. Reparava nas mais furtivas alterações de fisionomia desta, numa contradição nas suas palavras, num desejo que ela parecia dissimular.

E mostrava-lhe que a tinha desmascarado, com uma só palavra que fazia empalidecer a Françoise e com a qual a minha tia, ao enterrá-la no coração da infeliz, parecia ter um divertimento cruel. E, no domingo seguinte, uma revelação da Eulalie — como aquelas descobertas que abrem de repente um campo insuspeitado a uma ciência nascente e que se arrastava pelos trilhos rotineiros — provava à minha tia que nas suas suposições estava muito abaixo da verdade. «Mas a Françoise deve saber isso, agora que lhe deu um carro.» «Que lhe dei um carro!», exclamava a minha tia. «Ah, eu cá não sei, julgava, tenho-a visto a passar agora de caleça, soberba como Artaban, para ir ao mercado de Roussainville. Julgava que tinha sido oferta da senhora Octave.» A pouco e pouco, a Françoise e a minha tia, como a presa e o caçador, já não paravam de se prevenir contra as mútuas artimanhas. A minha mãe receava que se desenvolvesse na Françoise um verdadeiro ódio à tia, que a ofendia com toda a dureza que lhe era possível. A verdade era que a Françoise prestava cada vez mais às mínimas palavras, aos mínimos gestos da minha tia uma atenção extraordinária. Quando tinha alguma coisa a pedir-lhe, hesitava longamente sobre a maneira como havia de fazê-lo. E, depois de exprimir o seu pedido, observava a minha tia às escondidas, tentando adivinhar pelo aspecto da cara o que ela havia pensado e iria decidir. E assim — enquanto um artista qualquer, que, lendo as memórias do século XVII, e desejando aproximar-se do Rei-Sol, julga caminhar nessa via inventando para si uma genealogia que o faz descender de uma família histórica ou mantendo correspondência com um dos soberanos contemporâneos da Europa, vira justamente as costas ao que por erro procura sob formas idênticas e consequentemente mortas — uma velha senhora da província, que não fazia mais que obedecer sinceramente a irresistíveis manias e a uma maldade com origem na ociosidade, via, sem nunca ter pensado em Luís XIV, as ocupações mais insignificantes do seu dia, respeitantes ao acordar, ao almoço, ao repouso, assumirem, graças à sua singularidade despótica, um pouco do interesse daquilo a que Saint-Simon chamava a «mecânica» da vida em Versalhes, e podia julgar também que os seus silêncios, uma tonalidade de bom humor ou de soberba na sua fisionomia, eram por parte da Françoise objecto de um comentário tão apaixonado, tão receoso, como eram o silêncio, o bom humor, a soberba do Rei, quando um cortesão, ou até os maiores senhores, lhe haviam entregue uma súplica, numa curva de uma alameda em Versalhes.

Num domingo em que a minha tia tivera a visita simultânea do prior e da Eulalie, e a seguir descansara, tínhamos subido todos para lhe dar as boas-tardes, e a minha mãe dirigia-lhe as suas condolências pela má sorte que as visitas à mesma hora sempre lhe traziam:

— Eu sei que as coisas correram mal outra vez, Léonie — disse-lhe ela brandamente —, teve toda a sua gente ao mesmo tempo.

O que a minha tia-avó interrompeu assim: «Abundância de bens...» porque desde que a filha estava doente julgava-se no dever de a reanimar apresentando-lhe sempre tudo pelo lado bom. Mas o meu pai, tomando a palavra, disse:

— Quero aproveitar o facto de estar toda a família reunida para lhes contar uma história sem necessidade de a repetir a cada um. Receio que estejamos zangados com o Legrandin: ele mal me disse bom dia esta manhã.

Eu não fiquei para ouvir a história do meu pai, porque justamente estava com ele depois da missa quando havíamos encontrado o senhor Legrandin, e desci à cozinha para perguntar qual era a ementa do jantar, que todos os dias me distraía como as notícias lidas num jornal e me excitava como um programa de festas. Quando o senhor Legrandin ia a passar ao pé de nós à saída da igreja, caminhando ao lado de uma fidalga das vizinhanças que só conhecíamos de vista, o meu pai fizera um cumprimento ao mesmo tempo amigável e reservado, sem nos determos; o senhor Legrandin mal respondera, com um ar espantado, como se não nos reconhecesse, e com aquela perspectiva do olhar própria das pessoas que não querem ser amáveis e que, das profundezas subitamente prolongadas dos seus olhos, parecem dar por nós como que ao fundo de uma estrada interminável, e a tão grande distância que se limitam a dirigir-nos um aceno de cabeça minúsculo para o proporcionar à nossa dimensão de marioneta.

Ora a dama que o senhor Legrandin acompanhava era uma pessoa virtuosa e considerada; não se podia tratar de estar numa conquista galante e incomodado por ser surpreendido, e o meu pai perguntava a si mesmo como é que teria desagradado ao senhor Legrandin. «Lamento sabê-lo zangado, tanto mais que», disse o meu pai, «no meio de toda aquela gente endomingada, ele tem, com o seu modesto jaquetão direito e a sua gravata solta, algo de tão pouco afectado, de tão verdadeiramente simples, e um ar quase ingénuo, que é deveras simpático.» Mas o conselho de família foi de opinião unânime de que o meu pai tivera uma ilusão, ou de que Legrandin naquele momento estava absorvido num pensamento qualquer. De resto, o receio do meu pai foi dissipado logo no dia seguinte à tarde. Quando regressávamos de um grande passeio avistámos, perto da Ponte Velha, Legrandin, que, por causa das festas, ficava vários dias em Combray. Veio ao nosso encontro de mão estendida: «Será que aqui o senhor leitor», perguntou-me ele, «conhece este verso de Paul Desjardins?:

Os bosques são já negros, e o céu ainda azul.

Não será a aguda notação desta hora? Talvez nunca tenha lido Paul Desjardins. Leia-o, meu filho; dizem-me que hoje se está transformando em frade pregador, mas foi durante muito tempo um límpido aguarelista...

Os bosques são já negros, e o céu ainda azul...

Que o céu permaneça sempre azul para si, meu jovem amigo; e mesmo na hora, que está agora a chegar para mim, em que os bosques são já negros, em que a noite cai depressa, há-de consolar-se, como eu, olhando para o céu.» Tirou do bolso um cigarro e ficou muito tempo de olhos postos no horizonte. «Adeus, camaradas», disse-nos de repente, e deixou-nos.

À hora em que eu descia para saber a ementa, já a confecção do jantar tinha começado, e a Françoise, comandando as forças da natureza, agora suas ajudantes, como nos contos de fadas em que os gigantes se empregam como cozinheiros, activava as brasas, entregava ao vapor batatas para estufar e apurava ao fogo as obras-primas culinárias inicialmente preparadas em recipientes de ceramistas, que iam das grandes cubas, panelas, caldeirões e peixeiras às terrinas para a caça, formas de pastelaria e potezinhos de natas, passando por uma colecção completa de caçarolas de todas as dimensões. Eu ficava parado a ver em cima da mesa, onde a moça de cozinha acabava de as descascar, as ervilhas alinhadas e contadas como berlindes verdes num jogo; mas o meu fascínio era diante dos espargos, temperados de azul-ultramarino e de cor-de-rosa, e cuja espiga, finamente pincelada de violeta e azul-celeste, se esbate pouco a pouco até ao pé — porém ainda manchado do chão do seu plantio —, através de irisações que não são da terra. Achava que estas tonalidades celestes denunciavam as deliciosas criaturas que se tinham divertido a metamorfosear-se em legumes e que através do disfarce da sua carne comestível e firme nos deixavam detectar naquelas cores nascentes de aurora, naqueles esboços de arco-íris, naquela extinção de tardes azuis, essa preciosa essência que eu reconhecia ainda quando, durante toda a noite que se seguia a um jantar em que os tivesse comido, elas brincavam, nas suas farsas poéticas e grosseiras como um conto de fadas de Shakespeare, a transformar o meu vaso de noite num vaso de perfume.

A pobre Caridade de Giotto, como lhe chamava Swann, encarregada pela Françoise de os «pelar», tinha-os ao pé de si num cesto, e o seu aspecto era doloroso, como se sentisse todas as desgraças do mundo; as leves coroas de azul-celeste que cingiam os espargos por cima das suas túnicas cor-de-rosa estavam finamente desenhadas, estrela por estrela, tal como no fresco da Virtude de Pádua estão as flores engrinaldadas em redor da fronte, ou espetadas no cesto. E entretanto a Françoise fazia girar no espeto um daqueles frangos como só ela sabia assar, que tinham trazido de longe para Combray o odor dos seus méritos e que, enquanto ela nos servia à mesa, faziam predominar a doçura na minha concepção especial do seu carácter, pois o aroma daquela carne que ela sabia tornar tão untuosa e tão tenra não era para mim mais do que o próprio perfume de uma das suas virtudes.

Mas aquele dia em que, enquanto o meu pai consultava o conselho de família sobre o encontro com Legrandin, eu desci à cozinha, era um daqueles em que a Caridade de Giotto, muito combalida do seu parto recente, não era capaz de se levantar; a Françoise, agora já sem ajuda, estava atrasada. Quando cheguei lá abaixo estava ela, nos fundos da cozinha que davam para a capoeira, a matar um frango, o qual, com a sua resistência desesperada e muito natural, mas acompanhada pela Françoise fora de si, enquanto esta procurava cortar-lhe o pescoço debaixo da orelha aos gritos de «Maldito animal! maldito animal!», punha a santa doçura e a unção da nossa criada um pouco menos em evidência do que o faria, no jantar do dia seguinte, pela sua pele bordada a ouro como uma casula e pelo seu molho precioso destilado de um cibório. Depois de morto o frango, a Françoise recolheu-lhe o sangue, que corria sem lhe afogar o rancor, teve ainda um sobressalto de cólera e, contemplando o cadáver do seu inimigo, disse ainda uma última vez: «Maldito animal!» Tornei a subir a escada todo a tremer; o que me apetecia era que pusessem imediatamente a Françoise na rua. Mas quem me faria uns pãezinhos tão quentes, um café tão perfumado e até... aqueles frangos?... E a verdade é que aquela cobarde reflexão, toda a gente teria razões para a fazer, tanto como eu. Porque a tia Léonie sabia — coisa que eu ignorava ainda — que a Françoise, que teria dado a vida sem uma queixa pela filha, pelos sobrinhos, era para os outros seres de singular dureza. Apesar disso, a minha tia tinha-a conservado, porque, ainda que sabendo da sua crueldade, apreciava o seu serviço. Percebi a pouco e pouco que a doçura, a compunção, as virtudes da Françoise ocultavam tragédias de fundos de cozinha, tal como a história revela que os reinados dos reis e das rainhas que estão representados de mãos postas nos vitrais das igrejas foram assinalados por incidentes sangrentos. Verifiquei que, para além dos seus parentes, os humanos despertavam tanto mais a sua piedade pelas suas infelicidades quanto mais longe viviam dela. As torrentes de lágrimas que derramava ao ler o jornal a propósito dos infortúnios dos desconhecidos depressa estancavam, se pudesse imaginar de modo um pouco definido a pessoa que era objecto deles. Numa das noites que se seguiram ao parto da moça de cozinha, esta foi atacada de atrozes cólicas: a minha mãe ouviu-a queixar-se, levantou-se e acordou a Françoise, que, insensível, declarou que todos aqueles gritos eram teatro, que ela queria «armar-se em patroa». O médico, que temia aquelas crises, colocara uma marca num livro de medicina que nós tínhamos, na página onde são descritas, e a que nos dissera que recorrêssemos para encontrar a indicação dos primeiros cuidados a prestar. A minha mãe mandou a Françoise procurar o livro, recomendando-lhe que não deixasse cair a marca. Ao fim de uma hora, a Françoise ainda não havia regressado; a minha mãe, indignada, julgou que ela tinha tornado a deitar-se e disse-me para ir eu pessoalmente verificar na biblioteca. Lá fui encontrar a Françoise, que quisera examinar o que a marca assinalava e estava a ler a descrição clínica da crise, soltando soluços, agora que se tratava de uma doente-tipo que não conhecia. A cada sintoma doloroso mencionado pelo autor do tratado, exclamava: «Ai, Virgem Santa, será possível que Deus Nosso Senhor queira fazer sofrer assim uma infeliz criatura humana? Ai, pobrezinha!»

Mas, mal eu a chamei e regressou para junto do leito da Caridade de Giotto, as suas lágrimas imediatamente deixaram de correr; não conseguiu reconhecer nem aquela agradável sensação de piedade e de enternecimento que bem conhecia e que a leitura dos jornais muitas vezes lhe provocara, nem qualquer prazer da mesma família, no tédio e na irritação de se ter levantado a meio da noite por causa da moça de cozinha, e, ao assistir aos mesmos sofrimentos cuja descrição a fizera chorar, não soltou mais que resmungos de mau humor, e até horríveis sarcasmos, dizendo, quando julgou que tínhamos saído e já não podíamos ouvi-la: «Ela que se portasse como devia ser para não lhe acontecer isto! Gostou, pois foi! Pois então que não se ponha agora com partes! Só mesmo um rapaz abandonado por Nosso Senhor podia andar com *isto*. Ah, é mesmo como se dizia lá na terra da minha pobre mãe:

Quem gosta do cu de um cão
Tem uma rosa na imaginação.»

Se é certo que, quando o neto estava um pouco constipado, ela saía de noite, mesmo doente, em vez de se ir deitar, para ver se ele não precisava de nada, fazendo quatro léguas a pé antes de começar o dia para estar em casa à hora do trabalho, em contrapartida, aquele mesmo amor pelos seus e o seu desejo de garantir a grandeza futura da sua casa traduzia-se, na sua política para com os outros criados, numa máxima constante que era a de nunca permitir que um só se fixasse em casa da minha tia, de quem, com uma espécie de orgulho, não deixava que ninguém se aproximasse, preferindo, quando ela própria estava doente, levantar-se para lhe dar a sua água de Vichy em lugar de permitir o acesso ao quarto da patroa à moça de cozinha. E tal como aquele himenóptero observado por Fabre, a vespa-caçadora, que, para que as crias depois da sua morte tenham carne fresca para comer, chama a anatomia em auxílio da sua crueldade e, depois de capturar gorgulhos e aranhas, lhes perfura com uma ciência e uma destreza maravilhosas o centro nervoso de que depende o movimento das patas, mas não as outras funções vitais, de forma a que o insecto paralisado junto do qual depõe os seus ovos, forneça às larvas, quando elas irromperem, uma caça dócil, inofensiva, incapaz de fuga ou de resistência, mas não apodrecida, assim a Françoise encontrava, para servir a sua vontade permanente de tornar a casa insustentável para qualquer criado, manhas tão sábias e tão impiedosas que, muitos anos mais tarde, viemos a saber que, se naquele ano tínhamos comido espargos quase todos os dias, era porque o respectivo odor provocava na pobre moça de cozinha encarregada de os pelar crises de asma de tal violência que acabou por se ver obrigada a ir-se embora.

Infelizmente iríamos mesmo mudar de opinião acerca de Legrandin. Num dos domingos que se seguiu ao encontro na Ponte Velha, depois do qual o meu pai tivera que confessar o seu erro, quando a missa estava a acabar e quando, com o sol e o ruído exterior, alguma coisa de tão pouco sagrado entrava na igreja que a senhora Goupil e a senhora Percepied (pessoas que, pouco antes, quando chegara um nada atrasado, tinham ficado de olhos absortos na sua oração e que eu julgaria que nem me haviam visto entrar se os seus pés não tivessem empurrado ligeiramente, ao mesmo tempo, o banquinho que me impedia de chegar à minha cadeira) começavam a conversar connosco em voz alta de assuntos absolutamente temporais, como se estivéssemos já na praça, vimos no limiar ardente do pórtico, dominando o tumulto multicolorido do mercado, Legrandin, que estava a ser apresentado pelo marido daquela senhora com quem ultimamente o havíamos encontrado à mulher de um outro grande proprietário de terras dos arredores. A cara de Legrandin exprimia uma animação, um zelo extraordinários; fez um rasgado cumprimento, com uma acessória inversão para trás, que levou bruscamente as suas costas para além da posição de partida e que o marido da irmã, a senhora de Cambremer, lhe devia ter ensinado. Este endireitar rápido fez refluir numa espécie de onda fogosa e musculada as ancas de Legrandin, que eu não supunha tão carnudas; e, não sei porquê, aquela ondulação de pura matéria, aquela vaga inteiramente carnal, sem expressão de espiritualidade e chicoteada em tempestade por uma solicitude cheia de baixeza, despertaram de repente no meu espírito a possibilidade de um Legrandin muito diferente daquele que conhecíamos. A senhora pediu-lhe que dissesse qualquer coisa ao seu cocheiro, e, enquanto se encaminhava para a carruagem, persistia-lhe ainda no rosto a marca de alegria tímida e devota que a apresentação nele estampara. Arrebatado numa espécie de sonho, sorria, e depois voltou para junto da senhora à pressa, mas, como vinha a caminhar mais depressa do que habitualmente, os dois ombros oscilavam para a direita e para a esquerda de maneira ridícula, e de tal modo se abandonava a isso inteiramente, sem se preocupar com o resto, que parecia ser o joguete inerte e mecânico da felicidade. Entretanto, nós saíamos do pórtico, íamos a passar ao seu lado, ele era suficientemente bem-educado para virar a cabeça na nossa direcção, mas fixou o olhar, de súbito carregado de um profundo devaneio, num ponto tão distante do horizonte que não nos pôde ver e não teve que nos cumprimentar. O seu rosto continuava ingénuo acima do jaquetão folgado e direito que parecia sentir-se involuntariamente extraviado no meio de um luxo que detestava. E uma gravata *lavallière* às pintas, agitada pelo vento da praça, continuava a flutuar sobre Legrandin como se fosse o estandarte do seu altivo isolamento e da sua nobre independência. Quando íamos a chegar a casa, a minha mãe reparou que nos tínhamos esquecido do bolo *saint-honoré* e pediu ao meu pai que voltasse pelo mesmo caminho, comigo, com o recado de que o trouxessem imediatamente. Cruzámo-nos perto da igreja com Legrandin, que vinha em sentido inverso conduzindo a mesma senhora à sua carruagem. Passou por nós, não interrompeu a conversa com a vizinha e fez-nos pelo canto do olho azul um pequeno sinal, de certo modo dentro das pálpebras e que, como não envolveu os músculos do rosto, pôde passar perfeitamente despercebido à sua interlocutora; mas, procurando compensar pela intensidade do sentimento o campo um tanto estreito em que lhe circunscrevia a expressão, nesse canto de azul que nos era dedicado fez cintilar todo o calor das boas maneiras que ultrapassou a jovialidade, que frisou a malícia; subtilizou as finezas da amabilidade até às piscadelas da conivência, às meias-palavras, aos subentendidos, aos mistérios da cumplicidade; e finalmente exaltou as garantias de amizade até aos protestos de ternura, até à declaração de amor, iluminando então, só para nós, com uma languidez secreta e invisível para a fidalga, uma pupila enamorada num rosto de gelo.

Precisamente na véspera pedira aos meus pais que me deixassem ir jantar com ele nessa noite: «Venha fazer companhia ao seu velho amigo», tinha-me dito. «Como o ramo de flores que um viajante nos envia de um país aonde não voltaremos, faça-me respirar da distância da sua adolescência essas flores das estações primaveris que também eu percorri há muitos anos. Venha com a Primavera, com a barba-de-capuchinho, com o botão-de-oiro, venha com a sempre-viva de que se compõe o ramalhete predilecto da flora balzaquiana, com a flor-de-páscoa, a margarida e a bola-de-neve dos jardins, que começa a exalar o seu perfume nas alamedas do jardim da sua tia-avó quando ainda não se fundiram as últimas bolas de neve dos aguaceiros da Páscoa. Venha com a gloriosa veste de seda do lírio digno de Salomão e com o esmalte policromo dos amores-perfeitos, mas venha sobretudo com a brisa ainda fresca das últimas geadas e que vai entreabrir, para as duas borboletas que desde esta manhã esperam à porta, a primeira rosa-de-jerusalém.»

A verdade é que lá em casa não sabiam se me deviam deixar ir jantar com o senhor Legrandin. Mas a minha avó recusou-se a acreditar que ele tivesse sido indelicado. «Você é o primeiro a reconhecer que ele se apresenta com a sua roupa muito simples e que nada tem de um mundano.» Ela declarava que, em todo o caso, e levando tudo para o pior, se ele o tinha sido, mais valia fingir não ter dado por isso. A falar verdade, até o meu pai, apesar de ser o que estava mais irritado contra a atitude que Legrandin tivera, conservava porventura uma última dúvida sobre o sentido que essa atitude continha. Era como qualquer atitude ou acção onde se revela o carácter profundo e oculto de alguém: não se relaciona com as suas palavras anteriores, não podemos fazê-la confirmar através do testemunho do culpado, que não confessará; estamos limitados ao dos nossos sentidos, acerca dos quais não sabemos, perante esta recordação isolada e incoerente, se eles não terão sido joguetes de uma ilusão; de sorte que tais atitudes, as únicas que têm importância, deixam-nos frequentemente algumas dúvidas.

Jantei com Legrandin no terraço; havia luar: «Há uma bonita qualidade de silêncio, não é verdade?», disse-me ele; «aos corações feridos como o meu, um romancista que há-de ler mais tarde pretende que apenas a sombra e o silêncio convêm. E, está a ver, meu rapaz, chega na vida uma hora, de que está ainda muito longe, em que os olhos cansados já apenas toleram uma luz, a que uma bela noite como esta prepara e destila com a escuridão, em que os ouvidos já só podem escutar a música que o luar toca na flauta do silêncio.» Eu escutava as palavras do senhor Legrandin, que me pareciam sempre tão agradáveis; mas, perturbado com a lembrança de uma mulher que ultimamente avistara pela primeira vez, e pensando, agora que sabia que Legrandin estava relacionado com várias personalidades aristocráticas dos arredores, que talvez ele conhecesse aquela, puxei da minha coragem e disse-lhe: «O senhor conhece a... as fidalgas de Guermantes?», feliz também, ao pronunciar este nome, por ganhar sobre ele uma espécie de poder, pelo simples facto de o extrair do meu sonho e de lhe conferir uma existência objectiva e sonora.

Mas, perante este nome de Guermantes, vi no centro dos olhos azuis do nosso amigo fixar-se um pequeno entalhe castanho, como se eles acabassem de ser perfurados por uma agulha invisível, enquanto o resto da pupila reagia segregando vagas de azul. As suas olheiras enegreceram, baixaram. E a sua boca, marcada por uma prega amarga, recuperando mais depressa, sorriu, enquanto o olhar continuava doloroso, como o de um belo mártir de corpo eriçado de flechas: «Não, não conheço», disse ele, mas, em vez de dar a uma informação tão simples, a uma resposta tão pouco surpreendente, o tom natural e corrente que convinha, debitou-a destacando as palavras, inclinando-se, cumprimentando com a cabeça, ao mesmo tempo com a insistência com que reforçamos uma afirmação inverosímil para que acreditem em nós — como se este facto de não conhecer os Guermantes só pudesse dever-se a um acaso singular — e também com a ênfase de alguém que, não podendo calar uma situação que lhe é penosa, prefere proclamá-la para dar aos outros a ideia de que a confissão que está fazendo não lhe provoca qualquer embaraço, que é fácil, agradável, espontânea, que a própria situação — a ausência de relações com os Guermantes — bem podia ter sido, não sofrida, mas querida por ele, resultar de uma qualquer tradição de família, de um princípio de moral ou de um voto místico que lhe proibisse nomeadamente a frequentação dos Guermantes. «Não», continuou, explicando pelas suas palavras a sua própria entoação, «não os conheço, nunca quis, sempre fiz questão de salvaguardar a minha plena independência; no fundo, eu sou uma cabeça jacobina, sabe. Muitas pessoas quiseram ajudar-me, diziam-me que fazia mal em não ir a Guermantes, que fazia uma figura de grosseirão, de velho urso. Mas essa é uma reputação que não me assusta, tão verdadeira que é! No fundo, neste mundo já só gosto de algumas igrejas, de dois ou três livros, de mais uns poucos quadros, e do luar quando a brisa da sua juventude traz até mim o aroma dos canteiros que as minhas velhas pupilas já não distinguem.» Eu não compreendia bem que, para não ir a casa de pessoas que não se conhecem, fosse necessário ter apego à independência própria, e como que é que isso podia fazer com que alguém parecesse um selvagem ou um urso. Mas o que eu compreendia era que Legrandin não estava a ser completamente verdadeiro quando dizia gostar apenas das igrejas, do luar e da juventude; ele gostava muito da gente dos solares, e diante dela era tomado de tal medo de lhes desagradar que não se atrevia a deixar que vissem que os seus amigos eram burgueses, filhos de notários ou de agentes de câmbios, preferindo, se a verdade viesse a revelar-se, que isso acontecesse na sua ausência, longe de si e «por defeito»; era *snob*. É claro que ele nunca dizia nada disso na linguagem de que os meus pais e eu próprio gostávamos tanto. E se eu perguntava: «Conhece os Guermantes?», o Legrandin conversador respondia: «Não, nunca quis conhecê-los.» Infelizmente, só respondia isso em segundo lugar, porque um outro Legrandin, que ele ocultava cuidadosamente no fundo de si mesmo, que não mostrava porque esse Legrandin conhecia acerca do nosso, acerca do seu snobismo, histórias comprometedoras, porque um outro Legrandin respondera já, pela ferida do olhar, pelo ricto da boca, pela gravidade excessiva do tom da resposta, pelas mil flechas que num instante haviam picado e feito desfalecer o nosso Legrandin, qual um São Sebastião do snobismo: «Ai, que mal me está a fazer! Não, não conheço os Guermantes, não desperte a grande dor da minha vida.» E como esse Legrandin insuportável, esse Legrandin chantagista, não tendo a bonita linguagem do outro, tinha o verbo infinitamente mais pronto, composto daquilo a que chamamos «reflexos», quando o Legrandin conversador lhe queria impor silêncio, já o outro falara e, por mais que o nosso amigo ficasse desolado com a má impressão que as revelações do seu *alter ego* teriam provocado, não podia fazer outra coisa senão suavizá-la.

E é claro que isto não quer dizer que o senhor Legrandin não fosse sincero quando trovejava contra os *snobs*. Não podia saber, ao menos por si mesmo, que o era, porque nunca conhecemos senão as paixões dos outros, e o que conseguimos saber das nossas só por eles podemos sabê-lo. Elas apenas actuam sobre nós de uma forma secundária, através da imaginação que troca os primeiros móbiles por móbiles de substituição, que são mais decentes. Nunca o snobismo de Legrandin lhe aconselhava a visitar com frequência uma duquesa. Encarregava a imaginação de Legrandin de lhe fazer surgir essa duquesa ornada de todas as graças. Legrandin aproximava-se da duquesa, considerando que cedia àquela atracção do espírito e da virtude que os infames *snobs* ignoram. Só os outros sabiam que ele era um deles; porque, graças à incapacidade em que estavam de compreender o trabalho intermediário da imaginação, viam, uma em frente da outra, a actividade mundana de Legrandin e a sua causa primeira.

Agora, lá em casa, já não havia ilusões acerca do senhor Legrandin, e as nossas relações com ele tinham-se espaçado muito. A minha mãe divertia-se imenso de cada vez que apanhava o senhor Legrandin em flagrante delito do pecado que não confessava, a que continuava a chamar o pecado sem remissão, o snobismo. Quanto ao meu pai, tinha dificuldade em encarar os desdéns de Legrandin com tanta distância e jovialidade; e quando certo ano se pensou em mandar-me passar as férias grandes em Balbec com a minha avó, disse: «Tenho absolutamente que anunciar a Legrandin que vão para Balbec, para ver se ele se oferece para os pôr em contacto com a irmã. Não se deve recordar de nos ter dito que ela vivia a dois quilómetros de distância.» A minha avó, que achava que nos banhos de mar se deve estar de manhã à tarde na praia a absorver o sal e que não se deve conhecer lá ninguém, porque as visitas, os passeios, são outros tantos tempos roubados ao ar marinho, pedia, pelo contrário, que não se falasse dos nossos projectos a Legrandin, vendo já a irmã dele, a senhora de Cambremer, a chegar ao hotel no momento em que nos aprestávamos para ir à pesca, forçando-nos a ficar fechados para a receber. Mas a minha mãe ria-se dos seus temores, pensando de si para si que o perigo não era assim tão ameaçador, que Legrandin não estaria assim tão empenhado em nos relacionar com a irmã. Ora, sem termos necessidade de lhe falar de Balbec, foi ele mesmo, Legrandin, que, sem suspeitar de que alguma vez tivéssemos a intenção de ir para aqueles lados, veio cair na armadilha, numa tarde em que o encontrámos à beira do Vivonne.

— Esta tarde há nas nuvens uns violetas e uns azuis muito belos, não é verdade, companheiro? — disse ele ao meu pai. — Sobretudo um azul mais floral que aéreo, um azul de cinerária, que surpreende no céu. E aquela nuvenzinha cor-de-rosa não tem também uma tonalidade de flor, de cravo ou de hidrângea? Só na Mancha, entre a Normandia e a Bretanha, é que pude fazer observações mais ricas acerca desta espécie de reino vegetal da atmosfera. Lá ao pé de Balbec, ao pé daqueles lugares tão selvagens, existe uma baiazinha de uma suavidade encantadora, onde o poente da região de Auge, o poente vermelho e dourado, que aliás estou longe de desdenhar, não tem carácter, é insignificante; mas naquela atmosfera húmida e tranquila desabrocham à tarde em poucos instantes estes ramalhetes celestes, azuis e rosados, que são incomparáveis e por vezes levam horas a murchar. Outros desfolham-se logo, e então é mais belo ainda ver o céu inteiro que espalha a dispersão de inúmeras pétalas polvilhadas de enxofre ou cor-de-rosa. Nessa baía, que parece de opala, as praias de oiro parecem mais serenas ainda por estarem amarradas como loiras Andrómedas àqueles terríveis rochedos das costas próximas, àquela costa fúnebre, famosa por tantos naufrágios, onde todos os Invernos muitos barcos soçobram nos perigos do mar. Balbec! A mais antiga ossatura geológica do nosso solo, verdadeiramente Ar-mor, o Mar, o fim da terra, a região maldita que Anatole France — um feiticeiro que aqui o nosso amigo devia ler — tão bem pintou sob as suas eternas neblinas, como o verdadeiro país dos Cimérios, na *Odisseia*. Sobretudo, que delícia é partir de Balbec, onde já se vão construindo hotéis, sobrepostos ao solo antigo e encantador que não alteram, em excursão para essas regiões a dois passos dali, primitivas e tão belas!

— Ah, conhece então alguém em Balbec? — disse o meu pai. — Justamente, o pequeno deve ir lá passar dois meses com a avó, e talvez com a minha mulher.

Legrandin, apanhado desprevenido por esta pergunta num momento em que os seus olhos estavam fitos no meu pai, não os pôde desviar, mas, pregando-os com maior intensidade de segundo para segundo — e sorrindo ao mesmo tempo tristemente — nos olhos do seu interlocutor, com um ar de amizade e de franqueza e de quem não receia olhá-lo de frente, pareceu trespassar-lhe a cara como se ela se houvesse tornado transparente e ver naquele instante, muito para além dela, uma nuvem vivamente colorida que lhe criava um álibi mental e lhe permitiria estabelecer que no momento em que lhe tinham perguntado se conhecia alguém em Balbec estava a pensar noutra coisa e não ouvira a pergunta. Habitualmente esses olhares fazem o interlocutor dizer: «Então em que está a pensar?» Mas o meu pai, curioso, irritado e cruel, tornou:

— Tem amigos para esses lados, para conhecer tão bem Balbec?

Num último esforço desesperado, o olhar sorridente de Legrandin atingiu o seu máximo de ternura, de vazio, de sinceridade e de distracção, mas, pensando por certo que não havia outra coisa a fazer senão responder, disse-nos:

— Tenho amigos por toda a parte onde há exércitos de árvores feridas, mas não vencidas, que se aproximaram para juntas dirigirem súplicas, com patética obstinação, a um céu inclemente que não tem piedade delas.

— Não é isso que eu queria dizer — interrompeu o meu pai, tão obstinado como as árvores e tão impiedoso como o céu. — Eu perguntava, para o caso de acontecer alguma coisa à minha sogra e de ela precisar de não se sentir por lá numa terra perdida, se conhece lá gente?

— Lá como em toda a parte, conheço toda a gente e não conheço ninguém — respondeu Legrandin, que não se rendia tão depressa —; muito as coisas e muito pouco as pessoas. Mas, lá, as próprias coisas parecem pessoas, pessoas raras, de uma essência delicada e que a vida teria desiludido. Às vezes é um castelo que encontra na falésia, à beira do caminho onde se deteve para confrontar o seu desgosto com o entardecer ainda cor-de-rosa, onde sobe a lua de oiro, cuja chama os barcos que regressam estriando a água matizada içam nos seus mastros, e cujas cores ostentam; às vezes, é uma simples casa solitária, que se pode dizer feia, com um ar tímido mas romanesco, que esconde de todos os olhos algum segredo imperecível de felicidade e de desencanto. Essa região sem verdade — acrescentou ele com uma delicadeza maquiavélica —, essa região de pura ficção, é de má leitura para uma criança, e não seria ela que eu escolheria e recomendaria para o meu jovem amigo, tão inclinado à tristeza pelo seu coração predisposto. Os climas de confidência amorosa e de inútil lamentação podem convir ao velho desiludido que eu sou, mas são sempre malsãos para um temperamento que não está formado. Acredite — continuou ele com insistência —, as águas daquela baía, já meio bretã, podem exercer uma acção sedativa, aliás discutível, sobre um coração como o meu, que já não está intacto, sobre um coração cuja lesão já não é compensada. Mas são contra-indicadas na sua idade, meu rapaz. Boa noite, vizinhos — acrescentou, deixando-nos com aquela rudeza evasiva que era habitual nele; e, virando-se para nós de dedo no ar como um médico, resumiu a sua consulta: — Nada de Balbec antes dos cinquenta anos, e isso ainda depende do estado do coração — gritou-nos.

O meu pai tornou a falar-lhe do assunto nos nossos encontros posteriores, torturou-o com perguntas, mas foi trabalho baldado: como aquele vigarista erudito que utilizava na fabricação de falsos palimpsestos um labor e uma ciência cuja centésima parte teria bastado para lhe garantir uma situação mais lucrativa, mas honrosa, o senhor Legrandin, se nós tivéssemos continuado a insistir, teria acabado por edificar toda uma ética de paisagem e uma geografia celeste da Baixa Normandia, em lugar de nos confessar que a dois quilómetros de Balbec habitava a sua própria irmã, e de ser obrigado a oferecer-nos uma carta de apresentação que para ele não teria sido um motivo de susto por aí além se estivesse absolutamente seguro — como de facto deveria estar com a experiência que tinha do carácter da minha avó — de que não a aproveitaríamos.

Regressávamos sempre cedo dos nossos passeios para podermos fazer uma visita à tia Léonie antes do jantar. No começo da estação em que o dia acaba cedo, quando chegávamos pela Rua do Espírito Santo, havia ainda um reflexo do pôr-do-Sol nas vidraças da casa e uma faixa de púrpura ao fundo dos bosques do Calvário, que se reflectia mais além no tanque, rubor que, muitas vezes acompanhado de um frio bastante vivo, se associava no meu espírito ao rubor do fogo por cima do qual assava o frango que em mim faria suceder ao prazer poético dado pelo passeio o prazer da gulodice, do calor e do repouso. No Verão, pelo contrário, quando regressávamos, o Sol ainda não se pusera; e durante a visita que fazíamos à tia Léonie, a sua luz que descia e aflorava a janela era detida entre os grandes cortinados e respectivas braçadeiras, dividida, ramificada, filtrada, e incrustando com pequenos pedaços de oiro a madeira de limoeiro da cómoda, iluminava obliquamente o quarto com a delicadeza que recolhe na vegetação rasteira das matas. Mas em certos dias muito raros, quando regressávamos, havia muito que a cómoda perdera as suas incrustações momentâneas, já não havia quando chegávamos pela Rua do Espírito Santo qualquer reflexo de poente alongado sobre as vidraças, e o tanque ao pé do Calvário perdera o seu rubor, às vezes era já cor de opala, e um longo raio de luar, que se ia alargando e se fendia em todas as rugas da água, atravessava-o inteiramente. Então, ao chegarmos ao pé da casa, avistávamos uma forma no limiar da porta e a minha mãe dizia-me:

— Meu Deus! Ali está a Françoise à nossa espera, a tua tia está inquieta; é que voltámos muito tarde.

E, sem perdermos tempo a deixar as nossas coisas, subíamos depressa aos aposentos da minha tia Léonie para a tranquilizar e lhe mostrar que, ao contrário do que ela já estava a imaginar, nada nos havia acontecido, mas que tínhamos ido para o «lado de Guermantes» e, claro, quando dávamos esse passeio, a minha tia bem sabia que nunca podíamos ter a certeza da hora da chegada.

— Pois, Françoise — exclamava a minha tia —, bem te dizia eu que eles deviam ter ido para o lado de Guermantes! Meu Deus, devem ter uma fome! E a vossa perna de carneiro que deve estar mais que ressequida depois de ter esperado tanto! É que é uma hora de caminho até cá! Com que então foram para o lado de Guermantes!

— Eu julgava que sabia disso, Léonie — dizia a minha mãe. — Pensava que a Françoise nos tinha visto sair pela portinha da horta.

É que havia em torno de Combray dois «lados» para os passeios, e tão opostos que, com efeito, não saíamos de casa pela mesma porta quando queríamos ir para um lado ou para o outro: o lado de Méséglise-la-Vineuse, a que se chamava também o lado de Swann porque se passava diante da propriedade do senhor Swann para ir para lá, e o lado de Guermantes. A falar verdade, de Méséglise-la-Vineuse só conheci o «lado» e pessoas de fora que vinham ao domingo passear a Combray, pessoas que, essas sim, nem a minha própria tia nem nós todos «conhecíamos», e que por essa característica considerávamos «pessoas que terão vindo de Méséglise». Quanto a Guermantes, havia um dia de conhecer mais esse lado, mas apenas muito mais tarde; e durante toda a minha adolescência, se Méséglise era para mim algo de inacessível como o horizonte, oculto da vista, por muito longe que se fosse, pelas sinuosidades de um terreno que já não se assemelhava ao de Combray, Guermantes, essa, apenas me surgiu como o termo mais ideal que real do seu próprio «lado», uma espécie de expressão geográfica abstracta como a linha do equador, como o Pólo, como o Oriente. Então, «tomar por Guermantes» para ir a Méséglise, ou o contrário, ter-me-ia parecido uma expressão tão desprovida de sentido como seguir por leste para ir para oeste. Como o meu pai falava sempre do lado de Méséglise como da mais bela vista da planície que conhecia e do lado de Guermantes como do tipo de paisagem de rio, eu atribuía-lhes, ao concebê-las assim como duas entidades, aquela coesão, aquela unidade, que pertencem apenas às criações do nosso espírito; a mínima parcela de cada um deles parecia preciosa e manifestar a sua excelência específica, enquanto, ao lado deles, antes de chegarmos a pisar o solo sagrado de um ou do outro, os caminhos puramente materiais no meio dos quais estavam situados como o ideal da vista de planície e o ideal da paisagem de rio, valiam tanto a pena de ser contemplados como pelo espectador apaixonado de arte dramática as ruelas próximas de um teatro. Mas, sobretudo, eu punha entre eles, mais que as distâncias quilométricas, a distância que existia entre as duas partes do meu cérebro em que eu pensava neles, uma dessas distâncias no espírito que não fazem mais que afastar, que separam e colocam noutro plano. E esta demarcação tornava-se mais absoluta ainda porque este hábito que tínhamos de nunca ir para os dois lados no mesmo dia, num só passeio, mas uma vez para o lado de Méséglise e outra para o lado de Guermantes, fechava-os por assim dizer longe um do outro, incognoscíveis um pelo outro, nos vasos fechados e sem comunicação entre si de tardes diferentes.

Quando se queria ir para o lado de Méséglise, saía-se (não muito cedo e mesmo que o céu estivesse encoberto, porque o passeio não era muito comprido e não era sedutor por aí além), tal como para ir para qualquer outra parte, pela porta grande da casa da minha tia, que dava para a Rua do Espírito Santo. Éramos cumprimentados pelo armeiro, púnhamos as nossas cartas no correio, dizíamos, quando passávamos pelo Théodore, da parte da Françoise, que ela já não tinha azeite nem café, e saíamos da cidade pelo caminho que ia ao longo da cerca branca do parque do senhor Swann. Antes de se chegar lá encontrávamos, vindo ao encontro dos estranhos, o aroma dos seus lilases. Eram eles que, do meio dos coraçõezinhos verdes e frescos das suas folhas, erguiam curiosamente acima da barreira do parque os seus penachos de penas rosa-malva ou branca que, mesmo à sombra, eram postos a brilhar pelo sol em que haviam mergulhado. Alguns, meio ocultos pela casinha de telhas chamada Casa dos Arqueiros, onde morava o guarda, ultrapassavam a respectiva empena gótica com o seu minarete rosado. As Ninfas da Primavera pareceriam vulgares ao pé daquelas jovens huris que guardavam neste jardim francês os tons vivos e puros das miniaturas da Pérsia. Apesar do meu desejo de os enlaçar pela cintura flexível e de atrair a mim os anéis estrelados do cabelo da sua cabeça aromática, passávamos sem parar, pois os meus pais não iam a Tansonville desde o casamento de Swann, e, para não dar o aspecto de que espreitávamos o que se passava no parque, em lugar de seguirmos pelo caminho que ladeia a cerca e sobe directamente para os campos, tomávamos por outro que também lá vai, mas obliquamente, e que nos fazia desembocar muito longe. Um dia, o avô disse ao meu pai:

— Lembra-se de que Swann disse ontem que, como a mulher e a filha iam para Reims, ele ia aproveitar para passar vinte e quatro horas em Paris? Podíamos ir ao longo do parque, já que as damas não estão lá, e isso irá abreviar-nos a caminhada.

Parámos um momento diante da barreira. O tempo dos lilases estava a chegar ao fim; alguns derramavam ainda em altos lustres rosa-malva as bolhas delicadas das suas flores, mas em muitas das partes da folhagem onde apenas desde há uma semana irrompia o seu musgo perfumado, murchava, diminuída e enegrecida, uma espuma oca, seca e sem perfume. O avô mostrava ao meu pai em que é que o aspecto do local, que permanecera o mesmo, se alterara desde o passeio que fizera com o senhor Swann no dia da morte da mulher, e aproveitou a ocasião para contar esse passeio mais uma vez.

À nossa frente, uma alameda bordejada de chagas e batida pelo sol subia para o solar. À direita, pelo contrário, o parque estendia-se em terreno plano. Escurecido pela sombra das grandes árvores que o rodeavam, fora aberto pelos pais de Swann um espelho de água; mas nas suas criações mais artificiais é sobre a natureza que o homem trabalha: alguns lugares continuam a fazer reinar à sua volta o seu poder especial, arvoram as suas insígnias imemoriais no meio de um parque como o fariam longe de qualquer intervenção humana, numa solidão que por todos os lados os vem rodear, surgida das necessidades da sua exposição e sobrepostas à obra humana. Assim, ao pé da alameda que dominava o tanque artificial, tinha-se formado, em duas filas entrançadas de flores de miosótis e de pervincas, a coroa natural, delicada e azul, que cinge a fronte claro-escura das águas, e o gladíolo, deixando flectir os seus gládios com um abandono real, estendia sobre o eupatório e o ranúnculo de pé húmido as flores-de-lis em farrapos, violetas e amarelas, do seu ceptro lacustre.

A partida da menina Swann que — tirando-me a terrível possibilidade de a ver aparecer numa alameda, de ser conhecido e desprezado pela menina privilegiada que tinha Bergotte como amigo e ia com ele visitar catedrais — me tornava a contemplação de Tansonville indiferente da primeira vez que me era permitida, parecia, pelo contrário, acrescentar a essa propriedade, aos olhos do meu avô e do meu pai, certas comodidades, um encanto passageiro, e, como que expressamente para uma excursão numa região de montanhas a ausência de qualquer nuvem, tornar aquela jornada excepcionalmente propícia a um passeio para aqueles lados; gostaria de que os seus cálculos fossem frustrados, que um milagre fizesse aparecer a menina Swann com o pai, tão perto de nós que não tivéssemos tempo para a evitar e fôssemos obrigados a conhecê-la. Por isso, quando, de repente, avistei em cima da erva, como um sinal da sua presença possível, um cestinho esquecido ao lado de uma linha cuja bóia flutuava na água, apressei-me a desviar para outro lado os olhos do meu pai e do meu avô. De resto, como Swann nos dissera que não lhe ficava bem ausentar-se porque de momento tinha família em casa, a linha podia pertencer a qualquer convidado. Não se ouvia qualquer ruído de passos nos caminhos. A meia altura de uma árvore incerta, um invisível pássaro, esforçando-se por que se achasse o dia curto, explorava com uma nota prolongada a solidão circundante, mas recebia dela uma réplica tão unânime, um choque, em retorno, tão redobrado de silêncio e de imobilidade, que se diria que acabava de deter para sempre o instante que procurara que passasse mais depressa. A luz caía tão implacável do céu agora fixo que gostaríamos de nos subtrair à sua atenção, e a água que também dormia, e cujo sono era eternamente encrespado pelos insectos, sonhando sem dúvida com algum Maelstrom imaginário, aumentava a perturbação em que me lançara a visão da bóia de cortiça, parecendo arrastá-la a toda a velocidade pelas extensões silenciosas do céu reflectido; quase vertical, parecia prestes a mergulhar, e já eu me perguntava se, sem levar em conta o desejo e o receio que tinha de a conhecer, não teria o dever de prevenir a menina Swann de que o peixe estava a morder — quando tive que me juntar a correr ao meu pai e ao meu avô que me chamavam, espantados de que eu os não tivesse acompanhado pelo pequeno caminho que sobe para os campos e por onde eles haviam seguido. Fui encontrar esse caminho a zumbir do aroma dos espinheiros. A sebe formava como que uma sequência de capelas que desapareciam sob o amontoado de flores acumuladas em altar; sob elas, o sol poisava em terra uma quadrícula de claridade, como se acabasse de atravessar um vitral; o seu perfume estendia-se tão untuoso, tão delimitado na sua forma como se eu tivesse estado diante do altar da Virgem, e as flores, também ataviadas, erguiam uma a uma distraidamente o seu faiscante ramalhete de estames, finas e irradiantes nervuras de estilo flamejante como as que na igreja rasgam a rampa para a tribuna ou as colunetas do vitral e que desabrochavam em branca carne de flor de morangueiro. Como as rosas-bravas haviam de parecer, em comparação, ingénuas e campónias, elas que daí a algumas semanas subiriam também sob o sol de chapa o mesmo caminho rústico, na seda lisa do seu corpete a avermelhar, que com um sopro se desfaz.

Mas, por mais que eu ficasse diante dos espinheiros a respirar, a pôr no meu pensamento, que não sabia que havia de fazer dele, a perder e a reencontrar, o seu invisível e fixo aroma, a unir-me ao ritmo que fazia brotar as suas flores, aqui e além, com um juvenil regozijo e a intervalos inesperados como certos intervalos musicais, eles ofereciam-me indefinidamente o mesmo encanto, com uma profusão inesgotável, mas sem mo deixar aprofundar mais, como aquelas melodias que se tocam cem vezes seguidas sem com isso mergulharmos mais no seu segredo. Desviava-me deles por um momento, para os abordar depois com forças mais frescas. Perseguia até ao talude, que, por detrás da sebe, subia em ladeira rude para os campos, uma qualquer papoila perdida, algumas cinerárias que preguiçosamente houvessem ficado para trás, que o decoravam ali e ali com as suas flores, como a cercadura de uma tapeçaria onde aparece disperso o motivo agreste que triunfará na peça central; raras ainda, espaçadas como as casas isoladas que anunciam já a aproximação de uma aldeia, essas flores anunciavam-me a imensa extensão onde irrompem os trigos, onde se encapelam as nuvens, e a visão de uma só papoila, içando na ponta do seu cordame e fazendo vergastar pelo vento a sua chama vermelha, por cima da sua bóia gordurosa e negra, punha-me o coração a bater, como ao viajante que avista numa terra baixa um primeiro bote naufragado a ser reparado por um calafate e que exclama ainda antes de o ter visto: «O Mar!»

Regressava depois para diante dos espinheiros como daquelas obras-primas que acreditamos que viremos a saber ver melhor depois de por um momento termos deixado de as contemplar, mas, por mais que fizesse uma cortina com as mãos para os ter apenas a eles diante dos olhos, o sentimento que em mim despertavam permanecia obscuro e vago, em vão procurando soltar-se, vir aderir às suas flores. Estas não me ajudavam a esclarecer esse sentimento e não podia pedir a outras flores que o satisfizessem. Então, dando-me aquela alegria que sentimos quando vemos do nosso pintor preferido uma obra diferente das que lhe conhecemos, ou então se nos põem diante de um quadro do qual antes apenas tínhamos visto um esboço a lápis, se um trecho musical ouvido somente ao piano nos surge depois revestido das cores da orquestra, o meu avô, chamando-me e apontando-me a sebe de Tansonville, disse-me: «Tu que gostas de espinheiros, olha para este espinheiro rosado; é lindo!» Era com efeito um espinheiro, mas cor-de-rosa, mais belo ainda que os brancos. Também ele tinha um atavio de festa — dessas únicas verdadeiras festas que são as festas religiosas, pois que um capricho contingente não as aplica, como às festas mundanas, a um dia qualquer que não lhes é especialmente destinado, que nada tem de essencialmente feriado —, mas um atavio mais rico ainda, porque as flores presas ao ramo, umas por cima das outras, de modo a não deixar qualquer lugar sem enfeite, como borlas que engrinaldam um báculo rococó, eram «de cor», e por consequência de qualidade superior segundo a estética de Combray, a julgar pela escala dos preços no «armazém» da praça ou na loja do Camus, onde eram mais caras as bolachas cor-de-rosa. Até eu apreciava mais o queijo de creme rosado, aquele em que haviam autorizado morangos esmagados. E, precisamente, aquelas flores tinham escolhido uma daquelas colorações de coisa de comer, ou de terno toque de beleza numa roupa para uma grande festa, as quais, porque lhes mostram a razão da sua superioridade, são as que aos olhos das crianças parecem mais evidentemente belas e, por causa disso, conservam sempre para elas algo de mais vivo e de mais natural que as outras colorações, mesmo depois de compreenderem que nada prometiam à sua gulodice e não haviam sido escolhidas pela costureira. E, é claro, eu tinha sentido logo, como diante dos espinheiros-brancos, mas com maior pasmo, que não era simuladamente, por um artifício de fabricação humana, que era expressa a intenção de festividade nas flores, antes era a natureza que, espontaneamente, a havia traduzido com a ingenuidade de um comerciante de aldeia trabalhando para uma sepultura, sobrecarregando o arbusto com aquelas rosinhas de tom excessivamente delicado e de um *pompadour* provinciano. No alto dos ramos, tal como aquelas pequenas roseiras de vasos escondidos em papéis rendilhados cujos delgados feixes, nas grandes festas, irradiavam no altar, pululavam mil pequenos botões de uma tonalidade mais pálida e que, ao entreabrir-se, mostravam, como no fundo de uma taça de mármore rosado, vermelhos-sanguíneos e denunciavam, mais ainda que as flores, a essência especial, irresistível, do espinheiro, que, por toda a parte onde brotava, onde ia florir, só em rosa o podia fazer. Intercalado na sebe, mas tão diferente dela como uma jovem vestida para uma festa no meio de pessoas em traje descuidado que irão ficar em casa, toda pronta para o mês de Maria, de que já parecia fazer parte, assim brilhava sorrindo na sua fresca roupagem rósea o arbusto católico e delicioso.

A sebe deixava ver no interior do parque uma alameda orlada de jasmins, amores-perfeitos e verbenas, no meio das quais os goivos abriam a sua bolsa fresca, um rosado odorífero e fanado de um couro antigo de Córdova, enquanto sobre o cascalho um longo tubo de rega pintado de verde, desenrolando os seus circuitos, erguia nos pontos em que estava furado, por cima das flores de cujos perfumes se embebia, o leque vertical e prismático das suas gotículas multicores. De repente parei, deixei de poder mexer-me, como acontece quando uma visão se não dirige apenas aos nossos olhares, mas exige percepções mais profundas e dispõe de todo o nosso ser. Uma rapariguinha de um loiro-arruivado, que parecia regressar de um passeio e trazia na mão um sacho, olhava para nós erguendo o rosto semeado de pintas rosadas. Os seus olhos negros brilhavam e, como não sabia então, nem depois vim a saber, reduzir aos seus elementos objectivos uma impressão forte, como não tinha, assim se costuma dizer, suficiente «espírito de observação» para separar a noção e a sua cor, durante muito tempo, sempre que tornava a pensar nela, a recordação do brilho daqueles olhos apresentava-se-me imediatamente como sendo de um azul-vivo, visto que ela era loira; de sorte que, provavelmente, se ela não tivesse olhos tão negros — o que impressionava tanto da primeira vez que a víamos — eu não teria estado, como estive, mais particularmente apaixonado, nela, pelos seus olhos azuis.

Olhava para ela, de início com aquele olhar que não passa de porta-voz dos olhos, mas à janela do qual se debruçam todos os sentidos, ansiosos e petrificados, o olhar que gostaria de tocar, de capturar, de levar consigo o corpo que contempla, e a alma; e depois, tal era o meu medo de que de um momento para o outro o meu avô e o meu pai, reparando naquela rapariga, me obrigassem a afastar-me dizendo-me que corresse um pouco à frente deles, com um segundo olhar, inconscientemente suplicante, que tentava forçá-la a prestar-me atenção, a conhecer-me! Ela dirigiu as pupilas para a frente e para os lados, para tomar conhecimento do meu avô e do meu pai, e sem dúvida a ideia que daí tirou foi a de que éramos ridículos, porque se virou e, com um ar indiferente e desdenhoso, colocou-se de lado para poupar ao seu rosto o estar no campo visual deles; e depois de, continuando a caminhar, e não tendo dado por ela, eles me terem ultrapassado, ela deixou os seus olhares correrem em todo o comprimento na minha direcção, sem qualquer expressão especial, sem parecer ver-me, mas com uma fixidez e um sorriso dissimulado que eu não podia deixar de interpretar, segundo as noções que me tinham dado sobre a boa educação, a não ser como uma prova de ultrajante desprezo; e, ao mesmo tempo, a mão esboçava um gesto indecente, ao qual, quando era dirigido em público a uma pessoa desconhecida, o pequeno dicionário de civilidade que eu tinha dentro de mim atribuía apenas um sentido, o de uma intenção insolente.

— Então, Gilberte, vem cá; que fazes tu aí? — gritou com uma voz estridente e autoritária uma senhora de branco que eu não tinha visto, e a alguma distância da qual um senhor vestido de cotim, e que eu não conhecia, fitava em mim uns olhos que lhe saíam das órbitas; e, deixando de repente de sorrir, a rapariga pegou no seu sacho e afastou-se sem se voltar para o meu lado, com um ar dócil, impenetrável e sorrateiro.

Assim passou junto de mim este nome de Gilberte, dado como um talismã que me permitiria porventura reencontrar um dia aquela que acabava de transformar numa pessoa e que, momentos antes, não passava de uma imagem vaga. Assim passou, proferido por cima dos jasmins e dos goivos, acre e fresco como as gotas do tubo de rega verde; impregnando e irisando a zona de ar puro que atravessara — e que isolava — com o mistério da vida daquela que esse nome designava para os seres felizes que viviam e viajavam com ela; patenteando sob o espinheiro rosado, à altura do meu ombro, a quinta-essência da sua familiaridade, para mim tão dolorosa, com ela, com o desconhecido da sua vida, onde eu não entraria.

Por um instante (enquanto nos afastávamos e o meu avô murmurava: «Este pobre Swann, que papel o obrigam a representar: mandam-no embora para que ela fique a sós com o seu Charlus, porque é ele, reconheci-o! E aquela pequena, misturada com toda esta infâmia!»), a impressão que em mim deixara o tom despótico com que a mãe de Gilberte lhe falara sem ela replicar, mostrando-ma como que forçada a obedecer a alguém, como não sendo superior a tudo, acalmou um pouco o meu sofrimento, deu-me alguma esperança e diminuiu o meu amor. Mas bem depressa esse amor se elevou de novo em mim como uma reacção, graças à qual o meu coração humilhado se queria colocar ao mesmo nível de Gilberte ou fazê-la descer até ele. Eu amava-a, lamentava não ter tido tempo e inspiração para a ofender, para lhe fazer mal e forçá-la a recordar-se de mim. Achava-a tão bela que me apetecia voltar pelo mesmo caminho para lhe gritar encolhendo os ombros: «Como eu a acho feia, grotesca, como você me repugna!» No entanto, afastava-me levando comigo para sempre, como primeiro tipo de uma felicidade inacessível às crianças da minha espécie, em nome de leis impossíveis de transgredir, a imagem de uma menina ruiva, de pele semeada de pintas rosadas, que tinha na mão um sacho e se ria deixando correr para mim longos olhares sorrateiros e inexpressivos. E já o encantamento com que o seu nome incensara aquele lugar sob os espinheiros rosados, onde fora ouvido ao mesmo tempo por ela e por mim, ia conquistar, ungir, perfumar tudo o que dele se aproximasse, os seus avós, que os meus haviam tido a inefável dita de conhecer, a sublime profissão de agente de câmbios, o doloroso bairro dos Campos Elísios onde ela morava em Paris.

«Léonie», disse o meu avô no regresso, «bem gostava que tivesses estado connosco há pouco. Não ias reconhecer Tansonville. Se tivesse sido capaz desse atrevimento teria cortado para ti um ramo daqueles espinheiros rosados de que gostavas tanto.» O meu avô contava assim o nosso passeio à tia Léonie, ou para a distrair, ou porque não tivéssemos ainda perdido a esperança de a obrigar a sair. Ora, dantes, ela gostava muito daquela propriedade e, de resto, as visitas de Swann haviam sido as últimas que recebera, quando já fechava a porta a toda a gente. E tal como, quando ele vinha agora saber notícias dela (era a única pessoa lá de casa que ele ainda pedia para ver), ela mandava responder que estava cansada, mas que o deixaria entrar da próxima vez, do mesmo modo disse nessa tarde: «Sim, um dia em que faça bom tempo vou de carro até à porta do parque.» Era sinceramente que o dizia. Gostaria de tornar a ver Swann e Tansonville; mas o desejo que tinha bastava para o que lhe restava de forças; a sua realização haveria de excedê-las. Às vezes o bom tempo dava-lhe algum vigor, levantava--se, vestia-se; o cansaço começava antes de passar ao outro quarto, e pedia para voltar para a cama. O que nela começara — apenas mais cedo do que habitualmente acontece — era aquela grande renúncia da velhice que se prepara para a morte, que se envolve na sua crisálida, e que podemos observar, no fim das vidas que se prolongam até tarde, mesmo entre os antigos amantes que mais se amaram, entre os amigos unidos pelos laços mais espirituais e que a partir de um certo ano deixam de fazer a viagem ou a saída necessária para se verem, deixam de se escrever e sabem que não mais comunicarão neste mundo. A minha tia devia saber perfeitamente que não tornaria a ver Swann, que nunca mais sairia de casa, mas aquela reclusão definitiva devia tornar-se para ela bastante fácil exactamente pela mesma razão pela qual na nossa opinião deveria tornar-se mais dolorosa: é que aquela reclusão era-lhe imposta pela diminuição que podia verificar todos os dias nas suas forças e que, transformando cada acção, cada movimento, numa fadiga, se não num sofrimento, para ela conferia à inacção, ao isolamento, ao silêncio, a suavidade reparadora e abençoada do repouso.

A minha tia não foi ver a sebe de espinheiros rosados, mas a toda a hora eu perguntava aos meus pais se ela não iria, se dantes ia com frequência a Tansonville, tentando pô-los a falar dos pais e dos avós da menina Swann, que me pareciam grandes como deuses. Quando conversava com os meus pais desejava ardentemente ouvi-los pronunciar o nome Swann, que para mim se tornara quase mitológico; não me atrevia a pronunciá-lo eu, mas arrastava-os para assuntos que se aproximavam de Gilberte e da sua família, que lhe diziam respeito, onde me não sentia exilado para muito longe dela; e, fingindo, por exemplo, acreditar que o cargo desempenhado pelo meu avô já antes dele estivera na nossa família, ou que a sebe de espinheiros rosados que a tia Léonie queria ver se achava em terreno comunal, obrigava de repente o meu pai a rectificar a minha afirmação, a dizer-me, como que sem eu querer, como que de sua iniciativa: «Não, esse cargo era do pai de Swann, aquela sebe faz parte do parque de *Swann*.» Era então obrigado a retomar o fôlego, de tal modo, ao poisar no lugar onde sempre estava escrito em mim, pesava e me sufocava aquele nome que, no momento em que o ouvia, me parecia mais pleno que qualquer outro, porque tinha o peso de todas as vezes em que, antecipadamente, o havia proferido de mim para mim. Ele causava-me um prazer que me deixava confuso por ter ousado reclamá-lo aos meus pais, porque era um prazer tão grande que devia exigir deles muito custo para mo proporcionarem, e sem compensação, porque para eles não era um prazer. E, assim, desviava a conversa por discrição. E por escrúpulo também. Todas as seduções singulares que punha no nome Swann, ia reencontrá-las quando eles o pronunciavam. Parecia-me então de súbito que não podiam deixar de as sentir, que se encontravam colocados no meu ponto de vista, que igualmente discerniam, absolviam, desposavam os meus sonhos, e ficava infeliz como se os tivesse vencido e depravado.

Nesse ano, quando, um pouco mais cedo que habitualmente, os meus pais fixaram o dia do regresso a Paris, na manhã da partida, como me tinham ondulado o cabelo para ser fotografado, enfiado cuidadosamente um chapéu que nunca pusera e me haviam feito envergar um sobretudo de veludo acolchoado, a minha mãe, depois de me ter procurado por toda a parte, foi dar comigo desfeito em lágrimas no pequeno cômoro contíguo a Tansonville, dizendo adeus aos espinheiros, rodeando com os braços os ramos espinhosos e, como uma princesa de tragédia a quem pesassem aqueles vãos atavios, ingrato para com a importuna mão que, ao formar todos aqueles nós, tratara de reunir-me os cabelos na testa, calcando aos pés os papelotes arrancados e o chapéu novo. A minha mãe não se deixou impressionar pelas minhas lágrimas, mas não conseguiu conter um grito ao ver o chapéu amachucado e o sobretudo perdido. Eu nem a ouvi: «Ó meus pobres, meus pequenos espinheiros», dizia eu a chorar, «não sois vós que me causaríeis desgosto, forçando-me a partir. Vós, vós nunca me desgostastes! Por isso vos amarei para sempre.» E, enxugando as lágrimas, prometia-lhes que, quando fosse grande, não iria imitar a vida insensata dos outros homens e que, mesmo em Paris, nos dias de Primavera, em vez de ir fazer visitas e ouvir tolices, iria para o campo ver os primeiros espinheiros.

Chegados ao campo, nunca mais os largávamos durante todo o resto do passeio que dávamos para o lado de Méséglise. Eram perpetuamente percorridos, como que por um invisível mendicante, por um vento que era para mim o génio específico de Combray. Todos os anos, no dia em que chegávamos, para sentir que estava efectivamente em Combray, subia ao encontro dele, que corria pelos sulcos na terra e me fazia correr atrás dele. Tínhamos sempre o vento ao nosso lado, do lado de Méséglise, naquela planície arqueada onde, por léguas e léguas, ele não topa com qualquer acidente de terreno. Eu sabia que a menina Swann ia muitas vezes a Laon passar alguns dias, e, embora fosse a várias léguas, como a distância era compensada pela ausência de qualquer obstáculo, quando, nas tardes quentes, eu via um mesmo sopro, vindo do extremo horizonte, baixar os trigos mais distantes, propagar-se como uma vaga por toda a imensa extensão e vir deitar-se, sussurrante e morno, entre os sanfenos e os trevos, a meus pés, aquela planície que nos era comum a ambos parecia aproximar-nos, unir-nos, e eu pensava que esse sopro havia passado ao pé dela, que era uma qualquer mensagem dela que me segredava sem que eu a pudesse compreender, e beijava-a ao passar. À esquerda estava uma aldeia que se chamava Champieu (*Campus Pagani*, segundo o prior). Para a direita distinguiam-se, para além dos trigais, os dois campanários cinzelados e rústicos de Saint-André-des-Champs, também eles aguçados, escamosos, entrelaçados de alvéolos, ondeados, amarelados e grumosos, como duas espigas.

A intervalos simétricos, no meio da inimitável ornamentação das suas folhas que não se podem confundir com as folhas de qualquer outra árvore de fruto, as macieiras abriam as suas largas pétalas de cetim branco ou suspendiam os tímidos ramalhetes dos seus botões a avermelhar. Foi do lado de Méséglise que notei pela primeira vez a sombra redonda que as macieiras fazem sobre a terra ensolarada, e também aquelas sedas de oiro impalpável que o poente tece obliquamente debaixo das folhas e que via o meu pai interromper com a bengala sem nunca as desviar.

Às vezes, no céu da tarde, passava a lua branca como uma nuvem, furtiva, sem brilho, como uma actriz que não está na sua hora de representar e que, da sala, vestida como na rua, olha por um momento para os seus colegas, apagando-se, não querendo que lhe prestem atenção. Gostava de encontrar a sua imagem em quadros e em livros, mas essas obras de arte eram muito diferentes — ao menos durante os primeiros anos, antes de Bloch me ter acostumado os olhos e o pensamento a harmonias mais subtis — daquelas em que a lua me pareceria bela hoje e em que então não a teria reconhecido. Era, por exemplo, algum romance de Saintine, uma paisagem de Gleyre, onde ela recorta com nitidez no céu uma foice de prata, daquelas obras ingenuamente incompletas como as minhas próprias impressões e que as irmãs da minha avó se indignavam de me ver apreciar. Pensavam elas que se devem pôr diante das crianças, e que estas demonstram o seu bom gosto se começarem por amá-las, as obras que, quando chegamos à maturidade, admiramos definitivamente. Era sem dúvida porque imaginavam os méritos estéticos como objectos materiais que um olhar aberto não pode deixar de distinguir, sem ter tido necessidade de os amadurecer lentamente no coração.

Era do lado de Méséglise, em Montjouvain, casa situada à beira de um grande charco e encostada a um talude de silvedos, que morava o senhor Vinteuil. Por isso, encontrávamos muitas vezes no caminho a sua filha, que conduzia um *buggy* a toda a velocidade. A partir de um certo ano, nunca mais a vimos só, mas acompanhada de uma amiga mais velha, que tinha má fama na região e que um dia se instalou definitivamente em Montjouvain. Dizia-se: «É preciso que o pobre senhor Vinteuil esteja cego pela ternura para não dar por aquilo que se conta, e para permitir, ele que se escandaliza com uma palavra *deslocada*, que a filha ponha a viver debaixo do seu tecto uma mulher daquelas. Diz ele que é uma mulher superior, um grande coração, e que teria predisposições extraordinárias para a música se as tivesse cultivado. Mas pode estar certo de que não é de música que ela trata com a sua filha.» O senhor Vinteuil dizia aquilo; e, com efeito, é notável como uma pessoa provoca sempre admiração pelas suas qualidades morais em casa dos pais de qualquer outra pessoa com quem tem relações carnais. O amor físico, tão injustamente desacreditado, força de tal modo todo e qualquer ser a manifestar até às mínimas parcelas que possui bondade e desprendimento de si mesmo, que estas qualidades resplendem mesmo aos olhos dos que o rodeiam de perto. O doutor Percepied, cuja voz grossa e grossas sobrancelhas permitiam representar quando quisesse o papel de pérfido, para que não possuía o físico adequado, sem comprometer em nada a sua inquebrantável e imerecida reputação de ríspido benfeitor, sabia fazer rir até às lágrimas o prior e toda a gente dizendo num tom rude: «Bem! Acho que ela faz música com a amiga, a menina Vinteuil. Parece que se admiram com isso. Eu cá não sei. Foi o pai Vinteuil que ainda ontem mo disse. No fim de contas, a rapariga tem todo o direito de gostar de música. Mas eu não sou daqueles que contrariam as vocações artísticas dos filhos. E parece que Vinteuil também não. E, além disso, ele também faz música com a amiga da filha. Ah, coa breca, tanta música que se faz naquela casa. Mas porque é que se estão a rir? A verdade é que aquela gente faz música de mais. No outro dia encontrei o pai Vinteuil perto do cemitério. Mal se tinha nas pernas.»

Para aqueles que, como nós, viram naquela época o senhor Vinteuil evitar as pessoas que conhecia, desviar-se quando as avistava, envelhecer em alguns meses, absorver-se no seu desgosto, tornar-se incapaz de qualquer esforço que não tivesse directamente por finalidade a felicidade da filha, passar dias inteiros diante da sepultura da mulher, seria difícil não compreender que ele estava a morrer de tristeza e supor que ele não dava pelos ditos que corriam. Sabia deles, e até talvez lhes desse crédito. Talvez não haja pessoa alguma, por maior que seja a sua virtude, a quem a complexidade das circunstâncias não possa levar a viver um dia na familiaridade do vício que mais formalmente condena — sem que aliás o reconheça por inteiro sob o disfarce de factos especiais de que o vício se reveste para entrar em contacto com ela e a fazer sofrer: as palavras estranhas, a atitude inexplicável, uma certa noite, um determinado ser que por outro lado tantas razões tem para amar. Mas, para um homem como o senhor Vinteuil, devia entrar muito mais sofrimento que para qualquer outro na resignação a uma daquelas situações que erradamente se julgam ser apanágio exclusivo do mundo da boémia: elas surgem sempre que um vício que a própria natureza fez desabrochar numa criança precisa de reservar para si o lugar e a segurança que lhe são necessários, por vezes apenas misturando as virtudes do pai e da mãe, tal como a cor dos olhos. Mas do que o senhor Vinteuil conhecia acaso do comportamento da filha não se seguia que o seu culto por ela tivesse diminuído. Os factos não penetram no mundo onde vivem as nossas crenças, não as fizeram nascer e não as destroem; podem infligir-lhes os mais constantes desmentidos sem as enfraquecer, e uma avalancha de desgraças ou de doenças que se sucedem numa família sem interrupção não irá fazê-la duvidar da bondade do seu Deus ou do talento do seu médico. Mas quando o senhor Vinteuil pensava na filha e em si mesmo do ponto de vista do mundo, do ponto de vista da sua reputação, quando procurava situar-se com ela no nível que ocupavam na estima geral, então emitia esse juízo de ordem social exactamente como o faria o habitante de Combray que lhe fosse mais hostil, via-se com a filha no último e mais fundo lugar, e as suas maneiras haviam recentemente tirado daí aquela humildade, aquele respeito pelos que se encontravam acima dele e que olhava de baixo (ainda que até aí tivessem estado muito abaixo dele), aquela tendência para procurar tornar a subir até eles, que é uma resultante quase mecânica de todas as decadências. Num dia em que caminhávamos com Swann por uma rua de Combray, o senhor Vinteuil, que saía de outra rua, dera subitamente de caras connosco sem ter tempo para nos evitar, e Swann, com aquela orgulhosa caridade do homem mundano que, no meio da dissolução de todos os seus preconceitos morais, apenas encontra na infâmia do outro uma razão para exercer para com ele uma benevolência cujas demonstrações tanto mais lisonjeiam o amor-próprio daquele que as pratica quanto mais preciosas as sente para aquele que as recebe, conversara longamente com o senhor Vinteuil, a quem até então não dirigia a palavra, e perguntara-lhe antes de se separar de nós se não queria mandar um dia a filha a Tansonville para jogar. Era um convite que, dois anos antes, teria indignado o senhor Vinteuil, mas que, agora, o enchia de sentimentos de tal gratidão que se julgava obrigado por eles a não ter a indiscrição de o aceitar. A amabilidade de Swann para com a sua filha parecia-lhe ser por si só um apoio tão honroso e tão delicioso que pensava que talvez o melhor fosse não o aproveitar, para ter a doçura toda platónica de o conservar.

— Que homem refinado — disse-nos ele, depois da partida de Swann, com a mesma entusiástica veneração que espirituais e bonitas burguesas sentem a respeito e sob o fascínio de uma duquesa, ainda que feia e tola. — Que homem refinado! Que infelicidade a dele, ter feito um casamento totalmente deslocado!

E então, de tal modo as pessoas mais sinceras são contaminadas de hipocrisia e renunciam, ao conversar com uma pessoa, à opinião que dela têm, e que exprimem logo que ela não está presente, os meus pais deploraram com o senhor Vinteuil o casamento de Swann em nome dos princípios e das conveniências que (justamente por os invocarem em comum com ele, como pessoas de bem da mesma índole) pareciam subentender não serem transgredidos em Montjouvain. O senhor Vinteuil não mandou a filha a casa de Swann. E este foi o primeiro a lamentá-lo. Porque, de cada vez que acabava de se separar do senhor Vinteuil, recordava-se de que tinha desde há algum tempo uma informação a pedir-lhe acerca de alguém que usava o mesmo nome, um parente, julgava ele. E daquela vez tinha efectivamente resolvido não se esquecer do que tinha para lhe dizer, quando o senhor Vinteuil mandasse a filha a Tansonville.

Como o passeio do lado de Méséglise era o menos comprido dos dois que fazíamos à volta de Combray, e por causa disso o reservávamos para quando o tempo estava inseguro, o clima do lado de Méséglise era bastante pluvioso e nunca perdíamos de vista a orla das matas de Roussainville, em cuja espessura nos poderíamos abrigar.

Muitas vezes o Sol ocultava-se por detrás de uma nuvem que deformava a sua forma oval e cujos bordos amarelava. O brilho, mas não a claridade, era roubado ao campo, onde toda a vida parecia suspensa, enquanto a aldeiazinha de Roussainville esculpia no céu o relevo das suas arestas brancas com uma precisão e um acabamento esmagadores. Um pouco de vento fazia um corvo levantar voo para voltar a poisar ao longe e, contra o céu esbranquiçado, a distância das matas parecia mais azul, como que pintada naqueles camafeus que ornamentam os vãos das antigas mansões.

Mas de outras vezes começava a cair a chuva com que nos tinha ameaçado o frade capuchinho que o oculista tinha na montra; as gotas de água, como aves migratórias que levantam voo ao mesmo tempo, desciam do céu em filas apertadas. Não se separam, não vão à aventura durante a rápida travessia, antes, mantendo cada uma o seu lugar, chama a si a que a segue, e o céu fica mais escuro que à partida das andorinhas. Refugiávamo-nos na mata. Quando a viagem das gotas parecia ter terminado, chegavam ainda algumas, mais fracas, mais lentas. Mas nós tornávamos a sair do nosso abrigo, porque as gotas comprazem-se na folhagem, e já a terra estava quase seca quando várias delas se demoravam a brincar nas nervuras de uma folha e, suspensas na ponta, descansadas, brilhando ao sol, deixavam-se de repente deslizar de toda a altura do ramo e caíam-nos em cima do nariz.

Íamos também muitas vezes abrigar-nos, misturados com os santos e os patriarcas de pedra, sob o pórtico de Saint-André-des-Champs. Como aquela igreja era francesa! Por cima da porta, estavam representados os santos, os reis-cavaleiros com uma flor-de-lis na mão, cenas de bodas e de funerais, exactamente como o estariam na alma da Françoise. O escultor narrara também certas historietas relativas a Aristóteles e a Virgílio, do mesmo modo que a Françoise na cozinha falava facilmente de São Luís como se o tivesse conhecido pessoalmente, e em geral para envergonhar os meus avós, menos «justos», pela comparação. Sentia-se que as noções que o artista medieval e a camponesa medieval (sobrevivente no século XIX) tinham da história antiga ou cristã, e que se distinguiam por tanta inexactidão como bonomia, as recebiam, não dos livros, mas de uma tradição ao mesmo tempo antiga e directa, ininterrupta, oral, deformada, desfigurada e viva. Outra personalidade de Combray que eu reconhecia também, virtual e profetizada, na escultura gótica de Saint-André-des-Champs era o jovem Théodore, o marçano do Camus. Aliás, a Françoise sentia tão bem nele um país e um contemporâneo que, quando a tia Léonie estava excessivamente doente para que a Françoise pudesse voltá-la na cama sozinha, ou levá-la para o cadeirão, em vez de deixar que a moça de cozinha subisse para «se mostrar» à minha tia, chamava o Théodore. Ora este rapaz, que passava, e com razão, por tão mau carácter, estava de tal modo imbuído da alma com que se decorara Saint-André-des--Champs, e nomeadamente dos sentimentos de respeito que a Françoise achava serem devidos «aos pobres doentes», «à sua pobre patroa», que tinha, ao soerguer a cabeça da minha tia do seu travesseiro, a cara ingénua e zelosa dos anjinhos dos baixos-relevos, que se desvelavam, de vela na mão, em redor da Virgem desfalecente, como se os rostos de pedra esculpida, acinzentados e nus, como os bosques no Inverno, não passassem de uma sonolência, de uma reserva, prestes a reflorescer na vida em inúmeros rostos populares, reverentes e astutos como o do Théodore, iluminados pelo rubor de uma maçã madura. Já não pegada à pedra como aqueles anjinhos, mas destacada do pórtico, de estatura mais que humana, de pé num pedestal como que num banquinho que lhe evitasse poisar os pés no chão húmido, havia uma santa que tinha as faces cheias, o seio firme inchando o seu panejamento como um cacho de uvas maduras num saco de crina, a testa estreita, o nariz curto e resoluto, os olhos fundos, o ar saudável, insensível e corajoso das camponesas da região. Esta semelhança, que insinuava na estátua uma doçura que eu não esperava ali, era com frequência certificada por uma qualquer rapariga do campo, vinda como nós abrigar-se, e cuja presença, semelhante à daquelas folhagens parietais que cresceram ao lado das folhagens esculpidas, parecia destinada a permitir, por uma confrontação com a natureza, ajuizar da verdade da obra de arte. Diante de nós, na distância, terra prometida ou maldita, Roussainville, em cujos muros nunca penetrei, Roussainville ora continuava, depois de a chuva ter cessado já para nós, a ser castigada como uma aldeia da Bíblia por todas as lanças do temporal que flagelavam obliquamente as moradas dos seus habitantes, ora estava já perdoada por Deus Pai, que para ela fazia descer, desigualmente longas, como os raios de um ostensório de altar, as hastes de ouro desfiadas do seu sol reaparecido.

Às vezes o tempo estragava-se completamente, tínhamos que regressar e que ficar fechados em casa. Aqui e além, nos campos que a obscuridade e a humidade faziam assemelhar-se ao mar, casas isoladas, agarradas ao flanco de uma colina mergulhada na noite e na água, brilhavam como barquinhos que recolheram as velas e estão imóveis ao largo durante toda a noite. Mas que importava a chuva, que importava o temporal! No Verão o mau tempo não passa de um humor passageiro, superficial, do bom tempo subjacente e fixo, muito diferente do bom tempo instável e fluido do Inverno e que, pelo contrário, instalado na terra onde se solidificou em densas folhagens sobre as quais a chuva pode gotejar sem comprometer a resistência da sua permanente alegria, içou durante toda a estação, até nas ruas da aldeia, nos muros das casas e dos jardins, os seus pavilhões de seda de cor violeta ou branca. Sentado na saleta, onde esperava pela hora do jantar a ler, ouvia a água gotejar dos nossos castanheiros, mas sabia que o aguaceiro apenas lhes envernizava as folhas e que eles prometiam ficar ali, como garantias do Verão, durante toda a noite pluviosa, assegurando a continuidade do bom tempo; que, por mais que chovesse, amanhã, por cima da barreira branca de Tansonville, ondulariam, igualmente numerosas, folhinhas em forma de coração; e era sem tristeza que via o choupo da Rua dos Perchamps dirigir ao temporal súplicas e saudações desesperadas; era sem tristeza que ouvia ao fundo do jardim os últimos ribombos dos trovões arrulhando nos lilases.

Se o tempo estava mau logo de manhã, os meus pais renunciavam ao passeio e eu não saía de casa. Mas depois ganhei o hábito de, nesses dias, caminhar sozinho para o lado de Méséglise-la-Vineuse, no Outono em que tivemos de vir a Combray para a sucessão da minha tia Léonie, porque ela acabara por morrer, fazendo triunfar ao mesmo tempo os que pretendiam que o seu regime debilitante acabaria por matá-la, e não menos os outros, que sempre haviam sustentado que ela sofria de uma doença não imaginária, mas orgânica, a cuja evidência os cépticos seriam obrigados a render-se quando a ela sucumbisse; e causando grande dor com a sua morte a um único ser, mas, a esse, uma dor selvagem. Durante os quinze dias que durou a última doença da tia a Françoise não a abandonou um só instante, não se despiu, não deixou que ninguém lhe prestasse quaisquer cuidados, e só se afastou do seu corpo quando este foi enterrado. Compreendemos então que aquela espécie de temor em que a Françoise vivera das más palavras, das suspeitas, das cóleras da minha tia havia desenvolvido nela um sentimento que tínhamos tomado por ódio e que era veneração e amor. A sua verdadeira patroa, com decisões impossíveis de prever, com manhas difíceis de frustrar, com um bom coração fácil de vergar, a sua soberana, o seu misterioso e todo-poderoso monarca, deixara de existir. Ao lado dela, nós pouca coisa éramos. Ia longe o tempo em que havíamos começado a vir passar as nossas férias em Combray e em que possuíamos tanto prestígio como a minha tia aos olhos da Françoise. Nesse Outono, muito ocupados com as formalidades a cumprir, com as entrevistas com os notários e com os rendeiros, como os meus pais pouco vagar tinham para saídas, aliás contrariadas pelo tempo, ganharam o hábito de me deixar ir passear sem eles para o lado de Méséglise, embrulhado numa grande capa de tecido escocês que me protegia contra a chuva e que punha aos ombros com tanto mais gosto quanto sentia que os seus quadrados escandalizavam a Françoise, em cujo espírito se não podia fazer entrar a ideia de que a cor das roupas nada tem a ver com o luto e a quem, de resto, o desgosto que tínhamos pela morte da minha tia não agradava muito, porque não oferecêramos uma grande refeição fúnebre, não púnhamos um tom de voz especial para falar dela e às vezes eu até cantarolava. Tenho a certeza de que num livro — e nisso eu próprio era como a Françoise — esta concepção do luto conforme à *Canção de Rolando* e ao retrato de Saint-André-des-Champs me teria sido simpática. Mas quando a Françoise estava ao pé de mim havia um demónio que me levava a desejar fazê-la zangar, aproveitava o mínimo pretexto para lhe dizer que tinha pena da minha tia porque era uma boa mulher, apesar dos seus ridículos, mas de modo algum porque era minha tia, que poderia ter sido minha tia e ser-me odiosa, e a sua morte não me causar qualquer pena, afirmações que num livro me teriam parecido ineptas.

Se então a Françoise, inundada como um poeta por uma onda de confusos pensamentos sobre o desgosto, sobre as recordações de família, se desculpava de não saber responder às minhas teorias e dizia: «Não sei 'sprimir-me», eu triunfava sobre essa confissão com um bom senso irónico e brutal, digno do doutor Percepied; e se ela acrescentava: «Pois, mas o que é certo é que era da parenteza, fica sempre o respeito devido à parenteza», eu encolhia os ombros e dizia cá para mim: «Bom sou eu, que discuto com uma iletrada que diz asneiras destas», adoptando assim para julgar a Françoise o ponto de vista mesquinho de homens cujo papel aqueles que mais os desprezam na imparcialidade da meditação são muito capazes de representar, quando representam uma das cenas comuns da vida.

Os meus passeios daquele Outono foram ainda mais agradáveis porque os dava depois de longas horas passadas com um livro. Quando estava cansado de ler toda a manhã na sala, lançava sobre os ombros a minha capa de escocês e saía: o meu corpo, havia muito tempo obrigado a manter a imobilidade, mas que se tinha carregado de animação e de velocidade acumuladas, precisava a seguir, como um pião que se larga, de as gastar em todas as direcções. As paredes das casas, a sebe de Tansonville, as árvores da mata de Roussainville, as moitas adossadas a Montjouvain, recebiam pancadas de guarda-chuva ou de bengala, ouviam gritos alegres, que não passavam, umas e outros, de ideias confusas que me exaltavam e que não atingiram o repouso na luz, por terem preferido a um lento e difícil esclarecimento o prazer de uma derivação mais fácil para uma saída imediata. Assim, a maioria das pretensas expressões das coisas que sentimos apenas nos desembaraçam delas, fazendo-as sair de nós sob uma forma indistinta que não nos ensina a conhecê-las. Quando tento deitar contas ao que devo ao lado de Méséglise, às humildes descobertas de que foi cenário fortuito ou necessário inspirador, recordo-me de que foi naquele Outono, num daqueles passeios, perto do talude coberto de silvas que protege Montjouvain, que pela primeira vez descobri esse desacordo entre as nossas impressões e a sua expressão habitual. Após uma hora de chuva e de vento, contra os quais lutara alegremente, ao chegar à beira do charco de Montjouvain, diante de um pequeno casebre coberto de telhas onde o jardineiro do senhor Vinteuil guardava as suas alfaias de jardinagem, o Sol acabava de reaparecer e os seus dourados lavados pelo aguaceiro de novo reluziam no céu, sobre as árvores, sobre a parede do casebre, sobre a sua cobertura de telha ainda molhada, em cuja crista passeava uma galinha. O vento que soprava impelia horizontalmente as ervas espontâneas que tinham crescido na superfície da parede e as penas macias da galinha, as quais, umas e outras, se deixavam esfiar ao sabor do seu sopro até à extremidade do seu comprimento, com o abandono das coisas inertes e leves. O telhado provocava no charco, que o Sol de novo tornava reflector, um marmoreado róseo, ao qual nunca prestara atenção. E vendo na água e na superfície da parede um pálido sorriso responder ao sorriso do céu, exclamei com todo o meu entusiasmo, brandindo o guarda-chuva fechado: «Toma, toma, toma, toma.» Mas senti ao mesmo tempo que o meu dever seria não me limitar a essas palavras opacas e tratar de discernir mais claramente o meu arrebatamento.

E foi ainda nesse momento — graças a um camponês que ia a passar, já com um ar de bastante mau humor, e que pior ficou quando quase apanhou com o guarda-chuva na cara, respondendo sem calor aos meus «Lindo tempo, não é, é bom caminhar» — que percebi que as mesmas emoções não se produzem simultaneamente, numa ordem preestabelecida, em todos os homens. Mais tarde, de cada vez que uma leitura um pouco longa me punha com disposição para conversar, o colega a quem eu ardia por dirigir a palavra tinha acabado justamente de se entregar ao prazer da conversa e desejava agora que o deixassem ler em paz. Se acabava de pensar nos meus pais com ternura e de tomar as decisões mais sensatas e mais adequadas a dar-lhes prazer, eles tinham ocupado o mesmo tempo a informar-se de um pecadilho de que eu me tinha esquecido e de que severamente me censuravam no momento em que corria para eles para os beijar.

Por vezes, à exaltação que a solidão me provocava juntava-se uma outra que eu não sabia separar nitidamente da primeira, causada pelo desejo de ver surgir à minha frente uma camponesa que pudesse apertar nos braços. Nascido subitamente, e sem que eu tivesse tempo de o ligar com precisão à sua causa, no meio de pensamentos muito diferentes, o prazer que o acompanhava parecia-me apenas um grau superior do que elas me causavam. Atribuía dobrado mérito a tudo o que nesse momento estava no meu espírito, ao reflexo róseo do telhado, às ervas bravas, à aldeia de Roussainville aonde havia muito desejava ir, às árvores da sua mata, ao campanário da sua igreja, graças àquela emoção nova que apenas mos tornava mais desejáveis porque acreditava que eram eles que provocavam essa tal emoção, que só parecia querer transportar-me para eles mais rapidamente quando inflava a minha vela com uma brisa poderosa, desconhecida e propícia. Mas se, para mim, esse desejo de que uma mulher aparecesse acrescentava aos encantos da natureza algo de mais exaltante, em compensação, os encantos da natureza ampliavam o que o encanto da mulher tivesse de excessivamente limitado. Parecia-me que a beleza das árvores era ainda a dela, e que a alma daqueles horizontes, da aldeia de Roussainville, dos livros que estava a ler nesse ano, me seria entregue pelo seu beijo; e como a minha imaginação retomava forças em contacto com a minha sensualidade, e a minha sensualidade se espalhava por todos os domínios da minha imaginação, o meu desejo já não tinha limites. É que, além disso — como acontece nos momentos de devaneio no meio da natureza em que, suspensa a acção do hábito, postas de lado as nossas noções abstractas, acreditamos com uma fé profunda na originalidade, na vida individual do lugar onde nos encontramos —, a transeunte que atraía o meu desejo parecia-me ser, não um exemplar qualquer desse tipo geral, a mulher, mas um produto necessário e natural daquele solo. Porque naquele tempo tudo o que não era eu, a terra e os seres, me parecia mais precioso, mais importante, dotado de uma existência mais real do que os homens feitos julgam. E, terra e seres, não os separava. Desejava uma camponesa de Méséglise ou de Roussainville, uma pescadora de Balbec, como desejava Méséglise e Balbec. O prazer que elas me podiam dar, tê-lo-ia julgado menos verdadeiro, já não acreditaria nele se tivesse modificado as suas condições a meu modo. Conhecer em Paris uma pescadora de Balbec ou uma camponesa de Méséglise teria sido receber conchas que não teria visto na praia, um feto que não teria encontrado nas matas, teria sido separar do prazer que a mulher me daria todos aqueles em que a minha imaginação a havia envolvido. Mas vaguear assim pelas matas de Roussainville sem uma camponesa para beijar era não conhecer daquelas matas o tesouro escondido, a beleza profunda. Essa rapariga que eu apenas via coberta de folhas era também, para mim, como uma planta local, só que de uma espécie superior às outras, e cuja estrutura permite ter mais próximo acesso que nelas ao sabor profundo da terra. Mais facilmente podia acreditar nisso (e em que as carícias com que ela me faria consegui-lo seriam também de uma espécie singular, e cujo prazer não poderia conhecer através de outra que não ela), porque estava ainda por muito tempo na idade em que ainda não abstraímos desse prazer da posse das diferentes mulheres com que o saboreámos, em que não o reduzimos a uma noção geral que por conseguinte os faz considerar como instrumentos intermutáveis de um prazer sempre idêntico. Nem sequer existe, isolado, separado e formulado no espírito, como objectivo que se prossegue ao aproximarmo-nos de uma mulher, como causa da perturbação prévia que se sente. Apenas pensamos nele como num prazer que teremos; ou antes, damos-lhe o nome do encanto dela; porque não pensamos em nós, não pensamos senão em sairmos de nós. Obscuramente esperado, imanente e oculto, ele leva apenas a um tal paroxismo no momento em que se realizam os outros prazeres que nos causam os doces olhares, os beijos daquela que está junto de nós, em que ele nos aparece sobretudo a nós mesmos como uma espécie de transporte do nosso reconhecimento para a bondade de coração da nossa companheira e para a sua tocante predilecção por nós, que medimos pelos benefícios, pela felicidade de que ela nos cumula.

Infelizmente, era em vão que me dirigia suplicante ao forte de Roussainville, que lhe pedia que mandasse para junto de mim alguma filha da sua aldeia, a ele, o único confidente dos meus primeiros desejos, quando, no alto da nossa casa de Combray, no pequeno gabinete a cheirar a lírios, apenas via a sua torre no meio da vidraça da janela entreaberta, enquanto, com as hesitações heróicas do viajante que inicia uma exploração ou do desesperado que se suicida, desfalecente, abria dentro de mim mesmo um caminho desconhecido e que julgava mortal, até ao momento em que um rasto natural como de um caracol se juntava às folhas da groselheira-brava que se inclinavam para mim. Em vão lhe suplicava agora. Em vão, mantendo a vasta paisagem dentro do meu campo de visão, a chamava até mim com os meus olhares, que gostariam de trazer de lá uma mulher. Podia ir até ao pórtico de Saint-André-des-Champs; nunca lá estava a camponesa, que não teria deixado de encontrar ali se estivesse com o meu avô e impossibilitado de meter conversa com ela. Fixava indefinidamente o tronco de uma árvore longínqua, atrás da qual ela iria surgir e caminhar para mim; o horizonte perscrutado permanecia deserto, a noite caía, era sem esperança que a minha atenção se colava, como que para aspirar as criaturas que poderiam abrigar, a este solo estéril, a esta terra esgotada; e já não era de alegria, era de raiva que eu batia nas árvores da mata de Roussainville, de entre as quais não saíam mais seres vivos do que se fossem árvores pintadas na tela de uma paisagem, quando, não podendo resignar-me a regressar a casa antes de ter apertado nos braços a mulher que tanto tinha desejado, era contudo obrigado a retomar o caminho de Combray confessando a mim mesmo que era cada vez menos provável o acaso que a poria no meu caminho. E, aliás, se a encontrasse, teria ousado falar-lhe? Achava que ela me consideraria um louco; deixava de julgar partilhados por outros seres, de julgar verdadeiros fora de mim os desejos que formulava durante os passeios e que não se realizavam. Eles revelavam-se-me apenas criações puramente subjectivas, impotentes, ilusórias, do meu temperamento. Já não tinham qualquer relação com a natureza, com a realidade que, por conseguinte, perdia todo o encanto e todo o significado e que já não era para a minha vida mais que um quadro convencional, como o é a carruagem para a ficção de um romance que um passageiro lê sentado no banco, para matar o tempo.

Foi talvez de uma impressão sentida, também perto de Montjouvain, alguns anos mais tarde, impressão que então permaneceu obscura, que saiu, muito depois, a ideia que construí do sadismo. Ver-se-á mais tarde que, por razões muito diferentes, a recordação desta impressão iria desempenhar um papel importante na minha vida. Estava um tempo quentíssimo; os meus pais, que devem ter estado ausentes todo o dia, tinham-me dito para regressar quando quisesse; e tendo ido até ao charco de Montjouvain, onde gostava de rever os reflexos do telhado do casebre, estendera-me à sombra e adormecera nas moitas do talude que domina a casa, no local onde outrora ficara à espera do meu pai, num dia em que ele fora visitar o senhor Vinteuil. Era quase noite quando acordei, quis levantar-me, mas vi a menina Vinteuil (tanto quanto consegui reconhecê-la, porque não a vira muitas vezes em Combray, e apenas quando ela era ainda uma criança, e agora começava a fazer-se uma rapariga), que provavelmente acabava de regressar a casa, ali à minha frente, a alguns centímetros de mim, na mesma sala onde o seu pai recebera o meu e que ela transformara na sua saleta pessoal. A janela estava entreaberta, a luz acesa, via todos os seus movimentos sem que ela me visse, mas se me fosse embora fazia estalar as silvas, ela ouvia-me e poderia julgar que eu me tinha escondido ali para a espiar.

Estava de luto carregado, porque o pai morrera havia pouco tempo. Nós não tínhamos ido visitá-la, a minha mãe não quisera devido a uma virtude que nela era a única coisa que limitava os efeitos da bondade: o pudor; mas lamentava-a profundamente. A minha mãe recordava-se do triste fim de vida do senhor Vinteuil, primeiro todo absorvido pelos cuidados de mãe e de criada de crianças que prestava à filha, e depois pelos sofrimentos que esta lhe causara; revia o rosto torturado que o velho tinha nos últimos tempos; sabia que ele renunciara para sempre a acabar de passar a limpo toda a sua obra dos últimos anos, pobres peças de um velho professor de piano, de um antigo organista de aldeia, peças a que pouco valor atribuíamos em si mesmas, mas que não desprezávamos por tanto valerem para ele, de quem tinham sido a razão de viver antes de as sacrificar à filha, e que, na sua maioria, nem sequer anotadas, conservadas apenas na sua memória, algumas inscritas em folhas esparsas, ilegíveis, permaneceriam desconhecidas; a minha mãe pensava nessa outra renúncia, mais cruel ainda, a que o senhor Vinteuil se vira obrigado, a renúncia a um futuro de honesta e respeitada felicidade para a filha; quando evocava toda esta angústia suprema do antigo mestre de piano das minhas tias, sentia um verdadeiro desgosto e pensava com pavor nesse outro desgosto muito mais amargo que a menina Vinteuil devia sentir, misturado intimamente com o remorso de quase ter morto o pai. «Pobre senhor Vinteuil», dizia a minha mãe, «viveu e morreu para a filha, sem ter recebido o seu salário. Irá recebê-lo depois da morte, e de que forma? Só ela lho poderia pagar.»

Ao fundo do salão da menina Vinteuil, em cima da chaminé, estava poisado um pequeno retrato do pai, que ela foi buscar num movimento vivo no momento em que ressoou o rolar de uma carruagem que vinha da estrada, e depois atirou-se para um canapé e puxou para junto de si uma mesinha onde colocou o retrato, como o senhor Vinteuil pusera um dia ao seu lado a peça que desejava tocar para os meus pais. Pouco depois entrou a amiga. A menina Vinteuil recebeu-a sem se levantar, com as duas mãos atrás da cabeça, e recuou para a outra ponta do sofá como que para lhe dar lugar. Mas imediatamente sentiu que parecia estar assim a impor-lhe uma atitude que talvez lhe fosse importuna. Pensou que a amiga talvez preferisse estar longe dela numa cadeira, achou-se indiscreta, e a delicadeza do seu coração alarmou-se com isso; reocupando todo o espaço no sofá, fechou os olhos e começou a bocejar para dar a entender que a vontade de dormir era a única razão pela qual se tinha estendido assim. Apesar da familiaridade rude e dominadora que tinha com a companheira, eu reconhecia os gestos obsequiosos e reticentes, os bruscos escrúpulos do pai. Não tardou a levantar-se, e fingiu querer fechar as portadas sem o conseguir.

— Então deixa tudo aberto, tenho calor — disse a amiga.

— É que é desagradável, assim vêem-nos — respondeu a menina Vinteuil.

Mas adivinhou por certo que a amiga iria pensar que ela tinha dito aquelas palavras apenas para a provocar a que lhe respondesse com umas outras palavras que efectivamente desejava ouvir, mas que por discrição lhe queria deixar a iniciativa de pronunciar. Por isso, o seu olhar, que eu não podia distinguir, deve ter tomado a expressão que tanto agradava à minha avó, quando acrescentou vivamente:

— Quando digo que nos vêem, quero dizer que nos vêem ler; é desagradável pensar que há olhos que vêem qualquer coisa insignificante que façamos.

Por uma generosidade instintiva e uma delicadeza involuntária, calava as palavras premeditadas que achara indispensáveis à plena realização do seu desejo. E, a todo o instante, no fundo de si mesma havia uma virgem tímida e suplicante a implorar e a fazer recuar um velho soldado rude e vencedor.

— Sim, é provável que estejam a olhar para nós a estas horas, neste campo tão frequentado — disse ironicamente a amiga. — E então? — acrescentou ela (julgando dever acompanhar de uma piscadela de olho maliciosa e terna estas palavras que recitou por bondade, como um texto que sabia ser agradável à menina Vinteuil, num tom que se esforçava por tornar cínico) —, ainda que nos vissem, melhor seria.

A menina Vinteuil estremeceu e ergueu-se. O seu coração escrupuloso e sensível ignorava que palavras haviam de vir espontaneamente adaptar-se à cena que os seus sentidos exigiam. Procurava o mais longe que podia da sua verdadeira natureza moral encontrar a linguagem própria da rapariga viciosa que desejava ser, mas as palavras que pensava que esta pronunciaria sinceramente pareciam-lhe falsas na sua boca. E o pouco a que se atrevia era dito num tom contrafeito em que os seus hábitos de timidez lhe paralisavam as veleidades de audácia, e misturava-se com frases como estas: «Não tens frio, não tens calor a mais, não te apetece ficar sozinha a ler?»

«A menina parece-me estar esta tarde com pensamentos muito lúbricos», acabou ela por dizer, repetindo por certo uma frase que um dia ouvira na boca da amiga.

No cavado do corpete de crepe, a menina Vinteuil sentiu que a amiga lhe aplicava um beijo; soltou um gritinho, fugiu, e correram uma atrás da outra aos saltos, fazendo esvoaçar as largas mangas como asas e cacarejando e chilreando como aves apaixonadas. Depois a menina Vinteuil acabou por cair sobre o canapé, coberta pelo corpo da amiga. Mas esta estava de costas para a mesinha sobre a qual fora colocado o retrato do antigo professor de piano. A menina Vinteuil compreendeu que a amiga não o veria se não fosse ela a chamar-lhe a atenção, e disse-lhe, como se só então acabasse de dar por ele:

— Oh! Este retrato do meu pai a olhar para nós, não sei quem o terá posto aqui, e eu já disse vinte vezes que não era aqui o seu lugar.

Recordo-me de que eram as palavras que o senhor Vinteuil dissera ao meu pai a propósito da peça de música. Aquele retrato costumava servir-lhe certamente para profanações rituais, porque a amiga respondeu-lhe com estas palavras que deviam fazer parte das suas respostas litúrgicas:

— Deixa-o lá estar onde está, já cá não está para nos maçar. Aquele velho macaco havia de choramingar, havia de te querer pôr o casacão se te visse aí com a janela aberta.

A menina Vinteuil respondeu com palavras de branda censura: «Pronto, pronto», que provavam a bondade da sua natureza, não que fossem ditadas pela indignação que aquela maneira de falar acerca do pai lhe pudesse causar (era evidente que se tratava de um sentimento que, sabe-se lá graças a que sofismas, se tinha habituado a silenciar em si naqueles minutos), mas porque elas eram uma espécie de freio que, para não se mostrar egoísta, ela própria punha ao prazer que a amiga procurava proporcionar-lhe. E, além disso, essa moderação sorridente em resposta àquelas blasfémias, essa censura hipócrita e terna, pareciam porventura à sua natureza franca e boa uma forma particularmente infame, uma forma adocicada dessa outra perversidade que procurava assimilar. Mas não pôde resistir à atracção do prazer que sentiria ao ser tratada com doçura por uma pessoa tão implacável para com um morto sem defesa; saltou para os joelhos da amiga e estendeu-lhe castamente a testa a beijar, como o poderia fazer se fosse filha dela, sentindo com delícias que iam assim ambas até ao fim da crueldade, arrebatando ao senhor Vinteuil, até no túmulo, a sua paternidade. A amiga agarrou-lhe a cabeça com as mãos e depôs-lhe um beijo na testa com aquela docilidade que a grande afeição que tinha pela menina Vinteuil, e o desejo de introduzir alguma distracção na vida agora tão triste da órfã, lhe tornavam fácil.

— Sabes o que me apetece fazer a este velho horror? — disse ela pegando no retrato.

E murmurou ao ouvido da menina Vinteuil algo que não consegui ouvir.

— Ah! Não te atrevias.

— Não me atrevo a cuspir-lhe em cima? Em cima disto? — disse a amiga com uma brutalidade intencional.

Não ouvi mais, porque a menina Vinteuil, com um ar cansado, inábil, atarefado, virtuoso e triste, veio fechar as portadas e a janela, mas sabia agora o salário que depois da sua morte o senhor Vinteuil recebia pelos sofrimentos que durante a vida suportara por causa da filha.

E, no entanto, pensei depois que, se o senhor Vinteuil tivesse podido assistir a esta cena, não teria porventura perdido ainda a sua fé no bom coração da filha, e talvez até não estivesse de todo enganado. É certo que nos costumes da menina Vinteuil a aparência do mal era tão completa que a custo a encontraríamos realizada com aquele grau de perfeição, a não ser numa sádica; é à luz da ribalta dos teatros do bulevar, mais que sob a candeia de uma verdadeira casa do campo, que podemos ver uma rapariga fazer uma amiga cuspir no retrato de um pai que viveu só para ela; e só o sadismo confere um fundamento na vida à estética do melodrama. Na realidade, fora dos casos de sadismo, uma rapariga poderia cometer para com a memória e as vontades do pai morto faltas tão cruéis como as da menina Vinteuil, mas não as resumiria expressamente num acto de simbolismo tão rudimentar e tão ingénuo; o que o seu comportamento teria de criminoso seria mais velado aos olhos dos outros, e até aos próprios olhos dela, que faria o mal sem o confessar a si mesma. Mas, para além da aparência, no coração da menina Vinteuil, o mal, ao menos de início, não foi por certo puro. Uma sádica como ela é a artista do mal, coisa que uma criatura inteiramente má não poderia ser, porque o mal não lhe seria exterior, lhe pareceria de todo natural, nem sequer se distinguiria dela; e a virtude, a memória dos mortos, a ternura filial, não encontraria prazer sacrílego em profaná-las, porque não as cultivaria. As sádicas da espécie da menina Vinteuil são seres tão puramente sentimentais, tão naturalmente virtuosos, que até o prazer sensual lhes parece algo de mau, um privilégio dos maus. E quando por um instante concedem a si mesmos entregar-se a ele, é na pele dos maus que tratam de entrar e de fazer entrar o cúmplice, de forma a possuírem por um momento a ilusão de se terem evadido da sua alma escrupulosa e terna para o mundo desumano do prazer. E eu percebia como ela o teria desejado ao ver como lhe era impossível consegui-lo. No momento em que se queria tão diferente do pai, o que ela me recordava eram as maneiras de pensar, de dizer, do velho professor de piano. Muito mais que a sua fotografia, o que ela profanava, o que ela punha ao serviço dos seus prazeres, mas que permanecia entre eles e ela, e a impedia de os saborear directamente, era a parecença do seu rosto, os olhos azuis da mãe dele, que ele lhe transmitira como uma jóia de família, aqueles gestos de amabilidade que interpunham entre o vício da menina Vinteuil e ela uma fraseologia, uma mentalidade, que não eram feitas para ele e a impediam de conhecer esse vício como algo de muito diferente dos numerosos deveres de delicadeza a que habitualmente se consagrava. Não era o mal que lhe dava a ideia do prazer, que lhe parecia agradável; era o prazer que lhe parecia maligno. E como, de cada vez que se lhe entregava, ele se fazia acompanhar nela daqueles pensamentos maus que no resto do tempo estavam ausentes da sua alma virtuosa, acabava por encontrar no prazer algo de diabólico, por identificá-lo com o Mal. Talvez a menina Vinteuil sentisse que a sua amiga não era radicalmente má, e que não estava a ser sincera no momento em que lhe dizia aquelas frases blasfematórias. Pelo menos tinha o prazer de beijar no seu rosto sorrisos, olhares, porventura fingidos, mas análogos na sua expressão viciosa e baixa aos que teria tido, não um ser de bondade e sofrimento, mas um ser de crueldade e de prazer. Podia imaginar por um instante que jogava de verdade os jogos que uma rapariga que tivesse efectivamente sentido esses sentimentos bárbaros para com a memória do seu pai teria jogado com uma cúmplice tão desnaturada. Talvez não tivesse pensado que o mal fosse um estado tão raro, tão extraordinário, tão alheio, para onde era tão repousante emigrar, se tivesse sabido discernir em si, como em toda a gente, aquela indiferença aos sofrimentos que se causam e que, sejam quais forem os outros nomes que se lhe dê, é a forma terrível e permanente da crueldade.

Se era bastante simples ir para o lado de Méséglise, coisa diferente era ir para o lado de Guermantes, porque o passeio era longo e queríamos ter a certeza do tempo que iria fazer. Quando parecia que entrávamos numa série de dias bonitos; quando a Françoise, desesperada por não cair uma gota de água para as «pobres colheitas», e vendo apenas umas raras nuvens brancas a nadar à superfície calma e azul do céu, exclamava a gemer: «Até parece que estamos a ver nem mais nem menos que cães-do-mar, lá em cima, na brincadeira, a mostrar os focinhos! Ah, bem lhes interessa a eles fazer chover para os pobres agricultores! E depois de os trigos estarem crescidos então a chuva vai começar a cair de mansinho, sem parar, sem querer saber por cima de que é que cai, como se fosse sobre o mar»; quando o meu pai recebera invariavelmente as mesmas respostas favoráveis do jardineiro e do barómetro — então dizíamos ao jantar: «Amanhã, se fizer o mesmo tempo, vamos para o lado de Guermantes.» Saíamos logo a seguir ao almoço pela portinha do jardim e desembocávamos na estreita Rua dos Perchamps, que formava um ângulo agudo, cheia de gramíneas, no meio das quais duas ou três vespas passavam o dia em busca de plantas, uma rua tão esquisita como o seu nome, do qual eu achava que derivavam as suas particularidades curiosas e a sua personalidade azeda, e que em vão procuraríamos na Combray de hoje, onde no seu percurso se ergue a escola. Mas a minha imaginação sonhadora (semelhante à daqueles arquitectos discípulos de Viollet-le-Duc, que, julgando encontrar debaixo de uma tribuna renascença e de um altar do século XVII os vestígios de um coro românico, tornam a pôr todo o edifício no estado em que era suposto estar no século XII) não deixa de pé uma pedra do edifício novo, trespassa e «restitui» a Rua dos Perchamps. De resto, ela tem para estas reconstituições dados mais exactos do que os restauradores geralmente têm: algumas imagens conservadas pela minha memória, porventura as últimas que existem ainda na actualidade, e destinadas a ser rapidamente aniquiladas, do que era a Combray dos tempos da minha infância; e porque foi essa imaginação que as traçou dentro de mim antes de desaparecerem, comoventes — se é que se pode comparar um obscuro retrato com as efígies gloriosas cujas reproduções a minha avó gostava de me oferecer — como aquelas gravuras antigas da Ceia ou daquele quadro de Gentile Bellini, nos quais se vêem, num estado que já não existe hoje em dia, a obra-prima de Vinci e o portal de São Marcos.

Passava-se, na Rua do Pássaro, diante da velha Hospedaria do Pássaro Frechado, em cujo grande pátio entraram às vezes no século XVII as carruagens das duquesas de Montpensier, de Guermantes e de Montmorency, quando tinham de vir a Combray por causa de alguma disputa com os seus rendeiros, ou para receberem homenagem. Chegava-se ao passeio público, por entre cujas árvores surgia o campanário de Santo Hilário. E apetecia-me ficar ali sentado todo o dia a ler, ouvindo os sinos; porque estava um tempo tão bonito e tão tranquilo que, quando soavam as horas, parecia, não que elas quebravam a calma do dia, mas que o libertavam do que ele continha, e que o campanário, com a precisão indolente e cuidadosa de uma pessoa que não tem mais nada que fazer, apenas — para expressar e deixar cair algumas gotas de ouro que o calor nele acumulara lenta e naturalmente — acabava de resumir, no momento exacto, a plenitude do silêncio.

O maior encanto do lado de Guermantes era que tínhamos quase sempre a nosso lado o curso do Vivonne. Era forçoso atravessá-lo pela primeira vez dez minutos depois de sair de casa, por um passadiço a que se chamava a Ponte Velha. Logo no dia seguinte à nossa chegada, no dia de Páscoa, depois do sermão, se o tempo estava bom, eu corria para lá, para ver, naquela desordem de uma manhã de grande festa em que alguns preparativos sumptuosos fazem parecer mais sórdidos os utensílios domésticos que ainda por lá andam, o rio que passeava já, azul-celeste entre as terras ainda negras e nuas, acompanhado apenas de um bando de cucos que tinham chegado cedo de mais e de prímulas adiantadas, enquanto aqui e além uma violeta de bico azul vergava a sua haste sob o peso da gota de aroma que guardava no seu cálice. A Ponte Velha desembocava num caminho de sirga que naquele local, no Verão, se atapetava das folhas azuis de uma aveleira, debaixo da qual tomara raízes um pescador de chapéu de palha. Em Combray, onde eu sabia que espécie de ferrador ou de marçano se disfarçava sob a farda do suíço das cerimónias da igreja ou da sobrepeliz do menino de coro, aquele pescador é a única pessoa cuja identidade nunca descobri. Ele devia conhecer os meus pais, porque soerguia o chapéu quando passávamos; queria então perguntar-lhe o nome mas faziam-me sinal para me calar para não assustar o peixe. Íamos pelo caminho de sirga que seguia acima da corrente com um talude de vários pés; do outro lado a margem era baixa, estendida em vastos prados até à aldeia e até à estação, que era longe dali. Estavam semeados dos restos, meio mergulhados entre as ervas, do castelo dos antigos condes de Combray, que na Idade Média tinha deste lado o curso do Vivonne como defesa contra os ataques dos senhores de Guermantes e dos abades de Martinville. Eram já só alguns fragmentos, que mal se viam, de torres corcovando a pradaria, algumas ameias donde outrora o besteiro lançava pedras, donde o vigia espiava Novepont, Clairefontaine, Martinville-le-Sec, Bailleau-l'Exempt, tudo terras tributárias de Guermantes, no meio das quais estava encravada Combray, e hoje rentes à erva, dominadas pelos meninos da escola dos frades que vinham ali estudar as lições ou brincar no recreio — um passado quase descido à terra, estendido à beira da água como um passeante a apanhar o fresco, mas que me dava muito que sonhar, fazendo juntar no nome de Combray à cidadezinha de hoje uma cidade muito diferente, retendo os meus pensamentos pelo seu rosto incompreensível e de outras épocas que tinha meio escondido debaixo dos ranúnculos. Eram muito numerosos naquele local, que tinham escolhido para as suas brincadeiras de ar livre, isolados, dois a dois, em bandos, amarelos como gemas, brilhando mais, julgava eu, porque, como não podia derivar para alguma veleidade de apreciação, o prazer que a sua visão me causava, acumulava-o eu na sua superfície dourada, até se tornar suficientemente poderoso para produzir inútil beleza; e isto desde a minha mais tenra infância, quando do caminho de sirga estendia os braços para eles sem poder soletrar completamente o seu lindo nome de príncipes de contos de fadas franceses, porventura chegados há muitos séculos da Ásia, mas enraizados para sempre na aldeia, satisfeitos com aquele modesto horizonte, amantes do sol e da beira de água, fiéis à pequena paisagem da estação ferroviária, porém conservando ainda, como algumas das nossas velhas telas pintadas, um poético brilho do Oriente.

Divertia-me a olhar para as garrafas que os garotos metiam no Vivonne para apanhar peixes pequenos e que, cheias pelo rio onde por sua vez são fechadas, ao mesmo tempo «continente» nos flancos transparentes de uma espécie de água endurecida e «conteúdo» mergulhado num continente maior de cristal líquido e corrente, lembravam a imagem da frescura de uma forma mais deliciosa e mais irritante do que o teriam feito numa mesa posta, apenas mostrando-a em fuga naquela aliteração perpétua entre a água sem consistência, onde as mãos a não podem captar, e o vidro sem fluidez, onde o palato a não poderia fruir. Prometia a mim mesmo voltar ali mais tarde com linhas; conseguia que retirassem algum pão das provisões da merenda, atirava para o Vivonne bolinhas que pareciam bastar para lhe provocar um fenómeno de supersaturação, porque a água se solidificava imediatamente em redor delas em cachos ovóides de girinos esfomeados que até então lá estavam por certo dissolvidos, invisíveis, prestes a entrar em vias de cristalização.

Não tarda e o curso do Vivonne é obstruído por plantas aquáticas. Inicialmente, há-as isoladas, como aquele nenúfar ao qual a corrente que o colocara de forma infeliz dava tão pouco descanso que, como uma barca accionada mecanicamente, só chegava a uma margem para logo regressar àquela donde tinha vindo, refazendo eternamente a dupla travessia. Empurrado para a margem, o seu pedúnculo desdobrava-se, estendia-se, desfiava-se, atingia o extremo limite da sua tensão até ao lado em que a corrente tornava a agarrá-lo, o verde cordame retraía-se sobre si mesmo e levava a pobre planta ao que se pode chamar o seu ponto de partida, e tanto mais quanto não ficava lá um segundo sem tornar a partir para uma repetição da mesma manobra. Ia encontrá-la de passeio em passeio, sempre na mesma situação, fazendo pensar em certos neurasténicos, em cujo número o meu avô incluía a tia Léonie, que nos oferecem sem alteração ao longo dos anos o espectáculo dos hábitos esquisitos que sempre se julgam prestes a sacudir e que sempre conservam; apanhados na engrenagem dos seus incómodos e das suas manias, os esforços em que se debatem inutilmente para de lá saírem não fazem mais que assegurar o funcionamento e pôr em marcha o mecanismo da sua dietética estranha, inelutável e funesta. Assim era aquele nenúfar, semelhante também a um daqueles infelizes cujo singular tormento, que se repete indefinidamente ao longo da eternidade, excitava a curiosidade de Dante, e cujas particularidades e causa ele teria posto o próprio supliciado a contar mais demoradamente, se Virgílio, afastando-se a passos largos, o não forçasse a juntar-se-lhe depressa, como eu com os meus pais.

Mas mais adiante a corrente afrouxa, atravessa uma propriedade cujo acesso estava aberto ao público por aquele a quem pertencia e que se dedicara a obras de horticultura aquática, fazendo florir, nos pequenos pegos formados pelo Vivonne, verdadeiros jardins de nenúfares. Como as margens eram nesse local muito arborizadas, as grandes sombras das árvores davam à água um fundo que habitualmente era verde-escuro, mas que, por vezes, quando regressávamos em certas tardes serenadas depois de terem sido de início tempestuosas, vi ser azul-claro e cru, a puxar para o roxo, aparentemente compartimentado e de gosto japonês. Aqui e além, à superfície, avermelhava como um morango uma flor de nenúfar de coração escarlate, branca nos bordos. Mais adiante, as flores mais numerosas eram mais pálidas, menos lisas, mais granulosas, mais pregueadas, e dispostas pelo acaso em espirais tão graciosas que julgávamos ver flutuar à deriva, como depois do desfolhar melancólico de uma festa galante, rosas espumosas em grinaldas desatadas. Noutro local havia um canto que parecia reservado às espécies comuns que mostravam o branco e o rosa do goivo, todos apuradinhos, lavados como porcelana com um zelo doméstico, enquanto um pouco mais à frente, apertados uns contra os outros numa verdadeira platibanda flutuante, dir-se-iam amores-perfeitos dos jardins que tivessem vindo poisar como borboletas as suas asas azuladas e geladas na obliquidade transparente daquele canteiro de água; e daquele canteiro celeste também: porque concedia às flores um chão de uma cor mais preciosa, mais impressionante que a cor das próprias flores; e, ou porque durante a tarde ele fizesse faiscar sob os nenúfares o caleidoscópio de uma felicidade atenta, silenciosa e movediça, ou porque se enchesse para o fim da tarde, como um porto distante, do cor-de-rosa e do devaneio do crepúsculo, mudando constantemente para permanecer sempre consonante, em redor das corolas de tonalidades mais fixas, com o que existe de mais profundo, de mais fugidio, de mais misterioso, com o que há de indefinido na hora, ele parecia tê-las feito florir em pleno céu.

Ao sair deste parque, o Vivonne punha-se a correr de novo. Quantas vezes eu vi, e desejei imitar quando fosse livre de viver ao meu jeito, um remador que, largado o remo, se deitara de costas, com a cabeça em baixo, no fundo do seu bote, e que, deixando-o flutuar à deriva, apenas podendo ver o céu que desfilava lentamente por cima de si, levava na cara o antegosto da felicidade e da paz.

Sentávamo-nos no meio dos lírios à beira da água. No céu em descanso vagueava longamente uma nuvem ociosa. Por momentos, pressionada pelo tédio, uma carpa erguia-se fora de água numa aspiração ansiosa. Era a hora da merenda. Antes de tornar a partir ficávamos ali muito tempo a comer fruta, pão e chocolate, sobre a erva onde chegavam até nós, horizontais, enfraquecidos, mas densos e metálicos ainda, sons do sino de Santo Hilário que havia tanto tempo não se misturavam com o ar que atravessavam e que, estriados pela palpitação sucessiva de todas as suas linhas sonoras, vibravam rasando as flores, aos nossos pés.

Às vezes, à beira da água rodeada de matas, encontrávamos uma casa dita de prazer, isolada, perdida, que nada via do mundo além do rio que lhe banhava os pés. Uma jovem mulher cujo rosto pensativo e cujos véus elegantes não eram desta terra e que viera sem dúvida, segundo a expressão popular, «enterrar-se» ali, saborear o prazer amargo de sentir que o seu nome, e sobretudo o nome daquele cujo coração não conseguiu conservar, eram ali desconhecidos, aparecia enquadrada na janela que não lhe deixava ver mais longe que o bote amarrado perto da porta. Erguia distraidamente os olhos ouvindo atrás das árvores da margem a voz dos que passavam, os quais, antes mesmo que ela lhes visse as caras, podia estar certa de que não haviam conhecido nem viriam a conhecer o infiel, de que nada no seu passado tinha a marca dele, de que nada no seu futuro teria ocasião de a receber. Sentia-se que na sua renúncia ela abandonara voluntariamente lugares onde ao menos poderia avistar o seu amado, em troca destes que nunca o haviam visto. E, ao regressar de um passeio qualquer por um caminho por onde ela sabia que ele não passaria, eu via-a retirar das mãos resignadas longas luvas de graciosidade inútil.

Nunca no passeio para o lado de Guermantes pudemos subir à nascente do Vivonne, na qual muitas vezes pensara e que tinha para mim uma existência tão abstracta, tão ideal, que havia ficado muitíssimo surpreendido quando me disseram que ela se situava no departamento, a uma certa distância quilométrica de Combray, como no dia em que soubera que existia um outro ponto definido da terra onde, na Antiguidade, se abria a entrada dos Infernos. Também nunca pudemos chegar até ao fim, até ao fim a que eu tanto desejaria chegar, até Guermantes. Sabia que ali residiam os fidalgos, o duque e a duquesa de Guermantes, sabia que eram personagens reais e actualmente existentes, mas sempre que pensava neles imaginava-os ora em tapeçaria, como a condessa de Guermantes na *Coroação de Ester* da nossa igreja, ora de tonalidades fugidias como Gilberto, *o Malvado*, no vitral onde passava do verde-couve ao azul-ameixa, consoante eu estava ainda a tomar água benta ou estava a chegar às nossas cadeiras, ora absolutamente impalpáveis como a imagem de Genoveva de Brabante, antepassada da família de Guermantes, que a lanterna-mágica passeava pelos cortinados do meu quarto ou fazia subir até ao tecto — enfim, sempre envolvidos no mistério dos tempos merovíngios e mergulhando, como que num pôr-do-Sol, na luz alaranjada que emana desta sílaba: «antes». Mas se, apesar disso, eles eram para mim, enquanto duque e duquesa, seres reais, ainda que estranhos, em contrapartida as suas pessoas ducais distendiam-se desmesuradamente, imaterializavam-se, para poderem conter em si aquele Guermantes de que eram duque e duquesa, todo aquele «lado de Guermantes» ensolarado, o curso do Vivonne, os seus nenúfares e as suas grandes árvores, e tantas belas tardes. E sabia que não usavam apenas o título de duque e duquesa de Guermantes, mas que desde o século XIV, época em que, depois de terem inutilmente tentado vencer os seus antigos senhores, se haviam aliado a eles através de casamentos, eram condes de Combray, por consequência os primeiros entre os cidadãos de Combray, e contudo os únicos que não habitavam lá. Condes de Combray, possuindo Combray no meio do seu nome, das suas pessoas, e sem dúvida tendo efectivamente em si aquela estranha e piedosa tristeza que era específica de Combray; proprietários da cidade, mas não de uma casa em especial, morando sem dúvida fora, na rua, entre céu e terra, como aquele Gilberto de Guermantes do qual apenas via, se levantava a cabeça quando ia buscar sal à loja do Camus, o avesso de laca negra nos vitrais da abside de Santo Hilário.

Aconteceu além disso que do lado de Guermantes passei às vezes diante dos pequenos cerrados húmidos onde trepavam cachos de flores escuras. Parava ali, julgando adquirir uma noção preciosa, porque parecia-me ter diante dos olhos um fragmento daquela região fluviátil que tanto desejava conhecer desde que a tinha visto descrita por um dos meus escritores preferidos. E foi com ela, com o seu chão imaginário atravessado de cursos de água fervilhantes, que Guermantes, mudando de aspecto no meu pensamento, se identificou, quando ouvi o doutor Percepied falar-nos das flores e das belas águas vivas que havia no parque do castelo. Sonhava que a senhora de Guermantes me mandava chamar, apaixonada por mim num súbito capricho; ali pescava trutas todo o dia comigo. E ao cair da tarde, pegando-me pela mão, passando diante dos jardinzinhos dos seus vassalos, mostrava-me ao longo dos muros baixos as flores que neles apoiam as suas rocas roxas e vermelhas e ensinava-me os seus nomes. Fazia-me contar-lhe os temas dos poemas que eu tencionava compor. E esses sonhos advertiam-me de que, já que queria ser um dia escritor, era tempo de saber o que contava escrever. Mas, logo que me interrogava sobre isso, tentando encontrar um assunto em que pudesse pôr de pé um significado filosófico infinito, o meu espírito parava de funcionar, não via mais que o vazio diante da minha atenção, sentia que não tinha génio, ou que talvez uma doença cerebral o impedisse de nascer. Às vezes contava com o meu pai para resolver aquilo. Ele era tão poderoso, estava tanto nas boas graças da gente bem colocada, que conseguia fazer-nos transgredir as leis que a Françoise me ensinara a considerar como sendo mais inelutáveis que as da vida e da morte, fazer retardar um ano, na nossa casa, único caso em todo o bairro, as obras de «limpeza», obter do ministro para o filho da senhora Sazerat, que queria ir para águas, autorização para fazer o exame final dos estudos secundários dois meses antes, na série de candidatos cujo nome começava por um *A*, em lugar de esperar a vez dos *S*. Se eu tivesse adoecido gravemente, se tivesse sido capturado por bandidos, convencido de que o meu pai tinha suficientes entendimentos com os poderes supremos, cartas de recomendação irresistíveis para Nosso Senhor para que a minha doença ou o meu cativeiro pudessem ser outra coisa que não vãos simulacros sem perigo para mim, teria esperado com calma a hora inevitável do regresso à boa realidade, a hora da libertação ou da cura; talvez aquela ausência de génio, aquele buraco negro que se cavava no meu espírito quando procurava o assunto dos meus escritos futuros, não passasse também de uma ilusão sem consistência e cessasse por intervenção do meu pai, que teria convencionado com o Governo e com a Providência que eu seria o primeiro escritor da época. Mas outras vezes, enquanto os meus pais se impacientavam de me ver ficar para trás e não os acompanhar, a minha vida actual, em lugar de me parecer uma criação artificial do meu pai e que ele podia modificar à sua vontade, surgia-me, pelo contrário, como compreendida numa realidade que não era feita para mim, contra a qual não havia recurso, no centro da qual eu não tinha qualquer aliado, que não escondia nada para além de si mesma. Achava então que existia da mesma maneira dos outros homens, que iria envelhecer, que morreria como eles, e que, entre eles, eu pertencia simplesmente ao número daqueles que não possuem disposições para escrever. Assim, desencorajado, renunciava para sempre à literatura, apesar dos incentivos que Bloch me havia dado. Este sentimento íntimo, imediato, que eu tinha do nada do meu pensamento prevalecia sobre todas as palavras lisonjeiras que me podiam dirigir, tal e qual como os remorsos da consciência num malvado a quem toda a gente gaba as boas intenções.

Um dia a minha mãe disse-me: «Já que estás sempre a falar da senhora de Guermantes, como o doutor Percepied a tratou muito bem há quatro anos, ela deve vir a Combray para assistir ao casamento da filha dele. Poderás vê-la de longe durante a cerimónia.» Fora aliás através do doutor Percepied que eu mais ouvira falar da senhora de Guermantes, e ele até nos mostrara o número de uma revista ilustrada onde ela estava representada com o fato que levava num baile de máscaras em casa da princesa de Léon.

De repente, durante a missa de casamento, um movimento do suíço deslocando-se do seu lugar permitiu-me ver sentada numa capela uma senhora loira com um grande nariz, olhos azuis e perscrutantes, um lenço de pescoço tufado, de seda rosa-malva, lisa, nova e brilhante, e um pequeno sinal ao canto do nariz. E, visto que na superfície do seu rosto vermelho, como se o tivesse muito quente, distinguia, diluídos e a custo perceptíveis, parcelas de analogia com o retrato que me haviam mostrado, visto que, sobretudo, os traços particulares que nela notava, se tentasse enunciá-los, se formulavam precisamente nos mesmos termos — um grande nariz, olhos azuis — de que se servira o doutor Percepied quando descrevera à minha frente a duquesa de Guermantes, disse de mim para mim: «Esta senhora parece-se com a senhora de Guermantes»; ora, a capela onde ela seguia a missa era a de Gilberto, *o Malvado*, sob cujas lápides tumulares, douradas e frouxas como alvéolos de mel, repousavam os antigos condes de Brabante, e que eu me recordava ser, segundo me tinham dito, reservada à família de Guermantes quando algum dos seus membros vinha assistir a uma cerimónia em Combray; era provável e verosímil que ali, naquela capela, houvesse apenas uma única mulher parecida com o retrato da senhora de Guermantes, naquele dia em que precisamente ela era para vir; era ela! Era grande a minha decepção. Provinha ela do facto de que eu nunca me acautelara quando pensava na senhora de Guermantes, e a imaginava com as cores de uma tapeçaria ou de um vitral, noutro século, de outra maneira diferente do resto das pessoas vivas. Nunca me tinha lembrado de que ela podia ter uma cara avermelhada, um lenço de pescoço rosa-malva como a senhora Sazerat, e o oval das suas faces fez-me lembrar de tal modo pessoas que eu tinha visto lá em casa que me assaltou a suspeita, que aliás logo a seguir se dissipou, de que aquela senhora, no seu princípio gerador, em todas as suas moléculas, não era acaso substancialmente a duquesa de Guermantes, mas que o seu corpo, ignorando o nome que lhe davam, pertencia a um certo tipo feminino que incluía igualmente mulheres de médicos e de comerciantes. «É aquilo, não passa daquilo a senhora de Guermantes!», dizia o rosto atento e admirado com que contemplava aquela imagem que naturalmente não tinha qualquer relação com as que sob o mesmo nome de senhora de Guermantes tantas vezes haviam surgido nos meus sonhos, visto que ela, ai, ela não fora, como os outros, arbitrariamente formada por mim, mas me saltara aos olhos pela primeira vez, apenas uns momentos atrás, na igreja; que não era da mesma natureza, não era susceptível de ser colorida à vontade como aquelas que se deixam embeber da tonalidade alaranjada de uma sílaba, antes era tão real que tudo, até aquele sinalzinho que se inflamava ao canto do nariz, certificava a sua sujeição às leis da vida, tal como, numa apoteose de teatro, uma prega do vestido da fada, um tremor do seu dedo mínimo, denunciam a presença material de uma actriz viva, quando não estávamos seguros de se não teríamos diante dos olhos uma simples projecção luminosa.

Mas, ao mesmo tempo, sobre aquela imagem que o nariz proeminente, os olhos perscrutantes pregavam com alfinetes na minha visão (talvez porque tinham sido eles os primeiros a chegar até ela, os que nela haviam feito a primeira mossa, quando eu ainda não tinha tempo de pensar que a mulher que surgia à minha frente podia ser a senhora de Guermantes), sobre aquela imagem recentíssima, imutável, eu tentava aplicar a ideia: «É a senhora de Guermantes», sem conseguir mais que fazê-la girar em frente da imagem, como dois discos separados por um intervalo. Mas aquela senhora de Guermantes com que tantas vezes sonhara, agora que via que existia efectivamente fora de mim, tomou com isso ainda maior poder sobre a minha imaginação, que, paralisada por um instante em contacto com uma realidade tão diferente da que esperava, começou a reagir e a dizer-me: «Gloriosos já antes de Carlos Magno, os Guermantes tinham o direito de vida e de morte sobre os seus vassalos; a duquesa de Guermantes descende de Genoveva de Brabante. Não conhece, nem aceitaria conhecer qualquer das pessoas que aqui estão.»

E — oh, maravilhosa independência dos olhares humanos, seguros à cara por uma corda tão frouxa, tão comprida, tão extensível, que podem passear sozinhos longe dela —, enquanto a senhora de Guermantes estava sentada na capela por cima dos túmulos dos seus mortos, os seus olhares vagueavam aqui e além, subiam ao longo dos pilares, detinham-se até em mim, como um raio de sol errando pela nave, mas um raio de sol que, no momento em que recebi a sua carícia, me pareceu consciente. Quanto à senhora de Guermantes propriamente dita, como permanecia imóvel, sentada como uma mãe que parece não ver as audácias travessas e as manobras indiscretas dos filhos que brincam e interpelam pessoas que ela não conhece, foi-me impossível saber se aprovava ou censurava, na ociosidade da sua alma, a vagabundagem dos seus olhares.

Achei importante que ela não saísse dali antes de eu a poder contemplar o bastante, porque me recordava de que havia anos que considerava o vê-la coisa eminentemente desejável, e não tirava os olhos dela, como se cada um dos meus olhares tivesse podido materialmente arrebatar e pôr em reserva dentro de mim a recordação do nariz proeminente, das faces vermelhas, de todas aquelas particularidades que me pareciam outras tantas informações preciosas, autênticas e singulares acerca do seu rosto. Agora que todos os pensamentos que com ele relacionava mo faziam achar belo — e talvez, sobretudo, forma de instinto de conservação das melhores partes de nós mesmos, aquele desejo que sempre temos de não termos sido desiludidos —, tornando a situá-la (visto que eram uma só pessoa ela e aquela duquesa de Guermantes que até ali evocara) fora do resto da humanidade com que a visão pura e simples do seu corpo mo tinha feito por instantes confundir, irritava-me ouvir dizer à minha volta: «Está melhor que a senhora Sazerat, que a menina Vinteuil», como se ela lhes fosse comparável. E enquanto os meus olhares se detinham no seu cabelo loiro, nos seus olhos azuis, no seu laço do pescoço, e omitiam os traços que poderiam recordar-me outros rostos, exclamava diante daquele esboço voluntariamente incompleto: «Como ela é bela! Que nobreza! Como esta que eu tenho à minha frente é mesmo uma orgulhosa Guermantes, descendente de Genoveva de Brabante!» E a atenção com que iluminava o seu rosto isolava-a de tal modo que hoje em dia, se torno a pensar naquela cerimónia, é-me impossível rever uma só das pessoas que a ela assistiam excepto ela e o suíço cerimoniário, que respondeu afirmativamente quando lhe perguntei se aquela senhora era de facto a senhora de Guermantes. Mas ela, estou a revê-la, sobretudo no momento do desfile na sacristia iluminada pelo sol intermitente e quente de um dia de vento e temporal, e onde a senhora de Guermantes se encontrava no meio de toda aquelas pessoas de Combray de quem nem sequer sabia os nomes, mas cuja inferioridade a sua supremacia proclamava tanto que sentia por elas uma sincera benevolência, e às quais, de resto, esperava inspirar ainda mais respeito à custa de elegância de porte e de simplicidade. Assim, não podendo emitir aqueles olhares voluntários, carregados de um significado definido, que dirigimos a alguém que conhecemos, mas apenas deixar os seus pensamentos distraídos evolar-se incessantemente diante de si numa vaga de luz azul que não podia conter, ela não queria que essa vaga, que incessantemente lhes tocava, que passava por elas, pudesse incomodar ou parecesse mostrar desdém por aquelas pobres pessoas. Revejo ainda, por cima do seu lenço de pescoço rosa-malva, sedoso e tufado, o doce espanto dos seus olhos, a que juntara, sem se atrever a destiná-lo a ninguém mas para que todos pudessem tomar a sua parte dele, um sorriso um pouco tímido de suserana que parece pedir desculpa aos seus vassalos, e que os ama. Esse sorriso recaiu em mim, que não tirava os olhos dela. Então, recordando-me desse olhar que ela deixara deter-se em mim, durante a missa, azul como um raio de sol que tivesse atravessado o vitral de Gilberto, *o Malvado*, disse para comigo: «Não há dúvida de que está a dar-me atenção.» Eu julguei que lhe agradava, que ela ia tornar a pensar em mim depois de sair da igreja, que por minha causa talvez se pusesse triste ao entardecer em Guermantes. E imediatamente a amei, porque se às vezes pode bastar, para amarmos uma mulher, que ela nos olhe com desprezo, como eu julgava que fizera a menina Swann, e que pensemos que ela nunca nos poderá pertencer, às vezes também pode bastar que ela olhe para nós com bondade, como fazia a senhora de Guermantes, e que pensemos que ela poderá pertencer-nos. Os seus olhos azulavam como uma pervinca impossível de colher e que porém ela me tivesse dedicado; e o Sol, ameaçado por uma nuvem, mas dardejando ainda com toda a sua força sobre a praça e na sacristia, conferia uma carnação de gerânio aos tapetes vermelhos que haviam estendido pelo chão para a solenidade e sobre os quais avançava sorrindo a senhora de Guermantes, e acrescentava à sua lã um aveludado róseo, uma epiderme de luz, aquela espécie de ternura, de grave suavidade na pompa e na alegria que caracterizam certas páginas do *Lohengrin*, ou certas pinturas de Carpaccio, e que nos fazem compreender que Baudelaire tenha podido aplicar o epíteto delicioso ao som da trombeta.

Como, a partir daquele dia, nos meus passeios para o lado de Guermantes, me pareceu ainda mais aflitivo que antes o facto de não ter disposição para as letras e dever renunciar para sempre a ser um escritor célebre! O desgosto que sentia com isso, enquanto me punha sozinho a sonhar um pouco à parte, fazia-me sofrer tanto que, para não o sentir mais, por si mesmo, por uma espécie de inibição diante da dor, o meu espírito parava por completo de pensar nos versos, nos romances, num futuro poético com o qual a minha falta de talento me proibia que contasse. Então, de repente, bem fora de todas essas preocupações literárias, e sem qualquer relação com elas, um telhado, um reflexo de sol numa pedra, o aroma de um caminho faziam-me parar por um prazer especial que me davam, e também porque pareciam ocultar para além do que eu via algo que me convidavam a agarrar e que, apesar dos meus esforços, não conseguia descobrir. Como sentia que esse algo se encontrava neles, ficava ali, imóvel, a olhar, a respirar, a tentar ir com o meu pensamento para além da imagem ou do aroma. E se tinha que ir ter com o meu avô, que continuar o meu caminho, procurava recuperá-los a um e ao outro fechando os olhos; dedicava-me a recordar-me exactamente da linha do telhado, da tonalidade da pedra que, sem que pudesse compreender porquê, me tinham parecido cheias, prestes a entreabrir-se, a entregar-me aquilo que apenas recobriam. É claro que não eram impressões daquele género que me podiam devolver a esperança que perdera de poder vir a ser um dia escritor e poeta, porque estavam sempre ligadas a um objecto em especial desprovido de valor intelectual e sem qualquer relação com alguma verdade abstracta. Mas, pelo menos, davam-me um prazer não racional, a ilusão de uma espécie de fecundidade, e assim me distraíam do tédio e da sensação da minha impotência, que experimentara sempre que procurara um assunto filosófico para uma grande obra literária. Mas era tão árduo o dever de consciência que me impunham aquelas impressões de forma, de perfume ou de cor — tentar descobrir o que se ocultava atrás delas — que não tardava a procurar para mim mesmo desculpas que me permitissem furtar-me a esses esforços e poupar-me a essa fadiga. Por felicidade, os meus pais chamavam-me, sentia que não tinha presentemente a tranquilidade necessária para prosseguir com utilidade a minha pesquisa, e que mais valia não pensar mais naquilo até regressar a casa, e não me cansar antecipadamente sem resultado. Deixava então de me ocupar dessa coisa desconhecida que se envolvia numa forma ou num perfume, com toda a tranquilidade visto que a trazia para casa, protegida pelo revestimento de imagens sob as quais a encontraria viva, como os peixes que, nos dias em que me tinham deixado ir à pesca, trazia no meu cesto, cobertos por uma camada de ervas que lhes preservava a frescura. Uma vez chegado a casa, pensava noutra coisa, e assim se amontoavam no meu espírito (tal como no meu quarto as flores que colhera nos meus passeios ou os objectos que me haviam dado) uma pedra onde brincava um reflexo, um telhado, o som de um sino, um cheiro a folhas, muitas imagens diferentes, sob as quais está há muito morta a realidade pressentida que não tive vontade suficiente para conseguir descobrir. Uma vez, porém — em que, prolongado o nosso passeio muito para além da sua duração habitual, tínhamos tido a boa sorte de encontrar a meio do caminho de regresso, ao fim da tarde, o doutor Percepied, que passava de carro à rédea solta, nos reconhecera e nos fizera subir para junto dele —, tive uma impressão desse género e não a abandonei sem a aprofundar um pouco. Tinham-me feito subir para junto do cocheiro, íamos a voar porque o médico, antes de regressar a Combray, ainda tinha de parar em Martinville-le-Sec, em casa de um doente, à porta do qual ficara combinado que esperaríamos por ele. Numa curva do caminho senti de repente aquele prazer especial, que não se parecia com nenhum outro, ao avistar os dois campanários de Martinville, nos quais batia o sol-poente e que o movimento da nossa carruagem e os ziguezagues do caminho pareciam fazer mudar de lugar, e depois o de Vieuxvicq que, separado deles por uma colina e por um vale, e situado num plano mais elevado ao longe, parecia contudo muito próximo deles.

Ao observar, ao anotar a forma das suas flechas, o deslocamento das suas linhas, o ensolarado das suas superfícies, sentia que não estava a ir até ao fim da minha impressão, que alguma coisa estava atrás daquele movimento, atrás daquela claridade, alguma coisa que eles pareciam conter e ao mesmo tempo esquivar.

Os campanários pareciam tão distantes e parecia que nos aproximávamos tão pouco deles, que fiquei admirado quando, alguns instantes depois, parámos diante da igreja de Martinville. Não sabia a razão do prazer que tivera ao avistá-los no horizonte e a obrigação de procurar descobrir essa razão parecia-me altamente penosa; apetecia-me guardar em reserva na minha cabeça aquelas linhas movediças ao sol e não pensar mais naquilo. E é provável que, se o tivesse feito, os campanários tivessem ido juntar-se para sempre a tantas árvores, telhados, perfumes, sons, que distinguira dos outros por causa do tal prazer obscuro que me haviam causado e que nunca aprofundei. Desci para conversar com os meus pais enquanto esperávamos pelo médico. Depois tornámos a partir, retomei o meu lugar na almofada e virei a cabeça para tornar a ver os campanários, que um pouco mais tarde avistei pela última vez numa curva do caminho. Como o cocheiro não parecia disposto a conversar e mal tinha respondido às minhas palavras, fui obrigado, à falta de outra companhia, a contentar-me com a minha e a tentar recordar-me dos meus campanários. Não tardou que as suas linhas e as suas superfícies iluminadas pelo sol, como se não passassem de uma espécie de crosta, se rasgassem, revelou-se-me um pouco do que nelas me estava oculto, tive um pensamento que para mim não existia no instante anterior, que se formulou em palavras na minha cabeça, e o prazer que pouco antes a visão deles me causara aumentou de tal modo que, tomado de uma espécie de embriaguez, não consegui pensar mais em outra coisa. Nesse momento, e como já estávamos longe de Martinville, virando a cabeça avistei-os outra vez, agora completamente negros, porque o Sol já se pusera. Por instantes, as voltas do caminho tiravam-mos da vista, até que se mostraram pela última vez e deixei enfim de os ver.

Sem me dizer que o que estava oculto atrás dos campanários de Martinville devia ser qualquer coisa análoga a uma linda frase, já que fora sob a forma de palavras que me causavam prazer que aquilo me surgira, pedindo um lápis e papel ao médico, compus, apesar dos solavancos do carro, para aliviar a minha consciência e obedecer ao meu entusiasmo, o pequeno trecho seguinte, que encontrei depois e que tive que submeter a poucas alterações:

«Sós, elevando-se ao nível da planície e como que perdidos no campo raso, subiam para o céu os dois campanários de Martinville. Não tardámos a ver três: vindo colocar-se diante deles, numa reviravolta audaciosa, um outro se lhes tinha juntado, retardatário, o de Vieuxvicq. Os minutos passavam, andávamos depressa e, contudo, os três campanários continuavam ao longe diante de nós, como três pássaros poisados na planície, imóveis, e que avistamos ao sol. Depois o campanário de Vieuxvicq afastou-se, tomou as suas distâncias, e os campanários de Martinville ficaram sozinhos, iluminados pela luz do poente, que mesmo àquela distância, nas suas encostas, via brincar e sorrir. Tínhamos demorado tanto a aproximar-nos que eu pensava no tempo que seria ainda preciso para chegar ao pé deles, quando, de repente, depois de uma volta da carruagem, esta nos depôs aos seus pés; e eles haviam-se lançado tão rudemente para a frente dela que mal tivemos tempo de parar para não esbarrarmos no pórtico. Seguimos o nosso caminho; tínhamos já saído de Martinville havia pouco e a aldeia, depois de nos ter acompanhado durante alguns segundos, desaparecera, mas, agora sós no horizonte a ver-nos fugir, os seus campanários e o de Vieuxvicq agitavam em sinal de adeus os seus cimos ensolarados. Às vezes um desaparecia para que os outros dois pudessem ver-nos por mais um instante; mas a estrada mudou de direcção, eles viraram na luz como três eixos de ouro e desapareceram-me dos olhos. Mas, um pouco mais tarde, quando estávamos já perto de Combray, agora que o Sol já se tinha posto, distingui-os uma última vez de muito longe, quando já não passavam de três flores pintadas no céu por cima da linha baixa dos campos. Faziam-me pensar também nas três raparigas de uma lenda, abandonadas numa solidão onde já começava a cair a treva; e, enquanto nos afastávamos a galope, vi-as procurando timidamente o seu caminho e, depois de alguns canhestros tropeções das suas sombras, apertando-se umas contra as outras, deslizando umas atrás das outras, compondo sobre o céu ainda rosado uma só forma negra, encantadora e resignada, e apagando-se na noite.» Nunca mais tornei a pensar nesta página, mas naquele momento, no canto da almofada onde o cocheiro do médico colocava habitualmente num cesto a criação que comprara no mercado de Martinville, quando acabei de a escrever senti-me tão feliz, achei que ela me tinha desembaraçado tão perfeitamente daqueles campanários e do que ocultavam atrás de si, que, como se eu próprio fosse uma galinha e acabasse de pôr um ovo, desatei a cantar com toda a força.

Durante todo o dia, naqueles passeios, pudera pensar no prazer que seria ser amigo da duquesa de Guermantes, pescar trutas, passear de bote no Vivonne, e, ávido de felicidade, nada mais pedir à vida nesses momentos além de que se compusesse sempre de uma sequência de tardes felizes. Mas quando, no caminho de regresso, avistara à esquerda uma quinta, bastante afastada de outras duas que, pelo contrário, eram muito próximas uma da outra, e a partir da qual, para entrar em Combray, bastava seguir por uma alameda de carvalhos bordejada de um dos lados por prados pertencentes cada um deles a um pequeno cerrado e semeados a intervalos regulares de macieiras que lhes introduziam, quando iluminadas pelo sol-poente, o desenho japonês das suas sombras, de súbito o coração punha-se-me a bater, sabia que antes de meia hora passada estaríamos de regresso e que, como era de regra nos dias em que tínhamos ido para o lado de Guermantes e em que o jantar era servido mais tarde, me mandariam deitar logo que comesse a sopa, de modo que a minha mãe, retida à mesa como se houvesse pessoas para jantar, não subiria para ir dar-me as boas-noites à cama. A zona de tristeza onde acabava de entrar era tão diferente da zona para onde, apenas um momento antes, me lançava com alegria, como em certos céus uma faixa rosada é separada, como que por uma linha, por uma faixa verde ou por uma faixa negra. Vê-se um pássaro a voar na faixa rosa, vai chegar ao fim dela, quase toca no negro, e eis que depois entrou lá. Os desejos que ainda agora me cercavam, de ir a Guermantes, de viajar, de ser feliz, estava agora tão fora deles que a sua realização me não teria causado qualquer prazer. Como eu teria dado tudo aquilo para poder chorar toda a noite nos braços da minha mãe! Estremecia, não tirava os olhos angustiados do rosto da minha mãe, que não apareceria naquela noite no quarto onde me via já em pensamento, apetecia-me morrer. E aquele estado duraria até que, no dia seguinte, quando os raios da manhã, encostando, como o jardineiro, os varões à parede revestida de chagas que trepavam até à minha janela, saltaria da cama para descer depressa ao jardim, já sem me lembrar de que a noite traria a hora de abandonar a minha mãe. E assim, foi do lado de Guermantes que aprendi a distinguir aqueles estados que se sucedem em mim, durante certos períodos, e chegam ao ponto de partilhar entre si cada dia, vindo um expulsar o outro com a pontualidade da febre; contíguos, mas tão exteriores um ao outro, tão desprovidos de meios de comunicação entre si, que já não sou capaz de compreender, nem sequer de imaginar num, o que desejei, ou temi, ou realizei no outro.

Assim, o lado de Méséglise e o lado de Guermantes permanecem para mim ligados a pequeníssimos acontecimentos daquela, de entre todas as diversas vidas que vivemos paralelamente, que é a mais cheia de peripécias, a mais rica de episódios, quero dizer, a vida intelectual. É claro que ela progride em nós insensivelmente e já havia muito que preparávamos a descoberta das verdades que mudaram para nós o seu sentido e o seu aspecto, que nos abriram novos caminhos; mas era sem o sabermos; e apenas datam para nós do dia, do minuto em que se nos tornaram visíveis. As recordações das flores que então brincavam na erva, da água que passava ao sol, de toda a paisagem que rodeou o seu aparecimento, continuam a fazer-se acompanhar do seu rosto inconsciente ou distraído; e por certo, quando eram longamente contemplados por aquele humilde passeante, por aquele menino que sonhava — como um rei o é por um memorialista perdido na multidão —, este recanto de natureza ou esta ponta de jardim não poderiam pensar que seria graças a ele que seriam chamados a sobreviver nas suas particularidades mais efémeras; e, contudo, aquele perfume de espinheiro que recolhe ao longo da sebe, onde as rosas-bravas não tardarão a substituí-lo, um ruído de passos sem eco no saibro de uma alameda, ou uma bolha formada contra uma planta aquática pela água do rio e que logo rebenta, a minha exaltação trouxe-os e conseguiu fazê-los atravessar tantos anos sucessivos, enquanto, em redor, os caminhos se apagaram, e morreram os que os pisaram, e a memória dos que os pisaram. Às vezes, este trecho de paisagem trazido assim até hoje destaca-se tão isolado de tudo, que flutua incerto no meu pensamento como uma Delos florida, sem que eu possa dizer de que país, de que tempo — talvez simplesmente de que sonho — chega. Mas é sobretudo como sendo jazidas profundas do meu solo mental, como terrenos resistentes em que me apoio ainda, que devo pensar no lado de Méséglise e no lado de Guermantes. É porque acreditava nas coisas, nos seres, enquanto os percorria, que as coisas e os seres que eles me fizeram conhecer são os únicos que ainda levo a sério e que ainda me dão alegria. Ou porque a fé que cria se esgotou em mim, ou porque a realidade só se forma na memória, as flores que hoje me mostram pela primeira vez não me parecem verdadeiras flores. O lado de Méséglise, com os seus lilases, os seus espinheiros, as suas cinerarias, as suas papoilas, as suas macieiras, o lado de Guermantes com o seu rio cheio de girinos, os seus nenúfares e os seus ranúnculos constituíram para sempre, para mim, a imagem das terras onde gostaria de viver, onde exijo antes de mais nada poder ir à pesca, passear de canoa, ver ruínas de fortificações góticas e encontrar no meio dos trigos aquilo que era Saint-André-des-Champs, uma igreja monumental, rústica e dourada como uma meda; e as cinerarias, os espinheiros, as macieiras que, quando viajo, me acontece encontrar ainda nos campos, porque estão situados à mesma profundidade, ao nível do meu passado, estão imediatamente em comunicação com o meu coração. E no entanto, porque existe algo de individual nos lugares, quando me assalta o desejo de tornar a ver o lado de Guermantes, ninguém o satisfaria levando-me à beira de um rio onde houvesse nenúfares tão belos ou mais belos que os do Vivonne, tal como ao fim da tarde, ao regressar — à hora a que em mim despertava aquela angústia que mais tarde emigra para o amor, e que pode tornar-se para sempre inseparável dele —, não teria desejado que me viesse dar as boas-noites uma mãe mais bela e mais inteligente que a minha. Não; tal como aquilo de que precisava para que pudesse adormecer feliz, com aquela paz imperturbada que nenhuma amante conseguiu dar-me mais tarde, porque duvidamos delas ainda no momento em que acreditamos nelas e nunca possuímos o seu coração como num beijo recebia o da minha mãe, inteiro, sem a reserva de um pensamento reservado, sem o resquício de uma intenção que não fosse para mim — ou por ser ela, ou por inclinar para mim aquele rosto onde havia por cima dos olhos algo que era, ao que parece, um defeito, e que eu amava tanto como o restante; assim, o que pretendo rever é o lado de Guermantes que conheci, com a quinta que é um pouco afastada das duas seguintes apertadas uma contra a outra, à entrada da alameda dos carvalhos; são aquelas pradarias onde, quando o sol as põe a reflectir como um charco, se desenham as folhas das macieiras, é aquela paisagem cuja individualidade, às vezes, de noite, nos meus sonhos, me aperta com uma força quase fantástica e não posso mais reencontrar quando acordo. De certo por ter para sempre indissoluvelmente ligado em mim impressões diferentes só porque eles mas tinham feito experimentar ao mesmo tempo, o lado de Méséglise ou o lado de Guermantes expuseram-me, para o futuro, a muitas decepções e até a muitos erros. Porque muitas vezes quis rever uma pessoa sem discernir que era simplesmente porque ela me recordava uma sebe de espinheiros, e fui induzido a acreditar, a fazer acreditar numa recrudescência de afeição devido a um simples desejo de viagem. Mas também por isso mesmo, e permanecendo presentes naquelas das minhas impressões de hoje a que se podem ligar, fornecem-lhes bases, profundidade, uma dimensão a mais que às outras. Acrescentam-lhes além disso um encanto, um significado que é só para mim. Quando nas tardes de Verão o céu harmonioso rosna como um animal selvagem, e todos se aborrecem com a tempestade, é ao lado de Méséglise que devo o facto de ficar, eu só, em êxtase, a respirar, no meio da chuva que cai, o odor de invisíveis e persistentes lilases.

E assim ficava muitas vezes até de manhã a pensar no tempo de Combray, nos meus tristes serões sem sono, em tantos dias cuja imagem me fora mais recentemente restituída pelo sabor — por aquilo a que em Combray se chamaria o «perfume» — de uma xícara de chá e, por associação de lembranças, naquilo que, muitos anos depois de ter saído daquela cidadezinha, me haviam contado acerca de um amor que Swann tivera antes de eu nascer, com aquela precisão de pormenores por vezes mais fácil de obter para a vida de pessoas mortas há séculos que para a dos nossos melhores amigos, e que parece impossível, como parecia impossível falar de uma cidade para outra — enquanto se ignora o modo como essa impossibilidade foi contornada. Todas essas recordações juntas umas às outras formavam apenas uma massa, mas não sem que se pudesse distinguir entre elas — entre as mais antigas e as mais recentes, nascidas de um perfume, e depois as que não passavam de lembranças de outra pessoa por quem as soubera —, se não fissuras, verdadeiras falhas, pelo menos aqueles veios, aquela mistura de tonalidades que, em certas rochas, em certos mármores, revelam diferenças de origem, de idade, de «formação».

É claro que quando se aproximava a manhã havia muito que se dissipara a breve incerteza do meu despertar. Sabia em que quarto estava de facto, havia-o reconstruído à minha volta no escuro, e — quer orientando-me exclusivamente pela memória, quer socorrendo-me, como indicação, de um fraco clarão entrevisto, junto do qual situava as cortinas da janela de sacada — reconstruíra-o inteirinho e mobilado como um arquitecto e um tapeceiro que conservam a abertura primitiva das janelas e das portas, recolocara os espelhos e repusera a cómoda no seu lugar habitual. Mas mal o dia — e já não o reflexo de uma última brasa num varão de cobre, que com ele confundira — traçava na escuridão, como que a giz, o seu primeiro risco branco e rectificativo, logo a janela saía com os seus cortinados do quadro da porta onde a situara por engano, enquanto, para lhe dar lugar, a secretária que a minha memória inabilmente lá instalara fugia a toda a velocidade, empurrando à sua frente a chaminé e afastando a parede separadora do corredor; um patiozinho interior reinava no lugar onde ainda há um instante se situava a privada, e a casa que eu reconstruíra nas trevas fora juntar-se às casas entrevistas no turbilhão do despertar, posta em fuga por aquele pálido sinal traçado por cima dos cortinados pelo dedo erguido do dia.

SEGUNDA PARTE

Um Amor de Swann

Para fazer parte do «pequeno núcleo», do «pequeno grupo», do «pequeno clã» dos Verdurin, havia uma condição suficiente, mas necessária: era preciso aderir tacitamente a um credo, um dos artigos do qual era o de que o jovem pianista, protegido da senhora Verdurin nesse ano e de quem ela dizia: «Não devia ser permitido tocar-se Wagner assim!», «esmagava» ao mesmo tempo Planté e Rubinstein, e de que o doutor Cottard tinha mais diagnóstico que Potain. Qualquer «novo recruta» a quem os Verdurin não pudessem persuadir de que os serões das pessoas que não iam a sua casa eram aborrecidos como a chuva, via-se imediatamente excluído. Como a este respeito as mulheres eram mais renitentes que os homens a deixar cair toda a curiosidade mundana e a vontade de se informarem pessoalmente acerca dos atractivos dos outros salões, e como, por outro lado, os Verdurin sentiam que esse espírito de exame e esse demónio de frivolidade podiam por contágio tornar-se fatais à ortodoxia da capelinha, haviam sido levados a rejeitar sucessivamente todos os «fiéis» do sexo feminino.

Para além da jovem mulher do médico, estavam naquele ano quase só reduzidos (embora a senhora Verdurin fosse virtuosa e de respeitável família burguesa, muito rica e absolutamente obscura, com a qual a pouco e pouco cessara voluntariamente qualquer relação) a uma pessoa quase pertencente ao mundo dos duvidosos costumes, a senhora de Crécy, que a senhora Verdurin tratava pelo seu nome próprio, Odette, e declarava ser «um amor», e à tia do pianista, que devia ter sido porteira; pessoas ignorantes da sociedade e a cuja ingenuidade fora muito fácil fazer acreditar que a princesa de Sagan e a duquesa de Guermantes eram obrigadas a pagar a uns infelizes para ter gente nos seus jantares, de tal modo que, se lhes fosse oferecida a possibilidade de serem convidadas para casa dessas duas grandes damas, a antiga porteira e a *cocotte* teriam recusado desdenhosamente.

Os Verdurin não faziam convites para jantar: em casa deles «a mesa estava posta». Não havia programa para o serão. O jovem pianista tocava, mas apenas se «lhe dava na gana», porque não se forçava ninguém e, como dizia o senhor Verdurin: «Tudo pelos amigos, vivam os camaradas!» Se o pianista queria tocar a cavalgada d'*A Valquíria* ou o prelúdio do *Tristão*, a senhora Verdurin protestava, não porque tal música lhe desagradasse, mas, pelo contrário, porque ela lhe fazia excessiva impressão. «Com que então insistem em que me venha a minha enxaqueca? Bem sabem que é sempre a mesma coisa de cada vez que ele toca aquilo. Bem sei o que me espera! Amanhã, quando quiser levantar-me, boa noite, não posso ver ninguém!» Se ele não tocava, conversavam, e um dos amigos, a maioria das vezes o seu pintor preferido de então, «largava», como dizia o senhor Verdurin, «uma frioleira das gordas que punha toda a gente a rir às gargalhadas», sobretudo a senhora Verdurin, a quem — de tal modo tinha o hábito de tomar em sentido próprio as expressões figuradas das emoções que sentia — o doutor Cottard (nessa época um jovem principiante) teve um dia de pôr no lugar o maxilar que ela havia deslocado de tanto rir.

A casaca estava proibida porque se estava «entre companheiros» e para não se parecerem com os «maçadores», de que se preservavam como da peste e que só convidavam para as grandes festas, dadas o mais raramente possível e apenas se pudessem divertir o pintor ou dar a conhecer o músico. A maior parte das vezes limitavam-se a representar charadas ou a cear mascarados, mas entre eles, sem misturar qualquer estranho ao pequeno «núcleo».

Mas, à medida que os «companheiros» tinham tomado um lugar mais importante na vida da senhora Verdurin, os maçadores, os reprovados, passaram a ser tudo o que retinha os amigos longe dela, o que os impedia às vezes de estar livres, a mãe de um, a profissão de outro, a casa de campo ou a má saúde de um terceiro. Se o doutor Cottard achava que devia sair, abandonando a mesa para voltar para junto de um doente em perigo: «Quem sabe», dizia-lhe a senhora Verdurin, «talvez seja melhor para ele que o senhor não o vá incomodar esta noite; ele vai passar uma boa noite sem si e amanhã de manhã vai lá cedinho e encontra-o curado.» Desde o começo de Dezembro que ficava doente só de pensar que os fiéis «desertariam» no dia de Natal e no primeiro de Janeiro. A tia do pianista exigia que ele fosse jantar nesse dia em família a casa da mãe dela:

— Acha que a mãe morria — exclamou duramente a senhora Verdurin — se não jantasse com ela no dia de Ano Novo, como na *província*!

As suas inquietações renasciam na Semana Santa:

— O senhor, médico, um sábio, um espírito forte, naturalmente que aparece na Sexta-Feira Santa como noutro dia qualquer, não? — disse ela a Cottard no primeiro ano, num tom de segurança, como se não pudesse duvidar da resposta. Mas tremia enquanto ele a não pronunciasse, porque se ele não viesse corria o risco de ficar sozinha.

— Venho na Sexta-Feira Santa... apresentar-lhe as minhas despedidas, porque vamos passar as festas da Páscoa a Auvergne.

— A Auvergne? Para serem comidos pelas pulgas e pelos vermes? Que lhes faça bom proveito!

E depois de um silêncio:

— Se ao menos nos tivesse dito, teríamos tratado de organizar isso e de fazer a viagem juntos em condições confortáveis.

Do mesmo modo, se um «fiel» tinha um amigo, ou se uma «habitual» tinha um *flirt* que pudesse fazê-los «desertar» algumas vezes, os Verdurin, que não se assustavam se uma mulher tinha um amante, desde que o tivesse em casa deles, o amasse com eles e o não preferisse a eles, diziam: «Muito bem! Então traga o seu amigo.» E contratavam-no à experiência, a ver se ele era capaz de não ter segredos para a senhora Verdurin, se era susceptível de ser agregado ao «pequeno clã». Se não o era, tomavam de parte o fiel que o apresentara e prestavam-lhe o serviço de o malquistar com o amigo ou com a amante. No caso contrário, o «novo» tornava-se, por sua vez, um fiel. Por isso, quando naquele ano a cortesã contou ao senhor Verdurin que conhecera um homem encantador, o senhor Swann, e insinuou que ele ficaria muito feliz se fosse recebido em casa deles, o senhor Verdurin imediatamente transmitiu o pedido à mulher. (Ele nunca tinha opinião a não ser depois da mulher, e o seu papel específico era pôr em execução os desejos dela, assim como os desejos dos fiéis, com grandes recursos de engenho.)

— Aqui a senhora de Crécy tem uma coisa para te pedir. Gostava de te apresentar um dos seus amigos, o senhor Swann. Que dizes tu?

— Ora essa, então podemos lá recusar seja o que for a uma perfeiçãozinha como esta! Cale-se, ninguém está a pedir-lhe opinião, digo-lhe que é uma perfeição.

— Se assim o quer... — respondeu Odette num tom afectado, e acrescentou: — Bem sabe que eu não estou *fishing for compliments*.

— Muito bem! Traga o seu amigo, se ele é agradável.

É claro que o «pequeno núcleo» não tinha qualquer relação com a sociedade frequentada por Swann, e um puro mundano acharia que não valia a pena ocupar nela uma situação excepcional, como era o caso, para depois se apresentar em casa dos Verdurin. Mas Swann gostava tanto de mulheres que, uma vez que já conhecia quase todas as da aristocracia e elas nada mais tinham a ensinar-lhe, deixara de estar agarrado a essas cartas de naturalização, quase a esses títulos de nobreza, que o *faubourg* Saint-Germain lhe outorgara, a não ser como uma espécie de moeda de troca, de carta de crédito desprovida de valor em si mesma, mas que lhe permitia improvisar para si uma situação num determinado buraco da província ou em certo meio obscuro de Paris, onde a filha do fidalgote da terra ou do escrivão lhe parecera bonita. Porque o desejo ou o amor lhe provocavam então um sentimento de vaidade de que estava agora isento na vida habitual (ainda que tivesse sido esse sentimento, sem dúvida, que em tempos o dirigira para aquela carreira mundana onde desperdiçara nos prazeres frívolos os dons do seu espírito e fizera com que a sua erudição em matéria de arte servisse para aconselhar as damas da sociedade nas suas compras de quadros e para mobilarem os seus palacetes), e que lhe fazia desejar brilhar, aos olhos de uma desconhecida por quem se apaixonara, com uma elegância que por si só o nome de Swann não implicava. Desejava-o, sobretudo, se a desconhecida era de humilde condição. Tal como não é a outro homem inteligente que um homem inteligente terá medo de parecer estúpido, não é por um grande senhor, mas por um rústico, que um homem elegante receará ver menosprezada a sua elegância. Três quartos dos ditos de espírito e dos embustes de vaidade prodigalizados desde que o mundo existe por pessoas que com eles sistematicamente se diminuíam foram dirigidos a inferiores. E Swann, que era simples e negligente com uma duquesa, tremia de ser desprezado e estudava as suas atitudes quando estava diante de uma criada de quarto.

Não era como tantas pessoas que, ou por preguiça ou por uma consciência resignada da obrigação criada pela estatura social de permanecerem ligadas a um certo lado da vida, se abstêm dos prazeres que a realidade lhes oferece para além da posição mundana onde vivem acantonadas até à morte, limitando-se a acabar por chamar prazeres, à falta de melhor, mal conseguiram habituar-se a eles, aos divertimentos medíocres ou aos suportáveis tédios que essa posição contém. Quanto a Swann, não procurava achar bonitas as mulheres com quem passava o tempo, mas passar o tempo com as mulheres que previamente achara bonitas. E eram com frequência mulheres de beleza bastante vulgar, porque as qualidades físicas que procurava sem dar por isso estavam em completa contradição com as que lhe tornavam admiráveis as mulheres esculpidas ou pintadas pelos mestres que preferia. A profundidade, a melancolia da expressão gelavam-lhe os sentidos, despertos, pelo contrário, por uma carne saudável, abundante e rosada.

Se, em viagem, encontrava uma família que seria mais elegante não procurar conhecer, mas na qual havia uma mulher que se apresentava aos seus olhos ornada de um encanto que não conhecera ainda, ficar-se no seu «cantinho» e enganar o desejo que ela fizera nascer, substituir por um prazer diferente o prazer que poderia conhecer com ela, escrevendo a uma antiga amante para vir ter com ele, iria parecer-lhe uma abdicação tão cobarde diante da vida, uma tão estúpida renúncia a uma felicidade nova como se, em lugar de visitar a região, se confinasse no seu quarto a contemplar vistas de Paris. Ele não se fechava no edifício das suas relações, mas, para poder estar sempre preparado para o reconstruir de novo onde quer que uma mulher lhe tivesse agradado, fizera dele uma daquelas tendas desmontáveis como as que os exploradores transportam consigo. O que não podia ser transportado ou trocado por um prazer novo, estava ele disposto a dá-lo de graça, por muito invejável que parecesse a outros. Quantas vezes ele se desfizera de uma só penada do seu crédito junto de uma duquesa, constituído pelo desejo, acumulado ao longo de anos, que ela tivera de lhe ser agradável sem ter tido para tal ocasião, exigindo dela, por um indiscreto telegrama, uma recomendação telegráfica que o pusesse em relações imediatas com um dos seus intendentes, em cuja filha reparara no campo, tal como faria um esfomeado que trocasse um diamante por um pedaço de pão. E até, depois disso, se divertia com o caso, porque havia nele, resgatada por raras delicadezas, uma certa grosseria. Além disso, pertencia àquela categoria de homens inteligentes que viveram na ociosidade e que procuram uma consolação, e talvez uma desculpa, na ideia de que essa ociosidade oferece à sua inteligência objectos tão dignos de interesse como a arte ou o estudo ofereceriam, de que a «Vida» contém situações mais interessantes, mais romanescas, que todos os romances. Pelo menos era o que ele garantia, e aquilo de que facilmente convencia os mais refinados dos seus amigos da sociedade, nomeadamente o barão de Charlus, que se divertia a alegrar com a narração das aventuras picantes que lhe aconteciam, ou porque, tendo encontrado num comboio uma mulher que depois levara para sua casa, tinha descoberto que ela era irmã de um soberano por cujas mãos passavam naquele momento todos os fios da política europeia, da qual lhe era assim dado conhecimento de uma maneira muito agradável, ou porque, pela força complexa das circunstâncias, dependeria da escolha que o conclave ia realizar se ele poderia ou não vir a ser amante de uma determinada cozinheira.

De resto, não era apenas a brilhante falange de virtuosas e idosas senhoras, de generais, de académicos, com quem estava particularmente relacionado, que Swann forçava com tanto cinismo a servirem-lhe de intermediários. Todos os seus amigos tinham o hábito de receber de tempos a tempos cartas suas onde lhes era pedida uma palavra de recomendação ou de apresentação, com uma habilidade diplomática que, persistindo através dos amores sucessivos e dos diversos pretextos, denunciava, mais do que o fariam as inabilidades, um carácter permanente e objectivos idênticos. Muitas vezes, muitos anos mais tarde, quando comecei a interessar-me pelo seu carácter devido às semelhanças que em aspectos muito diferentes apresentava com o meu, fiz com que me contassem que, quando escrevia ao meu avô (que ainda o não era, pois foi por alturas do meu nascimento que começou a grande ligação de Swann, e ela interrompeu por muito tempo essas práticas), este, ao reconhecer no sobrescrito a letra do amigo, exclamava: «Aqui está o Swann que vem pedir qualquer coisa: Ó da guarda!» E fosse por desconfiança, fosse pelo sentimento inconscientemente diabólico que nos leva a oferecer uma coisa apenas às pessoas que não a querem, os meus avós opunham uma rejeição liminar absoluta aos pedidos mais fáceis de satisfazer que ele lhes dirigia, como o de o apresentarem a uma rapariga que jantava todos os domingos lá em casa e que eram obrigados, de cada vez que Swann tornava a falar dela, a fingir que haviam deixado de ver, quando durante toda a semana se interrogavam sobre quem é que haviam de convidar com ela, acabando muitas vezes por não encontrar ninguém, por não quererem recorrer àquele que ficaria tão contente com isso.

Às vezes um determinado casal amigo dos meus avós, e que se queixara até aí de nunca ver Swann, anunciava-lhes com satisfação, e talvez um pouco com o desejo de lhes fazer inveja, que ele era agora para com eles o que há de mais encantador, que não os deixava. O meu avô não queria perturbar o seu prazer, mas olhava para a minha avó cantarolando árias de ópera:

Então que mistério é este?
Não consigo entender nada.

ou:

Visão fugidia...

ou:

Nestes casos
O melhor é não ver nada.

Alguns meses depois, se o meu avô perguntava ao novo amigo de Swann: «E Swann, continuam a vê-lo muito?», a cara do interlocutor tornava-se séria: «Nunca pronuncie o nome dele à minha frente!» «Mas eu julgava que vocês se davam tanto...» Assim, fora durante alguns meses íntimo de uns primos da minha avó, jantando quase todos os dias em casa deles. De repente, deixou de aparecer sem prevenir. Julgaram-no doente, e a prima da minha avó ia mandar saber notícias quando encontrou na copa uma carta dele abandonada por descuido no livro de contas da cozinheira. Nela, anunciava a essa mulher que ia sair de Paris e que não poderia continuar a aparecer. Ela era sua amante e, na altura de romper, fora só a ela que achara útil avisar.

Quando a amante do momento era, pelo contrário, uma pessoa da sociedade ou, pelo menos, uma pessoa a quem uma condição excessivamente humilde ou uma situação excessivamente irregular não impedia que graças a ele fosse recebida na sociedade, então, por causa dela, ele voltava a frequentar a sociedade, mas apenas na órbita especial onde ela se movia ou para onde ele a tinha levado. «É inútil contar com Swann esta noite», dizia-se, «bem sabem que é o dia da Ópera da sua americana.» Fazia com que a convidassem para os salões particularmente fechados onde tinha os seus hábitos, os seus jantares semanais, o seu póquer; todas as noites, depois de um leve frisado, acrescido à escova dos seus cabelos ruivos, temperava com alguma doçura a vivacidade dos olhos verdes, escolhia uma flor para a botoeira e partia ao encontro da amante para jantarem em casa de uma ou outra das mulheres do seu meio; e então, pensando na admiração e na amizade que as pessoas da moda, para quem ele era o árbitro de tudo, e que ia lá encontrar, lhe iriam prodigalizar diante da mulher que amava, tornava a encontrar encanto naquela vida mundana para que se tornara insensível, mas cuja matéria, impregnada e calorosamente colorida por uma chama insinuada que ali cintilava, lhe parecia preciosa e bela desde que nela tinha incorporado um novo amor.

Mas enquanto cada uma dessas ligações, ou cada um desses *flirts*, fora a realização mais ou menos completa de um sonho nascido da visão de um rosto ou de um corpo, que Swann, espontaneamente, sem a tal se forçar, achara encantadores, em contrapartida, quando um dia, no teatro, foi apresentado a Odette de Crécy por um dos seus amigos de antigamente, que lhe falara dela como de uma mulher fascinante com a qual ele poderia acaso chegar a alguma coisa, mas apresentando-lha como mais difícil do que na realidade era para que ele próprio parecesse ter feito algo mais amável dando-lha a conhecer, ela revelara-se a Swann, não, é claro, destituída de beleza, mas com um género de beleza que lhe era indiferente, que não lhe inspirava qualquer desejo, que lhe provocava até uma espécie de repulsa física, como uma daquelas mulheres como toda a gente tem as suas, diferentes para cada um, e que são o oposto do tipo que os nossos sentidos reclamam. Para lhe agradar, ela tinha um perfil excessivamente definido, a pele frágil de mais, as maçãs do rosto demasiado salientes, as feições sumidas em excesso. Os olhos eram belos, mas tão grandes que descaíam sob o seu próprio volume, fatigavam o resto do rosto e davam-lhe sempre um ar de quem tem mau parecer ou está de mau humor. Algum tempo depois desta apresentação no teatro, ela escrevera-lhe a pedir-lhe para ver as suas colecções, que lhe interessavam tanto, «a ela, ignorante, mas com gosto pelas coisas bonitas», dizendo que achava que o conheceria melhor depois de ter visto o «seu *home*», onde o imaginava «tão confortável com o seu chá e os seus livros», embora não lhe ocultasse a sua surpresa por ele morar naquele bairro que devia ser tão triste e «que era tão pouco *smart*, para ele que o era tanto». E depois de ele a deixar vir, à saída falara-lhe da sua pena de ter ficado tão pouco tempo naquela casa onde tivera a felicidade de penetrar, falando dele como sendo para ela algo mais que as outras pessoas que conhecia e parecendo estabelecer entre as suas duas pessoas uma espécie de traço de união romanesco que o fizera sorrir. Mas já na idade de poucas ilusões de que Swann se aproximava, e na qual as pessoas sabem limitar-se a estar apaixonadas pelo prazer de o estar, sem exigir muita reciprocidade, esta aproximação dos corações, se já não é, como na primeira juventude, o fim para o qual o amor tende necessariamente, permanece, em contrapartida, ligado a ele por uma associação de ideias tão forte que pode vir a causá-lo, se aparecer antes dele. Dantes sonhava-se possuir o coração da mulher por quem se estava apaixonado; mais tarde, sentir que se possui o coração de uma mulher pode bastar para nos apaixonar. Assim, na idade em que, como no amor se procura sobretudo um prazer subjectivo, se julgaria que o gosto pela beleza de uma mulher devia ocupar nele o maior lugar, o amor — o amor mais físico — pode nascer sem que tenha havido, na sua base, um prévio desejo. Nessa época da vida já o amor nos atingiu várias vezes; ele já não evolui sozinho em conformidade com as suas próprias leis desconhecidas e fatais, diante do nosso coração pasmado e passivo. Vamos em seu auxílio, falseamo-lo pela memória, pela sugestão. Ao reconhecermos um dos seus sintomas, recordamo-nos, fazemos renascer os outros. Como possuímos a sua canção completa gravada em nós, não precisamos de que uma mulher nos diga o seu início — cheio da admiração que a beleza inspira — para encontrarmos a continuação. E se ela começar no meio — aí onde todos os corações se aproximam, e onde se fala de já não existirmos senão um para o outro —, estamos suficientemente habituados a essa música para logo nos juntarmos à nossa parceira no ponto onde ela nos espera.

Odette de Crécy regressou para ver Swann, e depois encurtou os intervalos entre as visitas; e não havia dúvidas de que cada uma delas renovava nele a decepção que sentia ao tornar a ver-se diante daquele rosto de cujas particularidades se esquecera um pouco entretanto e que não se recordava de ser tão expressivo nem, apesar da sua juventude, tão murcho; lamentava, enquanto conversavam, que a grande beleza que ela possuía não fosse do género das que ele espontaneamente preferia. Deve dizer-se, de resto, que o rosto de Odette parecia mais magro e mais proeminente porque a testa e a parte superior das faces, essa superfície lisa e mais plana, era coberta pela mancha de cabelos, que se usavam então prolongados em «frentes», levantados em «ricos», espalhados em madeixas soltas ao longo das orelhas; e quanto ao corpo, que era admiravelmente modelado, era difícil perceber a sua continuidade (devido às modas da época, e apesar de ela ser uma das mulheres de Paris que melhor se vestia), de tal modo o corpete, adiantando-se saliente como que sobre uma barriga imaginária e acabando repentinamente em ponta, enquanto por baixo começava a inchar o balão das saias duplas, dava à mulher o aspecto de ser composta de peças diferentes mal articuladas umas com as outras; de tal modo os fofos, os folhos, o colete, seguiam com toda a independência, ao sabor da fantasia do desenho ou da consistência do tecido, a linha que os levava aos nós, aos tufos de renda, às franjas de azeviche perpendiculares, ou os dirigia ao longo da barba de baleia, mas de modo algum se ligavam ao ser vivo, que, consoante a arquitectura dessas frioleiras, se aproximava ou se afastava da sua própria arquitectura, se achava soterrado ou perdido.

Mas quando Odette se ia embora, Swann sorria, pensando que ela lhe dissera como o tempo lhe seria longo até ele lhe permitir que voltasse; recordava-se do ar inquieto, tímido, com que ela uma vez lhe pedira que não tardasse muito tempo, e os olhares que lhe deitara nessa ocasião, fitos nele numa imploração temerosa, e que a tornavam tocante sob o ramalhete de amores-perfeitos artificiais fixado na frente do chapéu redondo de palha branca com fitas de veludo preto. «E o senhor», dissera ela, «não vem uma vez a minha casa tomar um chá?» Ele alegara trabalhos em andamento, um estudo — que na realidade abandonara havia anos — sobre Vermeer de Delft. «Compreendo que não posso fazer nada, eu, insignificante, ao lado de grandes sábios como vocês», respondera ela. «Eu seria como uma rã diante do areópago. E, no entanto, gostava tanto de me instruir, de saber, de ser iniciada. Como deve ser divertido consultar livros, meter o nariz em papéis velhos!», acrescentara ela com o ar de contentamento consigo mesma que uma mulher elegante toma para afirmar que a sua alegria é entregar-se sem receio de se sujar a uma tarefa pouco limpa, como cozinhar «metendo pessoalmente as mãos na massa». «Vai troçar de mim, mas esse pintor que o impede de se encontrar comigo (queria referir-se a Vermeer), nunca tinha ouvido falar dele; ainda é vivo? Podem ver-se as obras dele em Paris, para eu poder imaginar aquilo que ama, adivinhar um pouco o que está debaixo dessa grande testa que trabalha tanto, nessa cabeça que sentimos que está sempre a reflectir, para poder dizer cá para comigo: "Aí está, é naquilo que ele está a pensar." Que sonho seria estar ligada aos seus trabalhos!» Ele desculpara-se com o seu medo das amizades novas, daquilo a que chamara por *coquetterie* o seu medo de ser infeliz. «Tem medo de uma afeição? Que engraçado, e eu que não procuro outra coisa, que daria a minha vida por encontrar uma», dissera ela com uma voz tão natural, tão convicta, que o comovera. «Deve ter sofrido por causa de uma mulher. E julga que as outras são todas como ela. Ela não o soube compreender; você é um ser à parte. Foi disso que eu comecei por gostar em si, bem senti que não era como toda a gente.» «E aliás você também», dissera-lhe ele, «eu bem sei o que são mulheres, deve ter montes de ocupações, deve estar pouco livre.» «Eu, eu nunca tenho nada que fazer! Estou sempre livre, e estarei sempre livre para si. Seja a que horas for do dia ou da noite em que lhe convenha encontrar-se comigo, mande-me buscar e ficarei muito feliz de vir a correr. Vai fazer isso? Sabe, o que seria simpático era que se fizesse apresentar à senhora Verdurin, a casa de quem eu vou todas as noites. Acredite! Se nos encontrássemos lá e eu pensasse que ali estava um pouco por minha causa…»

E é certo que, ao recordar-se assim das suas conversas, ao pensar assim nela quando estava sozinho, apenas fazia cintilar a sua imagem entre muitas outras imagens de mulheres em devaneios romanescos; mas se, graças a uma circunstância qualquer (ou até porventura independentemente dela, pois a circunstância que surge no momento em que um estado, até então latente, se declara pode não ter tido qualquer influência nele), a imagem de Odette de Crécy acabava por absorver todos esses devaneios, se estes deixavam de ser separáveis da recordação dela, então a imperfeição do seu corpo deixava de ter qualquer importância, assim como o facto de ser mais ou menos que outro corpo conforme ao gosto de Swann, pois, tendo-se tornado o corpo daquela que amava, seria dali em diante o único que lhe poderia causar alegrias e tormentos.

O meu avô conhecera precisamente, coisa que não se poderia dizer de qualquer dos seus amigos actuais, a família daqueles Verdurin. Mas perdera qualquer relação com aquele a quem chamava o «jovem Verdurin» e que ele considerava, um pouco sumariamente, ter caído — sem deixar de conservar numerosos milhões — na boémia e na gente de baixa condição. Um dia recebeu uma carta de Swann perguntando--lhe se não o poderia pôr em contacto com os Verdurin: «Ó da guarda! Ó da guarda!», exclamara o meu avô, «isto não me espanta nada, era mesmo ali que o Swann havia de acabar. Lindo meio! Primeiro, não posso fazer o que ele me pede, porque já não conheço esse senhor. E depois isto deve ter por detrás uma história de mulher, e eu não me meto nesses assuntos. Ah, vai ser divertido se Swann se disfarçar com os pequenos Verdurin.»

E perante a resposta negativa do meu avô, fora a própria Odette a levar Swann a casa dos Verdurin.

Os Verdurin tinham tido para jantar, no dia em que Swann lá se iniciou, o doutor e a senhora Cottard, o jovem pianista e a tia, e o pintor, que estava então nas suas boas graças; a esses tinham-se juntado ao serão alguns outros fiéis.

O doutor Cottard nunca sabia ao certo em que tom devia responder a alguém, se o seu interlocutor queria rir ou estava a falar a sério. E para o que desse e viesse acrescentava a todas as suas expressões fisionómicas a oferta de um sorriso condicional e provisório, cuja finura expectante o desculparia da acusação de ingenuidade, no caso de a frase que lhe haviam dito ser um chiste. Mas como, para enfrentar a hipótese contrária, não se atrevia a deixar que esse sorriso se lhe afirmasse com clareza no rosto, via-se então flutuar perpetuamente nele uma incerteza onde se lia a pergunta que não ousava fazer: «Está a dizer isso a sério?» Não estava mais seguro na forma de se comportar na rua, e até em geral na vida, do que estava num salão, e viam-no enfrentar os transeuntes, os carros, os acontecimentos, com um malicioso sorriso que retirava antecipadamente à sua atitude qualquer impropriedade, visto que, se não fosse adequada, ele provava assim que bem o sabia, e que, se adoptara aquela, fora por brincadeira.

Porém, em todos os pontos em que lhe parecia permitida uma pergunta o médico não se poupava a esforços para restringir o campo das suas dúvidas e completar a sua instrução.

Por isso é que, seguindo os conselhos que uma mãe previdente lhe dera quando abandonara a sua província natal, nunca deixava passar nem uma expressão, nem um nome próprio que lhe eram desconhecidos sem tratar de se documentar acerca deles.

Com as expressões, era insaciável de informações, porque, atribuindo-lhes por vezes um sentido mais concreto que o que têm, desejaria saber o que se pretendia dizer exactamente com aquelas que ouvia serem usadas com maior frequência: frescura da juventude, sangue azul, vida sem rei nem roque, passar um mau quarto de hora, ser o príncipe das elegâncias, dar carta branca, estar bem aviado, etc., e em que casos determinados podia por sua vez fazê-las figurar nas suas frases. À falta delas, metia trocadilhos que aprendera. Quanto aos novos nomes de pessoas que pronunciavam à sua frente, limitava-se a repeti-los num tom interrogativo que julgava suficiente para lhe valer explicações que parecia não estar a pedir.

Como o sentido crítico que julgava exercer sobre tudo lhe faltava completamente, o requinte de delicadeza que consiste em afirmar a alguém que nos deve um favor, sem desejar que acreditem, que nós é que o devemos, era trabalho baldado com ele, porque tomava tudo ao pé da letra. Apesar da cegueira da senhora Verdurin a seu respeito, esta, sem deixar de continuar a achá-lo muito inteligente, acabara por se irritar ao ver que, quando o convidava para um camarote de boca para ver a Sarah Bernhardt, dizendo-lhe, para maior graciosidade: «É muito amável por ter vindo, doutor, tanto mais que tenho a certeza de que já viu muitas vezes a Sarah Bernhardt, e além disso se calhar estamos perto de mais do palco», o doutor Cottard, que entrara no camarote com um sorriso que, para se definir ou para desaparecer, estava à espera de que alguém autorizado o informasse sobre o valor do espectáculo, respondia-lhe: «Efectivamente estamos muito perto de mais e começamos a estar cansados da Sarah Bernhardt. Mas a senhora exprimiu-me o desejo de que eu viesse e, para mim, os seus desejos são ordens. Estou muito feliz por lhe prestar este pequeno favor. Que não faria eu para lhe ser agradável, à senhora que é tão boa!» E acrescentava: «A Sarah Bernhardt é que é a Voz de Ouro, não é? Também se escreve muitas vezes que ela pega fogo às tábuas. É uma expressão esquisita, não é?» — isto na esperança de comentários que não surgiam.

«Sabes», dissera a senhora Verdurin ao marido, «acho que nos enganamos quando por modéstia depreciamos o que oferecemos ao doutor. É um sábio que vive fora da vida prática, não conhece por si mesmo o valor das coisas e confia no que nós lhe dizemos delas.» «Não me atrevera a dizer-to, mas já o tinha notado», respondeu o senhor Verdurin. E no dia de Ano Novo seguinte, em vez de enviar ao doutor Cottard um rubi de três mil francos dizendo-lhe que não era grande coisa, o senhor Verdurin comprou por trezentos francos uma pedra de imitação dando a entender que dificilmente se podia ver uma tão bela.

Quando a senhora Verdurin anunciara que teriam no serão o senhor Swann: «Swann?», exclamara o médico num tom que a surpresa tornava brutal, porque a mínima notícia apanhava sempre mais desprevenido que ninguém aquele homem que se julgava eternamente preparado para tudo. E vendo que não lhe respondiam: «Swann? Mas quem, Swann?», berrou no auge de uma ansiedade que se distendeu de súbito quando a senhora Verdurin disse: «Ora, o amigo de quem Odette nos falou.»«Ah, bom, bom, está bem», respondeu o médico tranquilizado. Quanto ao pintor, regozijava-se com a introdução de Swann em casa da senhora Verdurin, porque o supunha apaixonado por Odette e gostava de favorecer as ligações. «Nada me diverte tanto como fazer casamentos», confiou ele ao ouvido do doutor Cottard, «já consegui muitos, mesmo entre mulheres!»

Ao dizer aos Verdurin que Swann era muito *smart*, Odette fizera-lhes recear um «maçador». Mas, pelo contrário, causou-lhes uma excelente impressão, da qual, sem que o soubessem, uma das causas indirectas era a sua frequentação da sociedade elegante. Com efeito, ele tinha sobre os homens, mesmo inteligentes, que nunca frequentaram a sociedade, uma das superioridades daqueles que viveram um pouco nela, que é a de já não a transfigurar pelo desejo ou pelo horror que inspira à imaginação, a de não lhe dar importância. A amabilidade desses, afastada de qualquer snobismo e do receio de parecer excessivamente amável, tornada independente, possui aquele à-vontade, aquela graça de movimentos, daqueles cujos membros flexíveis executam exactamente o que pretendem, sem a participação indiscreta e desajeitada do resto do corpo. A simples ginástica elementar do homem do mundo, que estende a mão com graciosidade ao jovem desconhecido que lhe apresentam e se inclina com reserva diante de um embaixador a quem o apresentam, acabara por passar, sem que tivesse consciência disso, para toda a atitude social de Swann, que perante pessoas de um meio inferior ao seu, como eram os Verdurin e os seus amigos, demonstrou instintivamente uma solicitude e teve umas atenções das quais, segundo eles, um maçador se absteria. Apenas houve um momento de frieza com o doutor Cottard: ao vê-lo piscar-lhe o olho e sorrir-lhe com um ar ambíguo antes de se terem ainda falado (mímica a que Cottard chamava «deixa-o vir»), Swann julgou que o doutor o conhecia, sem dúvida por se ter encontrado com ele em algum lugar de prazer, embora ele fosse muito pouco a esses lugares porque nunca vivera no mundo das pândegas. Considerando a alusão de mau gosto, sobretudo na presença de Odette, que dali podia retirar uma má ideia dele, fingiu um ar glacial. Mas quando soube que uma senhora que estava ao pé de si era a senhora Cottard, pensou que um marido tão jovem não procuraria aludir diante da mulher a divertimentos desse género; e deixou de atribuir ao ar entendido do médico o significado que temia. O pintor convidou imediatamente Swann a visitar o seu *atelier* com Odette; Swann achou-o simpático. «Talvez tenha mais sorte que eu», disse a senhora Verdurin, num tom que se fingia despeitado, «e lhe mostrem o retrato de Cottard (tinha sido ela a encomendá-lo ao pintor). Pense bem, "senhor" Biche», recordou ela ao pintor, com quem era uma brincadeira consagrada tratá-lo por senhor, «em exprimir o lindo olhar, o arzinho esperto, divertido, dos olhos. Bem sabe que o que eu quero ter sobretudo é o sorriso dele; o que eu lhe pedi foi o retrato do seu sorriso.» E como esta expressão lhe pareceu notável, repetiu-a muito alto para ter a certeza de que vários convidados a tinham ouvido, e até, com um vago pretexto, fez antes disso com que alguns se aproximassem. Swann pediu para conhecer toda a gente, mesmo um velho amigo dos Verdurin, Saniette, a quem a timidez, a simplicidade e o bom coração haviam feito perder em toda a parte a consideração que a sua ciência de arquivista, a sua grande fortuna e a família distinta donde vinha lhe tinham valido. Tinha na boca, ao falar, um líquido pastoso que era adorável porque se sentia que não resultava tanto de um defeito da língua como de uma qualidade da alma, como um resto da inocência da primeira idade que nunca perdera. Todas as consoantes que não era capaz de pronunciar eram a imagem de outras tantas asperezas de que era incapaz. Ao pedir para ser apresentado ao senhor Saniette, Swann causou na senhora Verdurin o efeito de inverter os papéis (a tal ponto que, em resposta, disse, insistindo na diferença: «Senhor Swann, tenha a bondade de me permitir que lhe apresente o nosso amigo Saniette»), mas despertou em Saniette uma simpatia ardente, que aliás os Verdurin nunca revelaram a Swann, porque Saniette os irritava um pouco e não estavam muito interessados em arranjar-lhe amigos. Mas, em contrapartida, Swann comoveu-os infinitamente ao julgar-se no dever de pedir logo para conhecer a tia do pianista. De vestido preto como sempre, porque acreditava que de preto se está sempre bem e é o que há de mais distinto, ela tinha a cara excessivamente vermelha, como sempre que acabava de comer. Inclinou-se diante de Swann com respeito, mas reergueu-se com majestade. Como não possuía qualquer instrução e receava cometer erros de francês, pronunciava de propósito de uma maneira confusa, pensando que, se soltasse uma asneira, esta ficaria esfumada numa tal indefinição que não poderia ser discernida com segurança, de modo que a sua conversa não passava de uma expectoração indistinta, da qual emergiam de vez em quando os raros vocábulos de que se sentia segura. Swann julgou poder troçar ligeiramente dela em conversa com o senhor Verdurin, que, pelo contrário, ficou sentido.

«É uma mulher excelente», respondeu. «Concordo que não é um espanto, mas garanto-lhe que é agradável conversar com ela.» «Não duvido», apressou-se Swann a conceder. «O que eu queria dizer era que ela não me parecia "eminente"», acrescentou destacando este adjectivo, «e afinal até é um elogio!» «Olhe», disse o senhor Verdurin, «e vou surpreendê-lo com isto: ela escreve de uma maneira encantadora. Nunca ouviu o sobrinho? É admirável, não é, doutor? Quer que eu lhe peça para tocar qualquer coisa, senhor Swann?»

— Ah, seria uma felicidade... — ia Swann a começar a responder, quando o médico o interrompeu com um ar trocista. Com efeito, tendo fixado que na conversação a ênfase, o uso de formas solenes, caíra em desuso, mal ouvia uma palavra grave dita a sério, como acabava de o ser a palavra «felicidade», achava que aquele que a tinha pronunciado acabava de se revelar pretensioso. E se, além disso, por acaso, acontecia a palavra fazer parte daquilo a que ele chamava velhos clichés, por mais corrente que a palavra fosse, o médico supunha que a frase começada era ridícula e terminava-a ironicamente com o lugar-comum que acusava o interlocutor de ter querido introduzir, quando este nunca pensara em tal.

— Uma felicidade para a França! — exclamou ele maliciosamente erguendo os braços com ênfase.

O senhor Verdurin não pôde deixar de rir.

— De que é que estará a rir toda aquela gente ali, parece que aí no vosso canto não medra a melancolia! — exclamou a senhora Verdurin. — Se julgam que estou a divertir-me, eu, aqui sozinha de penitência — acrescentou num tom despeitado, fingindo-se criança.

A senhora Verdurin estava sentada numa alta cadeira sueca de madeira de abeto encerada, que um violinista da mesma nacionalidade lhe dera e que ela conservava, embora lembrasse a forma de um banco e destoasse dos belos móveis antigos que possuía, mas fazia questão de conservar em evidência os presentes que os fiéis tinham o hábito de lhe oferecer de vez em quando, para que os doadores tivessem o prazer de os reconhecer quando iam lá a casa. Por isso tentava convencê-los a limitar-se às flores e aos bombons, que pelo menos se destroem; mas não conseguia, e havia em sua casa uma colecção de braseiras, almofadas, relógios, biombos, barómetros, jarras orientais, numa acumulação de repetições e numa disparidade de prendas.

Daquele lugar elevado participava com empenho na conversa dos fiéis e alegrava-se com as suas «trampolinices», mas desde o acidente que lhe acontecera ao maxilar, renunciara a dar-se ao trabalho de estoirar mesmo a rir, e em vez disso entregava-se a uma mímica convencional que significava, sem cansaço nem riscos para si, que estava a rir-se até às lágrimas. A mínima palavra que um frequentador habitual soltasse contra um maçador ou contra um antigo frequentador habitual rechaçado para o campo dos maçadores — e, para grande desespero do senhor Verdurin, que durante muito tempo tivera a pretensão de ser tão amável como a mulher, mas que ao rir-se a sério perdia rapidamente o fôlego e fora posto à distância e vencido por aquela astúcia de uma incessante e fictícia hilaridade —, ela soltava um gritinho, fechava completamente os seus olhos de pássaro que começavam a ficar velados por uma catarata, e de repente, como se mal tivesse tido tempo para ocultar um espectáculo indecente ou para evitar um acidente mortal, mergulhando a cara nas mãos que a cobriam e já não a deixavam ver nada, parecia esforçar-se por reprimir, por aniquilar uma gargalhada que, se a ela se tivesse abandonado, a levaria ao desfalecimento. E assim, atordoada pela alegria dos fiéis, ébria de camaradagem, de maledicência e de concordância, a senhora Verdurin, encarrapitada no seu poleiro, semelhante a um pássaro ao qual tivessem misturado vinho quente na alpista, soluçava de amabilidade.

Entretanto o senhor Verdurin, depois de ter solicitado a Swann autorização para acender o cachimbo («Aqui não temos cerimónias, estamos entre camaradas»), pedia ao jovem artista que se sentasse ao piano.

— Então, vá lá, não o aborreças, ele não está aqui para ser atormentado — exclamou a senhora Verdurin —, eu cá não quero que o atormentem!

— Mas porque é que isto há-de aborrecê-lo? — disse o senhor Verdurin. — O senhor Swann talvez não conheça a sonata em fá sustenido que nós descobrimos; vão-nos tocar o arranjo para piano.

— Ah, não, não, a minha sonata não! — gritou a senhora Verdurin. — Não me apetece, à força de tanto chorar, apanhar um defluxo com nevralgias faciais, como da última vez; obrigada pelo presente, mas não quero voltar ao mesmo; vocês são bons, mas vê-se bem que não serão vocês a ficar oito dias de cama!

Esta pequena cena, que se repetia de cada vez que o pianista ia tocar, encantava os amigos como se fosse nova, como prova da sedutora originalidade da «Patroa» e da sua sensibilidade musical. Os que estavam perto dela faziam sinal aos que, mais afastados, estavam a fumar ou a jogar às cartas para se aproximarem, porque se estava a passar qualquer coisa, dizendo-lhes como se faz no Reichstag nos momentos interessantes: «Oiçam, oiçam![4]» E no dia seguinte provocavam-se desgostos aos que não tinham podido vir dizendo-se-lhes que a cena ainda tinha sido mais divertida que de costume.

— Pronto, vá lá, fica entendido — disse o senhor Verdurin —, ele só vai tocar o andante.

— Logo o andante, lá estás tu! — exclamou a senhora Verdurin. — É justamente o andante que me deixa de pernas e braços partidos. É verdadeiramente extraordinário, o Patrão! É como se na *Nona* dissesse que só íamos ouvir o final, ou nos *Mestres* só a abertura.

Porém, o médico pressionava a senhora Verdurin a deixar tocar o pianista, não porque julgasse fingidas as perturbações que a música lhe causava — reconhecia nelas certos estados neurasténicos — mas por força daquele hábito que muitos médicos têm de suavizar imediatamente a severidade das suas prescrições mal está em jogo, coisa que lhes parece muito mais importante, alguma reunião mundana de que participam e em que a pessoa a quem aconselham a esquecer daquela vez a sua dispepsia ou a sua gripe é um dos factores essenciais.

— Desta vez não vai ficar doente, vai ver — disse-lhe ele procurando sugestioná-la com o olhar. — E se ficar doente, nós cuidaremos de si.

— De verdade? — respondeu a senhora Verdurin, como se perante a esperança de tal favor nada mais houvesse a fazer que capitular. Talvez, também, de tanto dizer que ficaria doente, houvesse momentos em que já não se recordava de que era uma mentira e em que assumia uma alma de doente. Ora estas pessoas, cansadas de serem sempre obrigadas a fazer depender da sua sabedoria a raridade dos seus acidentes de saúde, gostam de deixar que se julgue que poderão fazer impunemente tudo o que lhes agrada e por norma lhes faz mal, desde que se entreguem nas mãos de um ser poderoso que, sem qualquer trabalho para elas, as porá de pé com uma palavra ou uma pílula.

Odette fora sentar-se num canapé de tapeçaria perto do piano:

—Como sabe, tenho o meu lugarzinho — disse ela à senhora Verdurin.

Esta, vendo Swann sentado numa cadeira, obrigou-o a levantar-se:

— O senhor não está bem aí, vá sentar-se ao lado de Odette. Não é verdade, Odette, que vai arranjar lugar para o senhor Swann?

— Que lindo Beauvais — disse Swann, que procurava ser amável, antes de se sentar.

— Ah, ainda bem que aprecia o meu canapé — respondeu a senhora Verdurin. — E previno-o de que, se quer ver um tão belo como este, pode desde já desistir. Nunca eles fizeram nada assim. As cadeirinhas são também umas maravilhas. Já as vai ver. Cada bronze corresponde como atributo ao temazinho do assento; sabe, tem com que se distrair se quiser observá-las, prometo-lhe um bom momento. Basta ver os frisozinhos das cercaduras, ora veja, a folhinha de parra sobre fundo vermelho de *O Urso e as Uvas*. Será mesmo desenhado? Que diz, acho que eles sabiam mesmo desenhar! Não é bastante apetecível, esta vinha? O meu marido pretende que eu não gosto de fruta só porque como menos que ele. Mas não, sou mais comilona que vocês todos, só que não preciso de a meter na boca, porque gozo com os olhos. Mas porque é que estão todos a rir-se? Perguntem ao doutor, e ele vos dirá que estas uvas me servem de purga. Há quem faça curas de uvas de Fontainebleau, e eu cá faço a minha curazinha de uvas de Beauvais. Mas, senhor Swann, não há-de ir-se embora sem ter tocado nos bronzezinhos dos espaldares. Não é uma pátina tão suave? Não, não, com a mão toda, apalpe-os bem.

— Ah, se a senhora Verdurin começa a acariciar os bronzes, esta noite não ouvimos música — disse o pintor.

— Cale-se, não seja desagradável. No fundo — disse ela virando-se para Swann —, a nós, mulheres, proíbem-nos coisas menos voluptuosas que estas. Mas não há carne que se compare com isto! Quando o senhor Verdurin me dava a honra de ter ciúmes de mim… Vá lá, ao menos sê delicado, não digas que nunca os tiveste…

— Eu cá não digo absolutamente nada. Ora diga, doutor, tomo-o como testemunha: eu disse alguma coisa?

Swann apalpava os bronzes por delicadeza e não se atrevia a deixar de o fazer imediatamente.

— Vamos, depois mais tarde acaricia-os; agora é o senhor que vai ser acariciado nos ouvidos; acho que gosta disso; ali está um jovenzinho que se vai encarregar de o fazer.

Ora, depois de o pianista ter tocado, Swann foi ainda mais amável com ele que com as outras pessoas presentes. E eis a razão:

No ano anterior, num serão, ouvira uma obra musical executada em piano e violino. De início, apenas apreciara a qualidade material dos sons segregados pelos instrumentos. E fora já um grande prazer quando, por baixo da débil linha do violino, delgada, resistente, densa e condutora, vira de repente, procurando erguer-se num marulhar líquido, a massa da parte de piano, multiforme, indivisa, plana e entrechocada como a violácea agitação das ondas que o luar encanta e bemoliza. Mas a dado momento, sem poder distinguir nitidamente um contorno ou dar um nome ao que lhe agradava, de súbito encantado, procurara recolher a frase ou a harmonia — não conseguia por si discernir — que passava e que lhe abrira mais amplamente a alma, tal como certos aromas de rosas circulando no ar húmido da tarde têm a propriedade de nos dilatar as narinas. Talvez tenha sido por não conhecer a música que conseguira experimentar uma impressão tão confusa, uma daquelas impressões que são talvez, contudo, as únicas puramente musicais, inextensas, inteiramente originais, irredutíveis a qualquer outra ordem de impressões. Uma impressão desse género, durante um instante, é por assim dizer *sine materia*. É certo que as notas que então ouvimos tendem já, segundo a sua altura e a sua quantidade, a cobrir diante dos nossos olhos superfícies de dimensões variadas, a traçar arabescos, a dar-nos sensações de largura, de tenuidade, de estabilidade, de capricho. Mas as notas dissipam-se antes que essas sensações estejam suficientemente formadas em nós para não serem submergidas pelas que são já despertadas pelas notas seguintes ou até simultâneas. E esta impressão continuaria a envolver na sua liquidez e na sua «fusão» os motivos que por momentos dela emergem, a custo discerníveis, para logo mergulharem e desaparecerem, apenas conhecidos pelo prazer especial que proporcionam, impossíveis de ser descritos, recordados, denominados, inefáveis — se a memória, como um operário que se esforça por assentar fundações duradouras no meio das ondas, fabricando para nós fac-símiles dessas frases fugidias, nos não permitisse compará-las com as que lhes sucedem, e diferenciá-las. Assim, mal expirara a sensação deliciosa que Swann experimentara, e já a sua memória lhe fornecera logo uma transcrição sumária e provisória, mas à qual lançara os olhos enquanto o trecho prosseguia, de tal modo que, quando a mesma impressão subitamente regressara, não era já inapreensível. Era capaz de lhe imaginar a extensão, os agrupamentos simétricos, a grafia, o valor expressivo; tinha diante de si essa coisa que já não é música pura, que é desenho, arquitectura, pensamento, e que permite recordar a música. Dessa vez distinguira claramente uma frase que se erguia durante alguns instantes acima das ondas sonoras. E ela propusera-lhe imediatamente volúpias singulares, de que nunca fizera ideia antes de a ouvir, e que sentia que nada mais senão ela lhe poderia dar a conhecer, e por ela experimentara como que um amor desconhecido.

Com um ritmo lento, ela dirigia-o primeiro para aqui, depois para ali, depois para algures, para uma felicidade nobre, inteligível e exacta. E de repente, no ponto aonde ela tinha chegado e a partir do qual ele se preparava para a seguir, depois da pausa de um instante, ela mudava, súbita, de direcção, e num movimento novo, mais rápido, miúdo, melancólico, incessante e doce, arrastava-o consigo para perspectivas desconhecidas. Depois desapareceu. Ele desejou apaixonadamente revê-la uma terceira vez. E ela reapareceu de facto, mas sem lhe falar mais claramente, causando-lhe até uma volúpia menos profunda. Mas, depois de voltar para casa, teve necessidade dela, ele era como um homem em cuja vida uma transeunte momentaneamente entrevista acabasse de fazer entrar a imagem de uma beleza nova que atribui à sua própria sensibilidade um valor maior, sem sequer saber se alguma vez poderia tornar a ver aquela que já ama e de quem até o nome ignora.

Até este amor por uma frase musical pareceu por instantes ir estimular em Swann a possibilidade de uma espécie de rejuvenescimento. Havia tanto tempo que renunciara a aplicar a sua vida a um fim ideal e a limitava à procura de satisfações quotidianas, que acreditava, sem nunca o dizer formalmente a si mesmo, que aquilo não mudaria nunca até à sua morte; mais, não sentindo já ideias elevadas no espírito, deixara de acreditar na sua realidade, porém sem ser capaz de a negar completamente. E tomara também o hábito de se refugiar em pensamentos sem importância que lhe permitiam pôr de lado o fundo das coisas. Tal como não perguntava a si mesmo se não teria feito melhor se deixasse de frequentar a sociedade, mas em contrapartida sabia com segurança que, se aceitava um convite, devia ir, e que, se não fizesse uma visita depois, tinha de deixar cartões, também na sua conversa se esforçava por nunca exprimir com entusiasmo uma opinião íntima sobre as coisas, fornecendo antes pormenores materiais que de certo modo valiam por si mesmos e lhe permitiam não exprimir a sua dimensão. Era extremamente exacto numa receita de cozinha, na data de nascimento ou da morte de um pintor, na nomenclatura das respectivas obras. Às vezes, apesar de tudo, deixava-se arrastar até ao ponto de emitir um juízo acerca de uma obra, de uma maneira de entender a vida, mas conferia então às suas palavras um tom irónico, como se não aderisse inteiramente ao que estava a dizer. Ora, tal como certas pessoas enfermiças às quais de repente um país a que chegaram, uma dieta diferente, por vezes uma evolução orgânica, espontânea e misteriosa, parecem provocar tal regressão do seu mal que começam a encarar a inesperada possibilidade de iniciar tarde uma vida completamente diferente, Swann encontrava em si, na recordação da frase que ouvira, em certas sonatas que havia pedido que lhe tocassem para ver se não a descobriria nelas, a presença de uma dessas realidades invisíveis em que deixara de acreditar e às quais, como se a música tivesse tido sobre a secura moral de que padecia uma espécie de influência electiva, sentia de novo o desejo, e quase a força, de consagrar a vida. Mas como não chegara a saber de quem era a obra que ouvira, não conseguira obtê-la e acabara por olvidá-la. Encontrara efectivamente na semana seguinte algumas pessoas que como ele estavam naquele serão e interrogara-as; mas muitas tinham chegado depois da música ou haviam saído antes; algumas, contudo, estavam lá durante a execução, mas foram conversar para outra sala, e outras, que haviam ficado, tinham ouvido tanto como as primeiras. Quanto aos donos da casa, sabiam que era uma obra nova que os artistas contratados haviam pedido para tocar; esses tinham partido em tournée, e Swann não pôde informar-se melhor através deles. Claro que tinha amigos músicos, mas, apesar de recordar o prazer especial e intraduzível que a frase lhe dera, apesar de ver diante dos seus olhos as formas por ela desenhadas, a verdade é que era incapaz de a cantar. E acabou por deixar de pensar nisso.

Ora, mal tinham passado alguns minutos depois de o pequeno pianista ter começado a tocar em casa da senhora Verdurin, quando de súbito, depois de uma nota alta longamente sustentada durante dois compassos, viu aproximar-se, escapando-se de sob aquela sonoridade prolongada e tensa como uma cortina sonora para ocultar o mistério da sua incubação, e reconheceu, secreta, estrepitosa e dividida, a frase aérea e odorífera que amava. E era tão especial, possuía um encanto tão individual e que nenhum outro poderia substituir, que foi para Swann como se tivesse encontrado num salão amigo uma pessoa que admirara na rua e desesperava de tornar a encontrar alguma vez. No fim, ela afastou-se, condutora, diligente, por entre as ramificações do seu perfume, deixando no rosto de Swann o reflexo do seu sorriso. Mas agora podia perguntar o nome da sua desconhecida (disseram-lhe que era o andante da sonata para piano e violino de Vinteuil), estava apanhada, poderia tê-la em casa quantas vezes quisesse, tentar aprender a sua linguagem e o seu segredo.

Por isso, quando o pianista acabou, Swann aproximou-se dele para lhe exprimir um reconhecimento cuja vivacidade muito agradou à senhora Verdurin.

— Que sedutor, não é verdade — disse ela a Swann. — Não é que ele entende bastante bem a sua sonata, o sujeitinho? O senhor não sabia que o piano podia chegar a isto. É tudo menos piano, palavra! Sou reconquistada de cada vez, parece-me estar a ouvir uma orquestra. É mesmo mais belo que a orquestra, mais completo.

O jovem pianista inclinou-se e, sorrindo, sublinhando as palavras como se houvesse dito uma frase espirituosa, disse:

— Está a ser muito indulgente comigo.

E enquanto a senhora Verdurin dizia para o marido: «Vá, dá-lhe laranjada, que ele bem a mereceu», Swann contava a Odette como é que se apaixonara por aquela pequena frase. Quando a senhora Verdurin disse um pouco afastada deles: «Ora bem, parece-me que estão a dizer-lhe coisas lindas, Odette», ela respondeu: «Sim, lindíssimas», e Swann achou deliciosa a sua simplicidade. Entretanto pedia informações acerca de Vinteuil, da sua obra, da época da vida em que compusera aquela sonata, do que porventura teria significado para ele a pequena frase, e era isso sobretudo que ele queria saber.

Mas toda aquela gente que demonstrou empenho em admirar o músico (quando Swann dissera que a sua sonata era verdadeiramente bela, a senhora Verdurin exclamara: «Inclino-me a achar também que é bela! Mas ninguém confessa que não conhece a sonata de Vinteuil, ninguém tem o direito de não a conhecer», e o pintor acrescentara: «Ah, é mesmo uma coisa formidável, não é? Não é, se quiser, nada de "caro" e de "grande público", pois não? Mas causa uma boa impressão nos artistas»), aquela gente parecia nunca ter feito a si mesma estas perguntas, porque foi incapaz de responder.

E até, a uma ou duas observações específicas que Swann fez a propósito da sua frase preferida, a senhora Verdurin, que o doutor Cottard via com embevecida admiração e estudioso zelo lançar-se naquela onda de frases feitas, respondeu:

— Olha, que engraçado, nunca tinha prestado atenção; sempre lhe digo que não gosto muito de andar à procura de agulhas em palheiros e de me perder em discussões por dá cá aquela palha; aqui não devemos perder tempo com bugigangas, não é o género da casa.

De resto, o médico e a senhora Cottard, com uma espécie de bom senso que também certas pessoas do povo possuem, evitavam dar uma opinião ou fingir admiração por uma música que, regressados a casa, ambos confessavam entender tanto como a pintura do «senhor Biche». Como o público apenas conhece do encanto, da graça, das formas da natureza, aquilo que foi beber às obras convencionais, o senhor e a senhora Cottard, nisso perfeita imagem do público, não encontravam nem na sonata de Vinteuil, nem nos retratos do pintor, aquilo em que para eles consistia a harmonia da música e a beleza da pintura. Parecia--lhes, quando o pianista tocava a sonata, que ele enganchava ao acaso no piano notas que efectivamente não se relacionavam com as formas a que estavam habituados, e que o pintor lançava cores ao acaso sobre as suas telas. Quando nestas conseguiam reconhecer uma forma, achavam-na pesada e vulgarizada (isto é, desprovida da elegância da escola de pintura através da qual até na rua viam os seres vivos), e sem verdade, como se o senhor Biche não soubesse como era constituído um ombro e que as mulheres não têm cabelo rosa-malva.

No entanto, como os fiéis tinham dispersado, o médico sentiu que estava ali uma ocasião propícia e, enquanto a senhora Verdurin proferia mais uma última sentença acerca da sonata de Vinteuil, como um nadador principiante que se lança à água para aprender mas escolhe um momento em que não há muita gente a ver, exclamou com brusca resolução:

— Então, é o que se chama um músico *di primo cartello*! Swann apenas soube que o aparecimento recente da sonata de Vinteuil causara uma grande impressão numa escola de tendências muito avançadas, mas era inteiramente desconhecida do grande público.

— Eu conheço bem um que se chama Vinteuil — disse Swann, pensando no professor de piano das irmãs da minha avó.

— Talvez seja ele! — exclamou a senhora Verdurin.

— Oh, não — respondeu Swann a rir. — Se o tivesse visto durante dez minutos nem sequer punha a questão.

— Então pôr a questão é resolvê-la? — disse o médico.

— Mas pode ser um parente — continuou Swann —, seria bastante triste, mas enfim, um homem de génio pode ser primo de um velho animal. Se assim for, confesso que não há suplício que não imponha a mim mesmo para que o velho animal me apresente ao autor da sonata:

a começar pelo suplício de frequentar o velho animal, e que deve ser horrível.

O pintor sabia que naquela ocasião Vinteuil estava muito doente e que o médico Potain receava não ser capaz de o salvar.

— Como? — exclamou a senhora Verdurin. — Ainda há pessoas que se tratam com o Potain?

— Ah, senhora Verdurin — disse Cottard, num tom afectado —, esquece-se de que está a falar de um dos meus confrades, devia até dizer de um dos meus mestres.

O pintor ouvira dizer que Vinteuil estava ameaçado de alienação mental. E garantia que se podia dar por isso em certas passagens da sonata. Swann não achou que esta observação fosse absurda, mas ela perturbou-o; porque como uma obra de música pura não contém qualquer das relações lógicas cuja alteração na linguagem denuncia a loucura, a loucura reconhecida numa sonata parecia-lhe algo de tão misterioso como a loucura de uma cadela, a loucura de um cavalo, que todavia efectivamente se observam.

— Ora deixe-me em paz com os seus mestres, o senhor sabe dez vezes tanto como ele — respondeu a senhora Verdurin ao doutor Cottard, no tom de uma pessoa que tem a coragem das suas opiniões e enfrenta corajosamente os que não são da sua opinião. — Ao menos, o senhor não mata os seus doentes!

— Mas, minha senhora, ele é da Academia — replicou o médico num tom irónico. — Se um doente prefere morrer às mãos de um dos príncipes da ciência... E muito mais elegante poder dizer-se: «É o Potain que me trata.»

— Ah, é mais elegante? — disse a senhora Verdurin. — Então agora as doenças têm *chic*? Não sabia... Como o senhor me diverte! — exclamou de repente mergulhando a cara entre as mãos. — E eu, pobre animal, que estava a discutir a sério sem me aperceber de que o senhor me estava a comer as papas na cabeça.

Quanto ao senhor Verdurin, achando que era um pouco fatigante desatar a rir por tão pouco, limitou-se a puxar uma fumaça do cachimbo pensando com tristeza que já não conseguia agarrar a mulher no terreno da amabilidade.

— Sabe que o seu amigo nos agrada muito — disse a senhora Verdurin a Odette, quando esta se despedia. — É simples, encantador: se só tiver amigos como este para nos apresentar, pode trazê-los.

O senhor Verdurin observou que, porém, Swann não apreciara a tia do pianista.

— Sentiu-se um pouco deslocado, o homem — respondeu a senhora Verdurin. — Não havias de querer que à primeira vez tivesse logo o tom da casa, como o Cottard, que faz parte do nosso pequeno clã há vários anos. A primeira vez não conta, era útil para uma primeira abordagem. Odette, está combinado que ele virá ter connosco amanhã ao Châtelet. Irá buscá-lo?

— Não, ele não quer.

— Ah, enfim, como quiser. Desde que ele não falte à última hora!

Para grande surpresa da senhora Verdurin, ele não faltou nunca. Ia ter com eles fosse aonde fosse, às vezes a restaurantes dos arredores onde ainda se ia pouco, porque não era a época, e mais frequentemente ao teatro, de que a senhora Verdurin gostava muito; e como um dia, lá em casa, ela disse à sua frente que para as noites de estreia, de gala, lhe seria muito útil ter um cartão de livre-trânsito, que os tinha incomodado muito não o terem no dia do enterro de Gambetta, Swann, que nunca falava das suas relações brilhantes, mas apenas das mal cotadas que considerasse pouco delicado ocultar, e entre as quais tomara no *faubourg* Saint-Germain o hábito de situar as relações com o mundo oficial, respondeu:

— Prometo-lhe que vou tratar disso, vai tê-lo a tempo para a continuação da estreia dos *Danicheff*; almoço justamente amanhã com o prefeito da Polícia no Eliseu.

— Como assim, no Eliseu? — gritou o doutor Cottard numa voz tonitruante.

— Sim, na residência do senhor Grévy — respondeu Swann, um pouco incomodado com o efeito que a sua frase produzira.

E o pintor disse ao médico em tom de brincadeira:

— Isso dá-lhe muitas vezes?

Em geral, depois de dada a explicação, Cottard dizia: «Ah, bom, bom, está bem», e já não mostrava vestígios de emoção.

Mas desta vez as últimas palavras de Swann, em lugar de lhe causarem o alívio habitual, levaram ao cúmulo o seu espanto de que um homem com quem ele jantava, que não tinha nem funções oficiais, nem ilustração de qualquer espécie, convivesse com o chefe do Estado.

— Como assim, o senhor Grévy? Conhece o senhor Grévy? — disse ele a Swann com o ar estúpido e incrédulo de um soldado da guarda a quem um desconhecido pede para ver o Presidente da República e que, entendendo as palavras «com quem vai tratar de negócios», como dizem os jornais, garante ao pobre demente que vai ser logo recebido, e o encaminha para a enfermaria especial do depósito de presos.

— Conheço-o um pouco, temos amigos comuns (não se atreveu a dizer que era o príncipe de Gales), de resto é muito fácil ser-se convidado por ele, e garanto-lhe que esses almoços nada têm de divertido, aliás são muito simples, nunca somos mais que oito à mesa — respondeu Swann que tentava esfumar o que aos olhos do seu interlocutor parecia excessivamente estrepitoso nas relações com o Presidente da República.

Imediatamente Cottard, pautando-se pelas palavras de Swann, adoptou esta opinião acerca do valor de um convite do senhor Grévy, que era coisa muito pouco refinada e corriqueira. A partir dali deixou de se admirar que Swann, ou qualquer outra pessoa, frequentasse o Eliseu, e até o lamentava um pouco por ir a almoços que o próprio convidado confessava serem aborrecidos.

— Ah, bom, bom, está bem — disse ele no tom de um funcionário da alfandega, até aí desconfiado mas que, depois das explicações dadas, nos dá o seu visto e nos deixa passar sem abrir as malas.

— Ah, acredito que esses almoços não devem ser divertidos, é uma virtude sua ir lá — disse a senhora Verdurin, a quem o Presidente da República surgia como um maçador particularmente temível, porque dispunha de meios de sedução e de coacção que, utilizados junto dos fiéis, poderiam ser capazes de os fazer desertar... — Parece que é surdo como uma porta e que come com os dedos.

— Realmente, então, ir lá não o deve divertir muito — disse o médico com uma tonalidade de comiseração; e, recordando-se do número de oito convivas: — São almoços íntimos? — perguntou vivamente com zelo de linguista, mais ainda que com uma curiosidade de basbaque.

Mas o prestígio que a seus olhos o Presidente da República possuía acabou porém por triunfar, não apenas sobre a humildade de Swann como também sobre a maledicência da senhora Verdurin, e em todos os jantares Cottard perguntava interessado: «Vamos ver esta noite o senhor Swann? Ele tem relações pessoais com o senhor Grévy. Será aquilo a que se chama um *gentleman*?» Chegou mesmo ao ponto de lhe oferecer um convite para a exposição dentária.

— Terá entrada com as pessoas que o acompanharem, mas não deixam entrar cães. Digo-lhe isto, percebe, porque tive amigos que não sabiam e que torceram o nariz.

Quanto ao senhor Verdurin, observou o mau efeito que produzira na mulher esta descoberta de que Swann tinha amizades poderosas de que nunca havia falado.

Quando não se combinava uma festa no exterior, era em casa dos Verdurin que Swann encontrava o pequeno núcleo, mas só ia à noite e quase nunca aceitava jantar, apesar das instâncias de Odette.

— Eu até podia jantar a sós consigo, se preferisse assim — dizia-lhe ela.

— E a senhora Verdurin?

— Oh, seria muito simples. Era só dizer que o meu vestido não ficou pronto, que o meu trem chegou atrasado. Há sempre maneira de compor as coisas.

— É muito amável.

Mas Swann dizia de si para si que, se mostrasse a Odette (aceitando o encontro apenas para depois do jantar) que existiam prazeres que preferia ao de estar com ela, o gosto que ela sentia por ele não demoraria muito a saciar-se. E, por outro lado, preferindo infinitamente à de Odette a beleza de uma operariazita fresca e túmida como uma rosa e por quem estava apaixonado, preferia passar o começo do serão com ela, com a certeza de ver Odette depois. Era por essas mesmas razões que nunca aceitava que Odette viesse buscá-lo para irem para casa dos Verdurin. A pequena operária esperava-o perto de sua casa na esquina de uma rua que o seu cocheiro Rémi conhecia; subia para junto de Swann e ficava nos seus braços até ao momento em que a carruagem o deixava diante da casa dos Verdurin. Quando entrava, enquanto a senhora Verdurin, mostrando as rosas que ele mandara de manhã, lhe dizia: «Merece um ralhete» e lhe indicava um lugar ao lado de Odette, o pianista tocava para os dois a pequena frase de Vinteuil, que era como que o hino nacional do seu amor. Começava pela suspensão dos *tremolos* de violino que se ouvem a solo durante alguns compassos, ocupando todo o primeiro plano, e depois, de repente, eles pareciam afastar-se e, como nos quadros de Pieter de Hooch, aos quais o enquadramento estreito de uma porta entreaberta dá profundidade, muito ao longe, numa cor diferente, no aveludado de uma luz interposta, a pequena frase aparecia, dançante, pastoral, intercalada, episódica, pertencente a outro mundo. Passava a ondulações simples e imortais, distribuindo aqui e além dons da sua graça, com o mesmo inefável sorriso; mas Swann julgava agora distinguir desencanto nela. Parecia conhecer a vacuidade daquela ventura de que mostrava o caminho. Na sua graça leve, tinha algo de realizado, como o desapego que se segue ao desgosto. Mas pouco lhe importava, considerava-a menos em si mesma — no que podia exprimir para um músico que ignorava tanto a existência dele como a de Odette quando a compusera, e para todos os que a ouviriam pelos séculos fora — do que como um penhor, uma recordação do seu amor que, tanto aos Verdurin como ao pequeno pianista, fazia pensar em Odette ao mesmo tempo que nele, que os unia; estava no ponto em que, porque Odette, por capricho, lhe pedira, renunciara ao seu projecto de mandar tocar para si, por um artista, a sonata inteira, da qual continuou a conhecer apenas esta passagem. «Para que é que precisa do resto?», tinha-lhe dito ela. «Este é o *nosso* fragmento.» E até, sofrendo por pensar, no momento em que ela passava tão perto e, no entanto, no infinito, que, ao mesmo tempo que se dirigia a eles, não os conhecia, quase lamentava que ela tivesse um significado, uma beleza intrínseca e fixa, a eles alheia, como em jóias dadas, ou até em cartas escritas por uma mulher amada, sentimos aversão à água da gema, e às palavras da linguagem, por não serem apenas feitas da essência de uma ligação passageira e de um ser concreto.

Acontecia às vezes que se demorara tanto com a jovem operária antes de ir a casa dos Verdurin que, depois de tocada a pequena frase pelo pianista, Swann compreendia que não tardava a hora de Odette regressar a casa. Levava-a até à porta da sua pequena residência na Rua La Pérouse, atrás do Arco do Triunfo. E talvez fosse por causa disso, para não lhe pedir todos os favores, que ele sacrificava o prazer, para ele menos necessário, de a ver mais cedo, de chegar a casa dos Verdurin com ela, ao exercício daquele direito que ela lhe reconhecia de saírem juntos, e a que atribuía maior valor, porque, graças a ele, tinha a impressão de que ninguém a via, ninguém se metia entre eles, ninguém a impedia de continuar com ele depois de a deixar.

E assim, ela regressava a casa na carruagem de Swann; uma noite, quando acabava de descer e ele se despedia até amanhã, ela colheu precipitadamente no jardinzinho que antecedia a casa um último crisântemo e deu-lho antes de ele tornar a partir. Ele manteve-o apertado contra os lábios durante o regresso e quando, ao fim de alguns dias, a flor murchou, fechou-a preciosamente na sua escrivaninha.

Mas não entrava nunca em casa dela. Apenas duas vezes, à tarde, fora participar naquela operação capital para ela que era «tomar chá». O isolamento e o vazio daquelas curtas ruas (feitas quase todas de pequenas moradias contíguas, cuja monotonia era de repente quebrada por uma sinistra barraquinha qualquer, testemunho histórico e sobra sórdida do tempo em que aqueles bairros eram ainda mal afamados), a neve que ficara no jardim e nas árvores, a singeleza da estação, a vizinhança da natureza conferiam algo de mais misterioso ao calor, às flores que encontrara ao entrar.

Deixando à esquerda, no rés-do-chão alto, o quarto de dormir de Odette, cujas traseiras davam para uma ruazinha paralela, uma escada a direito, entre paredes pintadas de cor escura e donde pendiam tecidos orientais, fieiras de rosários turcos e uma grande lanterna japonesa suspensa por um cordãozinho de seda (mas que, para não privar os visitantes dos últimos confortos da civilização ocidental, dava luz de gás), subia para a sala e para a saleta. Estas eram precedidas de um estreito vestíbulo, cuja parede quadriculada por um entrançado de jardim, mas dourado, era orlada a todo o comprimento por uma caixa rectangular onde floresciam, como numa estufa, uma fila daqueles grandes crisântemos ainda raros naquela época, porém muito distantes dos que os horticultores conseguiram mais tarde obter. Swann estava irritado com a moda em que desde o ano anterior tinham caído, mas sentira prazer desta vez ao ver a penumbra da salinha listrada de cor-de-rosa, alaranjado e branco pelos raios odoríferos daqueles astros efémeros que se iluminam nos dias cinzentos. Odette recebera-o num roupão de seda cor-de-rosa, com o pescoço e os braços a descoberto. Tinha-o mandado sentar junto dela numa das reentrâncias misteriosas praticadas nos vãos da sala, protegidas por palmeiras imensas metidas em vasos de porcelana chinesa, ou por biombos onde estavam fixadas fotografias, nós de fitas e leques. Dissera-lhe ela: «Assim não está confortável, espere, eu já o arrumo», e, com o risinho vaidoso que teria a propósito de qualquer invenção própria, instalara atrás da cabeça de Swann e debaixo dos seus pés almofadas de seda japonesa que amassava como se fosse pródiga naquelas riquezas e lhes descurasse o valor. Mas quando o criado de quarto viera trazer sucessivamente as numerosas luzes que, quase todas metidas em jarras chinesas, ardiam isoladas ou aos pares, todas sobre móveis diferentes como sobre altares, e que no crepúsculo já quase nocturno daquele fim de tarde de Inverno haviam feito reaparecer um pôr-do-Sol mais duradouro, mais róseo e mais humano — fazendo porventura sonhar um apaixonado qualquer que parasse na rua diante do mistério da presença que as vidraças iluminadas ao mesmo tempo revelavam e escondiam —, ela vigiara severamente pelo canto do olho o criado para ver se ele as poisava de facto no respectivo lugar sacramental. Pensava que bastava colocar uma onde não devia ser para o efeito de conjunto da sua sala ser destruído, e para que o seu retrato, posto num cavalete oblíquo coberto de pelúcia, ficasse mal iluminado. Por isso acompanhava febrilmente os movimentos daquele homem grosseiro e repreendeu-o com vivacidade porque passara muito próximo de duas jardineiras cuja limpeza reservava para si, tal o seu receio de que as estragassem, e foi ver de perto se ele não lhes tinha esbeiçado os cantos. Encontrava em todos os seus bibelôs chineses formas «divertidas», e também nas orquídeas, sobretudo nas catleias, que eram, juntamente com os crisântemos, as suas flores preferidas, porque tinham o grande mérito de não se parecerem com flores, mas de serem de seda, de cetim. «Esta parece ter sido recortada do forro da minha capa», disse ela a Swann mostrando-lhe uma orquídea, com uma tonalidade de estima por aquela flor tão *chic*, por aquela irmã elegante e imprevista que a natureza lhe dava, tão longe dela na escala dos seres e, contudo, requintada, mais digna que muitas mulheres de que lhe desse um lugar no seu salão. Mostrando-lhe sucessivamente quimeras com línguas de fogo que decoravam um jarrão ou ornamentavam um guarda-fogo, as corolas de um ramo de orquídeas, um dromedário de prata nigelada com olhos incrustados de rubis que estava em cima da chaminé ao pé de um sapo de jade, fingia alternadamente ter medo da maldade ou rir-se do ridículo dos monstros, corar com a indecência das flores e sentir um irresistível desejo de ir beijar o dromedário e o sapo, aos quais chamava «queridos». E estes fingimentos contrastavam com a sinceridade de algumas das suas devoções, nomeadamente a Nossa Senhora de Laghet, que em tempos, quando ela vivia em Nice, a havia curado de uma doença mortal e de quem usava sempre uma medalha de ouro a que atribuía um poder sem limites. Odette fez a Swann o «seu» chá, e perguntou-lhe: «Limão ou nata?», e como ele respondeu «Nata», disse-lhe a rir: «Uma nuvem!» E como ele achava que estava bom: «Como vê, eu sei aquilo de que gosta.» Efectivamente, aquele chá parecera a Swann algo de precioso, tal como a ela, e o amor tem tanta necessidade de encontrar uma justificação para si mesmo, uma garantia de duração, em prazeres que, pelo contrário, sem ele o não seriam e com ele terminam, que, quando saíra às sete horas para ir a casa vestir-se, durante todo o trajecto que fez no seu *coupé*, não podendo conter a alegria que aquela tarde lhe causara, repetia para si mesmo: «Seria muito agradável ter assim uma pessoazinha, em casa de quem se pudesse achar essa coisa tão rara que é um bom chá.» Uma hora depois recebeu um bilhete de Odette e reconheceu logo aquela grande letra, em que um fingimento de rigidez britânica impunha uma aparência de disciplina aos caracteres informes que porventura teriam significado para olhos menos prevenidos a desordem do pensamento, a insuficiência da educação, a falta de franqueza e de vontade. Swann esquecera-se da cigarreira em casa de Odette. «Se se tivesse esquecido também do coração, não deixaria que o recuperasse.»

Uma segunda visita que lhe fez foi talvez mais importante. Ao ir para casa dela nesse dia, como sempre que ia vê-la, imaginava-a antecipadamente; e a necessidade em que estava de, para lhe achar bonita a cara, limitar apenas às maçãs do rosto rosadas e frescas as faces que tantas vezes tinha amarelas, lânguidas, às vezes pintalgadas de pontinhos vermelhos, afligia-o como uma prova de que o ideal é inacessível e a felicidade medíocre. Levava-lhe uma gravura que ela desejava ver. Estava um pouco adoentada e recebeu-o vestida com um penteador de crepe-da-china rosa-malva, reunindo-lhe sobre o peito, como uma capa, um tecido ricamente bordado. De pé a seu lado, deixando correr ao longo das faces os cabelos que havia desatado, flectindo uma perna numa atitude ligeiramente dançante para poder dobrar-se sem cansaço para a gravura que contemplava, inclinando a cabeça, com os seus grandes olhos, tão fatigados e sensaborões quando não estava animada, impressionou Swann pela sua semelhança com aquela figura de Zéfora, a filha de Jetro, que se pode ver num fresco da Capela Sistina. Swann sempre tivera aquela inclinação especial para gostar de encontrar na pintura dos mestres, não apenas os caracteres gerais da realidade que nos rodeia, mas o que, pelo contrário, parece menos susceptível de generalidade, os traços individuais dos rostos que conhecemos; assim, na matéria de um busto do doge Loredano da autoria de Antonio Rizzo, a saliência das maçãs do rosto, a obliquidade das sobrancelhas, enfim, a semelhança gritante do seu cocheiro Rémi; sob as cores de um Ghirlandaio, o nariz do senhor de Palancy; num retrato do Tintoretto, a invasão da parte gorda da bochecha pela implantação dos primeiros pêlos das suíças, a quebra do nariz, a penetração do olhar, a congestão das pálpebras do médico Du Boulbon. Talvez, pelo facto de sempre ter conservado o remorso de haver limitado a sua vida às relações mundanas, à conversa, julgasse encontrar uma espécie de indulgente perdão que lhe era concedido pelos grandes artistas no facto de terem eles considerado também com prazer, e feito entrar na sua obra, uns rostos que lhe conferem um singular certificado de realidade e de vida, um sabor moderno; e talvez se tivesse deixado conquistar ainda de tal modo pela frivolidade da gente mundana que sentia a necessidade de encontrar numa obra antiga essas alusões antecipadas e rejuvenescedoras a nomes próprios de hoje. Ou pode ser que, pelo contrário, tivesse conservado o suficiente de uma natureza de artista para que essas características individuais lhe causassem prazer, tomando um significado mais geral, mal dava por elas, desenraizadas, libertadas, na semelhança de um retrato mais antigo com um original que não representava. Fosse como fosse, e porventura porque a plenitude de impressões que tinha havia algum tempo, e embora ela lhe ocorresse sobretudo com o amor da música, tivesse enriquecido até o seu gosto pela pintura, foi mais profundo — e iria exercer sobre Swann uma influência duradoira — o prazer que encontrou naquele momento na semelhança de Odette com a Zéfora desse Sandro di Mariano ao qual é dado mais habitualmente o seu apelido popular de Botticelli, uma vez que este evoca, em vez da obra verdadeira do pintor, a ideia banal e falsa que dela se vulgarizou. Deixou de apreciar o rosto de Odette segundo a melhor ou pior qualidade das suas faces e a doçura de pura cor de carne que supunha dever encontrar-lhe ao tocá-las com os lábios se alguma vez ousasse beijá-la, mas como uma meada de linhas subtis e belas que os seus olhares dobaram, continuando a curva do seu enrolamento, juntando a cadência da nuca à efusão dos cabelos e à flexão das pálpebras, como num retrato dela em que o seu tipo se tornava inteligível e claro.

Contemplava-a; um fragmento do fresco aparecia no seu rosto e no seu corpo, e desde então procurou sempre encontrá-lo lá quer estivesse junto de Odette, quer estivesse apenas a pensar nela; e embora não tivesse apego à obra-prima florentina a não ser, sem dúvida, porque a encontrava nela, contudo aquela semelhança conferia-lhe, também a ela, uma certa beleza, tornava-a mais preciosa. Swann censurou-se por ter menosprezado o valor de uma criatura que terá parecido adorável ao grande Sandro, e felicitou-se pelo facto de o prazer que sentia ao ver Odette ter encontrado uma justificação na sua própria cultura estética. Disse de si para si que, associando o pensamento de Odette aos seus sonhos de felicidade, não se resignara a um menor dos males tão imperfeito como julgara até então, visto que ele satisfazia em si os seus gostos de arte mais refinados. Esquecia-se de que Odette já não era por isso uma mulher conforme ao seu desejo, já que precisamente o seu desejo sempre fora orientado num sentido oposto aos seus gostos estéticos. A expressão «obra florentina» prestou um grande serviço a Swann. Permitiu-lhe, como um título, fazer penetrar a imagem de Odette num mundo de sonhos a que ela não tivera acesso até então e onde se impregnou de nobreza. E ao passo que a visão apenas carnal que tivera daquela mulher, renovando constantemente as suas dúvidas sobre a qualidade do seu rosto, do seu corpo, de toda a sua beleza, enfraquecia o seu amor, essas dúvidas foram destruídas, e esse amor garantido, quando, em vez disso, teve como base os dados de uma estética indiscutível; sem contar que o beijo e a posse, que pareciam naturais e medíocres se lhe fossem concedidos por uma carne arruinada, ao virem coroar a adoração de uma peça de museu pareceram-lhe ser sobrenaturais e deliciosos.

E quando era tentado a lamentar que havia meses nada mais fizesse além de se encontrar com Odette, dizia para consigo mesmo que era razoável dar muito do seu tempo a uma obra-prima inestimável, moldada de uma vez por todas numa matéria diferente e particularmente saborosa, num exemplar raríssimo que contemplava ora com a humildade, a espiritualidade e o desinteresse de um artista, ora com o orgulho, o egoísmo e a sensualidade de um coleccionador.

Colocou em cima da sua mesa de trabalho, como uma fotografia de Odette, uma reprodução da filha de Jetro. Admirava-lhe os grandes olhos, o delicado rosto que deixava adivinhar a pele imperfeita, os maravilhosos anéis de cabelo ao longo das faces fatigadas; e adaptando o que até então julgava belo de uma forma estética à ideia de uma mulher viva, transformava-o em méritos físicos que se regozijava de encontrar reunidos num ser que poderia possuir. Essa vaga simpatia que nos impele para uma obra-prima que contemplamos, agora que conhecia o original de carne da filha de Jetro, tornava-se um desejo que substituía doravante aquele que o corpo de Odette de início lhe não inspirara. Quando contemplara longamente aquele Botticelli, pensava no seu próprio Botticelli, que achava ainda mais belo e, aproximando de si a fotografia de Zéfora, julgava apertar Odette contra o peito.

E, todavia, não era apenas o cansaço de Odette que se esforçava por prevenir, era também, às vezes, o seu próprio cansaço; sentindo que Odette, desde que dispunha de todas a facilidades para o ver, parecia não ter muito para lhe dizer, receava que as maneiras um pouco insignificantes, monótonas, e como que definitivamente fixadas, que eram agora as dela quando estavam juntos, acabassem por matar nele aquela esperança romanesca de um dia em que ela quisesse declarar a sua paixão, que exclusivamente o tornara e conservara apaixonado. E para renovar um pouco o aspecto moral, excessivamente hirto, de Odette, e de que receava fatigar-se, escrevia-lhe de repente uma carta cheia de decepções fingidas e de cóleras simuladas que lhe mandava entregar antes do jantar. Sabia que ela ia ficar assustada, que ia responder-lhe, e esperava que na contracção que o medo de o perder iria infligir à sua alma brotariam palavras que ela nunca lhe dissera; e efectivamente, fora dessa maneira que obtivera as cartas mais ternas que ela jamais lhe escrevera, uma das quais, que lhe mandara entregar ao meio-dia à

Maison Dorée (era o dia da Festa de Paris-Múrcia organizada a favor das vítimas das inundações de Múrcia), começava por estas palavras: «Meu amigo, treme-me tanto a mão que mal posso escrever», e que ele guardara na mesma gaveta da flor seca do crisântemo. Ou então, no caso de ela não ter tempo de lhe escrever, quando ele chegasse a casa dos Verdurin iria vivamente ao seu encontro e dir-lhe-ia: «Preciso de lhe falar», e ele contemplaria com curiosidade no seu rosto e nas suas palavras o que ela lhe ocultara até aí do seu coração.

Bastava aproximar-se de casa dos Verdurin, quando avistava as grandes janelas, cujas portadas nunca eram fechadas, iluminadas pelos candeeiros, e enternecia-se ao pensar no ser encantador que ia ver, jovial, sob a sua luz dourada. Às vezes as sombras dos convidados destacavam-se, esguias e negras, interpondo-se diante dos candeeiros, como aquelas pequenas gravuras que se intercalam aqui e além num quebra-luz translúcido onde as outras folhas são apenas claridade. Procurava distinguir o perfil de Odette. Depois, mal chegava, sem dar por isso, os seus olhos brilhavam com tal alegria que o senhor Verdurin dizia ao pintor: «Acho que isto está a aquecer.» E efectivamente, para Swann, a presença de Odette acrescentava àquela casa aquilo que nenhuma daquelas onde era recebido possuía: uma espécie de aparelho sensitivo, de rede nervosa, que se ramificava peça por peça e trazia excitações constantes ao seu coração.

Assim, o simples funcionamento desse organismo social que era o pequeno «clã» marcava automaticamente para Swann encontros quotidianos com Odette e permitia-lhe fingir uma indiferença ao vê-la, ou até um desejo de não a ver mais, que não o fazia correr grandes riscos, visto que, ainda que lhe tivesse escrito durante o dia, iria forçosamente vê-la à noite e havia de levá-la a casa.

Mas, uma vez em que, depois de pensar com enfado naquele inevitável regresso juntos, tinha levado até ao Bois a sua jovem operária para retardar o momento de ir para casa dos Verdurin, chegou lá tão tarde que Odette, julgando que ele já não vinha, se tinha ido embora. Ao ver que ela já não estava no salão, Swann sentiu uma dor no peito; tremia por se ver privado de um prazer que avaliava pela primeira vez, pois que até aí tivera aquela certeza de o ter quando o desejava, que em todos os prazeres nos diminui ou até de algum modo nos impede de discernir o seu valor.

— Viste a cara que ele fez quando percebeu que ela não estava? — disse o senhor Verdurin à mulher. — Acho que se pode dizer que ele está apanhado!

— A cara que ele fez? — perguntou com violência o doutor Cottard que, tendo saído por uns instantes para ver um doente, voltava para buscar a mulher e não sabia de quem estavam a falar.

— Então não encontrou diante da porta o mais belo dos Swann...

— Não. O senhor Swann veio?

— Ah, só por um instante. Tivemos um Swann muito agitado, muito nervoso. Odette já se tinha ido embora, percebe.

— Quer então dizer que ela e ele adivinham passarinho novo, que ela o faz andar nas nuvens — disse o médico, experimentando com prudência o sentido destas expressões.

— Não, não há absolutamente nada e, aqui entre nós, acho que ela faz muito mal e se comporta como uma grande idiota, que aliás é.

— Ora, ora, ora — disse o senhor Verdurin —, sabes lá tu se não há nada? Não estamos lá para ver, pois não?

— A mim, ela dizia-me — replicou altivamente a senhora Verdurin. — Digo-lhe que ela me conta todos os seus pequenos casos! Como ela neste momento não tem mais ninguém, eu disse-lhe que devia dormir com ele. Ela diz que não pode, que teve efectivamente uma forte paixão por ele mas que ele é tímido com ela, e que isso por sua vez a intimida e, além do mais, que não o ama dessa maneira, que é um ser ideal, que tem receio de desflorar o sentimento que tem por ele, sei lá! Mas, no entanto, é disso que ela está a precisar.

— Hás-de permitir-me que eu não seja da tua opinião — disse o senhor Verdurin —, não simpatizo muito com aquele sujeito; acho-o presumido.

A senhora Verdurin imobilizou-se, tomou uma expressão inerte como se se tivesse transformado em estátua, ficção que lhe permitiu que julgassem que não tinha ouvido aquela insuportável palavra, «presumido», que parecia implicar que alguém pudesse «presumir» com eles, e portanto ser «mais que eles».

— Enfim, se não há nada, não penso que seja por aquele sujeito a julgar *virtuosa* — disse ironicamente o senhor Verdurin. — E no fim de contas, não se pode dizer nada, visto que ele parece achá-la inteligente. Não sei se ouviste o que ele lhe estava a dizer numa destas noites acerca da sonata de Vinteuil; gosto de Odette do fundo do coração, mas para lhe vir com teorias de estética é preciso ser-se um perfeito pateta!

— Então, não digas mal de Odette — disse a senhora Verdurin fingindo uma atitude infantil. — Ela é encantadora.

— Mas isto não impede que seja encantadora; não dizemos mal dela, dizemos que não é uma virtude nem uma inteligência. No fundo, a si — disse ele para o pintor —, interessa-lhe assim tanto que ela seja virtuosa? Se calhar seria muito menos encantadora, quem sabe?

No patamar veio ao encontro de Swann o mordomo, que não estava ali quando ele chegara e fora encarregado por Odette de lhe dizer — mas já tinha passado bem uma hora —, no caso de ele vir ainda, que ela iria provavelmente tomar um chocolate no Prévost antes de voltar para casa. Swann partiu para o Prévost, mas a carruagem era detida por outras a cada passo, ou por pessoas que atravessavam a rua, odiosos obstáculos que bem gostaria de derrubar se a multa do polícia não o retardasse ainda mais que a passagem do peão. Contava o tempo que estava a levar, juntava alguns segundos a todos os minutos para ter a certeza de não os ter encurtado muito, o que o faria julgar maior do que na realidade era a sua possibilidade de chegar a tempo e de encontrar ainda Odette. E a dado momento, como um homem com febre que acaba de acordar e toma consciência do absurdo dos pesadelos que ruminava sem se distinguir claramente deles, Swann discerniu em si de repente a estranheza dos pensamentos que acalentava desde que lhe haviam dito em casa dos Verdurin que Odette já tinha saído, a novidade da dor no coração de que sofria, mas que verificou apenas como se acabasse de despertar. Quê? Toda aquela agitação apenas porque só amanhã tornaria a ver Odette, coisa que precisamente desejara, uma hora antes, quando ia a caminho da casa da senhora Verdurin! Foi efectivamente obrigado a verificar que naquela mesma carruagem que o levava ao Prévost ele já não era o mesmo, e que já não estava sozinho, que um ser novo estava ali com ele, aderente, amalgamado a ele, do qual porventura não conseguiria desembaraçar-se, com quem ia ser obrigado a usar de cuidados como com um mestre ou com uma doença. E, no entanto, desde que sentia que uma nova pessoa se acrescentara assim a ele, a sua vida parecia-lhe mais interessante. A custo dizia de si para si que aquele possível encontro no Prévost (encontro cuja expectativa sacudia e descarnava a tal ponto os momentos que o antecediam que já não deparava com uma só ideia, com uma só recordação atrás da qual pudesse fazer repousar o espírito), contudo provável, seria, se se realizasse, como os outros, coisa bem pouca. Como todas as noites, mal estivesse com Odette, lançando furtivamente ao seu rosto mutável um olhar logo desviado, com receio de que ela visse nele a antecipação de um desejo e deixasse de acreditar no seu desinteresse, deixaria de poder pensar nela, todo ocupado que estaria em encontrar pretextos que lhe permitissem não a abandonar imediatamente e ter a garantia, sem parecer dar-lhe muita importância, de que tornaria a encontrá-la no dia seguinte em casa dos Verdurin: isto é, prolongar para já e renovar por mais um dia a decepção e a tortura ocasionadas pela vã presença daquela mulher de que se aproximava sem ousar estreitá-la contra si.

Ela não estava no Prévost; decidiu procurar em todos os restaurantes dos bulevares. Para ganhar tempo, enquanto visitava uns, mandou aos outros o seu cocheiro Rémi (o doge Loredano de Rizzo), por quem depois foi esperar — uma vez que nada tinha encontrado — no lugar que lhe indicara. A carruagem não voltava e Swann imaginava o momento que se aproximava, ora com Rémi a dizer-lhe: «A senhora está ali», ora com Rémi a dizer-lhe: «A senhora não estava em nenhum dos cafés.» E assim via o fim do serão à sua frente, um só e, no entanto, alternativo, antecedido ou pelo encontro com Odette, que aboliria a sua angústia, ou pela renúncia forçada a encontrá-la naquela noite, pela aceitação de voltar a casa sem a ter visto.

O cocheiro regressou, mas no momento em que parou diante de Swann este não lhe disse: «Encontrou a senhora?», mas: «Lembre-me amanhã de encomendar lenha, acho que a que tenho deve estar a esgotar-se.» Talvez dissesse de si para si que, se Rémi tinha encontrado Odette num café onde ela o esperava, o fim do nefasto serão estava já aniquilado pela realização começada do fim de serão bem-aventurado, e que não precisava de se apressar a esperar uma ventura capturada e em lugar seguro, que não mais fugiria. Mas era também por força da inércia; tinha na alma a falta de flexibilidade que certos seres têm nos corpos, esses que no momento de evitarem um choque, de afastarem uma chama do fato, de realizarem um movimento urgente, não se apressam, começam por ficar um segundo na situação em que estavam antes, como para nela encontrarem o seu ponto de apoio, o seu impulso. E, sem dúvida, se o cocheiro o tivesse interrompido dizendo-lhe: «A senhora está ali», ele teria respondido: «Ah, sim, é verdade, o mandado que eu lhe dei, olhe, nem me lembrava», e teria continuado a falar do abastecimento de lenha para lhe esconder a emoção que tivera e dar a si mesmo tempo para romper com a inquietação e se entregar à felicidade.

Mas o cocheiro voltou para lhe dizer que não a tinha encontrado em parte alguma, e acrescentou a sua opinião de velho servidor:

— Acho que o senhor não tem mais que voltar para casa.

Mas a indiferença que Swann representava facilmente quando Rémi já não podia mudar nada à resposta que trazia caiu quando o viu tentar fazê-lo renunciar à sua esperança e à sua procura:

— De modo algum — exclamou —, temos de encontrar aquela senhora, é da mais alta importância! Ela ficaria extremamente aborrecida, por causa de um certo assunto, e melindrada, se não me visse.

— Não sei como é que a senhora podia ficar melindrada — respondeu Rémi —, visto que foi ela que se foi embora sem esperar pelo senhor, disse que ia ao Prévost e não estava lá.

De resto, começavam a apagar as luzes em toda a parte. Sob as árvores dos bulevares, numa obscuridade misteriosa, os transeuntes mais raros vagueavam, a custo reconhecíveis. Por vezes a sombra de uma mulher, que se aproximava murmurando-lhe umas palavras ao ouvido, pedindo-lhe que a levasse a casa, fez estremecer Swann. Ele roçava ansiosamente todos aqueles corpos obscuros como se entre os fantasmas dos mortos, no reino das sombras, procurasse Eurídice.

De entre todos os modos de produção do amor, de entre todos os agentes de disseminação do mal sagrado, efectivamente este grande sopro de agitação que por vezes passa sobre nós é um dos mais eficazes. Então está a sorte lançada, o ser com quem nos recreamos em determinado momento é o que iremos amar. E nem sequer é preciso que nos tenha agradado até então mais ou tanto como outros. O que é necessário é que o nosso gosto por ele se torne exclusivo. E essa condição é realizada quando — nesse momento em que ele nos fez falta — a busca dos prazeres que o seu encanto nos dava foi bruscamente substituída em nós por uma necessidade ansiosa, que tem por objecto aquele mesmo ser, uma necessidade absurda, que as leis deste mundo tornam impossível de satisfazer e difícil de curar — a necessidade insensata e dolorosa de o possuir.

Swann quis ser conduzido aos últimos restaurantes; era a única hipótese de felicidade que encarara com calma; agora já não escondia a sua agitação, o valor que atribuía àquele encontro, e prometeu, em caso de êxito, uma recompensa ao cocheiro, como se, inspirando-lhe o desejo de conseguir encontrá-la, a acrescentar ao que ele mesmo sentia, pudesse fazer com que Odette, caso tivesse já voltado a casa para se deitar, se encontrasse todavia num restaurante do bulevar. Foi até à Maison Dorée, entrou duas vezes no Tortoni e, continuando sem a ver, acabava de sair do Café Anglais, andando com grandes passadas, de olhar desvairado, a caminho da carruagem que o esperava à esquina do Bulevar des Italiens, quando chocou com uma pessoa que vinha em sentido contrário: era Odette; explicou-lhe mais tarde que, não tendo encontrado lugar no Prévost, havia ido cear à Maison Dorée, num recanto onde ele não a descobrira, e regressava à sua carruagem.

Estava tão pouco à espera de o ver que teve um movimento de susto. Quanto a ele, calcorreara Paris, não porque julgasse possível encontrá-la, mas porque lhe era excessivamente cruel renunciar a tentá-lo. Mas esta alegria que a sua razão não parara de considerar irrealizável naquela noite, só mais real lhe parecia agora; é que não colaborara com ela através da previsão das probabilidades, e ela permanecia-lhe exterior; não precisava de a retirar do espírito para lha fornecer, emanava por si mesma, era ela mesma que projectava para ele aquela verdade que irradiava a ponto de dissipar como um sonho o isolamento que receara, e sobre a qual apoiava, assentava, sem pensar, o seu devaneio feliz. Era como um viajante chegado com bom tempo à costa do Mediterrâneo, inseguro da existência das terras que acabou de abandonar e que, em vez de lhes lançar olhares, deixa que a sua vista se deslumbre com os raios que o azul luminoso e resistente das águas lhe dirige.

Subiu com ela para a carruagem que ela trazia e disse à sua que os seguisse.

Ela segurava na mão um ramo de catleias e Swann viu, sob o lenço de renda que trazia na cabeça, que tinha no cabelo flores dessa mesma orquídea presas por um penacho de penas de cisne. Vestia, debaixo da mantilha, uma onda de veludo preto que, por um repuxado oblíquo, deixava ver num amplo triângulo a parte de baixo de uma saia de faile branco e mostrava uma crescença, também de faile branco, na abertura do corpete decotado, onde mergulhavam outras flores de catleias. Ela mal se recompusera do susto que Swann lhe causara quando um obstáculo obrigou o cavalo a um súbito desvio. Foram vivamente sacudidos, ela soltou um grito e ficou toda palpitante, sem respiração.

— Não é nada — disse-lhe ele —, não tenha medo.

Segurava-a pelo ombro, encostando-o a ele para a apoiar; e depois disse-lhe:

— E sobretudo não fale, responda-me apenas por sinais, para não perder ainda mais o fôlego. Não se importa de que eu endireite as flores do seu corpete, que foram deslocadas pelo choque? Receio que as perca, gostava de as enfiar um pouco mais para dentro.

Ela, que não fora habituada a ver os homens terem tantas cerimónias consigo, disse a sorrir:

— Não, de modo algum, não me importo nada.

Mas ele, intimidado pela sua resposta, e talvez também para parecer ter sido sincero quando aproveitara aquele pretexto, ou até começando já a acreditar que o fora, exclamou:

— Ah, não, sobretudo não fale, vai perder o fôlego outra vez, pode muito bem responder-me por gestos, que eu entendo-a bem. Sinceramente que não se importa? É que, está a ver, há um pouco de… penso que é pólen que lhe caiu em cima e se espalhou; vai permitir-me que a limpe com a mão? Não estou a fazer com muita força, não estou a ser muito bruto? Talvez lhe esteja a fazer algumas cócegas, não? É que eu não queria tocar no veludo do vestido para não o amarrotar. Mas, está a ver, era mesmo preciso segurá-las, iam cair; e assim, metendo-as um bocadinho para dentro… A sério, não estou a ser desagradável? E se as cheirasse, para ver se não têm mesmo aroma? Nunca cheirei, posso? Diga a verdade.

Sorrindo, ela ergueu ligeiramente os ombros, como que a dizer: «Não seja tolo, bem está a ver que isso me agrada.»

Ele erguia a outra mão ao longo da face de Odette; ela olhou para ele fixamente, com o ar lânguido e grave das mulheres do mestre florentino com quem ele lhe encontrara semelhança; à beira das pálpebras, os seus olhos brilhantes, rasgados e estreitos, como os delas, pareciam prestes a soltar-se, como se fossem duas lágrimas. Dobrava o pescoço como se vê que todas fazem, tanto nas cenas pagãs como nos quadros religiosos. E numa atitude que sem dúvida lhe era habitual, que ela sabia ser adequada àqueles momentos e que cuidava de não se esquecer de tomar, parecia ter necessidade de toda a sua força para conter o rosto, como se uma força invisível o atraísse para Swann. E foi Swann que, antes que ela o deixasse descair, como que sem querer, sobre os lábios dele, o reteve por um instante a alguma distância, entre as mãos. Quisera dar tempo ao seu pensamento para vir reconhecer o sonho que durante tanto tempo tinha acalentado e para assistir à sua realização, como um parente que se chama para ter o seu quinhão do êxito de um filho de quem ele gostou muito. E também, porventura, Swann fitava naquele rosto de Odette ainda não possuído, nem sequer ainda por si beijado, que via pela última vez, aquele olhar com que, num dia de partida, gostaríamos de levar connosco uma paisagem que vamos abandonar para sempre.

Mas ele era tão tímido com ela que, tendo acabado por possuí-la naquela noite, depois de ter começado por lhe arrumar as catleias, ou por receio de a melindrar, ou por medo de parecer retrospectivamente que mentira, ou por falta de audácia para formular uma exigência maior que aquela (que podia renovar, visto que da primeira vez não irritara Odette) nos dias seguintes utilizou o mesmo pretexto. Se ela tinha catleias no corpete, ele dizia: «É uma pena, esta noite as catleias não precisam de ser arrumadas, não saíram do lugar como na outra noite;

no entanto, acho que esta não está muito direita. Posso ver se também não têm cheiro como as outras?» Ou então, se ela as não tinha: «Ah, não há catleias esta noite, não tenho possibilidades de me dedicar às minhas arrumaçõezinhas.» De sorte que, durante algum tempo, não foi alterada a ordem que seguira na primeira noite, começando pelos toques de dedos e de lábios no pescoço de Odette, e era sempre por eles que começavam as suas carícias; e muito mais tarde, quando a arrumação (ou o simulacro ritual de arrumação) das catleias caíra havia muito em desuso, a metáfora «fazer catleia», que se tornara uma simples expressão vocabular que eles utilizavam sem pensar quando queriam significar o acto da posse física — no qual aliás nada se possui —, sobreviveu na sua linguagem, na qual comemorava aquele costume esquecido. E talvez essa maneira especial de dizer «fazer amor» não significasse exactamente a mesma coisa que os seus sinónimos. Por mais que sejamos insensíveis a respeito de mulheres, que consideremos a posse das mais diversas como sendo sempre da mesma, e conhecida antecipadamente, essa posse torna-se, pelo contrário, um prazer novo quando se trata de mulheres suficientemente difíceis — ou assim por nós consideradas — para que sejamos obrigados a fazê-la nascer de algum episódio imprevisto das nossas relações com elas, como fora para Swann, da primeira vez, a arrumação das catleias. A tremer, ele esperava naquela noite (mas Odette, pensava ele, se estava iludida pela sua astúcia, não podia adivinhá-lo) que seria a posse daquela mulher que iria brotar do meio das suas vastas pétalas rosa-malva; e o prazer que sentia já, e que Odette acaso não tolerava, pensava ele, apenas porque o não reconhecera, parecia-lhe por causa disso — como terá parecido ao primeiro homem que o saboreou entre as flores do paraíso terrestre — um prazer que não existira até então e que ele procurava criar, um prazer — e assim o nome especial que lhe deu guardou o seu vestígio — inteiramente especial e novo.

Agora, todas as noites, quando a levava a casa, tinha de entrar, e muitas vezes ela tornava a sair em roupão e levava-o até à carruagem e beijava-o à frente do cocheiro dizendo: «Que me importa, que me importam os outros?» Nas noites em que ele não ia a casa dos Verdurin (o que às vezes acontecia desde que tinha possibilidades de a ver de outra maneira), ou nas noites cada vez mais raras em que ia a uma reunião de sociedade, ela pedia-lhe que fosse lá a casa antes de voltar para a sua, fosse a que horas fosse. Era Primavera, uma Primavera pura e gelada. Ao sair do serão, ele subia para a sua vitória, estendia um cobertor sobre as pencas, respondia aos amigos que partiam ao mesmo tempo e lhe pediam que os acompanhasse no regresso que não podia, que não ia para o mesmo lado, e o cocheiro partia a trote largo sabendo para onde ia. Eles ficavam admirados e, de facto, Swann já não era o mesmo. Nunca mais se recebera uma carta dele a pedir para conhecer uma mulher. Já não prestava atenção a nenhuma, abstinha-se de ir aos lugares onde elas se encontram. Num restaurante, no campo, tinha a atitude inversa daquela que ainda ontem lhe era conhecida e que achavam que havia de ser sempre a sua. Assim uma paixão e em nós como que um carácter momentâneo e diferente que toma o lugar do outro e acaba por abolir os sinais até aí invariáveis pelos quais se exprimia! Em contrapartida, o que era agora invariável era que, onde quer que Swann se encontrasse, nunca deixava de ir ter com Odette. O trajecto que o separava dela era o que percorria inevitavelmente e era como que o próprio declive, irresistível e rápido, da sua vida. Verdade se diga que, muitas vezes, tendo ficado até tarde numa reunião mundana, teria preferido voltar directamente para casa sem fazer aquele longo caminho, e vê-la apenas no dia seguinte; mas o próprio facto de se dar ao trabalho de ir a casa dela a uma hora anormal, de adivinhar que os amigos de quem se separava diziam entre si: «Ele anda muito ocupado, existe certamente uma mulher que o obriga a ir lá a casa seja a que horas for», fazia-lhe sentir que levava a vida dos homens que têm um caso amoroso na sua existência e em quem o facto de sacrificarem o seu repouso e os seus interesses a um voluptuoso devaneio faz nascer um encanto interior. Além disso, sem dar por tal, a certeza de que ela o esperava, de que ela não estava em outro lugar com outros, de que não voltaria para casa sem a ter visto, neutralizava aquela angústia, esquecida mas sempre pronta a renascer, que sentira na noite em que Odette já não estava em casa dos Verdurin, e cuja actual pacificação era tão doce que se podia chamar felicidade. Talvez fosse a essa angústia que devia a importância que Odette tomara para ele. Usualmente as criaturas são-nos tão indiferentes que, quando atribuímos a uma delas determinadas possibilidades de sofrimento e de alegria para nós, essa parece-nos pertencer a outro universo, rodeia-se de poesia, faz da nossa vida como que um espaço comovente onde ela estará mais ou menos próxima de nós. Swann não era capaz de se interrogar sem perturbação sobre o que Odette viria a ser para ele nos anos que iam seguir-se. Às vezes, ao ver da sua vitória, naquelas belas noites frias, a lua brilhante que espalhava a sua claridade entre os seus olhos e as ruas desertas, pensava naquela outra imagem clara e levemente rosada como a da lua que um dia surgira diante do seu pensamento e projectava depois sobre o mundo a luz misteriosa com que o via. Se chegava depois da hora a que Odette mandava deitar os criados, primeiro, antes de tocar à porta do jardinzinho, ia à rua para onde, no rés-do-chão, entre as janelas todas iguais, mas às escuras, das moradias contíguas, dava a janela do seu quarto, a única iluminada. Batia na vidraça, e ela, avisada, respondia e ia esperá-lo do outro lado, à porta de entrada. Encontrava abertas no piano algumas das peças que preferia: a *Valsa das Rosas* ou o *Pobre Louco* de Tagliafico (que, segundo a sua vontade escrita, devia ser executado no seu enterro), porém pedia-lhe para tocar em vez disso a pequena frase da sonata de Vinteuil, embora Odette tocasse muito mal, mas a visão mais bela que nos resta de uma obra é muitas vezes aquela que se ergueu acima dos sons errados tirados por dedos inábeis de um piano desafinado. A pequena frase continuava a associar-se para Swann ao amor que tinha por Odette. Sentia bem que aquele amor era algo que não correspondia a nada de exterior, de verificável por outros que não ele; dava-se conta de que as qualidades de Odette não justificavam que atribuísse tanto valor aos momentos passados junto dela. E muitas vezes, quando era a inteligência positiva a única a reinar sobre Swann, ele pretendia deixar de sacrificar tantos interesses intelectuais e sociais àquele prazer imaginário. Mas a pequena frase, mal a ouvia, sabia libertar nele o espaço que lhe era necessário, e as proporções da alma de Swann alteravam-se com ela; ficava então reservada uma certa margem a uma fruição que também não correspondia a qualquer objecto exterior e que, porém, em lugar de ser puramente individual como a do amor, se impunha a Swann como uma realidade superior às coisas concretas. Aquela sede de um encanto desconhecido, era a pequena frase que a despertava, mas não lhe dava nada de definido para a saciar. De modo que essas partes da alma de Swann onde a pequena frase apagara o cuidado dos interesses materiais, as considerações humanas e válidas para todos, tinha-as ela deixado vazias e em branco, e ele ficava livre de inscrever ali o nome de Odette. Além disso, ao que a afeição de Odette podia ter de um tanto curto e decepcionante, a pequena frase vinha acrescentar, amalgamar a sua essência misteriosa. Olhando para o rosto de Swann enquanto ele escutava a frase, dir-se-ia que estava a absorver naqueles momentos um anestésico que dava maior amplitude à sua respiração. E o prazer que lhe causava a música e que não tardaria a criar nele uma verdadeira necessidade parecia-se efectivamente naquelas ocasiões com o prazer que teria tido ao experimentar perfumes, ao entrar em contacto com um mundo para o qual não somos feitos, que nos parece sem forma porque os nossos olhos não o apreendem, sem significado porque escapa à nossa inteligência, que apenas atingimos por um único sentido. Grande repouso, misteriosa renovação para Swann — para ele cujos olhos, se bem que delicados amadores de pintura, cujo espírito, embora fino observador dos costumes, traziam em si, para sempre, a marca indelével da secura da sua vida — era aquilo de se sentir transformado numa criatura alheia à humanidade, cega, desprovida de faculdades lógicas, quase um fantástico licorne, uma criatura quimérica que só pelo ouvido apreendia o mundo. E como, porém, ele procurava na pequena frase um sentido em que a sua inteligência não podia mergulhar, que estranha embriaguez sentia ao despojar a sua alma mais íntima de todos os auxílios do raciocínio e ao fazê-la passar sozinha pelo corredor, pelo filtro obscuro do som! Começava a dar-se conta de tudo o que havia de doloroso, talvez até de secretamente não apaziguado no fundo da doçura daquela frase, mas não o podia aguentar. Que importava que ela lhe dissesse que o amor é frágil, se o seu era tão forte! Brincava com a tristeza que ela difundia, sentia-a passar por cima dele, mas como uma carícia que tornava mais profundo e mais doce o sentimento que tinha da sua felicidade. Mandava que Odette a tocasse dez vezes, vinte vezes repetidas, exigindo que ao mesmo tempo não parasse de o beijar. Cada beijo atrai outro beijo. Ah, naqueles primeiros tempos em que amamos, os beijos nascem tão naturalmente! Proliferam tão apertados uns contra os outros, que seria tão custoso contar os beijos que se dão durante uma hora como as flores de um campo no mês de Maio. Então ela fingia parar, dizendo: «Como queres tu que eu toque assim, contigo a agarrar-me? Não posso fazer tudo ao mesmo tempo, vê se ao menos sabes o que queres, devo tocar a frase ou fazer meiguices?»; ele zangava-se, e ela desatava num riso que se transformava e tornava a cair sobre ele numa chuva de beijos. Ou então ela olhava para ele com um ar enfastiado, ele tornava a ver um rosto digno de figurar na *Vida de Moisés* de Botticelli, situava-o lá, dava ao pescoço de Odette a inclinação necessária; e quando a tinha bem pintada a têmpera, no século xv, na parede da Sistina, a ideia de que ela porém ficara ali, ao pé do piano, no momento actual, prestes a ser beijada e possuída, a ideia da sua materialidade e da sua vida vinha inebriá-lo com tal força que, de olhos desvairados, de maxilas tensas como que para devorar, precipitava-se sobre aquela virgem de Botticelli e começava a beliscar-lhe as faces. Mais tarde, depois de a deixar, não sem ter regressado para beijá-la outra vez porque se esquecera de levar na memória alguma particularidade do seu cheiro ou das suas feições, voltava na sua vitória, abençoando Odette por lhe permitir estas visitas quotidianas que sentia que não deviam causar-lhe a ela uma alegria muito grande, mas que, salvando-o dos ciúmes — tirando-lhe o ensejo de sofrer de novo do mal que nele se declarara na noite em que não a encontrara em casa dos Verdurin — o ajudariam a chegar, sem mais nenhumas dessas crises, a primeira das quais fora tão dolorosa e permaneceria a única, ao fim daquelas horas singulares da sua vida, horas quase encantadas, à maneira daquelas em que atravessava Paris ao luar. E notando, durante esse regresso, que o astro estava agora deslocado relativamente a ele, e quase na extremidade do horizonte, sentindo que o seu amor obedecia, também ele, a leis imutáveis e naturais, perguntava a si mesmo se aquele período em que entrara iria durar ainda muito tempo, se o seu pensamento depressa deixaria de ver o querido rosto, a não ser ocupando uma posição longínqua e diminuída, e prestes a deixar de espalhar encanto. É que Swann encontrava-o nas coisas desde que estava apaixonado, como no tempo em que, adolescente, se julgava artista; mas já não era o mesmo encanto; este, só Odette é que lho conferia. Sentia renascerem em si as inspirações da sua juventude que uma vida frívola dissipara, mas elas traziam todas consigo o reflexo, a marca de um ser em especial; e nas longas horas em que sentia agora um prazer delicado por passá-las em casa, a sós com a sua alma em convalescença, voltava a pouco e pouco a ser ele mesmo, mas com outra alma.

Só ia a casa dela à noite, e nada sabia de como ela ocupava o seu tempo durante o dia, nem do seu passado, a tal ponto que lhe faltava até aquela pequena informação inicial que, permitindo-nos imaginar o que não sabemos, nos dá vontade de o conhecer. Por isso, não se interrogava acerca do que ela faria, nem do que teria sido a sua vida. Sorria apenas às vezes ao pensar que alguns anos antes, quando não a conhecia, lhe haviam falado de uma mulher, que, se bem se recordava, devia ser por certo ela, como de uma cortesã, de uma mulher tida por conta, uma daquelas mulheres a que atribuía ainda, porque pouco vivera em contacto com elas, o carácter integral e essencialmente perverso, de que por longo tempo as dotou a imaginação de certos romancistas. Dizia de si para si que muitas vezes há apenas que seguir no sentido contrário ao das reputações que o mundo cria para avaliar exactamente uma pessoa, quando a um carácter assim contrapunha o de Odette, boa, ingénua, inflamada de ideal, quase tão incapaz de não dizer a verdade que, tendo-lhe pedido um dia, para que ele pudesse jantar a sós com ela, que escrevesse aos Verdurin a dizer que estava doente, no dia seguinte a vira diante da senhora Verdurin, que lhe perguntava se estava melhor, corar, balbuciar e reflectir na cara, sem querer, o desgosto, o suplício que lhe era mentir, e, enquanto multiplicava na resposta os pormenores inventados da sua pretensa indisposição da véspera, parecer pedir perdão com os seus olhares suplicantes e a sua voz desolada pela falsidade das suas palavras.

No entanto, em certos dias, mas raros, ela vinha a casa dele à tarde interromper o seu devaneio ou aquele estudo sobre Vermeer a que voltara ultimamente. Vinham dizer-lhe que a senhora de Crécy estava na saleta. Ele ia lá ter com ela e, quando abria a porta, ao rosto rosado de Odette, mal avistava Swann, vinha — mudando-lhe a forma da boca, a maneira de olhar, o modelado das faces — juntar-se um sorriso. Quando ficava a sós revia aquele sorriso, o que ela tivera na véspera, outro com que o recebera desta ou daquela vez, aquele com que respondera, na carruagem, quando ele lhe perguntara se estava a ser desagradável ao endireitar as catleias; e a vida de Odette durante o resto do tempo, como nada sabia dela, surgia-lhe com o seu fundo neutro e sem cor, semelhante àquelas folhas de estudos de Watteau onde se vêem aqui e além, em todos os lugares, em todos os sentidos, desenhados com três lápis sobre o papel cor de camurça, inúmeros sorrisos. Mas, por vezes, num recanto dessa vida que, ainda que a inteligência lhe dissesse que não o era, Swann via completamente vazia porque não a podia imaginar, algum amigo que, suspeitando do amor deles, se não arriscaria a dizer-lhe dela algo que não fosse insignificante, descrevia-lhe o perfil de Odette, que avistara, nessa mesma manhã, subindo a pé a Rua Abbatucci numa «visita», envergando *shunks,* debaixo de um chapéu à Rembrandt e com um raminho de violetas no corpete. Bastava este esboço para transtornar Swann, porque de repente lhe dava a ver que Odette tinha uma vida que não era inteiramente dele; queria saber a quem ela procurara agradar com aquela *toilette* que não lhe conhecia; prometia a si mesmo perguntar-lhe aonde ia naquela ocasião, como se em toda a vida incolor — quase inexistente porque lhe era invisível — da sua amada houvesse apenas um coisa para além de todos aqueles sorrisos que lhe eram dirigidos: o seu andar sob um chapéu à Rembrandt, com um raminho de violetas no corpete.

Excepto quando lhe pedia a pequena frase de Vinteuil em lugar da *Valsa das Rosas*, Swann não procurava obrigá-la a tocar as coisas de que gostava e, tanto em música como em literatura, não tentava corrigir o seu mau gosto. Tinha efectiva consciência de que ela não era inteligente. Ao dizer-lhe que gostaria tanto de que ele lhe falasse dos grandes poetas, ela imaginara que ia conhecer imediatamente umas coplas heróicas e romanescas no género das do visconde de Borelli, ainda mais comoventes. Quanto a Vermeer de Delft, perguntara-lhe se ele tinha sofrido por uma mulher, se fora uma mulher que o inspirara, e como Swann lhe confessara que nada se sabia acerca disso, desinteressara-se daquele pintor. Dizia com frequência: «Eu cá para mim, naturalmente, não haveria nada mais belo que a poesia, se fosse verdade, se os poetas pensassem tudo aquilo que dizem. Mas muitas vezes não há gente mais interesseira que essa. Disso sei eu, que tinha uma amiga que gostou de uma espécie de poeta. Nos versos que fazia só falava do amor, do céu, das estrelas. Ah, como ela foi enganada! Apanhou-lhe mais de trezentos mil francos.» Se então Swann procurava ensinar-lhe em que é que consistia a beleza artística, como é que se deviam admirar os versos ou os quadros, passado um instante ela deixava de ouvir dizendo: «Pois... Não imaginava que fosse assim.» E ele sentia que ela experimentava tal decepção que preferia mentir, dizendo-lhe que tudo aquilo não era nada, que mais uma vez não passava de ninharias, que não havia tempo para tratar do fundo, que havia outra coisa. Mas ela dizia-lhe vivamente: «Outra coisa? O quê? Então diz lá», mas ele não dizia, sabendo como isso lhe pareceria débil e diferente do que ela estava à espera, menos sensacional e menos tocante, e receando que, desiludida com a arte, o não ficasse ao mesmo tempo com o amor.

Com efeito, ela achava Swann intelectualmente inferior ao que era de esperar. «Tu manténs sempre o sangue-frio, não sou capaz de te definir.» Maravilhava-se mais com a indiferença dele pelo dinheiro, com a sua amabilidade para com todos, com a sua delicadeza. E acontece efectivamente com outros maiores que Swann, com um sábio, com um artista, que, quando não é menosprezado pelos que o rodeiam, o sentimento que neles prova que a superioridade da sua inteligência se lhes impôs não é a admiração pelas suas ideias, porque elas lhes escapam, mas o respeito pela sua bondade. Era também respeito que a situação de Swann na sociedade inspirava a Odette, mas não procurava ser lá recebida graças a ele. Talvez sentisse que ele não conseguiria, e até receasse que, só por falar dela, viesse a provocar revelações que temia. A verdade é que ela o obrigara a prometer que nunca pronunciaria o seu nome. A razão pela qual não queria frequentar a sociedade, dissera-lhe ela, era uma zanga que outrora tivera com uma amiga que, para se vingar, dissera depois mal dela. Swann objectava: «Mas nem toda a gente conheceu a tua amiga.» «Sim, sim, alastra como nódoa de azeite, as pessoas são tão más...» Por um lado, Swann não percebeu esta história, mas, por outro, sabia que afirmações como: «As pessoas são tão más» ou «Um dito calunioso alastra como nódoa de azeite» são geralmente consideradas verdadeiras; devia haver casos em que eram aplicáveis. O de Odette seria um deles? Interrogava-se sobre isto, mas não por muito tempo, porque também ele estava sujeito àquela lentidão de espírito que esmagava o seu pai quando encarava um problema difícil. De resto, aquela sociedade que tanto medo causava a Odette talvez não lhe inspirasse grandes desejos porque, para poder imaginá-la com toda a clareza, estava muito longe da que ela conhecia. No entanto, apesar de ter permanecido sob vários aspectos verdadeiramente simples (por exemplo, conservara como amiga uma antiga costureirinha, cuja escada abrupta, escura e fétida trepava quase todos os dias), tinha sede de *chic*, mas não tinha dele a mesma ideia das pessoas da sociedade. Para estas, o *chic* é uma emanação de algumas pessoas pouco numerosas que o projectam até um grau bastante distante — e mais ou menos enfraquecido na medida em que se está afastado do centro da sua intimidade — no círculo dos seus amigos ou dos amigos dos seus amigos, cujos nomes formam uma espécie de repertório. As pessoas da sociedade possuem-no na sua memória, têm acerca destas matérias uma erudição donde extraíram uma espécie de gosto, de tacto, de tal modo que Swann, por exemplo, sem necessidade de recorrer ao seu saber mundano, se lia num jornal os nomes das pessoas que se encontravam num jantar, podia dizer imediatamente a tonalidade do *chic* desse jantar, tal como um letrado, pela simples leitura de uma frase, aprecia exactamente a qualidade literária do seu autor. Mas Odette era daquelas pessoas (muito numerosas, pense o que pensar a gente da sociedade, e que existem em todas as classes sociais) que não possuem estas noções, que imaginam um *chic* completamente diferente, o qual reveste diversos aspectos consoante o meio a que pertencem, mas que tem como característica específica — quer seja aquele com que Odette sonhava, quer aquele perante a qual se inclinava a senhora Cottard — ser directamente acessível a todos. O outro, o da gente da sociedade, também o é em boa verdade, mas precisa de um certo tempo. Dizia Odette de alguém:

— Ele só vai a lugares *chics*.

E se Swann lhe perguntava que entendia ela por isso, respondia-lhe com um pouquinho de desprezo:

— Aos lugares *chics*, ora essa! Se na tua idade ainda precisas de aprender o que são lugares *chics*, que queres tu que eu te diga? Por exemplo, ao domingo de manhã a Avenida de l'Impératrice, às cinco o circuito do Lago, à quinta-feira o Éden Théâtre, à sexta o Hipódromo, os bailes…

— Mas que bailes?

— Ora, os bailes que se organizam em Paris, os bailes *chics*, quero eu dizer. Olha, o Herbinger, sabes, o que está num corretor da Bolsa? Sim, claro que deves saber, é um dos homens mais lançados de Paris, um jovem alto e loiro, imensamente *snob*, usa sempre uma flor na botoeira, uma racha atrás, casacos claros; está com aquela velha gaiteira que se passeia por todas as estreias. Ora bem, ele deu um baile uma destas noites, estava lá tudo o que há de *chic* em Paris. O que eu teria gostado de ir! Mas era preciso apresentar o convite à porta e não consegui um. No fundo, também gosto de não ter ido, era uma multidão de gente, não tinha visto nada. Era só para poderem dizer que estavam em casa do Herbinger. E, tu bem sabes, cá para mim, as pequenas glórias…! De resto, podes estar certo de que de cem que dizem que estavam lá, há bem metade que não falam verdade… Mas espanta-me que tu, um homem tão «upa, upa», não tenhas estado lá.

Mas Swann de modo algum procurava levá-la a modificar esta concepção de *chic*; pensando que a sua não era mais verdadeira que aquela, que era igualmente tola e desprovida de importância, não tinha interesse nenhum em instruir a amante acerca do assunto, de tal modo que, meses passados, ela só se interessava pelas pessoas cujas casas frequentava por causa das entradas para a zona de pesagem, nos concursos hípicos, dos bilhetes para as estreias que podia obter graças a elas. Desejava que ele cultivasse relações tão úteis, mas por outro lado estava inclinada a achá-las pouco *chic*, desde que vira passar na rua a marquesa de Villeparisis com um vestido de lã preta e uma touca com fitas.

— Ora, parece uma arrumadora, uma velha porteira, *darling*! Aquilo, uma marquesa! Eu não sou marquesa, mas tinham de me pagar bem caro para me levarem a sair enfarpelada daquela maneira!

Não percebia que Swann vivesse na moradia do Cais de Orleães, que, sem se atrever a confessar-lho, achava indigna dele.

É certo que tinha a pretensão de gostar de «antiguidades» e fazia um ar de arrebatamento e finura para dizer que adorava passar um dia inteiro «de bibelô em bibelô», à procura de «velharias», de coisas «de outro tempo». Embora se obstinasse numa espécie de ponto de honra (e parecesse praticar algum preceito familiar) não respondendo nunca às perguntas e «não prestando contas» acerca de como passava os seus dias, falou uma vez a Swann de uma amiga que a convidara e em cuja casa tudo era «de época». Mas Swann não conseguiu obrigá-la a dizer qual era a época. No entanto, depois de reflectir, ela respondeu que era «medievalesco». Entendia por isto que havia divisões forradas a madeira. Algum tempo depois tornou a falar-lhe da amiga e acrescentou, no tom hesitante e com o ar entendido de quem cita alguém com quem jantou na véspera e cujo nome nunca tinha ouvido, mas que os anfitriões parecem considerar uma pessoa tão célebre que acha que o interlocutor deve saber bem de quem é que pretende falar: «Tem uma sala de jantar... do... dezoito!» Aliás, achava aquilo horrendo, nu, como se a casa não estivesse acabada, as mulheres pareciam horrendas lá dentro e aquela moda nunca pegaria. Por fim, pela terceira vez, tornou a falar do assunto e mostrou a Swann o endereço do homem que fizera aquela sala de jantar e que lhe apetecia chamar, quando tivesse dinheiro, para ver se ele não lhe poderia fazer, não, é claro, uma igual, mas aquela com que sonhava e que infelizmente as dimensões da sua pequena moradia não comportavam, com altos armários de prateleiras, móveis renascença e chaminés como no castelo de Blois. Nesse dia deixou escapar diante de Swann o que pensava da sua casa do Cais de Orleães; como ele criticara que a amiga de Odette gostasse, não de Luís XVI, porque, dizia ele, embora não se faça, pode ser encantador, mas do falso antigo, ela disse-lhe: «Não havias de querer que ela vivesse como tu no meio de móveis partidos e de tapetes gastos», pois o respeito humano da burguesia predominava ainda nela sobre o diletantismo da *cocotte*.

Transformava aqueles que gostavam de andar «de bibelô em bibelô», que gostavam de versos, que desprezavam os cálculos mesquinhos, que sonhavam com honra e com amor, num escol superior ao resto da humanidade. Não era preciso ter realmente aqueles gostos desde que se proclamassem; de um homem que lhe confessara ao jantar que gostava de vaguear, de sujar os dedos nas velhas lojas, que nunca seria apreciado neste século comercial, porque não cuidava dos seus interesses e por isso era de outro tempo, ela vinha dizer: «Ah, é uma alma adorável, um homem sensível, mal eu suspeitava!», e sentia por ele uma imensa e súbita amizade. Mas, em contrapartida, aqueles que, como Swann, tinham os seus gostos mas não falavam deles, deixavam-na fria. É claro que era obrigada a confessar que Swann não ligava ao dinheiro, mas acrescentava com um ar amuado: «Mas ele não é a mesma coisa»; e, efectivamente, o que falava à sua imaginação não era a prática do desinteresse, era o respectivo vocabulário.

Sentindo ele que muitas vezes ela não podia realizar o que sonhava, procurava pelo menos que estivesse contente ao pé dele, não contrariar aquelas ideias rasteiras, aquele mau gosto que tinha em todas as coisas, e que ele aliás amava, como tudo o que dela vinha, que até o encantavam, porque eram outros tantos traços distintivos graças aos quais a essência daquela mulher se lhe revelava, se lhe tornava visível. Por isso, quando ela tinha um ar feliz por ir ver *La Reine Topaze*, ou o seu olhar se tornava grave, inquieto e voluntarioso se receava faltar à festa das flores ou simplesmente à hora do chá, com *muffins* e torradas, no Chá da Rua Royale, onde julgava que a assiduidade era indispensável para consagrar a reputação de elegância de uma mulher, Swann, transportado como somos pelo temperamento de uma criança ou pela verdade de um retrato que parece falar, sentia tão bem a alma da amante aflorar-lhe ao rosto que não conseguia resistir a tocar-lhe com os lábios. «Ah, ela, a pequenina Odette, quer que a levem à festa das flores, quer que a admirem, pois bem, vamos levá-la lá, faça-se-lhe a vontade.» Como a vista de Swann era um pouco deficiente, teve de resignar-se a servir-se de óculos para trabalhar em casa, e a adoptar, quando ia a reuniões sociais, o monóculo que o desfigurava menos. A primeira vez que ela lho viu não pôde conter a sua alegria: «Acho que para um homem não há nada a dizer, tem muito *chic*! Como tu ficas bem assim! Pareces um verdadeiro *gentleman*. Só te falta um título!», acrescentou ela com uma tonalidade de desgosto. Ele gostava de que Odette fosse assim, tal como se se tivesse apaixonado por uma bretã gostaria de a ver de coifa e de lhe ouvir dizer que acreditava nas almas do outro mundo. Até então, como muitos homens em quem o gosto pelas artes se desenvolve independentemente da sensualidade, existira uma esquisita disparidade entre as satisfações que concedia a um e a outra, gozando, na companhia de mulheres cada vez mais grosseiras, das seduções de obras cada vez mais refinadas, levando uma criadita para uma frisa reservada na representação de uma peça decadente que lhe apetecia ouvir ou a uma exposição de pintura impressionista, e aliás persuadido de que uma mulher da sociedade culta não teria percebido mais que ela, mas não teria sabido calar-se tão amavelmente. Mas, pelo contrário, desde que amava Odette, simpatizar com ela, tentar ter uma só alma dos dois, era-lhe tão agradável que procurava comprazer-se nas coisas de que ela gostava, e sentia um prazer tanto mais profundo, não apenas em imitar os seus hábitos, como ainda em adoptar as suas opiniões, quanto, como acontecia com estas, não tinham qualquer raiz na sua própria inteligência, lhe recordavam apenas o seu amor, por causa do qual as preferira. Se voltava a ver *Serge Panine*, se procurava ocasiões para ir ver o maestro Olivier Métra, era por causa da benignidade de ser iniciado em todas as concepções de Odette, de se sentir participante em todos os seus gostos. O encanto de o aproximarem dela que as obras ou os lugares por ela amados possuíam parecia-lhe mais misterioso que o encanto intrínseco de obras e lugares mais belos, mas que não a faziam lembrada. De resto, tendo deixado enfraquecer as crenças intelectuais da sua juventude e tendo, sem o querer, o seu cepticismo de homem de sociedade penetrado até elas, pensava (ou pelo menos pensara tão maduramente nisso que o dizia ainda) que os objectos dos nossos gostos não têm em si um valor absoluto, mas que é tudo uma questão de época, de classe, que reside em modas, sendo que as mais triviais equivalem às que passam por mais distintas. E tal como considerava que a importância atribuída por Odette a ter ou não ter convites para a inauguração não era em si mesma mais ridícula que o prazer que dantes tinha em almoçar em casa do príncipe de Gales, também não pensava que a admiração que ela professava por Monte Carlo ou pelo monte Righi fosse mais insensato que o gosto que ele próprio tinha pela Holanda, que ela imaginava feia, e por Versalhes, que ela achava triste. E assim, privava-se de lá ir, sentindo prazer em pensar que era por causa dela, que não queria sentir nem amar a não ser com ela.

Como de tudo o que rodeava Odette e que de certo modo era apenas o modo segundo o qual podia vê-la, conversar com ela, gostava do grupo dos Verdurin. Ali, como no fundo de todos os divertimentos, refeições, música, jogos, ceias de máscaras, passeios ao campo, idas ao teatro, mesmo dos raros «grandes serões» organizados para os «maçadores», havia a presença de Odette, a visão de Odette, a conversa com Odette, dom inestimável que os Verdurin faziam a Swann convidando--o, comprazia-se no «pequeno núcleo» melhor que em qualquer outra parte e procurava atribuir-lhe méritos reais, porque imaginava assim que, por gosto, o frequentaria toda a vida. Ora, não se atrevendo a dizer a si mesmo, com medo de acreditar, que havia de amar Odette para sempre, pelo menos, ao procurar supor que sempre se daria com os Verdurin (hipótese que, *a priori*, levantava menos objecções de princípio por parte da sua inteligência), via-se no futuro continuando a encontrar-se todas as noites com Odette; o que não era em absoluto a mesma coisa que amá-la sempre, mas, por agora, enquanto a amava, acreditar que não deixaria um só dia de a ver era tudo o que pedia. «Que ambiente encantador», dizia de si para si. «Como, no fundo, é a verdadeira vida que lá se vive! Como lá são mais inteligentes, mais artistas que na sociedade! Como a senhora Verdurin, apesar de pequenos exageros um pouco ridículos, tem um amor sincero pela pintura, pela música; que paixão pelas obras, que desejo de dar prazer aos artistas! É certo que ela tem uma ideia inexacta da gente da sociedade; mas a sociedade não terá uma ideia ainda mais falsa dos meios artísticos? Talvez eu não tenha grandes necessidades intelectuais a saciar na conversa, mas satisfaço-me perfeitamente bem com Cottard, embora ele faça ineptos trocadilhos. E quanto ao pintor, apesar de as suas pretensões serem desagradáveis quando procura causar espanto, é, em contrapartida, uma das mais belas inteligências que conheci. E além disso, sobretudo, ali sentimo-nos livres, fazemos o que queremos sem constrangimentos, sem cerimónias. Que profusão de bom humor se gasta por dia naquele salão! Decididamente, salvo raras excepções, nunca mais frequentarei outro meio. É nele que cada vez mais terei os meus hábitos e a minha vida.»

E como as qualidades que julgava intrínsecas aos Verdurin não passavam do reflexo neles de prazeres que o seu amor por Odette experimentara em sua casa, essas qualidades tornavam-se mais sérias, mais profundas, mais vitais, quando tais prazeres o eram também. Como a senhora Verdurin dava às vezes a Swann a única coisa que para ele podia constituir a felicidade; como, numa determinada noite em que se sentia ansioso porque Odette conversara com um convidado mais que com outro, e em que, irritado com ela, não queria tomar a iniciativa de lhe perguntar se voltaria com ele, a senhora Verdurin lhe trazia a paz e a alegria dizendo espontaneamente: «Odette, vai levar o senhor Swann, não é verdade?»; como naquele próximo Verão, a propósito do qual ele a princípio se interrogara com inquietação sobre se Odette não iria ausentar-se sem ele, se poderia continuar a vê-la todos os dias, a senhora Verdurin ia convidá-los aos dois para o passarem em casa dela no campo — Swann, deixando sem querer que a gratidão e o interesse se infiltrassem na sua inteligência e influíssem nas suas ideias, chegava ao ponto de proclamar que a senhora Verdurin era uma grande alma. Respondia a algum dos seus antigos colegas da escola do Louvre que lhe falasse de certas pessoas refinadas ou eminentes: «Prefiro mil vezes os Verdurin.» E, com uma solenidade que era nova nele: «São seres magnânimos, e a magnanimidade é no fundo a única coisa que importa e que distingue neste mundo. Sabes, só existem duas espécies de seres: os magnânimos e os outros; e cheguei a uma idade em que é preciso tomar partido, decidir de uma vez para sempre de quem queremos gostar e quem queremos desprezar, agarrarmo-nos àqueles de quem gostamos e, para compensar o tempo que perdemos com os outros, não mais os abandonar até à morte. Ora bem», acrescentava ele com aquela ligeira emoção que sentimos quando, mesmo sem nos darmos bem conta disso, dizemos uma coisa, não por ser verdadeira, mas porque temos prazer em dizê-la e em que a escutem na nossa própria voz, como se viesse de algum lugar que não nós mesmos, «os dados estão lançados, escolhi gostar apenas dos corações magnânimos e nunca mais viver senão na magnanimidade. Perguntas-me se a senhora Verdurin é verdadeiramente inteligente. Garanto-te que me deu provas de uma nobreza de coração, de uma elevação de alma à qual, que queres tu, apenas se tem acesso graças a uma igual elevação de pensamento. É evidente que tem a profunda inteligência das artes. Mas não é porventura aí que ela é mais admirável; e cada pequena acção engenhosa e requintadamente boa que realizou por mim, cada genial atenção, cada gesto familiarmente sublime, revelam uma compreensão mais profunda da existência que todos os tratados de filosofia.»

Poderia dizer-se, porém, que havia antigos amigos dos seus pais tão simples como os Verdurin, colegas da sua juventude igualmente entusiastas da arte, que conhecia outros seres de grande coração, e que, contudo, desde que optara pela simplicidade, pelas artes e pela magnanimidade, deixara de os ver. É que esses não conheciam Odette e, se a tivessem conhecido, não teriam tratado de a aproximar dele.

Assim, não havia por certo em todo o círculo dos Verdurin um único fiel que gostasse ou julgasse gostar tanto deles como Swann. E, no entanto, quando o senhor Verdurin dissera que não simpatizava muito com Swann, não só exprimira o seu próprio pensamento, mas adivinhara o da mulher. É certo que Swann tinha por Odette uma afeição muito especial e que não cuidara de tornar confidente quotidiana a senhora Verdurin; é certo que a própria discrição com que aproveitava a hospitalidade dos Verdurin, abstendo-se muitas vezes de vir jantar por uma razão que não descortinavam e em lugar da qual viam o desejo de não faltar a um convite para casa dos «maçadores», e sem dúvida, também, e apesar de todas as precauções que tomara para a esconder deles, a descoberta progressiva que faziam da sua brilhante situação mundana, tudo isso contribuía para a sua irritação contra ele. Mas a razão profunda era outra. É que bem depressa haviam sentido nele um espaço reservado, impenetrável, onde ele continuava a professar silenciosamente de si para si que a princesa de Sagan não era grotesca e que as brincadeiras de Cottard não tinham graça, e embora nunca abandonasse a sua amabilidade e se não revoltasse contra os dogmas deles, uma impossibilidade, enfim, de lhos impor, de o converter a eles por completo, como nunca haviam encontrado semelhante em ninguém.

Seriam capazes de lhe perdoar o facto de frequentar maçadores (aos quais, aliás, no fundo do seu coração, ele preferia mil vezes os Verdurin e todo o pequeno núcleo) caso ele tivesse aceite, por uma questão de exemplo, renegá-los na presença dos fiéis. Mas essa era uma abjuração que compreenderam ser impossível arrancar-lhe.

Que diferença com um «novo» que Odette lhes pedira que convidassem, apesar de o ter encontrado poucas vezes, e no qual punham muita esperança, o conde de Forcheville! (Veio a verificar-se que ele era justamente cunhado de Saniette, o que encheu de espanto os fiéis: o velho arquivista tinha maneiras tão humildes que sempre o haviam julgado de uma camada social inferior à deles e não esperavam vir a saber que pertencia a um mundo rico e relativamente aristocrático.) É certo que Forcheville era grosseiramente *snob*, ao passo que Swann não o era; é certo que estava bem longe de colocar, como este, o círculo dos Verdurin acima de todos os outros. Mas não tinha aquela delicadeza natural que impedia Swann de se associar às críticas tão manifestamente falsas que a senhora Verdurin dirigia contra pessoas que conhecia. Quanto às tiradas pretensiosas e rasteiras que o pintor lançava em certos dias, às brincadeiras de caixeiro-viajante que Cottard arriscava, e para as quais Swann, que gostava de um e de outro, encontrava facilmente desculpas mas que não tinha a coragem e a hipocrisia de aplaudir, Forcheville pôs em evidência todas essas diferenças, fez ressaltar as suas qualidades e precipitou a desgraça de Swann.

Havia naquele jantar, para além dos habituais, um professor da Sorbonne, Brichot, que se encontrara com o senhor e a senhora Verdurin nas águas, e que, se as suas funções universitárias e os seus trabalhos de erudição não tivessem tornado raríssimos os seus momentos de liberdade, de boa vontade, teria vindo com frequência lá a casa. Porque tinha aquela curiosidade, aquela superstição da vida que, somada a um certo cepticismo relativo ao objecto dos seus estudos, confere, em qualquer profissão, a certos homens inteligentes, sejam médicos que não acreditam na medicina ou professores de liceu que não acreditam na tradução de latim, a reputação de espíritos largos, brilhantes, e até superiores. Em casa da senhora Verdurin fingia procurar as suas comparações no que havia de mais actual quando falava de filosofia e de história, primeiro porque acreditava que estas não passam de uma preparação para a vida e imaginava encontrar em acção no pequeno clã o que até então apenas conhecera nos livros, e depois, também, talvez, porque, tendo-lhe sido inculcado em tempos, e tendo conservado sem querer, o respeito por certos assuntos, julgava renunciar ao seu carácter universitário ao cometer relativamente a eles audácias que, pelo contrário, só lhe pareciam tais porque não deixara de o ser.

Desde o começo da refeição, como o senhor de Forcheville, colocado à direita da senhora Verdurin, que em honra do «novo» se tinha esmerado muito na *toilette*, lhe dizia: «É original, essa fazenda branca», o médico, que não parara de o observar, de tal modo estava curioso de saber como era aquilo a que chamava um «de», e que procurava uma ocasião para atrair a sua atenção e para entrar mais em contacto com ele, apanhou no ar a palavra «branca» e, sem erguer o nariz do prato, disse: «Branca? Branca de Castela?», e depois, sem mexer a cabeça, lançou furtivamente para a direita e para a esquerda olhares inseguros e sorridentes. Apesar de Swann, pelo esforço doloroso e vão que fez para sorrir, ter mostrado que achava aquele trocadilho estúpido, demonstrou ao mesmo tempo que apreciava a respectiva finura e que sabia viver, contendo dentro de justos limites uma jovialidade cuja franqueza encantara a senhora Verdurin.

— Que diz o senhor de um sábio como este? — perguntara ela a Forcheville. — Não há maneira de conversar a sério dois minutos com ele. O senhor diz-lhes destas assim, lá no seu hospital? — acrescentara virando-se para o médico. — Se assim for, não deve ser muito aborrecido. Estou a ver que tenho de pedir para ser internada.

—Julgo ter ouvido que o doutor falava de Branca de Castela, dessa velha megera, se assim me posso exprimir. Não é assim, minha senhora? — perguntou Brichot à senhora Verdurin, que, a estoirar de riso, de olhos fechados, precipitou a cara para entre as mãos, donde se escaparam gritos abafados. — Meu Deus, minha senhora, eu não queria alarmar as almas reverentes, se as há em redor desta mesa, *sub rosa*[5]... Reconheço aliás que a nossa inefável república ateniense poderia, e como!, honrar nesse capeta obscurantista o primeiro dos chefes de polícia de mão pesada. É mesmo, meu caro anfitrião, é mesmo, é mesmo — continuou com a sua voz bem timbrada que destacava cada sílaba, em resposta a uma objecção do senhor Verdurin. — A *Chronique de Saint-Denis*, cuja segurança de informação não podemos contestar, não deixa quaisquer dúvidas a esse respeito. Ninguém podia ser mais bem escolhida como padroeira por um proletariado laicizador que aquela mãe de um santo, a quem aliás fez passar das boas, como diz Suger, e a outros, como São Bernardo; porque com ela todos levavam pela medida grande.

— Quem é aquele senhor? — perguntou Forcheville à senhora Verdurin. — Parece ser de primeira água.

— Ah, então não conhece o famoso Brichot? É célebre em toda a Europa.

— Ah, é Bréchot — exclamou Forcheville, que não ouvira bem —, não me diga! — acrescentou fitando no homem célebre uns olhos arregalados. — É sempre interessante jantar com um homem em evidência. Bem vê, a senhora convida-nos para jantar com convivas de eleição. Ninguém se aborrece nesta casa.

— Ah, sabe, o que há sobretudo — disse modestamente a senhora Verdurin — é que eles sentem-se em ambiente de confiança. Falam do que querem e a conversa brota brilhante e espontânea. Assim, o Brichot desta noite não é nada: sabe, eu já o vi em minha casa deslumbrante, de a gente se pôr de joelhos diante dele; bem, em casa dos outros já não é o mesmo homem, já não tem espírito, é preciso arrancar-lhe as palavras, até é maçador.

— Curioso! — disse Forcheville admirado.

Um género de espírito como o de Brichot seria considerado estupidez pura no meio onde Swann passara a sua juventude, embora seja compatível com uma real inteligência. E a do professor, vigorosa e bem alimentada, poderia provavelmente ser invejada por muitas pessoas da sociedade que Swann considerava dotadas de espírito. Mas estas tinham acabado por lhe inculcar tão bem os seus gostos e as suas repugnâncias, pelo menos em tudo o que se refere à vida mundana e até naquela das suas partes anexas que mais deveria pertencer ao domínio da inteligência, a conversa, que Swann não pôde deixar de considerar as brincadeiras de Brichot pedantes, rasteiras e licenciosas de meter nojo. Além disso, estava chocado no hábito que tinha das boas maneiras, pelo tom rude e militar que ele, o universitário militarista, ostentava quando se dirigia a cada um. Enfim, talvez sobretudo tivesse perdido a sua indulgência naquela noite ao ver a amabilidade em que a senhora Verdurin se desfazia por aquele Forcheville que Odette tivera a singular ideia de trazer. Um pouco embaraçada diante de Swann, perguntara-lhe à chegada:

— Que tal acha o meu convidado?

E ele, apercebendo-se pela primeira vez de que Forcheville, que conhecia havia muito, podia agradar a uma mulher e era um homem bastante bonito, respondera: «Imundo!» É claro que não lhe passava pela ideia ter ciúmes de Odette, mas não se sentia tão feliz como habitualmente, e quando Brichot, que começara a contar a história da mãe de Branca de Castela, que «estivera com Henrique Plantageneta anos antes de casar com ele», quis fazer com que Swann lhe pedisse a continuação dizendo-lhe: «Não é verdade, senhor Swann?», no tom marcial que alguém assume para se colocar em posição acessível para um camponês ou para infundir coragem a um soldado, Swann cortou o efeito de Brichot com grande fúria da dona da casa, respondendo que pedia que o desculpassem por se interessar tão pouco por Branca de Castela, mas que tinha uma coisa a perguntar ao pintor. Este, com efeito, fora nessa tarde visitar a exposição de um artista, amigo da senhora Verdurin, que morrera recentemente, e Swann gostaria de saber por ele (porque apreciava o seu gosto) se verdadeiramente havia naquelas últimas obras mais que o virtuosismo que já nas anteriores era assombroso.

— Desse ponto de vista era extraordinário, mas aquilo não me parecia de uma arte, como se costuma dizer, muito «elevada» — disse Swann a sorrir.

— Elevada... à altura de uma instituição — interrompeu Cottard erguendo o braço com uma gravidade simulada.

Toda a mesa desatou a rir.

— É o que eu lhe dizia, que não podemos ficar sérios com ele — disse a senhora Verdurin a Forcheville. — Quando menos esperamos, sai-se com uma boa.

Mas reparou que só Swann não estava com ar de riso. De resto, este não estava muito contente de que Cottard pusesse os outros a rir-se dele diante de Forcheville. Mas o pintor, em lugar de responder de uma forma interessante a Swann, o que provavelmente teria feito se estivessem a sós, preferiu tornar-se admirado pelos convivas com uma tirada sobre a destreza do mestre desaparecido.

— Aproximei-me — disse ele — para ver como aquilo era feito, pus-lhe o nariz em cima. Ah, espera lá por essa! Não se pode dizer se aquilo é feito com cola, com rubis, com sabão, com bronze, com sol ou com caca!

— Onze e um faz doze! — exclamou tarde de mais o médico, cuja interrupção ninguém compreendeu.

— Aquilo parece feito com nada — continuou o pintor —, não há maneira de se descobrir o truque, tal como n'*A Ronda* ou n'*Os Regentes*, e é ainda mais forte que Rembrandt e que Hals. Está tudo lá, sim, sim, juro-vos.

E tal como os cantores que chegaram à nota mais alta que podem dar continuam em falsete, *piano*, limitou-se a murmurar, e rindo, como se efectivamente aquela pintura fosse risível à força de ser bela:

— Cheira bem, sobe à cabeça, corta a respiração, faz cócegas, e não há meio de saber com que é que é feito, é bruxaria, é manha, é milagre (em gargalhadas francas): é desonesto! — E interrompendo-se, erguendo gravemente a cabeça, tomando um tom de baixo profundo que tentou tornar harmonioso, acrescentou: — E é tão leal!

Excepto no momento em que dissera «mais forte que *A Ronda*», blasfémia que provocara um protesto da senhora Verdurin, que considerava *A Ronda* a maior obra-prima do universo juntamente com a *Nona* e a *Samotrácia*, e depois «feito com caca», que levara Forcheville a lançar um olhar circular pela mesa para ver se a palavra passava e seguidamente lhe trouxera à boca um sorriso pudico e conciliatório, todos os convivas, com excepção de Swann, tinham fitado no pintor olhares fascinados de admiração.

— O que ele me diverte quando se entusiasma assim! — exclamou, quando ele terminou, a senhora Verdurin, encantada por a mesa ser justamente tão interessante naquele dia em que o senhor de Forcheville vinha pela primeira vez. — E tu, que tens tu para ficares assim de boca aberta como um bicho tolo? — disse ela para o marido. — Tu bem sabes que ele fala bem; até parece que é a primeira vez que ele o ouve. Se o tivesse visto enquanto estava a falar… bebia-o! E amanhã há-de recitar-nos tudo o que o senhor acabou de dizer sem comer uma palavra.

— Mas olhe que não é brincadeira — disse o pintor, encantado com o seu êxito —, a senhora parece julgar que estou a vender banha de cobra, que é fingimento; mas eu levo-a lá para ver, e há-de dizer-me se é exagero, garanto-lhe que vai voltar mais entusiasmada que eu!

— Mas nós não estamos a achar que esteja a exagerar, só queremos que coma, e que o meu marido coma também; torne a servir linguado à normanda àquele senhor, bem vê que aquele está frio. Não temos assim tanta pressa, está a servir como se houvesse um fogo, ora espere um pouco antes de servir a salada.

A senhora Cottard, que era modesta e falava pouco, não deixava, contudo, os seus créditos por mãos alheias quando uma feliz inspiração a fazia encontrar a palavra justa. Sentia que essa palavra teria êxito, o que lhe dava confiança, e o que fazia com ela não era tanto para brilhar como para ser útil à carreira do marido. Por isso, não deixou escapar a palavra «salada» acabada de pronunciar pela senhora Verdurin.

— Não é salada japonesa? — disse a meia-voz, virando-se para Odette.

E, encantada e confusa com o a-propósito e a ousadia que consistia em fazer assim uma alusão discreta, mas clara, à nova e retumbante peça de Dumas, desatou num riso encantador de ingénua, pouco ruidoso, mas tão irresistível que ficou alguns instantes sem poder dominá-lo.

— Quem é esta senhora? Tem espírito... — disse Forcheville.

— Não é, mas vamos fazê-la se vierem todos jantar na sexta-feira.

— Vou parecer-lhe muito provinciana, caro senhor — disse a senhora Cottard a Swann —, mas ainda não vi essa famosa *Francillon* de que toda a gente fala. O doutor já foi (até me lembro de que ele me disse que teve o enorme prazer de passar o serão consigo) e confesso que não achei sensato ele comprar mais bilhetes para voltar lá comigo. Evidentemente que no Théâtre-Français nunca se lamenta o serão que lá se passa, é sempre tão bem representado, mas como temos amigos muito amáveis (a senhora Cottard raramente pronunciava um nome próprio e limitava-se a falar de «amigos nossos», «uma das minhas amigas», e isto por «distinção», num tom artificial e com o ar de importância de uma pessoa que só nomeia quem quer) que muitas vezes têm camarotes e a boa ideia de nos levar a todas as novidades que valem a pena, continuo com a certeza de que vou ver *Francillon* mais tarde ou mais cedo e de que vou poder formar a minha opinião. No entanto, devo confessar que me acho bastante tola, porque em todos os salões aonde vou de visita só se fala naturalmente dessa infeliz salada japonesa. Até já começa a cansar um pouco — acrescentou, vendo que Swann não padecia tão interessado, como ela julgava que estaria, por uma actualidade tão escaldante. — Deve confessar-se, no entanto, que às vezes é pretexto para ideias divertidas. Assim, tenho uma amiga que é muito original, embora seja uma lindíssima mulher, com muita gente à sua volta, muito lançada, e que pretende que mandou fazer em sua casa essa salada japonesa, mas mandando pôr tudo o que Alexandre Dumas filho diz na peça. Tinha convidado alguns amigos para virem comer a salada. Infelizmente eu não fazia parte das eleitas. Mas ela contou-nos logo, no seu dia de receber; parece que era detestável, e fez-nos rir até às lágrimas. Mas, sabe, tudo está na maneira de contar — disse ela vendo que Swann mantinha um ar sério.

E supondo que era talvez por ele não gostar de *Francillon*:

— De resto, acho que vou ter uma decepção. Não acho que se possa comparar ao *Serge Panine*, o ídolo da senhora de Crécy. Esses, ao menos, são temas com fundo, que fazem reflectir; mas dar uma receita de salada no palco do Théâtre-Français! Ao passo que o *Serge Panine*...! De resto, é como tudo o que sai da pena de Georges Ohnet, é sempre tão bem escrito! Não sei se conhece *O Grande Industrial*, que eu ainda sou capaz de preferir ao *Serge Panine*.

— Perdão — disse-lhe Swann com um ar irónico —, mas confesso que a minha falta de admiração é quase igual pelas duas obras-primas.

— Na verdade, de que é que não gosta nelas? Não será um preconceito? Talvez ache que é um pouco triste, não? De resto, como eu costumo dizer, nunca se deve discutir acerca de romances nem de peças de teatro. Cada um tem a sua maneira de ver, e o senhor pode achar detestável aquilo de que eu mais gosto.

Foi interrompida por Forcheville, que interpelava Swann. Com efeito, enquanto a senhora Cottard falava de *Francillon*, Forcheville exprimira à senhora Verdurin a sua admiração por aquilo a que chamara o pequeno *speech* do pintor.

— Aquele senhor tem uma facilidade de palavra, uma memória — dissera ele à senhora Verdurin quando ele terminou — como raramente encontrei. Apre! Bem eu gostava de ser como ele. Daria um excelente pregador. Pode dizer-se que juntamente com o senhor Bréchot tem aqui dois números à altura um do outro. Não sei mesmo se como língua este não comeria as papas na cabeça ao professor. Nele vem mais naturalmente, é menos fabricado. Embora pelo caminho tenha algumas palavras um pouco realistas, mas isso é o gosto de hoje, não vi muitas vezes uma pessoa ter um palavreado tão habilidoso, como nós dizíamos na tropa, onde no entanto tinha um camarada que este senhor precisamente me fazia lembrar um pouco. A propósito seja do que for, não sei que diga, deste copo, por exemplo, era capaz de tagarelar durante horas; não, não a propósito deste copo, é uma estupidez o que estou a dizer; mas a propósito da batalha de Waterloo, e de tudo o que quiser, e atirava-nos de caminho coisas em que nunca teríamos pensado. De resto, Swann estava no mesmo regimento; deve tê-lo conhecido.

— Vê muitas vezes o senhor Swann? — perguntou a senhora Verdurin.

— Não — respondeu o senhor de Forcheville, e como, para se aproximar mais facilmente de Odette, desejava ser agradável com Swann, querendo agarrar esta ocasião para o lisonjear, para falar das suas belas relações, mas para falar delas como senhor da sociedade, num tom de crítica cordial e sem parecer estar a felicitá-lo por uma espécie de êxito inesperado: — Não é, Swann? Nunca o vejo. De resto, como é que o hei-de ver? Esse animal está todo o tempo metido em casa dos La Trémoïlle, em casa dos Laumes, em casa dessa gente toda!... — Imputação tanto mais falsa, aliás, porquanto fazia um ano que Swann quase não ia senão a casa dos Verdurin. Mas o simples nome de pessoas que não conheciam era recebido em casa destes com um silêncio reprovador. O senhor Verdurin, receando a penosa impressão que esses nomes de «maçadores», sobretudo lançados assim sem tacto na cara de todos os fiéis, haviam de ter causado na mulher, lançou-lhe à escondidas um olhar cheio de inquieta solicitude. Viu então que na sua resolução de não tomar conhecimento, de não ter sido atingida pela notícia que acabava de lhe ser comunicada, de não apenas permanecer muda como ainda de ter sido surda como nós o fingimos quando um amigo faltoso tenta introduzir na conversa uma desculpa que se julgaria aceite se fosse escutada sem protesto, ou quando é pronunciado à nossa frente o nome proibido de um ingrato, a senhora Verdurin, para que o seu silêncio não aparentasse consentimento, mas silêncio ignorante das coisas inanimadas, despojara repentinamente o rosto de qualquer vida, de qualquer mobilidade; a sua testa saliente já não passava de um belo esboço de uma bossa redonda, onde o nome desses La Trémoïlle em casa de quem Swann estava sempre metido não conseguira penetrar; o seu nariz ligeiramente franzido mostrava uma ranhura que parecia decalcada da vida. Dir-se-ia que a sua boca entreaberta ia falar. Não passava de uma cera perdida, de uma máscara de gesso, de uma maqueta para um monumento, de um busto para o Palácio da Indústria diante do qual o público se deteria certamente para admirar como o escultor, exprimindo a imprescritível dignidade dos Verdurin, contraposta à dos La Trémoïlle e dos Laumes, com quem bem podem ombrear, assim como com todos os maçadores deste mundo, conseguira dar uma majestade quase papal à brancura e à rigidez da pedra. Mas o mármore acabou por se animar e fez ouvir que era preciso não ser difícil de contentar para ir a casa dessa gente, porque a mulher estava sempre embriagada e o marido era tão ignorante que dizia «coledor» em vez de «corredor».

— Mesmo que me pagassem bem caro, não deixaria entrar daquilo em minha casa — concluiu a senhora Verdurin, olhando para Swann com um ar imperioso.

Evidentemente, ela não esperava que ele se submetesse ao ponto de imitar a santa simplicidade da tia do pianista, que acabava de exclamar:

— Estão a ver? O que me espanta é que ainda vão encontrando pessoas que aceitem falar com eles! Eu acho que tinha medo; recebe-se um golpe traiçoeiro tão depressa! Como é que ainda há gente tão bruta que ande atrás deles?

Ao menos que respondesse como Forcheville: «Minha senhora, é uma duquesa; há pessoas a quem isso ainda impressiona», o que sempre permitira que a senhora Verdurin replicasse: «Que lhes faça bom proveito!» Em vez disso, Swann limitou-se a rir num tom que significava que nem sequer podia levar a sério tal extravagância. O senhor Verdurin, continuando a lançar à mulher olhares furtivos, via com tristeza e compreendia perfeitamente que ela sentia a cólera de um inquisidor-mor que não consegue extirpar a heresia, e, para tentar levar Swann a uma retractação, como a coragem das suas opiniões parece sempre um cálculo e uma cobardia aos olhos daqueles contra quem se exerce, o senhor Verdurin interpelou-o:

— Diga então francamente o que pensa, que a gente não lhes vai repetir.

Ao que Swann respondeu:

— Mas não é de modo algum por medo da duquesa (se é dos La Trémoïlle que estão a falar). Garanto-vos que toda a gente gosta de ir a casa dela. Não lhes digo que ela é «profunda» (pronunciou «profunda» como se tivesse sido uma palavra ridícula, porque a sua linguagem conservava a marca de hábitos de espírito que uma certa renovação, marcada pelo amor da música, lhe fizera perder momentaneamente — às vezes exprimia as suas opiniões com calor), mas, muito sinceramente, ela é inteligente, e o marido é um verdadeiro letrado. São pessoas encantadoras.

De tal modo que a senhora Verdurin, sentindo que por causa daquele único infiel seria impedida de realizar a unidade moral do pequeno núcleo, não pôde deixar de, na sua raiva contra aquele obstinado que não via como as suas palavras a faziam sofrer, lhe gritar do fundo do coração:

— Pois pode achar isso, se quiser, mas pelo menos não no-lo diga.

— Tudo depende daquilo a que chama inteligência — disse Forcheville, que também queria brilhar. — Vamos lá, Swann, que é que entende por inteligência?

— Aí está! — exclamou Odette. — Essas são as grandes coisas de que lhe peço que me fale, mas ele nunca quer.

— Não, não... — protestou Swann.

— As coisas que ele bolça! — disse Odette.

— Bolsa de tabaco? — perguntou o médico.

— Para si — continuou Forcheville —, a inteligência será a tagarelice do mundo, as pessoas que sabem insinuar-se?

— Acabe os seus doces para que lhe possam tirar o prato — disse a senhora Verdurin num tom azedo dirigindo-se a Saniette, o qual, absorvido nas suas reflexões, parara de comer. E talvez com alguma vergonha do tom em que falara: — Não faz mal, tem todo o tempo, mas se lho estou a dizer é por causa dos outros, porque atrasa o serviço.

— Existe — disse Brichot martelando as sílabas — uma definição bem curiosa da inteligência que se deve a Fénelon, interessante, e nem sempre temos ocasião de o saber.

Mas Brichot estava à espera de que Swann desse a sua. Este não respondeu e, esquivando-se, fez com que falhasse a brilhante competição que a senhora Verdurin se comprazia em oferecer a Forcheville.

— Naturalmente, é como comigo — disse Odette num tom amuado —, não me aflige nada ver que não sou a única que ele não acha à altura.

— Esses La Trémouaille que a senhora Verdurin nos mostrou como tão pouco recomendáveis — perguntou Brichot articulando fortemente — descendem dos que aquela boa *snob* que era a Madame de Sévigné confessava ter gosto em conhecer porque parecia bem aos seus camponeses? É verdade que a marquesa tinha uma outra razão, e que essa devia primar para ela, porque, literateira do fundo da alma, punha a escrita antes de tudo o mais. Ora, no diário que enviava regularmente à filha, era a senhora de La Trémouaille, bem documentada pelas suas grandes alianças, que fazia a política externa.

— Não, não creio que seja a mesma família — disse, pelo sim pelo não, a senhora Verdurin.

Saniette, que, depois de ter entregue precipitadamente ao mordomo o seu prato ainda cheio, tornara a mergulhar num silêncio meditativo, saiu dele enfim para contar a rir a história de um jantar que tivera com o duque de La Trémoïlle e donde resultava que este não sabia que George Sand era o pseudónimo de uma mulher. Swann, que tinha simpatia por Saniette, julgou-se no dever de lhe dar acerca da cultura do duque pormenores que mostravam que tal ignorância da parte dele era materialmente impossível; mas de repente interrompeu-se, porque acabava de compreender que Saniette não precisava dessas provas e sabia que a história era falsa simplesmente porque acabava de inventá-la momentos antes. Aquele excelente homem sofria por ser considerado tão maçador pelos Verdurin; e, tendo consciência de que naquele jantar fora ainda mais apagado que habitualmente, não queria deixar que ele acabasse sem ter conseguido divertir as pessoas. Capitulou tão depressa, ficou com um ar tão infeliz por ver falhado o efeito com que contara, e respondeu a Swann num tom tão frouxo para que este não se obstinasse mais numa refutação agora inútil: «Está bem, está bem; seja como for, mesmo que eu esteja enganado, não é um crime, acho eu» — que Swann até gostaria de poder dizer que a história era verdadeira e deliciosa. O médico, que os ouvira, pensou que era caso para dizer: «*Se non è vero*», mas não estava suficientemente seguro das palavras e receava embrulhar-se.

Depois do jantar, Forcheville dirigiu-se espontaneamente ao médico.

— A senhora Verdurin não deve ter sido nada má, e além disso é uma mulher com quem se pode conversar, para mim está tudo aí. É claro que começa a ficar um pouco bojuda. Mas a senhora de Crécy, aí está uma mulherzinha com um ar inteligente, ah, caramba, vê-se logo que aquela topa tudo à primeira vista! Estamos a falar da senhora de Crécy — disse ele ao senhor Verdurin que se aproximava, de cachimbo na boca. — Imagino que como corpo de mulher...

— Gostava mais de tê-la na minha cama que um furacão — disse precipitadamente Cottard, que havia instantes esperava em vão que Forcheville retomasse o fôlego para meter esta velha piada, acerca da qual receava que não voltasse o a-propósito, se a conversa mudasse de rota, e que debitou com aquele excesso de espontaneidade e de segurança que tenta disfarçar a frieza e a agitação inseparáveis de uma recitação. Forcheville conhecia-a, compreendeu e divertiu-se com ela. Quanto ao senhor Verdurin, não foi mesquinho no seu riso, porque encontrara havia pouco tempo para o significar um símbolo diferente do usado pela mulher, mas igualmente simples e claro. Mal começara a fazer o movimento de cabeça e de ombros de alguém que ri à gargalhada, imediatamente se pusera a tossir, como se por rir muito tivesse engolido o fumo do cachimbo. E conservando-o sempre ao canto da boca, prolongava indefinidamente o simulacro de sufocação e de hilaridade. Assim, ele e a senhora Verdurin, a qual, à sua frente, ao ouvir o pintor que lhe contava uma história, fechava os olhos antes de precipitar o rosto nas mãos, pareciam duas máscaras de teatro que figuravam o riso de modos diferentes.

O senhor Verdurin, aliás, fora sensato não retirando o cachimbo da boca, porque Cottard, que precisava de se afastar por um instante, disse a meia-voz uma piada que aprendera havia pouco e que repetia de cada vez que tinha de ir ao mesmo sítio: «Tenho de ir um instante falar com o duque de Aumale», de maneira que o ataque de tosse do senhor Verdurin recomeçou.

— Ora vamos, tira o cachimbo da boca, bem vês que vais sufocar a conter o riso dessa maneira — disse-lhe a senhora Verdurin, que vinha oferecer licores.

— Que homem encantador é o seu marido, tem espírito que vale por quatro — declarou Forcheville à senhora Cottard. — Muito obrigado, minha senhora. Um velho soldado como eu nunca recusa uma pinga.

— O senhor de Forcheville acha Odette encantadora — disse o senhor Verdurin à mulher.

— Mas precisamente ela gostava de almoçar uma vez consigo. Vamos combinar isso, mas é preciso que Swann não saiba. Sabe, ele esfria um pouco as coisas. Mas isso não o impede de vir jantar, naturalmente, esperamos tê-lo connosco muitas vezes. Com o bom tempo que aí vem vamos muitas vezes jantar ao ar livre. Não o incomodam os jantarinhos no Bois, não? Ora bem, será muito agradável. Então o senhor não vai trabalhar no seu ofício? — gritou ela para o pequeno pianista, para fazer alarde, diante de um novo com a importância de Forcheville, do seu espírito e ao mesmo tempo do seu poder tirânico sobre os fiéis.

— O senhor de Forcheville estava a dizer-me mal de ti — disse a senhora Cottard ao marido quando este voltou ao salão.

E ele, prosseguindo a ideia da nobreza de Forcheville que o ocupava desde o início do jantar, disse-lhe:

— Neste momento estou a tratar uma baronesa, a baronesa Putbus; os Putbus estiveram nas Cruzadas, não foi? Têm na Pomerânia um lago do tamanho de dez Praças da Concorde. Trato-a de uma artrite seca, uma mulher encantadora. Aliás, ela conhece a senhora Verdurin, acho eu.

O que permitiu que Forcheville, quando um momento depois se encontrou a sós com a senhora Cottard, completasse o juízo favorável que emitira sobre o marido:

— E além disso ele é interessante, vê-se que conhece gente. Meu Deus, os médicos sabem tantas coisas!

— Vou tocar a frase da sonata para o senhor Swann — disse o pianista.

— Ah, coa breca, ao menos que não seja a *Serpent a Sonates*! — exclamou o senhor de Forcheville para fazer efeito.

Mas o doutor Cottard, que nunca tinha ouvido este trocadilho, não o percebeu e acreditou num erro do senhor de Forcheville. Aproximou-se vivamente para o rectificar:

— Não, não é *serpent à sonates* que se diz, é *serpent à sonnettes*, ou serpente cascavel, por causa do som de guizos — disse ele num tom zeloso, impaciente e triunfal.

Forcheville explicou-lhe o trocadilho. O médico corou.

— Confessa que é engraçado, doutor?

— Ah, já o conheço há muito tempo — respondeu Cottard.

Mas calaram-se; sob a agitação dos *tremolos* de violino que a protegiam da sua suspensão fremente duas oitavas depois — e, tal como, numa região de montanha, por detrás da imobilidade aparente e vertiginosa de uma cascata, se distingue, duzentos pés mais abaixo, a forma minúscula de uma mulher a passear — a pequena frase acabava de aparecer, longínqua, graciosa, protegida pelo lento desfraldar da cortina transparente, incessante e sonora. E Swann, no seu coração, dirigiu-se-

-lhe como a uma confidente do seu amor, como a uma amiga de Odette que bem devia dizer-lhe para não dar atenção àquele Forcheville.

— Ah, chega tarde — disse a senhora Verdurin a um fiel que só tinha convidado como «palito» —, tivemos «um» Brichot incomparável, de uma eloquência! Mas já saiu. Não foi, senhor Swann? Creio que era a primeira vez que se encontrava com ele — disse ela para lhe fazer notar que era a ela que ele devia o conhecimento. — Não é verdade que foi delicioso o nosso Brichot?

Swann inclinou-se delicadamente.

— Ah, não? Ele não lhe interessou? — perguntou-lhe secamente a senhora Verdurin.

— Claro que me interessou muito, minha senhora, fiquei encantado. É talvez um pouco peremptório e um pouco jovial para o meu gosto. Desejaria nele às vezes um pouco de hesitações e de suavidade, mas sente-se que sabe muitíssimas coisas e parece ser um excelente homem.

Toda a gente se retirou muito tarde. As primeiras palavras de Cottard para a mulher foram:

— Raramente vi a senhora Verdurin tão inspirada como esta noite.

— Quem é exactamente esta senhora Verdurin, uma mulher de pequena virtude? — disse Forcheville ao pintor, a quem propôs que saísse com ele.

Odette viu-o afastar-se com pena, não se atreveu a não regressar com Swann, mas esteve de mau humor na carruagem, e quando ele lhe perguntou se queria que entrasse em casa dela respondeu-lhe: «Evidentemente», encolhendo os ombros com impaciência. Depois de todos os convidados terem saído, a senhora Verdurin disse para o marido:

— Reparaste como Swann se riu com um riso pateta quando falámos da senhora La Trémoïlle?

Reparara que antes daquele nome Swann e Forcheville tinham várias vezes suprimido a partícula. Não duvidando de que tal fosse para mostrar que não se intimidavam com os títulos, ela desejava imitar a altivez deles, mas não tinha apreendido bem em que forma gramatical ela se traduzia. Por isso, como a sua viciosa maneira de falar predominava sobre a sua intransigência republicana, dizia ainda os «de La Trémoïlle» ou então, por uma abreviação em uso nas letras das canções de café-concerto, e nas legendas dos caricaturistas, e que dissimulavam o *de*, «os d'La Trémoïlle», mas emendava dizendo: «A senhora La Trémoïlle», «A *Duquesa*, como diz Swann», acrescentou ironicamente, com um sorriso que provava que estava só a citar e não assumia uma denominação tão ingénua e ridícula.

— Devo dizer-te que o achei extremamente estúpido.

E o senhor Verdurin respondeu-lhe:

— Ele não é franco, é um sujeito cauteloso, sempre sem saber de que lado está. Quer sempre jogar com um pau de dois bicos. Que diferença entre ele e Forcheville! Esse ao menos é um homem que nos diz claramente a sua forma de pensar. Ou uma coisa agrada ou não agrada. Não é como o outro, que nem é carne nem peixe. De resto, Odette parece preferir francamente Forcheville, e eu dou-lhe razão. E depois, enfim, enquanto Swann se quer fazer homem do mundo, campeão das duquesas, pelo menos o outro tem o seu título; sempre é conde de Forcheville — acrescentou com um ar delicado, como se, ao corrente da história desse condado, sopesasse minuciosamente o respectivo valor.

— Devo dizer-te — disse a senhora Verdurin — que ele julgou dever lançar contra Brichot algumas insinuações venenosas e bastante ridículas. É claro que, como viu que Brichot é querido nesta casa, era uma maneira de nos atingir, de corroer o nosso jantar. Sente-se que este camaradinha nos vai caluniar à saída.

— Mas eu já te disse isso — respondeu o senhor Verdurin —, é o falhado, o sujeitinho invejoso de tudo o que tem alguma grandeza.

A verdade é que não havia um só fiel que não fosse mais malevolente que Swann; mas todos tinham a precaução de temperar as suas maledicências com piadas conhecidas, com uma pontinha de emoção e de cordialidade; ao passo que a mínima reserva que Swann se permitisse, despojada das fórmulas convencionais tais como: «Isto não é dizer mal», e às quais desdenhava descer, parecia uma perfídia. Há autores originais que se revoltam à mínima audácia porque não começaram por lisonjear os gostos do público e não lhe serviram os lugares-comuns a que ele está habituado; era desse modo que Swann indignava o senhor Verdurin. Tanto em Swann como nesses autores, era a novidade da sua linguagem que levava a acreditar na torpeza das suas intenções.

Swann ignorava ainda a desgraça que o ameaçava em casa dos Verdurin e continuava a ver os seus ridículos com os melhores olhos, através do seu amor.

Só se encontrava com Odette, pelo menos a maioria das vezes, à noite; mas de dia, visto que receava que se cansasse dele por ir lá a casa, gostava ao menos de não deixar de lhe ocupar o pensamento, e a todos os momentos procurava uma ocasião de intervir nele, mas de uma forma agradável para ela. Se, na montra de um florista ou de um joalheiro, o espectáculo de um arbusto ou de uma jóia o encantava, imediatamente pensava em enviá-los a Odette, imaginando sentido por ela o prazer que eles lhe tinham causado, e aumentando a ternura que ela sentia por ele, e mandava-os logo à Rua La Pérouse para não retardar o instante em que, por ela receber alguma coisa dele, ele se sentiria de algum modo perto dela. Queria sobretudo que ela os recebesse antes de sair, para que o reconhecimento que sentisse lhe valesse uma recepção mais terna quando o visse em casa dos Verdurin, ou até, talvez, quem sabe, caso o fornecedor fosse bastante diligente, uma carta que ela lhe enviaria antes do jantar ou a sua vinda em pessoa lá a casa, numa visita suplementar, para lhe agradecer. Como quando dantes experimentava na natureza de Odette as reacções do despeito, procurava pelas da gratidão extrair dela parcelas íntimas de sentimento que ela ainda lhe não revelara.

Às vezes tinha dificuldades de dinheiro e, apertada por uma dívida, pedia-lhe que a ajudasse. Ele ficava feliz com isso, como com tudo o que pudesse dar a Odette uma grande ideia do amor que lhe tinha, ou simplesmente uma grande ideia da sua influência, de quanto lhe podia ser útil. É claro que, se lhe tivessem dito de início: «É a tua situação que lhe agrada», e agora: «É pela tua fortuna que ela te ama», não acreditaria, e não ficaria aliás muito descontente de que a pintassem dependente dele — que os sentissem unidos um ao outro — por algo tão forte como o snobismo ou o dinheiro. Mas, mesmo que tivesse pensado que era verdade, talvez não tivesse sofrido por descobrir no amor de Odette por ele aquele esteio mais duradouro que o prazer ou as qualidades que podia encontrar nele: o interesse, o interesse que impediria que chegasse alguma vez o dia em que poderia ser tentada a deixar de o ver. Por agora, cumulando-a de presentes, prestando-lhe serviços, podia descansar, sobre vantagens exteriores à sua pessoa, à sua inteligência, da tarefa esgotante de lhe agradar por si mesmo. E essa volúpia de estar apaixonado, de viver apenas de amor, de cuja realidade às vezes duvidava, preço pelo qual em suma a pagava, como diletante de sensações imateriais, aumentava-lhe o valor — tal como vemos pessoas que não têm a certeza de que o espectáculo do mar e o ruído das vagas sejam deliciosos, convencerem-se disso e, ao mesmo tempo, da rara qualidade dos seus gostos desinteressados, alugando a cem francos por dia o quarto de hotel que lhes permite saboreá-los.

Um dia em que reflexões deste género o conduziam ainda à recordação do tempo em que lhe haviam falado de Odette como de uma mulher por conta, e em que mais uma vez se divertia a contrapor essa personificação estranha: a mulher por conta — reverberante amálgama de elementos desconhecidos e diabólicos, engastada, como uma aparição de Gustave Moreau, de flores venenosas entrelaçadas em jóias preciosas —, àquela Odette em cujo rosto vira perpassar os mesmos sentimentos de piedade por um infeliz, de revolta contra uma injustiça, de gratidão por um benefício, que outrora vira serem sentidos pela sua própria mãe, pelos seus amigos, a essa Odette cujas palavras tantas vezes se referiam às coisas que ele próprio conhecia melhor, às suas colecções, ao seu quarto, ao seu velho criado, ao banqueiro onde tinha os seus títulos depositados — aconteceu que esta última imagem do banqueiro lhe recordou que tinha de ir lá buscar dinheiro. Efectivamente, se nesse mês ajudasse menos Odette nas suas dificuldades materiais do que fizera no mês anterior, em que lhe dera cinco mil francos, e se não lhe oferecesse um rio de diamantes como ela desejava, não renovaria nela aquela admiração pela sua generosidade e aquele reconhecimento, que o tornavam tão feliz, e arriscar-se-ia até a fazer-lhe crer que o seu amor por ela, se visse as respectivas manifestações tornarem-se menores, havia diminuído. Então, de repente, perguntou a si mesmo se isso não era precisamente «tê-la por conta» (como se de facto esta noção de «ter por conta» pudesse ser extraída de elementos, não misteriosos nem perversos, mas pertencentes ao fundo quotidiano e privado da sua vida, tais como aquela nota de mil francos, doméstica e familiar, rasgada e recolada, que o seu criado de quarto, depois de lhe ter pago as contas do mês e o ordenado, fechara na gaveta da velha secretária, aonde Swann fora de novo buscá-la para a mandar, acompanhada de outras quatro, a Odette) e se não se poderia aplicar a Odette, desde que a conhecia (porque nem por um instante suspeitou de que ela alguma vez tivesse podido receber dinheiro de alguém antes dele), essa expressão, que julgara tão inconciliável com ela, de «mulher por conta». Não pôde aprofundar essa ideia porque um ataque da preguiça de espírito que nele era congénita, intermitente e providencial, veio nesse momento extinguir toda a luz na sua inteligência, tão bruscamente como mais tarde, quando instalaram por toda a parte a iluminação eléctrica, se poderia cortar a electricidade numa casa. O seu pensamento tacteou por instantes na escuridão; tirou os óculos, limpou-lhe as lentes, passou a mão pelos olhos, e só tornou a ver luz quando deu consigo na presença de uma ideia muito diferente, a saber, que haveria que tratar de mandar no próximo mês seis ou sete mil francos a Odette, em lugar de cinco, pela surpresa e pela satisfação que tal lhe causaria.

À noite, quando não ficava em casa à espera da hora de se encontrar com Odette em casa dos Verdurin ou então num dos restaurantes de Verão no Bois, e sobretudo em Saint-Cloud, ia jantar a alguma dessas casas elegantes onde dantes era conviva habitual. Não queria perder contacto com pessoas que — sabe-se lá! — poderiam um dia, porventura, ser úteis a Odette, e graças às quais entretanto conseguia muitas vezes ser-lhe agradável. Além disso, o hábito da sociedade, do luxo, que tivera durante muito tempo, havia-lhe dado ao mesmo tempo a necessidade e o desdém de tudo isso, de maneira que, a partir do momento em que os cantinhos mais modestos se lhe haviam revelado exactamente no mesmo plano das mais principescas moradas, os seus sentidos estavam de tal modo acostumados às segundas que sentiria algum mal-estar ao encontrar-se nos primeiros. Tinha a mesma consideração — num grau de identidade que eles não poderiam adivinhar — pelos pequenos burgueses que punham as pessoas a dançar no quinto andar de uma escada D, patamar à esquerda, que nutria pela princesa de Parma, que dava as mais belas festas de Paris; mas não tinha a sensação de estar no baile ficando com os pais das meninas no quarto de dormir da dona da casa, e a visão dos lavatórios cobertos de toalhas, das camas transformadas em bengaleiros, sobre cujas colchas se amontoavam os sobretudos e os chapéus, dava-lhe a mesma sensação de sufocação que hoje poderá causar a pessoas habituadas a vinte anos de electricidade o cheiro de um candeeiro enegrecido ou de uma lamparina que fumega.

No dia em que jantava fora mandava atrelar às sete e meia; vestia-se a pensar em Odette, e assim não estava só, porque o pensamento constante de Odette conferia aos momentos em que estava longe dela o mesmo encanto especial daqueles em que ela estava presente. Subia para a carruagem, mas sentia que aquele pensamento saltara lá para dentro ao mesmo tempo e se instalava nos seus joelhos como um animal amado que se leva para toda a parte e que conservaria consigo à mesa, sem que os convivas vissem. Acariciava-o, aquecia-se nele, e sentindo uma espécie de languidez, entregava-se a um leve frémito que lhe crispava o pescoço e o nariz, e que nele era novo, ao mesmo tempo que prendia na botoeira o raminho de ancólias. Sentindo-se doente e triste havia algum tempo, sobretudo desde que Odette apresentara Forcheville aos Verdurin, Swann gostava de ir descansar um pouco para o campo. Mas não teria coragem de sair de Paris um só dia enquanto Odette lá estivesse. O ar estava quente; eram os mais belos dias da Primavera. E mesmo quando atravessava uma cidade de pedra dirigindo-se a uma qualquer moradia fechada, o que tinha constantemente diante dos olhos era um parque que possuía perto de Combray onde, às quatro horas, antes de se chegar à plantação de espargos, graças ao vento que sopra dos campos de Méséglise, se podia saborear debaixo de um maciço de verdura tanta frescura como à beira do tanque rodeado de miosótis e de gladíolos, e onde, quando jantava, enlaçadas pelo jardineiro, corriam em redor da mesa as groselhas e as rosas.

Depois do jantar, se o encontro no Bois ou em Saint-Cloud era cedo, saía da mesa e partia tão depressa — sobretudo se a chuva ameaçava começar a cair e fazer regressar os «fiéis» mais cedo — que uma vez a princesa Des Laumes (em casa de quem se jantara tarde e que Swann abandonara antes de se servir o café para ir ter com os Verdurin na ilha do Bois) disse:

— Realmente, se Swann tivesse mais trinta anos e uma doença de bexiga havíamos de o desculpar por desaparecer assim. Mas a verdade é que está a troçar das pessoas.

Dizia ele para consigo mesmo que o encanto que não podia ir saborear em Combray o acharia pelo menos na Ilha dos Cisnes ou em Saint-Cloud. Mas como não podia pensar senão em Odette, nem sequer sabia se tinha sentido o aroma das folhas, se houvera luar. Era recebido pela pequena frase da sonata tocada no jardim no piano do restaurante. Se não havia lá piano, os Verdurin davam-se ao grande trabalho de mandar descer um de um quarto ou de uma sala de jantar: não porque Swann tivesse recuperado os seus favores, pelo contrário. Mas a ideia de organizar um prazer engenhoso para alguém, mesmo para alguém de quem não gostavam, desenvolvia neles, durante os momentos necessários a tais preparativos, sentimentos efémeros e ocasionais de simpatia e de cordialidade. As vezes ele pensava que era mais uma noite de Primavera que passava, obrigava-se a prestar atenção às árvores, ao céu. Mas a agitação em que a presença de Odette o punha, e também um leve mal-estar febril que mal o abandonava desde há algum tempo, privava-o da calma e do bem-estar que são o fundo indispensável para as impressões que a natureza pode causar.

Uma noite em que Swann aceitara jantar com os Verdurin, como durante a refeição acabara de dizer que no dia seguinte tinha um banquete de antigos colegas, Odette respondera-lhe à mesa, diante de Forcheville, que era agora um fiel, diante do pintor, diante de Cottard:

— Sim, eu sei que vai ter o seu banquete; por isso só o verei em minha casa, mas não chegue muito tarde.

Embora Swann nunca tivesse suspeitado seriamente da amizade de Odette por este ou aquele fiel, sentia uma profunda doçura ao ouvi-la assim confessar diante de todos, com aquele tranquilo despudor, os seus nocturnos encontros quotidianos, a situação privilegiada que ele tinha em sua casa e a preferência por ele que tal implicava. Naturalmente,

Swann pensara muitas vezes que Odette não era em qualquer espécie de grau uma mulher notável, e a supremacia por ele exercida sobre uma criatura que lhe era tão inferior nada tinha que lhe devesse parecer ser tão lisonjeiro ver ser proclamado diante dos «fiéis», mas desde que se apercebera de que aos olhos de muitos homens Odette era uma mulher deslumbrante e desejável, o encanto que para eles o seu corpo possuía despertara em si uma dolorosa necessidade de a dominar inteiramente nos mínimos recantos do seu coração. E começara a atribuir um valor inestimável àqueles momentos passados em casa dela à noite, onde a sentava nos joelhos, a levava a dizer o que pensava disto ou daquilo, onde recenseava os únicos bens cuja posse lhe interessava agora neste mundo. Por isso, depois daquele jantar, tomando-a de parte, não deixou de lhe agradecer efusivamente, procurando mostrar-lhe, segundo os graus de reconhecimento que lhe demonstrava, a escala dos prazeres que ela lhe podia provocar, dos quais o supremo era salvaguardá-lo, enquanto o seu amor durasse e a tal o tornasse vulnerável, dos ataques de ciúmes.

Quando no dia seguinte saiu do banquete, chovia abundantemente e só tinha à disposição a sua vitória; um amigo propôs-se levá-lo a casa num *coupé*, e como Odette, justamente porque lhe pedira que fosse, lhe dera a certeza de que não atenderia ninguém, seria de espírito tranquilo e coração contente que, em vez de partir assim debaixo de chuva, regressaria a casa para se deitar. Mas talvez se visse que ele parecia não levar a peito o passar sempre com ela, sem qualquer excepção, o fim do serão, ela se descuidasse de lho reservar, e logo numa ocasião em que ele o desejasse particularmente.

Chegou a casa dela passava das onze, e quando pediu desculpa de não ter podido vir mais cedo, ela queixou-se de ser efectivamente tão tarde; o temporal tinha-a posto adoentada, sentia-se mal da cabeça e preveniu-o de que não ficaria com ele mais de uma meia hora, que à meia-noite o mandaria embora; e, pouco depois, sentiu-se fatigada e quis ir dormir.

— Então, não há catleias esta noite? — disse-lhe ele. — E eu que estava à espera de uma boa catleiazinha…

E com um ar um pouco amuado e nervoso ela respondeu-lhe:

— Não, meu anjo, não há catleias esta noite, bem vês que não estou bem!

— Talvez te fizesse bem, mas enfim, não insisto.

Ela pediu-lhe que apagasse a luz antes de sair, e ele próprio fechou as cortinas da cama e foi-se. Mas quando entrou em casa ocorreu-lhe de repente a ideia de que talvez Odette esperasse alguém nessa noite; de que tivesse simplesmente simulado fadiga e de que lhe pedira para apagar a luz só para que ele acreditasse que ia adormecer; de que mal ele partira tinha acendido outra vez a luz e mandado entrar aquele que ia passar a noite junto dela. Viu as horas. Havia cerca de hora e meia que a deixara. Tornou a sair, tomou um fiacre e mandou parar muito perto dela, numa pequena rua perpendicular àquela para onde davam as traseiras da moradia e onde ele ia às vezes bater à janela do quarto de dormir para ela lhe vir abrir a porta; desceu do carro, tudo era deserto e negro naquele bairro; teve apenas que andar alguns passos e desembocou quase diante da casa dela. No meio da negrura de todas as janelas da rua, há muito às escuras, viu uma só donde transbordava — entre as portadas que lhe apertavam a polpa misteriosa e dourada — a luz que enchia o quarto e que, em tantas outras noites, desde que a distinguia ao longe ao chegar à rua, o alegrava e lhe anunciava: «Lá está ela à minha espera», e agora o torturava dizendo-lhe: «Lá está ela com aquele de quem estava à espera.» Queria saber quem; deslizou ao longo da parede até à janela, mas entre as lâminas oblíquas das portadas não conseguia ver nada; apenas ouvia no silêncio da noite o murmúrio de uma conversa.

É certo que sofria ao ver aquela luz na atmosfera de ouro onde por detrás da moldura se movia o par invisível e detestado, ao ouvir aquele murmúrio que revelava a presença daquele que viera depois da sua saída, a falsidade de Odette, a felicidade que ela estava a saborear com ele.

E, no entanto, estava contente por ter vindo: o tormento que o forçara a sair de casa perdera a sua acuidade ao perder a sua imprecisão; agora que tinha ali a outra vida de Odette, cuja suspeita brusca e impotente tivera nesse momento, iluminada em cheio pelo candeeiro, prisioneira sem o saber naquele quarto onde, quando quisesse, entraria para a surpreender e capturar; ou então ia bater nas portadas como fazia muitas vezes quando chegava muito tarde; assim, ao menos, Odette tomaria conhecimento de que ele soubera, de que vira a luz e ouvira a conversa, e ele que, momentos antes, a imaginava a rir-se com o outro das suas ilusões, agora era a eles que via, confiantes no seu erro, afinal enganados por si, que julgavam muito longe dali e que sabia já que ia bater nas portadas. E talvez o que sentia naquele momento de quase agradável fosse também outra coisa diferente do apaziguamento de uma dúvida e de uma dor: um prazer da inteligência. Se era certo que, desde que estava apaixonado, as coisas haviam recuperado para si um pouco do delicioso interesse que dantes lhe despertavam, mas apenas onde eram iluminadas pela recordação de Odette, agora era outra faculdade da sua estudiosa juventude que o seu ciúme reanimava, a paixão da verdade, mas de uma verdade também ela interposta entre ele e a amante, que só dela recebia a sua luz, verdade totalmente individual que tinha por único objecto, de infinito valor e quase de desinteressada beleza, as acções de Odette, as suas relações, os seus projectos, o seu passado. Em qualquer outra época da vida de Swann, os pequenos factos e gestos quotidianos de uma pessoa sempre lhe tinham parecido destituídos de valor; se lhe vinham com mexericos, achava-os insignificantes, e, enquanto ouvia, só a sua mais superficial atenção se interessava; era para ele um dos momentos em que se sentia mais medíocre. Mas naquele estranho período do amor, o individual absorve algo de tão profundo que essa curiosidade que sentia despertar em si pelas mínimas ocupações de uma mulher era a mesma que tivera outrora pela História. E tudo o que o envergonharia até então, espreitar por uma janela, quem sabe, talvez amanhã, pôr habilidosamente os indiferentes a falar, subornar criados, escutar às portas, não lhe parecia já, tanto como a decifração dos textos, como a comparação dos testemunhos ou a interpretação dos monumentos, serem mais que métodos de investigação científica de verdadeiro valor intelectual, e apropriados à procura da verdade.

Prestes a bater nas portadas, teve um momento de vergonha ao pensar que Odette ia saber que ele tivera suspeitas, que regressara, que se postara ali na rua. Muitas vezes ela lhe falara do horror que lhe causavam os ciumentos, os amantes espiões. O que ia fazer era muitíssimo inábil, e ela iria daí em diante detestá-lo, ao passo que, naquele momento ainda, quando ainda não tinha batido, talvez que, mesmo ao enganá-lo, ela o amasse. Quantas felicidades possíveis cuja realização assim se sacrifica à impaciência de um prazer imediato! Mas o desejo de conhecer a verdade era mais forte, e pareceu-lhe mais nobre. Sabia que a realidade de circunstâncias que daria a vida para restituir com exactidão era legível por detrás daquela janela estriada de luz, tal como sob a cobertura iluminada a ouro de um daqueles manuscritos preciosos a cuja riqueza artística em si mesma o sábio que os consulta não pode ficar indiferente. Experimentava uma certa volúpia em conhecer a verdade que o apaixonava naquele exemplar único, efémero e precioso, de uma matéria translúcida, tão quente e tão bela. E, além disso, a vantagem que sentia — que tanta necessidade tinha de sentir — sobre eles estava talvez não tanto em saber, como em poder mostrar-lhes que sabia. Ergueu-se na ponta dos pés. Bateu. Não tinham ouvido e bateu com mais força; a conversa parou. Uma voz de homem, que procurou distinguir a qual dos amigos de Odette que conhecia poderia pertencer, perguntou:

— Quem está aí?

Não tinha a certeza de a reconhecer. Bateu mais um vez. Abriram a janela, e depois as portadas. Agora já não havia maneira de recuar e, como ela ia saber tudo, para não fazer um ar excessivamente infeliz, ciumento e curioso, limitou-se a gritar com um ar negligente e alegre:

— Não se incomodem, eu ia a passar por aqui, vi a luz e quis saber se já não estava a sentir-se mal.

Olhou. À sua frente, dois senhores de idade estavam à janela, um com um candeeiro na mão, e então viu o quarto, um quarto desconhecido. Como tinha o hábito de, quando vinha para casa de Odette muito tarde, reconhecer a sua janela por ser a única iluminada entre janelas todas iguais, enganara-se e batera na janela seguinte, que pertencia à casa contígua. Afastou-se entre desculpas e voltou para casa, feliz de que a satisfação da sua curiosidade tivesse deixado o seu amor intacto e de que, depois de ter simulado durante tanto tempo com Odette uma espécie de indiferença, não lhe tivesse dado pelo seu ciúme aquela prova de que a amava de mais, a qual, entre dois amantes, dispensa para todo o sempre aquele que a recebe de amar o suficiente. Não lhe falou daquele incidente, e ele próprio deixou de pensar nele. Mas por instantes havia um movimento do seu pensamento que vinha topar com essa recordação que não tinha apreendido, chocava com ela, enterrava-a mais, e Swann sentia uma dor brusca e profunda. Como se tivesse sido uma dor física, os pensamentos de Swann não podiam apoucá-la; mas, ao menos, com a dor física, porque é independente do pensamento, este pode deter-se nela, verificar que diminuiu, que parou momentaneamente. Mas essa dor, o pensamento, só por se lembrar dela, recriava-a. Pretender não pensar nela era pensar nela ainda, era sofrer com ela ainda. E quando, conversando com os amigos, esquecia o seu mal, de repente uma palavra que lhe diziam fazia-o mudar de cara, como um ferido em cujo membro doloroso um desajeitado qualquer acaba de tocar. Quando saía de junto de Odette estava feliz, sentia-se calmo, recordava-se dos sorrisos dela, trocistas ao falar deste ou daquele, e ternos para ele, do peso da sua cabeça que soltara do seu eixo para a inclinar, para a deixar cair, quase sem querer, sobre os lábios dele, como fizera da primeira vez na carruagem, dos olhares moribundos que lhe lançara enquanto estava nos seus braços, ao mesmo tempo que contraía friorentamente contra o ombro a cabeça inclinada.

Mas logo o seu ciúme, como se fosse a sombra do seu amor, se completava com a cópia daquele novo sorriso que ela lhe dirigira nessa mesma noite — e que, agora inverso, troçava de Swann e se carregava de amor por outro —, daquela inclinação de cabeça mas tombada para outros lábios, e, dadas a outro, de todas as demonstrações de ternura que tivera para ele. E todas as recordações voluptuosas que trazia de casa dela eram outros tantos esboços, «projectos» semelhantes aos que um decorador nos submete, e que permitiam que Swann fizesse uma ideia das atitudes ardentes ou desmaiadas que ela podia ter com outros. De modo que chegava a lamentar cada prazer que saboreava junto dela, cada carícia inventada e cuja suavidade tivera a imprudência de lhe apontar, cada graça que lhe descobria, porque sabia que momentos depois iam enriquecer o seu suplício com instrumentos novos.

Este suplício tornava-se ainda mais cruel quando outra vez ocorria a Swann a recordação de um breve olhar que surpreendera, alguns dias antes, e pela primeira vez, nos olhos de Odette. Fora depois do jantar, em casa dos Verdurin. Fosse porque Forcheville, sentindo que Saniette, seu cunhado, não estava nas boas graças deles, quisesse tomá-lo como cabeça-de-turco e brilhar diante deles à sua custa, fosse porque estivesse irritado por umas palavras inábeis que este acabava de lhe dizer e que, aliás, haviam passado despercebidas aos assistentes, que não sabiam que alusão desagradável elas podiam conter, bem contra vontade daquele que as pronunciava sem qualquer malícia, fosse, enfim, porque procurasse havia algum tempo uma ocasião para fazer sair da casa alguém que bem o conhecia e que sabia ser tão delicado que em certas alturas se sentia incomodado com a sua simples presença, Forcheville respondeu à frase desajeitada de Saniette com tamanha grosseria, começando a insultá-lo e a exaltar-se, à medida que vociferava, contra o susto, a dor, as súplicas do outro, que o infeliz, depois de ter perguntado à senhora Verdurin se devia ficar, e não tendo recebido resposta, se retirara balbuciando, de lágrimas nos olhos. Odette assistira impassível a esta cena, mas, quando a porta se fechou atrás de Saniette, fazendo descer de certo modo vários furos a habitual expressão do seu rosto, para poder colocar-se, na vileza, ao mesmo nível de Forcheville, fizera brilhar nas suas pupilas um sorriso sorrateiro de felicitações pela audácia que ele tivera, e de ironia para aquele que dela fora vítima; lançara-lhe um olhar de cumplicidade no mal, que de tal modo significava: «Ou eu me engano muito ou foi uma execução. Viu o ar envergonhado dele? Até chorava», que Forcheville, quando os seus olhos o detectaram, de repente esfriado da cólera ou da simulação de cólera que o acalorava ainda, sorriu e respondeu:

— Bastava ter sido amável e ainda aqui estaria, um bom correctivo pode ser útil em todas as idades.

Num dia em que Swann saíra a meio da tarde para fazer uma visita, como não encontrara a pessoa com quem queria falar, teve a ideia de entrar em casa de Odette àquela hora a que nunca lá ia, mas em que sabia que ela estava sempre em casa, a fazer a sesta ou a escrever cartas antes da hora do chá, e em que lhe daria prazer vê-la um bocadinho sem a incomodar. O porteiro disse-lhe que achava que ela estava; tocou, julgou ouvir ruído, ouvir passos, mas não abriram a porta. Ansioso, irritado, foi à ruazinha para onde dava a outra fachada da moradia e pôs-se diante da janela do quarto de Odette; as cortinas impediam-no de ver fosse o que fosse, e ele bateu com força nos vidros e chamou; ninguém abriu. Viu que havia vizinhos a olhar para ele. Foi-se embora, pensando que afinal talvez se tivesse enganado quando julgou ouvir passos, mas ficou tão preocupado com isso que não conseguia pensar noutra coisa. Voltou uma hora depois. Encontrou-a; ela disse-lhe que estava em casa há pouco quando ele tocara, mas que estava a dormir; a campainha acordara-a, adivinhara que era Swann, correra ao seu encontro mas ele já tinha partido. Ouvira efectivamente bater nos vidros. Swann reconheceu logo nestas afirmações um daqueles fragmentos de um facto verdadeiro que os mentirosos apanhados de surpresa se consolam a fazer entrar na composição do facto falso que inventam, julgando que fazem o que lhes compete e que mascaram a sua semelhança com a Verdade. Evidentemente, quando Odette acabava de fazer alguma coisa que não queria revelar, escondia-a bem no fundo de si mesma. Mas, mal se achava na presença daquele a quem queria mentir, ficava perturbada, todas as suas ideias entravam em derrocada, as suas faculdades de invenção e de raciocínio ficavam paralisadas, apenas encontrava vazio na sua cabeça, e no entanto tinha de dizer alguma coisa e encontrava à mão precisamente a coisa que pretendera dissimular e que, sendo verdadeira, era a única que subsistira. Retirava-lhe um pedacinho, sem importância em si mesmo, dizendo de si para si que no fim de contas era melhor assim porque era um pormenor verificável que não oferecia os mesmos perigos de um pormenor falso. «Isto pelo menos é verdade», pensava ela, «é sempre ganho, ele pode informar-se e reconhecerá que é verdade, pelo menos isto não irá trair-me.» Estava enganada, era aquilo que a traía; não percebia que aquele pormenor verdadeiro tinha recortes que só podiam encaixar nos pormenores contíguos ao facto verdadeiro de que arbitrariamente o separara e que, fossem quais fossem os pormenores inventados no meio dos quais o colocasse, sempre revelariam pela matéria excedente e pelos buracos não preenchidos que não era deles que provinha. «Ela confessa que me ouviu tocar, e depois bater, que julgou que era eu e que tinha vontade de me ver», pensava Swann. «Mas isso não se harmoniza com o facto de não ter mandado abrir.»

Mas não lhe fez notar esta contradição, porque pensava que, entregue a si mesma, Odette produziria provavelmente uma mentira qualquer que seria um débil indício de verdade; ela falava e ele não a interrompia, recolhia com piedade ávida e dolorosa aquelas palavras que ela lhe dizia e que ele sentia (justamente porque ela a escondia atrás delas ao mesmo tempo que lhe falava) conservarem vagamente, como um véu sagrado, a marca, desenharem o incerto modelado dessa realidade infinitamente preciosa e infelizmente raríssima: o que estava a fazer há pouco, às três horas, quando ele viera — realidade da qual nunca possuiria mais que aquelas mentiras, uns ilegíveis e divinos vestígios, e que apenas existia na memória encobridora daquela criatura que a contemplava sem saber apreciá-la, mas que não lha entregaria. É claro que ele bem suspeitava por instantes de que, em si mesmas, as acções quotidianas de Odette não eram apaixonadamente interessantes e de que as relações que ela pudesse ter com outros homens não exalavam naturalmente, de um modo universal e para todo o ser pensante, uma tristeza mórbida, capaz de provocar a febre do suicídio. Verificava então que aquele interesse, aquela tristeza, só em si existiam como uma doença e que, quando esta estivesse curada, os actos de Odette, os beijos que ela teria dado, voltariam a ser inofensivos como os de tantas outras mulheres. Mas o facto de a curiosidade dolorosa que Swann agora lhes dedicava apenas nele ter a sua causa, não era de molde a fazer-lhe achar irrazoável o considerar importante tal curiosidade e tudo fazer para lhe dar satisfação. É que Swann estava a chegar a uma idade cuja filosofia — favorecida pela da época, e também pela do meio onde Swann muito vivera, daquele grupo restrito da princesa Des Laumes onde estava assente que uma pessoa é inteligente na medida em que duvida de tudo e em que de real e incontestável só considera os gostos de cada um — já não é a da juventude, mas uma filosofia positiva, quase médica, de homens que, em vez de exteriorizar os objectos das suas aspirações, tentam retirar dos seus anos já passados um resíduo fixo de hábitos, de paixões, que possam considerar característicos e permanentes neles e que, deliberadamente, irão cuidar antes de mais nada de que o género de vida que adoptam possa satisfazer. Swann considerava sensato dar lugar na sua vida ao sofrimento que sentia por ignorar o que Odette fizera, tanto como à recrudescência que um clima húmido provocava ao seu eczema; prever no seu orçamento uma verba importante para obter informações acerca da ocupação dos dias de Odette, sem as quais se sentiria infeliz, tanto como reservava verbas para outros gostos de que sabia que podia esperar prazer, ao menos antes de estar apaixonado, como o das colecções e o da boa cozinha.

Quando quis despedir-se de Odette para voltar para casa, ela pediu-lhe para ficar, e até o reteve vivamente, pegando-lhe pelo braço quando ele ia abrir a porta para sair. Mas ele não fez caso porque, na infinidade de gestos, de frases, de pequenos incidentes que preenchem uma conversa, é inevitável que passemos, sem nada notar que nos desperte a atenção, por aqueles que escondem uma verdade que as nossas suspeitas procuram ao acaso e, pelo contrário, nos detenhamos naqueles sob os quais não há nada. Ela não parava de lhe repetir: «Que pena eu não te ter visto quando tu, que nunca vens cá à tarde, vieste desta vez.» Ele sabia bem que ela não estava suficientemente apaixonada por ele para ter um desgosto tão vivo por ter perdido a sua visita, mas como ela era boa, desejosa de lhe agradar, e muitas vezes ficava triste quando o contrariava, achou muito natural que desta vez estivesse pesarosa de o ter privado daquele prazer de passarem uma hora juntos, que era enorme, não para ela, mas para ele. No entanto, era uma coisa tão pouco importante que o ar doloroso que ela continuava a mostrar acabou por lhe causar admiração. Fazia assim lembrar, ainda mais que o que ele habitualmente achava, as figuras de mulher do pintor d'*A Primavera*. Tinha naquele momento o mesmo rosto abatido e consternado que parece sucumbir sob o peso de uma dor excessivamente pesada para elas, quando apenas deixam o Menino Jesus brincar com uma romã ou vêem Moisés deitar água numa selha. Já uma vez lhe vira a mesma tristeza, mas já não sabia quando. E de repente recordou-se: fora quando Odette mentira ao falar à senhora Verdurin no dia seguinte àquele jantar em que não viera a pretexto de que estava doente, e na realidade para ficar com Swann. É claro que, mesmo que fosse a mais escrupulosa das mulheres, não poderia ter tido remorsos de uma mentira tão inocente. Mas as que Odette pregava correntemente eram-no menos, e serviam para impedir descobertas que poderiam criar-lhe com este ou com aquele terríveis dificuldades. Por isso, quando mentia, cheia de medo, sentindo-se pouco armada para se defender, insegura quanto ao êxito, tinha vontade de chorar, por cansaço, como certas crianças que não dormiram. Além disso, sabia que a sua mentira lesava habitualmente com gravidade o homem a quem a dizia e à mercê do qual iria por certo ficar se mentisse mal. Então sentia-se ao mesmo tempo humilde e culpada diante dele. E quando tinha de dizer uma mentira insignificante e mundana, por associação de sensações e de lembranças, experimentava o mal-estar de um excesso de trabalho e o desgosto de uma maldade.

Que mentira deprimente estaria ela a dizer a Swann para ter aquele olhar doloroso, aquela voz lamentosa, que pareciam vergar sob o esforço que impunha a si mesma, e pedir perdão? A ele passou-lhe pela cabeça que não era apenas a verdade acerca do incidente da tarde que ela se esforçava por lhe ocultar, mas algo de mais actual, talvez ainda não acontecido e muito próximo, e que poderia esclarecê-lo acerca dessa verdade. Naquele momento ouviu um toque de campainha. Odette não mais parou de falar, mas as suas palavras não passavam de um gemido: a sua mágoa de não ter visto Swann nessa tarde, de não lhe ter aberto a porta, tornara-se um verdadeiro desespero.

Ouviu-se a porta de entrada a fechar-se e o ruído de uma carruagem, como se tivesse partido uma pessoa — provavelmente a que Swann não devia encontrar —, a quem haviam dito que Odette tinha saído. Então, pensando que, só por vir a uma hora que lhe não era habitual, acontecera perturbar uma quantidade de coisas de que ela não queria que ele soubesse, sentiu uma sensação de desânimo, quase de aflição. Mas como amava Odette, como tinha o hábito de dirigir para ela todos os seus pensamentos, a piedade que poderia ter por si mesmo foi por ela que a sentiu, e murmurou: «Pobre querida!» Quando ia a sair, ela pegou em várias cartas que tinha em cima da mesa e perguntou-lhe se não se importava de as deitar no correio. Ele levou-as consigo e, quando tornou a casa, verificou que tinha ficado com as cartas. Regressou ao correio, tirou-as do bolso e, antes de as deitar na caixa, olhou para os endereços. Eram todas para fornecedores, excepto uma para Forcheville. Tinha-a na mão e pensava: «Se eu visse o que está lá dentro, saberia como ela o trata, como ela lhe fala, se há alguma coisa entre eles. Talvez até, não a vendo, esteja a cometer uma indelicadeza para com Odette, porque é a única maneira de me libertar de uma suspeita porventura caluniosa para ela, destinada em qualquer caso a fazê-la sofrer, e que já nada poderia destruir depois de a carta ter seguido.»

Voltou para casa quando saiu do correio, mas guardara consigo esta última carta. Acendeu uma vela e aproximou o sobrescrito que não se atrevera a abrir. De início não conseguiu ler nada, mas o sobrescrito era fino e, fazendo-o aderir ao cartão duro que estava lá dentro, conseguiu através da sua transparência ler as últimas palavras. Era uma fórmula final muito fria. Se, em vez de ser ele a ver uma carta dirigida a Forcheville, fosse Forcheville a ler uma carta dirigida a Swann, que palavras tão mais ternas poderia ver! Manteve imóvel o cartão que dançava dentro do sobrescrito maior que ele e depois, fazendo-o deslizar com o polegar, trouxe sucessivamente as diversas linhas para a parte do sobrescrito que não era dupla, a única através da qual se podia ler.

Apesar disso, não distinguia bem. De resto, tanto fazia, porque já vira o suficiente para verificar que se tratava de um pequeno acontecimento sem importância e que nada tinha a ver com relações amorosas; era qualquer coisa que se referia a um tio de Odette. Swann conseguira ler no começo da linha: «Fiz bem», mas não compreendia que é que Odette fizera bem, quando de repente uma palavra que de início não conseguira decifrar surgiu e esclareceu o sentido de toda a frase: «Fiz bem em abrir, era o meu tio.» Em abrir! Então Forcheville estava lá há pouco quando Swann tocara à porta e ela o mandara embora, e daí o ruído que ouvira.

Leu então toda a carta; no fim, desculpava-se de ter agido assim sem cerimónias com ele e dizia-lhe que se esquecera dos cigarros lá em casa, a mesma frase que escrevera a Swann numa das primeiras vezes que ele a visitara. Mas para Swann ela acrescentara: «Se se tivesse esquecido também do coração, não deixaria que o recuperasse.» Para Forcheville não havia nada disso: nenhuma alusão que pudesse fazer supor uma intriga entre eles. A bem dizer, de resto, Forcheville em tudo isto era mais enganado que ele, visto que Odette lhe escrevia para lhe fazer acreditar que o visitante era o tio. Em suma, era ele, Swann, o homem a quem ela dava importância, e por causa de quem tinha mandado embora o outro. E, no entanto, se não havia nada entre Odette e Forcheville, porque é que não abrira imediatamente, porque é que dissera: «Fiz bem em abrir, era o meu tio» se não estava a fazer nada de mal naquele momento, e como é que o próprio Forcheville poderia encontrar explicação para ela não abrir? Swann ali estava, desolado, confuso e no entanto feliz, diante daquele sobrescrito que Odette lhe entregara sem receio, de tal modo era absoluta a confiança que tinha na sua delicadeza, mas através de cujo vidrado transparente se lhe revelava, juntamente com o segredo de um incidente que ele nunca julgaria possível conhecer, um pouco da vida de Odette, como num estreito corte luminoso praticado directamente no desconhecido. Depois, o seu ciúme rejubilava com isso, como se esse ciúme tivesse tido uma vitalidade independente, egoísta, voraz de tudo o que o alimentava, ainda que à custa de si mesmo. Agora tinha com que se alimentar, e Swann ia poder começar a inquietar-se todos os dias com as visitas que Odette recebera por volta das cinco, e a procurar saber onde se encontrava Forcheville a essa hora. Porque a ternura de Swann continuava a manter a mesma característica que desde o início lhe havia sido incutida pela ignorância em que estava acerca da ocupação dos dias de Odette e, ao mesmo tempo, pela preguiça cerebral que o impedia de suprir a ignorância pela imaginação. Inicialmente não sentiu ciúmes de toda a vida de Odette, mas apenas dos momentos em que uma circunstância, porventura mal interpretada, o levara a supor que Odette o poderia ter enganado. O seu ciúme, como um polvo que lança uma primeira, depois uma segunda e depois uma terceira amarra, agarrou-se solidamente àquele momento das cinco horas da tarde, e depois a outro, e depois a outro ainda. Mas Swann não sabia inventar os seus sofrimentos. Eles não passavam da memória, da perpetuação de um sofrimento que lhe viera do exterior.

Mas de lá tudo lho trazia. Quis afastar Odette de Forcheville, levá-la alguns dias para o Sul. Mas achava que ela era desejada por todos os homens que se encontravam no hotel, e que também ela os desejava. Por isso, ele, que dantes, em viagem, procurava as pessoas novas, as assembleias numerosas, era agora selvagem, fugindo da sociedade dos homens como se esta o tivesse cruelmente ferido. E como é que não havia de ser misantropo quando em todos os homens via possíveis amantes para Odette? E assim, o seu ciúme, mais ainda do que acontecera com o gosto voluptuoso e risonho que começara por ter por Odette, alterava o carácter de Swann e mudava completamente, aos olhos dos outros, o próprio aspecto dos sinais exteriores pelos quais essa característica se manifestava.

Um mês após o dia em que lera a carta dirigida por Odette a Forcheville, Swann foi a um jantar que os Verdurin davam no Bois. Quando se preparava para partir reparou nuns conciliábulos entre a senhora Verdurin e vários convidados e julgou compreender que recordavam ao pianista que viesse no dia seguinte a uma festa em Chatou; ora ele, Swann, não estava convidado.

Os Verdurin tinham apenas falado a meia-voz e em termos vagos, mas o pintor, por certo distraído, exclamou:

— Não pode haver luz nenhuma e ele toca a *Sonata ao Luar* no escuro para ver melhor as coisas iluminarem-se.

A senhora Verdurin, ao ver que Swann estava a dois passos, tomou aquela expressão em que o desejo de mandar calar aquele que fala e de manter um ar inocente aos olhos daquele que ouve se neutraliza numa nulidade intensa do olhar, em que o imóvel sinal de inteligência do cúmplice se dissimula sob os sorrisos do ingénuo e que, enfim, comum a todos os que se apercebem de uma indiscrição, a revela instantaneamente, se não aos que a cometem, ao menos ao que é objecto dela. Odette ficou de repente com o ar de desespero de quem renuncia a lutar contra as dificuldades esmagadoras da vida, e Swann contava ansiosamente os minutos que o separavam do momento em que, depois de ter saído do restaurante, durante o regresso com ela, ia poder pedir-lhe explicações, conseguir que ela não fosse no dia seguinte a Chatou ou que fizesse com que ele fosse convidado, e pacificar nos seus braços a angústia que sentia. Por fim, pediram as carruagens. A senhora Verdurin disse a Swann:

— Então adeus, e até breve, não é verdade? — tratando de, através da amabilidade do olhar e do constrangimento do sorriso, o impedir de pensar que ela não lhe dizia, como até aí sempre dissera: «Até amanhã em Chatou, e depois de amanhã em minha casa.»

O senhor e a senhora Verdurin fizeram Forcheville subir para a sua carruagem; a de Swann colocara-se atrás, e ele esperava que partissem para fazer subir Odette.

— Odette, nós levamo-la — disse a senhora Verdurin —, temos um lugarzinho para si ao lado do senhor de Forcheville.

— Está bem, minha senhora — respondeu Odette.

— Mas então... Julgava que era eu a levá-la a casa! — exclamou Swann, dizendo sem dissimulação as palavras inevitáveis, porque a portinhola estava aberta, os segundos estavam contados e não podia regressar sem ela no estado em que estava.

— É que a senhora Verdurin pediu-me...

— Então, o senhor bem pode regressar sozinho, nós demos-lha bastantes vezes — disse a senhora Verdurin.

— É que eu tinha uma coisa importante a dizer à senhora.

— Muito bem, escreve-lha...

— Adeus — disse-lhe Odette estendendo-lhe a mão.

Ele tentou sorrir, mas tinha um ar aterrado.

— Viste as maneiras que Swann agora se permite ter connosco? — disse a senhora Verdurin ao marido quando voltaram para casa. — Parecia que me ia comer só porque trazíamos Odette. Realmente é de uma inconveniência! Já agora, ele que diga logo que temos uma casa de encontros! Não percebo como é que Odette suporta aqueles modos. Ele tem mesmo o ar de quem diz: «Você pertence-me.» Hei-de dizer a Odette o que penso, e espero que ela entenda.

E acrescentou ainda momentos depois, irada:

— Ora não querem lá ver o maldito animal! — utilizando sem o saber, e talvez obedecendo à mesma obscura necessidade de se justificar

— como a Françoise em Combray quando o frango não queria morrer —, as palavras que os últimos sobressaltos de um bicho inofensivo que agoniza arrancam ao camponês que está a esmagá-lo.

E quando a carruagem da senhora Verdurin partiu e a de Swann avançou, o seu cocheiro, olhando para ele, perguntou-lhe se não estava doente ou se não lhe tinha acontecido qualquer desgraça.

Swann mandou-o embora; queria caminhar, e foi a pé, atravessando o Bois, que regressou a casa. Falava sozinho em voz alta, e no mesmo tom um pouco artificial que até aí usava para enumerar os encantos do pequeno núcleo e exaltar a magnanimidade dos Verdurin. Mas do mesmo modo que as palavras, os sorrisos, os beijos de Odette se lhe tornavam tão odiosos como antes os achara doces, se dirigidos a outros que não ele, também o salão dos Verdurin, que ainda pouco antes lhe parecia divertido, respirando um gosto verdadeiro pela arte e até uma espécie de nobreza moral, agora que era outro que não ele que Odette lá ia encontrar, e amar livremente, exibia-lhe os seus ridículos, a sua tolice, a sua ignomínia.

Imaginava com repugnância o serão do dia seguinte em Chatou. «Antes de mais, aquela ideia de irem a Chatou! Como capelistas que acabam de fechar a loja! Realmente aquela gente é sublime de burguesismo, não deve existir de verdade, deve ter saído do teatro de Labiche!»

Lá estariam os Cottard, talvez Brichot. «Como é grotesca aquela vidinha de pessoas que não podem viver umas sem as outras, que se julgariam perdidas, palavra de honra, se não tornassem a encontrar-se todas amanhã *em Chatou*!» Infelizmente também lá estaria o pintor, o pintor que gostava de «fazer casamentos», que convidaria Forcheville a visitar com Odette o seu *atelier*. Estava a ver Odette com uma *toilette* excessivamente rebuscada para aquela festa campestre, «porque ela é tão trivial e, sobretudo, pobre pequena, tão estúpida!!!».

Estava a ouvir as piadas que a senhora Verdurin diria depois do jantar, as piadas que, fosse qual fosse o maçador que tivessem por alvo, sempre o haviam divertido porque via Odette a rir-se delas, a rir-se com ele, quase nele. Agora sentia que era talvez dele que iam fazer Odette rir. «Que fétida jovialidade!», dizia ele dando à boca uma expressão de repugnância tão forte que ele próprio tinha a sensação muscular do seu trejeito até no pescoço contorcido contra o colarinho da camisa. «E como é que uma criatura cujo rosto é feito à imagem de Deus pode achar matéria para rir naquelas piadas nauseabundas? Qualquer narina um pouco delicada se desviaria horrorizada para não se deixar ofuscar por tais relentos. É verdadeiramente incrível pensar que um ser humano pode não compreender que, ao permitir-se um sorriso a respeito de um semelhante que lhe estendeu lealmente a mão, se degrada até uma abjecção da qual nem a melhor das boas vontades jamais o poderá levantar. Vivo a tantos milhares de metros de altitude acima da escória onde marulham e intrigam tais sujas tagarelices, que não posso ser salpicado pelas piadas de uma Verdurin», gritou ele erguendo a cabeça, endireitando com altivez o corpo. «Deus é minha testemunha de que quis sinceramente tirar Odette dali e fazê-la ascender a uma atmosfera mais nobre e mais pura. Mas a paciência humana tem limites, e a minha esgotou-se», pensou ele, como se aquela missão de arrancar Odette a uma atmosfera de sarcasmos datasse de há mais tempo que alguns minutos, e como se não a tivesse assumido apenas desde que pensava que porventura aqueles sarcasmos o tinham a si mesmo como objecto e tentavam afastar Odette.

Estava a ver o pianista pronto para tocar a *Sonata ao Luar* e os requebros da senhora Verdurin assustada com o mal que a música de Beethoven lhe ia fazer aos nervos: «Idiota, mentirosa», exclamou, «e julga ela amar a *Arte*!» Ela iria dizer a Odette, depois de lhe ter insinuado habilmente algumas palavras lisonjeiras acerca de Forcheville, como tantas vezes dissera a seu respeito: «Vai arranjar um lugarzinho ao seu lado para o senhor de Forcheville.» «No escuro! Alcoviteira, proxeneta!» «Proxeneta» era o nome que dava também à música que os convidaria a calar-se, a sonhar juntos, a olhar-se, a dar as mãos. Achava bem a severidade contra as artes por parte de Platão, de Bossuet e da velha educação francesa.

Em suma, a vida que se vivia em casa dos Verdurin e a que ele chamara tantas vezes «a verdadeira vida» parecia-lhe a pior de todas, e o seu pequeno núcleo o último dos ambientes. «É realmente», dizia ele, «o que há de mais baixo na escala social, o último círculo de Dante. Não há dúvida nenhuma de que o texto sublime se refere aos Verdurin! No fundo, como as pessoas da sociedade, de quem se pode dizer mal, mas que apesar de tudo são outra coisa diferente destes bandos de vadios, mostram a sua profunda sabedoria recusando-se a conhecê-los, a sujar neles sequer a ponta dos dedos! Que adivinhação neste *Noli me tangere* do *faubourg* Saint-Germain!» Saíra já há muito das alamedas do Bois, estava quase a chegar a casa e, ainda não liberto da exaltação da sua dor e do calor de insinceridade em que as entoações mentirosas, a sonoridade artificial da sua própria voz derramavam de momento a momento mais abundante embriaguez, continuava ainda a perorar em voz alta no silêncio da noite: «As pessoas da sociedade têm os seus defeitos que eu sou o primeiro a reconhecer, mas, enfim, apesar de tudo, são pessoas com quem certas coisas são impossíveis. Qualquer das mulheres elegantes que eu conheci estava longe de ser perfeita, mas, enfim, apesar de tudo, tinha um fundo de delicadeza, uma lealdade nos procedimentos que, acontecesse o que acontecesse, a tornariam incapaz de uma felonia, e isso basta para interpor abismos entre ela e uma megera como a Verdurin. Verdurin! Que nome! Ah, pode dizer-se que são perfeitos, são belos no seu género! Graças a Deus, era mais que tempo de não tornar a descer à promiscuidade com esta infâmia, com estas imundícies.»

Mas, assim como as virtudes que ainda pouco antes atribuía aos Verdurin não teriam bastado, mesmo que eles as tivessem efectivamente possuído mas não houvessem favorecido e protegido o seu amor, para provocar em Swann aquela embriaguez em que se enternecia com a magnanimidade deles e que, ainda que propagada através de outras pessoas, não poderia vir-lhe senão de Odette — do mesmo modo a imoralidade, mesmo que real, que hoje encontrava nos Verdurin teria sido impotente, se eles não tivessem convidado Odette com Forcheville e sem ele, para desencadear a sua indignação e para lhe fazer estigmatizar «aquela infâmia». E a voz de Swann era certamente mais clarividente que ele próprio quando se recusava a pronunciar estas palavras cheias de repugnância pelo círculo dos Verdurin e de alegria por ter cortado com ele, a não ser num tom artificial, e como se fossem escolhidas mais para lhe saciar a cólera que para exprimir o seu pensamento. Este, com efeito, enquanto ele se entregava a estas invectivas, estava por certo, sem de tal se dar conta, ocupado num objecto inteiramente diverso, porque, mal chegou a casa e fechou o portão, logo de súbito bateu com a mão na testa e, tornando a abri-lo, voltou a sair exclamando desta vez com voz natural: «Acho que encontrei maneira de me fazer convidado amanhã para o jantar de Chatou!» Mas essa maneira devia ser má, porque Swann não foi convidado: o doutor Cottard que, chamado à província por causa de um caso grave, não via os Verdurin havia vários dias e não pudera ir a Chatou, disse no dia seguinte ao desse jantar, ao sentar-se à mesa em casa deles:

— Então não vamos ver o senhor Swann esta noite? Ele é mesmo aquilo a que se chama um amigo pessoal do...

— Espero bem que não! — exclamou a senhora Verdurin. — Deus nos guarde, é irritante, estúpido e mal-educado.

Perante estas palavras, Cottard manifestou ao mesmo tempo o seu espanto e a sua submissão, como perante uma verdade contrária a tudo aquilo em que acreditara até então, mas de uma evidência irresistível; e, baixando o nariz para o prato com um ar emocionado e temeroso, limitou-se a responder: «Ah, ah!, ah! ah!, ah!», atravessando às arrecuas, na sua retirada em boa ordem em sentido contrário para o fundo de si mesmo, ao longo de uma gama descendente, todo o registo da sua voz. E não se falou mais de Swann em casa dos Verdurin.

Então aquele salão que reunira Swann e Odette tornou-se um obstáculo para os seus encontros. Ela já não lhe dizia como nos primeiros tempos do seu amor: «Em qualquer caso vemo-nos amanhã à noite, há uma ceia em casa dos Verdurin», mas sim: «Amanhã à noite não podemos ver-nos, há uma ceia em casa dos Verdurin.» Ou então os Verdurin iam levá-la à Opéra-Comique para verem *Une Nuit de Cléopâtre* e Swann lia nos olhos de Odette o pavor de que ele lhe pedisse para não ir, esse medo que pouco tempo antes não seria capaz de deixar de beijar de passagem no rosto da amante e que o exasperava agora. «No entanto, não é cólera que eu sinto ao ver a vontade que ela tem de ir debicar naquela música excrementícia. É pena, não por mim, evidentemente, mas por ela; pena de ver que depois de ter vivido mais de seis meses em contacto quotidiano comigo não foi capaz de se transformar o bastante para eliminar espontaneamente Victor Massé! Sobretudo por não ter conseguido compreender que há noites em que uma criatura de essência um pouco delicada deve renunciar ao prazer, quando lho pedem. Devia saber dizer "Eu não vou", nem que fosse por inteligência, visto que será em conformidade com a sua resposta que de uma vez para sempre será classificada a sua qualidade de alma.» E, tendo-se persuadido a si mesmo de que se tratava apenas de um efeito para poder emitir um juízo mais favorável acerca do valor espiritual de Odette o desejar que naquela noite ela ficasse com ele em lugar de ir à Opéra-Comique, expunha-lhe o mesmo raciocínio, no mesmo grau de insinceridade que a si mesmo, e até num grau acima, porque então obedecia também ao desejo de a agarrar pelo amor-próprio.

— Juro-te — dizia-lhe ele, momentos antes de ela partir para o teatro — que, ao pedir-te para não saíres, se eu fosse egoísta, todos os meus desejos seriam de que recusasses, porque tenho mil e uma coisas para fazer esta noite e eu próprio cairia na armadilha e ficaria bastante aborrecido se inesperadamente me respondesses que não ias. Mas as minhas ocupações, os meus prazeres, não são tudo, tenho de pensar em ti. Pode vir o dia em que, vendo-me para sempre afastado de ti, terás o direito de me acusar de não te ter avisado nos minutos decisivos em que sentia que ia emitir a teu respeito um daqueles juízos severos a que o amor não resiste muito tempo. Estás a ver, *Une Nuit de Cléopâtre* (que título!) não significa nada neste caso. O que é preciso saber é se verdadeiramente és aquele ser que está no último nível do espírito, e mesmo do encanto, o ser desprezível que não é capaz de renunciar a um prazer. Então, se tu és isso, como poderá alguém amar-te, porque nem sequer és uma pessoa, uma criatura definida, imperfeita, mas ao menos perfectível? Es uma água informe que corre consoante o declive que lhe oferecem, um peixe sem memória e sem reflexão que, enquanto viver no seu aquário, esbarrará cem vezes por dia contra o vidro que continuará a julgar que é água. Estás a perceber que a tua resposta, não digo que terá como efeito eu deixar imediatamente de te amar, bem entendido, mas te tornará menos sedutora aos meus olhos quando eu compreender que não és uma pessoa, que estás abaixo de todas as coisas e que não sei colocar-te acima de nenhuma? Evidentemente, teria preferido pedir-te como coisa sem importância a renúncia a *Une Nuit de Cléopâtre* (já que me obrigas a sujar a boca com esse nome abjecto), na expectativa de que, apesar disso, fosses. Mas, decidido a levar isso em consideração, a retirar essas consequências da tua resposta, achei mais leal prevenir-te.

Odette havia alguns momentos que dava sinais de emoção e de incerteza. Não compreendia o sentido deste discurso, mas percebia que ele podia entrar no género comum das «alocuções» e das cenas de acusações ou de súplicas, que o hábito que tinha dos homens lhe permitia concluir, sem se prender nos pormenores das palavras, que eles não as pronunciariam se não estivessem apaixonados, e que, uma vez que estavam apaixonados, era inútil obedecer-lhes, já que depois ainda o estariam mais. Por isso, teria escutado Swann com a maior calma se não visse que as horas passavam e que, mesmo que ele falasse ainda apenas por pouco tempo, ia, como lhe disse com um sorriso terno, obstinado e confuso, «acabar por perder a abertura!».

Outras vezes ele dizia-lhe que o que mais que tudo faria com que ele deixasse de amá-la era ela não querer renunciar a mentir. «Mesmo do simples ponto de vista da *coquetterie*», dizia-lhe ele, «não percebes então como perdes sedução rebaixando-te a mentir? Com uma confissão, quantas faltas poderias resgatar! Realmente és bem menos inteligente do que eu julgava!» Mas era em vão que Swann lhe expunha assim todas as razões que ela tinha para não mentir; elas poderiam fazer ruir em Odette um sistema geral da mentira; mas Odette não o possuía, limitava-se apenas, em cada caso em que pretendia que Swann ignorasse alguma coisa que fizera, a não lha contar. Assim, a mentira era para ela um expediente de ordem particular; e a única coisa que podia decidir se devia servir-se dele ou confessar a verdade era uma razão de ordem particular também, a possibilidade maior ou menor de Swann vir a descobrir que ela não dissera a verdade.

Fisicamente, atravessava uma má fase: estava a ficar pesada; e o encanto expressivo e dolente, os olhares espantados e sonhadores de outrora pareciam ter desaparecido com a sua primeira juventude. De modo que se tornara tão cara a Swann precisamente no momento em que, por assim dizer, ele a achava bem menos bonita. Contemplava-a longamente para tentar reaver o encanto que lhe conhecera, e não o encontrava. Mas saber que sob essa crisálida nova continuava a viver a mesma Odette, a mesma vontade fugaz, inefável e dissimulada, bastava para que Swann continuasse a pôr a mesma paixão em procurar captá-la. Depois olhava para fotografias de dois anos antes e recordava-se de como ela fora deliciosa. E isso consolava-o um pouco de tanto sofrer por ela.

Quando os Verdurin a levavam a Saint-Germain, a Chatou, a Meulan, muitas vezes, na época do bom tempo, propunham ali mesmo que ficassem a pernoitar e só regressassem no dia seguinte. A senhora Verdurin procurava apaziguar os escrúpulos do pianista cuja tia ficara em Paris.

— Ela ficará encantada por ficar livre de si um dia. E como é que havia de se inquietar, se sabe que está connosco? De resto, eu assumo toda a responsabilidade.

Mas, se não conseguia, o senhor Verdurin ia pelo campo fora, encontrava uma estação de telégrafo ou um mensageiro e informava-se sobre quais os fiéis que tinham alguém a quem devessem prevenir. Mas Odette agradecia-lhe e dizia que não tinha nenhum telegrama a enviar, porque dissera de uma vez para sempre a Swann que se lhe enviasse um à frente de toda a gente ficaria comprometida. Às vezes ausentava-se durante vários dias; os Verdurin levavam-na a visitar os túmulos de Dreux, ou a Compiègne para admirar, a conselho do pintor, crepúsculos na floresta, ou seguiam até ao castelo de Pierrefonds.

— Pensar que comigo ela poderia visitar verdadeiros monumentos, comigo que estudei arquitectura durante dez anos e a quem estão sempre a pedir que leve a Beauvais ou a Saint-Loup-de-Naud pessoas de altíssimo valor, e que o faria só para ela, e que em vez disso vai com os piores dos brutos extasiar-se sucessivamente diante dos dejectos de

Luís Filipe e de Viollet-le-Duc! Acho que não é preciso ser-se artista para isso, e que, mesmo sem um faro particularmente apurado, ninguém escolhe ir passear entre latrinas para estar à mão de respirar excrementos.

Mas quando ela ia para Dreux ou para Pierrefonds — infelizmente sem o deixar ir também em separado, como que por acaso, porque «teria um efeito deplorável», dizia ela — mergulhava no mais inebriante dos romances de amor, o guia dos caminhos-de-ferro, que lhe dizia as maneiras de ir ter com ela, à tarde, à noite, até mesmo esta manhã! A maneira? Quase mais que isso: a autorização. Porque, afinal, o guia e os próprios comboios não eram feitos para cães. Se se fazia saber ao público, por papel impresso, que às oito da manhã partia um comboio que chegava a Pierrefonds às dez, então ir a Pierrefonds era um acto lícito, para o qual era supérflua a permissão de Odette; e era também um acto que podia ter um motivo completamente diferente do desejo de encontrar Odette, visto que pessoas que não a conheciam o praticavam todos os dias, em número suficiente para valer a pena aquecer locomotivas.

Em suma, a verdade é que ela não podia impedi-lo de ir a Pierrefonds se lhe apetecesse! Ora, precisamente, ele sentia que lhe estava a apetecer, e que se não tivesse conhecido Odette de certeza que teria ido até lá. Havia muito que pretendia formar uma ideia mais exacta das obras de restauro de Viollet-le-Duc. E com o tempo que estava, sentia o imperioso desejo de um passeio pela floresta de Compiègne.

Realmente ela não podia proibir-lhe o único lugar que hoje o tentava. Hoje! Se lá fosse, apesar da sua interdição, poderia vê-la *hoje* mesmo! Mas, ao passo que, se encontrasse em Pierrefonds um indiferente qualquer, ela lhe diria alegremente: «Olha, você aqui!» e lhe pediria para ir visitá-la ao hotel onde se alojara com os Verdurin; pelo contrário, se o encontrasse a ele, Swann, ficaria contrariada, pensaria que estava a ser seguida, amá-lo-ia menos, talvez virasse as costas irritadamente ao avistá-lo. «Então já não tenho o direito de viajar?», dir-lhe-ia ela no regresso, quando afinal era ele que já não tinha o direito de viajar!

Por instantes tivera a ideia de, para poder ir a Compiègne e a Pierrefonds sem parecer que era para se encontrar com Odette, ser levado até lá por um amigo seu, o marquês de Forestelle, que tinha um solar nas vizinhanças. Este, a quem ele comunicara o seu projecto sem lhe dizer o motivo, não cabia em si de contente, e espantava-se de que Swann, pela primeira vez nos últimos quinze anos, aceitasse enfim ir visitar a sua propriedade e, visto que não queria ficar lá, como lhe dissera, lhe prometesse pelo menos que fariam juntos passeios e excursões durante vários dias. Swann já se imaginava lá com o senhor de Forestelle. Mesmo antes de ver Odette por lá, mesmo que não conseguisse vê-la, que felicidade teria em pôr os pés naquela terra onde, sem saber em cada momento o lugar exacto da sua presença, sentiria palpitar por toda a parte a possibilidade do seu repentino aparecimento: no pátio do castelo, que ora se tornara belo para ele porque por causa dela é que o fora visitar; em todas as ruas da cidade, que lhe parecia romanesca; em cada caminho da floresta, rosada por um crepúsculo profundo e terno; asilos inúmeros e alternativos, aonde vinha simultaneamente refugiar-se, na incerta ubiquidade das suas esperanças, o seu coração feliz, vagabundo e multiplicado. «Sobretudo», iria ele dizer ao senhor de Forestelle, «é preciso ter todo o cuidado para não dar de caras com Odette e com os Verdurin; acabo de saber que estão justamente hoje em Pierrefonds. Temos tempo de sobra para nos vermos em Paris, não valeria a pena sair para não podermos dar um passo uns sem os outros.» E o seu amigo não perceberia porque é que, chegados lá, ele mudaria vinte vezes de projectos, inspeccionaria as salas de jantar de todos os hotéis de Compiègne sem se decidir a sentar-se em qualquer delas apesar de não haver vestígios dos Verdurin, com o ar de procurar aquilo de que dizia querer fugir, e aliás fugindo-lhe mal o encontrasse, porque, se deparasse com o pequeno grupo, ter-se-ia afastado ostensivamente, contente por ter visto Odette e por ela o ter visto a ele, sobretudo por ela o ter visto sem ele lhe ligar. Mas não, ela havia de adivinhar que era por sua causa que ele ali estava. E quando o senhor de Forestelle vinha ter com ele para partirem, dizia-lhe: «Não, é pena mas não posso ir hoje a Pierrefonds, é que Odette está lá precisamente hoje.» E Swann, apesar de tudo, ficava feliz por sentir que, se só ele entre todos os mortais não tinha o direito de ir a Pierrefonds naquele dia, era porque efectivamente era para Odette alguém diferente dos outros, o seu amante, e que essa restrição por ele introduzida no direito universal de livre circulação não passava de uma das formas dessa escravatura, desse amor que lhe era tão caro. Decididamente, mais valia não se arriscar a brigar com ela, ter paciência, esperar pelo seu regresso. Passava os dias debruçado sobre um mapa da floresta de Compiègne como se fosse o mapa do País do Sentimento[6], rodeava-se de fotografias do castelo de Pierrefonds. Mal chegava o dia em que era possível ela regressar, reabria o guia, calculava o comboio que ela teria tomado e, se se tivesse atrasado, os que lhe restavam ainda. Não saía com receio de perder um telegrama, não se deitava, não fosse ela, regressada no último comboio, querer fazer-lhe a surpresa de vir visitá-lo a meio da noite. Justamente, ouvia tocar ao portão e parecia-lhe que tardavam a ir abrir, queria acordar o porteiro, punha-se à janela para chamar Odette se fosse ela, porque apesar das recomendações que fora lá abaixo fazer pessoalmente mais de dez vezes podiam dizer-lhe que ele não estava em casa. Era um criado que voltava para casa. Prestava atenção à desfilada incessante das carruagens que passavam, a que nunca dantes ligara. Escutava cada uma vir de longe, aproximar-se, ultrapassar a sua porta sem parar e levar para mais longe uma mensagem que não era para ele. Esperava toda a noite, inutilmente, porque, como os Verdurin tinham antecipado o regresso, Odette estava em Paris desde o meio-dia; não tivera a ideia de o prevenir disso; sem saber que fazer, fora passar o serão sozinha no teatro e havia muito que voltara para casa para se deitar e dormir.

É que ela nem sequer pensara nele. E tais momentos em que se esquecia até da existência de Swann eram mais úteis a Odette, serviam melhor para manter Swann apegado, que toda a sua *coquetterie*. Porque assim Swann vivia naquela agitação dolorosa que fora já suficientemente poderosa para fazer desabrochar o seu amor na noite em que não encontrara Odette em casa dos Verdurin e a procurara durante todo o serão. E não tinha, como eu tive em Combray na minha infância, dias felizes durante os quais se esquecem os sofrimentos que irão renascer à noite. Os dias, passava-os Swann sem Odette; e por instantes pensava que deixar uma mulher tão bonita sair sozinha em Paris era tão imprudente como colocar um escrínio cheio de jóias no meio da rua. Indignava-se então contra todos os que passavam como outros tantos ladrões. Mas como o seu rosto colectivo e informe escapava à sua imaginação, não lhe alimentava o ciúme. Fatigava o pensamento de Swann, o qual, passando a mão pelos olhos, exclamava: «Seja o que Deus quiser», tal como aqueles que, depois de se terem obstinado a debater o problema da realidade do mundo exterior ou da imortalidade da alma, concedem a distensão de um acto de fé ao seu cérebro extenuado. Mas o pensamento da ausência estava sempre indissoluvelmente ligado aos actos mais simples da vida de Swann — almoço, receber o correio, sair, deitar-se — pela própria tristeza que tinha em praticá-los sem ela, como aquelas iniciais de Felisberto, *o Belo*, que, na igreja de Brou, movida pela saudade que dele tinha, Margarida de Áustria entrelaçou com as suas por todo o lado. Em certos dias, em lugar de ficar em casa, ia almoçar a um restaurante bastante próximo cuja boa cozinha apreciara em tempos e aonde agora ia apenas por uma daquelas razões, ao mesmo tempo místicas e extravagantes, a que chamam romanescas; é que esse restaurante (que ainda hoje existe) tinha o mesmo nome da rua onde Odette morava: Lapérouse. Às vezes, depois de fazer uma curta deslocação, só vários dias depois é que ela pensava em comunicar--lhe que regressara a Paris. Dizia-lhe muito simplesmente, sem como dantes tomar já a precaução de se cobrir para qualquer eventualidade com um pedacinho da verdade, que acabava de voltar mesmo agora, no comboio da manhã. Eram palavras mentirosas; pelo menos para Odette eram mentirosas, inconsistentes, não tinham, como se fossem verdadeiras, um ponto de apoio na recordação da sua chegada à estação; estava até impedida de as imaginar no momento em que as pronunciava pela imagem contraditória do que fizera de completamente diferente no momento em que pretendia ter desembarcado do comboio. Mas no espírito de Swann, pelo contrário, estas palavras que não deparavam com qualquer obstáculo vinham incrustar-se e assumir a inamovibilidade de uma verdade tão indubitável que, se um amigo lhe dizia que tinha vindo naquele comboio e não vira Odette, ficava persuadido de que era o amigo que estava enganado no dia ou na hora, visto que o que dizia não se harmonizava com as palavras de Odette. Estas só lhe teriam parecido mentirosas se primeiro tivesse desconfiado de que o fossem. Para acreditar que ela estava a mentir, a condição necessária era uma suspeita prévia. Aliás, era também condição suficiente. Então, tudo o que Odette dizia lhe parecia suspeito. Se a ouvia citar um nome, era certamente o de um dos seus amantes; uma vez forjada essa suposição, passava semanas a desolar-se; certa ocasião, até, pôs-se em ligação com uma agência de informações para saber o endereço e a ocupação do desconhecido que só o deixaria respirar quando fosse de viagem, e de quem acabou por saber que era um tio de Odette que morrera vinte anos antes.

Embora ela geralmente não lhe permitisse que fosse ter com ela aos lugares públicos, dizendo que isso daria lugar a falatórios, num serão em que ele era convidado e ela também — em casa de Forcheville, em casa do pintor ou num baile de caridade num ministério —, acontecia encontrarem-se lá. Via-a mas não se atrevia a ficar, com medo de a irritar por parecer estar a espiar os prazeres que ela tinha com outras pessoas e que — enquanto ele regressava solitário e se ia deitar ansioso, como eu próprio havia de estar alguns anos mais tarde nas noites em que ele viria jantar lá a casa, em Combray — lhe pareciam ilimitados porque não lhes vira o fim. E uma vez ou duas conheceu em noites dessas daquelas alegrias que seríamos tentados, se não sofressem tão violentamente o choque de retorno da inquietação de súbito interrompida, a chamar alegrias calmas, porque consistem numa pacificação: fora passar um instante a uma festa mundana em casa do pintor e preparava-se para sair; deixava lá Odette transformada numa brilhante estranha, no meio de homens a quem os seus olhares e a sua alegria, que não eram para ele, pareciam falar de uma certa voluptuosidade que seria saboreada ali ou noutro sítio (porventura no «Baile dos Incoerentes», aonde ele temia que ela fosse a seguir) e provocava em Swann mais ciúmes que a própria união carnal, porque a imaginava com maior dificuldade; estava já prestes a transpor a porta do *atelier* quando ouviu chamarem-no com estas palavras (que, separando da festa aquele fim que o apavorava, lha tornavam retrospectivamente inocente, que faziam do retorno de Odette uma coisa já não inconcebível e terrível, mas doce e conhecida, e que se manteria ao seu lado, semelhante a um pouco da sua vida de todos os dias, na sua carruagem, e despojavam a própria Odette da sua aparência excessivamente brilhante e jovial, que mostravam que não passava de um disfarce que envergara naquela ocasião, para ele, não com vista a misteriosos prazeres, e do qual estava já cansada), com estas palavras que Odette lhe lançava quando ele estava já no limiar da porta: «Não se importa de esperar por mim cinco minutos, eu vou sair, regressávamos juntos, levava-me a casa.»

É certo que um dia Forcheville pedira que o levassem ao mesmo tempo, mas quando, chegado diante da porta de Odette, pedira autorização para entrar também, Odette respondera-lhe apontando para Swann: «Ah, isso depende daquele senhor, peça-lhe. Enfim, entre uns momentos se quiser, mas não por muito tempo porque o previno de que ele gosta de conversar tranquilamente comigo e não aprecia muito que haja visitas quando ele está. Ah, se o conhecesse como eu o conheço! Não é verdade, *my love*, que só eu é que o conheço bem?»

E Swann estava talvez ainda mais comovido por vê-la assim dirigir-lhe na presença de Forcheville, não apenas aquelas palavras de ternura, de predilecção, mas ainda certas críticas como: «Tenho a certeza de que ainda não respondeu aos seus amigos acerca do seu jantar de domingo. Se não quiser não vá, mas pelo menos seja delicado», ou: «Então só deixou aqui o seu ensaio sobre Vermeer para poder adiantá-lo um bocado amanhã? Que preguiçoso! Pois eu vou obrigá-lo a trabalhar!» o que provava que Odette estava ao corrente dos convites dele para reuniões de sociedade e dos seus estudos de arte, que tinham efectivamente uma vida própria dos dois. E ao dizer-lhe aquelas coisas dirigia-lhe um sorriso no fundo do qual a sentia totalmente sua.

Então, naquelas ocasiões, enquanto ela lhes preparava laranjada, de repente, tal como quando um reflector mal ajustado começa por passear na parede, em redor de um objecto, grandes sombras fantásticas que depois se vêm concentrar e aniquilar nele, todas as ideias terríveis e mutáveis que ele fazia de Odette desvaneciam-se, confundiam-se no corpo encantador que Swann tinha diante de si. Tinha a brusca suspeita de que aquela hora passada em casa de Odette, sob a luz do candeeiro, talvez não fosse uma hora artificial, para seu uso pessoal (destinada a disfarçar aquela coisa assustadora e deliciosa em que ele pensava constantemente sem ser bem capaz de a imaginar, uma hora da verdadeira vida de Odette, da vida de Odette quando ele não estava), com adereços de teatro e fruta de papelão, mas era acaso uma hora real da vida de Odette: e que se ele não estivesse ali ela teria oferecido o mesmo cadeirão a Forcheville e ter-lhe-ia dado, não uma bebida desconhecida, mas precisamente aquela laranjada; que o mundo habitado por Odette não era aquele outro mundo pavoroso e sobrenatural onde ele passava o tempo a situá-la e que talvez apenas existisse na sua imaginação, mas o universo real, que não exalava qualquer tristeza especial, que continha aquela mesa onde ia poder escrever e aquela bebida que lhe seria permitido saborear; todos aqueles objectos que contemplava com tanta curiosidade e admiração como gratidão, porque se, ao absorverem os seus sonhos, o haviam libertado deles, em contrapartida se tinham eles enriquecido, lhe mostravam a sua realização palpável, e interessavam o seu espírito, tomavam relevo diante dos seus olhos e ao mesmo tempo lhe tranquilizavam o coração. Ah, se o destino tivesse permitido que ele pudesse ter uma mesma casa onde morasse com Odette e que em casa dela estivesse em sua casa, se ao perguntar ao criado que havia para almoçar soubesse em resposta a ementa de Odette, se quando Odette queria ir de manhã passear para a avenida do Bois de Boulogne o seu dever de bom marido o tivesse obrigado, mesmo que não lhe apetecesse sair, a acompanhá-la, transportando-lhe a capa quando ela tinha calor, e se à noite, depois do jantar, a ela lhe apetecesse ficar em casa com roupas leves e ele tivesse sido forçado a ficar junto dela a fazer o que ela quisesse; então, como todos os pequenos nadas da vida de Swann, que lhe pareciam tão tristes, mesmo os mais familiares — como aquele candeeiro, aquela laranjada, aquele cadeirão que tanto sonho continham, que tanto desejo materializavam — ganhariam, pelo contrário, por fazerem parte ao mesmo tempo da vida de Odette, uma espécie de doçura superabundante e de misteriosa densidade.

Suspeitava no entanto de que aquilo que assim desejava era uma calma, uma paz, que não teriam sido uma atmosfera favorável para o seu amor. Quando Odette deixasse de ser para ele uma criatura sempre ausente, desejada, imaginária, quando o sentimento que tivesse por ela já não fosse aquela mesma perturbação misteriosa que lhe causava a frase da sonata, mas afecto, reconhecimento, quando se estabelecessem entre eles relações normais que pusessem fim à sua loucura e à sua tristeza, então, sem dúvida, os actos da vida de Odette haveriam de lhe parecer pouco interessantes em si mesmos — como já várias vezes suspeitara que eram, por exemplo, no dia em que lera através do sobrescrito a carta dirigida a Forcheville. Reflectindo sobre o seu mal com tanta sagacidade como se o tivesse inoculado em si para o estudar, pensava que, quando estivesse curado, lhe seria indiferente o que Odette pudesse fazer. Mas no íntimo do seu estado mórbido, a bem dizer, temia tanto como a morte essa cura, que de facto seria a morte de tudo o que era actualmente.

Depois daqueles tranquilos serões as suspeitas de Swann acalmavam-se; bendizia Odette e no dia seguinte, logo de manhã, mandava-lhe a casa as mais belas jóias, porque aquelas bondades da véspera haviam despertado ou a sua gratidão, ou o desejo de as ver renovadas, ou um paroxismo de amor que precisava de se consumir.

Mas noutras ocasiões a sua dor tornava a tomar conta dele, imaginava que Odette era amante de Forcheville e que, quando ambos o haviam visto, do fundo do landau dos Verdurin, no Bois, na véspera da festa de Chatou para que ele não fora convidado, pedir-lhe em vão, com aquele ar de desespero que até o seu cocheiro notara, que regressasse com ele, e depois regressar ao seu canto, só e vencido, ela devia ter tido, para o apontar a Forcheville e lhe dizer: «Como ele está furioso, hein?», os mesmos olhos brilhantes, maliciosos, baixos e dissimulados do dia em que este havia expulso Saniette de casa dos Verdurin.

Então Swann detestava-a. «Mas, também, que estúpido eu sou», pensava ele, «estou a pagar com o meu dinheiro o prazer dos outros. O que ela tem a fazer é ter cuidado e não esticar a corda de mais, porque eu bem posso não dar mais nada. Seja como for, renunciemos provisoriamente às gentilezas suplementares! Pensar que ainda ontem, por ela dizer que gostava de assistir à temporada de Bayreuth, fiz a asneira de lhe propor que alugássemos um dos lindos castelos do rei da Baviera para nós os dois, nas vizinhanças! E aliás ela não pareceu encantada por aí além, não disse ainda que sim nem que não; esperemos que recuse, Deus do Céu! Ouvir Wagner durante quinze dias com ela, que lhe liga tanto como um boi liga a um palácio, sempre havia de ser uma alegria!» E o seu ódio, tal como o seu amor, precisando de se manifestar e de agir, comprazia-se em levar cada vez mais longe as suas malfazejas imaginações, porque, graças às perfídias que atribuía a Odette, detestava-a mais e poderia, caso viessem a revelar-se verdadeiras — o que procurava fantasiar —, ter ocasião de a castigar e de saciar nela a sua raiva crescente. Chegou assim ao ponto de supor que ia receber uma carta dela na qual lhe pediria dinheiro para alugar aquele castelo perto de Bayreuth, mas prevenindo-o de que ele não poderia ir, porque prometera a Forcheville e aos Verdurin convidá-los. Ah, como ele gostaria de que ela fosse capaz de tamanha audácia! Que alegria teria em recusar, em redigir a resposta vingadora cujos termos se deliciava a escolher, a enunciar em voz alta, como se na realidade tivesse recebido a carta!

Ora, foi o que aconteceu logo no dia seguinte. Ela escreveu-lhe que os Verdurin e os seus amigos haviam manifestado o desejo de assistir àquelas representações de Wagner e que, se ele não se importasse de lhe enviar aquele dinheiro, ela teria enfim, depois de ter sido tantas vezes recebida em casa deles, o prazer de os convidar também. Dele, não dizia uma palavra, estava subentendido que a presença dos outros excluía a sua.

Então ia ter a alegria de lhe poder mandar aquela terrível resposta, de que na véspera decidira cada palavra sem se atrever a esperar que alguma vez pudesse servir. Infelizmente, sentia bem que, de qualquer forma, com o dinheiro que ela tinha, ou que arranjaria facilmente, poderia tratar do aluguer em Bayreuth, já que o queria, ela que não era capaz de notar diferença entre Bach e Clapisson. Mas, apesar de tudo, teria que viver lá modestamente. Não teria meios, a não ser que ele lhe enviasse desta vez algumas notas de mil francos, para organizar todas as noites, num castelo, daquelas ceias finas após as quais lhe daria talvez a fantasia — que possivelmente ainda não tinha tido — de cair nos braços de Forcheville. E além disso, ao menos, não seria ele, Swann, a pagar essa viagem detestada! Ah, se ele pudesse impedi-la! Se ela torcesse um pé antes de partir, se o cocheiro da carruagem que a conduziria à estação aceitasse, fosse por que preço fosse, levá-la para um lugar onde ficasse algum tempo sequestrada, aquela mulher pérfida, de olhos esmaltados por um sorriso de cumplicidade dirigido a Forcheville, que Odette era para Swann nas últimas quarenta e oito horas!

Mas não o era nunca por muito tempo; ao fim de alguns dias, o olhar reluzente e velhaco perdia algum do seu brilho e da sua duplicidade, e aquela imagem de Odette dizendo a Forcheville: «Como ele está furioso!» começava a empalidecer, a esvair-se. Então, pouco a pouco, reaparecia e elevava-se brilhando docemente o rosto da outra Odette, da que dirigia também um sorriso a Forcheville, mas um sorriso onde para Swann só havia ternura, ao dizer: «Não fique muito tempo, porque este senhor não gosta muito de que eu tenha visitas quando lhe apetece estar comigo. Ah, se o conhecesse como eu o conheço!», aquele mesmo sorriso com que ela agradecia a Swann qualquer gesto da sua delicadeza que ela apreciava tanto, ou algum conselho que lhe pedira numa daquelas circunstâncias graves em que só tinha confiança nele.

Então, perguntava a si mesmo como fora capaz de escrever àquela Odette a tal carta insultuosa, da qual até então ela o não julgaria capaz, e que havia de o ter feito descer do lugar elevado, único, que, pela sua bondade, pela sua lealdade, conquistara na sua estima. Ia passar a ser-lhe menos caro, porque era graças a essas qualidades, que não encontrava nem em Forcheville, nem em qualquer outro, que ela o amava. Era por causa delas que Odette lhe testemunhava tantas vezes uma gentileza que para ele não era nada quando estava com ciúmes, porque não se tratava de um sinal de desejo, e atestava até mais afeição que amor, mas cuja importância recomeçava a sentir à medida que a distensão espontânea das suas suspeitas, muitas vezes acentuada pela distracção ocasionada por uma leitura de arte ou pela conversa de um amigo, tornava a sua paixão menos exigente de reciprocidades.

Agora que, depois dessa oscilação, Odette regressara naturalmente ao lugar donde o ciúme de Swann a havia por momentos desalojado, da perspectiva por onde a achava encantadora, imaginava-a cheia de ternura, com um olhar de consentimento, tão bonita assim que não podia deixar de avançar os lábios para ela, como se estivesse ali e a pudesse beijar; e guardava-lhe por esse olhar fascinante e bom tanta gratidão como se ela acabasse de o ter realmente e não tivesse sido apenas a sua imaginação que o pintara para satisfazer o seu desejo.

Como ele a devia ter magoado! É certo que encontrava razões válidas para o seu ressentimento contra ela, mas essas não bastariam para lho fazer sentir se não a amasse tanto. Não tivera ele razões de queixa igualmente graves contra outras mulheres, às quais, contudo, prestaria hoje favores de boa vontade, por estar contra elas sem cólera visto que já não as amava? Se um dia viesse a achar-se no mesmo estado de indiferença relativamente a Odette, compreenderia que fora apenas o seu ciúme que lhe fizera encontrar algo de atroz, de imperdoável, naquele desejo, no fundo tão natural, proveniente de alguma infantilidade e também de uma certa delicadeza de alma, de poder por sua vez, já que surgia uma ocasião, pagar gentilezas aos Verdurin, representar o papel de dona de casa.

Tornava àquele ponto de vista — oposto ao do seu amor e do seu ciúme e no qual se situava às vezes por uma espécie de equidade intelectual e para dar lugar às diversas possibilidades — donde tentava julgar Odette como se não a tivesse amado, como se ela fosse para ele uma mulher como as outras, como se a vida de Odette não tivesse sido, quando ele já não existia, diferente, tecida às escondidas dele, urdida contra ele.

Porque havia de acreditar que ela iria saborear lá longe com Forcheville ou com outros, prazeres inebriantes que não conhecera consigo e que só o seu ciúme forjava peça por peça? Em Bayreuth como em Paris, se acontecesse Forcheville pensar nele, não poderia deixar de ser como em alguém que contava muito na vida de Odette, a quem era obrigado a ceder o lugar quando se encontravam em casa dela. Se era certo que Forcheville e ela venceriam estando lá contra a vontade dele, ele é que o teria querido ao procurar inutilmente impedi-la de ir, ao passo que, se ele tivesse aprovado o projecto, aliás defensável, ela pareceria estar lá de acordo com a opinião dele, ter-se-ia sentido enviada, albergada por ele, e o prazer que sentiria ao receber as pessoas que tanto a haviam recebido era a Swann que deveria agradecê-lo.

E se — em lugar de partir zangada com ele, sem ter tornado a vê-lo — ele lhe mandasse aquele dinheiro, se a animasse àquela viagem e tratasse de lha tornar agradável, ela correria para ele, feliz, grata, e ele teria aquela alegria de a ver que não experimentara havia quase uma semana e que nada para ele podia substituir. Porque logo que Swann podia imaginá-la sem horror, logo que tornava a ver bondade no seu sorriso, e o desejo de a arrebatar a outro qualquer não era já acrescentado pelo ciúme ao seu amor, esse amor tornava a ser sobretudo um gosto pelas sensações que a pessoa de Odette lhe proporcionava, pelo prazer que tinha em admirá-la como espectáculo ou em interrogá-la como fenómeno, o erguer de um dos seus olhares, a formação de um dos seus sorrisos, a emissão de uma entoação da sua voz. E esse prazer diferente de todos os outros acabara por criar nele uma necessidade dela, e que só ela podia satisfazer pela sua presença ou pelas suas cartas, quase tão desinteressada, quase tão artística, tão perversa, como outra necessidade que caracterizava esse período novo da vida de Swann, em que à secura, à depressão dos anos anteriores sucedera uma espécie de superabundância espiritual, sem com isso saber mais a que devia esse enriquecimento inesperado da sua vida anterior do que uma pessoa de saúde delicada que a partir de um certo momento se torna mais forte, engorda e parece durante algum tempo a caminho de uma cura completa: essa outra necessidade que se desenvolvia também fora do mundo real era a de ouvir, de conhecer música.

Assim, pela própria química do seu mal, depois de ter fabricado ciúme com o seu amor, recomeçava a fabricar ternura, piedade por Odette. Ela tornara a ser a Odette encantadora e boa. Sentia remorsos de ter sido duro com ela. Queria que ela viesse para junto dele e, antes, queria ter-lhe proporcionado algum prazer, para ver a gratidão afeiçoar-lhe o rosto e modelar-lhe o sorriso.

Por isso, Odette, certa de que, passados alguns dias, o veria, tão terno e submisso como antes, vir pedir-lhe uma reconciliação, habituava-se a deixar de ter receio de lhe desagradar e até de o irritar, e recusava-lhe, quando lhe era cómodo, os favores a que mais estava apegado.

Talvez ela não soubesse como ele fora sincero consigo durante a desavença, quando lhe dissera que não lhe mandaria dinheiro e procuraria fazer-lhe mal. Talvez ela não soubesse também até que ponto ele o era, se não para com ela, pelo menos consigo próprio, noutros casos em que, no interesse do futuro da sua ligação, para mostrar a Odette que era capaz de passar sem ela, que era sempre possível uma ruptura, decidia ficar algum tempo sem ir lá a casa.

Às vezes era depois de alguns dias em que ela não lhe causara problemas novos; e como, das próximas visitas que lhe faria, sabia que não poderia retirar qualquer grande alegria, antes mais provavelmente algum desgosto que poria fim à calma em que se encontrava, escrevia-lhe que, estando muito ocupado, não poderia vê-la em nenhum dos dias que lhe dissera. Ora uma carta dela, cruzando-se com a sua, pedia-lhe precisamente que adiasse um encontro. Ele perguntava a si mesmo porquê: as suas suspeitas, a sua dor, tornavam a apoderar-se dele. Já não podia manter, no novo estado de agitação em que se encontrava, o compromisso que assumira no anterior estado de calma relativa, corria a casa dela e exigia vê-la todos os dias seguintes. E ainda que não tivesse sido ela a primeira a escrever-lhe, se apenas respondia, bastava isso para que ele já não pudesse ficar sem a ver. Porque, ao contrário do que Swann calculava, o consentimento de Odette mudara tudo nele. Como todos aqueles que possuem uma coisa, para saber o que aconteceria se por um instante deixasse de a possuir, tirara aquela coisa do seu espírito deixando lá tudo o resto no mesmo estado de quando ela lá estava. Ora a ausência de uma coisa não é apenas isso, não é uma simples falta parcial, é uma subversão de tudo o resto, é um estado novo que no antigo não se pode prever. Mas de outras vezes, pelo contrário — Odette estava prestes a partir de viagem —, era depois de alguma pequena querela, cujo pretexto era ele que escolhia, que se resolvia a não lhe escrever e a não a ver até ela regressar, atribuindo assim as aparências, e pedindo o benefício, de uma grande briga, que ela iria porventura julgar definitiva, a uma separação cuja maior parte era inevitável devido à viagem, e que apenas fazia começar um pouco mais cedo. Já imaginava Odette inquieta, aflita por não ter recebido nem visita, nem carta, e esta imagem, acalmando o seu ciúme, tornava-lhe fácil desabituar-se de a ver. É claro que, momentaneamente, numa extremidade do seu espírito para onde a sua resolução a repelia graças a toda a duração interposta das três semanas de separação aceite, era com prazer que encarava a ideia de tornar a ver Odette no regresso: mas era também com tão pouca impaciência que começava a interrogar-se se de boa vontade não duplicaria a duração de uma abstinência tão fácil. Esta datava ainda apenas de três dias antes, um tempo muito menos longo do que o que muitas vezes passara sem ver Odette, e sem o ter premeditado como agora. E, no entanto, eis que uma leve contrariedade ou um mal-estar físico — incitando-o a considerar o momento presente como um momento excepcional, fora da regra, em que até o bom senso admitiria aceitar o apaziguamento que um prazer provoca e dar férias à vontade até à retomada útil do esforço — suspendia a acção desta abstinência, que deixava de exercer a sua compressão; ou, menos que isso, ao lembrar-se de uma informação que se esquecera de pedir a Odette, se ela decidira a cor de que queria mandar pintar a carruagem ou se, de um certo papel da bolsa, eram acções ordinárias ou privilegiadas que desejava adquirir (era muito bonito mostrar-lhe que podia ficar sem a ver, mas se, depois daquilo, a pintura tivesse que ser refeita ou se as acções não dessem dividendos, teria adiantado muito!), eis que, como um elástico esticado que se solta ou como o ar numa máquina pneumática que se entreabre, a ideia de a rever, dos longes onde estava confinada, regressava de um salto ao campo do presente e das possibilidades imediatas.

Regressava já sem encontrar resistência, e de resto tão irresistível que a Swann custara muito menos ver aproximarem-se um a um os quinze dias em que havia de ficar separado de Odette do que lhe custava quando esperava os dez minutos que o seu cocheiro levava a atrelar a carruagem que o ia levar a casa dela e que passava em transportes de impaciência e de alegria, retomando mil vezes, para lhe prodigalizar a sua ternura, a ideia de se encontrar de novo com ela, ideia que, devido a um retorno tão brusco, no momento em que a julgava tão longe, estava de novo perto dele na sua mais próxima consciência. É que esta já não encontrava para lhe levantar obstáculo o desejo de procurar resistir-lhe imediatamente, o qual já não existia em Swann desde que, tendo provado a si mesmo — pelo menos era isso que julgava — que era tão facilmente capaz disso, já não via qualquer inconveniente em adiar uma tentativa de separação que estava agora certo de executar logo que o pretendesse. E também porque, para ele, aquela ideia de tornar a vê-la regressava adornada de uma novidade, de uma sedução, dotada de uma virulência que o hábito tinha enfraquecido, mas que se havia retemperado naquela privação, não de três dias, mas de quinze (porque a duração de uma renúncia deve calcular-se, por antecipação, de acordo com o prazo fixado), e que transformara o que até aí seria um prazer esperado, que facilmente se sacrifica, numa inesperada felicidade contra a qual não há forças. E ainda porque regressava embelezada pela ignorância em que Swann estava do que Odette teria pensado, ou talvez feito, ao ver que ele não lhe dera sinal de vida, de tal modo que o que ia encontrar era a revelação apaixonante de uma Odette quase desconhecida.

Mas ela, do mesmo modo que acreditara que a recusa de dinheiro não passava da parte dele de um simples fingimento, via apenas um pretexto na informação que Swann lhe vinha pedir, acerca da carruagem para pintar ou do papel a comprar. É que não reconstituía as diversas fases dessas crises que ele atravessava e, na ideia que delas fazia, omitia a compreensão do seu mecanismo, julgando apenas pelo que conhecia antecipadamente, pela necessária, pela infalível e sempre idêntica conclusão. Ideia incompleta — e nessa medida talvez mais profunda —, se a avaliássemos do ponto de vista de Swann, que acharia por certo que não era compreendido por Odette, tal como um morfinómano ou um tuberculoso, persuadidos de que foram detidos, um por um acontecimento exterior ao momento em que ia libertar-se do seu hábito inveterado, e o outro por uma indisposição acidental no momento em que ia finalmente ficar restabelecido, se sentem incompreendidos pelo médico, que não atribui a mesma importância que eles a essas pretensas contingências, segundo ele simples disfarces envergados, para se tornarem sensíveis aos seus doentes, pelo vício e pelo estado mórbido, que, na realidade, sempre pesaram incuravelmente sobre eles enquanto embalavam sonhos de sensatez ou de cura. E, de facto, o amor de Swann chegara àquele ponto em que o médico e, em certas afecções, o cirurgião mais audacioso perguntam a si mesmos se privar um doente do seu vício ou tirar-lhe o seu mal será ainda razoável ou até possível.

É claro que Swann não tinha da extensão deste amor uma consciência directa. Quando procurava avaliá-lo, acontecia-lhe às vezes que ele parecia diminuído, quase reduzido a nada; por exemplo, o pouco gosto, e quase o desgosto, que, antes de amar Odette, as suas feições expressivas, a sua tez sem frescura, lhe haviam inspirado, voltava-lhe em certos dias. «Há verdadeiramente um progresso sensível», pensava ele no dia seguinte; «vendo as coisas com exactidão, ontem eu quase não tinha qualquer prazer em estar na cama dela; é curioso que até a achava feia.» E era certamente sincero, mas o seu amor estendia-se muito para além das regiões do desejo físico. Nele, nem a própria pessoa de Odette ocupava já um grande lugar. Quando o olhar deparava em cima da mesa com a fotografia de Odette, ou quando ela vinha visitá-lo, a custo identificava a figura de carne ou de cartolina com a perturbação dolorosa e constante que nele habitava. Dizia de si para si quase com espanto: «É ela», como se de repente nos mostrassem exteriorizada à nossa frente uma das nossas doenças e não a achássemos parecida com o que sofremos. «Ela», eis o que ele tentava perguntar a si mesmo o que era; porque existe uma semelhança entre o amor e a morte, mais que aquelas outras tão vagas, que constantemente repetimos, que nos fazem interrogar mais fundo, com receio de que se escape a sua realidade, o mistério da personalidade. E esta doença, que o amor de Swann era, multiplicara tanto, estava tão estreitamente implicado em todos os hábitos de Swann, em todos os seus actos, no seu pensamento, na sua saúde, no seu sono, na sua vida, mesmo no que desejava para depois da morte, era já de tal modo um só com ele, que não seria possível arrancá-lo dele sem o destruir também quase inteiramente: como se diz em cirurgia, o seu amor já não era operável.

Através deste amor, Swann fora de tal modo separado de todos os interesses que, quando, por acaso, voltava a reuniões sociais dizendo de si para si que as suas relações, como uma montada elegante que ela aliás não saberia apreciar com muita exactidão, podiam devolver-lhe aos olhos de Odette algum valor (e, efectivamente, tal seria verdade se essas relações não tivessem sido aviltadas por esse mesmo amor, que para Odette depreciava todas as coisas em que tocava pelo facto de parecer proclamá-las menos preciosas), experimentava com isso, ao lado da aflição de estar em lugares, ou no meio de pessoas, que ela não conhecia, o prazer desinteressado que teria com um romance ou com um quadro onde se pintam os divertimentos de uma classe ociosa;

como, em sua casa, se comprazia em encarar o funcionamento da sua vida doméstica, a elegância do seu guarda-roupa e da sua criadagem, a boa aplicação dos seus valores, da mesma forma que lia em Saint--Simon, que era um dos seus autores favoritos, a mecânica dos dias, a ementa das refeições da senhora de Maintenon ou a avareza discreta e a boa vida de Lulli. E na fraca medida em que esse desapego não era absoluto, a razão desse prazer novo que Swann saboreava era poder emigrar por um momento para as raras paragens de si mesmo que tinham permanecido quase alheias ao seu amor, ao seu desgosto. Deste ponto de vista, aquela personalidade, que a minha tia-avó lhe atribuía, de «Swann filho», distinta da sua personalidade mais individual de Charles Swann, era essa em que mais prazer tinha agora. Um dia em que, para o aniversário da princesa de Parma (e porque ela podia muitas vezes ser indirectamente agradável a Odette arranjando-lhe lugares para galas, jubileus), quisera enviar-lhe fruta, não sabendo muito bem como encomendá-la, encarregara disso uma prima da mãe que, encantada por lhe prestar um favor, lhe escrevera informando-o de que não comprara toda a fruta no mesmo local, mas as uvas no Crapote, que é a sua especialidade, os morangos no Jauret, as peras no Chevet, onde eram mais bonitas, etc., «cada fruto visitado e examinado por mim, um por um». E efectivamente, pelos agradecimentos da princesa, pudera avaliar o perfume dos morangos e a macieza das peras. Mas, sobretudo, o «cada fruto visitado e examinado por mim, um por um» fora tranquilizante para o seu sofrimento, arrastando a sua consciência para uma região aonde raramente ia, embora ela lhe pertencesse como herdeiro de uma família de rica e boa burguesia, onde hereditariamente se haviam conservado, prontos a serem postos ao seu serviço quando o desejasse, o conhecimento das «boas portas onde bater» e a arte de saber encomendar.

É certo que havia tanto tempo que esquecera que era o «Swann filho» que sentia, quando tornava a sê-lo por momentos, um prazer mais vivo que os que poderia experimentar normalmente e que lhe eram indiferentes; e se a amabilidade dos burgueses, para quem ele continuava a ser sobretudo isso, era menos viva que a da aristocracia (mas aliás mais lisonjeira, porque neles pelo menos não se separa nunca da consideração), uma carta de uma alteza com alguns divertimentos principescos que ela lhe propusesse não lhe podia ser tão agradável como a que lhe pedia para ser testemunha, ou simplesmente para assistir a um casamento na família de velhos amigos dos seus pais, alguns dos quais tinham continuado a vê-lo — como era o caso do meu avô que, no ano anterior, o convidara para o casamento da minha mãe — e outros mal o conheciam pessoalmente mas se julgavam com deveres de delicadeza para com o filho, para com o digno sucessor do falecido senhor Swann.

Mas, para as intimidades já antigas que existiam entre elas, as pessoas da sociedade, em certa medida, também faziam parte da sua casa, do seu pessoal e da sua família. Sentia, ao considerar as suas brilhantes amizades, o mesmo apoio vindo de fora, o mesmo conforto, que ao contemplar as belas terras, as belas pratas, o belo jogo de mesa, que lhe vinham dos seus. E a ideia de que, se caísse em casa vítima de um ataque, seria naturalmente o duque de Chartres, o príncipe de Reuss, o duque de Luxemburgo e o barão de Charlus que o seu criado de quarto correria a chamar, trazia-lhe a mesma consolação que à nossa velha Françoise o saber que seria amortalhada nos seus próprios lençóis finos, marcados e não passajados (ou tão habilmente que dava ainda uma ideia mais elevada dos cuidados da artesã), sudário de cuja imagem frequente retirava uma certa satisfação, se não de bem-estar, ao menos de amor-próprio. Mas, sobretudo, como em todas aquelas suas acções e pensamentos que se referiam a Odette, Swann era constantemente dominado e dirigido pela sensação inconfessada de que talvez para ela fosse, não menos caro, mas menos agradável de ver que qualquer outra pessoa, que o mais maçador fiel dos Verdurin, quando se reportava a um mundo para o qual ele era o homem refinado por excelência, que todos faziam tudo para atrair, que para todos era uma desolação se não o viam, e tornava a acreditar na existência de uma vida mais feliz, quase a sentir-lhe o apetite, como acontece a um doente acamado há meses, com dieta, e que descobre num jornal a ementa de um almoço oficial ou o anúncio de um cruzeiro à Sicília.

Enquanto à gente da sociedade era obrigado a apresentar desculpas por não lhes fazer visitas, era de as fazer que procurava desculpar-se junto de Odette. E ainda as retribuía (perguntando a si mesmo, no fim do mês, ainda que tivesse abusado um pouco da sua paciência e tivesse ido muitas vezes vê-la, se era suficiente enviar-lhe quatro mil francos), e para cada uma achava um pretexto, um presente para lhe levar, uma informação de que ela precisava, o senhor de Charlus que encontrara no caminho e que exigira que o acompanhasse. E, quando não tinha nenhum, pedia ao senhor de Charlus que fosse a casa dela para lhe dizer, como que espontaneamente, durante a conversa, que se recordava de ter que falar com Swann, que ela lhe fizesse o favor de lhe pedir que passasse já por casa dela; mas a maioria das vezes Swann esperava em vão, e o senhor de Charlus dizia-lhe à noite que o processo não dera resultado. De modo que, além de que ela se ausentava agora com frequência, pouco o via mesmo quando estava em Paris, e ela que, quando gostava dele, lhe dizia: «Estou sempre livre» e «Que me interessa a opinião dos outros?», agora, de cada vez que ele queria vê-la, invocava as conveniências ou pretextava ocupações. Quando ele falava em ir a uma festa de caridade, a uma inauguração, a uma estreia, onde ela estaria, dizia-lhe que o que ele queria era ostentar a sua ligação, que a tratava como a uma mulher da rua. A tal ponto que, para tentar não ser privado de a encontrar em toda a parte, Swann, que sabia que ela conhecia e gostava muito do meu tio-avô Adolphe, de quem ele próprio fora amigo, foi um dia visitá-lo ao seu pequeno apartamento da Rua de Bellechasse para lhe pedir que usasse a sua influência sobre Odette. Como ela, quando falava a Swann do meu tio, assumia sempre uns ares poéticos, dizendo: «Ah, ele não é como tu, que bela, que grande, que bonita coisa é para mim a sua amizade! Não seria ele a considerar-me tão pouca coisa que não quisesse apresentar-se comigo em todos os lugares públicos»; Swann ficou embaraçado e não sabia em que tom se devia situar para falar dela ao meu tio. Começou por estabelecer *a priori* a excelência de Odette, o axioma da sua supra-humanidade seráfica, a revelação das suas indemonstráveis virtudes e de que só por experiência se poderia ter noção. «Quero falar consigo. O senhor sabe que mulher acima de todas as mulheres, que criatura adorável, que anjo é Odette. Mas sabe o que é a vida em Paris. Nem toda a gente conhece Odette à luz a que o senhor e eu a conhecemos. Assim, há pessoas que acham que eu represento um papel um pouco ridículo; ela nem sequer pode admitir que eu me encontre com ela no exterior, no teatro. O senhor, em quem ela tem tanta confiança, não poderia dizer-lhe algumas palavras por mim, assegurar-lhe que está a exagerar o prejuízo que um cumprimento meu lhe causa?»

O meu tio aconselhou Swann a ficar um tempo sem ver Odette, que com isso só o amaria mais, e, a Odette, a deixar que Swann se encontrasse com ela em toda a parte onde lhe apetecesse. Alguns dias depois, Odette dizia a Swann que acabava de ter uma decepção por ver que o meu tio era como todos os homens: acabava de tentar tomá-la à força. Acalmou Swann, que no primeiro momento queria ir provocar o meu tio, mas que se recusou a apertar-lhe a mão quando o encontrou. Lamentou tanto mais essa desavença com o meu tio Adolphe quanto esperara, se tivesse tornado a vê-lo e conversado com ele com toda a confiança, tirar a limpo certos rumores relativos à vida que Odette em tempos levara em Nice. Ora o meu tio Adolphe passava lá o Inverno. E

Swann pensava que porventura fora lá que conhecera Odette. O pouco que alguém deixara escapar à sua frente acerca de um homem que teria sido amante de Odette tinha transtornado Swann. Mas as coisas que, antes de as conhecer, teria achado mais horríveis de saber e mais impossíveis de acreditar, uma vez que as sabia, estavam incorporadas para todo o sempre na sua tristeza, admitia-as, já não poderia compreender que não tivessem existido. Simplesmente, cada uma operava sobre a ideia que fazia da amante um retoque inapagável. Julgou até compreender, uma vez, que aquela ligeireza de costumes de Odette, de que não suspeitaria, era bastante conhecida, e que em Bade e em Nice, quando outrora ela lá passava vários meses, tivera uma espécie de notoriedade galante. Procurou, para os interrogar, alguns boémios; mas estes sabiam que ele conhecia Odette; e, além disso, tinha receio de os pôr a pensar outra vez nela, de os lançar no seu rasto. Mas ele, a quem até então nada poderia parecer mais enfadonho que tudo o que dizia respeito à vida cosmopolita de Bade ou de Nice, ao saber que Odette talvez tivesse andado na pândega nessas cidades de prazer, sem ele chegar nunca a saber se era apenas para satisfazer necessidades de dinheiro, que graças a ele já não tinha, ou a caprichos que podiam renascer, debruçava-se agora com uma angústia impotente, cega e vertiginosa, sobre o abismo sem fundo onde haviam mergulhado aqueles anos do princípio do septenato[7], durante os quais se passava o Inverno no Passeio dos Ingleses e o Verão sob as tílias de Bade, e encontrava neles uma profundidade dolorosa mas magnífica como a que um poeta lhes atribuiria; e teria usado na reconstituição dos pequenos factos da crónica da Côte d'Azur de então, se ela o tivesse podido ajudar a compreender alguma coisa do sorriso ou dos olhares — no entanto tão honestos e tão simples — de Odette, mais paixão que o esteta que interroga os documentos que subsistem da Florença do século XV para tentar entrar mais fundo na alma da *Primavera*, da *bella Vanna* ou da *Vénus* de Botticelli. Muitas vezes sem lhe dizer nada, ficava a olhar para ela, pensativo; ela dizia-lhe: «Que ar triste tu tens!» Ainda não muito tempo antes, da ideia de que ela era uma criatura boa, análoga às melhores que já conhecera, passara para a ideia de que era afinal uma mulher por conta; inversamente, acontecera-lhe depois regressar da Odette de Crécy, talvez muito bem conhecida dos boémios, dos mulherengos, àquele rosto de expressão às vezes tão doce, àquela natureza tão humana. Dizia de si para si: «Que tem que em Nice toda a gente saiba quem é Odette de Crécy? Essas reputações, mesmo verdadeiras, são feitas com as ideias dos outros»; pensava que esta lenda — mesmo que fosse autêntica — era exterior a Odette, não era nela como que uma personalidade irredutível e malfazeja; que a criatura que poderia ter sido levada a comportar-se mal era uma mulher de olhos bons, com um coração cheio de piedade para o sofrimento, com um corpo dócil que ele havia abraçado, que apertara nos seus braços e acariciara, uma mulher que talvez um dia viesse a possuir inteiramente, se conseguisse tornar-se-lhe indispensável. Ali estava ela, muitas vezes fatigada, de rosto esvaziado momentaneamente da preocupação febril e alegre das coisas desconhecidas que faziam sofrer Swann; afastava o cabelo com as mãos, e a testa, a cara pareciam mais largas; então, de repente, um qualquer pensamento simplesmente humano, um qualquer bom sentimento como existem em todas as criaturas, quando num momento de repouso ou de concentração estão entregues a si mesmas, brotava dos seus olhos como um raio amarelo. E imediatamente todo o seu rosto se iluminava como um campo cinzento, coberto de nuvens, que de súbito se afastam, para a sua transfiguração, no momento do sol-pôr. A vida que estava em Odette naquele momento, o próprio futuro que ela parecia sonhadoramente contemplar, poderia Swann partilhá-los com ela; nenhuma agitação má parecia ter lá deixado resíduos. Por muito raros que se tornassem, esses momentos não foram inúteis. Pela memória Swann juntava aquelas parcelas, abolia os intervalos, moldava como que em ouro uma Odette de bondade e de calma pela qual fez mais tarde (como se verá na segunda parte desta obra) sacrifícios que a outra Odette não obteria. Mas como esses momentos eram raros, e como agora a via pouco! Mesmo no que dizia respeito aos seus encontros nocturnos, só no último minuto ela lhe dizia se lhos podia conceder porque, contando com o facto de o encontrar sempre livre, queria começar por ter a certeza de que mais ninguém se proporia visitá-la. Alegava que era obrigada a esperar uma resposta da mais alta importância para ela, e até, se depois de mandar vir Swann, tinha amigos que pediam a Odette, quando o serão já havia começado, que se juntasse a eles no teatro ou numa ceia, ela dava um salto de alegria e vestia-se à pressa. À medida que avançava na sua *toilette*, cada movimento que fazia aproximava Swann do momento em que teria de a deixar, em que ela se escaparia com um ímpeto irresistível; e quando, enfim pronta, mergulhando uma última vez no espelho os seus olhares tensos e iluminados pela atenção, tornava a pôr mais um pouco de vermelhão nos lábios, fixava uma madeixa na testa e pedia a sua capa de cerimónia azul-celeste com borlas douradas, Swann tinha um ar tão triste que ela não podia reprimir um gesto de impaciência e dizia: «Aí está como tu me agradeces ter-te deixado ficar até ao último minuto. E eu que julgava ter feito uma coisa amável. É bom sabê-lo para a próxima!» Às vezes, correndo o risco de a zangar, ele fazia questão de procurar saber onde é que ela tinha ido, sonhava com uma aliança com Forcheville que talvez o pudesse informar. De resto, quando sabia com quem ela passava o serão, era bem raro que não pudesse descobrir em todas as suas próprias relações uma que conhecia, ainda que indirectamente, o homem com quem ela tinha saído, e podia com facilidade obter esta ou aquela informação. E ao mesmo tempo que escrevia a um dos seus amigos a pedir-lhe que procurasse esclarecer este ou aquele ponto, sentia o descanso de deixar de colocar a si mesmo as suas questões sem resposta e de transferir para outro a fadiga de interrogar. É verdade que Swann não adiantava muito quando obtinha certas informações... Saber nem sempre permite impedi-las, mas pelo menos as coisas que sabemos, temo-las, se não nas nossas mãos, pelo menos no nosso pensamento, onde as dispomos à nossa vontade, o que nos dá a ilusão de uma espécie de poder sobre elas. Ficava feliz sempre que o senhor de Charlus estava com Odette. Entre o senhor de Charlus e ela sabia Swann que não podia passar-se nada, que quando o senhor de Charlus saía com ela era por amizade por ele e não levantaria dificuldades a contar-lhe o que ela fizera. Às vezes ela declarava tão categoricamente a Swann que lhe era impossível vê-lo numa determinada noite, parecia insistir tanto numa saída, que Swann dava verdadeira importância a que o senhor de Charlus estivesse livre para a acompanhar. No dia seguinte, sem se atrever a fazer muitas perguntas ao senhor de Charlus, obrigava-o, fingindo não compreender bem as suas primeiras respostas, a fornecer-lhe notícias, depois de cada uma das quais se sentia mais aliviado, porque depressa vinha a saber que Odette ocupara o seu serão nos prazeres mais inocentes. «Mas então, Mémé, não estou a perceber bem... Não foi à saída da casa dela que foram ao Museu Grévin. Primeiro foram a outro sítio. Não? Que engraçado! Nem imagina como me diverte, meu caro Mémé. Mas que ideia essa que ela teve, de ir a seguir ao Chat Noir, é mesmo dela... Não? Foi sua. Curioso. No fim de contas não era má ideia, ela devia conhecer por lá muita gente, não? Não? Não falou a ninguém? Extraordinário. Então ficaram por lá assim os dois sozinhos? Estou a ver a cena. É muito amável, Mémé, gosto muito de si.» Swann sentia-se aliviado. Para ele, a quem acontecera, ao conversar com indiferentes que mal escutava, ouvir às vezes certas frases (como esta, por exemplo: «Vi ontem a senhora de Crécy, estava com um senhor que eu não conheço»), frases que no coração de Swann passavam imediatamente ao estado sólido, ali endureciam como uma incrustação, o dilaceravam e nunca mais saíam de lá, como eram, pelo contrário, doces estas palavras: «Ela não conhecia ninguém, não falou com ninguém», como elas circulavam facilmente dentro dele, como eram fluidas, fáceis, respiráveis! E, no entanto, passado um instante, dizia de si para si que Odette devia achá-lo muito maçador para serem aqueles os prazeres que ela preferia à sua companhia. E, porém, a insignificância deles, embora o tranquilizasse, magoava-o como uma traição.

Mesmo quando não podia saber aonde é que ela tinha ido, ter-lhe-ia bastado, para acalmar a angústia que então sentia, e contra a qual a presença de Odette, a doçura de estar ao pé dela, era o único medicamento específico (um medicamento que, com o decurso do tempo, agravava o mal, como muitos remédios, mas que pelo menos acalmava momentaneamente o sofrimento), ter-lhe-ia bastado, se ao menos Odette o permitisse, ficar em casa dela enquanto ela estivesse ausente, esperar por ela até àquela hora do regresso em cuja acalmia teriam vindo confundir-se as horas que uma magia, um malefício, lhe haviam feito crer diferentes das outras. Mas ela não queria; ele voltava para casa; pelo caminho forçava-se a congeminar diversos projectos, parava de pensar em Odette; chegava até, enquanto se despia, a revolver pensamentos bastante alegres; era com o coração cheio de esperança de ir no dia seguinte ver uma qualquer obra-prima que se metia na cama e apagava a luz; mas, para se preparar para dormir, mal deixava de exercer sobre si mesmo uma coacção de que nem sequer tinha consciência, de tal modo se tomara habitual, nesse mesmo instante um arrepio gelado refluía dentro de si e começava a soluçar. Nem sequer queria saber porquê, enxugava os olhos e dizia de si para si a rir: «Que encanto, estou a tornar-me um neuropata.» Além disso, não conseguia pensar sem um grande cansaço que no dia seguinte teria de recomeçar a procurar saber o que Odette fizera, a pôr em jogo influências para tentar vê-la. Esta necessidade de uma actividade sem tréguas, sem variedade, sem resultados, era-lhe tão cruel que um dia, ao descobrir um alto no ventre, sentiu verdadeira alegria por pensar que talvez tivesse um tumor mortal, que não iria mais ter que tratar de nada, que era a doença que ia governá-lo, fazer dele seu brinquedo, até ao fim próximo. E efectivamente nessa época aconteceu-lhe com frequência, sem o confessar, desejar a morte, e isso mais para fugir à monotonia do seu esforço que à dureza dos seus sofrimentos.

E no entanto gostaria de viver até ao tempo em que já não a amaria, em que ela não teria qualquer razão para lhe mentir e em que poderia enfim saber por ela se no dia em que fora visitá-la à tarde estava ou não na cama com Forcheville. Muitas vezes, durante alguns dias, a suspeita de que ela amava outro desviava-o de levantar esta questão a propósito de Forcheville, tornava-lha quase indiferente, como aquelas formas novas de um mesmo estado doentio que parecem momentaneamente ter-nos libertado das anteriores. Havia até dias em que nenhuma suspeita o atormentava. Julgava-se curado. Mas no dia seguinte de manhã, ao acordar, sentia no mesmo sítio a mesma dor, cuja sensação, na véspera, durante o dia, tinha como que diluído na torrente das diferentes impressões. Mas ela não mudara de lugar. E fora até a pungência dessa dor que despertara Swann.

Como Odette não lhe dava qualquer informação acerca dessas coisas tão importantes que tanto o ocupavam todos os dias (embora tivesse vivido o bastante para saber que não há nunca outras para além dos prazeres), não podia procurar imaginá-las muito tempo seguido, o cérebro funcionava-lhe no vazio; passava então o dedo pelas pálpebras cansadas como se limpasse a lente do lornhão, e deixava por completo de pensar. Porém, a esse desconhecimento sobrenadavam certas ocupações que reapareciam de tempos a tempos, e que ela ligava vagamente a alguma obrigação relativa a parentes afastados ou a amigos de outros tempos, que, visto que eram os únicos que ela lhe citava frequentemente como impedindo-a de o ver, pareciam a Swann formar o quadro fixo, necessário, da vida de Odette. Devido ao tom em que ela lhe falava de tempos a tempos do «dia em que vou com a minha amiga ao Hipódromo», se, tendo-se sentido doente, e pensado: «Talvez Odette queira passar por minha casa», se recordava de súbito de que era justamente o tal dia, pensava: «Ah, não, não vale a pena pedir-lhe que venha, devia ter pensado nisso mais cedo, é o dia em que vai com a amiga ao Hipódromo. Reservemo-nos para o que é possível; é inútil gastarmo-nos a propor coisas inaceitáveis e antecipadamente recusadas.» E este dever que obrigava Odette a ir ao Hipódromo, e diante do qual Swann se inclinava assim, não lhe parecia apenas inelutável; antes o carácter de necessidade que o caracterizava parecia tornar plausível e legítimo tudo o que de perto ou de longe se relacionava com ele. Se Odette recebera de alguém que ia a passar na rua um cumprimento que despertara os ciúmes de Swann, ela respondia às perguntas dele ligando a existência do desconhecido a um dos dois ou três grandes deveres de que lhe falava, quando, por exemplo, dizia: «É um senhor que estava no camarote da amiga com quem vou ao Hipódromo», e esta explicação acalmava as suspeitas de Swann, que efectivamente considerava inevitável que a amiga tivesse outros convidados além de Odette no seu camarote no Hipódromo, mas que nunca procurara ou conseguira imaginá-los. Ah, como ele gostaria de conhecer a tal amiga que ia ao Hipódromo, e que ela o levasse lá com Odette! Como ele trocaria todas as suas relações por qualquer outra pessoa com quem Odette habitualmente se encontrasse, fosse uma manicura ou a empregada de uma loja! Seria capaz de fazer mais por elas que por rainhas! Não lhe forneceriam elas, no que continham da vida de Odette, o único calmante eficaz para os seus sofrimentos? Como ele teria ido alegremente, a correr, passar os dias em casa de uma dessas pessoas insignificantes com quem Odette mantinha relações, ou por interesse ou por simplicidade verdadeira! Como de boa vontade teria escolhido para morar para sempre o quinto andar de uma casa sórdida ou desejada, aonde Odette o não levava e onde, ali morando com a costureirinha reformada, de quem com prazer fingiria ser amante, teria recebido a visita dela quase todos os dias! Nesses bairros quase populares, que existência modesta, abjecta, mas doce, mas nutrida de calma e de felicidade, teria aceitado viver indefinidamente!

Acontecia-lhe ainda às vezes, quando ela, tendo-se encontrado com Swann, via aproximar-se alguém que ele não conhecia, notar no rosto de Odette aquela tristeza que tivera no dia em que ele fora visitá-la quando Forcheville lá estava. Mas era raro; porque nos dias em que, apesar de tudo o que tinha para fazer e do receio do que o mundo iria pensar, ela acabava por se encontrar com Swann, o que predominava agora na sua atitude era a segurança: um grande contraste, porventura uma desforra inconsciente ou reacção natural da emoção temerosa que nos primeiros tempos em que o conhecera sentia junto dele, e mesmo longe dele, quando começava uma carta por estas palavras: «Meu amigo, a minha mão treme tanto que mal posso escrever» (pelo menos era o que ela dizia, e um pouco dessa emoção devia ser sincera, para ela desejar fingi-la mais). Swann nesse tempo agradava-lhe. Ninguém treme nunca senão por si mesmo, ou por aqueles que ama. Quando a nossa felicidade já não está nas mãos deles, com que calma, com que à-vontade, com que audácia folgamos junto deles! Ao falar com ele, ao escrever-lhe, já não tinha daquelas palavras com que procurava criar a ilusão de que lhe pertencia, dando lugar às ocasiões de dizer «meu», «o meu», quando se tratava dele: «Você é o meu bem, é o perfume da nossa amizade, que eu conservo», de lhe falar do futuro, da própria morte, como de uma só coisa para eles os dois. Nesse tempo, a tudo o que ele dizia ela respondia com admiração: «Ah, você nunca será como toda a gente»; olhava para a sua longa cabeça um pouco calva, da qual as pessoas que conheciam o êxito de Swann pensavam: «Ele não é regularmente belo, se quiserem, mas é *chic*: aquela melena, aquele monóculo, aquele sorriso!», e, talvez mais curiosa de saber o que ele era que desejosa de ser sua amante, ela dizia:

— Se eu pudesse saber o que há dentro dessa cabeça!

Agora, a todas as palavras de Swann respondia num tom por vezes irritado, por vezes indulgente:

— Ah, tu nunca serás como toda a gente!

Olhava para aquela cabeça apenas um pouco envelhecida pelas preocupações (da qual agora todos pensavam, graças àquela mesma aptidão que permite descortinar as intenções de uma peça sinfónica de que se leu o programa, e as parecenças de uma criança quando se conhecem os pais: «Não é positivamente feio, se quiserem, mas é ridículo: aquele monóculo, aquela melena, aquele sorriso!», concretizando na sua imaginação sugestionada a imaterial demarcação que separa a alguns meses de distância uma cabeça de amante de uma cabeça de homem enganado), e dizia:

— Ah, se eu pudesse mudar, tornar sensato o que há dentro dessa cabeça!

Sempre pronto a acreditar no que desejava no caso de o comportamento de Odette lhe dar lugar à dúvida, ele lançava-se avidamente sobre aquelas palavras.

— Podes, se quiseres — dizia-lhe.

E tratava de lhe mostrar que acalmá-lo, dirigi-lo, fazê-lo trabalhar, seria uma nobre tarefa a que outras mulheres que não ela não queriam outra coisa senão dedicar-se, nas mãos das quais há que acrescentar que tal nobre tarefa apenas lhe pareceria uma indiscreta e insuportável usurpação da sua liberdade. «Se ela não gostasse de mim um bocadinho, pensava ele, não desejaria transformar-me. Para me transformar, teria que me ver mais.» Assim, encontrava naquela censura que ela lhe fazia como que uma prova de interesse, talvez de amor; e, efectivamente, ela dava-lho agora em tão pouca quantidade que era obrigado a considerar como tal as proibições que ela lhe impunha disto ou daquilo. Um dia declarou-lhe que não gostava do seu cocheiro, que se calhar ele o virava contra ela, e que em qualquer caso não mostrava para com ele a pontualidade e a deferência que pretendia. Sentia que ele desejava ouvir-lhe dizer: «Não venhas mais com ele a minha casa», tanto como desejaria um beijo. Como estava de bom humor, disse-lhe isto, e ele enterneceu-se. À noite, em conversa com o senhor de Charlus, com quem tinha a tranquilidade de falar abertamente dela (porque as suas mínimas afirmações, mesmo diante de pessoas que não a conheciam, se referiam a ela de alguma maneira), disse-lhe:

— Mas eu acho que ela me ama; é tão amável comigo que o que faço não lhe é por certo indiferente.

E se, quando ia para casa dela, ao subir para a carruagem com um amigo que deixaria no caminho, o outro lhe dizia:

— Olha, então não é o Loredano que conduz? — com que melancólica alegria Swann lhe respondia:

— Oh, não, apre! Devo dizer-te que não posso levar o Loredano quando vou à Rua La Pérouse. Odette não gosta que eu leve o Loredano, não o acha bom para mim; enfim, que queres tu, sabes como são as mulheres! Sei que se o levasse lhe desagradaria muito. Ah, sim, só me faltava levar o Rémi! Teria cá um sermão!

Estas novas maneiras indiferentes, distraídas, irritáveis, que eram agora as de Odette para com ele, claro que Swann sofria por causa delas; mas não tinha conhecimento do seu sofrimento; como foi progressivamente, dia a dia, que Odette esfriara com ele, só pondo em comparação o que ela era hoje com o que fora de início ele podia sondar a profundidade da mudança que se consumara. Ora essa mudança era a sua profunda, a sua secreta chaga, que lhe doía de dia e de noite, e mal sentia que os seus pensamentos se aproximavam muito dela, dirigia-os vivamente para outro lado, com receio de sofrer de mais. Dizia de si para si de uma forma abstracta: «Houve um tempo em que Odette me amava mais», mas nunca revia esse tempo. Tal como havia no seu gabinete de trabalho uma cómoda para a qual ele fazia o possível por não olhar, que o obrigava a fazer um desvio para a evitar à entrada e à saída, porque numa das gavetas estavam fechados o crisântemo que ela lhe dera na primeira noite em que a levara a casa e as cartas em que ela lhe dizia: «Se se tivesse esquecido também do coração, não deixaria que o recuperasse» e «Seja qual for a hora do dia ou da noite em que precise de mim, avise-me e disponha da minha vida», do mesmo modo havia nele um lugar donde nunca deixava aproximar-se o seu espírito, obrigando-o a fazer, se necessário fosse, o desvio de um longo raciocínio para que não tivesse que passar por lá: era aquele lugar onde vivia a recordação dos dias felizes.

Mas a sua cautelosa prudência foi frustrada numa noite em que tinha ido a uma reunião social.

Era em casa da marquesa de Saint-Euverte, no último, daquele ano, dos serões em que ela fazia ouvir artistas que depois lhe serviam para os seus concertos de caridade. Swann, que quisera sucessivamente ir a todos os serões anteriores e não fora capaz de se decidir a isso, recebera, quando estava a vestir-se para ir àquele, a visita do barão de Charlus, que se vinha oferecer para ir com ele a casa da marquesa, se a sua companhia o ajudasse a aborrecer-se por lá um pouco menos, a ficar por lá menos triste. Mas Swann respondera-lhe:

— Não duvidará do prazer que teria em estar consigo. Mas o maior prazer que me pode dar é antes ir visitar Odette. Bem sabe a excelente influência que tem sobre ela. Acho que ela esta noite não sai antes de ir a casa da sua antiga costureira, aonde aliás ficará contente de ir por si acompanhada. Seja como for, há-de encontrá-la em casa antes. Trate de a distrair e também de a chamar à razão. Se pudesse combinar alguma coisa para amanhã que lhe agradasse e que pudéssemos fazer os três juntos... Trate também de abrir caminhos para este Verão, se a ela lhe apetecer alguma coisa, um cruzeiro que faríamos os três, sei lá! Quanto a esta noite, não conto vê-la; agora, se ela o desejasse ou você encontrasse uma solução, não teria mais que mandar um bilhete a casa da senhora de Saint-Euverte antes da meia-noite, e depois dessa hora a minha casa. Obrigado por tudo o que faz por mim, sabe como eu gosto de si.

O barão prometeu-lhe ir fazer a visita por ele desejada, depois de o levar até à porta do palacete Saint-Euverte, aonde Swann chegou tranquilizado pela ideia de que o senhor de Charlus passaria o serão na Rua La Pérouse, mas num estado de melancólica indiferença por todas as coisas que não diziam respeito a Odette, e em particular pelas coisas mundanas, estado esse que lhes atribuía o encanto daquilo que, não sendo já um objectivo para a nossa vontade, nos surge por si mesmo. Mal desceu da carruagem, no primeiro plano daquele resumo fictício da sua vida doméstica que as donas de casa pretendem oferecer aos seus convidados nos dias de cerimónia, e em que procuram respeitar a verdade da vestimenta e do cenário, Swann deleitou-se a ver os herdeiros dos «tigres» de Balzac[8], os mandaretes, acompanhantes habituais dos passeios que se davam, e que, de chapéu e botas, ficavam cá fora diante da mansão, em plena avenida ou em frente das cavalariças, como jardineiros que tivessem sido arrumados à entrada dos seus canteiros. A especial predisposição que ele sempre tivera para procurar analogias entre os seres vivos e os retratos dos museus exercia-se ainda, mas de uma maneira mais constante e mais geral; era toda a vida mundana, agora que estava afastado dela, que se lhe apresentava como uma sequência de quadros. No vestíbulo onde, dantes, quando era um mundano, entrava embrulhado no sobretudo para sair de fraque, mas sem saber o que lá se passara, pois, durante os poucos instantes que ali passava, tinha o pensamento ou ainda na festa que acabava de deixar ou já na festa onde iam introduzi-lo, notou pela primeira vez, desperta pela chegada inopinada de um convidado tão tardio, a matilha esparsa, magnífica e desocupada, dos enormes lacaios, que dormiam aqui e além em banquetas e arcas, e que, soerguendo os seus nobres perfis agudos de galgos, se endireitaram e, reunidos, formaram em círculo à sua volta.

Um deles, de aspecto particularmente feroz e bastante semelhante ao executor em certos quadros do Renascimento que representam suplícios, avançou para ele com um ar implacável para lhe pegar nos seus pertences. Mas a dureza do seu olhar de aço era compensada pela macieza das suas luvas de lã, de tal modo que, ao aproximar-se de Swann, parecia demonstrar desprezo pela sua pessoa e respeito pelo seu chapéu. Pegou nele com um cuidado ao qual a precisão do tamanho conferia algo de meticuloso e uma delicadeza que tornava quase tocante o aparato da sua força. Passou-o depois a um dos seus ajudantes, novo e tímido, que exprimia o susto que sentia rolando em todos os sentidos olhos furiosos, e que mostrava a agitação de um animal em cativeiro, nas primeiras horas da sua condição doméstica.

A alguns passos dali, um mocetão de libré sonhava, imóvel, escultural, inútil, como aquele guerreiro puramente decorativo que nos quadros mais tumultuosos de Mantegna vemos devanear, apoiado no escudo, enquanto a seu lado os outros se precipitam e cortam as cabeças uns aos outros; destacado do grupo dos colegas que se afadigavam em torno de Swann, parecia também desinteressado desta cena, que acompanhava vagamente com os seus olhos glaucos e cruéis como se fosse a matança dos Inocentes ou o martírio de Santiago. Parecia precisamente pertencer àquela raça desaparecida — que talvez não tenha existido nunca, a não ser no retábulo de San Zeno e nos frescos dos Eremitani, onde Swann a abordara, e onde sonha ainda — oriunda da fecundação de uma estátua antiga por um qualquer modelo paduano do Mestre ou por algum saxão de Albrecht Dürer. E as mechas do seu cabelo ruivo encrespado pela natureza, mas colado pela brilhantina, eram amplamente tratadas, como o são na escultura grega que o pintor de Mântua estudava incessantemente e que, se é certo que na criação apenas representa o homem, sabe pelo menos extrair das suas simples formas riquezas tão variadas e como que retiradas de toda a natureza viva, de tal modo que uma cabeleira, pelo enrolamento liso e pelas pontas agudas dos caracóis, ou na sobreposição do triplo e florescente diadema das suas tranças, parece ao mesmo tempo um maço de algas, uma ninhada de pombas, um toucado de jacintos e uma espiral de serpentes.

Outros ainda, igualmente colossais, postavam-se nos degraus de uma escadaria monumental, que a sua presença decorativa e a sua imobilidade marmórea poderiam levar a comparar com a do Palácio Ducal: a Escadaria dos Gigantes, e para a qual Swann avançou com a tristeza de pensar que Odette nunca a tinha subido. Ah, pelo contrário, com que alegria ele teria trepado aos andares escuros, malcheirosos e íngremes da costureirinha reformada, em cujo «quinto» seria tão feliz de pagar mais caro que um camarote de boca semanal na Ópera o direito de passar o serão quando Odette lá ia, e até nos outros dias, para poder falar dela, para conviver com as pessoas que ela habitualmente via quando ele não estava, e que por causa disso lhe pareciam conter em si, da vida da amante, algo de mais real, de mais inacessível e de mais misterioso. Enquanto nessa escada pestilenta e desejada da antiga costureira, como não havia outra de serviço, se via à noite diante de cada porta uma caixa de leite vazia e suja preparada em cima do capacho, na escadaria magnífica e desdenhada que Swann subia naquele momento, de um lado e do outro, a alturas diferentes, em frente de cada uma das reentrâncias abertas na parede pela janela da galeria ou pela porta de um aposento, representando o serviço interno que dirigiam e em homenagem aos convidados, um porteiro, um mordomo, um tesoureiro (boa gente que no resto da semana vivia um pouco independente nos seus domínios, que neles jantava em sua casa como pequenos lojistas e que porventura estaria no dia seguinte ao serviço burguês de um médico ou de um industrial), atentos a não desrespeitar as recomendações que lhes haviam feito antes de lhes deixarem envergar a libré rebrilhante que vestiam apenas em raras ocasiões e na qual não se sentiam muito à vontade, postavam-se sob as arcadas dos seus pórticos com um brilho pomposo temperado de bonomia popular, como santos nos seus nichos; e um enorme suíço, vestido como na igreja, batia as lajes com o seu bastão à passagem de cada recém-chegado. Quando chegou ao alto da escada, ao longo da qual o acompanhara um criado de rosto macilento, com uma pequena trança atada por uma fita atrás da cabeça, como um sacristão de Goya ou um tabelião de repertório, Swann passou diante de um escritório, onde outros criados, sentados como notários diante de grandes registos, se ergueram e inscreveram o seu nome. Atravessou então um pequeno vestíbulo que — tal como certas salas preparadas pelo proprietário de uma casa para servirem de quadro a uma só obra de arte, da qual tiram o nome, e que, numa nudez propositada, nada mais contêm — exibia à entrada, como uma qualquer efígie de Benvenuto Cellini representando uma sentinela, um jovem escudeiro de corpo levemente flectido para a frente, erguendo sobre a goleira encarnada uma cara mais encarnada ainda e donde saíam torrentes de fogo, de timidez e zelo, e que, perfurando as tapeçarias de Aubusson estendidas diante do salão onde se ouvia música com o seu olhar impetuoso, vigilante, perdido, com uma impassibilidade militar ou uma fé sobrenatural — alegoria do alarme, incarnação da expectativa, comemoração dos preparativos para o combate —, parecia espiar, anjo ou vigia, de uma torre de fortaleza ou de catedral, a aparição do inimigo ou a hora do Juízo. A Swann apenas restava agora penetrar na sala do concerto, cujas portas um porteiro carregado de correntes lhe abriu, inclinando-se, como se lhe entregasse as chaves de uma cidade. Mas ele pensava na casa onde poderia estar naquele mesmo momento se Odette tivesse autorizado, e a lembrança entrevista de uma caixa de leite vazia em cima de um capacho apertou-lhe o coração.

Swann reencontrou-se rapidamente com a sensação da fealdade masculina quando, para lá da armação de tapeçaria, ao espectáculo dos criados se seguiu o dos convidados. Mas essa mesma fealdade de rostos, que porém tão bem conhecia, parecia-lhe nova desde que as respectivas feições — em lugar de serem para ele sinais praticamente utilizáveis para a identificação de determinada pessoa, que até então representara para ele um feixe de prazeres a prosseguir, de aborrecimentos a evitar, ou de gentilezas a corresponder — assentavam, apenas coordenadas por relações estéticas, na autonomia das suas linhas. E naqueles homens, em cujo círculo Swann se achou fechado, até os monóculos que muitos usavam (os quais, dantes, teriam, quando muito, autorizado Swann a dizer que usavam monóculo), e que, agora desligados da significação de um hábito, o mesmo hábito para todos, até eles lhe apareciam cada um com uma espécie de individualidade. Talvez porque não encarou o general de Froberville e o marquês de Bréauté, que conversavam à entrada, senão como duas personagens num quadro, quando durante muito tempo tinham sido para ele os amigos úteis que o haviam apresentado no Jockey e assistido em duelos, o monóculo do general, que lhe ficara entre as pálpebras como um estilhaço de obus na cara vulgar, marcada por cicatrizes e triunfal, a meio da testa, onde como que vazava o olho único do ciclope, surgiu a Swann como um ferimento monstruoso que, por muito glorioso que pudesse ter sido havê-lo recebido, era porém indecente para exibir; ao passo que aquele que o senhor de Bréauté juntava, em sinal de festividade, às luvas cinzento-pérola, à claque, à gravata branca, e substituía o lornhão habitual (como o do próprio Swann) para ir a reuniões sociais, trazia, colado no avesso, como uma preparação de história natural sob um microscópio, um olhar infinitesimal e fervilhante de amabilidade, que não parava de sorrir para a altura do tecto, para a beleza das festas, para o interesse dos programas e para a qualidade dos refrescos.

— Olha, aqui está você, mas há eternidades que a gente não o vê — disse a Swann o general, que, notando as suas feições sumidas e concluindo que se tratava talvez de uma doença grave que o afastava da sociedade, acrescentou: — Está com bom aspecto, sabe? — enquanto o senhor de Bréauté perguntava:

— Então você, meu caro, que é que está a fazer aqui? — a um romancista mundano que acabava de instalar ao canto do olho um monóculo, o seu único órgão de investigação psicológica e de impiedosa análise, e que respondeu com um ar importante e misterioso, rolando o erre:

— Observo.

O monóculo do marquês de Forestelle era minúsculo, não tinha qualquer cercadura e, obrigando a uma crispação incessante e dolorosa o olho em que se incrustava como uma cartilagem supérflua, de presença inexplicável e matéria refinada, conferia ao rosto do marquês uma delicadeza melancólica, e fazia-o ser considerado pelas mulheres como capaz de grandes desgostos de amor. Mas o do senhor de Saint-Candé, rodeado de um gigantesco anel, como Saturno, era o centro de gravidade de uma cara que a todo o momento se lhe configurava, onde o nariz fremente e vermelho e a boca beiçuda e sarcástica tratavam pelos respectivos trejeitos de estar à altura das chispas rolantes de espírito que o disco de vidro faiscava, e se via preferido aos mais belos olhares do mundo por jovens mulheres *snobs* e depravadas que ele punha a sonhar com encantos artificiais e requintes de volúpia; e entretanto, atrás do seu, o senhor de Palancy, que, com a sua cabeçorra de carpa de olhos redondos, se deslocava lentamente pelo meio das festas, abrindo de momento a momento as mandíbulas como que para procurar a sua orientação, parecia transportar consigo apenas um fragmento acidental, e porventura puramente simbólico, dos vidros do seu aquário, parte essa destinada a representar o todo e que recordou a Swann, grande admirador dos *Vícios* e das *Virtudes* de Giotto em Pádua, aquele Injusto ao lado do qual um ramo frondoso evoca as florestas onde se esconde o seu covil.

Swann avançara, por insistência da senhora de Saint-Euverte, e, para ouvir uma ária do *Orfeu* executada por um flautista, metera-se a um canto, onde infelizmente tinha como única perspectiva duas damas já maduras sentadas lado a lado, a marquesa de Cambremer e a viscondessa de Franquetot, as quais, como eram primas, passavam o tempo nos serões, com as suas malas de mão e seguidas das filhas, procurando-se mutuamente como numa estação de caminhos-de-ferro, e não ficavam sossegadas senão depois de terem marcado, com o leque ou com o lenço, dois lugares vizinhos: a senhora de Cambremer, como tinha muito poucas relações, estava feliz por ter uma companhia, e a senhora de Franquetot, que pelo contrário estava muito lançada, achava que tinha algo de elegante, de original, poder mostrar a todos os seus belos conhecimentos que os trocava por uma senhora obscura com quem tinha em comum recordações de juventude. Cheio de uma melancolia irónica, Swann olhava para elas, que ouviam o *intermezzo* de piano (*São Francisco de Assis Pregando às Aves* de Liszt), que sucedera à ária de flauta, e acompanhavam a interpretação vertiginosa do virtuoso, a senhora de Franquetot ansiosamente, de olhos desvairados como se as teclas sobre as quais ele corria com agilidade fossem uma sequência de trapézios donde poderia cair de uma altura de oitenta metros, e não sem lançar à sua vizinha olhares de espanto, de negação, que significavam: «Não se pode acreditar, nunca poderia pensar que um homem pudesse fazer aquilo», e a senhora de Cambremer, como mulher que recebeu uma forte educação musical, batendo o compasso com a cabeça transformada em ponteiro de metrónomo, cuja amplitude e rapidez de oscilações de um ombro ao outro se tinham tornado tais (com aquela espécie de perdição e de abandono do olhar das dores que já não se conhecem nem procuram dominar-se e dizem: «Que quer!»), que a todo o momento tinha de prender os atilhos nas presilhas do corpete e era obrigada a endireitar as uvas pretas que tinha no cabelo, sem por causa disso deixar de acelerar o movimento. Do outro lado da senhora de Franquetot, mas um pouco mais à frente, estava a marquesa de Gallardon, ocupada no seu pensamento favorito, a aliança que tinha com os Guermantes e da qual tirava para a sociedade e para si mesma muita glória com alguma vergonha, pois os mais brilhantes de entre eles a mantinham à distância, talvez porque ela era maçadora, ou porque era má, ou porque era de um ramo inferior, ou talvez sem razão alguma. Quando se encontrava ao pé de alguém que não conhecia, como naquele momento junto da senhora de Franquetot, suportava que a consciência que tinha do seu parentesco com os Guermantes se não pudesse manifestar exteriormente em caracteres visíveis como aqueles que, nos mosaicos das igrejas bizantinas, uns debaixo dos outros, inscrevem numa coluna vertical, ao lado de um santo personagem, as palavras que é suposto ele pronunciar. Reflectia naquele momento em que nunca tinha recebido um convite nem uma visita da sua jovem prima, a princesa Des Laumes, desde que havia seis anos esta se casara. Esta ideia enchia-a de cólera, mas também de altivez; porque, de tanto dizer às pessoas que se admiravam de não a ver em casa da senhora Des Laumes que era porque se arriscaria a encontrar lá a princesa Matilde Bonaparte — coisa que a sua família ultralegitimista nunca lhe perdoaria —, acabara por acreditar que era essa efectivamente a razão pela qual não ia a casa da sua jovem prima. Recordava-se porém de ter perguntado várias vezes à senhora Des Laumes que é que havia de fazer para se encontrar com ela, mas era confusamente que se lembrava disso, e aliás neutralizava e ultrapassava essa recordação humilhante murmurando: «A verdade é que não é a mim que cabe dar os primeiros passos, tenho mais vinte anos que ela.» Graças à virtude destas palavras interiores, puxava com altivez para trás os ombros afastados do busto e sobre os quais a cabeça, assente quase horizontalmente, fazia pensar na cabeça «trazida à mão» de um orgulhoso faisão, servido numa mesa com todas as suas penas. Não que ela não fosse por natureza atarracada, masculina e rechonchuda; mas as afrontas tinham-na endireitado como àquelas árvores que, nascidas numa má posição à beira de um precipício, são obrigadas a crescer para trás para conservar o equilíbrio. Obrigada, para se consolar de não ser de todo igual aos outros Guermantes, a dizer constantemente a si mesma que era por intransigência de princípios e altivez que ela os via pouco, este pensamento acabara por modelar-lhe o corpo e por gerar nela uma espécie de imponência que aos olhos das burguesas passava por um sinal de raça e perturbava às vezes com um desejo fugidio o olhar fatigado dos homens de sociedade. Se se tivesse feito passar a conversa da senhora de Gallardon por estas análises que, sublinhando a frequência maior ou menor de cada termo, permitem descobrir a chave de uma linguagem cifrada, ter-se-ia verificado que nenhuma expressão, nem sequer a mais usual, ocorria nela com tanta frequência como «em casa dos meus primos de Guermantes», «a saúde de Elzéar de Guermantes», «a banheira da minha prima de Guermantes». Quando lhe falavam de uma personagem ilustre, respondia que, embora não a conhecesse pessoalmente, a encontrava imensas vezes em casa da sua tia de Guermantes, mas dava essa resposta num tom tão glacial e numa voz tão surda que resultava claro que, se não a conhecia pessoalmente, era devido a todos os princípios inextirpáveis e obstinados em que os seus ombros tocavam atrás, como naqueles espaldares em que os professores de ginástica nos fazem esticar para desenvolver o tronco.

Ora a princesa Des Laumes, que ninguém esperaria ver em casa da senhora de Saint-Euverte, acabava precisamente de chegar. Para mostrar que não procurava fazer sentir, num salão a que só vinha por condescendência, a superioridade da sua condição, entrara apagadamente mesmo nos lugares onde não existia qualquer multidão a ultrapassar ou alguém a deixar passar, ficando de propósito ao fundo, com o ar de quem estava ali no seu lugar, como um rei metido na fila à porta de um teatro enquanto as autoridades não são prevenidas de que ele está ali; e, limitando simplesmente o seu olhar — para não parecer marcar a sua presença e exigir deferências — à contemplação de um desenho do tapete ou da sua própria saia, mantinha-se de pé no lugar que lhe parecera mais modesto (e donde sabia bem que uma exclamação encantada da senhora de Saint-Euverte a tiraria mal desse por ela), ao lado da senhora de Cambremer, que lhe era desconhecida. Observava a mímica da sua vizinha melómana, mas não a imitava. Não que, já que vinha passar cinco minutos em casa da senhora de Saint-Euverte, a princesa Des Laumes não desejasse, para que a amabilidade que praticava contasse a dobrar, mostrar-se o mais simpática possível. Mas, por natureza, tinha horror àquilo a que chamava «os exageros» e fazia questão de mostrar que «não tinha que» se entregar a manifestações que não se casavam com o «género» do meio onde vivia, mas que, porém, por outro lado, não deixavam de a impressionar, valendo-se daquele espírito de imitação próximo da timidez que o ambiente de um meio novo, ainda que inferior, desenvolve nas pessoas mais seguras de si. Começava a perguntar a si mesma se aquela gesticulação não era exigida pela peça que estava a ser executada e que possivelmente não entrava no quadro da música que ouvira até então, se abster-se não seria demonstrar incompreensão para com a obra e inconveniência relativamente à dona da casa: de modo que, para exprimir por um compromisso os seus sentimentos contraditórios, ora se limitava a puxar a guia das suas dragonas ou a segurar no cabelo loiro as bolinhas de coral ou de esmalte cor-de-rosa, orvalhadas de diamantes, que lhe formavam um penteado simples e encantador, examinando com fria curiosidade a sua fogosa vizinha, ora, com o leque, batia o compasso por momentos, porém, para não abdicar da sua independência, a contratempo. Como o pianista tinha terminado a peça de Liszt e começara um prelúdio de Chopin, a senhora de Cambremer lançou à senhora de Franquetot um sorriso enternecido de satisfação competente e de alusão ao passado. Aprendera na juventude a acariciar as frases, de longo pescoço sinuoso e desmesurado, de Chopin, tão livres, tão flexíveis, tão tácteis, que começam por procurar e experimentar o seu lugar fora e bem longe da direcção em que partiram, bem longe do ponto onde se poderia esperar que o seu contacto atingiria, e que não se lançam nesse desvio de fantasia senão para voltarem — num regresso mais premeditado, com maior precisão, como que sobre um cristal que ressoasse até nos fazer gritar — para mais deliberadamente nos atingirem o coração.

Vivendo numa família da província com poucas relações, indo pouco a bailes, tinha-se inebriado na solidão do seu solar, retardando ou precipitando a dança de todos aqueles pares imaginários, desfolhando-os como flores, saindo do baile por momentos para ouvir o vento soprar nos abetos, à beira do lago, e aí ver de repente avançar, mais diferente de tudo o que jamais se sonhou serem os amantes da terra, um esbelto jovem de voz um pouco cantante, estrangeira e desafinada, de luvas brancas. Mas hoje a beleza fora de moda daquela música parecia ter perdido o viço. Privada desde há alguns anos da estima dos conhecedores, perdera a sua honra e o seu encanto, e até aqueles que têm mau gosto já não encontravam nela mais que um prazer inconfessado e medíocre. A senhora de Cambremer lançou um olhar furtivo para trás de si. Sabia que a sua jovem nora (cheia de respeito pela sua nova família, salvo no tocante às coisas do espírito, acerca das quais, porque sabia até harmonia e grego, tinha luzes especiais) desprezava Chopin e sofria quando ouvia tocarem-no. Mas, longe da vigilância dessa wagneriana, que estava mais adiante com um grupo de pessoas da sua idade, a senhora de Cambremer abandonava-se a impressões deliciosas. A princesa Des Laumes também as sentia. Sem ser por natureza dotada para a música, recebera quinze anos antes as lições que uma professora de piano do *faubourg* Saint-Germain, uma mulher de génio que no fim da vida se vira na miséria, voltara a dar, aos setenta anos, às filhas e netas das suas antigas alunas. Morrera entretanto. Mas o seu método, o seu belo som renasciam às vezes sob os dedos das alunas, mesmo das que no resto se haviam tornado pessoas medíocres, tinham abandonado a música e já quase não abriam um piano. Por isso a senhora Des Laumes pôde sacudir a cabeça, com pleno conhecimento de causa, com uma apreciação justa da forma como o pianista estava a tocar aquele prelúdio que sabia de cor. O fim da frase começada cantou-lhe espontaneamente nos lábios. E murmurou: «É mesmo uma delícia», com um arrastar da sibilante que era um sinal de elegância e pela qual sentia os lábios, como uma bela flor, tão romanescamente roçados que harmonizou por instinto o seu olhar com eles, dando-lhe nesse momento uma espécie de sentimentalidade e indefinição. Entretanto a senhora de Gallardon estava a dizer para consigo mesma que era uma pena só muito raramente ter ocasião de se encontrar com a princesa Des Laumes, porque desejava dar-lhe uma lição, não respondendo ao cumprimento que ela lhe fizesse. Não sabia que a prima estava ali. Um movimento da cabeça da senhora de Franquetot revelou-lhe a sua presença. Imediatamente se precipitou para ela incomodando toda a gente; mas, desejosa de conservar um ar altivo e glacial que a todos recordasse que não queria ter relações com uma pessoa em casa de quem se podia dar de caras com a princesa Matilde, e ao encontro da qual não tinha que correr porque não era «do seu tempo», quis contudo compensar esse ar de altivez e de reserva com qualquer palavra que justificasse a sua diligência e forçasse a princesa a começar a conversa; por isso, logo que chegou perto da prima, a senhora de Gallardon, com um rosto duro, de mão estendida como a carta que o ilusionista obriga a escolher, disse-lhe: «Como vai o teu marido?», com a mesma voz preocupada de como se o príncipe estivesse gravemente doente. A princesa, soltando uma gargalhada muito dela, e que se destinava ao mesmo tempo a mostrar aos outros que fazia pouco de toda a gente e a parecer mais bonita concentrando as feições do rosto em redor da boca animada e do olhar brilhante, respondeu-lhe:

— Às mil maravilhas!

E tornou a rir-se. Entretanto, endireitando o tronco e esfriando a atitude, porém ainda inquieta com o estado do príncipe, a senhora de Gallardon disse à prima:

— Oriane (aqui a senhora Des Laumes compôs um olhar admirado e risonho do qual um terço invisível queria que atestasse que nunca autorizara a senhora de Gallardon a tratá-la pelo nome próprio), queria muito que viesses um momento amanhã à noite a minha casa ouvir um quinteto para clarinete de Mozart. Gostava de ter a tua opinião.

Parecia estar, não a dirigir um convite, mas a pedir um favor, e com necessidade da opinião da princesa sobre o quinteto de Mozart como se se tratasse de um prato inventado por uma nova cozinheira sobre cujos talentos fosse precioso recolher a opinião de um apreciador de boa comida.

— Mas eu conheço esse quinteto, posso dizer-te já... que gosto dele!

— Sabes, o meu marido não está bem, o fígado... dava-lhe muito prazer ver-te — tornou a senhora de Gallardon, transformando agora numa obrigação de caridade para a princesa a comparência no serão.

A princesa não gostava de dizer às pessoas que não queria ir a casa delas. Todos os dias redigia o seu pesar por ter sido privada — por uma visita inopinada da sogra, por um convite do cunhado, pela Opera, por uma festa no campo — de um serão aonde nunca pensara ir. Dava assim a muitas pessoas a alegria de acreditarem que fazia parte das suas relações, que não teria deixado de ir a casa delas se não tivesse sido impedida de o fazer pelos contratempos próprios dos príncipes, que, lisonjeiramente para elas, assim entravam em concorrência com o seu serão. Além disso, fazendo parte daquela espirituosa casta dos Guermantes onde sobrevivia algo do espírito vivo, despojado de lugares-comuns e de sentimentos convencionais, que descende de Mérimée e encontrou a sua última expressão no teatro de Meilhac e Halévy, ela adaptava-o até às relações sociais, transpunha-o mesmo para a sua delicadeza, que procurava ser positiva, precisa, aproximar-se da humilde verdade. Não exprimia longamente a uma dona de casa a manifestação do desejo que tinha de ir ao seu serão; achava mais amável expor-lhe alguns pequenos factos de que dependeria ser-lhe ou não possível comparecer.

— Ouve, eu te digo — disse ela à senhora de Gallardon —, amanhã à noite tenho de ir a casa de uma amiga que me pediu para reservar a data há muito tempo. Se ela nos levar ao teatro, mesmo com a melhor das boas vontades, não haverá possibilidade de ir a tua casa; mas se ficarmos em casa dela, como sei que estaremos só nós, poderei sair.

— Olha, já viste o teu amigo, o senhor Swann?

— Não, o Charles, esse querido, não sabia que ele estava cá, vou tentar que ele me veja.

— É engraçado até que ele venha a casa da velha Saint-Euverte — disse a senhora de Gallardon. — Ah, bem sei que ele é inteligente — acrescentou ela querendo significar intrigante —, mas isso não quer dizer nada, um judeu em casa da irmã e cunhada de dois arcebispos!

— Confesso para minha vergonha que não estou chocada com isso — disse a princesa Des Laumes.

— Eu sei que ele é convertido, e até já os pais e os avós o eram. Mas diz-se que os convertidos ficam mais apegados à sua religião que os outros, que é um fingimento, será verdade?

— A esse respeito não sei nada.

O pianista, que tinha para tocar duas peças de Chopin, depois de ter terminado o prelúdio atacara imediatamente uma *polonaise*. Mas desde que a senhora de Gallardon tinha assinalado à prima a presença de Swann, o próprio Chopin ressuscitado poderia ter vindo tocar em pessoa todas as suas obras que a senhora Des Laumes não lhe daria atenção. Ela fazia parte de uma daquelas duas metades da humanidade em quem a curiosidade que a outra metade tem pelos seres que não conhece é substituída pelo interesse pelos que conhece. Como muitas mulheres do *faubourg* Saint-Germain, a presença num lugar onde estava alguém do seu meio, e a quem, aliás, nada de especial tinha a dizer, absorvia exclusivamente a sua atenção com prejuízo de tudo o resto. A partir daquele momento, na esperança de que Swann desse por ela, a princesa, como um rato-branco aprisionado a que estendem um pedaço de açúcar, não fez mais nada que rodar a cara de um lado para o outro, cheia de mil e um sinais de conivência desprovidos de relação com o sentimento da *polonaise* de Chopin, na direcção onde se situava Swann, e se este mudava de lugar ela deslocava paralelamente o seu sorriso magnético.

— Oriane, não te zangues — tornou a senhora de Gallardon, que nunca podia deixar de sacrificar as suas maiores esperanças sociais nem de deslumbrar um dia o mundo perante o prazer obscuro, imediato e privado de dizer alguma coisa desagradável —, há pessoas que pretendem que esse senhor Swann é uma pessoa que não podemos receber em nossa casa, será?

— Mas… tu bem deves saber que é assim — respondeu a princesa Des Laumes — visto que o convidaste cinquenta vezes e ele nunca foi.

E, deixando a prima mortificada, soltou de novo uma gargalhada que escandalizou as pessoas que estavam a ouvir a música mas que chamou a atenção da senhora de Saint-Euverte, que por delicadeza havia ficado junto do piano e que só então deu pela princesa. A senhora de Saint-Euverte estava tanto mais encantada por ver a senhora Des Laumes quanto a julgava ainda em Guermantes a tratar do sogro doente.

— Então, princesa, estava aí?

— Sim, tinha-me metido num cantinho, estive a ouvir coisa lindas.

— Mas então já estava aí há muito tempo!

— Sim, há muito tempo, que me pareceu muito pouco, muito apenas porque não a via.

A senhora de Saint-Euverte quis dar o seu cadeirão à princesa, que respondeu:

— De modo algum! Porquê? Eu estou bem em qualquer lugar!

E, apontando intencionalmente, para melhor manifestar a sua simplicidade de grande dama, para um pequeno assento sem costas:

— Ali está, aquele pufe serve-me perfeitamente. Obriga-me a endireitar as costas. Oh, meu Deus, continuo a fazer barulho, que vergonha!

Enquanto, com o pianista a redobrar de velocidade, a emoção musical estava no auge, um criado passava refrescos numa bandeja e fazia tilintar colheres e, como todas as semanas, a senhora de Saint-Euverte fazia-lhe, sem que ele a visse, sinais para se ir embora. Uma recém-casada a quem tinham ensinado que uma mulher nova não deve fazer um ar indiferente, sorria de prazer, e procurava com os olhos a dona da casa para lhe testemunhar com o olhar o seu reconhecimento por «ter pensado nela» para um festim daqueles. Porém, ainda que com mais calma que a senhora de Franquetot, não era sem inquietação que acompanhava a peça musical; mas a sua tinha como objecto, em lugar do pianista, o piano, em cima do qual uma vela, estremecendo a cada *fortissimo*, ameaçava, se não deitar fogo ao quebra-luz, pelo menos manchar a madeira de palissandro. Por fim, não se conteve e, galgando os dois degraus do estrado onde estava colocado o piano, precipitou-se para retirar a cabeça do castiçal. Mas mal as suas mãos iam a tocar-lhe quando, sobre um último acorde, a peça acabou, e o pianista levantou-se. Contudo, a iniciativa ousada daquela jovem, e a curta promiscuidade que daí resultou entre ela e o instrumentista, causaram uma impressão geralmente favorável.

— Viu o que ela fez, princesa — disse o general de Froberville à princesa Des Laumes, a quem viera cumprimentar e que fora abandonada por um instante pela senhora de Saint-Euverte. — É curioso. Será uma artista?

— Não, é uma tal senhora de Cambremer — respondeu irreflectidamente a princesa, e acrescentou com vivacidade: — Repito-lhe o que ouvi dizer, não faço a mínima ideia de quem seja, disseram atrás de mim que eram vizinhos no campo da senhora de Saint-Euverte, mas acho que ninguém os conhece. Deve ser «gente do campo»! De resto, não sei se está muito ao corrente da brilhante sociedade que aqui se encontra, mas não faço ideia do nome de todas estas admiráveis pessoas. Em que é que pensa que eles passam a vida para além dos serões da senhora de Saint-Euverte? Ela deve-os ter mandado vir juntamente com os músicos, as cadeiras e os refrescos. Confesse que estes «convidados de aluguer» são magníficos. Será mesmo que ela tem a coragem de alugar estes figurantes todas as semanas? Não é possível!

— Ah, mas olhe que Cambremer é um nome autêntico e antigo — disse o general.

— Não vejo mal nenhum em que seja antigo — respondeu secamente a princesa — mas em todo o caso não é *eufónico* — acrescentou, destacando a palavra «eufónico» como se fosse entre aspas, uma pequena afectação de elocução que era própria do círculo dos Guermantes.

— Acha que sim? Ela é bonita que se farta — disse o general, que não perdia de vista a senhora de Cambremer. — Não é a sua opinião, princesa?

— Põe-se muito em evidência, acho que numa mulher tão nova isso não é agradável, porque não creio que ela seja do meu tempo — respondeu a senhora Des Laumes (a expressão era comum aos Galardon e aos Guermantes).

Mas a princesa, vendo que o senhor de Froberville continuava a olhar para a senhora de Cambremer, acrescentou, meio por maldade contra ela, meio por amabilidade para com o general:

— Não é agradável... para o marido! Tenho pena de não a conhecer; já que ela o cativa, tê-lo-ia apresentado — disse a princesa, que provavelmente nada teria feito se conhecesse aquela mulher. — Vou ser obrigada a dizer-lhe boa noite, porque é o dia da festa de uma amiga a quem tenho de ir dar os parabéns — disse ela num tom modesto e verdadeiro, reduzindo a reunião mundana para que se dirigia à simplicidade de uma cerimónia maçadora mas a que era obrigatório e tocante ir. — De resto, devo encontrar lá o Basin, que, enquanto eu estava aqui, foi visitar aqueles amigos que conhece, acho eu, aqueles que têm um nome de ponte, os Iéna.

— Começou por ser um nome de vitória, princesa — disse o general. — Que quer, para um velho militarão como eu — acrescentou tirando o monóculo para o limpar, como se mudasse um penso, enquanto a princesa desviava instintivamente os olhos — esta nobreza do Império é outra coisa, bem entendido, mas enfim, sendo o que são, são muito belas no seu género, são pessoas que afinal se bateram como heróis.

— Mas eu tenho todo o respeito pelos heróis — disse a princesa num tom ligeiramente irónico —, se não vou com o Basin a casa dessa princesa de Iéna não é de modo algum por causa disso, é muito simplesmente porque não os conheço. O Basin conhece-os, gosta muito deles! Oh, não, não se trata do que pode pensar, não é um *flirt*, não é nada a que eu tenha de me opor! De resto, para que é que serve quando eu me quero opor? — acrescentou numa voz melancólica, porque toda a gente sabia que, logo no dia seguinte àquele em que o príncipe Des Laumes se casara com a sua deslumbrante prima, não parara de a enganar. — Mas, enfim, não é o caso, são pessoas que ele conheceu em tempos, delicia-se com elas, e eu acho muito bem. Primeiro devo dizer-lhe que nada do que ele me contou da casa deles... Imagine que todos os móveis são Império!

— Mas, princesa, é natural, é o mobiliário dos avós...

— Não digo que não, mas nem por isso é menos feio. Percebo muito bem que não se possa ter coisas bonitas, mas ao menos que não se tenham coisas ridículas. Que quer? Não conheço nada mais pretensioso, mais burguês que esse estilo horrível, com aquelas cómodas com cabeças de cisne que parecem banheiras.

— Mas eu até julgo que têm belas coisas, devem ter a famosa mesa de mosaico onde foi assinado o tratado de...

— Ah, que tenham coisas interessantes do ponto de vista da história, não digo que não. Mas aquelas coisas não podem ser belas... porque são horríveis! Eu também tenho coisas assim, que o Basin herdou dos Montesquiou. Simplesmente, estão nos sótãos de Guermantes, onde ninguém as vê. Enfim, de resto, não é esse o problema, eu precipitava-me para casa deles com o Basin, ia visitá-los mesmo no meio das suas esfinges e dos seus bronzes, se os conhecesse, mas... não os conheço! A mim sempre me disseram quando era pequena que não é de boa educação ir a casa de pessoas que não se conhecem — disse ela tomando um tom pueril. — E então eu faço o que me ensinaram. Está a ver? Se calhar eles recebiam-me muito mal! — disse a princesa.

E por *coquetterie* embelezou o sorriso que esta suposição lhe arrancava, dando ao seu olhar azul fito no general uma expressão sonhadora e doce.

— Ah, princesa, bem sabe que eles não caberiam em si de contentes...

— Não, ora essa, porquê? — perguntou ela com extrema vivacidade, tanto para parecer não saber que era por ela ser uma das grandes damas da França, como para ter o prazer de o ouvir dizer ao general. — Porquê? Que sabe o senhor disso? Se calhar para eles era o que há de mais desagradável. Eu cá não sei, mas, a avaliar por mim, já me aborrece tanto visitar as pessoas que conheço, que acho que, se tivesse que visitar pessoas que não conheço, mesmo «heróicas», enlouquecia. De resto, vejamos, excepto quando se trata de velhos amigos como o senhor, que conhecemos sem ser por isso, não sei se o heroísmo seria de um formato muito portátil em sociedade. Já me aborrece tantas vezes oferecer jantares, que se tivesse que dar o braço ao Espártaco ao ir para a mesa... Não, realmente, não era o Vercingétorix que eu chamava para ser o décimo quarto à mesa. Sinto que o reservava para os grandes serões. E como não os dou...

— Ah, princesa, não é por acaso que é uma Guermantes. Tem mesmo o espírito dos Guermantes!

— Fala-se sempre do espírito *dos* Guermantes, nunca consegui saber porquê. O senhor conhece *outros* que o tenham? — acrescentou numa gargalhada espumante e alegre, com as feições do rosto concentradas, reunidas na rede da sua animação, olhos faiscantes, inflamados por um sol radioso de jovialidade que só as palavras, ainda que ditas pela própria princesa, e que consistiam num louvor ao seu espírito ou à sua beleza, tinham o poder de fazer irradiar daquele modo. — Olhe, ali está Swann, que parece estar a cumprimentar a sua Cambremer; ali... ao lado da tia Saint-Euverte, não vê? Peça-lhe que os apresente. Mas despache-se, que ele está a tratar de se ir embora!

— Reparou no péssimo aspecto que ele tem? — disse o general.

— Meu bom Charles! Ah, enfim, lá vem ele, começava a pensar que não me queria ver!

Swann gostava muito da princesa Des Laumes, pois o vê-la lembrava-lhe Guermantes, terra próxima de Combray, toda aquela região que ele amava tanto e aonde já não ia para não se afastar de Odette. Usando fórmulas semiartísticas, semigalantes, através das quais sabia agradar à princesa, e que recuperava com toda a naturalidade quando se retemperava no seu antigo meio — e desejando por outro lado espontaneamente exprimir a nostalgia que tinha do campo —, disse sem se dirigir particularmente a ninguém, para ser ouvido ao mesmo tempo pela senhora de Saint-Euverte, com quem estava a falar, e pela senhora Des Laumes, para quem estava a falar:

— Ah, ali está a encantadora princesa! Vejam, veio expressamente de Guermantes para ouvir o *São Francisco de Assis* de Liszt e só teve tempo, como uma linda avezinha, de ir debicar, para os colocar na cabeça, alguns pequenos frutos de ameixieira-brava e de espinheiro; até tem ainda umas gotinhas de orvalho, um pouco de geada branca que deve pôr a duquesa a gemer. Muito bonito, minha cara princesa.

— Como, a princesa veio expressamente de Guermantes? Ah, é de mais! Não sabia, sinto-me confundida! — exclamou ingenuamente a senhora de Saint-Euverte, que estava pouco habituada aos ditos de espírito de Swann. E examinando o penteado da princesa: — Olhem que é mesmo verdade, aquilo imita... como dizer, as castanhas não, não, oh, que ideia deslumbrante! Mas como é que a princesa podia conhecer o meu programa! Os músicos nem a mim mo comunicaram.

Swann, habituado, quando estava ao pé de uma mulher com quem conservara hábitos de linguagem galante, a dizer coisas delicadas que muitas pessoas da sociedade não compreendiam, não se dignou explicar à senhora de Saint-Euverte que apenas falara por metáforas. Quanto à princesa, desatou a rir às gargalhadas, porque o espírito de Swann era extremamente apreciado no seu grupo e também porque não era capaz de escutar um cumprimento que lhe fosse dirigido sem nele encontrar as graças mais subtis e um irresistível chiste.

— Ora bem! Estou encantada, Charles, por as minhas pequenas bagas de espinheiro lhe agradarem. Porque é que cumprimenta aquela Cambremer, também é vizinho dela no campo?

A senhora de Saint-Euverte, vendo que a princesa parecia contente a conversar com Swann, tinha-se afastado.

— Mas a senhora também o é, princesa.

— Eu? Mas então esta gente tem campos por toda a parte! Como eu gostaria de estar no lugar dela!

— Não são os Cambremer, eram os parentes dela; ela é uma menina Legrandin que ia a Combray. Não sei se sabe que é a condessa de Combray e que o capítulo lhe deve um foro...

— Não sei o que o capítulo me deve, mas sei que o prior me pede cem francos todos os anos, coisa que dispensava. Enfim, esses Cambremer têm um nome verdadeiramente admirável. Acaba mesmo a tempo, mas acaba mal! — disse ela a rir.

— Também não começa melhor — respondeu Swann.

— Efectivamente, esta dupla abreviatura!...

— Trata-se de alguém muito irritado e muito decente que não se atreveu a ir até ao fim da primeira palavra.

— Mas, já que não podia deixar de começar a segunda, teria feito melhor se terminasse a primeira para acabar com aquilo de uma vez para sempre. Estamos aqui com brincadeiras de gosto encantador, meu bom Charles, mas que aborrecido é ter deixado de o ver — acrescentou ela num tom carinhoso —, gosto tanto de conversar consigo. Pense que eu nem sequer seria capaz de fazer compreender àquele idiota do Froberville que o nome Cambremer era admirável. Confesse que a vida é uma coisa horrível. Só quando o vejo é que deixo de me aborrecer.

Era evidente que aquilo não era verdade. Mas Swann e a princesa tinham uma mesma maneira de avaliar as pequenas coisas que tinha como efeito — se é que não como causa — uma grande analogia na forma de se exprimirem e até na pronúncia. Esta semelhança não chocava, porque nada era mais diferente que as suas duas vozes. Mas quando em pensamento se conseguia retirar às palavras de Swann a sonoridade que as envolvia, o bigode pelo meio do qual saíam, verificava-se que eram as mesmas frases, as mesmas inflexões que se usavam no círculo dos Guermantes. Nas coisas importantes Swann e a princesa não tinham as mesmas ideias sobre nada. Mas desde que Swann estava triste, sentindo sempre aquela espécie de arrepio que antecede o momento em que se desata a chorar, tinha a mesma necessidade de falar da mágoa que um assassino tem de falar do seu crime. Ao ouvir a princesa dizer-lhe que a vida era uma coisa horrível, sentiu a mesma doçura que sentiria se ela lhe tivesse falado de Odette.

— Oh, sim, a vida é uma coisa horrível. Temos de nos ver, minha cara amiga. O que há de agradável consigo é que não é alegre. Podíamos passar um serão juntos.

— Acho bem que sim, porque é que não há-de vir a Guermantes, a minha sogra ficaria louca de alegria. Aquela região passa por ser muito feia, mas devo dizer-lhe que não me desagrada, tenho horror às regiões «pitorescas».

— Creio bem que sim, é admirável — respondeu Swann —, é quase bela de mais, excessivamente viva para mim, nesta altura; é uma região para se ser feliz. Será talvez por lá ter vivido, mas as coisas de lá dizem-me tanto! Mal se levanta um sopro de ar, mal os trigos começam a mexer, parece-me que vai chegar alguém, que vou receber uma notícia; e aquelas casinhas à beira de água... como eu seria infeliz!

— Oh, meu bom Charles, cuidado, está ali a horrível Rampillon, que me viu, esconda-me, recorde-me então o que lhe aconteceu, estou confusa, ela casou a filha ou o amante, já não sei; talvez os dois... e uma com o outro!... Ah, não, já me lembro, foi repudiada pelo seu príncipe... Finja que está a falar comigo para que aquela Berenice não venha convidar-me para jantar. De resto, eu vou-me. Oiça, meu bom Charles, já que desta vez o vejo, não quer deixar-se raptar e que eu o leve a casa da princesa de Parma, que ficaria tão contente, e o Basin também, que há-de ir lá ter comigo. Se não tivéssemos notícias suas pelo Mémé... Pensar que nunca mais o tenho visto!

Swann recusou; tendo prevenido o senhor de Charlus de que, ao sair da senhora de Saint-Euverte, iria directamente para sua casa, não se preocupava com o facto de, indo à princesa de Parma, se arriscar a perder um bilhete que estivera todo o tempo à espera de que lhe fosse entregue por um criado durante o serão, e que ia talvez encontrar no seu porteiro. «Aquele pobre Swann», disse nessa noite a senhora Des Laumes ao marido, «continua amável, mas tem um ar muito infeliz. Há-de vê-lo, porque ele prometeu vir cá jantar um destes dias. No fundo, acho ridículo que um homem com aquela inteligência sofra por uma pessoa daquele género e que nem sequer é interessante, porque dizem que é idiota», acrescentou com a sabedoria dos que não estão apaixonados, que acham que um homem com espírito só deve ser infeliz por causa de uma pessoa que valha a pena; é mais ou menos como admirar-se de que alguém se digne sofrer de cólera por causa de um ser tão pequeno como o bacilo vírgula.

Swann queria sair, mas, no momento em que ia enfim escapar-se, o general de Froberville pediu-lhe para lhe apresentar a senhora de Cambremer, e foi obrigado a regressar ao salão com ele para a procurarem.

— Ora diga lá, Swann, eu antes queria ser marido daquela mulher que ser massacrado pelos selvagens, que é que acha?

Estas palavras «massacrado pelos selvagens» trespassaram dolorosamente o coração de Swann; sentiu logo a necessidade de continuar a conversa com o general:

— Ah — disse-lhe ele —, houve belíssimas vidas que acabaram dessa maneira... É o caso, como sabe... daquele navegador cujas cinzas foram trazidas por Dumont d'Urville, La Pérouse... (e Swann já estava feliz como se tivesse falado de Odette). Era um belo carácter e que me interessa muito, esse La Pérouse — acrescentou com um ar melancólico.

— Ah, perfeitamente, La Pérouse — disse o general —, é um nome conhecido. Tem a sua rua.

— Conhece alguém na Rua La Pérouse? — perguntou Swann com um ar agitado.

— Só conheço a senhora de Chanlivault, irmã daquele bravo Chaussepierre. No outro dia ofereceu-nos um lindo serão de comédia. É um salão que ainda um dia há-de ser muito elegante, há-de ver!

— Ah, ela mora na Rua La Pérouse. É simpática, é uma rua bonita, tão triste!

— Olhe que não; diz isso porque não vai lá há algum tempo; já não é triste, começam a construir naquele bairro todo.

Quando enfim Swann apresentou o senhor de Froberville à jovem senhora de Cambremer, como era a primeira vez que ela ouvia o nome do general, esboçou o sorriso de alegria e de surpresa que faria se nunca tivessem pronunciado à frente dela outro nome que não aquele, porque, como não conhecia os amigos da sua nova família, a cada pessoa que lhe traziam julgava que era um deles, e, pensando que mostrava tacto ao dar a entender que ouvira falar muito dele desde que casara, estendia a mão com um ar hesitante destinado a provar a reserva aprendida que tinha de vencer e a simpatia espontânea que conseguia que sobre ela triunfasse. Por isso os sogros, que ela ainda acreditava serem as pessoas mais brilhantes de França, declaravam que ela era um anjo; tanto mais que, ao casá-la com o filho, preferiam parecer ter cedido mais aos atractivos das suas qualidades que da sua grande fortuna.

— Vê-se que tem uma alma musical, minha senhora — disse-lhe o general aludindo inconscientemente ao incidente do castiçal.

Mas o concerto recomeçou, e Swann compreendeu que não poderia sair antes de terminar aquele novo número do programa. Custava-lhe a suportar ficar fechado no meio daquela gente cuja estupidez e ridículos o chocavam tanto mais dolorosamente quanto, ignorando o seu amor, incapazes, se o conhecessem, de por ele se interessarem e de fazerem outra coisa que não sorrirem como de uma infantilidade ou deplorarem-no como uma loucura, lho revelavam sob a forma de um estado subjectivo que só existia para ele, cuja realidade lhe não era afirmada por nada de exterior; custava-lhe sobretudo, e ao ponto de até o som dos instrumentos lhe dar vontade de gritar, prolongar o seu exílio naquele lugar aonde Odette nunca viria, onde ninguém, onde nada a conhecia, donde ela estava inteiramente ausente.

Mas de repente foi como se ela tivesse entrado, e esta aparição constituiu para ele um sofrimento de tal modo dilacerante que teve de levar a mão ao coração. É que o violino subira a notas altas, onde permanecia como que à espera, uma espera que se prolongava com ele a mantê-las, na exaltação em que estava de avistar já o objecto da sua espera que se aproximava, e com um esforço desesperado para tentar durar até à sua chegada, para o receber antes de expirar, para lhe conservar ainda por um momento, com todas as suas últimas forças, o caminho aberto para ele poder passar, como se aguenta uma porta que, se não fosse isso, cairia. E antes de Swann ter tempo de compreender e pensar: «É a pequena frase da sonata de Vinteuil, é preciso não ouvir!», todas as suas recordações do tempo em que Odette estava apaixonada por ele e que até ali ele conseguira guardar invisíveis nas profundidades do seu ser, enganadas por aquele brusco raio do tempo de amor que julgaram regressado, tinham despertado e, em voo rápido, de novo haviam subido a cantar-lhe perdidamente, sem piedade pelo seu presente infortúnio, os esquecidos estribilhos da felicidade.

Em lugar das expressões abstractas «tempo em que eu era feliz», «tempo em que eu era amado», que muitas vezes até então pronunciara, e sem excessivo sofrimento, porque a sua inteligência lá tinha encerrado apenas supostos extractos do passado que dele nada conservavam, deparou com tudo o que fixara para sempre a específica e volátil essência daquela felicidade perdida; reviu tudo, as pétalas nevadas e frisadas do crisântemo que ela lhe atirara para a carruagem, que apertara contra os lábios; o timbre em relevo da Maison Dorée na carta onde lera: «Treme-me tanto a mão ao escrever-lhe»; a aproximação entre as suas sobrancelhas quando lhe dissera com um ar suplicante: «Não vai demorar muito a dar-me sinal de si?»; sentiu o cheiro do ferro de frisar com que punha em pé o seu cabelo «em escova» enquanto o Loredano ia à procura da pequena operária; as chuvas de temporal que caíram tantas vezes nessa Primavera, o regresso glacial na sua vitória, ao luar, todas as malhas de hábitos mentais, de impressões de estação, de reacções cutâneas, que haviam estendido sobre uma série de semanas uma rede uniforme em que de novo o seu corpo estava apanhado. Naquele momento, satisfazia uma curiosidade voluptuosa conhecendo os prazeres das pessoas pelo amor. Julgara que poderia ficar por aí, que não seria obrigado a aprender as respectivas dores; como agora o encanto de Odette era para ele pouca coisa ao pé daquele formidável terror que o prolongava como um confuso halo, aquela imensa angústia de não saber a todo o momento o que ela fizera, de não a possuir em toda a parte e sempre! Infelizmente recordou-se do tom em que ela exclamara: «Mas eu poderei sempre vê-lo, estou sempre livre!», ela que já não o estava nunca!; do interesse, da curiosidade que ela tivera pela sua vida, do desejo apaixonado de que ele lhe fizesse o favor — que, pelo contrário, ele temera naquele tempo como causa de aborrecidos incómodos — de a deixar entrar nessa vida; de como ela fora obrigada a pedir-lhe que se deixasse levar a casa dos Verdurin; e, quando ele queria que ela fosse lá a casa uma vez por mês, de como fora preciso, antes de ele se deixar convencer, que ela lhe repetisse a delícia que seria aquele hábito com que sonhava de se verem todos os dias, quando a ele lhe parecia ser apenas uma fastidiosa azáfama e de que depois ela se desgostara e que quebrara definitivamente, ao mesmo tempo que para ele se tornara uma tão invencível e dolorosa necessidade. Não sabia que estava a dizer tamanha verdade quando, à terceira vez que a vira, quando ela lhe repetia: «Mas porque é que não me deixa vir mais vezes?», ele lhe respondera a rir, com galantaria: «Por medo de sofrer.» Agora, ai, acontecia ainda às vezes ela escrever-lhe de um restaurante ou de um hotel em papel com o respectivo timbre; mas eram como que letras de fogo que o queimavam. «Foi escrita do Hotel Vouillemont? Que terá ido ela lá fazer, e com quem? Que se terá passado?» Lembrou-se dos bicos de gás que estavam a apagar no Bulevar des Italiens quando a encontrara contra toda a esperança entre as sombras errantes, naquela noite que lhe parecera quase sobrenatural e que efectivamente — noite de um tempo em que ele nem sequer tinha de perguntar a si mesmo se não iria contrariá-la por andar à sua procura, por a encontrar, de tal modo estava seguro de que para ela não haveria maior alegria que vê-lo e regressar a casa com ele — pertencia a um mundo misterioso a que nunca se pode regressar depois de as suas portas se terem fechado. E Swann distinguiu, imóvel diante daquela felicidade revivida, um infeliz que lhe fez pena porque não o reconheceu imediatamente, de tal modo que teve de baixar os olhos para que não vissem que estavam cheios de lágrimas. Era ele próprio.

Quando percebeu isso, a sua pena cessou, mas sentiu ciúmes do outro ele mesmo que ela amara, sentiu ciúmes daqueles acerca dos quais dissera muitas vezes sem excessivo sofrimento «talvez ela os ame», agora que trocara a ideia vaga de amar, na qual não há amor, pelas pétalas do crisântemo e pelo timbre da Maison d'Or que, esses, estavam cheios dele. Depois, como o seu sofrimento se lhe tornou excessivamente vivo, passou a mão pela testa, deixou cair o monóculo, limpou a lente. E por certo que, se se tivesse visto naquela ocasião, acrescentaria à colecção dos que reconhecera o monóculo que deslocava como um pensamento importuno e sobre cuja superfície embaciada, com um lenço, procurava apagar inquietações.

Há no violino — se, não vendo o instrumento, não pudermos referir o que ouvimos à imagem dele, que modifica a sonoridade — tonalidades tão comuns a certas vozes de contralto, que se tem a ilusão de que uma cantora se juntou ao concerto. Erguemos os olhos e só vemos as caixas, preciosas como caixas chinesas, mas, por momentos, somos ainda iludidos pelo canto enganador da sereia; às vezes, também, julgamos ouvir um génio cativo que se debate no fundo da douta caixa, embruxada e fremente, como um diabo numa pia de água benta; às vezes, enfim, há no ar como que um ser sobrenatural e puro que passa desenrolando a sua mensagem invisível.

Como se os instrumentistas tocassem muito menos a pequena frase do que executavam os ritos por ela exigidos para aparecer, e procedessem às encantações necessárias para obterem e prolongarem por alguns instantes o prodígio da sua evocação, Swann, que já só a podia ver se ela tivesse pertencido a um mundo ultravioleta e que saboreava como que o refresco de uma metamorfose na cegueira momentânea que o assaltava ao aproximar-se dela, Swann sentia-a presente, como uma deusa protectora e confidente do seu amor, e que para poder chegar até ele diante da multidão e puxá-lo de parte para lhe falar envergara o disfarce daquela aparência sonora. E enquanto ela passava, leve, tranquilizante e murmurada como um perfume, dizendo-lhe o que tinha para lhe dizer e com palavras que ele perscrutava todas, lamentando vê-las levantar voo tão depressa, fazia involuntariamente com os lábios o movimento de beijar de passagem o corpo harmonioso e fugidio. Já não se sentia exilado e só, visto que ela, que se lhe dirigia, lhe falava de Odette a meia voz. É que ele já não tinha como dantes a impressão de que Odette e ele não eram conhecidos da pequena frase, já que tantas vezes fora testemunha das suas alegrias! É verdade que muitas vezes, também, ela o advertira da fragilidade deles. E até, enquanto naquele tempo ele adivinhava sofrimento no seu sorriso, na sua entoação límpida e desencantada, encontrava hoje neles, sobretudo, a graça de uma resignação quase alegre. Dessas tristezas de que ela lhe falava outrora e que, sem ser por elas atingido, ele via serem por ela arrastadas sorrindo no seu curso sinuoso e rápido, dessas mágoas que se haviam tornado agora suas sem esperança de alguma vez delas ser libertado, parecia ela dizer-lhe como dantes da sua felicidade: «Que é isso? Isso não é nada.» E o pensamento de Swann dirigiu-se pela primeira vez, num impulso de piedade e de ternura, para aquele Vinteuil, para aquele irmão desconhecido e sublime que tanto tivera também de sofrer; que terá sido a sua vida? Ao fundo de que dores terá ido ele buscar aquela força de deus, aquele poder ilimitado de criar? Quando era a pequena frase que lhe falava da vaidade dos seus sofrimentos, Swann encontrava doçura nessa mesma sabedoria que porém ainda há pouco lhe parecera intolerável quando julgava lê-la nos rostos dos indiferentes que consideravam o seu amor como uma divagação sem importância. É que a pequena frase, pelo contrário, fosse qual fosse a opinião que tivesse sobre a breve duração daqueles estados de alma, via neles, não, como faziam todas aquelas pessoas, alguma coisa de menos sério que a vida positiva, mas, antes, algo de tão superior a ela que só isso valia a pena ser expresso. Esses encantos de uma tristeza íntima era o que ela tentava imitar, recriar, e até à respectiva essência, que consiste, porém, em serem incomunicáveis e parecerem frívolos a quem quer que não seja aquele que os experimenta, até ela fora captada, tornada visível, pela pequena frase. De tal maneira que fazia confessar o valor desses encantos e saborear a sua doçura divina a esses mesmos assistentes — bastava simplesmente que fossem um pouco musicais — que depois os ignorariam na vida, em cada amor concreto que vissem nascer junto de si. É certo que a forma sob a qual ela os codificara não podia resolver-se em raciocínios. Mas havia mais de um ano que, revelando-lhe a si mesmo muitas riquezas da sua alma, o amor da música nascera em si ao menos por algum tempo, e Swann considerava os motivos musicais verdadeiras ideias, de um outro mundo, de uma outra ordem, ideias veladas de trevas, desconhecidas, impenetráveis à inteligência, mas que não deixam de ser perfeitamente distintas umas das outras, desiguais entre si em valor e significado. Quando, depois do serão dos Verdurin, ao mandar tocar outra vez a pequena frase, procurara discernir como é que, à maneira de um perfume, de uma carícia, ela o rodeava por todos os lados, o envolvia, verificara que era ao pequeno desvio entre as cinco notas que a compunham e à reiteração constante de duas delas que se ficava a dever aquela impressão de doçura retraída e hesitante; mas na realidade ele sabia que raciocinava assim, não sobre a própria frase, mas sobre simples valores, que para comodidade da sua inteligência tomavam o lugar da misteriosa entidade que apreendera, antes de conhecer os Verdurin, naquele serão em que ouvira a sonata pela primeira vez. Sabia que a própria recordação do piano falseava outra vez o plano em que via as coisas da música, que o campo aberto ao músico não é um teclado mesquinho de sete notas, mas um teclado incomensurável, ainda quase desconhecido por inteiro, em que apenas aqui e além, separadas por espessas trevas inexploradas, algumas de entre os milhões de teclas de ternura, de paixão, de coragem, de serenidade, que o compõem, cada uma tão diferente das outras como um universo de outro universo, foram descobertas por alguns grandes artistas que nos prestam o favor de, despertando em nós a correspondência do tema que encontraram, nos mostrarem que riqueza, que variedade esconde, sem que o saibamos, essa grande noite impenetrada e desanimadora da nossa alma, que tomamos por vazio e nada. Vinteuil fora um desses músicos. Na sua pequena frase, ainda que ela apresentasse à razão uma superfície obscura, sentia-se um conteúdo tão consistente, tão explícito, a que dava uma força tão nova, tão original, que os que a tinham ouvido a conservavam dentro de si no mesmo plano das ideias da inteligência. Swann reportava-se a ela como a uma concepção do amor e da felicidade, da qual sabia imediatamente o que tinha de específico, como o sabia d'*A Princesa de Clèves* ou de *René*, quando os respectivos nomes lhe ocorriam. Mesmo quando não pensava na pequena frase, ela existia latente no seu espírito exactamente como outras noções sem equivalente, como as noções da luz, do som, do relevo, da volúpia física, que são as ricas possessões em que se diversifica e se atavia o nosso domínio interior. Talvez as venhamos a perder, talvez desapareçam, se regressarmos ao nada. Mas enquanto vivermos não poderemos fingir que não as conhecemos, como não o podemos fazer a propósito de qualquer objecto real, como não podemos, por exemplo, duvidar da luz do candeeiro que se acende diante dos objectos metamorfoseados do nosso quarto, donde até a recordação do escuro se escapou. Por esse lado, a frase de Vinteuil, tal como um determinado tema do *Tristão*, por exemplo, que igualmente nos faz imaginar uma certa aquisição sentimental, tinha desposado a nossa condição mortal, havia assumido algo de humano que era bem tocante. A sua sorte estava ligada ao futuro, à realidade da nossa alma, da qual era um dos ornamentos mais específicos, mais diferenciados. Talvez a verdade seja o nada e todo o nosso sonho seja inexistente, mas então sentimos que é preciso que essas frases musicais, que essas noções que existem referidas a ele, não sejam nada também. Havemos de perecer, mas temos como reféns essas cativas divinas que acompanharão a nossa sorte. E a morte com elas tem algo de menos amargo, de menos inglório, porventura de menos provável.

Swann, por conseguinte, tinha razão ao acreditar que a frase da sonata existia realmente. É certo que, humana desse ponto de vista, ela pertencia porém a uma ordem de criaturas sobrenaturais e que nunca vimos, mas que apesar disso reconhecemos arrebatadamente quando algum explorador do invisível consegue captar uma, trazê-la do mundo divino a que tem acesso, brilhar por alguns instantes por cima do nosso. Fora o que Vinteuil fizera com a pequena frase. Swann sentia que o compositor, com os seus instrumentos da música, se limitara a desvelá-la, a torná-la visível, a acompanhar-lhe e a respeitar-lhe o desenho com uma mão tão terna, tão prudente, tão delicada e tão segura que o som se alterava a todo o momento, esbatendo-se para indicar uma sombra, revivificado quando tinha de seguir a pista de um contorno mais ousado. E uma prova de que Swann não estava enganado quando acreditava na existência real desta frase é que qualquer amador minimamente subtil logo se aperceberia da impostura se Vinteuil, com menos poder para ver e reproduzir as suas formas, tivesse procurado dissimular, acrescentando aqui e ali traços da sua lavra, as lacunas da sua visão ou as deficiências da sua mão.

Ela desaparecera. Swann sabia que iria reaparecer no fim do último andamento, depois de um longo trecho que o pianista da senhora Verdurin saltava sempre. Havia ali admiráveis ideias que Swann não distinguira à primeira audição e que apreendia agora, como se, no bengaleiro da sua memória, elas se tivessem desembaraçado do disfarce uniforme da novidade. Swann escutava todos os temas esparsos que iriam entrar na composição da frase, como as premissas na conclusão necessária. Assistia à sua génese. «Ó audácia porventura tão genial», pensava ele, «como a de um Lavoisier, de um Ampère, audácia de um Vinteuil experimentando, descobrindo as leis secretas de uma força desconhecida, conduzindo através do inexplorado, para o único objectivo possível, a invisível parelha de cavalos em que confia e que nunca verá!» Que belo diálogo Swann ouviu entre o piano e o violino no começo do último trecho! A supressão das palavras humanas, longe de, como se poderia julgar, nele deixar reinar a fantasia, tinha-a eliminado; nunca a linguagem falada foi tão inflexivelmente exigida, nunca conheceu àquele ponto a pertinência das questões, a evidência das respostas. De início, o piano solitário lamentou-se, como um pássaro abandonado pela companheira; o violino ouviu-o, como que de uma árvore próxima. Era como no começo do mundo, como se só eles dois tivessem ainda existido sobre a terra, ou, antes, neste mundo fechado a tudo o resto, construído pela lógica de um criador e onde nunca deixariam de ser os dois: aquela sonata. Será um pássaro, será a alma incompleta ainda da pequena frase, será uma fada, aquele ser invisível e gemente cuja lamentação o piano depois ternamente repetia? Os seus gritos eram tão súbitos que o violinista tinha de se precipitar com o seu arco para os recolher. Maravilhoso pássaro! O violinista parecia querer encantá-lo, domesticá-lo, captá-lo. Já passara para a sua alma, já a pequena frase evocada agitava como o de um médium o corpo verdadeiramente possesso do violinista. Swann sabia que ela ia falar mais uma vez. E tão bem ele se havia desdobrado que a espera do instante iminente onde ia encontrar-se diante dela o sacudiu com um daqueles soluços que um belo verso ou uma triste notícia provocam em nós, não quando estamos sós, mas se os dizemos a amigos em quem vemos um outro cuja provável emoção os enternece. Ela reapareceu, mas desta vez para se suspender no ar e cintilar apenas por um instante, como que imóvel, e para expirar depois. Por isso Swann nada perdia do tempo tão curto em que ela se demorava. Ainda ali estava como uma bolha irisada que se aguenta. Como um arco-íris cujo brilho enfraquece, baixa, depois torna a aumentar e, antes de se extinguir, se exalta por um momento como ainda o não fizera antes: às duas cores que até aí ela tinha deixado aparecer, acrescentou outras cordas matizadas, como as do prisma, e fê-las cantar. Swann não se atrevia a mexer-se, e queria que também as outras pessoas estivessem quietas, como se o mínimo movimento pudesse comprometer o prestígio sobrenatural, delicioso e frágil que estava tão prestes a desvanecer-se. Ninguém, a bem dizer, pensava em falar. A palavra inefável de um só ausente, porventura de um morto (Swann não sabia se Vinteuil ainda era vivo), exalando-se acima dos ritos daqueles oficiantes, bastava para levar de vencida a atenção de trezentas pessoas, e fazia daquele estrado em que uma alma era assim evocada um dos mais nobres altares onde poderia desenrolar-se uma cerimónia sobrenatural. De modo que, quando a frase se desfez enfim, flutuando em farrapos nos motivos seguintes que já haviam tomado o seu lugar, embora Swann tenha ficado inicialmente irritado por ver a condessa de Monteriender, célebre pelas suas ingenuidades, inclinar-se para ele a confiar-lhe as suas impressões mesmo antes de a sonata ter acabado, não pôde deixar de sorrir, e talvez também de encontrar um sentido profundo, que ela não estava a ver, nas palavras de que se serviu. Maravilhada pelo virtuosismo dos executantes, a condessa exclamou dirigindo-se a Swann: «Prodigioso, nunca vi nada assim tão forte...» Mas como um escrúpulo de exactidão a obrigou a corrigir esta primeira afirmação, acrescentou esta reserva: «Nada assim tão forte... desde as mesas de pé-de-galo!»

A partir daquela noite Swann compreendeu que o sentimento que Odette tinha por ele nunca renasceria, que as suas esperanças de felicidade não mais se realizariam. E nos dias em que por acaso ela ainda fora amável e terna para com ele, em que tinha tido algumas atenções, ele reparava naqueles sinais aparentes e mentirosos de um leve regresso a ele com aquela solicitude enternecida e céptica, com aquela alegria desesperada, dos que, cuidando de um amigo chegado aos últimos dias de uma doença incurável, relatam como factos preciosos: «Ontem fez as contas sozinho e foi ele que notou um erro na soma que nós tínhamos feito; comeu um ovo com prazer, e se o digerir bem amanhã tentaremos uma costeleta», embora os saibam desprovidos de significado em vésperas de uma morte inevitável. É claro que Swann tinha agora a certeza de que, se tivesse vivido longe de Odette, ela teria acabado por se lhe tornar indiferente, de modo que teria ficado contente por ela sair de Paris para sempre; teria tido a coragem de ficar; mas não tinha a de partir.

Pensara nisso muitas vezes. Agora que voltara ao seu estudo sobre Vermeer, havia de precisar de voltar pelo menos alguns dias a Haia, a Dresda, a Brunsvique. Estava convencido de que *O Banho de Diana* que fora comprado pelo Mauritshuis na venda da colecção Goldschmidt como sendo um Nicolaas Maes era na realidade de Vermeer. E gostava de poder estudar o quadro no próprio local para alicerçar a sua convicção. Mas sair de Paris quando Odette estava, e mesmo quando não estava — porque nos lugares novos onde as sensações não são amortecidas pelo hábito, retempera-se, reanima-se uma dor — era para ele um projecto tão cruel que não se sentia capaz de pensar nele constantemente só porque se sabia decidido a não o executar nunca. Mas acontecia que, enquanto dormia, a intenção da viagem renascia nele — sem se lembrar de que tal viagem era impossível — e nisso se realizava. Um dia sonhou que partia para uma viagem de um ano; debruçado na portinhola da carruagem do comboio para um jovem que no cais lhe dizia adeus a chorar, Swann procurava convencê-lo a ir com ele. O comboio deu um sacão e a ansiedade despertou-o, recordou-se de que não se ia embora, de que ia ver Odette nessa noite, no dia seguinte e quase todos os dias. Então, ainda todo emocionado com o sonho, abençoou as circunstâncias especiais que o tornavam independente, graças às quais podia ficar junto de Odette, e também conseguir que ela lhe permitisse vê-la de vez em quando; e, recapitulando todas essas vantagens: a sua situação, a sua fortuna, de que ela precisara muitas vezes, tanto que não podia deixar de recuar perante uma ruptura (e até, dizia-se, com a ideia preconcebida de se casar com ele), aquela amizade do senhor de Charlus, que a bem dizer nunca lhe granjeara grande coisa por parte de Odette, mas lhe dava a doçura de sentir que ela ouvia falar dele de modo lisonjeiro por aquele amigo comum por quem ela tinha tão grande estima, e até, enfim, a sua inteligência, que utilizava inteiramente todos os dias a engendrar uma nova intriga que tornasse a sua presença, se não agradável, pelo menos necessária a Odette — pensou no que seria feito de si se tudo aquilo lhe faltasse, pensou que, se fosse, como tantos outros, pobre, humilde, pouco dotado, obrigado a aceitar qualquer trabalho, ou apegado aos pais, a uma esposa, poderia ter sido obrigado a abandonar Odette, aquele sonho cujo pavor estava ainda tão próximo poderia ter sido verdadeiro, e disse de si para si: «Não conhecemos a felicidade que temos. Nunca somos tão infelizes como julgamos.» Mas considerou que aquela vida havia já vários anos que durava, que o mais que podia esperar era que durasse para sempre, que sacrificaria os seus trabalhos, os seus prazeres, os seus amigos, enfim, toda a sua vida, à expectativa quotidiana de um encontro que nada de feliz lhe podia trazer, e perguntou a si mesmo se não estaria enganado, se o que favorecera a sua ligação e impedira a sua ruptura não prejudicara o seu destino, se o acontecimento desejável não teria sido aquele com que tanto se regozijava por só ter lugar em sonhos: a sua partida; pensou que não conhecemos a infelicidade que temos, que nunca somos tão felizes como julgamos.

Às vezes esperava que ela morresse sem sofrimento num acidente, ela que andava por fora, pelas ruas, pelas estradas, de manhã à noite. E quando ela regressava sã e salva, admirava o facto de o corpo humano ser tão elástico e tão forte, poder constantemente entravar, frustrar todos os perigos que o rodeiam (e que Swann achava serem inúmeros desde que o seu secreto desejo os calculara), e assim permitir que os seres se entregassem todos os dias e quase impunemente à sua obra de mentira, à procura do prazer. E Swann sentia bem perto do seu coração aquele Maomé II, cujo retrato por Bellini amava, que, ao sentir que se apaixonara loucamente por uma das suas mulheres, a apunhalou, a fim de, diz com ingenuidade o seu biógrafo veneziano, recuperar a sua liberdade de espírito. Depois indignava-se por desse modo só pensar em si, e os sofrimentos que experimentara pareciam-lhe não merecer qualquer piedade, visto que ele próprio não dava importância alguma à vida de Odette.

Não podendo separar-se dela para sempre, se a visse ao menos sem separações a sua dor acabaria por se apaziguar e, talvez, o seu amor por se extinguir. E uma vez que ela não queria sair de Paris para sempre, desejaria que ela o não abandonasse nunca. Pelo menos, como sabia que a única grande ausência dela todos os anos era a de Agosto e Setembro, tinha vários meses de avanço para dissolver essa ideia amarga em todo o Tempo futuro que trazia consigo por antecipação e que, composto de dias homogéneos aos dias actuais, circulava transparente e frio no seu espírito, onde alimentava a tristeza, mas sem lhe causar sofrimentos excessivamente agudos. Mas este futuro interior, este rio incolor e livre, eis que bastava uma só palavra de Odette para o atingir em Swann e, como um pedaço de gelo, imobilizava-o, endurecia a sua fluidez, fazia-o gelar inteiramente; e Swann sentira-se de repente cheio de um volume enorme e inquebrável, que pesava sobre as paredes interiores do seu ser até o fazer rebentar: é que Odette lhe dissera, com um olhar sorridente e sorrateiro que o observava: «Forcheville vai fazer uma bela viagem no Pentecostes. Vai ao Egipto», e Swann compreendera imediatamente que aquilo significava: «Vou ao Egipto no Pentecostes com Forcheville.» E efectivamente, se alguns dias depois Swann lhe dizia: «Olha, a propósito dessa viagem que me disseste que ias fazer com Forcheville...», ela respondia irreflectidamente: «Sim, querido, partimos a dezanove, havemos de te mandar uma vista das Pirâmides.» Então ele queria saber se ela era amante de Forcheville, perguntar-lho. Sabia que, supersticiosa como era, havia certos perjúrios que não faria e, além disso, o temor que até aí o retivera de irritar Odette interrogando-a, de se tornar detestado por ela, já não existia, agora que perdera toda a esperança de que alguma vez ela o amasse.

Um dia recebeu uma carta anónima que lhe dizia que Odette fora amante de inúmeros homens (citavam-lhe alguns, entre os quais Forcheville, o senhor de Bréauté e o pintor), de mulheres, e que frequentava casas de passe. Ficou atormentado por pensar que existia entre os seus amigos um ser capaz de lhe enviar aquela carta (porque em certos pormenores ela revelava por parte do seu autor um conhecimento familiar da vida de Swann). Procurou saber quem poderia ter sido. Mas nunca tivera qualquer suspeita acerca das acções desconhecidas dos seres, das acções que não têm conexões visíveis com as palavras deles. E quando quis saber se deveria ser sob o carácter aparente do senhor de Charlus, do senhor Des Laumes, do senhor d'Orsan, que havia que situar a região desconhecida onde aquele acto ignóbil teria nascido, como nenhum daqueles homens jamais aprovara à sua frente as cartas anónimas e tudo o que lhe haviam dito implicava que as reprovassem, deixou de ver razões para ligar mais aquela infâmia à natureza de um que de outro. A natureza do senhor de Charlus era um pouco a de um perturbado, mas essencialmente boa e terna; a do senhor Des Laumes, um pouco seca mas sã e recta. Quanto ao senhor d'Orsan, Swann nunca havia encontrado ninguém que, mesmo nas circunstâncias mais tristes, viesse ter consigo com uma palavra mais sentida, com um gesto mais discreto e mais justo. A tal ponto que não conseguia compreender o papel pouco elegante que atribuíam ao senhor d'Orsan na ligação que tinha com uma mulher rica, e devido ao qual, sempre que Swann pensava nele, era obrigado a pôr de lado essa má reputação inconciliável com tantos testemunhos indiscutíveis de refinamento. Por instantes, Swann sentiu que o seu espírito se obscurecia, e pensou noutra coisa para recuperar alguma luz. Depois teve a coragem de tornar às suas reflexões. Mas então, depois de não ter conseguido suspeitar de ninguém, teve de suspeitar de toda a gente. No fim de contas, o senhor de Charlus gostava dele de coração aberto. Mas era um neurótico, talvez amanhã chorasse ao sabê-lo doente e hoje, por ciúme, por cólera, por qualquer ideia súbita que se tivesse apoderado dele, desejasse fazer-lhe mal. No fundo, aquela raça de homens é a pior de todas. É claro que o príncipe Des Laumes estava muito longe de gostar de Swann tanto como o senhor de Charlus, mas por isso mesmo não tinha com ele as mesmas susceptibilidades; e além disso era uma natureza fria, sem dúvida, mas tão incapaz de vilanias como de grandes acções; Swann arrependia-se de apenas se ter ligado na vida a criaturas assim. Depois reflectia que o que impede os homens de fazer mal ao próximo é a bondade, que no fundo só podia responder por naturezas análogas à sua, como era, no respeitante ao coração, a do senhor de Charlus. A simples ideia de causar aquele desgosto a Swann tê-lo-ia revoltado. Mas com um homem insensível, de outra humanidade, como era o príncipe Des Laumes, como é que era possível prever a que actos podiam conduzi-lo certos móbiles de essência diferente? Ter coração, eis tudo, e o senhor Charlus tinha-o. Ao senhor d'Orsan também não lhe faltava, e as suas relações cordiais mas pouco íntimas com Swann, nascidas do prazer que, por pensarem o mesmo acerca de tudo, tinham em conversar os dois, eram mais tranquilizadoras que a afeição exaltada do senhor de Charlus, capaz de se deixar arrastar para actos de paixão, bons ou maus. Se havia alguém por quem Swann sempre se havia sentido compreendido e delicadamente amado, era o senhor d'Orsan. Sim, mas aquela vida pouco decente que ele levava? Swann lamentava não a ter levado em conta, ter muitas vezes confessado de brincadeira que nunca experimentara tão vivos sentimentos de simpatia e estima como na relação com um canalha. Não é por acaso, pensava agora, que desde que os homens julgam o seu próximo, o julgam pelos seus actos. Só isso significa alguma coisa, e de modo algum o que dizemos, o que pensamos. Charlus e Des Laumes podem ter estes e aqueles defeitos, mas são pessoas honestas. Orsan talvez não os tenha, mas não é um homem honesto. Pode ter agido mal mais uma vez. Depois Swann suspeitou de Rémi, que, na verdade, apenas poderia ter inspirado a carta, mas esta pista pareceu-lhe por instantes boa. Primeiro, o Loredano tinha razões para não gostar de Odette. E depois, como é que não havemos de supor que os nossos criados, vivendo numa situação inferior à nossa, acrescentando à nossa fortuna e aos nossos defeitos riquezas e vícios imaginários, pelos quais nos invejam e nos desprezam, serão fatalmente levados a agir de maneira diversa das pessoas do nosso mundo? Desconfiou também do meu avô. Não era verdade que, de cada vez que Swann lhe pedira um favor, ele sempre lho recusara? Além disso, com as suas ideias burguesas, deve ter julgado agir para o bem de Swann. Desconfiou ainda de Bergotte, do pintor, dos Verdurin, admirou mais uma vez de passagem a sabedoria das pessoas da sociedade que não se querem misturar com aqueles meios artísticos onde tais coisas são possíveis, talvez até confessadas sob o nome de belas partidas; mas recordou-se das características de rectidão desses boémios, e comparou-as com a vida de expedientes, quase de vigarices, a que a falta de dinheiro, a necessidade de luxo, a corrupção dos prazeres levam muitas vezes a aristocracia. Em suma, aquela carta anónima provava que conhecia um ser capaz de perfídia, mas já não via razão para que essa perfídia estivesse escondida na falsa aparência — pelos outros inexplorada — do carácter do homem terno mais que da do homem frio, mais da do artista que da do burguês, da do grande senhor mais que da do criado. Que critério adoptar para julgar os homens? No fundo, não havia uma só das pessoas que conhecia que não pudesse ser capaz de uma infâmia. Teria de parar de as examinar a todas? O seu espírito velou-se; passou duas ou três vezes as mãos pela testa, limpou as lentes do lornhão com o lenço e, reflectindo que no fim de contas pessoas iguais a ele frequentavam o senhor de Charlus, o príncipe Des Laumes e os outros, disse de si para si que isso significava, se não que são incapazes de infâmia, pelo menos que é uma necessidade da vida, a que cada um se submete, esta de frequentar pessoas que porventura dela não são incapazes. E continuou a apertar a mão a todos aqueles amigos de quem tinha suspeitado, com esta reserva de puro estilo de que talvez eles tivessem tentado desesperá-lo. Quanto ao próprio conteúdo da carta, não se inquietou com ele, porque nem uma só das acusações formuladas contra Odette tinha sombras de verosimilhança. Swann possuía, como muitas pessoas, um espírito preguiçoso e falta de inventividade. Sabia bem como verdade geral que a vida das pessoas é cheia de contrastes, mas para cada uma em particular imaginava a parte da sua vida que não conhecia como sendo idêntica à parte que conhecia. Imaginava o que lhe silenciavam com a ajuda do que lhe diziam. Nas ocasiões em que Odette estava ao pé de si, se falavam juntos de um acto indelicado cometido, ou de um sentimento indelicado sentido por outrem, ela estigmatizava-os por virtude dos mesmos princípios que Swann sempre ouvira serem professados pelos pais e a que tinha permanecido fiel; e depois arranjava as suas flores, bebia uma xícara de chá, inquietava-se com os trabalhos de Swann. Por conseguinte, Swann alargava estes hábitos ao resto da vida de Odette, repetia aqueles gestos quando queria imaginar os momentos em que ela estava longe de si. Se lha tivessem descrito tal qual era ou, melhor, tal qual fora durante tanto tempo com ele, mas junto de outro homem, ele teria sofrido, porque aquela imagem lhe teria parecido verosímil. Mas que ela fosse a casas de proxenetas, se entregasse a orgias com mulheres ou levasse a vida crapulosa de criaturas abjectas — que divagação insensata, cuja realização, graças a Deus, os crisântemos imaginados, os chás sucessivos, as indignações virtuosas, de modo algum justificavam! Somente de vez em quando dava a entender a Odette que, por maldade, lhe contavam tudo o que ela fazia; e, servindo-se a propósito de um pormenor insignificante mas verdadeiro, que soubera por acaso, como se fosse a única pontinha de um fio que deixava passar sem querer, entre tantos outros, de uma reconstituição completa da vida de Odette que tinha escondida dentro de si, levava-a a supor que estava informado acerca de coisas que não conhecia nem sequer suspeitava, porque, se muitas vezes esconjurava Odette a não alterar a verdade, era apenas, quer tivesse ou não consciência disso, para que Odette lhe dissesse tudo o que fazia. É certo que, como ele dizia a Odette, gostava da sinceridade, mas gostava dela como de uma alcoviteira que podia mantê-lo ao corrente da vida da sua amante. Por isso, o seu amor pela sinceridade, como não era desinteressado, não o tornara melhor. A verdade que amava era a que Odette lhe havia de dizer; mas por si, para obter tal verdade, não receava recorrer à mentira, à mentira que pintava constantemente a Odette como levando à degradação toda a criatura humana. Em suma, mentia tanto como Odette porque, mais infeliz que ela, não era menos egoísta. E ela, ouvindo Swann vir assim contar-lhe coisas que ela fizera, olhava-o com um ar desconfiado, e, pelo sim pelo não, zangado, para não parecer que se humilhava e corava dos seus actos.

Um dia, no período de calma mais longo que ainda pudera atravessar sem ser de novo assaltado por ataques de ciúmes, aceitara ir à noite ao teatro com a princesa Des Laumes. Ao abrir o jornal para ver que é que representavam, ficou tão cruelmente chocado ao ver o título *Les Filles de Marbre* de Théodore Barrière, que teve um movimento de recuo e desviou a cabeça. Iluminada como que pela luz da ribalta, no novo lugar onde figurava, esta palavra «mármore», que perdera a faculdade de distinguir, de tal modo tinha o hábito de a ter com frequência diante dos olhos, tornara-se-lhe de novo e de repente visível, e imediatamente lhe recordara aquela história que Odette em tempos lhe contara, de uma visita que fizera ao Salão do Palácio da Indústria com a senhora Verdurin e onde esta lhe dissera: «Cuidado, eu hei-de saber bem descongelar-te, tu não és de mármore.» Odette afirmara-lhe que não passava de uma brincadeira, e que não havia ligado qualquer importância. Mas ele tinha então mais confiança nela que hoje. E justamente a carta anónima falava de amor daquele género. Sem se atrever a erguer os olhos para o jornal, desdobrou-o e virou uma folha para não tornar a ver as palavras *Les Filles de Marbre*, e começou a ler maquinalmente as notícias regionais. Houvera uma tempestade na Mancha, assinalavam-se prejuízos em Dieppe, em Cabourg, em Beuzeval. Imediatamente fez um novo movimento de recuo.

O nome Beuzeval fizera-o pensar no de uma outra localidade dessa região, Beuzeville, que tem junto a esse nome, ligado por um traço de união, um outro, Bréauté, que muitas vezes vira nos mapas, mas que pela primeira vez notava que era o mesmo do seu amigo, o senhor de Bréauté, que a carta anónima dizia ter sido amante de Odette. No fim de contas, quanto ao senhor de Bréauté, a acusação não era inverosímil; mas no que dizia respeito à senhora Verdurin, havia uma impossibilidade. Do facto de Odette às vezes mentir não se podia concluir que nunca dizia a verdade e, naquelas palavras que trocara com a senhora Verdurin e que ela própria contara a Swann, ele reconhecera aquelas brincadeiras inúteis e perigosas a que, por inexperiência da vida e ignorância do vício, se entregam certas mulheres cuja inocência revelam e que — como, por exemplo, Odette — estão mais longe que ninguém de experimentar uma ternura exaltada por outra mulher. Ao passo que, pelo contrário, a indignação com que ela repelira as suspeitas que involuntariamente fizera nascer nele por um instante com a sua história, harmonizava-se com tudo o que ele sabia dos seus gostos, do temperamento da amante. Mas naquele momento, por uma daquelas inspirações dos ciumentos, análogas à que, ao poeta ou ao sábio que ainda apenas têm uma rima ou uma observação, traz a ideia ou a lei que lhes dará todo o seu potencial, Swann recordou-se pela primeira vez de uma frase que Odette lhe dissera, já dois anos antes: «Oh! A senhora Verdurin agora só tem olhos para mim, eu sou um amor, beija-me, quer que eu vá fazer compras com ela, que a trate por tu.» Longe de ver então nesta frase qualquer relação com as absurdas palavras destinadas a simular o vício que Odette lhe contara, ele encarara-a como prova de uma calorosa amizade. Agora eis que a recordação daquela ternura da senhora Verdurin viera repentinamente ao encontro da recordação da sua conversa de mau gosto. No seu espírito, já não conseguia separá-las, e viu-as misturadas também na realidade, com a ternura a conferir algo de sério e de importante àquelas brincadeiras que, em troca, lhe faziam perder algo da sua inocência. Foi a casa de Odette. Sentou-se longe dela. Não se atrevia a beijá-la, sem saber se nela, ou nele, seria a afeição ou a cólera que um beijo iria despertar. Calava-se, via morrer aquele amor. De repente, tomou uma resolução.

— Odette — disse-lhe —, minha querida, eu bem sei que sou odioso, mas tenho que te perguntar umas coisas. Lembras-te da ideia que eu tive a propósito de ti e da senhora Verdurin? Diz-me se é verdade, com ela ou com outra.

Ela sacudiu a cabeça franzindo a boca, sinal frequentemente usado pelas pessoas para responderem que não vão, que é coisa que as aborrece, se alguém lhes perguntou: «Vem ver passar a parada a cavalo, vai assistir à revista?» Mas aquela sacudidela da cabeça assim habitualmente ligada a um acontecimento futuro introduz por isso mesmo alguma incerteza na negação de um acontecimento passado. Para mais, apenas evoca razões de conveniência pessoal, mais que a reprovação, mais que uma impossibilidade moral. Vendo Odette fazer-lhe assim sinal de que era falso, Swann compreendeu que talvez fosse verdade.

— Já te disse, tu bem sabes — acrescentou ela com um ar irritado e infeliz.

— Sim, eu sei, mas tens a certeza? Não me digas: «Tu bem sabes», diz-me antes: «Nunca fiz esse género de coisas com mulher alguma.»

Ela repetiu como uma lição, num tom irónico, e como se quisesse desembaraçar-se dele:

— Nunca fiz esse género de coisas com mulher alguma.

— És capaz de mo jurar sobre a tua medalha de Nossa Senhora de Laghet?

Swann sabia que Odette não seria capaz de jurar falso sobre aquela medalha.

— Ah, como tu me fazes infeliz! — exclamou ela furtando-se num sobressalto ao aperto da pergunta. — Quando é que acabas com isso? Que tens tu hoje? Decidiste então que eu havia de detestar-te, de abominar-te? Aí está, queria voltar contigo aos bons tempos de outrora e eis como tu me agradeces!

Mas, não a largando, tal como um cirurgião espera pelo fim do espasmo que lhe interrompe a intervenção mas não o obriga a renunciar a ela, disse-lhe com uma doçura persuasiva e ilusória:

— Estás completamente enganada se imaginas que te quereria mal por isso, Odette. Eu nunca te falo senão do que sei, e sei sempre muito mais do que digo. Mas só tu podes suavizar com a tua confissão o que me faz odiar-te, uma vez que isto só me foi denunciado por outros. A minha cólera contra ti não provém das tuas acções, tudo te perdoo porque te amo, mas da tua falsidade, da tua falsidade absurda que te faz perseverar na negação de coisas que sei. Mas como queres tu que eu possa continuar a amar-te, quando te vejo sustentar, jurar-me uma coisa que sei que é falsa? Odette, não prolongues este momento que é uma tortura para nós ambos. Se quiseres, acabará num segundo, ficarás liberta para sempre. Diz-me sobre a tua medalha se, sim ou não, alguma vez fizeste tais coisas.

— Eu sei lá — exclamou ela irada —, talvez há muito tempo, sem consciência do que fazia, talvez duas ou três vezes!

Swann encarara todas as possibilidades. A realidade é portanto algo sem qualquer relação com as possibilidades, tanto como uma facada que recebemos com os ligeiros movimentos das nuvens por cima da nossa cabeça, visto que estas palavras «duas ou três vezes» marcaram profundamente uma espécie de cruz no seu coração. Coisa estranha que aquelas palavras «duas ou três vezes», apenas palavras, palavras pronunciadas no ar, à distância, possam assim dilacerar o coração como se nele tocassem de verdade, possam causar doença como um veneno absorvido. Involuntariamente, Swann pensou naquela frase que ouvira em casa da senhora de Saint-Euverte: «Nunca vi nada assim tão forte... desde as mesas de pé-de-galo!» Este sofrimento que sentia não se assemelhava a nada do que julgara. Não apenas porque nas suas horas de mais completa desconfiança raramente fora até tão longe na imaginação do mal, mas porque, mesmo quando imaginava tal coisa, ela permanecia vaga, incerta, desprovida daquele horror especial que se evolara das palavras «talvez duas ou três vezes», desprovida daquela crueldade específica, tão diferente de tudo o que conhecera como uma doença que nos ataca pela primeira vez. E, no entanto, aquela Odette, de quem lhe vinha todo aquele mal, nem por isso lhe era menos cara, muito pelo contrário, era-lhe mais preciosa, como se, à medida que o seu sofrimento crescia, ao mesmo tempo crescesse o preço do calmante, do contraveneno que só aquela mulher possuía. Queria dar-lhe mais cuidados, como que a uma doença que de repente se descobre ser mais grave. Queria que a coisa pavorosa que ela lhe dissera ter feito «duas ou três vezes» não pudesse repetir-se. Para isso precisava de velar por Odette. Diz-se muitas vezes que, denunciando a um amigo os erros da nossa amante, apenas conseguimos aproximá-lo dela, porque ele não lhes dá crédito, mas muito mais se lhes der crédito! Porém, pensava Swann, como havia de conseguir protegê-la? Talvez pudesse preservá-la de uma determinada mulher, mas havia centenas de outras, e ele compreendeu que loucura passara por ele quando, na noite em que não encontrara Odette em casa dos Verdurin, começara a desejar a posse, sempre impossível, de outro ser. Felizmente para Swann, sob os novos sofrimentos que acabavam de entrar na sua alma como hordas de invasores, existia um fundo de natureza mais antigo, mais suave e silenciosamente laborioso, como as células de um órgão ferido que logo se põem em condições de refazer os tecidos lesados, como os músculos de um membro paralisado que tendem a retomar os seus movimentos. Esses mais antigos, mais autóctones habitantes da sua alma utilizaram por momentos todas as forças de Swann nesse trabalho obscuramente reparador que dá a um convalescente, a um operado, a ilusão do repouso. Desta vez não foi tanto como habitualmente no cérebro de Swann que se produziu essa distensão por esgotamento, foi antes no seu coração. Mas todas as coisas da vida que uma vez existiram tendem a recriar-se e, como um animal moribundo que agita de novo o sobressalto de uma convulsão que se julgava terminada, no coração de Swann, por momentos poupado, o mesmo sofrimento veio espontaneamente tornar a traçar a mesma cruz. Recordou-se daquelas noites de luar em que, estendido na sua vitória que o levava para a Rua La Pérouse, cultivava voluptuosamente em si as emoções do homem apaixonado, sem saber o fruto envenenado que elas necessariamente iriam produzir. Mas todos aqueles pensamentos apenas duraram o espaço de um segundo, o tempo de levar a mão ao coração, retomar o fôlego e conseguir sorrir para dissimular a sua tortura. Recomeçava já a fazer as suas perguntas. Porque o seu ciúme, que se dera ao trabalho a que um inimigo se não daria para conseguir vibrar-lhe esse golpe, para lhe fazer tomar conhecimento da dor mais cruel que jamais conhecera, o seu ciúme achava que ele não havia sofrido o suficiente e procurava fazer-lhe receber um ferimento mais profundo ainda. Tal como uma divindade malfazeja, o seu ciúme inspirava Swann e levava-o à sua perda. Não foi por culpa sua, mas apenas de Odette, que o seu suplício se não agravou de início.

— Minha querida — disse-lhe ele —, acabou-se, era com uma pessoa que eu conheço?

— Não, juro-te, aliás, acho que exagerei, que não fui até esse ponto.

Ele sorriu e continuou:

— Que queres tu? Não tem importância, mas é uma pena que não me possas dizer o nome. Se pudesse imaginar a pessoa, isso iria impedir-me para sempre de tornar a pensar no assunto. Digo-o por ti, porque nunca mais te aborreceria. É tão calmante imaginar as coisas! O que é pavoroso é o que não podemos imaginar. Mas tu já foste tão amável que não quero fatigar-te. Agradeço-te do coração todo o bem que me fizeste. Acabou-se. Apenas mais uma palavra: Há quanto tempo?

— Oh, Charles, mas não estás a ver que me matas? É tudo o que há de mais antigo. Nunca tinha voltado a pensar nisso, até parece que queres absolutamente tornar a dar-me essas ideias. Há-de adiantar-te muito — disse ela com tolice inconsciente e intencional maldade.

— Ah, eu só queria saber se foi depois de te conhecer. Seria tão natural, a coisa passava-se aqui? Não me podes indicar uma determinada noite, para eu imaginar o que estava a fazer entretanto? Hás-de compreender que não é possível não te lembrares de com quem foi, Odette, meu amor.

— Mas eu cá não sei, acho que foi no Bois, numa noite em que foste ter connosco à ilha. Tinhas jantado em casa da princesa Des Laumes — disse ela, feliz por fornecer um pormenor preciso que atestava a sua veracidade. — Numa mesa próxima estava uma mulher que eu não via há muito tempo. Disse-me ela: «Ora venha atrás daquele pequeno rochedo ver o efeito do luar na água.» Primeiro bocejei e respondi: «Não, estou cansada e estou bem aqui.» Ela garantiu que nunca houvera um luar assim. Eu disse-lhe: «Mas que brincadeira!»; bem sabia aonde ela queria chegar.

Odette contava aquilo quase a rir, ou porque lhe parecesse muito natural, ou porque julgasse atenuar assim a sua importância, ou para não parecer humilhada. Vendo a cara de Swann, mudou de tom:

— Tu és um miserável, tens prazer em torturar-me, em obrigar-me a contar mentiras para me deixares em paz.

Este segundo golpe vibrado em Swann era ainda mais atroz que o primeiro. Nunca ele supusera que fosse uma coisa tão recente, escondida aos seus olhos que não haviam sabido descobri-la, não num passado que ele não conhecera, mas em noites de que se lembrava tão bem, que vivera com Odette, que julgara por si tão bem conhecidas e que tomavam agora retrospectivamente um carácter algo velhaco e atroz; no meio deles, de repente, abria-se aquele buraco escancarado, aquele momento na ilha do Bois. Odette, sem ser inteligente, tinha o encanto da naturalidade. Contara, mimara aquela cena com tanta simplicidade que Swann, ofegante, estava a ver tudo: o bocejo de Odette, o pequeno rochedo. Ouvia-a responder, infelizmente com jovialidade: «Mas que brincadeira!» Sabia que ela não iria dizer mais nada naquela noite, que naquele momento não havia qualquer nova revelação a esperar; ela calava-se e ele disse-lhe:

— Minha pobre querida, perdoa-me, sinto que te magoo, acabou-se, eu não penso mais nisso.

Mas ela viu que os seus olhos se mantinham fitos nas coisas que não sabia e naquele passado dos seus amores, monótono e doce na sua memória porque era vago, e que era agora dilacerado como por uma ferida por aquele minuto na ilha do Bois, ao luar, depois do jantar em casa da princesa Des Laumes. Mas ele tomara de tal modo o hábito de achar a vida interessante — de admirar as curiosas descobertas que nela se podem fazer — que ao mesmo tempo que sofria, ao ponto de acreditar que não poderia suportar por muito tempo uma dor assim, dizia de si para si: «A vida é verdadeiramente admirável e reserva belas surpresas; afinal, o vício é algo mais difundido do que se julga. Aqui está uma mulher em quem eu tinha confiança, que tem um ar tão simples, tão honesto, que em qualquer caso, mesmo que leviana, parecia bem normal e de gostos saudáveis: partindo de uma denúncia inverosímil, interrogo-a e o pouco que me confessa revela muito mais do que se poderia suspeitar.» Mas não podia limitar-se a estas observações desinteressadas. Procurava apreciar exactamente o valor do que ela lhe contara, para saber se devia concluir que essas coisas as tinha ela feito muitas vezes, e que se renovariam. Repetia para si mesmo estas palavras que ela dissera: «Bem sabia aonde ela queria chegar», «Duas ou três vezes», «Mas que brincadeira!», mas o sofrimento era tão forte que era obrigado a parar. Maravilhava-se de que actos que sempre julgara tão levianamente, tão jovialmente, se tivessem agora tornado para ele graves como uma doença de que se pode morrer. Conhecia muitas mulheres a quem poderia pedir que vigiassem Odette. Mas como podia esperar que elas se situassem do mesmo ponto de vista que o seu e não permanecessem naquele que durante tanto tempo fora o dela, aquele que sempre guiara a sua vida voluptuosa, que não lhe dissessem a rir: «Maldito ciumento que quer privar os outros de um prazer»? Por que alçapão de repente aberto ele, que outrora, no seu amor por Odette, apenas tivera amores delicados, fora bruscamente precipitado naquele novo círculo infernal do qual não discernia como é que alguma vez poderia sair? Pobre Odette! Não lhe queria mal por aquilo. Era apenas semiculpada. Não se dizia que fora pela sua própria mãe entregue, quase uma criança, em Nice, a um inglês rico? Mas que verdade dolorosa tomavam para ele estas linhas do *Journal d'un Poète* de Alfred de Vigny, que em tempos lera com indiferença: «Quando nos sentimos tomados de amor por uma mulher, deveríamos indagar: Como está ela rodeada? Como foi a sua vida? Toda a felicidade da vida assenta aí.» Swann admirava-se de que simples frases soletradas pelo seu pensamento, tal como «Mas que brincadeira!», «Bem sabia aonde ela queria chegar», lhe pudessem fazer tanto mal. Mas compreendia que aquilo que julgava serem simples frases não passavam de peças da armação no meio das quais residia, e podia ser-lhe devolvido, o sofrimento que experimentara durante a narrativa de Odette, porque era efectivamente esse sofrimento que experimentava de novo. Por mais que agora soubesse — por mais até que, com o passar do tempo, tivesse esquecido um pouco, perdoado um pouco —, no momento em que repetia para si mesmo aquelas palavras, o sofrimento antigo repunha-o tal como era antes de Odette falar: ignorante, confiante; o seu cruel ciúme ressituava-o para o atingir com a confissão de Odette, na posição de alguém que ainda não sabe, e ao fim de vários meses aquela velha história continuava a transtorná-lo como uma revelação. Admirava o terrível poder recriador da sua memória. Só do enfraquecimento dessa geratriz cuja fecundidade diminui com a idade podia esperar um apaziguamento da sua tortura. Mas quando parecia um pouco esgotado o seu poder de o fazer sofrer, uma das frases pronunciadas por Odette, então uma daquelas em que o espírito de Swann menos se detivera até então, uma frase quase nova vinha substituir as outras e atingia-o com intacto vigor. A memória da noite em que jantara em casa da princesa Des Laumes era-lhe dolorosa, mas era apenas o centro do seu mal. Este irradiava confusamente em redor para todos os dias próximos. E fosse qual fosse o ponto em que quisesse tocar nas suas recordações, era a estação inteira em que os Verdurin tinham tantas vezes jantado na ilha do Bois que lhe fazia doer. Tanto que, a pouco e pouco, as curiosidades que o ciúme nele excitava foram neutralizadas pelo medo das torturas novas que a si mesmo infligiria ao satisfazê-las. Verificava que todo o período da vida de Odette decorrido antes de a encontrar, período que nunca procurara imaginar, não era aquela extensão abstracta que via vagamente, mas fora feito de anos definidos, cheio de incidentes concretos. Mas, ao conhecê-los, temia que esse passado incolor, fluido e suportável, assumisse um corpo tangível e imundo, um rosto individual e diabólico. E continuava a não procurar concebê-lo, já não por preguiça de pensar, mas por medo de sofrer. Esperava que um dia acabaria por poder ouvir o nome da ilha do Bois, da princesa Des Laumes. sem sentir o tormento antigo, e achava imprudente provocar Odette a fornecer-lhe novas frases, nomes de lugares, de circunstâncias diferentes que, imediatamente após se ter acalmado o seu mal, logo o fariam renascer sob outra forma.

Mas muitas vezes as coisas que não conhecia, que temia agora conhecer, era a própria Odette que lhas revelava espontaneamente, e sem dar por isso; com efeito, do desvio que o vício introduzia entre a vida real de Odette e a vida relativamente inocente que Swann julgara, e com frequência julgava ainda, que a sua amante levava, desse desvio ignorava Odette a respectiva extensão: um ser vicioso, sempre fingindo a mesma virtude diante dos seres que não quer que suspeitem dos seus vícios, não tem controlo suficiente para ter consciência de como eles, cujo contínuo crescimento é insensível para o próprio, o arrastam a pouco e pouco para longe dos modos normais de viver. No espírito de

Odette, ao coabitarem com a memória das acções que ela ocultava a Swann, outras a pouco e pouco recebiam o seu reflexo, eram contagiadas por elas, sem que ela lhes encontrasse algo de estranho, e sem que detonassem no meio específico onde ela as fazia viver em si; mas se as contava a Swann, este ficava apavorado pela revelação do ambiente que denunciavam. Um dia procurava, sem ferir Odette, perguntar-lhe se nunca frequentara proxenetas. A bem dizer, estava convencido de que não; a leitura da carta anónima introduzira essa suposição na sua inteligência, mas de uma forma mecânica; não encontrara nela qualquer motivo de crédito, mas na realidade ela tinha permanecido, e Swann, para se desembaraçar da presença puramente material mas incómoda da suspeita, desejava que Odette a extirpasse. «Oh, não! Não que não seja perseguida por essa gente», acrescentou ela, revelando num sorriso uma satisfação de vaidade que já não percebia que não podia parecer legítima a Swann. «Há uma que ainda ontem ficou mais de duas horas à minha espera, propunha-me fosse que preço fosse. Parece que há um embaixador que lhe disse: "Eu mato-me se não ma trouxer." Disseram-lhe que eu tinha saído e acabei por ir pessoalmente falar-lhe para ela se ir embora. Gostava que visses como a recebi, a minha criada de quarto que estava a ouvir-me da sala ao lado disse-me que eu gritava aos berros: "Mas já lhe disse que não quero! É mesmo assim, isso não me agrada. Acho que sou livre de fazer o que quero, ou não? Se eu precisasse de dinheiro, percebo..." O porteiro tem ordens para não tornar a deixá-la entrar, para dizer que estou no campo. Ah, gostava que tu estivesses escondido em qualquer parte. Acho que terias ficado contente, meu querido. Apesar de tudo, a tua Odettezinha tem coisas boas, embora a achem tão detestável.»

De resto, até as suas confissões, quando lhas fazia, de faltas que supunha ele ter descoberto, mais serviam a Swann de ponto de partida para novas dúvidas do que punham termo às antigas. Porque nunca eram exactamente proporcionais a estas dúvidas. Por mais que Odette retirasse da sua confissão todo o essencial, ficava no acessório algo que Swann nunca tinha imaginado, que o acabrunhava pela sua novidade e lhe ia permitir alterar os termos do problema do seu ciúme. E essas confissões, nunca mais podia esquecê-las. A sua alma carregava com elas, rejeitava-as, embalava-as, como se fossem cadáveres. E estava envenenada por elas.

Uma vez ela falou-lhe de uma visita que Forcheville lhe fizera no dia da Festa de Paris-Múrcia. «Como, tu já o conhecias? Ah, sim, é verdade», disse ele, corrigindo-se para não parecer que não sabia. E de repente começou a tremer com a ideia de que no dia dessa Festa de Paris-Múrcia, em que recebera a carta que guardara tão preciosamente, estivera ela talvez a almoçar com Forcheville na Maison d'Or. Ela jurou-lhe que não. «No entanto a Maison d'Or lembra-me não sei quê que soube que não era verdade», disse-lhe ele para a assustar. «Sim, que não estive lá na noite em que te disse que vinha de lá quando tu me procuravas no Prévost», respondeu-lhe ela (julgando pelo seu ar que ele sabia), com uma decisão onde havia, muito mais que cinismo, timidez, um medo de contrariar Swann que por amor-próprio queria esconder e, além disso, o desejo de lhe mostrar que podia ser franca. E assim o atingiu com uma precisão e uma força de carrasco, mas isentas de crueldade, porque Odette não tinha consciência do mal que fazia a Swann; e até se pôs a rir, talvez, na verdade, sobretudo para não fazer um ar humilhado, confuso. «É verdade que eu não tinha estado na Maison Dorée, que vinha de casa de Forcheville. Tinha estado realmente no Prévost, não era mentira, ele encontrou-me lá e pediu-me que entrasse para ver as suas gravuras. Mas chegou alguém para o visitar. Disse-te que vinha da Maison d'Or porque tinha medo de que isso te aborrecesse. Estás a ver, era simpático da minha parte. Vá lá que eu tenha agido mal, mas ao menos digo-to claramente. Que interesse havia de ter em não te dizer também que tinha almoçado com ele no dia da Festa de Paris-Múrcia se fosse verdade? Tanto mais que naquela ocasião nós os dois ainda não nos conhecíamos muito bem, ora diz lá, querido.» Ele sorriu-lhe com a cobardia súbita do ser sem forças em que aquelas acabrunhantes palavras o haviam transformado. Assim, mesmo nos meses em que ele nunca mais se atrevera a tornar a pensar, porque tinham sido tão felizes, nesses meses em que ela o amara, já ela lhe mentia! Tal como aquela ocasião (a primeira noite em que tinham «feito catleia»») em que ela lhe dissera que vinha da Maison Dorée, quantas outras teria havido, também elas encobrindo uma mentira de que Swann não havia suspeitado! Recordou-se de que ela lhe dissera um dia: «Era só dizer à senhora Verdurin que o meu vestido não ficou pronto, que o meu trem chegou atrasado. Há sempre uma maneira de compor as coisas.» Também a ele, provavelmente, muitas vezes em que ela deixara cair daquelas palavras que explicam um atraso, justificam uma alteração de horas num encontro, elas teriam escondido, sem que então ele tivesse suspeitado, algo que tinha a fazer com outro, com um outro a quem dissera: «É só dizer a Swann que o meu vestido não ficou pronto, que o meu trem chegou atrasado. Há sempre uma maneira de compor as coisas.» E debaixo de todas as recordações mais doces de Swann, debaixo das palavras mais simples que outrora Odette lhe dissera, e que tomara como palavras de evangelho, debaixo das acções quotidianas que ela lhe contara, debaixo dos lugares mais habituais, a casa da costureira, a avenida do Bois, o Hipódromo, sentia (dissimulada com o auxílio desse excedente de tempo em que nos dias mais minuciosos sobra ainda espaço para a representação e pode servir de esconderijo para certas acções), sentia insinuar-se a presença possível e subterrânea de mentiras que lhe tornavam ignóbil tudo o que para ele permanecera de mais caro, as suas melhores noites, a própria Rua La Pérouse, donde Odette sempre tivera de sair a horas diferentes das que havia dito, presença que fazia circular por toda a parte um pouco do tenebroso horror que sentira ao ouvir a confissão relativa à Maison Dorée, e, como os animais imundos na *Desolação de Nínive*, abalava pedra por pedra todo o seu passado. Se agora se desviava de cada vez que a sua memória lhe dizia o nome cruel da Maison Dorée, já não era, como ainda muito recentemente, no serão da senhora de Saint-Euverte, porque lhe recordasse uma felicidade que há muito perdera, mas sim uma infelicidade que só agora acabava de conhecer. Depois passou-se com o nome da Maison Dorée o que se passara com o da ilha do Bois: a pouco e pouco deixou de fazer sofrer Swann. Porque o que julgamos ser o nosso amor, o nosso ciúme, não é uma mesma paixão contínua, indivisível. Compõe-se de uma infinidade de amores sucessivos, de ciúmes diferentes, que são efémeros, mas que pela sua quantidade ininterrupta dão a impressão da continuidade, a ilusão da unidade. A vida do amor de Swann e a fidelidade do seu ciúme eram feitas da morte, da infidelidade de inúmeros desejos, de inúmeras dúvidas, que tinham, uns e outras, Odette como objecto. Se tivesse ficado muito tempo sem a ver, os desejos e dúvidas que morriam não teriam sido substituídos por outros. Mas a presença de Odette continuava a semear alternadamente ternura e suspeitas no coração de Swann.

Certas noites ela tornava a ser de repente de uma gentileza para com ele que o avisava duramente de que ele devia aproveitá-la logo, sob pena de não tornar a vê-la repetir-se durante anos; era preciso ir logo a casa dela «fazer catleia», e este desejo que ela pretendia ter dele era tão súbito, tão inexplicável, tão imperioso, as carícias que seguidamente ela lhe prodigalizava eram tão demonstrativas e tão insólitas, que aquela ternura brutal e sem verosimilhança magoava tanto Swann como uma mentira e uma maldade. Uma noite em que, por ordem que dela recebera, regressaram a casa juntos e em que ela entremeava os seus beijos com palavras apaixonadas que contrastavam com a sua secura habitual, julgou de repente ouvir um ruído; levantou-se, procurou por toda a parte, não encontrou ninguém, mas não teve a coragem de voltar ao seu lugar junto dela, que então, no cúmulo da raiva, partiu uma jarra e disse a Swann: «Nunca se pode fazer nada contigo!» E ficou sem saber se ela não teria escondido alguém a quem quisera fazer sofrer de ciúmes ou incendiar os sentidos.

Às vezes ele ia a casas de encontros, esperando vir a saber alguma coisa acerca dela, porém sem se atrever a nomeá-la. «Tenho uma pequena que lhe vai agradar», dizia a proxeneta. E ficava uma hora a conversar tristemente com uma pobre rapariga qualquer, admirada de que ele não fizesse mais nada. Uma muito nova e deslumbrante disse-lhe um dia: «O que eu queria era encontrar um amigo, e então ele podia ficar certo de que eu nunca mais iria com mais ninguém.» «Achas mesmo que é possível que uma mulher fique sensibilizada pelo facto de um homem a amar e não o engane nunca?», perguntou-lhe Swann ansiosamente. «É claro! Depende do carácter de cada uma!» Swann não podia evitar dizer àquelas raparigas as mesmas coisas que teriam agradado à princesa Des Laumes. À que procurava um amigo, disse a sorrir: «Que simpática, puseste olhos azuis da cor do cinto.» «Também o senhor tem os punhos da camisa azuis.» «Que bela conversa nós temos para um lugar deste género! Não estou a aborrecer-te? Se calhar tens que fazer.» «Não, tenho todo o tempo. Se me aborrecesse, eu dizia-lhe. Pelo contrário, gosto muito de o ouvir conversar.» «Fico muito lisonjeado. Não é verdade que estamos a ter uma conversa simpática?», disse ele à proxeneta que acabava de entrar. «Sim, sim, é justamente o que eu estava a pensar. Como estes homens têm juízo! Aqui está, agora vêm para minha casa conversar. É o que dizia o príncipe no outro dia, está-se muito melhor aqui que em casa da mulher. Ao que parece, agora, na sociedade, elas fingem todas, é um verdadeiro escândalo! Deixo-os, que eu sou discreta.» E deixou Swann com a rapariga dos olhos azuis. Mas ele não tardou a levantar-se e a dizer-lhe adeus, ela era-lhe indiferente, não conhecia Odette.

Como o pintor tinha estado doente, o doutor Cottard aconselhou-lhe uma viagem por mar; vários fiéis falaram em ir com ele; os Verdurin não conseguiram resolver-se a ficar sós, alugaram um iate e depois compraram-no, e assim Odette fez frequentes cruzeiros. De todas as vezes, passado pouco tempo depois de se ter ido embora, Swann sentia que começava a separar-se dela, mas, como se essa distância moral fosse proporcional à distância material, logo que sabia que Odette estava de regresso, não podia ficar sem a ver. Uma vez, julgavam eles que tinham partido apenas por um mês de viagem, mas, ou porque tivessem sido tentados no caminho, ou porque o senhor Verdurin tivesse dissimuladamente preparado antes as coisas para dar prazer à mulher, apenas avisando os fiéis a pouco e pouco, de Argel foram para Tunes, depois para Itália, depois para a Grécia, para Constantinopla, para a Ásia Menor. A viagem durava havia perto de um ano. Swann sentia-se absolutamente tranquilo, quase feliz. Embora a senhora Verdurin tivesse procurado persuadir o pianista e o doutor Cottard de que a tia de um e os doentes do outro não precisavam deles para nada e de que em qualquer caso era imprudente deixar a senhora Cottard regressar a Paris, que, segundo garantia o senhor Verdurin, estava em plena revolução, foi obrigada a pô-los em liberdade em Constantinopla. E o pintor foi com eles. Um dia, pouco depois do regresso desses três viajantes, Swann, vendo passar um ónibus para o Luxemburgo, onde tinha coisas a tratar, saltara lá para dentro e dera consigo sentado diante da senhora Cottard, que fazia o seu giro de «dias de visita», de traje de gala, pluma no chapéu, vestido de seda, regalo, sombrinha, carteira e luvas brancas lavadas. Armada destas insígnias, em tempo seco, ia a pé de uma casa para outra dentro do mesmo bairro, mas, para seguidamente passar para um bairro diferente, usava o ónibus com correspondência. Durante os primeiros instantes, antes de a amabilidade natural da mulher ter trespassado a rigidez da pequena burguesa, e sem saber muito bem, aliás, se devia falar dos Verdurin a Swann, soltou com toda a naturalidade, na sua voz lenta, desajeitada e suave, que por momentos o ónibus cobria por completo com o seu trovão, umas frases escolhidas entre aquelas que ouvia e repetia nas vinte e cinco casas cujas escadas trepava num só dia:

— Não lhe pergunto, meu caro senhor, se, sendo, como é, um homem actualizado, viu, nos Mirlitons, o retrato de Machard que faz correr Paris inteira. Ora bem, e que diz o senhor? Pertence ao campo daqueles que aprovam ou ao campo dos que atacam? Em todos os salões só se fala do retrato de Machard; ninguém é elegante, ninguém é puro, ninguém está na moda se não der a sua opinião sobre o retrato de Machard.

Como Swann lhe respondeu que não tinha visto o retrato, a senhora Cottard teve receio de o ter magoado obrigando-o a confessar o facto.

— Ah, muito bem, ao menos confessa-o francamente, não se julga desonrado por não ter visto o retrato de Machard. Acho isso muito bonito da sua parte. Pois eu vi-o, as opiniões dividem-se, há os que acham que é um pouco delambido, um pouco nata batida, mas eu acho ideal. É claro que ela não se parece com as mulheres azuis e amarelas do nosso amigo Biche. É que, devo confessar-lhe francamente, espero que não me ache muito fim-de-século, mas eu digo o que penso, eu cá não compreendo. Meu Deus, reconheço as qualidades que há no retrato do meu marido, é menos estranho que o que ele faz habitualmente, mas lá teve que lhe fazer um bigode azul. Ao passo que Machard! Olhe, justamente o marido da amiga a casa de quem vou agora (o que me dá o grande prazer de ser sua companheira de viagem) prometeu-lhe que, se for nomeado para a Academia (é um colega do doutor), lhe manda fazer o retrato pelo Machard. Evidentemente que é um belo sonho! Tenho outra amiga que acha que gosta mais do Leloir. Eu não passo de uma pobre profana, e o Leloir talvez ainda seja superior como ciência. Mas acho que a primeira qualidade de um retrato, sobretudo quando custa dez mil francos, é ser parecido, e de uma parecença agradável.

Ditas estas sentenças inspiradas pela altura do seu penacho, pelo monograma do seu porta-cartões, pelo numerozinho traçado a tinta nas luvas pela tinturaria e pelo embaraço de falar a Swann dos Verdurin, a senhora Cottard, vendo que estavam ainda longe da esquina da Rua Bonaparte, onde o condutor havia de deixá-la, escutou o seu coração, que lhe aconselhava outras palavras.

— O senhor devia ter as orelhas a arder durante a viagem que fizemos com a senhora Verdurin. Só se falava de si.

Swann ficou muito admirado, pois supunha que o seu nome nunca era proferido diante dos Verdurin.

— De resto — acrescentou a senhora Cottard —, a senhora de Crécy estava lá, e bastava isso. Esteja onde estiver, Odette nunca pode ficar muito tempo sem falar do senhor. E, como deve imaginar, não é para dizer mal. Como? Duvida? — disse ela ao ver um gesto céptico de Swann.

E, levada pela sinceridade da sua convicção, e aliás sem introduzir qualquer mau pensamento sob esta palavra, que tomava apenas no sentido em que se utiliza para falar da afeição entre amigos, acrescentou:

— Ela adora-o! Ah, acho que não se pode dizer nada sobre si à frente dela! Estávamos bem arranjados! A propósito de tudo, quando víamos um quadro, por exemplo, ela dizia: «Ah, se ele estivesse aqui, ele é que saberia dizer-vos se é autêntico ou não. Para isso não há ninguém como ele.» E perguntava a todo o instante: «Que estará ele a fazer neste momento? Ainda se estivesse a trabalhar um bocadinho! Que pena, um rapaz tão dotado ser tão preguiçoso. (Perdoa-me, não é verdade?) Estou a vê-lo neste momento, está a pensar em nós, pergunta a si mesmo onde é que estamos.» Disse até uma frase que eu achei muito bonita. O senhor Verdurin dizia-lhe: «Mas como é que pode ver o que ele está a fazer neste momento, se está a oitocentas léguas de distância?» Então Odette respondeu-lhe: «Nada é impossível ao olhar de uma amiga.» Não, juro-lhe, não estou a dizer-lhe isto para o lisonjear, o senhor tem ali uma verdadeira amiga como não há muitas. Digo-lhe, de resto, se é que não sabe, que é o único. Ainda no último dia (como sabe, nas vésperas da partida conversa-se melhor) me dizia a senhora Verdurin: «Não digo que Odette não goste de nós, mas tudo o que lhe dizemos não pesa muito ao pé do que o senhor Swann lhe diria.» Ah, meu Deus, o condutor está a parar para mim, e eu na conversa consigo ia deixar passar a Rua Bonaparte… Pode fazer-me o favor de me dizer se tenho a pluma direita?

E a senhora Cottard retirou do regalo, para a estender a Swann, a mão enluvada de branco, donde saiu, com um bilhete de correspondência, uma visão de vida em grande que encheu o ónibus, misturada com o odor da tinturaria. E Swann sentiu-se a transbordar de ternura por ela, assim como pela senhora Verdurin (e quase tanto como por Odette, porque o sentimento que tinha por esta, agora já não enredado em mágoa, também já não era bem amor), enquanto da plataforma a seguia com olhos enternecidos, enfiando corajosamente pela Rua Bonaparte, de pluma erguida, uma das mãos a puxar a saia e a outra a segurar a sombrinha e porta-cartões, com o monograma à mostra, deixando o regalo dançar à sua frente.

Para fazer concorrência aos sentimentos doentios que Swann tinha por Odette, a senhora Cottard, melhor terapeuta do que seria o marido, enxertara ao lado deles outros sentimentos, esses normais, de gratidão, de amizade, sentimentos que no espírito de Swann tornariam Odette mais humana (mais semelhante às outras mulheres, porque também outras mulheres lhos podiam inspirar), e apressariam a sua transformação definitiva naquela Odette amada com pacífica afeição, que o trouxera a sua casa uma noite depois de uma festa em casa do pintor para beber um copo de laranjada com Forcheville e junto de quem Swann entrevira que poderia viver feliz.

Tendo outrora pensado com terror que um dia deixaria de estar apaixonado por Odette, decidira estar vigilante e, mal sentisse que o seu amor começava a abandoná-lo, agarrar-se a ele, não o deixar fugir. Mas eis que ao enfraquecimento do seu amor correspondia ao mesmo tempo um enfraquecimento do desejo de permanecer apaixonado. Porque ninguém pode mudar, isto é, tornar-se outra pessoa, e ao mesmo tempo continuar a obedecer aos sentimentos da pessoa que já não é. Ás vezes, o nome visto num jornal de um daqueles homens que supunha poderem ter sido amantes de Odette devolvia-lhe os ciúmes. Mas eram ciúmes bem ligeiros e, como lhe provavam que não saíra ainda completamente daquele tempo em que tanto tinha sofrido — mas em que conhecera também uma maneira de sentir tão voluptuosa — e cujas belezas os acasos do percurso talvez lhe permitissem ainda avistar furtivamente e de longe, esses ciúmes provocavam-lhe antes uma excitação agradável, tal como ao taciturno parisiense que regressa a França vindo de Veneza um último mosquito lhe prova que a Itália e o Verão ainda não estão muito longe. Mas, a maioria das vezes, quando fazia um esforço, se não para permanecer no tempo tão especial da sua vida de que estava saindo, pelo menos para ter dele uma visão clara enquanto ainda a podia ter, apercebia-se de que já não podia; gostava de contemplar como uma paisagem que ia desaparecer aquele amor que acabava de abandonar; mas é tão difícil ser duplo e desfrutar do espectáculo verídico de um sentimento que deixou de possuir-se, que, com a escuridão a invadir-lhe depressa o cérebro, já não via mais nada, renunciava a olhar, retirava o lornhão, limpava-lhe as lentes; dizia de si para si que mais valia descansar um pouco, que daí a um bocado ainda estaria a tempo, e metia-se num canto, negligentemente, no torpor do viajante ensonado que puxa o chapéu para os olhos para dormir na carruagem que sente que o transporta cada vez mais depressa para longe do país onde viveu tanto tempo e que decidira não deixar fugir sem um último adeus. E até, tal como aquele viajante ao acordar já em França, quando Swann apanhou por acaso junto de si a prova de que Forcheville fora amante de Odette, verificou que não sentia com isso qualquer dor, que o amor estava agora longe, e lamentou não ter sido avisado do momento em que o abandonava para sempre. E, assim como antes de beijar Odette pela primeira vez procurara imprimir na sua memória o rosto que durante tanto tempo ela tivera para ele e que a recordação daquele beijo ia transformar, também gostaria, ao menos em pensamento, de ter podido fazer as suas despedidas, enquanto ela existia ainda, dessa Odette que lhe inspirava amor, ciúme, dessa Odette que lhe causava sofrimentos e que já não mais tornaria a ver. Estava enganado. Iria tornar a vê-la ainda mais uma vez, algumas semanas mais tarde. Foi a dormir, no crepúsculo de um sonho. Ia a passear com a senhora Verdurin, o doutor Cottard, um jovem de fez que não conseguia identificar, o pintor, Odette, Napoleão III e o meu avô, por um caminho ao longo do mar e que se debruçava a pique sobre ele, ora de muito alto, ora apenas a alguns metros, de modo que subiam e desciam constantemente; os passeantes que desciam já não eram visíveis para os que iam ainda a subir, a pouca luz que restava enfraquecia e parecia que uma noite negra se ia espalhar imediatamente. Por momentos as vagas saltavam até à borda, e Swann sentia na face salpicos gelados. Odette dizia-lhe que os enxugasse, ele não podia e estava embaraçado diante dela por causa disso, e também por estar em camisa de dormir. Esperava que, devido à obscuridade, não dessem por isso, mas porém a senhora Verdurin fitou-o com um olhar admirado durante um longo momento, durante o qual viu a sua cara a deformar-se, o nariz a alongar-se, e que tinha um grande bigode. Virou-se para olhar para Odette, e as faces dela estavam pálidas, com pontinhos vermelhos, as feições sumidas, olheirentas, mas olhava-o com olhos cheios de ternura prestes a soltarem-se como lágrimas para caírem sobre ele, e ele sentia-se a amá-la tanto que gostaria de a levar consigo imediatamente. De súbito, Odette virou o pulso, olhou para um pequenino relógio e disse: «Tenho de ir», despedia-se de toda a gente da mesma maneira, sem tomar Swann de parte, sem lhe dizer onde tornaria a vê-lo, à noite ou noutro dia. Ele não se atreveu a perguntar-lho, gostava de a seguir e era obrigado, sem se virar para ela, a responder sorrindo a uma pergunta da senhora Verdurin, mas o seu coração batia horrivelmente, sentia ódio por Odette, gostava de lhe furar aqueles olhos que ainda há pouco amava tanto, de esmagar as suas faces sem frescura. Continuava a subir com a senhora Verdurin, isto é, a afastar-se a cada passo de Odette, que descia em sentido contrário. Ao fim de um segundo, tinham passado muitas horas desde que ela partira. O pintor fez notar a Swann que Napoleão III se tinha eclipsado um instante depois dela. «Estava de certeza combinado entre eles», acrescentou, «devem ter-se juntado na costa lá em baixo, mas não quiseram despedir-se ao mesmo tempo por causa das conveniências. Ela é amante dele.» O jovem desconhecido desatou a chorar. Swann tentou consolá-lo. «No fim de contas, ela tem razão», disse--lhe ele enxugando-lhe os olhos e tirando-lhe o fez para ele ficar mais à vontade. «Dez vezes lho aconselhei. Porquê ficar triste por causa disso? Era mesmo o homem capaz de a compreender.» Assim Swann falava para si mesmo, porque o jovem que a princípio não conseguira identificar era também ele; tal como certos romancistas, distribuíra a sua personalidade por duas personagens, a que sonhava e a que estava a ver à sua frente com um fez na cabeça.

Quanto a Napoleão III, é Forcheville, a quem alguma vaga associação de ideias, uma certa modificação na fisionomia habitual do barão e, finalmente, o grande colar da Legião de Honra o haviam levado a dar-lhe aquele nome; mas, na realidade, e em tudo o que a personagem presente no sonho lhe figurava e lhe recordava, era efectivamente Forcheville. Porque, de imagens incompletas e mutáveis, Swann adormecido retirava deduções falsas, que aliás tinham momentaneamente tal poder criador que se reproduzia por simples divisão, como certos organismos inferiores; com o calor sentido da sua própria palma da mão modelava a concavidade de uma mão alheia que julgava apertar e de sentimentos e impressões de que não tinha ainda consciência fazia nascer como que peripécias que, pelo seu encadeamento lógico, levariam ao ponto exacto, no sono de Swann, a personagem necessária para receber o seu amor ou fazê-lo acordar. Fez-se de repente uma noite negra, soou um sino, passaram a correr habitantes do lugar, fugindo das casas em chamas; Swann ouvia o ruído das vagas que saltavam, e o seu coração que, com a mesma violência, batia de ansiedade no seu peito. De repente, as suas palpitações de coração redobraram de rapidez, sentiu um sofrimento, uma náusea inexplicáveis; um camponês coberto de queimaduras atirava-lhe ao passar: «Vá perguntar a Charlus para onde é que Odette foi acabar o serão com o companheiro, ele esteve em tempos com ela e ela conta-lhe tudo. Foram eles que deitaram o fogo.» Era o seu criado de quarto que acabava de o despertar e lhe dizia:

— Senhor, são oito horas e o barbeiro está ali, disse-lhe para tornar a passar por cá daqui a uma hora.

Mas estas palavras, penetrando nas ondas do sono em que Swann estava mergulhado, não tinham chegado à sua consciência sem sofrer aquele desvio que faz com que no fundo da água um raio pareça um sol, tal como um momento antes o ruído da campainha, tomando no fundo daqueles abismos uma sonoridade de sino, havia gerado o episódio do incêndio. Porém, o cenário que tinha diante de si desfez-se em pó, ele abriu os olhos, ouviu uma última vez o ruído de uma das vagas do mar que se afastava. Tocou na face. Estava seca. E todavia recordava-se da sensação da água fria e do gosto a sal. Levantou-se, vestiu-se. Mandara vir o barbeiro cedo porque na véspera escrevera ao meu avô dizendo-lhe que iria à tarde a Combray, por saber que a senhora de Cambremer — a menina Legrandin — ia lá passar alguns dias. Associando na sua memória ao encanto daquele rosto jovem o de um campo aonde não ia havia tanto tempo, eles exerciam juntos sobre ele uma atracção que o decidira a sair enfim de Paris por alguns dias. Assim como os diferentes acasos que nos põem na presença de certas pessoas não coincidem com o tempo em que as amamos, antes, ultrapassando-o, podem acontecer antes de ele começar e repetir-se depois de terminar, as primeiras aparições na nossa vida de um ser destinado a agradar-nos mais tarde tomam retrospectivamente aos nossos olhos um valor de advertência, de presságio. Era dessa maneira que Swann muitas vezes se reportava à imagem de Odette encontrada no teatro, naquela primeira noite em que ele não pensava tornar a vê-la nunca mais — e que se recordava agora do serão da senhora de Saint-Euverte onde apresentara o general de Froberville à senhora de Cambremer. Os interesses da nossa vida são tão diversificados que não é raro que numa mesma circunstância os marcos de uma felicidade que não existe ainda sejam colocados ao lado do agravamento de um desgosto que sofremos. E não há dúvida de que tal poderia ter acontecido a Swann noutro local que não em casa da senhora de Saint-Euverte. Quem sabe até se, no caso de, nessa noite, ele se encontrar noutro sítio, outras venturas, ou outros desgostos, não lhe teriam acontecido, que depois lhe pareceriam inevitáveis? Mas o que lhe parecia que o fora, era o que tivera lugar, e não estava longe de ver algo de providencial no facto de se ter decidido a ir ao serão da senhora de Saint-Euverte, porque o seu espírito desejoso de admirar a riqueza de invenção da vida e incapaz de se demorar muito tempo numa questão difícil, como a de saber o que mais seria de desejar, considerava nos sofrimentos que experimentara naquela noite e nos prazeres ainda insuspeitados que germinavam já — e entre os quais era difícil de estabelecer quais tinham mais peso — uma espécie de encadeamento necessário.

Mas enquanto, uma hora depois de despertar, dava indicações ao barbeiro para que o seu cabelo «em escova» não se desmanchasse na carruagem, tornou a pensar no seu sonho, tornou a ver, tal como os sentira pertinho de si, a tez pálida de Odette, as faces excessivamente magras, as feições sumidas, os olhos pisados, tudo o que — ao longo das sucessivas ternuras que haviam feito do seu duradouro amor por Odette um longo olvido da imagem primeira que dela recebera — deixara de notar desde os primeiros tempos da sua ligação, aos quais, sem dúvida, enquanto dormia, a sua memória fora procurar a respectiva sensação exacta. E com aquela grosseria intermitente que nele reaparecia quando já não estava infeliz, e que ao mesmo tempo baixava o nível da sua moralidade, exclamou de si para si: «E pensar que estraguei anos da minha vida, que desejei morrer, que dediquei o meu maior amor a uma mulher que não me agradava, que não era o meu tipo!»

TERCEIRA PARTE

Nomes de Terras: O Nome

Entre os quartos cuja imagem recordava mais frequentemente nas minhas noites de insónia, nenhum se parecia menos com os quartos de Combray, salpicados de uma atmosfera granulosa, polinizada, comestível e devota, que o do Grande Hotel da Praia, em Balbec, cujas paredes pintadas a *ripolin* continham, como as paredes polidas de uma piscina onde a água azula, um ar puro, azulado e salino. O tapeceiro bávaro que fora encarregado do arranjo deste hotel variara a decoração das salas e, em três dos lados, pusera a correr ao longo das paredes, naquela que por acaso era o meu quarto, estantes baixas, com vitrinas de vidro, nas quais se reflectia, consoante o lugar que ocupavam, e por um efeito que ele não previra, esta ou aquela parte do quadro movediço do mar, desenrolando um friso de claras marinhas apenas interrompidas pelas partes maciças de mogno. De tal modo que toda a sala parecia um daqueles modelos de quartos de dormir apresentados nas exposições *modern style* de mobiliário, onde são ornamentados com obras de arte supostamente capazes de alegrar os olhos daquele que ali dormir e a que se atribuíram temas relacionados com o género de local onde a habitação se encontrar.

Mas também nada se parecia menos com aquela Balbec real que aquela outra que eu muitas vezes sonhara, nos dias de temporal, quando o vento era tão forte que a Françoise, ao levar-me aos Campos Elísios, me recomendava que não fosse tão perto das paredes para não apanhar com telhas na cabeça, e falava gemebunda dos grandes sinistros e naufrágios anunciados pelos jornais. Não tinha desejo maior que ver uma tempestade no mar, não tanto como um belo espectáculo que como um momento desvendado da vida real da natureza; ou antes, não havia para mim belos espectáculos além dos que eu sabia não serem artificialmente combinados para meu prazer, mas eram necessários, inalteráveis — as belezas das paisagens ou da grande arte. Só tinha curiosidade, só tinha avidez de conhecer o que julgava mais verdadeiro que eu próprio, o que tinha para mim o valor de me mostrar um pouco do pensamento de um grande génio, ou da força ou da graça da natureza tal qual se manifesta entregue a si mesma, sem a intervenção dos homens. Do mesmo modo que o belo som da sua voz, isoladamente reproduzido pelo fonógrafo, nos não consolaria de termos perdido a nossa mãe, assim uma tempestade mecanicamente imitada me deixaria tão indiferente como as fontes luminosas da Exposição Universal. Para que a tempestade fosse absolutamente verdadeira queria também que a própria costa fosse uma costa natural, e não um dique recentemente criado por um município. De resto, a natureza, por todos os sentimentos que despertava em mim, parecia-me ser o que havia de mais oposto às produções mecânicas dos homens. Quanto menos tinha a marca delas, mais espaço oferecia às expansões do meu coração. Ora, eu fixara o nome de Balbec que Legrandin nos citara como uma praia muito próxima «daquelas costas fúnebres, famosas por tantos naufrágios, embrulhadas seis meses no ano no sudário das brumas e da espuma das vagas».

«Lá sentimos ainda debaixo dos nossos passos», dizia ele, «muito mais que no próprio Finisterra (e mesmo que houvesse agora hotéis uns por cima dos outros, sem poderem modificar a mais antiga ossatura da terra), sentimos lá o verdadeiro fim da terra francesa, europeia, da Terra antiga. E é o último acampamento de pescadores, semelhantes a todos os pescadores que viveram desde o princípio do mundo, diante do reino eterno dos nevoeiros do mar e das sombras.» Um dia em que, em Combray, eu falei dessa praia de Balbec diante do senhor Swann para saber por ele se era o ponto mais bem escolhido para ver as mais fortes tempestades, ele respondeu-me: «Acho que conheço Balbec. A igreja de Balbec, do século XII ou XIII, ainda semi-românica, é talvez o exemplo mais curioso do gótico normando, e tão singular que se diria arte persa.» E aqueles lugares que até aí me haviam parecido ser apenas natureza imemorial, que permanecera contemporânea dos grandes fenómenos geológicos — e tão fora da história humana como o Oceano ou a Ursa Maior, com aqueles selvagens pescadores para quem, como para as baleias, não houve Idade Média —, foi um grande encanto para mim vê-los de repente entrados na sequência dos séculos, tendo conhecido a época românica, e saber que o trevo gótico viera também traçar nervuras naqueles rochedos selvagens no momento exacto, tal como aquelas plantas frágeis mas vivazes, no tempo da Primavera, estrelam aqui e além a neve dos pólos. E se o gótico levava àqueles lugares e àqueles homens uma determinação que lhes faltava, também eles lhe conferiam uma em troca. Eu tentava imaginar como tinham vivido aqueles pescadores, a tímida e insuspeitada tentativa de relações sociais que ali haviam experimentado, durante a Idade Média, amontoados num ponto das costas do Inferno, aos pés das falésias da morte; e o gótico parecia-me agora mais vivo que separado das cidades onde sempre até então o imaginara, podia ver como, num caso concreto, em rochedos selvagens, germinara e florira num fino campanário. Levaram-me a ver reproduções das mais célebres estátuas de Balbec — os apóstolos encapelados e achatados, a Virgem do pórtico, e, de alegria, a respiração parava-me no peito quando pensava que poderia vê-las modelar-se em relevo sobre a névoa eterna e salgada. Então, nas noites tempestuosas e cálidas de Fevereiro, o vento — soprando-me no coração, que não fazia tremer com menos força que à chaminé do meu quarto o projecto de uma viagem a Balbec — misturava em mim o desejo da arquitectura gótica com o de uma tempestade sobre o mar.

Gostaria de tomar já no dia seguinte o belo e generoso comboio da uma e vinte e dois, cuja hora de partida jamais podia ler na publicidade das companhias de caminhos-de-ferro ou nos anúncios de viagens circulares sem que o coração me começasse a bater: essa hora parecia-me fazer num ponto definido da tarde a incisão de um saboroso entalhe, uma marca misteriosa a partir da qual as horas desviadas conduziam ainda efectivamente à noite, à manhã do dia seguinte, mas que veríamos, em lugar de Paris, numa daquelas cidades por onde o comboio passa e entre as quais nos permitia escolher; porque parava em Bayeux, em Coutances, em Vitré, em Questambert, em Pontorson, em Balbec, em Lannion, em Lamballe, em Bénodet, em Pont-Aven, em Quimperlé, e avançava magnificamente sobrecarregado de nomes que me oferecia, e entre os quais não sabia qual deveria preferir por impossibilidade de sacrificar qualquer um. Mas sem sequer esperar, teria podido, vestindo-me à pressa, partir nessa mesma noite, se os meus pais mo tivessem permitido, e chegar a Balbec quando a alvorada se erguesse sobre o mar furioso, de cujas espumas esvoaçantes me iria refugiar na igreja de estilo persa. Mas, ao aproximarem-se as férias da Páscoa, quando os meus pais me prometeram mandar-me passá-las uma vez no Norte da Itália, eis que a esses sonhos de tempestade que me haviam preenchido inteiramente, desejando ver apenas vagas vindas a correr de todos os lados, sempre mais alto, na costa mais selvagem, perto de igrejas escarpadas e rugosas como falésias e em cujas torres haveriam de gritar pássaros marinhos, eis que, apagando-os de repente, tirando--lhes todo o encanto, excluindo-os porque lhe eram opostos e só poderiam enfraquecê-lo, aparecia em mim, em sua substituição, o sonho contrário da Primavera mais matizada, não a Primavera de Combray que picava ainda acremente com todas as agulhas da geada, mas a que cobria já de lírios e anémonas os campos de Fiesole e tornava Florença deslumbrante de fundos dourados semelhantes aos do Angélico. A partir daí, só os raios, os perfumes, as cores, me pareciam ter valor; porque a alternância das imagens trouxera-me uma alteração da frente do desejo, e — tão brusca como as que por vezes há em música — uma completa mudança de tom na minha sensibilidade. Depois aconteceu que uma simples variação atmosférica bastou para provocar em mim aquela modulação sem que houvesse necessidade de esperar o regresso de uma estação. Porque muitas vezes encontra-se numa, perdido, um dia de outra que nos faz viver nela, e imediatamente recorda e nos faz desejar os seus prazeres próprios, e interrompe os sonhos que estávamos a sonhar colocando mais cedo ou mais tarde que o que lhe competia aquele caderno de folhas destacado de outro capítulo no calendário interpolado da Felicidade. Mas não tarda que, tal como esses fenómenos naturais de que o nosso conforto ou a nossa saúde apenas podem retirar um beneficio acidental e bastante débil, até ao dia em que a ciência se apodera deles e, produzindo-os quando quer, torna a colocar nas nossas mãos a possibilidade do seu aparecimento, subtraído à tutela e dispensado da aprovação do acaso, assim também a produção daqueles sonhos de Atlântico e de Itália deixou de estar sujeita unicamente às mudanças de estação e de tempo. Para os fazer renascer apenas precisei de pronunciar estes nomes: Balbec, Veneza, Florença, dentro dos quais acabara por se acumular o desejo que me haviam inspirado os lugares que designavam. Mesmo na Primavera, encontrar num livro o nome de Balbec bastava para despertar em mim o desejo das tempestades e do gótico normando; mesmo num dia de temporal, o nome de Florença ou de Veneza dava-me o desejo do sol, dos lírios, do Palácio dos Doges e de Santa Maria das Flores.

Mas se é certo que estes nomes absorveram para sempre a imagem que tinha destas cidades, isso só aconteceu transformando-a, submetendo o seu reaparecimento em mim às suas leis próprias; tiveram assim por consequência torná-la mais bela, mas também mais diferente daquilo que as cidades da Normandia ou da Toscânia podiam ser na realidade, e, aumentando as alegrias arbitrárias da minha imaginação, agravar a decepção futura das minhas viagens. Exaltaram a ideia que fazia de certos lugares da terra, tornando-os mais definidos, e por consequência mais reais. Não imaginava então as cidades, as paisagens, os monumentos como quadros mais ou menos agradáveis, recortados aqui e além numa mesma matéria, mas cada um deles como um desconhecido, essencialmente diferente dos outros, de que a minha alma estava sedenta e que lucraria se conhecesse. Ah, como eles assumiram algo de mais individual ainda, por serem designados por nomes, por nomes que eram só deles, nomes como os que as pessoas têm! As palavras apresentam-nos das coisas uma pequena imagem clara e usual como as que se penduram nas paredes das escolas para dar às crianças o exemplo do que é um banco de carpinteiro, uma ave, um formigueiro, coisas concebidas como semelhantes a todas da mesma espécie. Mas os nomes apresentam das pessoas — e das cidades que nos habituam a considerar singulares, únicas como pessoas — uma imagem confusa que a eles vai buscar, à sua sonoridade brilhante ou escura, a cor de que está pintada de novo, como um daqueles cartazes, inteiramente azuis ou inteiramente encarnados, nos quais, ou devido às limitações do processo utilizado ou por um capricho do desenhador, são azuis ou encarnados, não apenas o céu e o mar, mas os botes, a igreja, as pessoas que passam. O nome de Parma, uma das cidades aonde eu mais desejava ir desde que tinha lido *A Cartuxa*, surgia-me compacto, liso, violáceo e suave; se me falavam de uma qualquer casa de Parma onde seria recebido provocavam em mim o prazer de pensar que iria morar numa casa lisa, compacta, violácea e suave, sem qualquer relação com as casas de qualquer outra cidade de Itália, visto que a imaginava apenas com a ajuda dessa sílaba pesada do nome de Parma, onde não circula qualquer ar, e de tudo o que lhe fizera absorver de suavidade stendhaliana e do reflexo das violetas. E quando pensava em Florença pensava numa cidade miraculosamente perfumada e semelhante a uma corola, porque ela se chamava a Cidade dos Lírios, e a sua catedral Santa Maria das Flores. Quanto a Balbec, era um daqueles nomes em que, como num velho barro normando que conserva a cor da terra donde foi tirado, se vê ainda pintar-se a representação de um uso abolido, de um direito feudal, de um estado antigo de lugares, de uma maneira desusada de pronunciar que lhe formara as sílabas heteróclitas e que eu não duvidava ir encontrar até no homem da estalagem que me serviria café com leite à chegada, levando-me a ver o mar desenfreado diante da igreja, e ao qual eu atribuía o aspecto belicoso, solene e medieval de uma personagem de trovador.

Se a minha saúde se fortalecesse e os meus pais me permitissem, se não ir passar um tempo a Balbec, pelo menos tomar uma vez, para conhecer a arquitectura e as paisagens da Normandia ou da Bretanha, aquele comboio da uma e vinte e dois em que embarcara tantas vezes em imaginação, gostaria de parar de preferência nas cidades mais bonitas; mas, por mais que as comparasse, como escolher entre seres individuais que não são intermutáveis, entre Bayeux, tão alta na sua nobre renda avermelhada e cujo cimo era iluminado pelo velho ouro da sua última sílaba; Vitré, cujo acento agudo losangulava de madeira escura as vidraças antigas; a doce Lamballe, que, no seu branco, vai do amarelo casca de ovo ao cinzento-pérola; Coutances, catedral normanda, coroada pelo seu ditongo final, gorduroso e amarelecido, com uma torre de manteiga; Lannion, com o ruído, no seu silêncio aldeão, do coche seguido pela mosca; Questambert, Pontorson, risíveis e ingénuas, penas brancas e bicos amarelos espalhados pela estrada daqueles lugares fluviáteis e poéticos; Bénodet, um nome com frágeis amarras que o rio parece querer arrastar para o meio das suas algas; Pont-Aven, esvoaçar branco e rosado da asa de uma leve touca que se reflecte a tremer numa água esverdeada de canal; Quimperlé, essa mais bem amarrada, e desde a Idade Média, entre os ribeiros com que chilreia e se cobre de pérolas num cinza semelhante ao desenhado através das teias de aranha de uma vidraça pelos raios de sol transformados em pontas embotadas de prata polida?

Estas imagens eram falsas por outra razão ainda; é que eram forçosamente muito simplificadas; sem dúvida, aquilo a que a minha imaginação aspirava e que os meus sentidos só incompletamente e sem prazer apreendiam no presente, tinha-o eu encerrado no refúgio dos nomes; sem dúvida porque neles havia acumulado sonho, esses nomes atraíam agora magneticamente os meus desejos; mas os nomes não são muito vastos; mal podia fazer lá entrar duas ou três das «curiosidades» principais da cidade e justapô-las sem intermediários; no nome de Balbec, como no vidro de aumentar daquelas canetas que se compram nos banhos de mar, distinguia vagas erguidas em redor de uma igreja de estilo persa. Talvez até a simplificação dessas imagens tenha sido uma das causas do domínio que tiveram sobre mim. No ano em que o meu pai decidiu que iríamos passar as férias da Páscoa a Florença e a Veneza, eu, não tendo espaço para fazer entrar no nome de Florença os elementos que compõem habitualmente as cidades, fui obrigado a fazer brotar uma cidade sobrenatural da fecundação, por certos perfumes primaveris, daquilo que eu julgava ser, na sua essência, o génio de

Giotto. Quando muito — e porque não se pode fazer conter num nome muito mais tempo que espaço —, tal como, até, certos quadros de Giotto, que mostram em dois momentos diferentes da acção uma mesma personagem, aqui deitada na sua cama e ali preparando-se para montar no cavalo, o nome de Florença estava dividido em dois compartimentos. Num, sob um dossel arquitectónico, contemplava eu um fresco a que se sobrepunha parcialmente uma cortina de sol matinal, poeirento, oblíquo e progressivo; no outro (porque, não pensando nos nomes como um ideal inacessível mas como um ambiente real em que iria submergir-me, a vida ainda não vivida, a vida intacta e pura que eu lá encerrava dava aos prazeres mais materiais, às cenas mais simples, aquela atracção que têm nas obras dos primitivos) atravessava rapidamente — para chegar mais depressa ao almoço que me esperava com fruta e vinho de Chianti — a Ponte Vecchio atulhada de junquilhos, de narcisos e de anémonas. Eis (embora estivesse em Paris) o que eu via, e não o que estava à minha volta. Mesmo de um simples ponto de vista realista, as terras que desejamos ocupam em cada momento muito mais lugar na nossa vida verdadeira que a terra em que efectivamente nos encontramos. É claro que, tivesse eu então prestado mais atenção ao que havia no meu pensamento quando pronunciava as palavras «ir a Florença, a Parma, a Pisa, a Veneza», e teria verificado que o que eu via não era de modo algum uma cidade, mas algo de tão diferente de tudo o que conhecia, de tão delicioso, que poderia ser para uma humanidade cuja vida sempre tivesse decorrido nos fins de tarde de Inverno a maravilha desconhecida de uma manhã de Primavera. Estas imagens irreais, fixas, sempre iguais, que enchiam as minhas noites e os meus dias, diferenciaram essa época da minha vida das que a tinham antecedido (e que teriam podido confundir-se com ela aos olhos de um observador que só visse as coisas de fora, isto é, que não visse nada) como numa ópera um motivo melódico introduz uma novidade de que não poderia suspeitar-se com a simples leitura do libreto, e menos ainda ficando fora do teatro a contar apenas os quartos de hora que passam. E ainda, mesmo desse ponto de vista de simples quantidade, na nossa vida os dias não são iguais. Para percorrer os dias, as naturezas um pouco nervosas, como era a minha, dispõem, como as viaturas automóveis, de «velocidades» diferentes. Há dias montanhosos e difíceis que levamos um tempo infinito a transpor e dias em declive que se deixam descer a cantar a toda a velocidade. Durante aquele mês — em que repisei como uma melodia, sem poder saciar-me, aquelas imagens de Florença, de Veneza e de Pisa, das quais o desejo que em mim excitavam conservava algo de tão profundamente individual como se tivesse sido um amor, um amor por uma pessoa — não parei de acreditar que elas correspondiam a uma realidade independente de mim, e elas deram-me a conhecer uma tão bela esperança que dela podia alimentar um cristão das primeiras idades em vésperas de entrar no paraíso. Por isso, sem me preocupar com a contradição existente em querer olhar e tocar com os órgãos dos sentidos o que fora elaborado pelo devaneio e não apreendido por eles — e nessa medida mais tentador para eles, mais diferente do que conheciam —, era o que me recordava a realidade dessas imagens que mais inflamava o meu desejo, porque era como que uma promessa de que seria satisfeito. E, embora a minha exaltação tivesse por motivo um desejo de fruições artísticas, os guias alimentavam-no ainda mais que os livros de estética e, mais que os guias, o horário dos caminhos-de-ferro. O que me emocionava era pensar que aquela Florença que eu via próxima, mas inacessível, na minha imaginação, se o trajecto que a separava de mim, dentro de mim, não fosse viável, poderia atingi-la de viés, por um desvio, tomando a «via terrestre». É claro que, quando repetia para mim mesmo, atribuindo assim tanto valor ao que ia ver, que Veneza era «a escola de Giorgione, a morada de Ticiano, o mais completo museu de arquitectura doméstica da Idade Média», sentia-me feliz. Mas, porém, era-o mais quando, tendo saído para fazer uma compra, caminhando depressa por causa do tempo que, depois de alguns dias de Primavera precoce voltara a ser tempo de Inverno (como aquele que encontrávamos habitualmente em Combray na Semana Santa) — ao ver nos bulevares os castanheiros que, mergulhados num ar glacial e líquido como água, como convidados meticulosos, já vestidos para a ocasião, e que não se deixaram desanimar, não deixavam de começar a arredondar e a cinzelar, nos seus blocos congelados, a irresistível verdura que o poder abortivo do frio contrariava, mas não conseguia refrear, o progressivo surto — pensava que já a Fonte Vecchio estava profusamente juncada de jacintos e de anémonas e que o sol da Primavera tingia já as ondas do Grande Canal de um azul tão escuro e de tão nobres esmeraldas que vindo quebrar-se aos pés das pinturas do Ticiano podiam rivalizar com elas no seu rico colorido. Não consegui mais conter a minha alegria quando o meu pai, ao consultar o barómetro e deplorar o frio, começou à procura de quais seriam os melhores comboios, e quando compreendi que, penetrando depois do almoço no laboratório mascarrado, no compartimento mágico que se encarregava de operar a transmutação de tudo à sua volta, poderíamos despertar no dia seguinte na cidade de mármore e de ouro «adornada de jaspe e pavimentada de esmeraldas». Assim, ela e a Cidade dos Lírios não eram apenas quadros fictícios que se colocavam à nossa vontade diante da nossa imaginação, mas existiam a uma certa distância de Paris, distância que era absolutamente preciso percorrer se as queríamos ver, num determinado lugar da terra e em nenhum outro; numa palavra, eram bem reais. Ainda mais reais se tornaram para mim quando o meu pai, ao dizer: «Em suma, poderiam ficar em Veneza de vinte a vinte e nove de Abril e chegar a Florença na manhã de Páscoa», as fez sair às duas, já não apenas do Espaço abstracto, mas daquele Tempo imaginário em que situamos, não apenas uma só viagem de cada vez, mas outras, simultâneas, e sem excessiva emoção, visto que são apenas possíveis — esse Tempo que se refaz tão bem que podemos ainda passá-lo numa cidade depois de o termos passado noutra — e consagrou-lhes aqueles dias específicos que são o certificado de autenticidade dos objectos em que os utilizamos, porque esses dias únicos consomem-se com o uso, não voltam, não podemos mais vivê-los aqui quando os vivemos além; senti que era para a semana que começava na segunda-feira em que a lavadeira havia de trazer o colete branco que eu cobrira de tinta que se dirigiam para nela serem absorvidas, à saída do tempo ideal em que não existiam ainda, as duas Cidades Rainhas, cujas cúpulas e torres, através da mais emocionante das geometrias, ia ter para inscrever na planta da minha própria vida. Mas eu estava ainda apenas a caminho do último grau do júbilo; atingi-o enfim (então apenas com a revelação de que nas ruas marulhantes, avermelhadas pelo reflexo dos frescos de Giorgione, não eram, como, apesar de tantas advertências, eu continuara a imaginar, os homens «majestosos e terríveis como o mar, envergando as suas armaduras de reflexos de bronze sob as pregas das suas capas de sangue» que passeariam por Veneza na semana seguinte, em vésperas da Páscoa, mas o que poderia ser eu, a personagem minúscula que, numa grande fotografia de São Marcos que me tinham emprestado, o ilustrador representara de chapéu de coco diante dos pórticos) quando ouvi o meu pai dizer-me: «Ainda deve fazer frio no Grande Canal, o melhor é, para qualquer eventualidade, meteres na mala o teu sobretudo de Inverno e o teu casaco grosso.» Com estas palavras ergui-me a uma espécie de êxtase; senti-me verdadeiramente penetrar pelo que até aí julgara impossível, entre aqueles «rochedos de ametista que parecem um recife do mar da índia»; graças a uma ginástica suprema e acima das minhas forças, despindo, como uma carapaça sem objecto, o ar do meu quarto que me rodeava, substituí-o por partes iguais de ar veneziano, por aquela atmosfera marinha, indizível e especial como a dos sonhos, que a minha imaginação encerrara no nome de Veneza; senti operar-se em mim uma miraculosa desincarnação; imediatamente se fez acompanhar da vaga vontade de vomitar que sentimos quando acabamos de apanhar uma grande dor de garganta, e tiveram que me meter na cama com uma febre tão tenaz que o médico declarou que tinham, não apenas de desistir de me deixar ir agora para Florença e Veneza, como ainda, mesmo quando estivesse completamente restabelecido, de evitar-me, pelo menos no prazo de um ano, qualquer projecto de viagem e qualquer motivo de agitação. E, infelizmente, proibiu também em absoluto que me deixassem ir ao teatro ver a Berma; a artista sublime, em quem Bergotte encontrava génio, ter-me-ia consolado, ao dar-me a conhecer alguma coisa porventura igualmente importante e bela, de não ter estado em Florença e Veneza, de não ir a Balbec. Tinham de limitar-se a mandar-me todos os dias aos Campos Elísios sob a vigilância de uma pessoa que me impedisse de me fatigar, e que foi a Françoise, que entrara para o nosso serviço depois da morte da minha tia Léonie. Ir aos Campos Elísios foi para mim insuportável. Ainda se Bergotte os tivesse descrito num dos seus livros, teria sem dúvida desejado conhecê-los, como a todas as coisas cujo «duplo» tinham começado por meter na minha imaginação. Ela aquecia-as, dava-lhes vida, atribuía-lhes uma personalidade, e eu pretendia reencontrá-las na realidade; mas naquele jardim público nada estava ligado aos meus sonhos.

Um dia, como eu estava aborrecido no nosso lugar do costume, ao lado do carrossel dos cavalinhos de pau, a Françoise levou-me em excursão — para além da fronteira defendida a intervalos regulares pelos pequenos bastiões das vendedoras de chupa-chupas — àquelas regiões próximas mas estrangeiras onde as caras são desconhecidas, onde passa o carro das cabras, e depois regressara para buscar as suas coisas à cadeira encostada a um maciço de loureiros; enquanto esperava por ela, ia eu pisando o grande relvado ralo e raso, amarelecido pelo sol, ao fim do qual está a bacia de uma fonte encimada por uma estátua, quando, da alameda, dirigindo-se a uma menina de cabelo ruivo que jogava badmínton diante da concha da fonte, outra, que estava a vestir a capa e a guardar a raqueta, lhe gritou numa voz breve: «Adeus, Gilberte, eu vou para casa, não te esqueças de que esta noite vamos a tua casa depois do jantar.» Aquele nome, Gilberte, passou junto de mim, recordando ainda mais a existência daquela que designava, porque não a nomeava apenas como a um ausente de quem se fala, mas o interpelava; passou assim junto de mim, em acção por assim dizer, com um poder que aumentava a curva da sua trajectória e a aproximação da sua meta; transportando consigo, sentia-o, o conhecimento, as noções que, não eu, mas a amiga que a chamava, tinha daquela a quem se dirigia, tudo o que, enquanto o pronunciava, revia, ou pelo menos possuía na sua memória, da sua intimidade quotidiana, das visitas que faziam uma a casa da outra, de todo aquele desconhecido ainda mais inacessível e mais doloroso para mim por ser, pelo contrário, tão familiar e tão manejável para aquela rapariga feliz que o fazia passar a meu lado sem que eu o pudesse penetrar e o lançava em pleno ar num grito; deixando já flutuar no ar a emanação deliciosa que fizera soltar-se, tocando-lhes com precisão, de alguns pontos invisíveis da vida da menina Swann, da noite que aí vinha, fosse como fosse, depois do jantar, em casa dela; formando, passageira celeste no meio das crianças e das criadas, uma pequena nuvem de cor preciosa, semelhante à que, impulsionada por cima de um belo jardim de Poussin, reflecte minuciosamente, como uma nuvem de ópera, cheia de cavalos e de carros, uma qualquer aparição da vida dos deuses; lançando, enfim, sobre aquela erva calva, no local onde era ao mesmo tempo um pedaço de relvado seco e um momento da tarde da loira jogadora de badmínton (que não parou de lançar o volante e de o apanhar senão quando uma preceptora de penacho azul a chamou), uma pequena faixa maravilhosa e cor de heliotrópio, impalpável como um reflexo e sobreposta como um tapete sobre o qual não me cansei de passear os meus passos demorados, nostálgicos e profanadores, enquanto a Françoise me gritava: «Vamos, abotoe o casaco e toca a andar», e eu reparava pela primeira vez com irritação que ela tinha uma linguagem ordinária, e, infelizmente, nenhum penacho azul no chapéu.

Voltaria ela ao menos aos Campos Elísios? No dia seguinte não estava lá; mas vi-a nos dias que se seguiram; rondava todo o tempo em torno do local onde ela jogava com as amigas, e assim, certa vez em que não eram em número suficiente para o seu jogo da barra, ela mandou-me perguntar se eu queria completar o seu campo, e daí em diante joguei com ela sempre que ela lá estava. Mas não era todos os dias; havia aqueles dias em que ela não podia vir por causa das aulas, do catecismo, de uma merenda, toda aquela vida separada da minha que por duas vezes, condensada no nome de Gilberte, sentira passar tão dolorosamente junto de mim, no cômoro de Combray e no relvado dos Campos Elísios. Nesses dias ela anunciava antecipadamente que não a veriam; se era por causa dos estudos, dizia: «É uma maçada, não posso vir amanhã; vão todos divertir-se sem mim», isto com um ar de desgosto que me consolava um pouco; mas, em contrapartida, quando estava convidada para uma *matinée* e eu, sem o saber, lhe perguntava se ela viria jogar, respondia-me: «Espero que não! Espero que a minha mãe me deixe ir a casa da minha amiga.» Ao menos naqueles dias, eu sabia que não iria vê-la, ao passo que outras vezes era de improviso que a mãe a levava a fazer compras consigo: «Ah, sim, saí com a minha mãe», como coisa natural e que não teria sido para ninguém a maior das desgraças. Havia também dias de mau tempo em que a sua preceptora, que era a primeira a recear a chuva, não queria levá-la aos Campos Elísios.

Assim, se o céu estava duvidoso, eu não parava de o interrogar desde logo de manhã e levava em conta todos os presságios. Se via a senhora da frente que, perto da janela, punha o chapéu, dizia para comigo: «Aquela senhora vai sair; portanto está um tempo em que se pode sair: porque é que Gilberte não há-de fazer como aquela senhora?» Mas o tempo escurecia, a minha mãe dizia que ainda podia ser que levantasse, que para tal bastaria um raio de sol, mas que o mais provável seria chover; e, se chovia, para quê ir aos Campos Elísios? Por isso, depois do almoço, os meus olhares ansiosos já não largavam o céu incerto e nebuloso. Continuava escuro. Diante da janela, a varanda estava cinzenta. De repente, na sua pedra tristonha não via uma cor menos baça, mas sentia como que um esforço para uma cor menos baça, a pulsação de um raio hesitante desejoso de libertar a sua luz. Um momento depois, a varanda estava pálida e reflectia como que uma água matinal, e nela tinham vindo poisar mil e um reflexos da ferragem do gradeamento. Um sopro de vento dispersava-os, a pedra tinha de novo escurecido, mas, como que domesticados, regressavam; recomeçava imperceptivelmente a embranquecer, e por um daqueles crescendos contínuos como os que, em música, no fim de uma abertura, levam uma só nota até ao *fortissimo* supremo fazendo-a passar rapidamente por todos os graus intermédios, via-a atingir aquele ouro inalterável e fixo dos dias bonitos sobre o qual a sombra recortada do corrimão trabalhado da balaustrada se destacava a negro como uma vegetação caprichosa, com uma subtileza na delineação dos mínimos pormenores que parecia denunciar uma consciência aplicada, uma satisfação de artista, e com tal relevo, com tal veludo no repouso das suas massas sombrias e felizes, que na verdade aqueles reflexos vastos e folhosos que assentavam no lago de sol pareciam saber que eram penhores de calma e de felicidade.

Hera instantânea, flora parietal e fugidia! A mais incolor, a mais triste, na opinião de muitos, das que podem rastejar pela parede ou decorar a sacada; para mim, de todas a mais querida, desde o dia em que aparecera na nossa varanda, como a própria sombra da presença de Gilberte, que talvez já estivesse nos Campos Elísios e que me diria mal eu chegasse: «Vamos começar já a jogar à barra, você é do meu campo»; frágil, arrastada por um sopro, mas também relacionada, não com a estação, mas com a hora; promessa da felicidade imediata que o dia recusa ou realizará e, assim, da felicidade imediata por excelência, a felicidade do amor; mais macia, mais quente na pedra que o próprio musgo; vivaz, ela a que basta um raio para nascer e fazer desabrochar alegria em pleno coração do Inverno.

E até naqueles dias em que qualquer outra vegetação desaparecera, em que o belo couro verde que envolve o tronco de velhas árvores se esconde debaixo da neve, quando esta parava de cair mas o tempo permanecia excessivamente coberto para ser possível esperar que Gilberte saísse, então, de repente, levando a minha mãe a dizer: «Olha, agora que faz sol talvez pudessem tentar ir aos Campos Elísios», sob a capa de neve que cobria a varanda, o sol aparecido entrelaçava fios de ouro e bordava reflexos negros. Naquele dia não encontrávamos ninguém, ou só uma menina prestes a ir-se embora que me garantia que Gilberte não viria. As cadeiras, abandonadas pela assembleia imponente mas friorenta das preceptoras, estavam vazias. Perto do relvado apenas estava sentada uma dama de certa idade que vinha, fosse qual fosse o tempo, sempre ajaezada com idêntica *toilette*, magnífica e escura; para a conhecer, eu seria nessa época capaz de sacrificar, se a troca me fosse permitida, todas as maiores vantagens futuras da minha vida. Porque Gilberte ia todos os dias cumprimentá-la: ela pedia a Gilberte notícias da «sua mãe amorosa»; e parecia-me que, se eu a conhecesse, seria para Gilberte alguém completamente diferente, alguém que conhecia as relações dos seus pais. Enquanto os netos brincavam mais adiante, ela lia sempre os *Débats*, a que chamava «os meus velhos *Débats*» e, por tique aristocrático, dizia, ao falar do agente da polícia ou da mulher que alugava cadeiras: «O meu velho amigo polícia», «A senhora que aluga as cadeiras e eu somos velhas amigas».

A Françoise tinha tanto frio que não ficava parada, e fomos até à Ponte da Concorde ver o Sena gelado, do qual todos, e até as crianças, se aproximavam sem medo, como de uma imensa baleia dada à costa, sem defesa, e que iam cortar em pedaços. Regressávamos aos Campos Elísios; eu impacientava-me de dor entre os cavalinhos de pau imóveis e o relvado branco, apanhado na rede branca das alamedas donde haviam retirado a neve e onde a estátua tinha na mão um jorro de gelo acrescentado que parecia a explicação do seu gesto. Até a velha senhora, depois de dobrar os *Débats*, perguntou as horas a uma criada de crianças que ia a passar e a quem agradeceu dizendo-lhe: «Que simpática!», e depois, pedindo ao cantoneiro que dissesse aos seus netos que voltassem, que ela tinha frio, acrescentou: «É muita bondade sua. Deixa-me confundida!» De repente o ar rasgou-se; entre o teatro de fantoches e o circo, no horizonte agora mais belo, contra o céu entreaberto, acabava de avistar, como um sinal fabuloso, o penacho azul da *mademoiselle*. E já Gilberte corria a toda a velocidade na minha direcção, faiscante e vermelha sob um barrete quadrado de pele, animada pelo frio, pelo atraso e pelo desejo de jogar; um pouco antes de chegar junto de mim, deixou-se deslizar sobre o gelo e, ou para conservar melhor o equilíbrio, ou porque achava mais gracioso, ou para fingir o desembaraço de uma patinadora, era de braços bem abertos que avançava a sorrir, como se quisesse receber-me entre eles: «Bravo! Bravo! Muito bem, se eu não fosse de outro tempo, do tempo do Antigo Regime, diria como vocês que é *chic*, que é de valente», exclamou a velha senhora tomando a palavra em nome dos Campos Elísios silenciosos para agradecer a Gilberte o ter vindo sem se deixar intimidar pelo tempo. «A menina é como eu, sempre fiel aos nossos velhos Campos Elísios; somos as duas intrépidas. Bem lhe posso dizer que gosto deles mesmo assim. Esta neve, vai-se rir de mim, faz-me pensar no arminho!» E a velha senhora pôs-se a rir.

O primeiro daqueles dias — aos quais a neve, imagem dos poderes que podiam privar-me de ver Gilberte, conferia a tristeza de um dia de separação e até o aspecto de um dia de partida, porque alterava a aparência e quase impedia o uso do local costumado das nossas únicas entrevistas, agora mudado, todo envolvido em capas —, aquele dia levou contudo o meu amor a fazer um progresso, porque foi como que um primeiro desgosto que ela partilhou comigo. Do nosso grupo estávamos só nós os dois, e ser assim o único a estar com ela era, não apenas uma espécie de começo de intimidade, mas também, da sua parte — como se ela tivesse vindo só por minha causa com um tempo daqueles —, uma coisa que me parecia tão comovente como se, num daqueles dias em que estava convidada para uma *matinée*, tivesse desistido dela para vir ter comigo aos Campos Elísios; ganhava mais confiança na vitalidade e no futuro da nossa amizade, que permanecia viva no meio do torpor, da solidão e da ruína das coisas à nossa volta; e enquanto ela me enfiava bolas de neve pelo pescoço, eu sorria enternecido com o que me parecia ao mesmo tempo uma predilecção que ela me demonstrava ao tolerar-me como companheiro de viagem naquela terra invernal e nova, e uma espécie de fidelidade que me guardava no meio do infortúnio. Uma após outra, como pardais hesitantes, as suas amigas não tardaram a chegar, muito negras contra a neve. Começámos a jogar, e como aquele dia que começara tão tristemente havia de acabar em alegria, quando eu me aproximei, antes do jogo da barra, da amiga de voz breve a quem no primeiro dia ouvira gritar o nome de Gilberte, ela disse-me: «Não, não, eu bem sei que você gosta mais de ser do campo da Gilberte; de resto, como vê, ela está a fazer-lhe sinal.» Efectivamente, ela estava a chamar-me para eu vir para o relvado de neve, para o seu campo, o qual, com o sol a pôr-lhe reflexos rosados e o desgaste metálico dos brocados antigos, parecia o Campo do *Drap d'Or*[9].

Aquele dia que eu tanto temera foi pelo contrário um dos únicos em que não me senti infeliz.

Porque para mim, que já só pensava em não ficar um só dia sem ver Gilberte (a tal ponto que uma vez em que a minha avó não tinha chegado à hora do jantar não pude deixar de pensar imediatamente que, se ela tivesse sido atropelada por um carro, não poderia ir por algum tempo aos Campos Elísios; quando se ama já não se ama ninguém), aqueles momentos em que estava ao pé dela e que desde a véspera tão impacientemente esperara, pelos quais tremera e aos quais seria capaz de sacrificar tudo o resto, não eram todavia, de modo algum, momentos felizes; e bem o sabia, porque eram os únicos momentos da minha vida em que eu concentrava uma atenção meticulosa, obstinada, mas onde não descobria um átomo de prazer.

Durante todo o tempo em que estava longe de Gilberte, tinha necessidade de a ver, porque, procurando constantemente ter presente a sua imagem, acabava por já não o conseguir e por já não saber exactamente a que correspondia o meu amor. Além disso, ela ainda nunca me dissera que me amava. Muito pelo contrário, afirmara muitas vezes que tinha amigos que preferia, que eu era um bom companheiro com quem gostava de jogar embora um pouco distraído, não muito interessado no jogo; enfim, dera-me muitas vezes sinais ostensivos de frieza, que teriam abalado a minha crença de que era para ela um ser diferente dos outros se tal crença tivesse a sua origem num amor que Gilberte sentisse por mim, e não, como tinha, no amor que eu sentia por ela, o que tornava essa crença muito mais resistente, porque a fazia depender do próprio modo como era obrigado, por uma necessidade interior, a pensar em Gilberte. Mas os sentimentos que nutria por ela, nem eu lhos tinha declarado ainda. É certo que em todas as páginas dos meus cadernos escrevia indefinidamente o seu nome e a sua morada, mas, ao ver aquelas vagas linhas que traçava sem que por causa disso ela pensasse em mim, linhas que lhe faziam ocupar à minha volta tanto espaço aparente sem por isso estar mais dentro da minha vida, sentia-me desanimado porque elas não me falavam de Gilberte, que nem sequer as veria, mas do meu próprio desejo, que pareciam mostrar-me como algo de puramente pessoal, irreal, fastidioso e impotente. O mais imediato era que Gilberte e eu nos víssemos e que pudéssemos fazer um ao outro a confissão recíproca do nosso amor, que até então por assim dizer não havia começado ainda. É claro que as diversas razões que me tornavam tão impaciente de a ver teriam sido menos imperiosas para um homem maduro. Mais tarde, então mais hábeis na cultura dos nossos prazeres, acontece contentarmo-nos com aquele que sentimos ao pensar numa mulher como eu pensava em Gilberte, sem ficarmos inquietos por saber se essa imagem corresponde ou não à realidade, e também com o de amar sem necessidade da certeza de que ela nos ama; ou ainda renunciarmos ao prazer de lhe confessar a nossa inclinação por ela, a fim de conservarmos mais viva a inclinação que ela tem por nós, imitando aqueles jardineiros japoneses que, para obterem uma flor mais bela, lhe sacrificam várias outras. Mas na época em que eu amava Gilberte acreditava ainda que o Amor existia realmente fora de nós; que, permitindo, quando muito, que afastássemos os obstáculos, oferecia as suas venturas numa ordem em que não éramos livres de mudar fosse o que fosse; achava que se, por minha exclusiva vontade, tinha substituído a doçura da confissão pela simulação da indiferença, não me teria privado apenas de uma das alegrias com que mais sonhara, mas teria ainda fabricado a meu jeito um amor artificial e sem valor, sem comunicação com o verdadeiro, cujos caminhos misteriosos e preexistentes teria renunciado a seguir.

Mas quando chegava aos Campos Elísios — e ia desde logo poder confrontar o meu amor, para lhe introduzir as rectificações necessárias, com a sua causa viva, independente de mim —, mal me via na presença daquela Gilberte Swann com cuja visão contara para refrescar as imagens que a minha memória fatigada já não reencontrava, daquela Gilberte Swann com quem jogara no dia anterior, e mal um instinto cego, como aquele que no degrau nos coloca um pé à frente do outro antes de termos tempo para pensar, acabava de me fazer cumprimentar e reconhecer, imediatamente tudo se passava como se ela e a rapariguinha que era objecto dos meus sonhos fossem dois seres diferentes. Por exemplo, se desde a véspera trazia na memória dois olhos de fogo em faces cheias e brilhantes, a figura de Gilberte oferecia-me agora com insistência algo de que precisamente não me tinha lembrado, um certo afilamento agudo do nariz que, associando-se instantaneamente a outras feições, tomava a importância daquelas características que em história natural definem uma espécie e a transmudava numa menina do género das de focinho pontiagudo. Enquanto eu me aprestava para aproveitar aquele instante privilegiado para me dedicar, a partir da imagem de Gilberte que preparara antes de vir e que já não encontrava na minha cabeça, ao apuramento que nas longas horas em que estava sozinho me permitia ter a certeza de que era mesmo dela que eu me lembrava, de que era mesmo o meu amor por ela que eu aumentava a pouco e pouco como uma obra que se compõe, ela passava-me uma bola; e como o filósofo idealista cujo corpo leva em conta o mundo exterior em cuja realidade a sua inteligência não acredita, o mesmo eu que me fizera cumprimentá-la antes de a ter identificado logo me fazia agarrar a bola que ela me estendia (como se ela fosse um companheiro com quem tinha vindo jogar e não uma alma irmã com quem tinha vindo encontrar-me), me fazia dirigir-lhe bem comportadamente até à hora de se ir embora mil frases amáveis e insignificantes e me impedia assim, ou de me manter num silêncio durante o qual poderia enfim apoderar-me outra vez da imagem urgente e perdida, ou de lhe dizer as palavras que poderiam levar o nosso amor a fazer os progressos decisivos com os quais me via sempre obrigado a contar apenas para a tarde seguinte. A verdade é que, no entanto, alguns progressos fazia. Um dia tínhamos ido com Gilberte até à barraca da nossa vendedora, que era particularmente amável para nós — porque era ali que o senhor Swann mandava comprar o seu pão de mel e especiarias, que, por regime dietético, consumia muito, já que sofria de um eczema étnico e da obstipação dos Profetas[10] —, e Gilberte mostrava-me rindo dois garotos que eram tais e quais o pequeno iluminista e o pequeno naturalista dos livros de crianças. Porque um não queria um chupa-chupa encarnado porque preferia o roxo e o outro, de lágrimas nos olhos, recusava uma ameixa que a criada lhe queria comprar porque, acabou ele por dizer numa voz acalorada: «Gosto mais da outra ameixa porque tem um bicho!» Comprei dois berlindes de um soldo. Contemplava com admiração, luminosos e cativos numa bandeja isolada, os berlindes de ágata, que me pareciam preciosos porque eram sorridentes e loiros como aquelas raparigas e porque custavam cinquenta cêntimos cada um. Gilberte, a quem davam muito mais dinheiro que a mim, perguntou-me qual é que eu achava mais bonito. Tinham a transparência e a indefinição da vida. Não queria levá-la a renunciar a nenhum. Gostava de que ela pudesse comprá-los, libertá-los, a todos. Porém, apontei-lhe um que tinha a cor dos seus olhos. Gilberte pegou nele, procurou-lhe o raio dourado, acariciou-o, pagou o respectivo resgate, mas imediatamente me entregou o seu cativo dizendo-me: «Pegue, é seu, dou-lho, guarde-o como lembrança.»

De outra vez, sempre preocupado com o desejo de ir ver a Berma numa peça clássica, eu perguntara-lhe se não possuía um livrinho onde Bergotte falava de Racine e que já não se encontrava à venda. Ela pedira-me para lhe lembrar o título exacto, e à noite eu tinha-lhe mandado um curto telegrama escrevendo no sobrescrito aquele nome, Gilberte Swann, que tantas vezes traçara nos meus cadernos. No dia seguinte trouxe-me num embrulho atado com fitilhos rosa-malva e selado a cera branca o livrinho que mandara procurar. «Como vê, é mesmo o que tinha pedido», disse-me ela, tirando do regalo o telegrama que eu lhe enviara. Mas no endereço daquele pneumático — que ainda ontem não era nada, não passava de um papelinho azul que eu escrevera e que, depois de um telegrafista o ter entregue ao porteiro de Gilberte e de um criado o ter levado ao seu quarto, se tornara aquela coisa sem preço, um dos telegramas azuis que ela recebera naquele dia — a custo reconheci as linhas vãs e solitárias da minha letra debaixo dos círculos impressos que os correios lhe tinham posto, debaixo das inscrições que lhe acrescentara a lápis um dos empregados dos correios, sinais de realização efectiva, sinetes do mundo exterior, violáceas amarras simbólicas da vida, que pela primeira vez vinham desposar, manter, realçar, alegrar o meu sonho.

Houve também um dia em que ela me disse: «Sabe, pode chamar-me Gilberte; eu pelo menos vou tratá-lo pelo seu nome de baptismo. Senão, é muito incómodo.» No entanto, continuou ainda por algum tempo a tratar-me por «você» e, quando eu lho fiz notar, sorriu e, compondo, construindo uma frase como aquelas que nas gramáticas estrangeiras só têm o objectivo de nos levar a utilizar uma palavra nova, terminou-a com o meu diminutivo. Ao recordar-me mais tarde do que então senti, lá discerni a impressão de ter sido mantido por um instante na sua boca, eu próprio, nu, já sem qualquer das aparências sociais que pertenciam também, ou aos seus outros companheiros, ou, quando ela dizia o meu apelido, aos meus pais, e das quais os seus lábios — no esforço que ela estava a fazer, um pouco como o pai, para articular as palavras que pretendia valorizar — pareceram despojar-me, despir-me, tal como da pele um fruto de que só se pode comer a polpa, enquanto o seu olhar, colocando-se no mesmo novo plano de intimidade que era o da sua palavra, me atingia também mais directamente, não sem atestar a consciência, o prazer e até a gratidão que com isso tinha, fazendo-se acompanhar de um sorriso.

Mas naquele preciso momento eu não podia apreciar o valor daqueles prazeres novos. Não eram dados pela rapariguinha que eu amava ao eu que a amava, mas pela outra, por aquela com quem jogava, àquele outro eu que não possuía nem a recordação da verdadeira Gilberte, nem o coração indisponível que, só ele, poderia saber o preço da felicidade, porque só ele a desejara. Nem depois de voltar para casa os saboreava, porque, todos os dias, a necessidade que me fazia esperar que no dia seguinte teria a contemplação exacta, calma, feliz, de Gilberte, que ela me confessaria enfim o seu amor, explicando-me por que razões tivera que mo esconder até aí, essa mesma necessidade forçava-me a não dar qualquer valor ao passado, a olhar apenas em frente, a considerar as pequenas vantagens que ela me concedera, não em si mesmas e como se valessem por si, mas como degraus novos onde assentar o pé, que iam permitir-me dar mais um passo em frente e atingir enfim a felicidade que ainda não encontrara.

Se é certo que me dava às vezes estes sinais de amizade, também me magoava fazendo um ar de quem não tinha prazer em ver-me, e isso acontecia muitas vezes nos próprios dias em que eu mais contava realizar as minhas esperanças. Tinha a certeza de que Gilberte viria aos Campos Elísios e sentia um júbilo que me parecia apenas a vaga antecipação de uma grande felicidade quando — ao entrar logo de manhã na sala para dar um beijo à minha mãe, que já estava toda pronta, com a torre do seu cabelo negro inteiramente construída e as suas mãos brancas e roliças ainda a cheirar a sabão — soubera, ao ver uma coluna de pó aguentar-se de pé sozinha por cima do piano e ao ouvir um realejo debaixo da janela tocando *À Volta da Parada*, que o Inverno recebia até à noite a visita inopinada e radiosa de um dia de Primavera. Enquanto almoçávamos, a senhora que morava em frente, ao abrir a sua sacada, afugentara, num abrir e fechar de olhos, um raio de sol que estava ao lado da minha cadeira — e riscava num salto a nossa sala de jantar a toda a largura —, que ali havia começado a sua sesta e voltara para a continuar momentos depois. No colégio, na aula de uma hora, o sol fazia-me arder de impaciência e de tédio deixando arrastar-se um clarão dourado até à minha carteira, como um convite para a festa a que eu não poderia chegar antes das três, até ao momento em que a Françoise me vinha buscar à saída e em que nos encaminhávamos para os Campos Elísios pelas ruas adornadas de luz, atulhadas de multidão e onde as varandas, descerradas pelo sol e vaporosas, flutuavam diante das casas como nuvens de ouro. Infelizmente nos Campos Elísios não encontrava Gilberte, não tinha ainda chegado. Imóvel no relvado alimentado pelo sol invisível que aqui e além fazia chamejar a ponta de uma ervinha e onde os pombos que ali tinham poisado pareciam esculturas antigas que a enxada do jardineiro trouxera à superfície de um solo augusto, ficava-me de olhos fitos no horizonte, esperava ver a todo o momento aparecer a imagem de Gilberte atrás da preceptora, atrás da estátua que parecia estender a criança que tinha nos braços, inundada de raios de luz, para a bênção do sol. A velha leitora dos *Débats* estava sentada no seu cadeirão, sempre no mesmo local, e interpelava um guarda, a quem fazia um gesto amigável com a mão gritando-lhe: «Lindo tempo!» E como a empregada se aproximara para receber o preço da cadeira, fazia mil e uma momices ao meter na abertura da luva o talão de dez cêntimos, como se fosse um ramalhete de flores, para o qual procurava, por amabilidade para com quem lho dera, o lugar mais lisonjeiro possível. Quando o encontrava, executava uma revolução circular com o pescoço, ajustava o seu abafo de peles e dirigia à alugadora de cadeiras, mostrando-lhe o papelinho amarelo que lhe saía do pulso, o belo sorriso com que uma mulher, ao indicar o corpete a um rapaz, lhe diz: «Espero que reconheça as suas rosas!»

Levei a Françoise ao encontro de Gilberte até ao Arco do Triunfo, não a encontrámos, e voltava a caminho do relvado, convencido de que ela já não viria, quando, diante do carrossel dos cavalinhos de pau, a garota de voz breve se lançou na minha direcção: «Depressa, depressa, a Gilberte chegou já há um quarto de hora. Não tarda e vai-se embora. Estamos à sua espera para uma partida de barra.» Enquanto eu subia a Avenida dos Campos Elísios, Gilberte viera pela Rua Boissy-d'Anglas, pois a *mademoiselle* aproveitara o bom tempo para fazer umas compras para si; e o senhor Swann viria buscar a filha. Por isso, a culpa era minha: não devia ter-me afastado do relvado; porque nunca sabíamos ao certo de que lado chegaria Gilberte, e se seria mais ou menos tarde, e aquela espera acabava por me tornar mais emocionantes, não apenas todos os Campos Elísios e toda a duração da tarde, como uma imensa extensão de espaço e de tempo onde era possível, em cada um dos seus pontos e a cada um dos seus instantes, ver aparecer a imagem de Gilberte, mas também essa mesma imagem, porque por detrás dessa imagem sentia estar oculta a razão pela qual ela me era arremessada em cheio ao coração às quatro horas e não às duas e meia, tendo na cabeça um chapéu de visita e não uma boina de jogar, diante do Théâtre des Ambassadeurs e não entre os dois teatrinhos de fantoches, adivinhava alguma das ocupações em que eu não podia acompanhar Gilberte e que a forçavam a sair ou a ficar em casa, estava em contacto com o mistério da sua vida desconhecida. Era também este mistério que me perturbava quando, correndo por ordem da menina de voz breve para começarmos imediatamente a nossa partida de barra, avistava Gilberte, tão viva e brusca connosco, fazendo uma reverência à dama dos *Débats* (que lhe dizia: «Que belo sol, parece fogo»), falando-lhe com um sorriso tímido, com um ar compassado que me fazia lembrar a rapariga diferente que Gilberte devia ser com os pais, com os amigos dos pais, em visitas, em toda a sua outra existência que me escapava. Mas dessa existência ninguém me dava uma ideia como o senhor Swann, que vinha um pouco depois ter com a filha. E que ele e a senhora Swann — porque a filha vivia em casa deles, porque os seus estudos, as suas brincadeiras, as suas amizades, dependiam deles — continham para mim, tal como Gilberte, talvez mesmo mais que Gilberte, como convinha a deuses com todo o poder sobre ela, nos quais terá tido a sua origem, um inacessível desconhecido, um doloroso encanto. Tudo o que lhes dizia respeito era objecto de uma preocupação tão constante da minha parte que nos dias, como aqueles, em que o senhor Swann (que em tempos, quando se dava com os meus pais, eu vira tantas vezes sem me despertar curiosidade) vinha buscar Gilberte aos Campos Elísios, logo que se me acalmavam as palpitações do coração desencadeadas pelo aparecimento do seu chapéu cinzento e da sua capa com mantelete, o seu aspecto impressionava-me ainda como o de uma personagem histórica acerca da qual acabamos de ler uma série de obras e cujas mínimas particularidades nos apaixonam. As suas relações com o conde de Paris que, quando ouvia falar delas em Combray, me pareciam indiferentes, tinham agora para mim algo de maravilhoso, como se ninguém mais tivesse alguma vez conhecido os Orleães; essas relações destacavam-no vivamente sobre o fundo habitual dos transeuntes de diferentes classes que pejavam aquela alameda dos Campos Elísios, e entre os quais me admirava que ele aceitasse figurar sem exigir que lhe prestassem as atenções especiais que a nenhum deles passava pela cabeça prestar-lhe, de tal modo era profundo o incógnito em que estava envolvido.

Respondia delicadamente aos cumprimentos dos companheiros de Gilberte, e até ao meu, embora estivesse zangado com a minha família, mas sem aparentar conhecer-me. (Isto lembrou-me que, no entanto, ele me tinha visto muitas vezes no campo; recordação que eu conservara, mas na sombra, porque, desde que tornara a ver Gilberte, Swann era para mim sobretudo o pai dela, e já não o Swann de Combray; como as ideias com que actualmente relacionava o seu nome eram diferentes das ideias de cuja rede dantes fazia parte, e que já nunca utilizava quando tinha de pensar nele, tornara-se uma nova personagem; porém, liguei-o por uma linha artificial, secundária e transversal, ao nosso convidado de outros tempos; e como já nada para mim tinha valor, a não ser na medida em que o meu amor pudesse beneficiar, foi com um sentimento de vergonha e com o desgosto de não os poder apagar que me reencontrei com os anos em que, aos olhos daquele mesmo Swann que naquele momento estava à minha frente nos Campos Elísios e a quem felizmente Gilberte talvez não tivesse dito o meu nome, tantas vezes, à noite, me tornara ridículo ao mandar pedir à minha mãe que subisse ao meu quarto para me dar as boas-noites, quando ela estava a tomar o café com ele, com o meu pai e com os meus avós à mesa do jardim.) Dizia a Gilberte que a autorizava a disputar uma partida, que podia esperar um quarto de hora, e, sentando-se como toda a gente numa cadeira de ferro, pagava o seu bilhete com aquela mão que Filipe VII tantas vezes retivera entre as suas, enquanto nós começávamos a jogar no relvado, fazendo esvoaçar os pombos, cujos belos corpos irisados em forma de coração e que parecem lilases do reino das aves, se vinham refugiar como em lugares de asilo, um na grande bacia de pedra à qual o seu bico, ao desaparecer lá dentro, dava o aspecto e o destino de oferecer em abundância os frutos ou as sementes que ele ali parecia debicar, outro na testa da estátua, que parecia encimar com um daqueles objectos de esmalte cuja policromia faz variar em certas obras antigas a monotonia da pedra, e com um atributo que, quando a deusa o usa, lhe vale um epíteto especial e faz dela, como numa mortal um nome próprio diferente, uma divindade nova.

Num daqueles dias de sol em que não realizara as minhas esperanças, não tive a coragem de esconder a minha decepção a Gilberte.

— Tinha justamente muitas coisas a perguntar-lhe — disse-lhe eu. — Acreditava que este dia iria contar muito na nossa amizade. E mal chegou vai-se já embora! Tente vir amanhã cedo, para eu poder enfim falar consigo.

A cara dela resplandeceu e foi a saltar de alegria que me respondeu:

— Amanhã bem pode contar com isso, meu caro amigo, que eu não virei! Tenho uma grande merenda; depois de amanhã também não, vou a casa de uma amiga para ver das janelas dela a chegada do rei Teodósio, vai ser soberbo, e no dia seguinte vou ao *Miguel Strogoff*, e depois disso não tardará a ser Natal e as férias do Ano Novo. Talvez me levem para o Sul. Seria mesmo bom! Embora isso me faça perder uma árvore de Natal; em todo o caso, se ficar em Paris, não virei aqui porque irei fazer visitas com a minha mãe. Adeus, ali está o meu pai a chamar-me.

Regressei com a Françoise pelas ruas ainda embandeiradas de sol, como no entardecer de uma festa que acabou. Mal podia arrastar as pernas.

— Não é de admirar — disse a Françoise —, não está tempo para isto, está calor de mais. Ai, meu Deus, deve haver por toda a parte muitos pobres doentes, até parece que lá em cima também está tudo desregulado.

Eu repetia de mim para mim, abafando os soluços, as palavras em que Gilberte deixara soltar a sua alegria por não voltar por muito tempo aos Campos Elísios. Mas já o encanto de que, pelo seu simples funcionamento, o meu espírito se enchia mal pensava nela, a situação especial, única — mesmo que aflitiva — em que inevitavelmente me colocava em relação a Gilberte o constrangimento interno de um recôndito mental, haviam começado a acrescentar, até a essa marca de indiferença, algo de romanesco, e no meio das minhas lágrimas formava-se um sorriso que não passava do esboço tímido de um beijo. E quando chegou a hora do correio, pensei nessa tarde, como em todas as outras: «Vou receber uma carta de Gilberte, vai dizer-me enfim que nunca deixou de amar-me, e explicar-me a razão misteriosa pela qual foi obrigada a esconder-mo até aqui, a fingir que podia estar feliz sem me ver, a razão pela qual tomou as aparências de uma Gilberte simples companheira.»

Todas as tardes me comprazia em imaginar aquela carta, julgava lê-la, recitava para mim mesmo cada frase. Parava de repente, assustado. Compreendia que, se havia de receber uma carta de Gilberte, ela não poderia, fosse como fosse, ser aquela, visto que era eu que acabava de a redigir. E logo me esforçava por desviar o pensamento das palavras que gostaria que ela me escrevesse, com medo de que, ao enunciá-las, excluísse justamente aquelas — as mais caras, as mais desejadas — do campo das realizações possíveis. Mesmo que, no caso de, por inverosímil coincidência, a carta que Gilberte me enviasse ser justamente a que havia inventado, eu não teria, ao reconhecer nela a minha obra, a impressão de receber algo que não vinha de mim, algo de real, de novo, uma felicidade exterior ao meu espírito, independente da minha vontade, verdadeiramente dada pelo amor.

Enquanto esperava, relia uma página que Gilberte não me tinha escrito, mas que pelo menos me vinha dela, essa página de Bergotte sobre a beleza dos velhos mitos em que Racine se inspirou e que, ao lado do berlinde de ágata, continuava a guardar junto de mim. Enternecia-me com a bondade da minha amiga que mandara procurar o livro para mim; e como todos temos necessidade de encontrar razões para a nossa paixão, mesmo o sermos felizes por reconhecer no ser amado qualidades que a literatura ou a conversa nos ensinaram serem das que são dignas de despertar o amor, mesmo assimilá-las por imitação ou transformá-las em razões novas do nosso amor, ainda que essas qualidades sejam as mais opostas às que esse amor procuraria quando era espontâneo — como para Swann, em tempos, o carácter estético da beleza de Odette —, eu, que de início amara Gilberte, desde Combray, por causa de todo o desconhecido da sua vida, na qual gostaria de me precipitar, de incarnar, abandonando a minha, que já nada era para mim, pensava agora, como inestimável vantagem, que desta minha vida por demais conhecida, desdenhada, Gilberte poderia vir a ser um dia humilde serva, cómoda e confortável colaboradora, que à noite, ajudando-me nos meus trabalhos, coleccionaria brochuras para mim. Quanto a Bergotte, esse velho infinitamente sábio e quase divino, por causa de quem eu começara a amar Gilberte, antes mesmo de a ter visto, era agora sobretudo por causa de Gilberte que eu o amava a ele. Com tanto prazer como o das páginas que ele escrevera sobre Racine, contemplava o papel fechado com grandes selos de cera branca e atado com uma onda de fitas rosa-malva em que ela mas tinha trazido. Beijava o berlinde de ágata, que era a melhor parte do coração da minha amiga, a parte que não era frívola, mas fiel, e que, embora ataviada com o encanto misterioso da vida de Gilberte, permanecia ao pé de mim, habitava o meu quarto, dormia na minha cama. Mas a beleza daquela pedra, e também a beleza daquelas páginas de Bergotte que eu me alegrava de associar à ideia do meu amor por Gilberte, como se nos momentos em que este já me surgia apenas como um nada elas lhe conferissem uma espécie de consistência, apercebia-me de que uma e outra beleza eram anteriores a esse amor, não se lhe assemelhavam, que os seus elementos haviam sido fixados pelo talento ou pelas leis mineralógicas antes de Gilberte me conhecer, que nada no livro nem na pedra seria diferente se Gilberte me não tivesse amado, e que por consequência nada me autorizava a ler nelas uma mensagem de felicidade. E enquanto o meu amor, constantemente à espera da confissão do de Gilberte para o dia seguinte, anulava, desfazia todas as noites o trabalho malfeito do dia, na sombra de mim mesmo uma operária desconhecida não punha de lado os fios arrancados e dispunha-os, sem cuidar de me agradar e de trabalhar para a minha felicidade, por uma ordem diferente que dava a todas as suas obras. Não atribuindo interesse especial ao meu amor, não começando por decidir que eu era amado, ela recolhia as acções de Gilberte que me haviam parecido inexplicáveis e as faltas dela que eu tinha desculpado. Então, umas e outras ganhavam sentido. Essa ordem nova parecia dizer que, ao ver Gilberte, em lugar de vir aos Campos Elísios, ir a uma *matinée*, fazer compras com a *mademoiselle* e preparar-se para uma ausência para as férias do Ano Novo, eu fazia mal em pensar: «É que ela é frívola ou dócil.» Porque deixaria de ser uma coisa ou outra se me tivesse amor, e se tivesse sido forçada a obedecer teria sido com o mesmo desespero que eu sentia nos dias em que não a via. Dizia ainda, essa ordem nova, que, porém, eu devia saber o que era amar, visto que amava Gilberte; fazia-me notar o meu cuidado constante de me fazer valer a seus olhos, por causa do qual tentava persuadir a minha mãe a comprar à Françoise um impermeável e um chapéu com uma peninha azul, ou então a não me mandar mais para os Campos Elísios com aquela criada que me fazia corar (ao que a minha mãe respondia que estava a ser injusto para com a Françoise, uma boa mulher que nos era dedicada), e também aquela necessidade única de ver Gilberte, que fazia com que, com meses de avanço, eu só pensasse em tratar de saber em que época ela sairia de Paris e para onde iria, considerando a região mais agradável um lugar de exílio caso ela não estivesse lá, e só desejando continuar em Paris enquanto a pudesse ver nos Campos Elísios; e não lhe era difícil mostrar-me que nem esse cuidado, nem essa necessidade os poderia eu encontrar subjacentes às acções de Gilberte. Ela, pelo contrário, apreciava a sua preceptora, sem se preocupar com o que eu pensava dela. Achava natural não vir aos Campos Elísios se fosse para ir fazer compras com a *mademoiselle*, e agradável se fosse para sair com a mãe. E supondo até que ela me deixaria ir passar férias no mesmo lugar, ao menos para a escolha desse lugar ela valorizava o desejo dos pais, mil divertimentos de que lhe tinham falado, e de modo algum o ser aquele para onde a minha família tinha a intenção de me mandar. Quando às vezes me garantia que gostava de mim menos que de um amigo seu, ou menos do que gostava na véspera porque a fizera perder a sua partida devido a uma negligência, eu pedia-lhe perdão, perguntava-lhe que era preciso fazer para que ela voltasse a amar-me tanto como antes, para que me amasse mais que aos outros; queria que ela me dissesse que é que já estava feito, suplicava-lho como se ela pudesse modificar a sua afeição por mim à sua vontade, à minha, para me contentar, apenas através das palavras que dissesse, segundo o meu bom ou mau comportamento. Não sabia eu então que o que sentia por ela não dependia nem das suas acções, nem da minha vontade?

Por fim, a ordem nova desenhada pela operária invisível dizia que, se podemos desejar que as acções de uma pessoa que nos desgostou até aqui não tenham sido sinceras, existe na respectiva sequência uma claridade contra a qual o nosso desejo nada pode e à qual, mais que a ele, devemos perguntar quais serão as suas acções de amanhã.

Essas palavras novas, o meu amor ouvia-as; elas persuadiam-no de que o dia seguinte não seria diferente do que haviam sido todos os outros dias, de que o sentimento de Gilberte por mim, demasiado antigo já para poder mudar, era a indiferença, de que na minha amizade com Gilberte era apenas eu a amar. «É verdade», respondia o meu amor, «não há mais nada a fazer dessa amizade, ela não irá mudar.» Então, logo no dia seguinte (ou esperando por uma festa, se havia uma proximamente, por um aniversário, porventura pelo Ano Novo, por um desses dias que não são iguais aos outros, em que o tempo recomeça de novo rejeitando a herança do passado, não aceitando o legado das suas tristezas), eu pedia a Gilberte que renunciasse à nossa amizade antiga e lançasse as bases de uma nova amizade.

Tinha sempre ao alcance da mão uma planta de Paris, que, porque nela se podia distinguir a rua onde o senhor e a senhora Swann moravam, me parecia conter um tesouro. E por prazer, e também por uma espécie de fidelidade cavalheiresca, a propósito fosse do que fosse, eu dizia o nome dessa rua, de tal modo que o meu pai, que não estava ao corrente do meu amor, como a minha mãe e a minha avó, me perguntava:

— Mas porque estás tu sempre a falar dessa rua? Não tem nada de extraordinário, é muito agradável para morar porque está a dois passos do Bois, mas há mais outras dez nas mesmas condições.

Arranjava maneira de, a propósito de tudo, levar os meus pais a pronunciar o nome de Swann; é certo que o repetia constantemente de mim para mim; mas tinha também necessidade de ouvir a sua sonoridade deliciosa e de fazer com que me tocassem aquela música cuja leitura muda me não bastava. Aliás, aquele nome Swann, que eu conhecia havia tanto tempo, era agora para mim, como acontece a certos afásicos relativamente às palavras mais usuais, um nome novo. Estava sempre presente no meu pensamento e, no entanto, este não era capaz de se habituar a ele. Decompunha-o, soletrava-o, a sua ortografia era uma surpresa para mim. E, de tanto ser familiar, deixara de me parecer inocente. Achava tão culposas as alegrias que sentia ao ouvi-lo que me parecia que me adivinhavam o pensamento e que mudavam de conversa quando eu procurava encaminhá-la para aí. Contentava-me com os temas que ainda diziam respeito a Gilberte, repisava sem fim as mesmas palavras, e apesar de saber que não passavam de palavras — palavras pronunciadas longe dela, que ela não ouvia, palavras sem virtude que repetiam o que era mas que não podiam modificá-lo —, parecia-me que, de tanto manejar, de tanto urdir tudo o que se aproximava de Gilberte, talvez viesse a fazer brotar dali alguma coisa feliz. Repetia aos meus pais que Gilberte gostava muito da sua preceptora, como se esta frase enunciada pela centésima vez fosse enfim ter como efeito fazer entrar Gilberte de repente, para viver para sempre connosco. Voltava ao elogio da velha senhora que lia os *Débats* (insinuara junto dos meus pais que era uma embaixatriz, ou talvez uma alteza) e continuava a celebrar a sua beleza, a sua magnificência, a sua nobreza, até ao dia em que disse que, segundo o nome que Gilberte pronunciara, ela se devia chamar senhora Blatin.

— Ah, já estou a ver de quem se trata! — exclamou a minha mãe, enquanto eu me sentia corar de vergonha. — Ó da guarda! Ó da guarda!, como diria o teu pobre avô. E é ela que tu achas bonita! É horrível, e sempre o foi. É viúva de um contínuo. Não te lembras, quando eras criança, das manobras que eu fazia para a evitar na lição de ginástica onde, sem me conhecer, queria vir falar comigo a pretexto de me dizer que tu eras «bonito de mais para rapaz». Sempre teve o frenesim de conhecer gente, e deve ser mesmo uma espécie de louca, como eu sempre pensei, se conhece mesmo a senhora Swann. Porque, apesar de pertencer a um meio bastante trivial, pelo menos nunca houve, que eu saiba, nada a dizer sobre ela. Mas tinha sempre que travar relações. É horrível, atrozmente ordinária, e além disso causadora de incómodos.

Quanto a Swann, para tentar parecer-me com ele, passava todo o tempo à mesa a puxar pelo nariz e a esfregar os olhos. O meu pai dizia: «Este rapaz é idiota, vai ficar horrível.» Sobretudo, eu gostava de ser tão calvo como Swann. Ele parecia-me ser uma pessoa tão extraordinária que achava maravilhoso que pessoas com quem eu me dava o conhecessem também e que nos acasos de um dia qualquer pudesse acontecer encontrarmo-nos com ele. E uma vez a minha mãe, que estava a contar-nos, como todas as noites ao jantar, as compras que fizera durante a tarde, só por dizer: «A propósito, imaginem quem eu encontrei nos Trois Quartiers, na secção de guarda-chuvas: Swann», fez desabrochar no meio da sua narrativa, para mim muito árida, uma flor misteriosa. Que melancólica volúpia saber que naquela tarde, perfilando na multidão a sua forma sobrenatural, Swann tinha ido comprar um guarda-chuva! No meio dos acontecimentos grandes e mínimos, igualmente indiferentes, aquele despertava em mim aquelas vibrações especiais que alvoroçavam permanentemente o meu amor por Gilberte. O meu pai dizia que eu não me interessava por nada porque não ouvia quando falavam das possíveis consequências políticas da visita do rei Teodósio, naquele momento hóspede da França e, como se pretendia, seu aliado. Mas, em contrapartida, que vontade eu tinha de saber se Swann trazia a sua capa com mantelete!

— Cumprimentaram-se? — perguntei eu.

— Naturalmente — respondeu a minha mãe, que parecia sempre recear que, confessando que estávamos frios com Swann, procurassem reconciliá-los mais do que desejava, por causa da senhora Swann, que não queria conhecer. — Foi ele que veio cumprimentar-me, que eu não o via.

— Mas então não estão zangados?

— Zangados? Porque é que havíamos de estar zangados? — respondeu ela vivamente, como se eu tivesse atentado contra a ficção das suas boas relações com Swann e tentado trabalhar para uma «reaproximação».

— Ele podia querer-te mal por teres deixado de o convidar.

— Não somos obrigados a convidar toda a gente; será que ele me convida a mim? Não conheço a mulher dele.

— Mas ele ia a Combray.

— Pois claro que ia! Ia a Combray, mas depois em Paris tem outras coisas para fazer, e eu também. Mas garanto-te que de modo algum parecíamos duas pessoas zangadas. Ficámos uns momentos juntos porque não lhe traziam o seu embrulho. Pediu-me notícias tuas, e disse-me que jogavas com a filha dele — acrescentou a minha mãe, maravilhando-me com o prodígio de eu existir no espírito de Swann, mais ainda, com o facto de existir de forma tão completa que, quando eu tremia de amor à sua frente nos Campos Elísios, ele sabia o meu nome, quem era a minha mãe, e era capaz de amalgamar em torno da minha qualidade de companheiro da filha algumas informações sobre os meus avós, a sua família, o lugar onde morávamos, certas particularidades da nossa vida noutros tempos, porventura até desconhecidas para mim. Mas a minha mãe não parecia ter encontrado especial encanto naquela secção dos Trois Quartiers onde havia representado para Swann, no momento em que ele a vira, uma personagem definida com quem tinha recordações em comum, que nele haviam motivado o movimento de se aproximar dela, o gesto de a cumprimentar.

De resto, nem ela, nem também o meu pai pareciam tirar um prazer por aí além do facto de falarem dos avós de Swann, do título de agente de câmbios honorário. A minha imaginação tinha isolado e consagrado na Paris social uma determinada família, tal como fizera, na Paris de pedra, com uma determinada casa cujo portão havia esculpido e cujas janelas tornara preciosas. Mas esses ornamentos, só eu os via. Tal como o meu pai e a minha mãe achavam que a casa onde Swann morava era semelhante às outras casas construídas no mesmo tempo no bairro do Bois, assim a família de Swann lhes parecia ser do mesmo género de muitas outras famílias de agentes de câmbios. Consideravam-na mais ou menos favoravelmente consoante o grau em que participara de méritos comuns ao resto do universo, e nada lhe achavam de único. O que pelo contrário nela apreciavam, encontravam-no noutras em igual ou maior grau. Por isso, depois de terem achado a casa bem situada, falavam de outra que o era mais, mas que nada tinha a ver com Gilberte, ou de financeiros um furo acima do seu avô; e se por momentos pareciam ser da mesma opinião que eu, isso devia-se a um mal-entendido que não tardava a dissipar-se. É que, para apreenderem em tudo o que rodeava Gilberte uma qualidade desconhecida, análoga no mundo das emoções à que no das cores pode ser o infravermelho, os meus pais eram desprovidos daquele sentido suplementar e momentâneo de que o amor me dotara.

Nos dias em que Gilberte me anunciara que não devia vir aos Campos Elísios, eu tratava de dar passeios que me aproximassem um pouco dela. Por vezes levava a Françoise em peregrinação para diante da casa onde os Swann moravam. Fazia-lhe repetir indefinidamente aquilo que através da preceptora soubera acerca da senhora Swann. «Parece que ela se fia muito em medalhas. Nunca há-de ir de viagem depois de ter ouvido a coruja, ou assim como que um tiquetaque na parede, ou se viu um gato à meia-noite, ou se a madeira de um móvel estalou. Ah, é uma pessoa muito crente!» Eu estava tão apaixonado por Gilberte que, se pelo caminho avistava o velho mordomo deles a passear um cão, a emoção obrigava-me a parar, e fitava nas suas suíças brancas olhares cheios de paixão. A Françoise dizia-me:

— Que é que tem?

Depois, continuávamos o nosso caminho até diante do portão, onde um porteiro, diferente de todos os porteiros e entranhado até aos galões da libré pelo mesmo encanto doloroso que eu sentira no nome de Gilberte, parecia saber que fazia parte daqueles a quem uma indignidade original sempre vedaria a entrada na vida misteriosa que ele estava encarregado de guardar e que as janelas da sobreloja pareciam conscientes de aferrolhar, por se assemelharem muito menos, por entre o nobre peso das cortinas de musselina, a quaisquer outras janelas que aos olhares de Gilberte. Outras vezes íamos pelos bulevares e eu postava-me à entrada da Rua Duphot; tinham-me dito que muitas vezes se podia ver passar Swann por ali, a caminho do dentista; e a minha imaginação diferenciava de tal modo o pai de Gilberte do resto da humanidade, a sua presença no meio do mundo real introduzia nele tanto maravilhoso que, mesmo antes de chegar à Madeleine, ficava comovido por pensar em aproximar-me de uma rua onde inopinadamente podia acontecer a aparição sobrenatural.

Mas a maioria das vezes — quando não ia ver Gilberte — como viera a saber que a senhora Swann passeava quase todos os dias na Alameda das Acácias, em redor do Grande Lago, e na Alameda da Rainha Margarida, dirigia a Françoise para os lados do Bois de Boulogne. Ele era para mim como aqueles jardins zoológicos onde vemos reunidas floras diversas e paisagens opostas, onde depois de uma colina encontramos uma gruta, um prado, rochedos, um rio, um barranco, uma colina, um pântano, mas onde se sabe que eles só lá estão para fornecer aos folguedos do hipopótamo, das zebras, dos crocodilos, dos coelhos-russos, dos ursos ou da garça-real, um meio apropriado ou um quadro pitoresco; ele, o Bois, também complexo, reunindo pequenos mundos diversos e fechados — contendo a seguir a uma quinta plantada de árvores vermelhas, de carvalhos-americanos, como uma exploração agrícola na Virgínia, uma plantação de abetos à beira de um lago, ou uma mata donde surge de repente embrulhada nas suas peles macias, com os belos olhos de um animal, uma passeante rápida —, era o jardim das mulheres; e — tal como a Alameda dos Mirtos da *Eneida* —, para elas plantada de árvores de uma só essência, a Alameda das Acácias era frequentada pelas beldades célebres. Assim como, de longe, a culminância do rochedo donde ela se lança à água transporta de alegria as crianças que sabem que vão ver a otária, muito antes de chegar à Alameda das Acácias o perfume delas que, irradiando em seu redor, fazia sentir de longe a aproximação e a singularidade de uma poderosa e mole individualidade vegetal, e, depois, quando me aproximava, o topo avistado da sua folhagem leve e franzina, de uma elegância fácil, de galante corte e delgado tecido, sobre a qual centenas de flores se haviam lançado como colónias aladas e vibráteis de parasitas preciosos, e enfim até o seu nome feminino, ocioso e doce, faziam-me bater o coração, mas por força de um desejo mundano, como aquelas valsas que já nos lembram apenas o nome das belas convidadas que o porteiro anuncia à entrada de um baile. Tinham-me dito que veria na alameda certas elegantes que, embora nem todas tivessem encontrado marido, se citavam habitualmente ao lado da senhora Swann, mas a maioria das vezes pelo seu nome de guerra; o seu novo nome, quando o havia, não passava de uma espécie de incógnito que aqueles que queriam falar delas cuidavam de levantar para se fazerem compreender. Pensando que o Belo — na ordem das elegâncias femininas — era regido por leis ocultas em cujo conhecimento haviam sido iniciadas, e que elas tinham o poder de o realizar, eu aceitava antecipadamente como uma revelação a aparição das suas *toilettes*, das suas parelhas de cavalos, de mil e um pormenores entre os quais punha a minha crença como uma alma interior que conferia a coesão de uma obra-prima àquele conjunto efémero e movediço. Mas era a senhora Swann que eu queria ver, e esperava que ela passasse, comovido como se fosse Gilberte, cujos pais, impregnados, como tudo o que a rodeava, do seu encanto, despertavam em mim tanto amor como ela, até uma perturbação mais dolorosa (porque o seu ponto de contacto com ela era aquela parte íntima da sua vida que me era interdita), e por fim (porque não tardei a saber, como se verá, que eles não gostavam de que eu jogasse com ela) aquele sentimento de veneração que sempre dedicamos aos que exercem sem freio o poder de nos fazer mal.

Atribuía o primeiro lugar à simplicidade na ordem dos méritos estéticos e das grandezas mundanas ao avistar a senhora Swann a pé, numa polonesa de tecido, tendo na cabeça um pequeno gorro enfeitado com uma asa de lofóforo, um ramo de violetas no corpete, apressada, atravessando a Alameda das Acácias como se fosse simplesmente o caminho mais curto para regressar a casa e respondendo com uma piscadela de olho aos senhores que passavam de carruagem, os quais, reconhecendo de longe a sua figura, a cumprimentavam e diziam de si para si que ninguém tinha tanto *chic*. Mas, em vez da simplicidade, era o fausto que eu punha no mais alto lugar quando, depois de ter obrigado a Françoise, que já não podia mais e dizia que as pernas «se lhe iam abaixo», a andar de um lado para o outro durante uma hora, via enfim, desembocando da alameda que vem da Porta Dauphine — imagem para mim de um prestígio real, de uma chegada soberana, impressão como nenhuma rainha verdadeira conseguiu depois causar-me, porque tinha do seu poder uma noção menos vaga e mais experimental —, levada pelo voo de dois cavalos ardentes, esguios e torneados como os que se vêem nos desenhos de Constantin Guys, trazendo postado no seu assento um cocheiro enorme embrulhado em peles como um cossaco, ao lado de um pequeno mandarete que recordava o «tigre» do «falecido Baudenord[11]», via — ou, antes, sentia imprimir-se a sua forma no meu coração como nítida e exaustiva chaga — uma incomparável vitória, de propósito um pouco alta e deixando transparecer através do seu luxo «último grito» alusões às formas antigas, ao fundo da qual repousava abandonadamente a senhora Swann, com o cabelo, agora loiro com uma única madeixa cinzenta, apanhado por um estreita faixa de flores, a maioria das vezes violetas, donde desciam longos véus; segurava na mão uma sombrinha rosa-malva e tinha nos lábios um sorriso onde eu via apenas a benevolência de uma majestade mas onde havia sobretudo a provocação da *cocotte*, e que deixava cair brandamente sobre as pessoas que a cumprimentavam. Aquele sorriso na realidade dizia a uns: «Lembro-me muito bem, era delicioso!»; a outros: «Como eu teria gostado! Foi pouca sorte!»; a outros: «Se quiser! Vou seguir a fila ainda por momentos e logo que puder corto.» Quando passavam desconhecidos, contudo, deixava em redor dos lábios um sorriso ocioso como que virado para a espera ou para a recordação de um amigo, e que levava a dizer: «Como ela é bela!» E apenas para certos homens tinha um sorriso azedo, contraído, tímido e frio, que significava: «Sim, meu patife, sei que tens uma língua de víbora, que não podes deixar de falar! E eu, preocupo-me contigo?» Passava o actor Coquelin discorrendo entre amigos que o escutavam e fazia com a mão, a pessoas que passavam de carruagem, um vasto cumprimento teatral. Mas eu só pensava na senhora Swann, e fingia não a ter visto, porque já sabia que, quando chegasse ao lugar do Tiro aos Pombos diria ao cocheiro que interrompesse a fila e parasse para ela poder descer a alameda a pé. E nos dias em que sentia em mim a coragem de passar ao seu lado, arrastava a Françoise nessa direcção. Efectivamente, a certa altura, era na alameda dos peões, caminhando para nós, que eu avistava a senhora Swann deixando desenrolar-se atrás de si a longa cauda do seu traje rosa-malva, vestida, como o povo imagina as rainhas, de tecidos e ricos atavios que as outras mulheres não tinham, baixando por vezes o olhar para o punho da sombrinha, dando pouca atenção às pessoas que passavam, como se a sua grande ocupação e o seu objectivo fossem fazer exercício, sem pensar que estava a ser vista e que todas as cabeças estavam viradas para ela. No entanto, uma ou outra vez, quando se virava para trás para chamar o seu galgo, lançava imperceptivelmente um olhar circular à sua volta.

Mesmo aqueles que não a conheciam eram advertidos por algo de singular e de excessivo — ou porventura por uma radiação telepática, como as desencadeadas por aplausos na multidão ignorante nos momentos em que a Berma era sublime — de que devia tratar-se de alguma pessoa conhecida. E perguntavam a si mesmos: «Quem será?», interrogavam às vezes alguém que passava ou faziam intenção de se recordar da *toilette* como de um ponto de referência para amigos mais instruídos que imediatamente lhes dariam informações. Outros transeuntes, quase parados, diziam:

— Sabem quem é? A senhora Swann! Não vos diz nada? Odette de Crécy?

— Odette de Crécy? Pois era o que eu estava a pensar, aqueles olhos tristes... Mas, sabe, ela já não deve ser uma criança! Recordo-me de que dormi com ela no dia da demissão de Mac-Mahon.

— Acho que fazia bem em não lho fazer lembrar. Agora é a senhora Swann, a mulher de um senhor do Jockey, amigo do príncipe de Gales. Aliás, ainda é uma mulher soberba.

— Sim, mas se a tivesse conhecido naquela altura, como ela era bonita! Vivia numa moradiazinha muito estranha com coisas chinesas. Lembro-me de que nos incomodava o barulho dos pregões dos vendedores de jornais, e ela acabou por me obrigar a levantar-me.

Sem ouvir as reflexões, eu percebia à volta dela o murmúrio indistinto da celebridade. O coração batia-me de impaciência quando pensava que ainda ia decorrer um momento até que toda aquela gente, da qual notava com desolação que não fazia parte um banqueiro mulato pelo qual me sentia menosprezado, visse o jovem desconhecido a quem não prestava qualquer atenção cumprimentar (sem na verdade a conhecer, mas julgava-me autorizado a fazê-lo porque os meus pais conheciam o marido e eu era companheiro da filha) aquela mulher cuja reputação de beleza, de mau comportamento e de elegância era universal. Mas já estava pertinho da senhora Swann, e então tirava-lhe o chapéu num gesto tão largo, tão prolongado, que ela não podia deixar de sorrir. Havia pessoas que se riam. Ela nunca me tinha visto com Gilberte, não sabia o meu nome, mas eu era — como um dos guardas do Bois, ou o barqueiro, ou os patos do lago a que atirava pão — uma das personagens secundárias, familiares, anónimas, tão desprovidas de características individuais como um papel de teatro, dos seus passeios pelo Bois. Em certos dias em que não a vira na Alameda das Acácias acontecia-me ir encontrá-la na Alameda da Rainha Margarida, para onde vão as mulheres que procuram estar sós, ou parecer que o querem; só, não ficava muito tempo, porque depressa se lhe juntava algum amigo, muitas vezes de cartola cinzenta na cabeça, que eu não conhecia e que conversava longamente com ela, enquanto as suas duas carruagens os seguiam.

Esta complexidade do Bois de Boulogne, que faz dele um lugar artificial e, no sentido zoológico ou mitológico da palavra, um jardim, vim a encontrá-la naquele ano quando o atravessava para ir ao Trianon, numa das primeiras manhãs daquele mês de Novembro em que, em Paris, nas casas, a proximidade e a privação do espectáculo do Outono, que termina tão depressa sem nos deixar assistir a ele, nos dão uma nostalgia, uma verdadeira febre das folhas secas que pode ir ao ponto de não nos deixar dormir. No meu quarto fechado, elas interpunham-se havia um mês, evocadas pelo meu desejo de as ver, entre o meu pensamento e um objecto qualquer em que me concentrava, e rodopiavam como aquelas manchas amarelas que às vezes, seja o que for aquilo para que estamos a olhar, dançam diante dos nossos olhos. E nessa manhã, não ouvindo já a chuva cair como nos dias anteriores, vendo o bom tempo sorrir nos cantos dos cortinados corridos como nos cantos de uma boca fechada que deixa escapar o segredo da sua felicidade, sentira que poderia contemplar aquelas folhas amarelas atravessadas pela luz, na sua suprema beleza; e não podendo conter-me de ir ver árvores como, dantes, quando o vento soprava com toda a força na chaminé, não podia deixar de ir para a beira-mar, saíra para ir ao Trianon, passando pelo Bois de Boulogne. Era a hora e era a estação em que o Bois parece porventura mais múltiplo, não apenas porque está mais subdividido, mas ainda porque o está de maneira diferente. Mesmo nas partes a descoberto onde se abarca um grande espaço, aqui e além, diante das escuras manchas longínquas das árvores sem folhas ou ainda com as folhas do Verão, uma dupla fileira de castanheiros alaranjados parecia, como num quadro agora mesmo iniciado, ter sido ainda apenas pintado pelo decorador, que não teria posto tinta no resto, e estendia a sua alameda em plena luz para o vaguear episódico de personagens que só mais tarde seriam acrescentadas.

Mais adiante, onde todas as folhas verdes cobriam as árvores, apenas uma, pequena, atarracada, decapitada e cabeçuda, sacudia ao vento uma mísera cabeleira vermelha. Noutro ponto ainda, era o primeiro despertar daquele mês de Maio das folhas, e as de uma vinha-virgem, maravilhosa e sorridente como um espinheiro — rosado do Inverno, estavam desde essa mesma manhã em plena floração. E o Bois tinha a aparência provisória e artificial de um viveiro ou de um parque onde, ou com fins botânicos, ou para a preparação de uma festa, se acaba de instalar, no meio das árvores comuns que ainda não foram transplantadas, duas ou três espécies preciosas, de folhagens fantásticas, e que parecem reservar um vazio em seu redor, dar ar, abrir claridade. Assim era a estação em que o Bois de Boulogne exala mais essências diversas e justapõe mais partes distintas num conjunto compósito. E era também a hora. Nos locais onde as árvores conservavam ainda as folhas, pareciam sofrer uma alteração da sua matéria a partir do ponto em que eram tocadas pela luz do Sol, quase horizontal de manhã, como tornaria a sê-lo algumas horas mais tarde, no momento em que no crepúsculo inicial se ilumina como um candeeiro, projecta à distância na folhagem um reflexo artificial e quente e faz flamejar as supremas folhas de uma árvore que ali fica sendo o candelabro incombustível e baço do seu cimo incendiado. Aqui, a luz tornava-se mais espessa, como tijolos, e, tal como uma alvenaria persa, amarela com desenhos azuis, cimentava grosseiramente contra o céu as folhas dos castanheiros; e ali, ao contrário, soltava-as dele, para onde crispavam os seus dedos de ouro. A meia altura de uma árvore vestida de vinha-virgem, enxertava-se e desabrochava, impossível que era de distinguir nitidamente naquele deslumbramento, um imenso ramalhete de uma espécie de flores vermelhas, talvez uma variedade de cravos. As diferentes partes do Bois, no Verão mais bem confundidas na espessura e na monotonia das verduras, estavam separadas. Espaços mais claros deixavam ver a entrada de quase todas elas, ou então esta era assinalada por uma folhagem sumptuosa como uma auriflama. Distinguiam-se, como num mapa a cores, Armenonville, o Prado Catalão, Madrid, o Campo de Corridas, as margens do Lago. Por momentos, aparecia uma ou outra construção inútil, uma falsa gruta, um moinho que ocupava o lugar aberto pelas árvores que se afastavam ou que era empurrado para a frente por um relvado na sua macia superfície. Sentia-se que o Bois não era apenas um bosque, que correspondia a um destino estranho ao das suas árvores; a exaltação que eu sentia não era exclusivamente causada pela admiração pelo Outono, mas por um desejo. Grande fonte de uma alegria que a alma começa por sentir sem reconhecer a respectiva causa, sem compreender que nada no exterior é seu motivo. Assim olhava eu para as árvores com uma ternura insatisfeita que as ultrapassava e que tendia, sem dar por isso, para aquela obra-prima das belas mulheres que passeavam, e que essas mesmas árvores abrigam todos os dias durante algumas horas. Ia para a Alameda das Acácias. Atravessava matas onde a luz da manhã, que lhes impunha novas divisões, podava as árvores, casava caules diversos e compunha ramos. Ela atraía habilmente a si duas árvores; valendo-se da poderosa tesoura do raio e da sombra, cortava a cada uma metade do tronco e dos ramos e, entretecendo as duas metades que restavam, fazia com elas, ou um único pilar de sombra que o sol das redondezas delimitava, ou um único fantasma de claridade cujo ilusório e tremente contorno era rodeado por uma rede de sombra. Quando um raio de sol dourava os mais altos ramos, estes pareciam, mergulhados numa humidade cintilante, emergir isolados da atmosfera líquida e cor de esmeralda onde a mata inteira estava submersa, como que debaixo do mar. Porque as árvores continuavam a viver a sua vida própria e, quando já não tinham folhas, ela brilhava melhor sobre o forro de veludo verde que lhes envolvia os troncos ou no esmalte branco das esferas de visco semeadas no cimo dos choupos, redondas como o sol e como a lua n'*A Criação* de Miguel Ângelo. Mas, obrigadas há tantos anos por uma espécie de enxerto a viver em comum com a mulher, faziam-me lembrar a dríade, a bela mundana rápida e colorida que os seus ramos cobrem ao passar e que obrigam a sentir, como elas sentem, o poder da estação; recordavam-me o tempo feliz da minha crédula juventude, quando acorria avidamente aos lugares onde por alguns instantes se concretizariam obras-primas de elegância feminina entre as folhagens inconscientes e cúmplices. Mas a beleza que os abetos e as acácias do Bois de Boulogne faziam desejar, nisso mais perturbantes que os castanheiros e os lilases que eu ia visitar no Trianon, não estava fixada fora de mim nas recordações de uma época histórica, em obras de arte, num pequeno templo ao Amor junto do qual se amontoam as folhas espalmadas de ouro. Cheguei às margens do Lago, fui até ao Tiro aos Pombos. A ideia de perfeição que trazia dentro de mim, tinha-a eu então atribuído à altura de uma vitória, à esbelteza daqueles cavalos furiosos e ligeiros como vespas, de olhos injectados de sangue como os cruéis cavalos de Diomede, e que agora, assaltado pelo desejo de rever o que tinha amado, tão ardente como o que muitos anos antes me levava pelos mesmos caminhos, pretendia de novo ter diante dos olhos, no momento em que o enorme cocheiro da senhora Swann, vigiado por um pequeno mandarete da grossura de um punho e tão infantil como São Jorge, tentava dominar as suas asas de aço, que se debatiam assustadas e palpitantes. Infelizmente, já só havia automóveis conduzidos por motoristas bigodudos acompanhados por lacaios de grande estatura. Queria ter diante dos olhos do meu corpo, para saber se eram tão encantadores como os viam os olhos da minha memória, aqueles chapelinhos de mulheres tão baixos que pareciam simples coroas. Agora eram todos imensos, cobertos de frutos e de flores e de pássaros variados. Em lugar dos belos vestidos com que a senhora Swann parecia uma rainha, túnicas greco-saxónicas realçavam, com as pregas de Tânagra, e às vezes no estilo Directório, tecidos *liberty* semeados de flores como papéis pintados. Nas cabeças dos cavalheiros que poderiam acompanhar a senhora Swann no passeio pela Alameda da Rainha Margarida, já não encontrava o chapéu cinzento de outros tempos, nem mesmo outro. Saíam de cabeça descoberta. E em todas aquelas partes novas do espectáculo já não tinha eu crença que lhes introduzisse para lhes dar a consistência, a unidade, a existência; passavam esparsas diante de mim, ao acaso, sem verdade, não contendo em si qualquer beleza que os meus olhos pudessem compor como outrora. Eram umas mulheres quaisquer, em cuja elegância não tinha qualquer fé e cujas *toilettes* me pareciam sem qualquer importância. Mas, quando desaparece uma crença, sobrevive-lhe, e cada vez mais vivaz, para disfarçar a falta do poder que perdemos de conferir realidade às coisas novas, um apego fetichista às coisas antigas que tal poder animara, como se fosse nelas e não em nós que o divino residia, e como se a nossa incredulidade actual tivesse uma causa contingente, a morte dos deuses. Que horror, pensava eu: será possível achar estes automóveis tão elegantes como os antigos carros de cavalos? Já devo estar muito velho, mas não sou feito para um mundo em que as mulheres tropeçam em vestidos que já nem sequer são de fazenda. Para quê vir passear debaixo destas árvores se já nada existe do que se reunia sob aquelas folhas avermelhadas, se a vulgaridade e a loucura substituíram o que de refinado elas enquadravam? Que horror! A minha consolação está em pensar nas mulheres que conheci, hoje que já não existe elegância. Mas como é que pessoas que contemplam estas horríveis criaturas sob os seus chapéus com um galinheiro ou uma horta em cima poderiam sequer sentir o que havia de encantador na visão da senhora Swann levando na cabeça uma simples touca rosa-malva ou um chapelinho donde apenas emergia um único lírio espetado? Ser-me-ia até possível fazer-lhes compreender a emoção que eu sentia nas manhãs de Inverno ao encontrar a senhora Swann a pé, com um casaco de lontra, de cabeça coberta por um simples gorro donde saíam duas penas de perdiz, mas à volta de quem era evocada a tepidez artificial do seu apartamento, apenas graças ao ramalhete de violetas que se lhe esmagava no corpete e cuja florescência viva e azul diante do céu cinzento, do ar gelado, das árvores de ramos despidos, tinha o mesmo encanto de tomar a estação e o tempo simplesmente como um enquadramento e de viver numa atmosfera humana, na atmosfera daquela mulher, o mesmo que nas jarras e nas floreiras da sala, junto da lareira acesa diante do sofá de seda, tinham as flores que olhavam peia janela fechada a neve que caía? De resto, não me bastaria que as *toilettes* fossem as mesmas daqueles outros anos. Devido à solidariedade existente entre as diversas partes de uma recordação e que a nossa memória mantém equilibradas num conjunto onde nos não é permitido retirar ou recusar nada, gostava de poder ir acabar o dia em casa de uma daquelas mulheres, diante de uma xícara de chá, num apartamento de paredes pintadas de cores escuras como era ainda o da senhora Swann (no ano seguinte àquele em que termina a primeira parte desta história) e onde brilhariam as brasas alaranjadas, a vermelha combustão a chama rosada e branca dos crisântemos no crepúsculo de Novembro passando momentos semelhantes àqueles em que (como se verá mais tarde) eu não soubera descobrir os prazeres que desejava. Mas agora, mesmo não me levando a nada esses momentos pareciam-me ter tido em si mesmos grande encanto. Queria reencontrá-los tais como os recordava. Mas ai de mim!, já só havia apartamentos Luís XVI todos brancos, esmaltados de hortênsias azuis. De resto, agora só muito tarde se voltava para Paris. A senhora Swann, se lhe pedisse para me reconstituir os elementos daquela recordação que eu sentia ligada a um ano longínquo, a uma data a que me não era permitido remontar, os elementos daquele desejo que se tornara ele próprio inacessível como o prazer que em tempos perseguira em vão — haveria de me responder de um solar que só regressaria em Fevereiro muito depois do tempo dos crisântemos. E teria precisado também de que fossem as mesmas mulheres, aquelas cujas *toilettes* me interessavam porque, no tempo em que eu ainda acreditava, a minha imaginação as havia individualizado e provido de uma lenda. Infelizmente, na Avenida das Acácias — a Alameda dos Mirtos — tornei a ver algumas, velhas, e que não passavam de terríveis sombras do que haviam sido, vagueando, procurando desesperadamente não se sabe o quê nos bosques virgilianos. Tinham desaparecido havia muito, enquanto eu ainda interrogava em vão os caminhos agora desertos. O Sol estava oculto. A natureza recomeçava a reinar sobre o Bois, donde levantara voo a ideia de que era o Jardim Elísio da Mulher; por cima do moinho artificial, o céu verdadeiro era cinzento; o vento enrugava o Grande Lago de ondas pequeninas, como um lago; grandes pássaros percorriam rapidamente o Bois, como um bosque, e soltando gritos agudos poisavam um após outro nos grandes carvalhos que, sob as suas coroas druídicas e com uma majestade dodónica, pareciam proclamar o vazio inumano da floresta desviada do seu destino, e ajudando-me a compreender melhor a contradição que reside em procurar na realidade os quadros da memória, aos quais sempre faltaria o encanto que da mesma memória lhes vem, e de não serem apreendidos pelos sentidos. A realidade que eu conhecera já não existia. Bastava que a senhora Swann não chegasse tal e qual e no mesmo momento para que a avenida fosse outra. Os lugares que conhecemos só pertencem ao mundo do espaço em que os situamos para maior facilidade. Não eram mais que uma delgada fatia por entre impressões contíguas que formavam a nossa vida de então; a recordação de uma determinada imagem não passa da nostalgia de um determinado momento; e as casas, as estradas, as avenidas, são infelizmente fugazes, como os anos.

Notas

1 Isto é, como se verá adiante, «em escova», mas comprido atrás.

2 Alusão ao episódio das *Geórgicas,* de Virgílio, em que Aristeu, castigado pelos deuses por ter provocado a morte de Eurídice, mergulhou nas águas de um rio ao encontro de sua mãe Cirene.

3 Residência dos condes de Paris, pretendentes ao trono de França, no seu exílio em Inglaterra.

4 Expressão usada em diversos parlamentos, incluindo a Câmara dos Comuns, e que substitui os aplausos de aprovação.

5 A expressão *sub rosa* refere-se ao costume antigo de se celebrarem reuniões numa sala donde pendia do tecto uma rosa, e cujos participantes ficavam obrigados a um segredo absoluto sobre o que se passara.

6 O mapa do «Tendre» (aqui designado por País do Sentimento) representava um país imaginário, uma espécie de jogo que exprimia o imaginário sentimental dos elegantes do século XVII.

7 Referência à chamada lei do septenato, de Novembro de 1873.

8 Referência aos jovens e franzinos mandaretes que seguiam atrás nas carruagens e saltavam para abrir as portinholas. Balzac refere um «tigre» em especial, Toby, o tigre de Baudenord, no seu livro *Os Segredos da Princesa de Cadignan*.

9 Nome dado à sumptuosa tenda onde Francisco I de França recebeu Henrique VIII de Inglaterra (1520), para o impressionar e tentar obter a sua aliança contra Carlos V.

10 Referência aos problemas digestivos dos Hebreus causados pela sistemática ingestão de maná durante a travessia do deserto.

11 Cf. atrás nota 8.

Notas

Índice

Nesta colecção

1. Emily Brontë: *O Monte dos Vendavais*
2. F. Scott Fitzgerald: *O Grande Gatsby*
3. Jane Austen: *A Abadia de Northanger*
4. Virginia Woolf: *Orlando — Uma Biografia*
5. Voltaire: *Cândido ou O Otimismo*
6. D. H. Lawrence: *O Amante de Lady Chatterley*
7. Montaigne: *Ensaios — Antologia*
8. Marcel Proust: *Em Busca do Tempo Perdido*
   8.1. Marcel Proust: *Do Lado de Swann* (Vol. I)

A sair

   8.2. Marcel Proust: *À Sombra das Raparigas em Flor* (Vol. II)
   8.3. Marcel Proust: *O Lado de Guermantes* (Vol. III)
9. William Shakespeare: *Macbeth*
   8.4. Marcel Proust: *Sodoma e Gomorra* (Vol. IV)
   8.5. Marcel Proust: *A Prisioneira* (Vol. V)
10. Mário de Sá-Carneiro: *Céu em Fogo*
11. Mário de Sá-Carneiro: *A Confissão de Lúcio*
   8.6. Marcel Proust: *A Fugitiva* (Vol. VI)
   8.7. Marcel Proust: *O Tempo Reencontrado* (Vol. VII)
12. Daniel Defoe: *Robinson Crusoe*
13. Gustave Flaubert: *A Educação Sentimental*
14. Machado de Assis: *Memórias Póstumas de Brás Cubas*
15. Ivan Turguéniev: *Pais e Filhos*
16. Fiódor Dostoievski: *Crime e Castigo*
17. Eça de Queirós: *O Primo Basílio*
18. Jane Austen: *Orgulho e Preconceito*
19. Lev Tolstoi: *Anna Karénina* (Vol. I)
20. Lev Tolstoi: *Anna Karénina* (Vol. II)
21. Charles Dickens: *Tempos Difíceis*
22. Fiódor Dostoievski: *O Jogador*